Ein Sommer in Maine, vier Frauen und ihre Abgründe: Alice würde alles dafür geben, eine einzige Nacht in ihrem Leben ungeschehen zu machen, aber auch Tochter Kathleen, Enkelin Maggie und die scheinbar perfekte Schwiegertochter Ann Marie haben panische Angst davor, dass ihre dunklen Geheimnisse ans Licht kommen könnten. Im Sommerhaus an der Küste Maines beginnen die Fassaden zu bröckeln ...

J. Courtney Sullivan ist eine gefeierte Bestsellerautorin und Journalistin. Ihre Bücher wurden in über 17 Sprachen übersetzt und haben über eine Million Exemplare verkauft. Zuletzt erschien 2024 der Roman »Die Frauen von Maine«. J. Courtney Sullivan lebt mit ihrer Familie in Massachussetts.

J. Courtney Sullivan

Sommer in Maine

Roman

Aus dem Amerikanischen
von Henriette Heise

Klett-Cotta

Textnachweise:
Gedicht von Dana Perkins, erschienen in *Ogunquit By-The-Sea* von
John D. Bardwell (Arcadia Publishing, 1994), mit freundlicher
Genehmigung von Arcadia Publishing, www.arcadiapublishing.com
Auszug aus *To a young poet* von Edna St. Vincent Millay, mit freundlicher
Genehmigung von The Edna St. Vincent Millay Society

Klett-Cotta
www.klett-cotta.de
J. G. Cotta'sche Buchhandlung Nachfolger GmbH
Rotebühlstraße 77, 70178 Stuttgart
Fragen zur Produktsicherheit: produktsicherheit@klett-cotta.de

This translation published by arrangement with Alfred A. Knopf,
an imprint of The Knopf Doubleday Group,
a division of Penguin Random House, LLC
Alle Rechte der deutschen Übersetzung von Henriette Heise
© Deuticke im der Paul Zsolnay Verlag Ges.m.b.H., Wien 2013
Die Originalausgabe erschien erstmals unter dem Titel »Maine«
im Verlag Alfred A. Knopf, New York
© 2011 by J. Courtney Sullivan
Alle deutschsprachigen Rechte sowie die Nutzung des Werkes für Text und
Data Mining i.S.v. § 44b UrhG vorbehalten
Cover: © FAVORITBUERO, Buero für Gestaltung, München
unter Verwendung einer Abbildung von © Deborah Miller
Gesetzt von C.H.Beck.Media.Solutions, Nördlingen
Gedruckt und gebunden von C.H.Beck, Nördlingen
ISBN 978-3-608-98866-6
E-Book ISBN 978-3-608-12410-1

Zweite Auflage, 2025

Für Trish

Nur scheut sich eine Mutter selten
Mit dem Kinde streng zu sein,
Denn Liebe, das ist ihr bekannt, sät doch stets Gegenliebe.
Elizabeth Barrett Browning, »Aurora Leigh«

Mach einfach alles, was wir nicht gemacht haben,
dann kann gar nichts schiefgehen.
F. Scott Fitzgerald in einem Brief an seine Tochter Frances

Alice

Alice beschloss, eine Pause vom Packen zu machen. Sie zündete sich eine Zigarette an und lehnte sich in einem der Korbsessel zurück, die von der Meeresluft immer ein wenig feucht waren. Dann blickte sie sich im Zimmer um und sah die vielen Kartons, in denen sie die Familienhabseligkeiten verstaut hatte. Gläser, Salzstreuer und Bilderrahmen – alles sorgfältig verpackt. In jedem Zimmer standen ein paar Kisten, die noch vor der Ankunft der Kinder zum Goodwill-Sozialladen mussten. Sie hatten die Sommer von sechs Jahrzehnten hier verbracht, und Alice staunte, wie viel sich über die Jahre hinweg angesammelt hatte. Mit diesem Durcheinander wollte sie niemanden belasten, wenn sie einmal nicht mehr war.

Am Himmel hingen dicke Wolken. Bald würde es regnen. In Cape Neddick in Maine gewitterte es in diesem Mai fast jeden Nachmittag. Ihr war das egal. Sie ging sowieso nicht mehr zum Strand hinunter. Nach dem Mittagessen setzte sie sich normalerweise mit einem Glas Rotwein auf die Veranda, las stundenlang Romane, die ihr ihre Schwiegertochter Ann Marie im Winter geliehen hatte, und sah die Wellen gegen die Felsen schlagen, bis es Zeit war, das Abendessen vorzubereiten. Sie hatte nicht mehr das Bedürfnis, sich einen Badeanzug anzuziehen, ins Wasser zu springen und im Sand ihre Pediküre zu ruinieren. Stattdessen zog sie es vor, die Szenerie aus der Ferne zu beobachten und wie einen Geist durch sich hindurchziehen zu lassen.

Ihr Alltag in Cape Neddick folgte einer bestimmten Routine. Spätestens um sechs Uhr stand sie auf, um die anstehenden Haus- und Gartenarbeiten zu verrichten. Dann machte sie sich einen Tee und legte den Beutel auf ein Schälchen im Kühlschrank, um sich damit vor dem Mittagessen eine zweite Tasse zu brühen. Um

Punkt neun Uhr dreißig stieg sie in den Wagen und fuhr zur Zehn-Uhr-Messe in St. Michael.

Die Gegend hatte sich in den vielen Jahren seit ihrem ersten Sommer in Maine sehr verändert. An der Küste waren riesige Häuser aus dem Boden geschossen, und in den Ortschaften gab es an jeder Ecke elegante Restaurants, Souvenir- und Feinkostläden. Die Fischer waren noch da, aber in den siebziger Jahren hatten sich viele auf den Tourismus umgestellt und boten jetzt Walbeobachtung, Vergnügungsfahrten mit Frühstücksbuffet und dergleichen an.

Aber manches war beim Alten geblieben. In Rubys Gemischtwarenladen und in der Apotheke gingen noch immer um sechs Uhr die Lichter aus. Alice ließ nach wie vor den Autoschlüssel stecken, und auch das Haus schloss sie nicht ab – das tat hier niemand. Der Strand war noch unberührt, und die großen, den Weg zur Kirche säumenden Kiefern sahen aus, als stünden sie dort seit Jahrhunderten.

Auch die Kirche war eine Konstante. St. Michael war eine altmodische steinerne Dorfkapelle mit rotsamtenen Kniebänken und Buntglasfenstern, deren Farben in der Morgensonne strahlten. Sie stand auf dem Hügel hinter der Shore Road, damit die Seefahrer ihr Kirchturmkreuz vom Meer aus sehen konnten.

Alices Platz war in der dritten Reihe links. Sie versuchte, sich die besten Teile von Pfarrer Donnellys Predigten für diejenigen Kinder oder Enkel zu merken, die sie besonders nötig hatten. Leider hörten sie ihr meistens gar nicht zu. Alice folgte den Predigten aufmerksam, sang die vertrauten Kirchenlieder mit und sprach Gebete, die sie seit ihrer Kindheit kannte.

Sie schloss die Augen und bat Gott um Dinge, um die sie ihn schon als Kind gebeten hatte: Er möge ihr helfen, ein guter Mensch zu sein und ein besserer zu werden. Meistens glaubte sie, dass Er sie hörte.

Montags, mittwochs und freitags kam die Legion Mariens von St. Michael nach der Messe im Gemeinderaum der Kirche zusammen, um den Rosenkranz für erkrankte Gemeindemitglieder, die Hungrigen und Bedürftigen der Welt und für die Heiligkeit des Lebens in all seinen Phasen zu beten. Sie sprachen das Ave Maria, tranken koffeinfreien Kaffee und plauderten. Mary Fallon erinnerte daran, wer in der Folgewoche an der Reihe war, für Gebäck zu sorgen, und wer Pfarrer Donnelly bei seinen wöchentlichen Hausbesuchen bei gebrechlichen Gemeindemitgliedern begleiten würde, wo er für eine baldige Genesung betete, die doch nie eintrat. Obwohl es ihr naheging, Männer und Frauen ihres Alters sterben zu sehen, schätzte Alice die Nachmittage mit dem Priester. Er brachte seinen Schützlingen so viel Trost. Pfarrer Donnelly war ein junger Mann, erst vierunddreißig, mit dunklem Haar und einem warmen Lächeln, das sie an Schlagersänger aus den Fünfzigern erinnerte. Der Beruf, den er gewählt hatte, gehörte vergangenen Zeiten an, und seine besondere Art der rücksichtsvollen Anteilnahme hatte sie einem jungen Menschen von heute gar nicht mehr zugetraut.

Wenn sie ihn beim Gebet für ein Gemeindemitglied beobachtete, spürte Alice seine tiefe Hingabe. Heutzutage nahmen sich die meisten Priester keine Zeit für Hausbesuche. Wenn sie fertig waren, lud Pfarrer Donnelly Alice zum Mittagessen ein. Das machte er, das wusste sie genau, mit keiner der anderen Damen der Legion. Er hatte so viel für sie getan. Ab und zu half er ihr sogar im Haus, wechselte die Glühbirne auf der Veranda oder beseitigte nach einem Sturm abgefallene Äste. Vielleicht war diese besondere Aufmerksamkeit eine Folge ihrer kleinen Abmachung, aber was kümmerte sie das.

Pfarrer Donnelly und die sieben Mitglieder der Legion Mariens (von denen tatsächlich fünf Mary hießen) waren zu dieser Jahreszeit die einzigen Personen, mit denen Alice regelmäßig verkehrte. Sie war der einsame Sommerzugang der Legion, die Austauschschülerin, wie sie sich scherzhaft nannte. Die Einheimischen waren Fremden gegenüber misstrauisch. Aber nachdem St. Agnes zwei Jahre zuvor von der Erzdiözese geschlossen worden war, hatten sie sich einverstanden erklärt, Alice für die Sommermonate aufzunehmen.

St. Agnes war ihre Gemeinde in Canton gewesen. Hier waren ihre Kinder getauft und ihr Mann Daniel beerdigt worden. Hier war sie sechs Jahrzehnte lang jeden Tag zur Messe gegangen. Hier hatte sie, als die Kinder noch klein waren, die Sonntagsschule und später die hiesige Legion Mariens geleitet. Gemeinsam mit Abigail Curley, einer jungen Mutter von vier Kindern, die eine fast durchsichtige Haut hatte und eine sanfte, kindliche Stimme, hatte sie die Kampagne zur Rettung der Kirche ins Leben gerufen. Sie hatten fünfhundert Unterschriften gesammelt und mehrere Dutzend Briefe geschrieben. Sogar an den Kardinal.

Bei der letzten Messe hatte Alice leise in ihr Taschentuch geweint. Schließungen wie diese waren an der Tagesordnung, man hörte davon überall. Aber dass es sie treffen könnte, damit hatten sie nicht gerechnet. Abigail Curley und andere Gemeindemitglieder hatten sich geweigert, das Gebäude zu verlassen. Zweieinhalb Jahre später war die Kirche immer noch Tag und Nacht besetzt. Sie blieben, obwohl der Priester längst gegangen war, obwohl es weder Licht noch Heizung gab. Alice versuchte es mit einer Gemeinde in Milton, aber es verband sie nichts mit dem Ort und seinen Menschen. Ihre Sommergemeinde war nun ihre wichtigste Verbindung zum Glauben und zu ihrer Vergangenheit. Die Mitglieder der Legion schienen das zu wissen.

Die Gruppe bestand zum größten Teil aus Witwen, die sich gehen ließen. Sie trugen Jogginganzüge mit klobigen, weißen Turnschuhen und ihre Frisuren waren durchweg katastrophal. Alice war die Einzige, die ihre Figur gehalten hatte. Nur die verflixten Falten deuteten auf die erschreckende Tatsache hin, dass sie dreiundachtzig Jahre alt war. Wie die anderen war auch sie allein. Vielleicht war ihnen die Morgenandacht deshalb so wichtig, weil sie Zeugen dafür brauchten, dass sie noch nicht gestorben waren. Sonst könnte es passieren, dass eine von ihnen am Küchentisch einen Hirnschlag erlitt und es keiner bemerkte.

Ihr Mann Daniel hatte das Grundstück kurz nach Kriegsende 1945 in einer dummen Wette mit seinem ehemaligen Schiffskameraden Ned Barell gewonnen. Ned war ein Trinker, selbst nach den Maßstäben der Marinesoldaten. Er kam aus einem Fischerdorf in Maine, verbrachte nun aber seine Zeit damit, in den edelsten Bars und Casinos Bostons seinen Lohn durchzubringen. Bei irgendeinem Basketballspiel wettete er mit Daniel um fünfzig Dollar. Alice war empört. Sie waren im zweiten Ehejahr, und sie war mit Kathleen schwanger. Aber Daniel beteuerte, dass es eine sichere Sache sei und er die Wette sonst auch nie eingegangen wäre. Dann gewann er.

Aber Ned hatte das Geld nicht.

»Was für eine Überraschung«, sagte Alice, als Daniel es ihr abends erzählte.

Daniel grinste sie nur groß an: »Aber du errätst nie, was er mir stattdessen gegeben hat.«

»Ein Auto?«, schlug Alice mit sarkastischem Unterton vor. Ihr zwölf Jahre alter Ford Coupé soff regelmäßig ab. Mittlerweile hatten sie sich an die Kraftstoffrationierung gewöhnt und gingen sowieso zu Fuß oder nahmen die Straßenbahn. Aber jetzt war der Krieg vorbei, und es stand ihnen ein harter neuenglischer Winter bevor. Alice hatte nicht vor, eine jener Mütter zu werden, die ihr brüllendes Neugeborenes zu beruhigen versuchten, während die anderen Fahrgäste ihr vorwurfsvolle Blicke zuwarfen.

»Besser«, sagte Daniel.

»Besser als ein Auto?«, fragte Alice.

»Ein Grundstück«, sagte Daniel verschmitzt, »ein ordentliches Stück Land in Maine, direkt am Wasser.«

So einfach konnte sie das nicht glauben: »Daniel Kelleher, wenn das ein Witz sein soll …«

»Das würde ich mir nie erlauben, verehrte Dame«, sagte er, indem er auf sie zuging und ein Ohr an ihren Bauch legte.

»Hörst du, Gummibärchen?«, sprach er zu ihrem Gürtel.

»Daniel!«, rief sie und versuchte, ihn von sich zu drücken. Sie mochte es nicht, wenn er mit dem Baby sprach, als wäre es schon Teil seines Lebens.

Daniel ignorierte sie.

»Heute in einem Jahr bauen wir Sandburgen, du und ich. Papa hat einen ganzen Strand für dich.« Er richtete sich wieder auf. »Neds Großvater hat seinen Enkeln Land vererbt, aber Ned ist sein Anteil egal. Es gehört uns!«

»Für eine Fünfzigdollarwette?«, fragte Alice.

»Also sagen wir mal so: Es war die letzte in einer langen Reihe von Fünfzigdollarwetten, die er vielleicht nicht alle ganz abbezahlt hat.«

»Daniel!« Trotz der guten Nachricht war sie ein bisschen sauer.

»Liebling, mach dir doch keine Sorgen. Du bist mit einem Glückspilz verheiratet«, sagte er mit einem Augenzwinkern.

Alice glaubte nicht an Glück. Und wenn es das gab, blieb es ihr fern. In zwei Ehejahren hatte sie drei Fehlgeburten gehabt. Bevor Alice und ihre Geschwister zur Welt kamen, hatte ihre Mutter zwei Babys verloren. Das wusste Alice, obwohl sie nicht danach zu fragen gewagt hatte. Ihre Mutter hatte dazu nie mehr gesagt, als dass Gott sie wohl prüfen wolle, indem er ihr das Liebste nahm. Alice fragte sich, ob die Kinder in ihrem Fall nicht deshalb wieder verschwanden, weil sie wussten, dass sie nicht willkommen waren. Oder, um genau zu sein, weil sie wussten, dass Alice keine Mutter war.

Sie kannte den Ablauf: Erst blieben die dunklen Flecken in der Unterwäsche aus, dann folgten ein paar Wochen Übelkeit, Erbrechen und Kopfschmerz, dann sah sie Blut in der weißen Toilettenschüssel. Und wieder war eine Seele dahingegangen.

Im Aufzug des Bürogebäudes, in dem sie arbeitete, hatte sie ein Gespräch zwischen zwei Mädchen mitgehört. Die eine hatte der anderen zugeflüstert, dass ihr ein Arzt in New York ein Diaphragma angepasst habe.

»Das ist eine Befreiung, sag ich dir!«, meinte sie. »Harry passt nämlich überhaupt nicht auf.«

»Wenn die Männer die Kinder rauspressen müssten, würden sie schon aufpassen«, sagte die Freundin. »Stell dir vor: Ronald beim Hecheln und Pressen.« Sie schloss den Mund und blies die Wangen auf, bis beide in verhaltenes Gelächter ausbrachen.

Alice hätte sich so gerne mit ihnen ausgetauscht und mehr erfahren. Aber sie kannte die beiden nicht, und außerdem fand sie es vulgär, dass sie über derartige Dinge sprachen. Sie wusste nicht, wen sie fragen sollte, also fuhr sie eines Morgens vor der Arbeit zu einer entfernt gelegenen Gemeinde. Man sagte, die Beichte sei etwas Anonymes, dabei sah man den Priester ja, bevor er in den Beichtstuhl stieg, und auch er konnte einen sehen. Dieser war ein alter Mann mit schlohweißem Haar. Auf einem Schild las sie: PFARRER DELPONTE. Vermutlich Italiener, dachte Alice. Italienerinnen waren leicht zu haben, das war allgemein bekannt. Hoffentlich würde er sie nicht für eine halten. Sie war schließlich verheiratet.

Sie kniete im Halbdunkel des Beichtstuhls nieder, schloss die Augen und bekreuzigte sich.

»Im Namen des Vaters, des Sohnes und des Heiligen Geistes. Amen«, begann sie mit den wohlvertrauten Worten.

Als sie ihm von den Fehlgeburten berichtete, errötete sie tief.

»Ich frage mich, ob ich vielleicht noch nicht so weit bin«, sagte sie. »Ich frage mich, ob ich es nicht vielleicht etwas hinauszögern sollte. Vor ein paar Jahren ist meine Schwester gestorben, und ich bin noch nicht wieder ganz ich selbst. Ich fürchte mich davor, Mutter zu werden. Ich glaube, ich bin nicht bereit, einem neuen Menschen in meinem Leben genug Liebe zu geben, zumindest jetzt noch nicht.«

Sie hatte nicht zu Ende gesprochen, da fragte er: »Wie alt sind Sie?«

»Vierundzwanzig.«

Alice hätte schwören können, dass sie durch das Gitter einen erstaunten Ausdruck auf seinem Gesicht gesehen hatte.

»Natürlich sind Sie alt genug, meine Tochter«, sagte er mit

sanfter Stimme. »Unser Weg ist von Gott vorgezeichnet. Wir müssen an diesen Weg glauben und dürfen nichts tun, das uns von ihm abbringen könnte.«

Hatte er sie auch richtig verstanden? Vielleicht hatte sie sich undeutlich ausgedrückt.

»Ich habe von gewissen Mitteln und Wegen gehört, mit denen man es verzögern kann«, fing sie nach Worten suchend an. »Ich weiß, dass die Kirche das nicht gutheißt –«

»Die Kirche verbietet es«, sagte er, und das war sein letztes Wort.

Nachdem sie auf dem Parkplatz kurz geweint hatte, ging sie zur Arbeit. Daniel erfuhr nie davon.

Die jetzige Schwangerschaft dauerte schon sechs Monate an. Alice hatte panische Angst. Sie schlich umher und traute sich kaum, tief einzuatmen. Abends brauchte sie einen kleinen Whiskey, um einschlafen zu können. Sie rauchte doppelt so viel wie sonst und musste nachmittags um den Block gehen – dreimal schon hatte ihr Chef sie ermahnt, weil sie während der Arbeitszeit vom Schreibtisch verschwand. Mister Kristal war richtig gemein gewesen. Vermutlich hatte er ihren Zustand erraten und wusste aus Erfahrung, dass sie sowieso bald kündigen würde.

Am Samstag, nachdem Daniel das Grundstück gewonnen hatte, fuhren sie nach Cape Neddick. Alice wusste nicht, was sie erwartete. Sie war nur einmal als junges Mädchen auf einen Tagesausflug mit ihren Geschwistern in Maine gewesen. Zu sechst hatten sie sich in den Pontiac ihres Vaters gequetscht und waren mit offenen Fenstern über den Highway gedonnert. Mittags hielten sie an einer Fischbude und fuhren dann nach Osten, bis sie ein ruhiges Stück Strand entdeckten. Die Jungs ließen Steine springen, während Alice und Mary im Sand saßen und plauderten. Alice zeichnete die Dünen in ihr Tagebuch. Sie wussten nicht genau, wo sie waren, und blieben nicht lange. Eine Übernachtung konnten sie sich nicht leisten, nicht einmal in einem der billigen Motels am Autobahnrand.

Seitdem waren nur wenige Jahre vergangen, aber Alice kam es vor, als sei es in einem anderen Leben gewesen.

Daniel lenkte den Wagen durch das Zentrum von Ogunquit, vorbei an einem Motel, einem Tanzlokal, der Drogerie Perkins und dem Leavitt Lichtspielhaus, wo um zwei Uhr eine Vorstellung von *Urlaub in Hollywood* beginnen sollte. Sie fuhren immer geradeaus und kamen am steinernen Gebäude der Bibliothek, der Baptistenkirche und einer Reihe vornehmer Hotels vorbei, bis sie die Landspitze erreichten, wo Hummerfallen an Fischerhütten lehnten und Fischerboote auf dem Wasser schaukelten. Die Landzunge war auf drei Seiten vom Meer umgeben: Zu ihrer Linken und geradeaus sahen sie die felsige Atlantikküste, und rechts lag eine kleine Bucht mit einer Fußgängerbrücke, die zur anderen Seite hinüberführte. In einen Stein am Fuß der Brücke waren die Worte PERKINS-BUCHT gemeißelt.

Alice zog die Augenbrauen hoch. »Heißen denn hier alle Perkins?«

»So ungefähr«, sagte Daniel und war sichtlich stolz, seine Ortskenntnisse unter Beweis stellen zu können. »Ned meint, dass den Perkins der halbe Landstrich gehört. Die sind auch Fischer, wie Neds Familie. Ned war zu Schulzeiten mit einer der Perkins-Cousinen zusammen.«

»Die Glückliche«, sagte Alice.

»Na, na«, sagte Daniel. »Ned hat mir sogar einen Reim aus der Gegend beigebracht. Bist du bereit?«

Bevor Alice protestieren konnte, sagte er ihn auch schon mit singender Stimme und in seiner besten James-Cagney-Imitation auf:

> *Ein Perkins hat den Supermarkt,*
> *Ein Perkins hat die Bank,*
> *Ein Perkins füllt Benzin in jeden Autotank.*
> *Ein Perkins hat die Zeitschriften,*
> *Ein anderer den Gin,*
> *Egal, was du gerade brauchst, zu Perkins musst du hin.*

Ein Perkins greift ins Portemonnaie
Uns allen alle Tag,
Und wenn ich sterb, so denke ich,
Lieg ich in 'nem Perkins-Sarg.

Alice verdrehte die Augen. »Danke, Schatz. Ich hab's begriffen.«

Sie wendeten und bogen auf die Shore Road ein. Daniel fuhr langsam und sah zu beiden Seiten aus dem Fenster. Linker Hand blitzte das Meer hinter einem Kiefernwald. Hier und dort standen inmitten grüner Wiesen Schindelhäuser mit der amerikanischen Flagge im Vorgarten. Auf den Weiden grasten Kühe.

»An dieser Straße muss es irgendwo sein«, sagte Daniel.

Die neue Landkarte lag aufgefaltet auf Alices Schoß. Daniel war davon ausgegangen, dass seine Frau sie lesen konnte, aber Alice erinnerten die Flächen und Linien nur an das Gewirr aus Venen und Muskeln in ihrem alten Biologielehrbuch. Sie wartete darauf, dass er sie anfuhr und so etwas sagte wie: »Jetzt reicht's. Gib mal her!« Aber das war nicht seine Art. Er lachte nur und sagte: »Sieht aus, als hätte ich mir eine Tagträumerin als Kopilotin ausgesucht. Na, dann müssen wir eben unserer Nase folgen.«

In diesem Augenblick sah Alice die kleine Gruppe von Männern und Frauen, die in Malerkitteln vor ihren Staffeleien auf einem Hügel saßen.

»Es gibt hier eine Künstlerkolonie«, sagte Daniel. »Ned hat erzählt, dass die Hütten der Hummerfischer eine nach der anderen von Künstlern übernommen werden. Ich dachte, das würde dir gefallen. Die bieten Sommerkurse an. Vielleicht ist was für dich dabei.«

Alice nickte nur, aber sie war plötzlich angespannt. Sie wehrte sich gegen düstere Gedanken, spürte aber schon, wie ihre Stimmung umschlug. Sie starrte aus dem Fenster.

Zu ihrer Rechten stand ein schlichtes Holzhaus mit einem Schild: RUBY'S GEMISCHTWAREN. Zur Linken sah sie ein kleines grünes Gebäude, das man für ein Wohnhaus hätte halten können, hätte das Holzschild über der Veranda es nicht als Apotheke ausgewiesen.

Die Briarwood Road war nicht ausgeschildert. Ned hatte gesagt, sie sollten der Straße entlang der Küste folgen, bis sie nach etwa drei Kilometern auf eine Gabelung stießen. Da sollten sie links auf eine unbefestigte Straße einbiegen. Dann ginge es geradeaus bis ans Meer.

»Er hat gesagt, es sieht aus, als würde man direkt in den Wald fahren«, sagte Daniel.

Alice stöhnte und bereitete sich geistig auf ein undurchdringliches Dickicht vor, das Ned einfach zu seinem Eigentum erklärt hatte.

Sie mussten mehrfach wenden, weil sie den Eingang zweimal verpassten. Beim dritten Versuch bogen sie an einer Stelle ab, die man kaum als Weggabelung erkennen konnte. Alice war sprachlos. Was da vor ihnen lag, war wie aus einem Märchenbuch: Ein sandiger Weg schlängelte sich durch einen Tunnel aus üppigen Kiefern, und als sie an seinem Ende ankamen, glitzerte vor ihnen das Meer in der Sonne. Es hob sich dunkelblau gegen einen kleinen Sandstrand ab, der die felsige Küste unterbrach.

»Willkommen zuhause«, sagte Daniel.

»Das gehört uns?«, fragte Alice.

»Tja, ein Hektar davon«, sagte er. »Und zwar der allerbeste – das ganze Uferstück.«

Alice war begeistert. Keiner ihrer Freunde und Bekannten zuhause hatte ein Haus am Strand. Sie stellte sich schon vor, was ihre beste Freundin Rita für ein Gesicht machen würde, wenn die das Grundstück sah.

Alice drückte Daniel einen Kuss auf den Mund.

Er grinste: »Es gefällt dir also.«

»Ich weiß schon, welche Vorhänge wir nehmen.«

»Wunderbar. Dann ist das Wichtigste ja erledigt. Jetzt brauchen wir nur noch ein Haus, in das wir sie hängen können.«

Auf dem Rückweg hielt er an der Weggabelung an, ritzte ein

Kleeblatt und die Buchstaben *A. H.* in die weiche Rinde einer Birke und sagte: »Jetzt verpassen wir die Abzweigung nie wieder.«

»A. H.?«, fragte sie. »Was soll das denn sein?«

Wie ein Lehrer zeigte er langsam auf einen Buchstaben nach dem anderen: »Alices Haus.«

Daniel und seine Brüder bauten das Sommerhaus eigenhändig, sie setzten jeden Balken selbst. Die fünf Räume im Erdgeschoss waren durchgehend miteinander verbunden: Durch die enge steinerne Küche betrat man das Wohnzimmer. Hier standen das schwarze Klavier von J. & C. Fischer aus New York, außerdem ein gusseiserner Holzofen in der Ecke und ein Esstisch, an dem problemlos zehn Personen Platz hatten, obwohl sie sich oft zu sechzehnt daran drängten. Von diesem Raum kam man in ein kleines Schlafzimmer, das die richtige Größe für ein Paar hatte und an ein sonnengelbes Bad angeschlossen war. Das Bad führte in ein weiteres Schlafzimmer, so groß wie alle anderen Räume zusammen, in dem zwei Einzelbetten und vier Stockbetten standen. Über allem lag der Dachboden, der einzige Ort im Haus, in dem man ungestört war. An die Küchentür war ein Windfang angebaut, und vom Wohnzimmer ging eine Veranda ab. Außerdem gab es eine Außendusche voller Spinnweben, von der aus man beim Haarewaschen die Sterne beobachten konnte. Das war alles. Ihr kleines Stück vom Paradies. Hier verbrachten die Kellehers fortan jeden Sommer.

In den fünfziger Jahren wurden immer mehr Grundstücke um Ogunquit und Cape Neddick von reichen Auswärtigen gekauft. Aber an der Briarwood Road baute niemand, und sie empfanden das Waldstück mit den herrlichen Bäumen, die den Weg zum Strandhaus säumten, als ihr Eigentum.

Jeden Juni verließen sie Massachusetts und blieben in Maine so lange es ging. Wenn Daniels Chef bei der Versicherungsgesellschaft ihm nicht freigab, fragte Alice Rita, ob sie mitkommen wolle. Dann machten die beiden, jede mit einem Baby im Arm, die Antiquitätenläden in Kennebunkport unsicher und schlürften am Strand vor dem Haus Cocktails. An Regentagen gingen sie ins Kino oder fuhren an der Küste entlang. Eines Sommers bespielte Tallulah Bankhead vier Wochen lang das Theater von Ogunquit, und Alice und Rita besuchten zwei Vorstellungen, obwohl das Stück eigentlich nicht besonders gut war. Die Leute des Städtchens waren eine seltsame Mischung aus einheimischen Fischersleuten, Touristen, Schauspielern und Künstlern. Wohin man auch blickte, malte jemand das Meer, einen Sonnenuntergang oder geschickt arrangierte Hummerfallen. Alice mied die Künstler. Im Ort hatte einer von ihnen, übrigens ein ziemlich gutaussehender, sie eines Morgens gefragt, ob er sie porträtieren dürfe. Sie hatte gelächelt, war aber weitergegangen, als hätte sie ihn nicht verstanden.

An manchen Wochenenden bekamen sie Besuch von Alices oder Daniels Familie. Dann aß und trank man zusammen, sang zu Alices Klavierspiel irische Volkslieder und ging spät ins Bett. Wenn sie morgens von der Kirche zurückkam, legten sich Alice und ihre Schwägerinnen in einer Reihe in den Sand und ließen sich stundenlang die Sonne auf die nackten Beine brennen. Alice hatte dann ein Buch dabei, denn diese Frauen waren keine besonders gute Gesellschaft: Sie lehnten Klatsch aus moralischen Gründen ab und beneideten Alice offensichtlich um ihre Figur. Alice sehnte ihre Schwester Mary herbei, und manchmal vergaß sie fast, was geschehen war, und wartete darauf, dass Mary um die Hausecke bog.

Am späten Nachmittag gingen die Frauen in die Küche, schälten Maiskolben und kochten Kartoffeln. Im Hintergrund lief eine Dean-Martin-Platte. Die Männer standen währenddessen in die Kohlen pustend um den Grill, als brauchte man acht Mann, um ein Feuer anzufachen.

Dann kamen immer mehr Kinder dazu – die drei von Alice und Daniel und ihre zweiundvierzig Nichten und Neffen. Jahrelang wurde das Sommerhaus von einer Armee von Kindern belagert, und Alice gab es bald auf, die Zimmer in präsentablem Zustand halten zu wollen. Bis zum vierten Juli waren alle Kinder knallrot und sommersprossig, und ihr braunes Haar, besonders das der Mädchen, gebleicht, weil sie es nach dem Vorbild ihrer Mütter morgens mit Zitronensaft beträufelten. Fußsohlen, die am Tag der Ankunft weich und glatt gewesen waren, wurden durch wochenlanges Barfußlaufen über Stege und Dünen rau und hart. Daniel meinte, dass sie am Ende des Sommers allesamt über Scherben gehen könnten.

Umgeben von glücklichen Menschen, die dankbar waren, hier sein zu dürfen, konnte Alice in Cape Neddick vergessen. Die Kinder rannten mit ihren Cousins in Rudeln durch die Gegend und brauchten nichts. Abends beobachtete sie, wie sich der Himmel über dem Meer rot färbte. Es brachte ihr in Erinnerung, dass Gott nicht nur Schmerz, sondern auch Schönheit geschaffen hatte. Im Sommer in Maine war sie ein anderer Mensch.

Zuhause in Massachusetts wurde sie von Erinnerungen heimgesucht. Wenn sie mit den Kindern allein war, hatte sie manchmal das Gefühl, alles würde ihr entgleiten. Eine düstere Stimmung überfiel sie unerwartet, und sie litt unter starken Kopfschmerzen, die sie oft ganze Nachmittage lang ans Bett fesselten. Ihr Alltag hier war von Natur aus langweilig, und Langeweile ertrug sie nicht. Wie sehr sie sich auch bemühte, sie konnte sich nicht an den Herd stellen, über die Wäscheberge beugen oder den Küchenboden schrubben, als gäbe es nichts Schöneres. Ihr war etwas anderes vorbestimmt. Das Sommerhaus in Maine war das Einzige, das sie von den anderen unterschied, das Einzige nicht Gewöhnliche an ihr.

Mit zwölf oder dreizehn verkündete die Große, schon immer eine Miesmacherin, dass sie die Urlaube in Maine hasste. Die Luft sei mückenverpestet und das Wasser eiskalt, fand Kathleen. Es gab keinen Fernseher, und es war sterbenslangweilig. Vom jährlichen Ankunftstag zu Beginn des Sommers bis zum unvermeidbaren Morgen, an dem sie das Auto beluden, um nach Massachusetts zurückzukehren, jammerte Kathleen von da an: »Können wir jetzt zurückfahren? Wann fahren wir endlich zurück?«

»Seltsam«, hatte Daniel einmal gesagt.

»Ach, wieso denn?«, sagte Alice. »Sie muss gemerkt haben, wie glücklich ich hier bin, und automatisch beschlossen haben, dass sie Maine nicht ausstehen kann.«

Viel später – die Zeit schien schneller zu vergehen, je älter sie wurde – kamen die Enkel. Daniel ging in Rente. Die Kinder kamen nach Maine, wann sie wollten, und keiner machte sich die Mühe, vorher Bescheid zu sagen. Sie brachten einfach eine Extraladung Hotdogs und Heineken mit, dazu Kekse oder Heidelbeerkuchen von Rubys Gemischtwaren. Daniel und Alice waren die einzige Konstante. Ständig drängten mehr Familienmitglieder ins Haus und schliefen, wo gerade Platz war: Auf dem Holzboden im Wohnzimmer lagen zugedeckt die Kleinen, die jungen Leute machten es sich auf Luftmatratzen auf dem Dachboden gemütlich, und der Laufstall ihres Enkels Ryan wurde in die enge Küche gezwängt.

Frühmorgens, wenn noch alles schlief, kochte Alice eine Kanne Kaffee, schob Brötchen in den Backofen, briet ein Dutzend Eier mit Schinken und stellte für die sandigen Kinderfüße einen Wassereimer vor den Eingang. Später half sie vielleicht noch Kathleen oder Ann Marie, die Kinder mit Sonnencreme einzureiben. Aus Erfahrung wussten sie, dass für irische Haut etwas anderes als Lichtschutzfaktor fünfzig nicht in Frage kam. Und selbst dann gab es üble Sonnenbrände mit krebsroter Haut und schmerzhaften Brandblasen, die den Rest des Tages mit verschiedenen Cremes behandelt werden mussten. Die Enkel kamen, wie schon die Kinder, nach Daniel: Eine halbe Stunde in der Sonne reichte, und die kleinen, rosigen Gesichter waren von Sommersprossen übersät.

Ein paar Jahre vor Daniels Tod hatte ihr Sohn Patrick eine Überraschung für sie. Er wolle ein Haus nur für sie bauen, und zwar ein richtiges, modernes Haus mit Luxusausstattung und der neuesten Haustechnik, mit Meerblick, aber ohne schreiende Kinder. Es sollte gleich neben dem alten Sommerhaus stehen, aber um Meilen besser sein. Sie hätten dort einen großen Fernsehschirm, der an ein irgendwie in die Wände eingebautes Lautsprechersystem angeschlossen wäre. Im alten Haus gab es ein kleines Radio, mit dem man die Baseballspiele der Boston Red Sox nur verfolgen konnte, wenn man es aufs Fensterbrett stellte und die Antenne im richtigen Winkel ausrichtete.

»Wäre das nicht wundervoll?«, sagte Alice zu ihrem Mann, als Pat ihnen seine Pläne eröffnet hatte. »Ein Unterschlupf nur für uns zwei. Keine Viecher im Dachgebälk, kein Schimmelgeruch im Bad. Und kein undichter alter Kühlschrank.«

»Aber genau das macht doch ein Sommerhaus aus«, sagte Daniel. »Wenn wir alleine in einem perfekten Haus sitzen wollen, können wir gleich in Canton bleiben. Irgendwie habe ich das Gefühl, dass ihr uns loswerden wollt.«

Alice sagte, das sei vollkommener Unsinn, obwohl sie eigentlich dasselbe dachte. Die Pläne klangen extravagant und widersprachen ihrer Vorstellung von einem Familienferienhaus. Aber Patrick hatte schon alles ausgetüftelt und er hatte so glücklich ausgesehen, als er ihnen davon erzählte. Außerdem, meinte er, würde ein zweites Haus auf dem Grundstück den Marktwert steigern.

»Wie bei Monopoly«, hatte er gesagt, und Alice hatte gelacht. Aber hinter Daniels verkrampftem Lächeln sah sie, dass er den Kommentar als herablassend empfand.

Als das Haus stand, ließ Patrick das Anwesen neu schätzen und erklärte, dass es jetzt über zwei Millionen Dollar wert sei. Alice wurde schwindelig. Zwei Millionen Dollar für ein Grundstück, das ihnen ein halbes Jahrhundert zuvor einfach in den Schoß gefallen war!

»Siehst du? Unser Junge ist ein schlaues Bürschchen«, sagte sie zu Daniel.

Aber Daniel schüttelte den Kopf und sagte: »Es ist nicht gut, so über Geld zu reden. Unser Zuhause ist unverkäuflich.«

Sie blickte in seine traurigen Augen und lächelte. Auch sie wollte dies alles festhalten, genau wie er.

Alice legte ihm eine Hand auf die Wange. »Niemand hat etwas anderes behauptet.«

Von ihren drei Kindern hatte es Patrick, der Jüngste, mit Abstand am weitesten gebracht. Er hatte die Boston College High School besucht und war in seinem letzten Schuljahr dort mit Sherry Burke, der Tochter des Bürgermeisters von Cambridge, zusammen gewesen. Sherry war ein nettes Mädchen, und ihre Familie hatte Patrick in die Welt der guten Dinge eingeführt. Alice glaubte, dass es die Jahre mit Sherry gewesen waren, die in Patrick den Wunsch geweckt hatten, das große Geld zu machen. (Heute sah sie Sherry, die jetzt Senatorin war, manchmal im Fernsehen.) Nach der Schule ging Pat zur Notre-Dame-Universität und machte den sechstbesten Abschluss. Er lernte Ann Marie kennen, die am Schwestercollege Saint Mary studierte. Die beiden heirateten in dem Sommer, in dem sie zweiundzwanzig wurden. Sie führten eine gute Ehe und hatten drei zauberhafte Kinder: Fiona, Patty und den entzückenden Daniel Junior, Alices Liebling. Pat war an der Börse, und Ann Marie kümmerte sich um den Haushalt. Sie wohnten vor den Toren Bostons in einem riesigen Haus in Newton mit Swimmingpool und der passenden dunkelblauen Mercedeslimousine in der Garage.

Alices Töchter nannten sie Familie Makellos. Und verglichen mit ihnen waren sie das ja auch. Alice sagte oft, dass Ann Marie ihr eine bessere Tochter sei, als eine von ihnen es je sein könnte. Ihre Schwiegertochter nahm sie auf Wochenendausflüge mit, und sie gingen gemeinsam zu einem teuren Friseur in der Stadt. Sie trafen sich regelmäßig zum Mittagessen und tauschten Rezepte, dicke Bücher und Modezeitschriften aus. Alices Töchter hingegen schafften es meist nicht einmal, sie wöchentlich anzurufen und einigermaßen auf dem Laufenden zu halten. Clare machte das gelegentlich durch hübsche Geschenke wieder gut, aber Kathleen gab sich überhaupt keine Mühe.

Clare war das mittlere Kind und zwei Jahre älter als Patrick. Als die Kinder noch klein waren, hatte Alice sich um sie am meisten gesorgt. Ihre Mähne war rot wie Herbstlaub, sie hatte ein unvorteilhaft rundes Gesicht und jede Menge Sommersprossen. (Die hatte sie von Daniel.) Sie war jungenhaft und hatte mehr Köpfchen, als gut für sie war. Ihren Highschool-Abschluss hatte Clare mit nonnenhaftem Ernst verfolgt: Sie hatte sich in ihr Zimmer zurückgezogen, sich am offenen Fenster in die Schulbücher vertieft und Alice Zigaretten stibitzt, wenn sie sich unbeobachtet fühlte. Sie hatte nicht mehr als einen oder zwei Freunde gehabt, und auch diese Freundschaften hatten nie länger als ein paar Monate gehalten. Daniel hatte die Idee für nicht gerade mütterlich gehalten, aber Alice befürchtete, dass irgendetwas an Clares Verhalten die Leute abstieß.

Nach ihrem Abschluss am Boston College nahm Clare einen Job in der IT-Branche an. Bis heute wusste Alice nicht genau, was sie da gemacht hatte. Clare hatte sich ganz ihrer Arbeit verschrieben und, soweit Alice wusste, nie einen Freund gehabt. Mit Ende dreißig traf sie Joe, natürlich über die Arbeit. Seine Familie besaß ein Devotionaliengeschäft im Süden Bostons. Sie verkauften Bibeln, Gebetsbücher, Kreuze und zur Erstkommunion Nachbildungen des Prager Jesulein. Als Joes Vater sich zur Ruhe setzte, ging das Geschäft auf Joe über. Seitdem verkaufte Clare die Waren irgendwie übers Internet.

Sie verdienten gut und wohnten in einem alten viktorianischen Bau im Bostoner Jamaica Plain, einem Bezirk, den sie für seine kulturelle Vielfalt und die öffentlichen Parks zu lieben vorgaben. (*Klingt wie eine nette Beschreibung für ein Armenviertel*, dachte Alice, als sie das hörte. Dabei wusste sie, dass das Haus nicht billig gewesen war.) Die Nachbarn auf beiden Seiten waren Schwarze.

Alice konnte sich nicht daran erinnern, einen Schwarzen gesehen zu haben, bevor sie mit neunzehn einen Job in der Bostoner Innenstadt bekam. Heute konnte sie die Straße im Vorort Dorchester, an der sie aufgewachsen war, nicht entlangfahren ohne die Autotüren zu verriegeln, die Luft anzuhalten und innerlich zehn Ave Maria zu sprechen. Wo ihre Brüder früher vor dem Abendessen Basketball gespielt hatten, standen jetzt Gangs und Prostituierte. Aber das durfte man ja nicht sagen. Wenn man es doch tat, wurde man von Clare und Joe der Bigotterie bezichtigt.

Die beiden waren wie füreinander geschaffen. Beide waren ganz versessen auf dieses neumodische liberale Tamtam, und sie waren so verliebt, dass Joe Clares höchstens als unscheinbar zu bezeichnendes Äußeres gar nicht aufzufallen schien und ihr seine eigentlich peinliche Körpergröße offenbar ganz egal war. Ihr Sohn Ryan war siebzehn und machte seinen Schulabschluss an der Boston Arts Academy. Er war ein talentierter Sänger und würde noch groß rauskommen. Manchmal war er ganz schön frech, aber so hatte man ihn eben erzogen. Alice hatte ihnen ja von einem Einzelkind abgeraten. Als Ryan noch klein war, wollte er immer, dass Alice für ihn Klavier spielte. Er sang dann dazu »Tomorrow« aus dem Musical *Annie* und erreichte die Höhen mindestens so gut wie die Mädchen am Broadway. Alice und Daniel hatten im Lauf der Jahre so viele Schultheaterstücke besucht, dass Daniel sich irgendwann Ohropax besorgt hatte, um im Zuschauerraum ein Nickerchen halten zu können. Alice aber liebte diese Aufführungen. Sie hatte alle Programmhefte aufbewahrt. Aber jetzt hielten Clare und Joe ihr Ryan fern. Bei den vielen Vorsingterminen, Reisen und einem stressigen Alltag blieb für die Oma keine Zeit. Alice hielt das für eine schlechte Ausrede.

Kathleen, die Große, hatte Alices schwarzes Haar und ihre blauen Augen, und als die Kinder noch klein waren, war sie die hübschere Schwester gewesen. Aber auch das nur relativ. Sie hatte ein viel zu rundes Gesicht und schon im Jugendalter hatte man an ihren runden Hüften und Brüsten absehen können, dass sie ansetzen würde.

Daniel meinte, dass Alice nie echte Muttergefühle für Kathleen entwickelt habe und sie auch so behandelte. Dafür hatte er sie verzogen und nie einen Hehl daraus gemacht, dass sie sein Liebling war. So war es, als Kathleen noch klein war, so war es, als er ihr in der Zeit ihrer Scheidung das Sommerhaus zur Verfügung stellte, obwohl er das eigentlich mit Alice hätte absprechen müssen, und so war es auch noch kurz vor seinem Tod, was Alice ihm und Kathleen nie ganz hatte verzeihen können.

Nach der Scheidung ging Kathleen nochmal zur Uni und studierte Sozialpädagogik. Ihre Kinder waren noch klein und brauchten sie. Aber Kathleen war tagsüber kaum zuhause und ging abends zu den Treffen der Anonymen Alkoholiker, als gäbe es da was umsonst. Später arbeitete sie als Vertrauensperson an einer Schule und ging mit lauter ungeeigneten Männern aus.

Aus ihren Kleinen, Maggie und Christopher, war geworden, was bei einer kaputten Familie zu erwarten war. Chris hatte Wutanfälle. Als Jugendlicher hatte er einmal ein Loch in die Badezimmerwand geboxt, als seine Mutter ihm Hausarrest erteilt hatte, weil er sich heimlich aus der Wohnung schlich. Im Gegensatz zu ihrem Bruder war Maggie zu bemüht, das brave Mädchen zu sein. Sie war zu höflich und zu sehr an anderen interessiert. Das machte Alice nervös.

Nach Daniels Tod zog Kathleen mit diesem Gammler Arlo nach Kalifornien. Zu dem Zeitpunkt kannten die beiden sich gerade sechs Monate. Ihr Plan war – um genau zu sein, war es sein Plan –, eine Firma zur Herstellung von Düngemittel aus Wurmexkrementen aufzubauen. Es war eine absurde Idee, und Alice schämte sich dessen bis heute. Besonders, weil Kathleen die Umsetzung dieses dummen Plans mit Daniels Erbe finanziert hatte. Aber Kathleen hatte ja auch schon vor Daniels Tod eine Menge Geld von ihm geliehen. Alice wollte gar nicht wissen, wie viel.

Früher hatte sie geglaubt, was Daniel gehörte, gehöre ihnen beiden. Aber wenn dem so gewesen wäre, hätte sie wohl ein Stimmrecht in der Frage gehabt, ob sie Geld verschenkten. Das war aber nicht der Fall, wenn es um Kathleen ging. Sobald ihre älteste Tochter einen ihrer dummen, naiven Fehlgriffe tat, stand Daniel bereit, um alles wieder auszubügeln.

Kathleen war schon als Jugendliche bei den gleichaltrigen Jungs beliebt gewesen.

»Warum nimmst du deine Schwester nicht mal auf eine Party mit?«, hatte Alice Kathleen freitagabends oft gebeten. Oder: »Kannst du nicht einen netten Jungen für Clare finden?«

Aber Kathleen hatte nur mit den Schultern gezuckt, als hätte sie Alice gar nicht richtig verstanden.

Bei einer dieser Auseinandersetzungen war Alice so wütend auf ihre selbstsüchtige Tochter geworden, dass sie gebrüllt hatte: »Du solltest dankbar sein, überhaupt eine Schwester zu haben, du armselige Kreatur. Weißt du, was ich machen würde, wenn ich –«

»Ja was würdest du denn machen?«, hatte Kathleen sie unterbrochen. »Was denn? Würdest du sie in irgendeinen Nachtclub schleppen und sie da sterben lassen?«

Alice war sprachlos gewesen. Wie hatte Daniel ihrer Tochter das erzählen können? Es blieb das einzige Mal, dass sie eines ihrer Kinder schlug.

Normalerweise überließ sie Daniel die körperliche Züchtigung der Kleinen, aus Angst davor, was sie in ihrer Wut und Frustration anrichten könnte. Sie hatten abgemacht, dass er die Kinder mit dem Gürtel schlug, wenn sie es brauchten. Alice hatte damit nie ein Problem gehabt. Ihre Geschwister und sie hatten viel Schlimmeres über sich ergehen lassen.

»Warte nur, bis dein Vater nach Hause kommt«, sagte sie zu den Kindern, wenn sie sich nicht benahmen, und sie sahen Alice dann mit großen, angsterfüllten Augen an.

Wenn Daniel dann kam, zerrte er den jeweiligen kleinen

Missetäter mit viel Theatralik in eines der Kinderzimmer und zog die Tür hinter sich zu. Alice hörte ihn mit ernster Stimme sagen: »Das hast du dir selbst zuzuschreiben, das weißt du genau. Also zetere jetzt nicht.«

Danach hörte man nur noch das Knallen des Gürtels auf dem weichen Kinderhintern, gefolgt von dramatischem Geschrei. So ein Verhalten war für ihren Mann ganz untypisch, aber es erleichterte Alice. Manchmal waren die Kinder nämlich richtige Monster, und Daniel hielt sie in Schach, sodass Alice wieder mit ihnen klarkam.

Nach Daniels Tod erzählten die Kinder ihr, dass ihr Vater sie nie geschlagen hatte. Er habe sie nur nach oben gebracht, mit dem Gürtel ein paarmal auf die Matratze gehauen und sie angewiesen, bei jedem Schlag laut zu schreien.

Alice erhob sich von ihrem Sitzplatz auf der Veranda, ging in die Küche und goss sich ein Glas Wein ein. Beim Anblick des über die Arbeitsfläche verteilten Geschirrs und Silbers seufzte sie. Sie hatte gehofft, es sich vor dem Abendessen noch mit einem Buch gemütlich machen zu können, aber die Stapel auf der Anrichte verlangten ihre Aufmerksamkeit.

Sie griff nach der großen Rolle Noppenfolie, schnitt ein paar lange Streifen ab und wickelte einen Teller nach dem anderen ein. Mit Zeitungspapier würde es schneller gehen, aber es wäre doch schade, wenn das Porzellan von der Druckertinte grau wurde, wenn sie es auch weggeben würde. Sie hatte kurz überlegt, das Geschirr Clare oder Ann Marie anzubieten, aber dann würden die beiden nur Fragen stellen, und Alice wollte nicht diskutieren.

In letzter Zeit hatten ihre drei Kinder eine Sache gemein: Sie gingen ihr allesamt unglaublich auf die Nerven.

Sie wollten, dass sie das Rauchen aufgab, zitierten Statistiken über die schlimmen Spätfolgen, wiesen auf die verfärbten Zimmerdecken und fragten, wie dann erst ihre Lunge aussehen müsse. Im letzten Frühjahr hatte sie eine brennende Zigarette im

Aschenbecher auf dem Küchentisch vergessen, als sie mit Ann Marie zum Einkaufen gegangen war. Später trug ihre Schwiegertochter die Einkäufe für sie ins Haus und sah, dass die Zigarette auf den Tisch gefallen war und dort einen hässlichen Brandfleck hinterlassen hatte. Die Kinder waren vollkommen durchgedreht, obwohl ja nichts weiter passiert war.

Sie fanden, sie trinke zu viel. Aber wen interessierte das schon? Himmelherrgott, sie war doch über dreißig Jahre lang ihrem Mann zuliebe trocken geblieben. Zu Thanksgiving hatte Patrick ihr eine Standpauke gehalten, von wegen Alkohol am Steuer, dabei hatte sie nur ein paar Cocktails getrunken. Alice hatte gelacht. Sie hatte sagen wollen, dass sie früher regelmäßig mit mehr als nur ein paar Cocktails intus gefahren sei – erst als junge Frau, dann während der drei Schwangerschaften, später mit den kreischenden Bälgern auf dem Rücksitz des Kombi –, und es immer gut gegangen sei. Vermutlich dachten sie an den Unfall, als sie noch klein waren, aber das war längst Geschichte und außerdem ein absoluter Einzelfall gewesen. Es gab doch genug Schlimmes in der Welt, und Alice fragte sich, warum ihre Kinder sich unbedingt auf hypothetische Katastrophen versteifen mussten, die eventuell irgendwann eintreffen könnten.

Sie meinten, sie achte nicht sorgfältig genug auf ihre Ernährung und kontrolliere ihre Salzaufnahme nicht wie vom Arzt verlangt. Ann Marie rief immer wieder mit warnenden Geschichten von der Verschlechterung der Diabetes ihrer Mutter an oder zitierte zu dem Thema Artikel aus *USA Today*, die ihr in die Finger geraten waren. Alice biss sich dann auf die Zunge, damit ihr nicht rausrutschte, dass Ann Maries Mutter zwar früher recht hübsch gewesen sein mochte, jetzt aber aussah wie Churchill im Badeanzug, wohingegen Alice, abgesehen von den Schwangerschaften, nie ein Gramm über vierundfünfzig Kilo gewogen hatte.

Sie meinten, Alice solle ihr Geld besser zusammenhalten, weil sie im Winter im Haus eingesperrt mit einem Manhattan oder einem Glas Cabernet vor dem Fernseher saß und ab und zu etwas bestellte – eine Time-Life-CD-Sammlung, einen Pürierstab, der die perfekte Suppe innerhalb weniger Minuten versprach, und einmal für die Kinder ihrer Enkelin Patty sogar ein Modell der Holzhütte, in der Lincoln geboren worden war. Aber sie gab nie mehr als 19,99 aus. Um sich besser zu fühlen, ging sie einmal im Monat sonntags nach der Kirche ins Kaufhaus, legte sich ein Seidentuch um und ließ sich am Chanel-Stand Lippenstift und Mascara auftragen. Natürlich kaufte sie nichts. Aber sie merkte sich das Gefühl und den Anblick im Spiegel, dann ging sie zu Marshalls und kaufte ein ähnliches Produkt von einer Billigmarke. Ihrem Adlerauge entging kein Niedrigpreis beim Schlussverkauf, und morgens schnitt sie Gutscheine aus der Zeitung und informierte Ann Marie telefonisch über die besten Angebote.

Trotzdem war es gar nicht so einfach, mit ihrem Geld zu haushalten, schließlich stand ihr nur ihre und Daniels Rente zur Verfügung. Vor ein paar Jahren hatte Patrick sich ihre Steuererklärung angesehen, die Stirn in Falten gelegt und gesagt: »Du gibst mehr aus, als du reinbekommst. Das musst du umdrehen, und zwar pronto.«

Ihr erster Gedanke war gewesen, das Grundstück in Maine zu verkaufen. Das hatte sie selbst überrascht, aber so war es.

An dem großen Neubau hing Alice nicht besonders, dafür umso mehr an dem kleinen Sommerhaus, das voller vertrauter Details war und wo in jeder Kommode und unter jedem Bett Geschichten aus ihrer Vergangenheit schlummerten. Auf dem Rahmen der Küchentür waren unzählige Daten und Initialen verzeichnet, anhand derer sie über die Jahre hinweg das Wachstum ihrer Kinder, Enkel, Nichten und Neffen verfolgt hatten. Hier hatte Clare laufen gelernt und Patrick sich eines Sommers beim waghalsigen Supermanflug vom Verandadach den Arm gebrochen. Hier waren ihre Enkel das erste Mal mit Sand in Berührung gekommen und ihre kleinen Körper ins Meer getaucht worden. Hier hatten Daniel und sie unzählige Spaziergänge gemacht und schweigend Hand in Hand die Sterne betrachtet.

Aber das waren nur Erinnerungen. Dieser Ort hatte keine Zukunft, nicht für Alice. In den letzten Jahren hatten ihre Kinder einen unsinnigen Zeitplan für das Sommerhaus entwickelt: Jeder Familie stand ein Sommermonat zu. Juni für Kathleen und ihre Kinder, Juli für Patrick und seine Familie, August für Clare, Joe und Ryan.

Es machte Alice nervös, ihre Kinder eines nach dem anderen zu sehen. Die fröhliche Spontanität früherer Sommer war vorbei. Seit Daniels Tod hielt nichts die Familie zusammen. Sie hatten sich voneinander entfernt, und irgendwann hatte Alice bemerkt, dass sie plötzlich nicht mehr die Matriarchin und weise, ordnende Herrin war, sondern die alte Dame, um die man sich kümmern musste, bevor man sich den schönen Dingen des Tages zuwenden konnte.

Sie hatte das Gefühl, dass ihre Kinder einander nicht leiden konnten, oder schlimmer noch, dass sie keine Verwendung füreinander hatten. Wofür sollte sie also das Grundstück behalten? Und warum sollte sie jedes Jahr die weite Strecke hierherfahren, wenn sie sich dann doch nur einsam fühlte und etwas vermisste, das längst der Vergangenheit angehörte?

Alice hatte den Eindruck, dass sich heutzutage jeder selbst der Nächste war. Die Art von Familie, in der Daniel und sie groß geworden waren und die sie weiterzuführen versucht hatten, gab es einfach nicht mehr. Ihre Mutter hatte inklusive der zwei verstorbenen Kleinkinder acht Kinder geboren. Bei Daniels Mutter waren es zehn gewesen. Obwohl sie den Krach, das Chaos und die Opfer, die das damals bedeutet hatte, gehasst hatte, sah Alice jetzt, dass es auch schön war, Teil einer großen Familie zu sein. Ihre Kinder und deren Kinder würden das nie verstehen. Deshalb zögerten sie auch nicht, die Sommermonate in Maine aufzuteilen und wenige Kilometer voneinander entfernt zu leben, sich aber nur alle paar Wochen zu sehen. Oder, wie in Kathleens Fall, ohne triftigen Grund ans andere Ende des Landes zu ziehen. Würmer, Herrgott nochmal.

Sie legte die Teller vorsichtig in eine auf dem Boden stehende Kiste. Darin stand schon eine Teekanne, die seit einer halben Ewigkeit zu dem alten Sommerhaus gehörte, ein paar alte Küchenhandtücher lagen darin und eine Kaffeetasse mit der Aufschrift *Küss mich, ich bin Ire*, die ihrem Bruder Timothy gehört hatte. Alice nahm die Tasse wieder heraus und stellte sie in den Schrank zurück.

Ihre Brüder fehlten ihr. Heute noch mehr als nach ihrem Tod vor einigen Jahren. In letzter Zeit verfolgten Alice auch Erinnerungen an ihre Schwester, und sie fragte sich, was gewesen wäre, wenn Mary nicht gestorben wäre. Im vergangenen Herbst waren es sechzig Jahre seit Marys Tod. Am achtundzwanzigsten November, ihrem Todestag, hatte Alice überlegt, ihr Grab zu besuchen. Sie konnte sich nicht daran erinnern, wann sie das letzte Mal da gewesen war. Auch ihre Eltern lagen dort begraben, die drei Namen auf einem Grabstein, auf dem auch die Namen der zwei kleinen Kinder standen, die sie in den Zwanzigern verloren hatten. Aber am Grab würde sie nur auf ein Zeichen ihrer Gegenwart hoffen, dabei wusste sie doch genau, dass sie dort nicht waren.

Alice hatte versucht, es zu vergessen, doch als sie am achtundzwanzigsten November den *Boston Globe* aufschlug, fand sie im Lokalteil eine ganzseitige Reportage über den Brand, sogar mit Fotos. Es wurde an die berühmtesten Opfer erinnert: an den alten Westernstar Buck Jones, der im Krankenhaus gestorben war, kurz bevor seine Frau ihn dort erreichte, um von ihm Abschied zu nehmen. An die Frau, deren Körper in einer Telefonkabine gefunden worden war, von wo aus sie ihren Vater angerufen und um Hilfe gefleht hatte. An ein Hochzeitspaar, das an jenem Tag in Cambridge geheiratet hatte und zusammen mit der ganzen Hochzeitsgesellschaft in den Flammen umgekommen war. Und dann war da das Mädchen, das sie Jungfrau Maria nannten und die gestorben war, ohne zu erfahren, dass ihr Liebster sie am nächsten Tag um ihre Hand hatte bitten wollen.

Alice las den Namen ihrer Schwester, und während sie sich an jene Nacht erinnerte, plagte ihr Gewissen sie wie seit Jahren nicht. Es gab niemanden, mit dem sie darüber hätte reden können. Ihre Kinder würden sie nicht verstehen, und Daniel war lange tot. Doch selbst wenn er noch gelebt hätte, hätte sie es nicht gewagt, sich ihm anzuvertrauen.

Sie zwang sich dazu, an etwas anderes zu denken, aber schon wenige Minuten später brach sie beim Abwasch in Tränen aus. Ihre Brust schnürte sich zusammen, und sie dachte schon, es wäre ein Herzinfarkt.

Alice wünschte, sie könnte zur Kirche gehen, zu ihrer Kirche, die sie durch Freud und Leid begleitet hatte. Dass es diesen Ort nicht mehr gab, machte den Schmerz oft noch unerträglicher. Sie konnte nicht vergessen, dass sie die Gemeinde nicht hatte retten können. Und dennoch überraschte sie die Tatsache von Zeit zu Zeit, dass die Kirche jetzt geschlossen war. Den Pfarrer von St. Agnes hatte man in eine Gemeinde nach Connecticut geschickt, und Alice wusste nicht, wie sie ihn dort erreichen konnte. Sie fühlte sich vollkommen allein.

Da dachte sie an ihren Geistlichen für die Sommermonate, Pfarrer Donnelly. Mit zitternden Fingern wählte sie seine Nummer in Maine, ohne genau zu wissen, was sie sagen würde. Sechs Jahrzehnte lang hatte sie das Geheimnis bewahrt. Ihr war klar, dass Beichte hieß, nichts auszulassen, und dennoch erzählte sie Pfarrer Donnelly nur eine Version der Wahrheit. Danach kannte er nur die Teile der Geschichte, von denen auch Daniel schon gewusst hatte.

Er war sehr freundlich gewesen und hatte gesagt, dass sie sich verzeihen müsse. Das Gleiche hatte ihr auch Daniel gepredigt.

»Bitte«, hatte sie immer wieder gesagt, »erlegen Sie mir doch eine Buße auf. Sagen Sie mir, wie ich das wiedergutmachen kann.«

Nicht einmal dem Pfarrer gegenüber konnte sie ihre wahnsinnige Angst vor der Hölle eingestehen. Aber ihr war klar, dass ihr nicht mehr viel Zeit blieb.

»Wir müssen uns alle darauf konzentrieren, in der uns verbleibenden Zeit Gutes zu tun«, sagte er. »Es ist sinnlos, mit der Vergangenheit zu hadern. Überlegen Sie sich lieber, was Sie in der Gegenwart tun können.«

Früher hätte ein Pfarrer sie beten oder Verzicht üben lassen und sie dann von ihren Sünden losgesprochen. In der Fastenzeit gab es keine Süßigkeiten, kein Parfum, keinen Gin, je nachdem, was einem das Liebste war. Aber heutzutage schienen sie es vorzuziehen, dass man Gutes tat: ein Haus neu anstreichen, Spenden für Unicef sammeln, ehrenamtlich mit Problemkindern arbeiten. Was auch immer.

Nachdem sie aufgelegt hatte, konnte sie freier atmen. Es war doch eine Erleichterung gewesen, es sich von der Seele zu reden. Dennoch goss sie sich ein Glas Wein ein und legte sich schon um sechs Uhr ins Bett.

Einen Monat darauf, Weihnachten war gerade vorbei, war Pfarrer Donnelly bei Freunden in Boston zu Besuch und kam bei Alice zum Mittagessen vorbei. Er wollte wissen, ob es ihr seit ihrem Gespräch besser ginge, und sie sagte Ja, obwohl das nicht ganz der Wahrheit entsprach. Sie hatte seitdem viel an Mary gedacht, und Pfarrer Donnellys Worte hatten sich ihr eingebrannt: *Überlegen Sie sich, was Sie in der Gegenwart tun können*. Aber sie konnte ihre Schwester nicht wieder lebendig machen, ebenso wenig konnte sie sich von ihren Sünden erlösen.

Sie servierte dem Pfarrer eine Geflügelpastete aus der Tiefkühltruhe, die sie schon ein paar Wochen zuvor zubereitet hatte. Die beiden saßen in der Küche, während vor dem Fenster Schnee auf die Rhododendronbüsche fiel, und das Gespräch wandte sich anderen Themen zu. Irgendwann ging es dann um St. Michael. Alice bemerkte die Sorgenfalten auf Pfarrer Donnellys Stirn. Die Finanzmittel schwanden, das Pfarrhaus verfiel, das Kirchendach war in schlechtem Zustand und im Keller, der bei Regen volllief, hatten sie jetzt auch noch mit Schimmelbefall zu kämpfen.

»Wenn wir Glück haben, bleiben uns dort vielleicht noch zehn Jahre«, sagte er. »Es ist einfach kein Geld für die Sanierung da.«

Alice konnte den Gedanken nicht ertragen, auch diese Kirchengemeinde zu verlieren. Plötzlich wusste sie, was zu tun war. »Meine Familie und ich haben beschlossen, dass das Grundstück in Maine nach meinem Tod an die Gemeinde von St. Michael gehen soll«, sagte sie. »Vielleicht beruhigt Sie das. Im großen Neubau und dem kleinen Sommerhaus ist Platz für zehn oder zwölf Personen. Sie können es aber auch verkaufen. Das Anwesen ist über zwei Millionen Dollar wert.«

Pfarrer Donnelly errötete genau wie Daniel, wenn er als junger Mann in eine peinliche Situation geriet.

»Aber Alice«, sagte er, »ich wollte damit doch nicht sagen –«

»Das weiß ich doch«, sagte sie. »Aber glauben Sie mir: Der Beschluss stand schon vor diesem Gespräch fest.«

»Ich kann mich Ihrer Familie unmöglich auf diese Weise aufdrängen«, gab er zurück.

»Ich habe St. Michael schon besucht, lange bevor Sie geboren wurden und bin seitdem jeden Sommer dort«, sagte sie mit ernstem Gesicht. »Ich habe der Gemeinde viel zu verdanken und es ist nur recht und billig, wenn ich jetzt etwas zurückgebe. Außerdem bedeutet das Grundstück meinen Kindern nichts.«

Noch während sie das sagte, wurde ihr plötzlich klar, dass die Kinder, vor allem Patrick, stinkwütend sein würden, dass sie eine solche Entscheidung ohne sie traf. Aber warum sollte sie das nicht tun? Schließlich war es ihr Grundstück. Hatte sie denn jemand nach ihrer Meinung gefragt, als es um die Einteilung der Sommermonate ging? Clare und Patrick brauchten das Geld nicht. Und Kathleen hatte schon Daniels Ersparnisse verschwendet. Der Gedanke daran erinnerte Alice an den Tag, an dem sie ihren Stolz überwunden hatte und Kathleen gebeten hatte, den todkranken Daniel gemeinsam mit ihr zur Vernunft zu bringen. Dass Kathleen ihre Unterstützung verweigert hatte, würde Alice ihr nie verzeihen. Daniel könnte noch am Leben sein, wenn er damals nicht jene Entscheidung getroffen und Kathleen darin nicht zu ihm gehalten hätte. Aber das konnte Alice jetzt nicht mehr ändern.

»Sie sollten sich das in Ruhe überlegen«, hatte Pfarrer Donnelly gesagt. »Sprechen Sie noch einmal mit Ihrer Familie. So eine Entscheidung darf man nicht auf die leichte Schulter nehmen, Alice.«

Für sie war es so gut wie erledigt.

»Ich habe schon alles mit der Familie besprochen und wir sind uns einig«, sagte sie.

In derselben Woche ging sie zu ihrem Anwalt und änderte ihr Testament. Der Hektar Land und die zwei Häuser würden an St. Michael gehen.

Danach rief sie Pfarrer Donnelly an, um ihm mitzuteilen, dass es amtlich war.

»Oh Alice, vielen, vielen Dank.« Sie hörte die Erleichterung in seiner Stimme. »Bitte richten Sie Ihrer Familie aus, dass wir Ihnen unendlich dankbar sind.«

»Das werde ich«, log sie.

Alice hatte nicht vor, ihren Kindern davon zu erzählen. Sie sollten in Maine weiterhin Erinnerungen sammeln können, als hätte sich nichts geändert und ohne dass das Gewicht eines baldigen Abschieds auf ihnen lastete. Außerdem wollte sie sich nicht mit ihnen auseinandersetzen. Die Familie hätte noch reichlich Gelegenheit dazu, sie zu verwünschen, wenn sie schon unter der Erde lag.

Maggie

Es war der erste Sonntag im Juni, ein Tag vor ihrer geplanten Abreise nach Maine zusammen mit Gabe. Maggie hatte sich zwei Wochen Urlaub genommen. Normalerweise war sie vor der jährlichen Fahrt so euphorisch und aufgeregt, wie sie es als Kind gewesen war, wenn sie ihrem Vater beim Beladen des Autos zugesehen hatte, bevor es Richtung Cape Neddick losging. Aber diesmal hatte sie Angst.

Schon morgen würden sie am Strand sein. Morgen würde sie es Gabe endlich sagen. Sie stellte sich vor, wie sie seine Hand nahm und ihn zum steinernen Steg hinunterführte. Sie würde gar nicht erst um den heißen Brei herumreden: »Schatz, ich hab Neuigkeiten.«

Dann würde das richtige Leben zu zweit beginnen: Ihr zweiter Jahrestag, dann das Zweizimmerapartment in Manhattans East Village. Oder Gabe würde Panik kriegen und alles würde ganz anders kommen.

Sie weckte ihn mit einer Flut von Küssen, die sie über sein Gesicht, seinen Nacken und seine Brust verteilte, und hoffte, so ihre Nervosität zu verstecken.

»So, dann packen wir mal deinen Kram!«, sagte sie.

Neben dem Bett stand ihr prall gefüllter Louis Vuitton. Tante Ann Marie hatte Maggie den ausrangierten Koffer fürs Auslandsstudium vor zehn Jahren geschenkt. Maggies Mutter war stinksauer gewesen, aber Maggie hatte sich sehr gefreut. Sie hatte ihn am Abend zuvor aus ihrer Wohnung mitgebracht. Heute übernachtete sie noch ein zweites Mal bei Gabe und am nächsten Tag sollte es gegen Mittag losgehen, gleich nachdem Gabe den frühen Fototermin erledigt hatte. Er hatte nichts dagegen, vor der Reise zwei Nächte hintereinander mit ihr zu verbringen – das allein war schon ein gutes Zeichen, schließlich brauchte Gabe gewöhnlich viel Zeit und Raum für sich. Bis vor kurzem war es für sie fast selbstverständlich gewesen, dass sie sich gemeinsame Zeit mit ihm erkämpften musste, aber vielleicht änderte sich das gerade.

Er lachte ins Kissen. »Maggie, es ist mitten in der Nacht. Außerdem fahren wir erst morgen«, sagte er.

Eigentlich war es schon fast zehn Uhr, aber sie sagte dazu nichts und kochte stattdessen Kaffee. Normalerweise wachte er vor ihr auf und bis sie aufstand war das Frühstück schon fertig: Omelette, Bratkartoffeln, Würstchen und Waffeln, alles in einem einzigen Gang, wie bei einem Truckerpaar. In den zwei Jahren ihrer Beziehung hatte sie drei Kilo zugelegt, aber er schien es nicht bemerkt zu haben.

Durch das Küchenfenster sah sie einen Obdachlosen seinen Einkaufswagen über den Bürgersteig schieben. Auf der anderen Straßenseite saßen ein paar Hipster in engen, dunklen Jeans auf einem besprayten Treppenaufgang und teilten sich eine Zigarette. Im Gegensatz zu Gabe konnte sie an dieser Gegend nichts Schönes finden. Nicht zum ersten Mal fragte sie sich, wie es sein würde, ihr geliebtes, grünes Brooklyn Heights zu verlassen und Abschied zu nehmen von den schönen Backsteinhäusern, dem Blick auf die Manhattan Skyline und die Brooklyn Bridge von der Promenade aus und dem sonntäglichen Markt, auf dem Gabe und sie im Herbst frisches Gemüse, Apfelkuchen und, für die Feuertreppe, Dahlien kauften, die ihre Pflege nie lange überlebten.

Sie konnte sich nur schwer vorstellen, hier zu leben, in einer Gegend, die für junge Nachteulen gemacht war und aus Kneipen und Beton bestand. Besonders mit einem Kind. Aber vielleicht würden sie in eine ruhigere, kinderfreundliche Gegend umziehen. Vielleicht sogar in die Park Slope.

Aber ein Teil von ihr bezweifelte, dass sie ein gemeinsames Leben führen würden. Vielleicht war das alles nur die neueste Episode in ihrer Serie lächerlicher Beziehungen, in der ihre riesigen Hoffnungen schließlich doch immer verpufften.

Obwohl sie es schon seit über zwei Wochen wusste, hatte Maggie niemandem von der Schwangerschaft erzählt. Schon viele Male hatte sie die Panik gepackt und sie hatte zum Telefon gegriffen, um ihre Mutter oder ihre beste Freundin Allegra anzurufen, aber bisher hatte sie diesem Bedürfnis widerstehen können. Gabe sollte es als Erster erfahren.

Noch nie hatte sie derartige Höhen und Tiefen erlebt. Sie konnte sich einreden, dass das alles ganz toll und super war und sich ein paar Minuten lang entspannen. Aber kurz darauf flippte sie aus und war der festen Überzeugung, den Fehler ihres Lebens gemacht zu haben.

Sie wusste genau, wie es passiert war. Monatelang hatte sie an nichts anderes denken können als an Babys. Das Gefühl hatte sie plötzlich wie aus dem Nichts überfallen: Sie wollte ein Kind. Plötzlich hatte sie begriffen, was Frauen meinten, wenn sie von der biologischen Uhr faselten. In der U-Bahn und in der Mittagspause blickte sie jedem Kleinkind sehnsüchtig nach, und an bestimmten Tagen im Monat hätte sie das nächstbeste Baby im Kinderwagen kidnappen können.

Maggie wusste, dass Gabe und sie eigentlich noch nicht so weit waren. Aber eines Abends im April hatten sie ein langes Gespräch von der Sorte, wie sie es aus dem ersten Collegejahr kannte. Es ging um das Leben im Allgemeinen und darum, dass, wie ihre Mutter es ausdrückte, das Leben das sei, was passiert, während man Pläne schmiedet. Als Künstlernaturen gaben sie der Art und Weise, wie sie sich kennengelernt hatten, viel Bedeutung. Vielleicht zu viel. Gabe glaubte, dass es für sie und ihn weitergehen würde wie gehabt und dass Chaos, Zufall und Schicksal alles bestimmen würden, im Guten wie im Schlechten. An jenem Abend nahm sie nicht, wie sie es seit ihrem ersten Jahr am Kenyon College getan hatte, um elf Uhr die Pille, sondern ließ die kleine Tablette in der Packung stecken. Dasselbe tat sie am nächsten Abend und am übernächsten, dann bekam sie es mit der Angst und schluckte am Folgeabend vier Tabletten auf einmal.

Nach dem ersten Schreck dieses wahnsinnigen und berauschenden russischen Roulettes wartete sie ab und verschwieg Gabe, was sie getan hatte. Dann blieb ihre Periode aus. Sie machte zuhause einen Schwangerschaftstest, und das Ergebnis verblüffte sie, obwohl sie es hätte wissen müssen. Aber in New York hörte man augenblicklich überall nur, wie schwierig es sei, schwanger zu werden. Wie hatte es bei ihr schon beim ersten Versuch passieren können?

Es war eine Sache, Gabe den Schwangerschaftstest zu verschweigen. Aber als sie einen Arzttermin gemacht hatte, ihrer Gynäkologin mittleren Alters im Papierkittel gegenübersaß, sich ganz ruhig über Vitaminergänzung unterhielt und danach mit Gabe ins Restaurant ging, als wäre nichts gewesen, da fragte sie sich dann doch, ob sie noch ganz dicht war. Sie hatten an jenem Abend sogar Sex.

Normalerweise schliefen sie in der Woche im Schnitt etwa sechsmal miteinander. Eine Tatsache, die die Freunde aus ihrer alten Clique zuhause in Massachusetts, von denen die meisten mittlerweile verheiratet waren, sprachlos machte. Sogar Allegra, ihre beste Freundin von der Uni, die sich selbst in allen Lebensbereichen für außerordentlich aufgeklärt hielt, war darüber erstaunt.

Es gab eine Art elektrische Spannung zwischen ihr und Gabe, die selbst dann nicht schwächer wurde, wenn sie sich zofften. Maggie konnte also nicht genau sagen, wann es passiert war. Aus irgendeinem Grund war ihr das aber sehr wichtig. Es nicht zu wissen, kam ihr wie Unterlassung vor. Am ersten Tag ohne Pille hatten sie es in der Dusche getan, erinnerte sie sich: Sie vorgebeugt mit einem Bein auf dem Badewannenrand, er hinter ihr. Beim Gedanken daran schauderte ihr. So hatte sie sich das mit dem Kinderzeugen nicht vorgestellt. Natürlich war das jetzt ihr geringstes Problem, aber es schien ihr ein Zeichen dafür zu sein, wie ungeeignet sie als Eltern waren.

Andererseits waren sie auch keine Teenager mehr. Es war wirklich keine große Sache, wenn ein Paar um die dreißig ein Kind bekam, auch wenn es nicht geplant war. Sie konnten das schaffen. Zumindest sie würde es können, schoss es ihr durch den Kopf.

Sie hatte beschlossen, es ihm in Maine zu sagen. Da würde er Zeit haben, nachzudenken und sich an den Gedanken zu gewöhnen. Vielleicht würde er sich sogar freuen.

Gabe wusste, dass sie irgendwann in einer abstrakten Zukunft Kinder haben wollte, aber richtig darüber gesprochen hatten sie nie. Gabe war unberechenbar. Er traf Entscheidungen nach Lust und Laune und war dann auch zufrieden damit: nach New York ziehen, von New York wegziehen, dann wieder nach New York. Sie war da eigentlich ganz anders, aber er hatte auch in ihr diese Seite geweckt, und vielleicht hatte das ja zu der Geschichte mit der Pille geführt. Wenigstens hatte sie bisher kein Problem mit Übelkeit. Das war doch schon mal ein gutes Zeichen.

Maggie wandte sich vom Fenster ab und nahm zwei Tassen aus dem Schrank über der Spüle. Eine füllte sie mit Kaffee, eine mit Fruchtsaft. Es war niemandem aufgefallen, dass sie seit zwei Wochen kein Koffein mehr zu sich nahm. Alkohol trank sie auch nicht mehr, aber das tat sie sowieso fast nie. Sie war sich des Alkoholproblems ihrer Familie bewusst. Ihre Mutter hatte sie als Kind oft genug zu den Anonymen Alkoholikern mitgeschleppt. Angeblich weil sie keinen Babysitter hatte finden können, aber vermutlich auch ein bisschen zur Abschreckung. Das Ergebnis war, dass Maggie auch Jahre später selten mehr als ein Glas Wein trank. Abgesehen von ein paar Weihnachtsfeiern mit der Großfamilie, war Maggie nie betrunken gewesen.

Sie freute sich seit Monaten auf Maine und konnte das Meer schon fast riechen. Das Sommerhäuschen und der Neubau nebenan standen auf einem grünen Hektar Erde. Dahinter war nur noch Sandstrand und das dunkelblaue, offene Meer. Als Kind hatte Maggie geglaubt, am Horizont am Ende des Ozeans liege das Ende der Welt und dass man, schwamm man weit genug hinaus, in den Sternenhimmel fiel.

Der letzte Sommer mit Gabe war wundervoll gewesen. All das, was Maggie als Kind gerne mit ihrer Familie gemacht hatte, hatten Gabe und sie getan. Sie hatten stundenlang am Strand gelegen und gelesen und waren in der Penobscot Bucht gepaddelt, während Seetaucher ihnen vom Ufer ein Ständchen brachten. Am Unabhängigkeitstag am vierten Juli hatten sie sich auf einer kratzigen Wolldecke auf einem Acker in Kennebunkport inmitten von ebenfalls auf kratzigen Wolldecken sitzenden Familien gedrängt und das Feuerwerk bewundert. Als Abendessen hatten sie ein Picknick mitgebracht: Truthahnsandwiches, Brot und Käse, ein dickes Stück Schokoladenkuchen und eine Flasche Wein. Überall rannten Kinder herum, wedelten mit Leuchtstäben und lutschten Eis am Stiel, das viel zu schnell schmolz und ihnen in rot-weiß-blauen Streifen das Kinn hinunterlief. Als die ersten Raketen aufstiegen, nahm ein junger Vater in ihrer Nähe seine aufgeregte Tochter auf die Schultern, während seine Frau den verängstigten Kleinen tröstete, indem sie ihn mit einem riesigen Kuchenstück bestach.

»Das könnten wir irgendwann sein«, hatte Gabe gesagt. Wie glücklich sie diese Vorstellung gemacht hatte.

Die Beziehung schien außerhalb des Alltags besser zu funktionieren. Ohne den Stress und die Ablenkungen New Yorks waren sie andere Menschen.

Im letzten Sommer hatte Gabe in Maine die Löcher in den Fliegengittern am Sommerhaus geflickt und beim Einbau einer Klimaanlage im Neubau nebenan geholfen. Er war, wie die meisten Leute, die nicht zur Familie gehörten, auf den ersten Blick von Alice begeistert gewesen, hatte sie fotografiert und sich von ihrer Schönheit und ihrem Charme verzaubern lassen und dabei die Kälte, die darunterlag, nicht wahrgenommen. Das Foto, ein beeindruckendes Porträt, auf dem Alice wie ein alter Filmstar aussah – Cocktailglas in einer Hand, Zigarette in der anderen – hing zwischen einem Dutzend Bilder an seinem Kühlschrank. Es war Maggie unangenehm, jedes Mal, wenn sie sich eine Orange oder

Milch für den Tee aus dem Kühlschrank nahm, dem Blick ihrer Großmutter zu begegnen.

Als Gabe jetzt verschlafen und umwerfend aussehend mit bloßem Oberkörper aus dem Schlafzimmer auftauchte, platzte Maggie mit den Worten heraus: »Ich wünschte, wir könnten heute schon fahren.«

»Und ich wünschte, ich müsste morgen früh nicht arbeiten«, sagte er, indem er auf sie zuging und seine Arme um ihre Taille legte. Die Berührung traf sie wie ein Stromschlag, obwohl sie ihr so vertraut war. »Soll ich das Shooting abblasen, damit wir früher los können?«

Bei diesen Worten wurde sie gegen ihren Willen unruhig. Das war doch sein erster Auftrag seit Wochen.

»Ach nein.« Sie versuchte, locker zu klingen. »Ich kann schon noch warten. Außerdem ist es auch total schön, mal einen gemütlichen Morgen hier zu verbringen.«

Kurz darauf scheuchte sie ihn ins Schlafzimmer zurück und legte seine Reisetasche aufs Bett. Sie packten seine Badehose und T-Shirts, Sonnencreme und Bücher, die sie beide lesen wollten. Maggie fühlte sich federleicht. So ging es ihr oft, wenn es zwischen ihnen gut lief. Gleichzeitig war sie auch besorgt: Wenn sie sich längere Zeit nicht gestritten hatten, stand normalerweise eine größere Auseinandersetzung bevor, und Gabe sollte doch unbedingt in der richtigen Stimmung für ihre Neuigkeiten sein. Also ging sie Problemen aus dem Weg und vermied es, ihn zu provozieren, was er ihr oft vorwarf.

Vom letzten Jahr hingen noch drei Sommerkleider von Maggie in seinem Schrank. Zwei packte sie ein, das dritte ließ sie hängen.

»Willst du das nicht in deine Wohnung mitnehmen?«, fragte er.

Sie zuckte mit den Schultern: »Und es dann in zwei Monaten wieder hierherschleppen?«

»Aber bis dahin ist der Sommer doch schon fast vorbei«, gab er zurück.

Wenn sein Mietvertrag im August auslief, würde Gabes nerviger Mitbewohner Cunningham endlich aus- und Maggie einziehen.

Gabe hatte sie nach einem Streit Mitte Mai, kurz nachdem sie herausgefunden hatte, dass sie schwanger war, gefragt, ob sie zu ihm ziehen wolle. Alles hatte mit einer Diskussion über die Ehe angefangen: Er hielt sie für eine alberne, veraltete Institution. Sie teilte seine Ansicht bis zu einem gewissen Grad, fand aber auch, dass das nur diejenigen sagten, die der großen Liebe noch nicht begegnet waren.

»Glaubst du noch immer nicht an uns?«, hatte er mit einer Stimme gefragt, in der Verletzung mitschwang und die sie alle Auseinandersetzungen und alle Lügen, die er erzählt hatte, vergessen ließ. Vielleicht gab es ja doch Hoffnung für ihre Beziehung.

»Mir ist es ernst mit uns«, sagte er. »Ich habe sogar schon überlegt, dir vorzuschlagen, hier einzuziehen.«

Ihr Gefühl sagte ihr, dass das ein Trostpreis war und dass es noch lange nicht hieß, dass Gabe bereit war, Vater zu werden. Und trotzdem machte sie der Gedanke überglücklich. Er wollte mit ihr zusammenwohnen. Sie waren also schon einen Schritt weiter. Maggie dachte daran, dass ihre Mutter und ihre Freunde sie für verrückt erklären würden, aber dann sagte sie Ja, sie würde sehr gerne mit ihm zusammenleben. Sie las sein Angebot als Zeichen dafür, dass alles gut gehen würde. Früher hatte sie nicht an Zeichen geglaubt, aber früher hatte sie auch nie eines so dringend gebraucht wie jetzt. In jener Nacht verbannte Maggie alle Zweifel und strich sich über den flachen Bauch, während Gabe neben ihr schlief. Bald würde sich alles für immer ändern.

Am nächsten Morgen wollte sie wissen, ob er sich auch sicher war, und er antwortete Ja, und dass er sie liebe und jeden Morgen neben ihr aufwachen wolle. Sie fragte, ob sein Mitbewohner damit einverstanden sei. Ben Cunningham war neben Rich Hayes Gabes bester Freund. Die drei kannten sich schon seit ihrer Kindheit, und Gabe sprach von ihnen wie von einer Einheit: »Cunningham und Hayes«, »Hayes und Cunningham«. Aber meistens nannte er sie nur »die Gangster«.

Gabe sagte dazu nur, dass er die Wohnung gefunden habe und es deshalb auch seine Entscheidung sei, was damit geschehe. Außerdem war Ben wie Gabe vierunddreißig und tönte seit Längerem, dass er eigentlich zu alt war, um mit einem Kumpel zu wohnen und irgendwann in den sauren Apfel beißen müsse und mit seiner Freundin Shauna zusammenziehen sollte, mit der er seit sieben Jahren zusammen war. Dass er sie betrog, seit er aus ihrer Heimatstadt in Connecticut, wo sie noch immer wohnte, weggezogen war, spielte anscheinend keine Rolle.

Maggie war sich sicher, dass ihr Einzug der Beziehung guttun würde. Kein Streit mehr darüber, wer bei wem übernachtete, kein ständiges Hin- und Herschleppen ihres Föhns zwischen Büro und dieser oder jener Wohnung. Es würde nicht mehr vorkommen, dass sie in der Küche Nudeln kochte und jemand anderes als ihr Freund durch die Wohnungstür spazierte.

Bisher hatte sie immer das Gefühl gehabt, Gabe hinter sich her zu schleifen, aber das war jetzt vorbei. Er wollte mit ihr zusammenleben, und sie hatten schon mehrere Monate lang keine wirklich schlimme Auseinandersetzung gehabt.

Jetzt stand seine Reisetasche neben ihrem Koffer im Schlafzimmer, und sie saßen auf dem Wohnzimmersofa und aßen Gabes Eierkuchen. Maggie sah fern, während er in seiner *Sports Illustrated* blätterte. Cunningham war in der vergangenen Nacht nicht nach Hause gekommen und sie hoffte inständig, er würde in dem Bett bleiben, in dem er gelandet war, und ihnen den schönen Tag nicht verderben. Er kam oft vom Basketball mit ein oder zwei Kumpels im Schlepptau nach Hause, fraß ohne zu fragen den Kühlschrank leer (Einkäufe, die sie gemacht und bezahlt hatte) und wechselte, selbst wenn sie gerade einen Film guckten, zum ESPN-Sportkanal. Es war nicht ihre Wohnung, Maggie konnte sich also nicht beschweren. Und wenn es um seine Freunde ging, war Gabe passiv und ließ alles durchgehen. Er sagte nie ein Wort.

Einmal hatten Gabe und sie ein schickes Abendessen mit Freunden geplant, und Maggie hatte sich ganz besondere Mühe gegeben: Den großen Wohnzimmertisch bedeckte ein leinenes Tischtuch und es gab Brathähnchen, Erdbeertorte und Champagner, den sie sich eigentlich gar nicht leisten konnten. Cunningham sollte an jenem Wochenende in Chicago sein, aber er hatte seine Pläne kurzfristig umgeworfen. Nach dem ersten Gang schlug er zuhause in seinen verschwitzten Trainingsklamotten auf und ließ sich, einen halben Meter von den Gästen entfernt, auf die Couch fallen.

»Möchtest du mit uns essen?«, hatte sie ihn widerstrebend gefragt.

»Warum nicht«, kam als Antwort.

Nicht etwa *Ja, bitte* oder *Nein, danke*, sondern nur *Warum nicht*.

Er setzte sich nicht zu ihnen an den Tisch, sondern aß mit dem Teller auf dem Schoß auf dem Sofa. Er goss sich den Veuve Cliquot in eine Kaffeetasse und schaltete einen Sportsender ein. Immerhin ohne Ton, weil sie Musik hörten. Maggie war stinksauer und warf Gabe einen flehenden Blick zu.

Der war betrunken, hatte feuchte Augen und lachte nur.

Sie konnte Cunningham vor allem deshalb nicht leiden, weil er Gabes Komplize war. Cunningham war immer mit von der Partie, wenn Gabe ihr nicht ehrlich sagte, wo er gewesen war, oder sich so besoff, dass er am nächsten Tag einen Auftrag absagen musste. Cunningham erweckte den bösen Teenager in Gabe, wie er es vermutlich auch schon auf der Highschool getan hatte. Damals hatten sie sich regelmäßig aus der Chemiestunde davongeschlichen und sich in den alten Steinbrüchen herumgetrieben, die später von der Stadt zugeschüttet wurden, nachdem ein anderer furchtloser Teenager dort tödlich verunglückt war.

Jetzt stellte sie sich die Wohnung nach Cunninghams Auszug vor: Ihr hellblaues Sofa und der Zweier-Kuschelsessel stünden da, wo jetzt noch seine zwei übergroßen Schlafsofas standen. (»Heterosexuelle Männer scheinen es für ihre Mission zu halten, so viele

Sofas wie möglich in ein Wohnzimmer zu quetschen«, hatte Maggies Freundin Allegra bei ihrem ersten Besuch bemerkt.)

Jetzt zappte Maggie durch die Kanäle: eine Woody-Allen-Komödie, eine Talkshow mit Politikexperten und eine Werbesendung über Schranksysteme, die ihr Leben für den unglaublichen und unschlagbaren Preis von nur 29,99 verändern würden.

Sie blieb bei der Werbesendung.

Gabe hob eine Braue: »Das meinst du nicht ernst, oder?«

»Jetzt bin ich dran«, sagte sie. »Um eins kannst du zum Baseball rüberschalten.«

»Aber meinst du, dass ich mich dann noch von dem Platzsparer 5000 losreißen kann?«

Sie grinste ihn an: »Jetzt weiß ich auch, was ich dir zur Einweihung schenke, wenn ich eingezogen bin.«

Werbesendungen hatten einen beruhigenden Effekt auf sie. Sie machten einem glaubhaft, dass ein paar Plastikstücke tatsächlich das Chaos und die Unsicherheiten des Lebens für immer wegzaubern könnten. Maggie schaute sie schon seit ihrer Kindheit, hatte aber nie etwas gekauft. Ihre Großmutter hatte nach dem Tod ihres Großvaters eine Art Teleshoppingsucht entwickelt. Maggies Mutter und ihr Bruder machten sich darüber lustig, aber Maggie betrübte es.

Sie stellte sich vor, wie in genau diesem Augenblick im ganzen Land einsame alte Damen wie Alice, ausgebrannte junge Hausfrauen und überarbeitete Studentinnen diese Sendung sahen und beim Versprechen von »nie wieder verlegte Handschuhe, nie wieder eine verlorene Minute – sparen Sie ab sofort Zeit für Ihre Liebsten, Zeit zu tun, was Sie *wirklich* tun wollen« zum Hörer griffen.

»Kümmern wir uns ein bisschen um meine Großmutter, wenn wir diese Woche in Maine sind?«, fragte sie. »Wir könnten sie zum Essen ausführen, aber dann dürfen wir nicht zulassen, dass sie sich rauswindet.«

»Klingt gut.«

»Außerdem müsste ich mir mal überlegen, wann ich meine Mutter in Kalifornien besuche. Vielleicht im Herbst.«

Sie wusste schon, wie das aussehen würde. In ihrer Vorstellung saßen sie auf Kathleens Picknickbank und besprachen Kindernamen, während im Hintergrund die Sonne hinter den Bergen unterging.

»Klar doch«, sagte Gabe geistesabwesend.

Kathleen und Gabe verstanden sich nicht so gut, wie Maggie es sich gewünscht hätte. Ihre Mutter hielt Gabe für unreif, Gabe wiederum verfügte über ein unerschöpfliches Arsenal von Würmerwitzen. Obwohl sie oft ähnliche Kommentare machte, verletzte es Maggie manchmal, wenn er sich über die Arbeit ihrer Mutter lustig machte oder darüber, wie es bei ihr zu Hause aussah.

»Kommst du mit?«, fragte sie.

»Warum nicht«, antwortete er und massierte ihr sanft die Schulter. »Aber vielleicht können wir diesmal in einem Hotel absteigen.«

Etwas später ließ Gabe die Zeitschrift auf den Boden fallen, stand auf und gab ihr auf dem Weg zum Bad einen Kuss auf die Stirn.

»Ich kann es kaum erwarten, endlich am Meer zu sein. Da brauche ich keine Dusche, da kann ich einfach ins Wasser springen«, sagte er beim Rausgehen.

»Du, aber manche Leute waschen sich sogar in Maine ab und zu«, sagte sie lächelnd.

»Kann schon sein, aber ich nicht, Süße.«

»Nein, natürlich nicht. Du doch nicht.«

Er schloss die Badezimmertür, und wenige Augenblick später hörte sie das Wasser rauschen.

Maggie streckte sich auf dem Sofa aus und schaute sich die Entwürfe zu ihrem Roman an. Sie hatte sich fest vorgenommen, in Maine täglich mindestens vier Stunden daran zu arbeiten. In letzter Zeit hatte sie ihren eigentlichen Job, das Schreiben, ziemlich vernachlässigt und es auch noch auf ihre Brotarbeit geschoben.

Seit zwei Jahren arbeitete sie in der Recherche und als Werbe-texterin für *Bis dass dein Tod uns scheidet*, eine Krimiserie im Kabel-fernsehen, in der die wahren Geschichten von Ehefrauen nach-erzählt wurden, die ihre Männer auf dem Gewissen hatten.

Ihre Chefin Mindy war ziemlich locker. Es war ihr egal, ob ihre Mitarbeiter zuhause oder im Büro arbeiteten, solange sie ihre Arbeit erledigten. Maggie ging meistens trotzdem ins Büro. Sie befürchtete, dass sie zu viel Zeit zuhause deprimieren könnte oder dass sie den ganzen Tag vor dem Fernseher sitzen würde und schon mittags den Kühlschrank leergefressen hätte.

Meistens machte ihr der Job Spaß, aber wenn sie mit den ande-ren talentierten Leuten um einen Tisch saß, musste sie daran den-ken, dass eigentlich keiner von ihnen wirklich hier sein wollte.

Außer ihrer Mutter sagte in der Familie niemand etwas dazu, wenn eine ihrer Kurzgeschichten in einer Literaturzeitschrift er-schien. Selbst dann nicht, wenn sie es ihnen zuvor angekündigt hatte. Aber wenn sie ihren Namen im Abspann von *Bis dass dein Tod* sahen, klingelte sofort das Telefon.

Zuletzt war es ihre Stiefmutter gewesen, die atemlos vor Auf-regung angerufen hatte: »Ich hab gerade die Folge gesehen, wo die Frau ihren Mann erschießt, nachdem sie seine Kreditkarten-abrechnung gesehen hat und am Ende herauskommt, dass er sie gar nicht betrogen hat. Er hatte die vielen Blumen *wirklich* an sie geschickt, aber der Florist hat sich in der Adresse geirrt. Der Arme! Dein Vater lässt ausrichten, dass er mir deinetwegen nie wieder Rosen schickt.«

Am Wochenende arbeitete Maggie zuhause an ihrem Roman und schrieb gelegentlich Profile für Online-Singlebörsen, um ein bisschen dazuzuverdienen. Ein Jahr zuvor hatte sie einer Freun-din mit ihrem Datingprofil geholfen. Dann hatte die Schwester der Freundin gefragt, ob sie ihres schreiben würde. Dann eine Kollegin.

»Damit könntest du richtig Kohle machen«, war Gabes Kom-mentar gewesen. Sie hatte das für Schwachsinn gehalten.

Aber die Angebote brachen nicht ab. Ein Freund bei der Zeitschrift *New York* hatte sie sogar gebeten, einen Leitfaden zu erstellen: Schritt für Schritt zum perfekten Datingprofil. (Sie hatte abgelehnt: Gab es etwas Peinlicheres, als als Autorität für die Singlebörse zu gelten?)

Maggie hatte sich für kurze Zeit auf Match.com umgesehen, bevor sie Gabe kennenlernte. Sie hatte sich mit vier oder fünf Männern verabredet, aber die Treffen waren irgendwie unnatürlich, als wären der Typ und sie zwei Schauspieler, die in einer Theaterszene zusammen ins Restaurant gingen. Maggie konnte sich ihre echten Namen nie merken und hatte immer nur die Benutzernamen von der Singlebörse im Kopf: Die Jungs blieben für sie SanfterLover10 und BücherwurmSuchtGleichgesinnte und waren nie Alex oder Dave. Maggie hatte es auch bald satt, die Profile gedanklich zu übersetzen: Wenn einer angab, er sei eins neunzig groß, war er höchstwahrscheinlich um die eins fünfundsiebzig. Gab einer tatsächlich eins fünfundsiebzig an, war er höchstens eins vierzig groß.

Plötzlich hörte sie die Wohnungstür aufgehen und mit einem Knall wieder ins Schloss fallen. Das konnte nur Cunningham sein. Sie verfluchte sich, weil sie nicht ins Schlafzimmer gegangen war und jetzt mit ihm würde reden müssen.

Maggie hörte, wie Gabe im Badezimmer die Dusche abschaltete. Also musste sie wenigstens nicht lange mit Cunningham alleine sein.

»Na«, sagte er, »was treibst du?«

»Nichts Besonderes«, sagte sie.

»Ich dachte, ihr zwei wärt schon in Maine«, sagte er.

»Morgen.«

»Cool. Und, was geht?«

»Nichts weiter.« Sie wusste nie, was sie auf diese Frage antworten sollte. »Wie geht's Shauna?« Ihre klassische Ausweichfrage.

»Ganz gut«, sagte er. »Sie hat jetzt einen Job in Westport. Krankenpflege.«

»Aber sie zieht doch demnächst hierher? Pendelt sie dann von New York bis nach Westport?«

Er schüttelte den Kopf: »Ne, zum Glück nicht. Ich will mein Junggesellenleben noch nicht aufgeben.«

Sie wollte noch etwas sagen, aber da kam Gabe mit einem Handtuch um die Hüften aus dem Bad.

»Was geht, Alter!«, sagte er und schlug ein.

»Schatz, Ben sagt, dass Shauna einen neuen Job in Connecticut hat.« Sie spürte das Gewicht ihrer Worte.

»Ach ja? Super.«

Sie versuchte es ein zweites Mal: »Das heißt, dass sie nicht nach New York zieht.«

Gabe ging ins Schlafzimmer, sie kam hinterher und schloss die Tür hinter sich. Die Brust schnürte sich ihr zu: »Gabe, sag bitte, dass Cunningham weiß, dass ich einziehe.«

»Nicht so laut«, flüsterte er.

»Er weiß es also nicht«, sagte sie und fragte sich, ob das nur sehr schlecht war oder schlimmer als schlecht.

»Ich wollte nach Maine mit dir über diese Geschichte mit dem Zusammenziehen sprechen«, sagte er. »Bist du sicher, dass wir schon so weit sind?«

Sie setzte sich aufs Bett. Ihre Magensäure kochte hoch und sie nahm ein paar Tabletten aus ihrer auf dem Boden liegenden Handtasche und zerkaute sie langsam. Sie hätte ihm jetzt gerne gesagt, dass sie schwanger war. Aber sie würde es nur ein einziges Mal sagen können, und es sollte doch der richtige Moment sein. Stattdessen sagte sie also: »Du hast mich doch gefragt, ob ich einziehen will.«

»Hey, immer langsam«, sagte er. »Ich hab lediglich gesagt, dass ich darüber nachgedacht hätte. Du hast das dann weitergesponnen.«

Sie atmete tief durch: »Das kann alles nicht wahr sein.«

»Süße, entspann dich doch. Du hast deine Wohnung doch noch nicht gekündigt, oder?«

»Nein, noch nicht. Aber verdammt, Gabe, das wollte ich jetzt irgendwann machen.«

Sie wünschte, dass sie es schon getan hätte.

»Hast du aber nicht! Dann wohnen wir eben noch ein Jahr getrennt. Das ist doch keine große Sache.«

Es ist also keine große Sache, dass ich es schon allen erzählt habe? Meinen Kollegen, meiner Familie, meinen Eltern – allen? Dass ich im Kopf schon diese ganze verdammte Wohnung neu eingerichtet und Allegras Cousine meine Wohnung ab dem ersten August versprochen habe? Es ist keine große Sache, dass ich in sieben Monaten unser Kind zur Welt bringe?

»Ich verstehe das nicht«, sagte sie. »Wir reden doch schon die ganze Zeit davon.«

»Du redest die ganze Zeit davon«, sagte er. »Ich wollte uns nicht den Urlaub verderben, aber als ich mit Cunningham gesprochen habe, hat er gesagt, dass er noch nicht ausziehen will, und ich kann ihn doch nicht einfach im Stich lassen. Du sagst doch immer, dass ich mich meiner Verantwortung nicht entziehen soll.«

Er brachte es nicht einmal fertig, eine feste Arbeit zu finden und sich, wie versprochen, um sie zu kümmern, wenn sie krank war. Und jetzt sollte sie ihn dafür bewundern, dass er sich verpflichtet fühlte, weiter mit Ben zusammenzuwohnen?

»Also wusste Cunningham, dass ich nicht einziehen würde, bevor ich es wusste«, sagte sie.

Wut stieg in ihr auf, eine Wut, die sich in Traurigkeit und Angst verwandeln würde, sobald Gabe nicht mehr da war. Deshalb musste sie das alles jetzt unbedingt wieder einrenken.

»Was ist mit meiner Wohnung? Wieso ziehst du nicht bei mir ein? Oder wir suchen uns eine neue Wohnung und Cunningham sucht sich einen Mitbewohner übers Internet«, sagte sie.

»Wie? Jemand ganz fremdes?«, sagte Gabe, als teilten sich nicht fast alle New Yorker mit Fremden die Wohnung. »Warum willst du eigentlich unbedingt, dass wir zusammenziehen? Was ist schon der Unterschied?«

Weil ich zweiunddreißig bin. Weil meine Cousine Patty im gleichen Alter schon drei Kinder und ein eigenes Haus hat. Weil ich wissen will, wann du abends nach Hause kommst. Weil ich dich liebe.

»Es war doch deine Idee«, sagte sie.

»Weil ich dachte, dass du es so willst.«

»Ich will es ja auch!«

»Ich aber eigentlich nicht. Du willst doch vor allem zusammenziehen, um mich besser kontrollieren zu können.«

Sie schüttelte den Kopf. Das musste ein Traum sein.

»Ganz genau«, sagte sie. »Ich dachte, dass du dann vielleicht endlich mit dem Lügen aufhörst, aber da hab ich mich wahrscheinlich getäuscht.«

»Ja, das hast du«, sagte er. »Aber immerhin musstest du diesmal nicht meine E-Mails durchforsten, um das herauszufinden.«

Die Schnüffelei war falsch. Das wusste Maggie, obwohl es sich nie falsch anfühlte, wenn sie es gerade tat. Es gab ihr irgendwie einen Kick, seine E-Mails zu lesen, während er joggen war oder unter der Dusche stand. Maggie sagte sich dann, dass sie nur noch ein letztes Mal überprüfen wolle, ob Gabe sich auch benahm. Aber natürlich fand sie immer irgendetwas: Manchmal war es eine Nachricht, die bewies, dass er sie belogen hatte und gar nicht da gewesen war, wo er zu sein vorgegeben hatte. Manchmal war es ein viel zu freundlicher E-Mail-Wechsel zwischen ihm und einer seiner Exfreundinnen. Danach war sie dann am Boden zerstört, konnte aber nicht mit Gabe über den plötzlichen Stimmungswandel sprechen.

»Ronald Reagan hat immer gesagt: Vertrauen ist gut, Kontrolle ist besser«, hatte sie Allegra erklärt, um ihre Stichproben zu rechtfertigen, und Allegra hatte die Augen aufgerissen und gesagt: »Um Gottes willen, jetzt ist Reagan also dein moralischer Maßstab?«

Gabe hatte noch immer das Handtuch um die Hüften. Jetzt ließ er es fallen und zog sich Boxershorts und Jeans an.

»Das war's für heute«, sagte er. »Ich geh' jetzt rüber und guck mir das Spiel an. Wenn du willst, kannst du dich ja dazusetzen.«

»Du guckst jetzt das Spiel«, sagte sie und spürte, wie sie hysterisch wurde. »Du guckst jetzt das verdammte Spiel? Das glaub ich einfach nicht.«

»Ich hasse diese Auseinandersetzungen«, sagte er. »Das kotzt mich einfach an.«

»Aber wir haben uns ewig nicht mehr so gestritten«, sagte sie und stand auf.

»Ja. Weil du gekriegt hast, was du wolltest«, sagte er.

»Ich dachte, dass wir es beide wollten.«

»Hör mal zu: Du vertraust mir nicht«, sagte er. »Darum geht es doch bei dieser ganzen Sache mit dem Zusammenziehen. Vielleicht sollten wir es beenden. Vielleicht sollten wir eine Pause machen.«

»Eine Pause?« Sie spürte die Verzweiflung in ihr aufkommen. Hatte er eine andere? »Du machst wohl Witze.«

»Überhaupt nicht. Und wir können auch gleich damit anfangen. Wir sind jetzt also gerade kein Paar. Und ich geh mir jetzt das Spiel ansehen.«

»Du bist so gemein, Gabe. Wie kannst du nur so egoistisch sein?«

»Wenn ich so schrecklich bin, dann hau doch ab«, sagte er.

»Nein, verdammt«, sagte sie. »Ich gehe nicht. Komm, wir müssen wieder runterkommen. Reden wir drüber.«

Manchmal lösten sich diese Auseinandersetzungen, in denen sie ihn des Lügens bezichtigte und er wütend wurde, obwohl er eigentlich tatsächlich gelogen hatte, wie von selbst auf. Aber nicht an diesem Tag: Er ging aus dem Zimmer, und sie folgte ihm in die Küche. Er schrie, dass sie gehen solle. Das lehnte sie ab, und dann schrien sie immer lauter, bis er sie bei den Schultern packte und zur Wohnungstür schob.

»Lass mich los, Gabe«, japste sie. Ihr Herz raste. Sie dachte an das Kind und fragte sich, wo der Feigling Cunningham sich versteckte. Gabes Griff war zu fest. Sie erinnerte sich an seine sanfte Berührung nur eine Stunde zuvor. Ihre schlimmsten Auseinandersetzungen kamen immer aus heiterem Himmel und waren dann genauso unerwartet wie heftig.

»Ich will dich nicht mehr sehen«, sagte er.

»Dein Pech. Ich muss dir nämlich etwas sagen. Wir müssen reden.«

»Ich muss gar nichts. Das ist meine Wohnung. Verschwinde!«

»Gabe – wenn du dich weigerst, mit mir zu reden, ist es aus«, sagte sie und bekam es mit der Angst.

»Dann ist es eben aus«, sagte er und schloss die Tür. Sie stand allein im Hausflur. Dann öffnete sich die Tür noch einmal und ihr dummes Herz schlug schneller, bis sie den Koffer in seiner Hand sah, der alte Louis Vuitton ihrer Tante Ann Marie. Sie hatten diese ganze Misere selbst fabriziert, dachte sie jetzt. Wenn sie es nur wollten, hielt sie nichts davon ab, dieses Drama hier und jetzt zu beenden, einfach wieder reinzugehen, das Baseballspiel zu sehen, glücklich zu sein, eine Familie zu gründen, ihr Leben miteinander zu verbringen. Aber nein.

»Gute Reise«, sagte er, stellte ihr den Koffer vor die Füße und schlug die Tür zu.

Sie spürte ein altbekanntes Gefühl in sich aufsteigen, das immer dann kam, wenn sie nach einem Streit die Tür hinter sich zuschlug. Oder wenn sie ihm ein Ultimatum stellte, auf das er gar nicht einging und sie stattdessen einfach wegschickte. Wenn sie ihm den Rücken kehrte, fühlte sie sich mächtig. Aber kurz darauf stand sie wartend im Hausflur vor seiner Wohnung oder schlich in der Hoffnung um den Häuserblock, dass er sie suchen kommen würde. Dann wurde ihr das Gewicht ihrer Geste bewusst und sie erkannte, dass sie sich mit ihrer Vorliebe für stolze, dramatische Gesten nur wieder ins eigene Bein geschossen hatte.

»Du hast Mumm in den Knochen, Vögelchen«, hatte ihr Großvater gesagt, als sie noch ein Teenager war.

Kann schon sein. Aber am Ende war's doch wie in den Wind gespuckt.

Kathleen

Kathleen wachte davon auf, dass eine dicke, raue Zunge ihr über die Nase leckte und gleichzeitig ein schweres Gewicht auf ihrem rechten Oberschenkel landete.

»Runter, ihr Monster«, sagte sie und öffnete die Augen. Die beiden ließen sich nicht stören, und die Zunge schleckte ihr jetzt übers Kinn, wo sie eine breite Sabberspur hinterließ. Kathleen wischte sie mit der Hand ab.

»Ist ja gut, ich bin ja schon wach.«

Mack und Mabel waren ausgewachsene Schäferhunde. Er wog siebenunddreißig Kilo, sie dreißig. Aber sie sprangen wie Welpen auf dem Bett herum, zerkratzten ihre nackten Arme und zerwühlten die Laken.

»Schluss jetzt, ihr beiden«, sagte sie mit aufgesetzt strenger Stimme. Wenn es ums Geschäft ging, konnte sie knallhart sein, aber Disziplin lag ihr nicht, weder bei der Erziehung von Maggie und Chris noch bei den Hunden.

Nach einer Weile beruhigten sich die Tiere und legten sich auf Arlos Bettseite. Es war Sonntag, aber er war für einen acht-Uhr-Vortrag vor einer ganzen Kleinstadt junger Pfadfinderinnen in Paradise Pines, zweieinhalb Autostunden nördlich von hier, schon im Morgengrauen aufgestanden.

Mack und Mabel hechelten, obwohl es im Zimmer nicht besonders heiß war und ein Ventilator aufs Bett gerichtet war. Kathleen war kurz etwas niedergeschlagen. Als sie die Hunde rettete, waren sie erst ein paar Tage alt gewesen. Jemand hatte den ganzen Wurf an der Route 128 gefunden, von irgendwem ausgesetzt. Wie konnte man so etwas nur tun? Das würde sie nie verstehen. Jetzt waren ihre kleinen Lieblinge plötzlich vierzehn Jahre alt und schon nach ein paar Minuten Toben vollkommen erschöpft.

Sie drehte sich um und drückte Mack an sich, der wiederum hinter Mabel lag, und so kuschelten sie sich zu dritt aneinander. Bevor sie Arlo kennenlernte, hatten sie immer so geschlafen. Wenn er da war, bestand er darauf, dass die Hunde am Bettende lagen oder am besten auf dem Boden. Deshalb ignorierte Mack ihn auch nach zehn Jahren noch.

Kathleen hatte sich seit sie klein war zu Streunern hingezogen gefühlt. Wie oft war sie abends mit einem Hund nach Hause gekommen, der einsam durch die Gegend gestreift war, um dann von Alice zu hören, dass sie ihn nicht behalten durfte? Kathleen sagte dann nur: »Gut«, und brachte den Hund im Schuppen hinter dem Haus unter, stellte ihm eine Schüssel Wasser und den Teller mit ihrem Abendessen hin, brachte ihm eine weiche Decke und ließ die große Taschenlampe, die sie für den Fall eines Hurrikans hatten, auf höchster Stufe brennen. Am nächsten Tag hing sie mit ihrem Vater im ganzen Viertel Zettel auf, und irgendwann kam jemand, um seinen Ringo, Hasso oder Tony abzuholen.

Es war nicht wichtig, ob Arlo mit den Hunden etwas anfangen konnte oder nicht. Kathleen und er ließen einander ihre Leidenschaften, was es auch sein mochte. Deshalb wohnte sie auch auf einer Würmerfarm und hatte sich einmal beim Sex filmen lassen, während im Hintergrund eine Liveaufnahme von »Sugar Magnolia« lief.

Ihr Exmann Paul hatte eine Hundeallergie. Das hätte ihr schon Zeichen genug sein müssen. Nach der Scheidung adoptierte sie Daisy, eine pensionierte Windhunddame. Die Arme, keiner konnte sie richtig leiden. (»Ich weiß genau, wie sich das anfühlt«, sagte Kathleen zu ihr, wenn Alice rüberkam und die Nase rümpfte.) Seitdem hatte sie immer mindestens einen Hund gehabt, meistens aber zwei oder drei. Die Hunde hatten sie vor dem Wahnsinn bewahrt. Ihr Verhältnis zu ihnen war ungetrübte Freude. Keine Hintergedanken, keine Gehässigkeiten, nur Zuneigung und Zärtlichkeit, genau die Dinge, von denen sie mehr im Leben wollte.

Kathleen stieg aus dem Bett und ging aufs Klo. Auf der anderen Seite der Badezimmertür warteten zwei weit geöffnete Mäuler darauf, dass der Tag endlich begann. Es war fast zehn. Arlo ließ sie immer ausschlafen, wohl auch zu seinem eigenen Heil. Sie war ein ziemlicher Morgenmuffel, und in letzter Zeit konnte sie abends oft lange nicht einschlafen. Die Farm und die zusätzliche Arbeit, die sie sich aufgebürdet hatten, machten sie unruhig. Außerdem sorgte sie sich mehr als sonst um Maggie und sah mit Sorge, wie ihre Tochter von den Kellehers behandelt wurde.

Morgen sollten Maggie und Gabe nach Maine fahren. Alice war schon dort. Kathleen fragte sich, woher ihre Tochter das Zugehörigkeitsgefühl und Vertrauen zur Familie nahm. Selbst spürte sie nichts dergleichen, erst recht nicht seit dem Tod ihres Vaters. Sie liebte ihre Familie, wie man seine Familie eben nun mal liebt, aber es verletzte sie, zu sehen, wie sie Maggie immer und immer wieder enttäuschten. Das Neueste war dieser unmögliche Anruf von Ann Marie. Er ging Kathleen nicht aus dem Kopf.

Sie ging die Treppe hinunter, und Mack und Mabel folgten ihr auf den Fersen. Dann öffnete sie die Hintertür in der Küche, und die Hunde schossen hinaus und absolvierten ihr tägliches Ritual, indem sie Blumen fraßen und unschuldige Schmetterlinge terrorisierten. Kathleen blieb wie jeden Morgen kurz in der Tür stehen und genoss den Blick: die Berge, eine Reihe riesiger Eichen in der Ferne, die prachtvollen Blumenbeete (ihre Produkte hielten eben, was sie versprachen), der Gemüsegarten und die beiden roten Scheunen, zwischen denen ein Streifen saftiges Gras lag. Mit dem Auto war man in ein paar Minuten im Weinbaugebiet – Wein, so weit das Auge reichte.

Zwei trockene Alkis mitten im Wein! So hatte Arlo sie bei ihrem ersten Treffen mit den Anonymen von Sonoma Valley vorgestellt. Es gab Gelächter, weil ja alle Anwesenden in diesem Widerspruch lebten.

Sie hatten sich vor zehn Jahren bei einem Anonymen-Treffen in Cambridge kennengelernt. Als er sie auf einen Kaffee einlud, hatte sie Ja gesagt, obwohl er eigentlich nicht ihr Typ war. Arlo war ein Althippie mit struppigem grauem Haar, der mit Anfang dreißig nichts als die *Grateful Dead* im Kopf gehabt hatte. Auf einem Treffen hatte er erzählt, dass es für ihn, bevor er 1990 zu den Anonymen gestoßen war, nicht ungewöhnlich gewesen war, innerhalb eines Tages eine Flasche Whiskey zu kippen und drei Joints zu rauchen. Abgesehen von Jobs in Cafés und Bars, hatte er nie eine feste Arbeit gehabt. Obwohl sie selbst Alkoholikerin war, hatte Kathleen Vorurteile gegenüber Abhängigen anderer Substanzen. Außerdem hatte ihr Vater Hippies immer gehasst.

Bei ihrer ersten Verabredung war Arlo allerdings schon vier Jahre trocken. Er brachte sie zum Lachen. Beide meditierten gerne, obwohl Kathleen sehen konnte, dass er es freier betrieb als sie. Ihm ging es mehr um ein *Lass die Sonne rein*, ihr Ziel war es, auf dem Boden zu bleiben und nicht so zu werden wie ihre Mutter. Ihr gefiel seine Leidenschaft fürs Gärtnern und dass er seine Arbeit kostenlos in einer Baumschule anbot. Er erzählte ihr von seinem Traum von einer eigenen Kompostherstellung. Dabei würde er Würmer mit Abfall füttern und aus ihrem Kot erstklassigen Dünger gewinnen.

Arlo war eins fünfundneunzig groß und schmal. Er war empfindsam, sanft und warmherzig, und wenn er lachte, wackelten die Wände. Arlo mochten alle. Abgesehen von ihrer Familie natürlich, aber das war ja keine Überraschung. Kathleen glaubte (und hoffte), dass Maggie und ihre Schwester Clare ihn mochten. Was die anderen dachten, war ihr egal.

Wenn jemand sie nach ihrem Beruf fragte, antwortete Kathleen, dass Arlo und sie einen Biokompostbetrieb führten, und hoffte, dass keine Nachfrage kam. Im Klartext hieß das, dass sie unter anderem Würmer und Sprühdünger, auch bekannt als Wurmkotcocktail, an Gärtnereien in ganz Kalifornien verkauften. Auf der Farm gab es Würmer in jedem Lebensabschnitt: frisch geschlüpfte, solche, die gerade zum ersten Mal in winzigen Bissen an Bananenschalen knabberten, und solche, die schon kompostierten und prächtigen Dünger herstellten, den sie dann nur noch durchsieben mussten. Ihre drei Millionen Würmer produzierten fast anderthalb Tonnen Düngemittel im Monat.

Sie hatten die Farm vor zehn Jahren gekauft, ohne sie gesehen zu haben. Damals kannten Kathleen und Arlo sich gerade seit sechs Monaten. Das Haus stand auf zwei Hektar Land in Glen Ellen, einem kleinen Bauernort bei Sonoma. Beide hatten ihre Häuser in Massachusetts verkaufen müssen und konnten sich davon und mit dem Erbe von Kathleens Vater den Hof gerade so leisten. Gerade so. Als Kathleen Maggie damals von ihrer Idee erzählte, hatte die sich große Sorgen gemacht. Nach langen Gesprächen und einem ganzen Ordner voll Recherche hatte aber sogar Kathleens vorsichtige, überängstliche Tochter eingesehen, dass Arlos Plan Potential hatte. Er brauchte nur Startkapital und jemanden, der an ihn glaubte.

In diesem Jahr boomte das Geschäft. Eine überregionale Zeitschrift für Bioprodukte hatte über Arlos Orchideencocktail geschrieben, und jetzt wurden sie von Bestellungen überrollt. Aber das Beste war, dass die *Los Angeles Times* und die *Sonoma Index-Tribune* im Frühling über den Hof berichtet hatten, woraufhin ihnen eine Gartencenterkette mit Filialen in drei Staaten einen Vertrag angeboten hatte.

Kathleens Geschäftstüchtigkeit hatte sie beide überrascht. Es waren ihre Kontakte gewesen, die ihnen zu den Artikeln über den Hof verholfen hatten. Auch die Zusammenarbeit mit den örtlichen Schulen war ihre Idee gewesen und brachte ihnen jetzt die regelmäßigen Abfalllieferungen, die sie für den Betrieb brauchten. Es war ihr sogar gelungen, ihre von Alice geerbte aggressivere Seite positiv in den Dienst des Geschäfts zu stellen: Sie hatte einige Gärtnereien dazu gebracht, ihnen mehr Produkte abzunehmen, als sie eigentlich wollten, und Arlo einen besseren Preis fürs Abfüllen ausgehandelt.

Ihre Mutter und ihr Bruder Pat machten keinen Hehl daraus,

dass sie das Ganze weiterhin für eine Schnapsidee hielten. Dass Kathleen im letzten Jahr mehr als zweihunderttausend Dollar umgesetzt hatte, spielte offenbar keine Rolle. Sie konnte ja nachvollziehen, dass ihre Familie der Idee gegenüber anfänglich skeptisch gewesen war, aber jetzt hätten sie ihren Erfolg doch anerkennen können. Nur dieses eine Mal.

Aber dieses Jahr würde sie es ihnen schon zeigen.

Sie hatte vor, das Geschäft im Spätherbst einen großen Schritt weiterzubringen. Im November hatte der Hof zehntes Jubiläum, und sie wollte Arlo überraschen: Sie sparte auf eine Kompostanlage, mit der sie ihre Produktion vermutlich würden verdreifachen können. Die Anlage kostete zwanzigtausend Dollar. Das war eine Ausgabe, die sich die meisten Höfe ihrer Größe nicht leisten konnten. Aber Kathleen hatte von Anfang an stur jeden Monat zweihundert Dollar beiseitegelegt.

Arlo würde sich unglaublich freuen, das wusste Kathleen, und die Vorstellung ermutigte sie. Kathleen musste an eine Autowerbung aus den Achtzigern denken, in der ein Mann seiner Frau zu Weihnachten einen mit einer großen roten Schleife verpackten Lincoln schenkt. Kathleen würde vermutlich die Erste sein, die eine übergroße Schleife um eine Maschine zur Massenverarbeitung von Kot wickelte.

Sie stand einen Augenblick gedankenversunken in der Küche, dann griff sie zum Hörer und rief im Büro an, um sich zu vergewissern, dass die fälligen Rechnungen am Freitag rausgegangen waren. Jerry ging ans Telefon, ihr treuer Mitarbeiter, der an sieben Vormittagen die Woche im Büro war. Nachdem sie aufgelegt hatte, blickte sie sich in der Küche um und seufzte. Die Fensterscheiben waren verschmiert, in der Spüle stapelte sich das Geschirr und der Mülleimer quoll über.

Das Haus war ein einziges Chaos. Arlo und sie wurden den Dreck unter den Nägeln nie ganz los, da konnten sie schrubben, wie sie wollten. Also hinterließen sie überall Spuren: auf der Kleidung, an den Wänden und auf Büchern. Hundehaare, wo man hinsah. Das Bad war vermutlich schon seit Monaten nicht geputzt worden. Sie gab dem Geschäft die Schuld, aber in Wirklichkeit war sie einfach nicht für die Hausarbeit gemacht. Theoretisch hätte sie auch gern ein ordentliches Zuhause wie das von Ann Marie gehabt. Doch dann verglich sie dieses Bedürfnis mit den vielen Dingen, die sie machen konnte, anstatt mit einem Schrubber durchs Haus zu rennen …

Kathleen setzte in zwei Töpfen Wasser auf: in einem kleinen für ihren Ingwertee und einem großen Kessel zum Dünsten des Wurmfutters. Eines von vielen Dingen, die sie bei ihrer Arbeit über Würmer gelernt hatte, war, dass sie zwar Abfallfresser, aber doch nicht ganz anspruchslos waren. Orangenschalen lehnten sie vollkommen ab und hatten im Allgemeinen für Zitrusfrüchte wenig übrig. Sie hatten es gerne weich und breiig. Wenn sie Zeit hatte, dünstete sie also die Bananenschalen, Karottenenden und Apfelgehäuse, bevor sie sie in die Wurmtonnen kippte.

Dann nahm sie eine Ingwerwurzel vom Regal und schälte sie am Fenster. Draußen lagen die Hunde nebeneinander im Gras. Sie würfelte den Ingwer, warf ihn in den kleinen Topf und ließ das Wasser köcheln. Dann setzte sie sich wieder an den Tisch und genoss die Stille.

Sie schlug die Zeitung auf, die Arlo ihr hingelegt hatte, und übersprang die erste Seite und den Kulturteil, bis sie auf die Werbehefte stieß. Kathleen schnitt keine Gutscheine aus, aber die anderen Frauen in ihrer Familie waren darauf so versessen, dass sie es sich nicht abgewöhnen konnte, wenigstens einen Blick darauf zu werfen, falls doch mal etwas Sensationelles darunter war, was natürlich nie geschah. Eine der Anzeigen bot eine kostenlose Packung Zahnseide beim Kauf von fünf Zahnpastatuben an. Als ob Zahnseide eine Investition wäre. Schon komisch, wie wir Menschen reagieren, wenn es etwas umsonst gibt. Ihre Mutter war darin Meisterin: »Ich habe vier Flaschen Ketchup zum Preis von einer gekriegt«, hatte sie vor ein paar Wochen stolz am Telefon erzählt. Wer will schon vier Flaschen Ketchup?

Kathleen hatte sich vorgenommen, einmal pro Woche mit Alice zu telefonieren, obwohl sich das immer anfühlte, als risse sie jemand brutal aus einem schönen Traum. Aus der Entfernung war es leicht sich einzubilden, ihre Mutter und der ganze Rest der Familie existierten gar nicht. Naja, nicht alle, denn ihre Kinder vermisste sie sehr.

Kathleen sorgte sich um ihren Sohn Chris und um die Entwicklung, die er zu nehmen schien. Anscheinend hatte er weder Träume noch Ambitionen, trank viel Bier und stritt sich unentwegt mit seiner Freundin, was meist damit endete, dass sie heulte und er mit seinen Freunden in die Kneipe zog. Kurzum: Er wurde seinem Vater immer ähnlicher.

Sie musste zugeben oder zumindest sich selbst gegenüber eingestehen, dass sie neidisch auf Pat und Ann Marie war, die im beruflichen Erfolg von Daniel Junior badeten. Ihr Junge wurde fast jährlich befördert, wohingegen Chris kaum eine Anstellung fand. Wenn er einen richtigen Vater gehabt hätte, wäre vielleicht alles anders gekommen. Hätte sie das nur früher erkannt und ihn mehr unterstützt. Aber Kathleens Aufmerksamkeit hatte sich wie selbstverständlich immer eher auf Maggie konzentriert.

Ihre Tochter hatte sich toll entwickelt, und das, obwohl sie und Paul wirklich alles getan hatten, um ihr Leben zu ruinieren.

Kathleen hatte sie dazu erzogen, sich nicht zu verleugnen. Als Maggie klein war und ihr nichts wichtiger schien, als dazuzugehören, hatte Kathleen immer wieder denselben Satz wiederholt: »Sei kein Schaf!« Sie wünschte, jemand hätte ihr das Gleiche gesagt, als sie jung war. Der Gedanke, ihre Tochter könnte ein langweiliges Standardleben führen, war ihr unerträglich. Maggie hatte ihren Rat angenommen. Sie lebte jetzt als Schriftstellerin in New York und führte mutig das unabhängige, aufregende Leben, von dem Kathleen, wie ihr zu spät klargeworden war, geträumt hatte.

Bis sie begriffen hatte, dass sie eigentlich gar keine richtige Kelleher war und ihr Leben nicht damit verbringen wollte, jeden Sonntag bei Patrick und Ann Marie die Football-Universitätsligen zu verfolgen, während die Kinder im Garten spielten und die Frauen über Waschpulversorten diskutierend Nudelsalat machten, war es schon zu spät und sie war verheiratet und hatte zwei Kinder. Als junge Mutter zu erkennen, dass man sich nach Unabhängigkeit sehnte, kam ungefähr so gelegen, wie wenn man jemanden kaltblütig massakrierte und sich danach überlegt, dass man eigentlich doch kein Mörder sein will. Also trank sie zu viel, zoffte sich mit ihrem Mann und mit Alice und bekam nichts mehr auf die Reihe. Einmal war sie torkelnd auf einem Elternabend erschienen und hatte der Lehrerin einen Schrecken eingejagt. Meistens fing sie schon mittags zu trinken an. So ging das bis zu dem Frühling, in dem sie mit den Kindern nach Maine fuhr und den Tiefpunkt erreichte. Heute wusste sie, dass man manchmal bis auf den Grund sinken muss, um sich wieder abstoßen zu können, und sie bereute nichts. Ihre Erfahrungen hatten sie sehr verändert, und sie war durch sie eine Frau geworden, die sie eigentlich ganz gern hatte.

Die Jahre mit den Kindern zuhause hatte sie überstanden, indem sie sich immer wieder sagte, dass sie frei sein würde, sobald Maggie und Chris aufs College gingen, und so ungefähr war es auch gewesen. In der Zwischenzeit hatte sie sich ganz darauf konzentriert, trocken zu bleiben. Sie legte im Hinterhof einen Gemüsegarten an, stellte fest, dass Yoga und lange Spaziergänge Stress besser abbauten als Chardonnay und dass es sich lohnte, von der Heilkraft von Kräutern und Wurzeln zu wissen, anstatt sich auf kleine Plastikphiolen zu verlassen. Ihr Vater lieh ihr das Geld für die Abendschule und den Abschluss. Danach arbeitete sie als Vertrauensperson an einer Privatschule mit überprivilegierten Mädchen mit Essstörungen, die sich selbst nicht ausstehen konnten. Sie ging viel aus. Ann Marie und Alice hielten sie wohl für die Hure Babylon. Oh Gott: Eine Mutter mit sexuellen Bedürfnissen. Wenn es nach ihnen ginge, hätte sie sich ihre Vagina wohl zumauern lassen sollen, mit einem AUSSER-BETRIEB-

Schild davor. Dass sie erst neununddreißig war und sich selbst gerade erst kennenlernte, war anscheinend egal.

Von den dunklen Seiten der Mutterschaft hatte Kathleen niemand etwas gesagt. Man gebar und die Leute brachten einem süße Schühchen und hellrosa Deckchen. Dann war man allein, der Körper versuchte zu heilen und der Geist stumpfte ab. Es war eine Mischung aus echter Liebe und Freude mit tödlicher Langeweile und gelegentlich blinder Wut. Je älter die Kinder wurden, desto weniger schwer war es, aber leicht wurde es nie.

»Als du ein Baby warst, konnte ich zum ersten Mal die Leute verstehen, die ihre Kinder zu Tode schütteln«, erzählte sie Maggie auf einer ihrer langen Fahrten nach New York.

»Na vielen Dank«, sagte Maggie.

»Aber nein, so hab ich das nicht gemeint«, sagte Kathleen. »Das hatte nichts mit dir zu tun – du warst das süßeste Baby, das ich je gesehen habe. Aber die Mutterschaft macht einen einfach wahnsinnig. Die Hormone drehen durch, du kannst nicht mehr schlafen und das kleine Biest lässt nicht mit sich reden. Bevor ich selber Kinder hatte, hielt ich diese Leute, die ihre Kinder schütteln, für Monster mit unnatürlichen Zwängen. Dann ist mir klar geworden, dass diese Aggression total normal ist. Sich unter Kontrolle haben, das ist unnatürlich, das ist die eigentliche Anstrengung.«

Ihrer Tochter sollte das klar sein, sie sollte das Wichtigste schon im Voraus wissen. Hätte sie selbst das gewusst, wäre vieles leichter gewesen.

Kathleens Mutter hatte nie begriffen, wie wichtig es war, schmerzhafte Erfahrungen zu teilen. Nicht um ihrer selbst willen, sondern zum Wohle anderer. Wenn Alice ihren Alkoholismus nicht versteckt, sondern darüber gesprochen hätte – darüber, wie er sie kaputtmachte, und darüber, dass sie seinetwegen sich und ihre drei Kinder in Lebensgefahr gebracht hatte –, wäre Kathleen vielleicht nicht Jahre später in denselben Dreck gerutscht.

Maggie und Kathleen hatten eine sehr offene Beziehung zueinander, dafür hatte sie gesorgt. Sie waren beste Freundinnen. Als Maggie zum College nach Ohio zog, hatte Kathleen geheult wie ein Schlosshund, dabei war sie eine erwachsene Frau und Mutter gewesen. Auch heute litt sie, wenn sie sich nach einem Besuch in New York verabschieden musste. Kathleen erzählte ihrer Tochter alles, und Maggie konnte sich ihr anvertrauen. Sie war stolz darauf, auch wenn Alice ihr Verhältnis zu Maggie falsch fand.

Das Handy vibrierte auf der Arbeitsfläche. Eine SMS von Arlo: *Erfolg auf ganzer Linie! Bin auf dem Heimweg!*

Nach einem Vortrag war er immer besonders gut gelaunt. Schulkinder waren das beste Publikum: Kein anderer Teil der Bevölkerung sprach so gerne über Fäkalien und schleimige Würmer. Sie nannten ihn Herrn Wurmdreck. Wenn Kathleen mitkam, stellte er sie als Frau Wurmdreck vor. Zu diesen Vorträgen nahm Arlo ein paar tausend Würmer mit. Das mag viel klingen, läuft aber auf nicht mehr als ein Kilo hinaus. Die Kinder kreischten entzückt, wenn sie, einer nach dem anderen, die Hände in den von glitschigen Kreaturen wimmelnden Eimer steckten.

Kathleen war stolz auf ihn. Wie viele Menschen hatten nicht nur eine gute Idee, sondern setzten sie auch in die Tat um? Das Geschäft spiegelte ihre Beziehung wider. Arlo war ein Träumer, ein Optimist, einer, der an das große Ganze dachte. Kathleen war Realistin – sie sah die Welt, wie sie war. Zusammen waren sie unschlagbar.

Sie lächelte und überlegte, ob sie sich umziehen sollte. Raus aus den weiten Pyjamahosen und dem alten Uni-T-Shirt und rein in ein aufreizendes Kleidchen. Aber warum sollte sie? Er hatte sie tausendmal nackt gesehen und sie ihn ebenfalls. Sie war fast sechzig, er vierundsechzig. Das Spiel war aus. Außerdem schätzte sie an ihrem Sexleben ja genau das: Es war erfrischend, dass sie es beide nicht so wichtig nahmen. Nicht aus Gleichgültigkeit, eher aus Bequemlichkeit. Nie war Sex so einfach gewesen. Das hatte mit seiner Wärme und Zärtlichkeit zu tun, aber auch mit ihrem Alter. Irgendwann kümmerte einen das Schwabbeln und

Wabbeln einfach nicht mehr und man weigerte sich schlichtweg, den Bauch einzuziehen, wenn man sich gerade auf dem Weg zum Orgasmus befand. Jedenfalls war es bei ihr so.

Jahrelang hatte sie sich Gedanken über ihr Aussehen gemacht. Heute gab es nur noch eine Person, deren Meinung über ihr Äußeres sie verletzen konnte, und das war ihre Mutter. Alice stand unter dem fast krankhaften Zwang, Körpergewicht zu thematisieren.

Zuletzt hatte Kathleen sie vor fünf Monaten zu Weihnachten gesehen.

»Gut siehst du aus. Hast wohl ein paar Kilo abgenommen«, hatte sie damals gesagt.

Kathleen hasste sich dafür, dass sie der Kommentar zufriedenstellte. »Wir gehen viel wandern. Die Farm liegt ja am Fuß der Berge. Ich hatte dir doch Fotos geschickt.«

Es ärgerte sie, dass ihre Mutter sie nie besucht hatte. Nur Maggie und Clare waren gekommen.

»Sehr gut«, hatte Alice geantwortet. »Aber bleib dran. Im Winter neigt man dazu, zu Hause zu bleiben und anzusetzen.«

»Ich wohne in Kalifornien«, hatte Kathleen gesagt.

»Ach so? Da gibt es also keinen Winter?«

»Eigentlich nicht.«

»Na egal. Hauptsache, du bewegst dich.«

Es war eine Art Fluch, eine schöne Mutter zu haben, wenn man selbst durchschnittlich aussah. Als Kathleen, Pat und Clare klein waren, galt Alice in der Nachbarschaft als verschroben, weil sie morgens in Tenniskleid und Sommermantel um den Block rannte. Zwanzig Jahre später nannte man das Jogging. Bis heute kontrollierte Alice ihr Gewicht streng und erinnerte ihre Tochter regelmäßig an die vierzehn Kilo, die Kathleen nach den Geburten ihrer Kinder nicht mehr losgeworden war. Seitdem sie mit Arlo zusammen war, bewegte sie sich mehr, aber sie konnte die Finger nicht von Süßigkeiten und Käse lassen und blieb pummelig.

»Aber ein hübsches Gesicht hast du.« So drückte Alice es aus. Und bevor sie Arlo kennenlernte, hatte Alice ihr geraten: »Ich bin deine Mutter, ich darf das sagen: Ohne deinen Schwabbelbauch würdest du bestimmt schneller einen netten Mann finden.«

Kathleen hatte Gewissensbisse, weil sie aus Massachusetts weggegangen war, aber das Gefühl der Freiheit überwog. Hier drüben beurteilte sie keiner danach, was vor dreißig Jahren gewesen war. Hier warf ihr niemand vor, auf einer Familienfeier nicht aufgetaucht zu sein, oder deutete an, dass sie sich als Alkoholkranke aufspiele, um Aufmerksamkeit zu bekommen. Die Leute von den Biohöfen und bei den Anonymen brachten ihr so viel Respekt und sogar Bewunderung entgegen, dass sie sich manchmal wie eine Hochstaplerin vorkam.

Wenn sie bei den Kellehers war, konnte Kathleen sich selbst nicht leiden. Sie fiel in ihre alte Rolle zurück und war wieder die bittere, reizbare Frau, die bei der kleinsten Provokation explodierte. Es gab Dinge, für die sie sich sehr schämte, und die ließ ihre Familie sie nicht vergessen.

Laut Arlo sollte man sein kurzes Leben mit Menschen verbringen, die einen glücklich machten. Außerdem war er davon überzeugt, dass ein Gefühl der Zugehörigkeit durch Taten entstand. Man war sich nicht nah, nur weil man denselben Stammbaum hatte. Er sah seinen Vater und seinen Bruder alle paar Jahre, wenn einer von ihnen zufällig durch den Ort kam, in dem einer der anderen wohnte. Auf Kathleens Frage antwortete er, dass es ihm kein schlechtes Gewissen bereite, dass er sie nur selten sah. »Wir haben einfach keine Gemeinsamkeiten«, sagte er. Sein Bruder war Buchhalter und lebte mit seinen drei Kindern und seiner Frau, einer ehemaligen Miss Iowa, in Des Moines.

»Ich wüsste nicht, worüber wir uns unterhalten sollten«, argumentierte er, als hielten andere Leute der spannenden Gespräche wegen mit ihren Verwandten Kontakt.

Unter den Kellehers galt es als Sakrileg, dass Kathleen nur zweimal im Jahr an die Ostküste kam. Arlo, andererseits, kommentierte ihre Reisepläne nach Massachusetts nur mit den Worten: »Musst wohl mal wieder deine masochistische Ader ausleben.«

Er war eben nicht katholisch aufgewachsen.

»Du kannst froh sein, dass Presbyterianer sich nicht ständig die Schuldfrage stellen.«

»Wie meinst du das?«, hatte er gefragt.

»Ach, nicht so wichtig.«

»Das eigentliche Problem ist ja, dass das, was sie tun und sagen, dir so nahegeht und dich so aufreibt«, sagte er. »Sobald deine Familie auftaucht, bist du gar nicht mehr du selbst.«

»Ich weiß«, hatte sie geantwortet, obwohl sie manchmal Angst hatte, dass es eigentlich andersherum war, dass ihr wahres Ich die schwarze, wütende Seite war, die sie vor Jahren weggesperrt hatte, die Seite, die nur zuhause bei der Familie zum Vorschein kam.

Ann Marie hatte ein paar Tage zuvor angerufen und Kathleen fast den Kopf abgerissen, weil Maggie und Gabe dieses Jahr nur für zwei Wochen nach Maine fahren wollten. Irgendwie hatte ihre Schwägerin sich in den Kopf gesetzt, dass Alice die verbleibenden Juniwochen alleine nicht überstehen würde, obwohl sie doch im Frühling, Herbst und Winter auch wunderbar alleine zurechtkam.

Kathleen atmete tief durch und suchte innerlich nach Arlos Gelassenheit. Ihre Schwägerin war auch nur ein Mensch. Und warum sollte es ihnen nicht möglich sein, vernünftig miteinander zu reden? Aber bei Ann Marie konnte Kathleen nicht anders: Ihr platzte der Kragen. Dachte Ann Marie tatsächlich, dass sie das Geschäft, die Hunde und Arlo einfach zurücklassen würde, nur weil es ihrer Schwägerin so besser passte?

Als Ann Marie klar wurde, dass Kathleen es ablehnte, sich mit diesem albernen Problem auseinanderzusetzen, sagte sie nur: »Schon gut.« Also war es von vornherein keine große Sache gewesen. Ihre Schwägerin hatte sich einfach aufspielen wollen. Typisch

Ann Marie. Sie sollte sich der Einfachheit halber gleich das Wort MÄRTYRERIN auf die Stirn tätowieren lassen.

Ann Marie nannte Alice Mama. Kathleen irritierte das auch nach dreißig Jahren noch. Wer wünschte sich schon Alice als Mutter?

Als sie noch in Massachusetts lebte, hatte Kathleen sich manchmal vorgestellt, Eleanor, ihre Patin bei den Anonymen, sei ihre Mutter. Sie saßen oft im Café unten im Haus von Eleanors Wohnung am Harvard Square und tranken Tee, während Kathleen von ihrem Tag berichtete: Wieder Streit mit Paul wegen der Unterhaltszahlungen für die Kinder, wieder ein tränenreiches Treffen mit Chris' Schulleiter.

Eleanor hatte Kathleen immer wieder gesagt, dass ein Leben ohne Alkohol kein Leben ohne Probleme sei. Man könne alles richtig machen und trotzdem käme es nicht so, wie man es sich gewünscht hatte. Eleanor hatte drei Ehen hinter sich. Die ersten beiden waren alkoholgetränkte, leidenschaftliche und überdramatische Dummheiten gewesen. Ähnlich wie Kathleens Ehe mit Paul und vielleicht auch wie Maggies Zukunft mit Gabe, wenn Maggie die Sache nicht bald beendete. Eleanors dritte Ehe war alkoholfrei, aber gehalten hatte sie trotzdem nicht. Dann war sie einem tollen Mann begegnet, und zwei Jahre später hatte man bei ihr Brustkrebs im fortgeschrittenen Stadium diagnostiziert. Man konnte nie wissen, wohin das Leben einen führte. Kathleen konnte nur hoffen, dass Maggie sich dessen bewusst war.

Außerdem hoffte sie, dass Ann Marie ihrer Tochter kein schlechtes Gewissen einreden würde, damit sie länger in Maine blieb, als sie eigentlich wollte. Kathleen würde Ann Maries lächerliche Sorge Maggie gegenüber sicherlich nicht erwähnen, aber bei Ann Marie wusste man nie. Vielleicht hatte sie schon ihre Fühler nach der Wurzel ihres Problems ausgestreckt. Kathleen konnte es kaum ertragen, dass die Kellehers Maggie einfach anrufen und ihr Ratschläge geben konnten, wann und wie sie wollten.

»Eigentlich ist der Juni euer Monat«, hatte Ann Marie am Telefon gesagt, als sei es ein Ehrenpreis und nicht schlicht und einfach ein schlechter Deal.

Kathleen war nicht entgangen, dass Patrick ihr bei der Aufteilung der Sommermonate in Maine den schlechtesten zugewiesen hatte. Wer wollte schon in den Sommerurlaub fahren, bevor es richtig warm wurde?

Vor ein paar Jahren hatte sie ihn deshalb nach einem Treffen mit den Anonymen angerufen, in dem es darum gegangen war, sich nicht unterkriegen zu lassen und seine Wut nicht in sich hineinzufressen.

»Du hast mir den schlechtesten Monat für Maine gegeben«, hatte sie in den Hörer gesagt.

»Wie bitte?«, hatte Patrick geantwortet. »Du bist doch seit Jahren nicht da gewesen.«

Sie hatte das Sommerhaus und die vielen guten und schlechten Erinnerungen, die sie damit verband, tatsächlich seit dem Tod ihres Vaters gemieden. Abgesehen von wenigen Ausnahmen war sie nie besonders gerne hingefahren. Urlaube an schönen Orten machten sie melancholisch. Das Fehlen äußerlicher Unzulänglichkeiten führte ihr die eigenen vor Augen – ihre fleischigen Oberarme und die Altersflecken, die täglich deutlicher wurden – und schreckte sie von der Rückkehr in ihren Alltag ab. (Sicher wäre ihr auch das malerische Sonoma Valley unerträglich, würde sie sich dort nicht mit Wurmkot beschäftigen.)

Aber darum ging es nicht. Es ging um Gerechtigkeit und die Rechte ihrer Kinder.

»Außerdem«, fuhr ihr Bruder fort, »war mir nicht klar, dass es für einen kostenlosen Urlaub am Strand einen schlechten Monat gibt.«

Ah, natürlich musste er auf Geld zu sprechen kommen. Als wüsste sie nicht genau, dass er seit dem Tod ihres Vater die Grundsteuer bezahlt hatte. (In erster Linie wohl, um seinen Anspruch auf das Grundstück zu bekräftigen.) Aber als sie nach der Scheidung mit den Kindern fast auf der Straße gelandet wäre, hatte er keinen Cent für sie übriggehabt.

»Wenn man im Geld schwimmt, ist Großzügigkeit kein Kunststück«, sagte sie und fand, dass sie sich damit noch viel zu fein ausdrückte. In Wahrheit war Patrick gar nicht großzügig. Nicht, wenn man seine Hilfe wirklich brauchte. Er hatte nie größere Summen gespendet, ohne Bezahlung einen Finger gerührt oder jemandem außerhalb des engsten Familienkreises geholfen. Patrick sah sich nicht als Teil eines Ganzen. Er war das Ganze.

»Was soll das denn bitte heißen?«, sagte er in einem fast fröhlichen Ton, und sie fragte sich, ob er in Gesellschaft seiner stinkreichen Yuppiefreunde war, vielleicht auf einer Cocktailparty oder beim Golfen.

Das Gelassenheitsgebet ging ihr durch den Kopf: *Gott gebe mir die Gelassenheit hinzunehmen, was ich nicht ändern kann, den Mut zu ändern, was ich ändern kann und die Weisheit, das eine vom anderen zu unterscheiden.*

Warum schaffte sie das bei den Treffen mit den Anonymen vor lauter Fremden, aber nicht mit der eigenen Familie? Sie hatte sich verschiedene Techniken im Umgang mit allen möglichen Leuten in den unterschiedlichsten Situationen angeeignet, aber die Kellehers machten sie nach wie vor rasend und brachten ihre schwärzeste Seite zum Vorschein.

»Was habe ich mir nur dabei gedacht«, konnte sie nicht lassen zu sagen, »eine Entscheidung unseres Heilands und Erretters in Frage zu stellen? Bitte verzeih mir!«

Dann legte sie auf. Plötzlich spürte sie ein starkes körperliches Bedürfnis und erkannte es als die Lust auf etwas Hochprozentiges. Sie ließ das Gefühl zu und beobachtete, in welchem Teil ihres Körpers es am stärksten war: mitten in der Brust.

Ärger und Verbitterung hatten sich jahrelang in ihr angestaut, sodass die Arroganz ihres Bruders Kathleen sofort daran erinnerte, dass ihre Eltern ihn auf eine teure katholische Jungenschule geschickt hatten, während Clare und sie auf die staatliche Schule gegangen waren. Alice hatte sich verrenkt, um Patrick immer wieder zu versichern, wie talentiert und intelligent er sei, aber für ihre Töchter hatte sie kein gutes Wort übriggehabt.

Alice kam aus armen Verhältnissen, und obwohl sie ihre Kinder in der Mittelschicht großgezogen hatte, sollte allen stets klar sein, dass ihr eigentlich Höheres bestimmt gewesen war. Den anderen nicht unbedingt. Nur ihr. Sie spielte sich auf, und ihre Eitelkeit war lächerlich. Sie sah sich selbst als Frau von Welt, zu einer Existenz verdammt, die ihr nicht entsprach. Dabei war sie ein ganz normales Bostoner Vorstadtmädchen aus einer irischen Arbeiterfamilie, das nichts vom Leben wusste.

Kathleen scherzte oft mit ihrer Schwester Clare darüber, dass ihre Mutter Pats Frau deshalb mehr liebte als sie beide zusammen, weil Ann Marie genauso eine Schaumschlägerin war wie Alice.

Ihre Schwägerin war schon an der Uni schamlos brav gewesen. Bevor Pat sie kennenlernte, hatte er eine ziemlich wilde Phase durchlebt. Er rauchte Gras und stieg in St. Mary von einem Bett ins nächste. Ann Marie, prädestiniert für die Rolle der makellosen, tugendhaften Mutter und Hausfrau, stutzte ihn bald zurecht. Pat spielte in der College-Golfmannschaft, und Ann Marie organisierte tatsächlich einen Kuchenverkauf, um Geld für einheitliche Trikots zu sammeln. Diese widerliche Geschichte breitete Pat stolz vor der Familie aus, als er zu Weihnachten nach Hause kam, woraufhin Alice die Hand aufs Herz legte und sagte: »Was für ein engelsgleiches Wesen.«

Ann Marie kam aus einem Stadtteil im Süden Bostons, den Alice »die schlechte Seite der Gleise« nannte. Aber wie Alice drehte sie sich die Wahrheit zurecht, und wenn man fragte, wo sie aufgewachsen sei, antwortete sie: »An der Strecke nach Milton«. Dabei gab es gar keine Verbindung zwischen Südboston und dem wohlhabenden Milton. Als sie sich kennenlernten, hatte Patrick gerade mit der Polizei zu tun und war untergetaucht. Er war eine kleine Nummer in der Winter Hill Gang und hatte alles

Mögliche mitgemacht: Drogenhandel, Waffenschieberei mit der IRA, und vielleicht hatte er sogar etwas mit dem Mord an einem Geschäftsmann aus Oklahoma in den Siebzigern zu tun. Das alles hatte Kathleen von Patrick selbst erfahren, denn Ann Marie wollte derartig Unerhörtes natürlich nicht wahrhaben.

Ihre Schwägerin wollte unbedingt als die Tugend in Person gelten, obwohl sie sich unter der Oberfläche in nichts von den anderen unterschied. Kathleen hatte nur ein einziges Mal erlebt, dass Ann Marie sich gehen ließ. Damals hatte sie Pat und Ann Marie kurz nach deren Bachelor-Abschluss in South Bend besucht. Pat vertrieb sich die Zeit bis zum Beginn seines Betriebswirtschaftsstudiums, und Ann Marie kellnerte und machte viel Lärm um ein eventuelles Studium der Pflegepädagogik, das sie dann doch nie anfing. Eines Abends saß Kathleen betrunken auf dem Rücksitz und sah, wie Ann Marie sich die Bluse aufknöpfte, den Oberkörper aus dem Autofenster streckte und so laut es ging »Hey Jude« sang, obwohl man bei dem Gebrüll den Text kaum verstehen konnte: »*Na-na-na-nananana!!!*«

Pat saß mit um die zehn Bier intus am Steuer.

»Park deinen Knackarsch wieder auf dem Sitz«, sagte er und zog an der Hosentasche seiner Freundin.

»*No-no-no-nononono!!!*«, schrie Ann Marie. Wenige Minuten später rutschte sie wieder auf den Beifahrersitz, beugte sich in Rock und BH zu Patrick rüber und leckte sein Ohr, als wäre Kathleen gar nicht da. Am nächsten Morgen sagte Ann Marie kleinlaut: »Hoffentlich habe ich gestern nichts Unanständiges gemacht. Ich erinnere mich an nichts. Möchte jemand Eierkuchen?«

Den Abend würde Kathleen nie vergessen. Sie wünschte nur, dass sie ein Foto gemacht hätte. In ihren Träumen schickte sie es ohne Absender oder Kommentar an Alice.

Schon im College waren Patrick und Ann Marie in Gegenwart der Dozenten ganz die Englein, und das hatte Kathleen schon damals wahnsinnig gemacht. Sobald sie geheiratet hatten, machte Patrick Ernst, und sie lebten fortan in häuslichem Idyll. Als die

Kinder noch klein waren, hatte Ann Marie es in Cape Neddick einmal mit dem Rumpunsch ein bisschen übertrieben und Kathleen voll Stolz anvertraut, dass Pat der erste und einzige Mann war, mit dem sie geschlafen hatte. Als wären Frauen, die sich ihre Jungfräulichkeit bewahren, besser als die anderen. Als gäbe es Punkte zu sammeln.

Zur Begrüßung sagte Ann Marie mittlerweile: »Bei dir ist alles gut?«, als würde sie einen zur richtigen Antwort lenken wollen: *Bloß nichts Negatives, bitte. Das wäre doch geschmacklos.* Wenn Ann Marie nur mal eine Schwäche zeigen würde, ein Zeichen, dass sie menschlich war, wäre Kathleen vielleicht nicht so unnachgiebig. Aber nach über dreißig Jahren war das unwahrscheinlich.

Ann Marie missbrauchte Maine als Statussymbol, um ihre drögen Bekannten im Country Club zu beeindrucken. Aus keinem anderen Grund hatten sie Daniel und Alice den protzigen Neubau neben das Sommerhaus geklotzt. Ann Marie hatte bestimmt schon einen Ordner mit Informationen zu den einzelnen Möbelstücken angelegt, die angeschafft werden sollten, sobald Alice abgekratzt war.

Sie redete meistens in Zahlen: Menge, Entfernung, Temperatur, Preis. Sie hatte wohl nichts Interessanteres zu berichten, als dass es schon im April dreiundzwanzig Grad warm war, ihre Mutter dieses Jahr einundachtzig wurde und es einfach unerhört war, für rote Paprika vier Dollar das Pfund zu verlangen.

Vor ihren Kindern spielte Ann Marie die Heilige – ohne sexuelle Bedürfnisse und frei von Schuld. Und was war schon dabei, dass sie heimlich eine Flasche Weißwein leerte, um durch einen stressigen Tag zu kommen? Wenn sie abends ausgehen wollte, kochte sie vor, sodass für Pat auch an diesen Tagen wie an allen anderen ein aufwändiges Abendessen auf den Tisch kam. Als könne er den Herd nicht bedienen. Sie besuchte Kurse zur Herstellung von Blumengestecken und für kreative Kuchendekoration.

Kathleen machte sich Sorgen um Ann Maries älteste Tochter, Patty. Es tat ihr leid zu sehen, wie verzweifelt das arme Mädchen versuchte, es Ann Marie als Mutter und Ehefrau gleichzutun, und sich vermutlich fragte, wie zum Teufel sie das schaffen sollte. Kathleen hatte oft überlegt, Patty zu verraten, dass die meisten Leute ihre Mutter für verrückt hielten. Als Patty klein war, hätte Kathleen sie gerne aus ihrer beklemmenden Umgebung befreit, aber mittlerweile hatte Patty sich für den Weg so vieler junger Frauen entschieden und versuchte, alles unter einen Hut zu bringen: Mit dreißig war sie Anwältin und Mutter dreier Kinder.

Ihr Bruder und ihre Schwägerin waren Großeltern! Daran wollte Kathleen gar nicht denken, denn schließlich bedeutete das, dass auch sie schon Großtante war. Bei der Vorstellung, auch ihre Kinder könnten Eltern werden, schlug ihr Herz schneller, allerdings keineswegs vor Freude.

Die anderen mochten Ann Marie für noch so mütterlich halten: Kathleen gefiel es nicht, wie ihre Schwägerin mit Kindern umging. Nach der Schule buk sie mit den Kleinen Kekse, ging mit ihnen Eislaufen, nähte Kleidchen für ihre Puppen und stellte alle anderen Mütter in den Schatten. (Manche Mütter waren wie dafür geschaffen, anderen das Gefühl zu geben, sie seien Rabenmütter.) Gleichzeitig kontrollierte sie ihre Kinder aber auf Schritt und Tritt, schrieb ihnen vor, wie sie sich zu kleiden hatten, was sie in ihrer Freizeit machten, mit wem sie ausgingen und mit wem nicht. Weil sie den Schmutz von Haustieren nicht ertrug, erlaubte sie nicht einmal einen Goldfisch, obwohl die Kinder sie um einen Hund anflehten. Fiona, die Jüngste, wollte in der Schulband Tuba spielen. Ann Marie setzte durch, dass es die Piccoloflöte wurde.

Was wohl aus Ann Maries Kindern geworden wäre, wenn sie ihnen erlaubt hätte, sich frei zu entfalten?

Kathleen erinnerte sich an einen Nachmittag, als Chris noch klein war, höchstens fünf. Sie hatte ihn zu Ann Marie gebracht, um mit Maggie zum Arzt zu gehen. Als sie ihn abholte, lag ihr Sohn zusammengerollt im Flur und weinte.

»Was ist denn passiert?«, fragte sie, woraufhin Chris jene ihr unvergesslichen Worte sagte: »Tante Ann Marie hat mich gehauen.«

Kathleen explodierte. Sie marschierte in die Küche, wo Ann Marie gerade die Arbeitsfläche schrubbte.

»Du hast mein Kind geschlagen?«, schrie sie und erschreckte den auf dem Boden mit seinen Autos spielenden Daniel Junior.

Ann Marie lächelte und sagte, als wäre es eine Rechtfertigung: »Er hat nicht gehört. Ich habe ihm immer wieder gesagt, dass er sich brav hinsetzen soll, aber er hat sich einfach nicht beruhigt. Dann hat er Daniel Junior mit einem Traktor gehauen, und zwar ziemlich heftig. Die Beule wird noch ein paar Tage sichtbar sein.«

Kathleen wurde noch lauter: »Und dann hast du ihn geschlagen, damit er lernt, dass man andere nicht haut?«

»Ich habe ihn doch nicht *geschlagen*«, sagte Ann Marie leise. »Ich habe ihm mit der flachen Hand auf den Po gehauen. Es tut mir leid.«

Kathleen wusste, dass Ann Marie Auseinandersetzungen nicht vertrug. Ihre Augen wurden schon feucht. Gut so.

»Lass dir eins gesagt sein«, sagte Kathleen. »Ob mit der flachen Hand oder der Faust: Du wirst keines meiner Kinder jemals wieder anfassen. Egal, was sie anstellen. Ist das klar? Wenn du es doch tust, geh ich zum Jugendamt.«

Am selben Abend rief ihre Schwester Clare an: »Du willst Ann Marie anzeigen?«, sagte sie. »Sie stellt schon ein Potpourri für ihre Zelle zusammen.«

»Von wem weißt du das?«, fragte Kathleen. »Ach, lass mich raten.«

»Ganz genau. Unsere Mutter hat gesagt, dass ich dir sagen soll, dass du dich entschuldigen musst.«

»Entschuldigen!«

»Dass du auch immer gleich überkochen musst, sagt sie. Woher du das wohl hättest. Du wüsstest Ann Marie nicht zu schätzen. Einen besseren Babysitter fändest du nirgendwo. Du brächtest die Kleinen ständig zu ihr, dabei sei sie doch keine Kinderfrau, sondern die Tante. Ach, und außerdem meint Alice, dass Kinder ab und zu einen kleinen Klaps bräuchten. Das täte ihnen gut.«

»Na, wenn das die Mutter des Jahres sagt.«

»Keine Ahnung, was ich mit dem Ganzen zu tun habe.«

»Warum zum Teufel rennt Ann Marie immer gleich zu Mama?«

»Weil sie die Tochter ist, die Alice nie hatte.«

Kathleen verzieh Ann Marie, oder zumindest erwähnte sie den Vorfall nie wieder. Früher waren sie ein Vierergespann gewesen: Patrick und Ann Marie, Kathleen und ihr Mann Paul. Sie gingen zu Freiluftkonzerten zum Hatch Shell, fuhren gemeinsam nach Maine, gingen mit den Kindern zum Rummel in Marshfield und aßen bei Legal Sea Foods zu Abend. Und so ungern sie es auch zugab: Es stimmte, dass Ann Marie ihre Kinder oft hütete, zwei bis drei Mal die Woche, und sie nie um eine Gegenleistung gebeten hatte. (Fürs Babysitten hatte Ann Marie ihre beiden Schwestern, und außerdem hatte sie keinen Job.) Kathleen mochte Ann Marie nicht für besonders interessant oder intelligent halten, aber sie gehörte zur Familie. Es war unmöglich, den Kontakt lange zu verweigern.

Ein paar Jahre später rechtfertigte Patrick mit dieser früheren Nähe, dass er Pauls Affäre gedeckt hatte.

Ein Jahr lang hatten ihr Mann und ihr Bruder Kathleen vorgetäuscht, dass sie sich zweimal pro Woche trafen. Dienstags zum Poker, freitags zum Treffen des Kiwanis Wohltätigkeitsclubs. Paul verschwand auch an anderen Abenden ohne Erklärung und kam oft erst nach Mitternacht nach Hause. Kathleen spürte, dass etwas nicht stimmte, aber unterdrückte das Gefühl. Einerseits wollte sie die Wahrheit wissen, andererseits sie verdrängen.

Nachdem sie die Kinder ins Bett gebracht und eine halbe Flasche Rotwein gekippt hatte, rief sie Ann Marie eines Freitagabends am, um zu fragen, ob sie und Pat am nächsten Tag zum Grillabend bei Daniel und Alice kommen würden.

Ann Maries Stimme entfernte sich vom Hörer, als sie fragte: »Schatz, gehen wir morgen zu deiner Mutter?«

»Morgen?«, hörte sie Patricks unverwechselbare Stimme fragen.

»Was macht Pat zuhause?«, hatte Kathleen gesagt. »Ich dachte, der ist bei den Kiwanis.«

Wenn sie nicht so blöde wäre, hätte Ann Marie sich eine überzeugende Geschichte ausgedacht: *Er hat eine Erkältung* oder *Die Große hatte eine Ballettvorführung und er konnte heute nicht zum Treffen gehen.* Stattdessen schwieg sie und sagte dann: »Was hast du gesagt? Pat ist nicht hier. Das war Daniel Junior.«

Kathleen atmete tief durch: »Erzähl keinen Scheiß, Ann Marie. Entweder du sagst mir selber, was los ist, oder du holst jetzt sofort Pat ans Telefon.«

Ann Maries Stimme zitterte: »Das musst du mit deinem Mann klären. Tut mir leid.«

Als er nach Hause kam, war Kathleen noch wach und die Weinflasche leer. Sie hatte am Küchentisch gesessen, im Fernsehen die *Letterman Show* gesehen und darauf gewartet, dass sich die Hintertür öffnete.

»Du bist ja noch wach«, sagte Paul.

»Wie war das Kiwanis-Treffen?«, sagte sie mit ruhiger Stimme, obwohl ihr Herz raste.

»Ach, langweilig«, sagte er. »Aber danach sind wir noch einen trinken gegangen. Das war ganz nett.«

»Hat mein Bruder den Grillabend bei meinen Eltern morgen erwähnt?«, fragte sie.

»Könnte sein«, sagte Paul zögernd. »Ich kann mich nicht erinnern. Ich mag deinen Bruder ja, aber irgendwie kann er die Klappe nicht halten. Hat der mich heute vollgelabert. Ich hab nur die Hälfte mitgeschnitten.«

Kathleen trommelte mit den Fingern auf dem Tisch. »Lüg mich nicht an«, sagte sie.

»Was?« Er nahm ein Bier aus dem Kühlschrank.

»Ich weiß, wo du warst.«

»Wovon redest du?«

»Mein Bruder hat mir alles erzählt«, log sie. »Auch von ihr.«

Paul kniff die Augen zusammen. »Nicht so laut«, sagte er. »Die Kinder schlafen.«

»Ach! Die Kinder. Die Kinder!«, schrie sie. »Jetzt machst du dir Gedanken um die Kinder?«

»Du bist betrunken«, sagte er. »So kann ich nicht mit dir reden.«

»Erbärmlicher Feigling!« Damit hatte sie ihn erwischt.

»Gut«, sagte er. »Ich hab 'ne andere. Das wolltest du doch hören, oder? Pat und Ann Marie haben uns zufällig gesehen, das ist eine Ewigkeit her. Der Scheiß mit den Kiwanis und dem Poker war übrigens seine Idee. Ich wollte es dir sagen.«

Kathleen war perplex: »Du bist ein wahrer Engel.«

Er hatte sie mit wütend funkelnden Augen angesehen, aber jetzt wandte er den Blick plötzlich auf die Küchentür hinter ihr und setzte ein falsches Lächeln auf. Kathleen drehte sich um. Da stand Maggie in ihrem Baumwollnachthemd in der Tür, die Augen noch schwer vom Schlaf.

Danach folgte eine Reihe schmerzhafter Enthüllungen, und mit jeder trank Kathleen mehr: Paul hatte seit über einem Jahr ein Verhältnis; in dieser Zeit hatte er der anderen zehntausend Dollar geliehen, aber seit neun Monaten nicht die Raten für das Haus bezahlt, und die Bank wollte ihnen den Kredit kündigen. Kathleen hatte mit einer Affäre gerechnet, aber das mit dem Geld hatte sie nicht geahnt. Ihr Vater wollte einspringen, aber dazu war es schon zu spät. Im März verloren sie das Haus.

Auf Drängen ihres Vaters nahm Kathleen die Kinder und fuhr mit ihnen ins Sommerhaus nach Maine.

In jenem Frühling tauchte sie in einen Nebel. Es kam regelmäßig vor, dass sie vergaß, Maggie und Chris Abendessen zu machen, oder dass sie die Haustür abschloss, früh ins Bett ging und erst später bemerkte, dass die Kinder noch am Strand spielten.

Es war ihr Vater, der sie auffing. Wie immer. Eines Abends fuhr er von Massachusetts zu ihr nach Maine und stellte ihr das gleiche Ultimatum, das er Jahrzehnte zuvor seiner Frau gestellt hatte: Entweder sie hörte mit dem Trinken auf, oder er nahm die Kinder zu sich.

»Weißt du denn nicht mehr, wie du dich damals manchmal vor Mama gefürchtet hast?«, sagte er. Es war das erste und einzige Mal, dass er das direkt ansprach. »Wie kannst du Maggie nur das Gleiche antun?«

Das hatte ihr den Anstoß gegeben, zu den Anonymen Alkoholikern zu gehen. Drei Tage nach dem ersten Treffen hatte sie noch einmal getrunken. Eine Viertelflasche Gin. Verzweifelt und betrunken hatte sie Pauls Nummer gewählt und ihn angefleht, zu ihr zurückzukommen. Am nächsten Morgen hatte sie sich mit Schrecken daran erinnert und war gleich zu einem weiteren Anonymen-Trefffen gegangen. Seither hatte sie keinen Tropfen angerührt.

Obwohl Paul fremdgegangen war und nicht sie, gab die Familie mit Ausnahme ihres Vaters und ihrer Schwester Kathleen die Schuld am Scheitern der Ehe. Patrick meinte, dass Paul seiner Affäre irgendwann entwachsen würde, dass sie zur Paartherapie gehen sollten, dass sie *alles* versuchen mussten, weil Scheidung einfach nicht richtig sei. Ihm zufolge hatte er Paul nur gedeckt, weil die Familie zu wertvoll war, um über so etwas zu zerbrechen. Kathleen vermutete, dass er dabei wieder einmal nur an sich gedacht hatte: In der Kelleherfamilie hatte es noch nie eine Scheidung gegeben, und Pat schien darauf irgendwie stolz zu sein.

Alice deutete an, dass Kathleen für Patricks Untreue mitverantwortlich war, und meinte, dass sie eine funktionierende Ehe nicht einfach so wegwerfen dürfe.

Ihre Mutter verteidigte Paul also, aber ironischerweise hatte Paul Alice nie leiden können. Wenn Alice sich bei ihnen angemeldet hatte, sprach er von der Rückkehr der Jedi-Zicke. Er legte ihr gegenüber konsequent die größte Höflichkeit an den Tag, aber das tat er nur aus Angst.

Als Kathleen Paul das erste Mal zu ihren Eltern mitnahm, saßen die vier gerade am Tisch und aßen Spaghetti, als es an der Hintertür klopfte. Kathleen konnte ihren Onkel Timmy und seine Frau Kitty durch die Glastür erkennen. Am letzten Thanksgiving hatten Kitty und Alice sich über das richtige Gewicht eines Truthahns für zwanzig Personen in die Haare gekriegt. Alice glaubte, dass ihre Schwägerin sie für geizig hielt. Seitdem hatte sie kaum ein Wort mit Tante Kitty gewechselt. Und auch nicht mit ihrem Bruder, den sie auf diese Weise dafür abstrafte, ein solches Monster geheiratet zu haben.

Alice hatte fünf Geschwister, Daniel war eines von zehn Kindern. Insgesamt hatte Kathleen zweiundvierzig Cousins und Cousinen. Als sie, Pat und Clare klein waren, war ihr Zuhause ein wahrer Bienenstock. Es konnte vorkommen, dass sie sonntags beim Abendessen saßen und plötzlich Onkel Jack, seine Frau und ihre sieben Kinder hereinplatzten. Dann stöhnte Alice und flüsterte ihr zu: »Stell noch Kartoffeln auf den Herd.« Kathleen hatte das immer gehasst und sich geschworen, dass sie auf keinen Fall mehr als zwei Kinder haben würde und mit ihrer kleinen Familie in Geborgenheit und Zurückgezogenheit wie auf einer Insel leben würde.

Tante Kitty winkte überschwänglich und Paul erwiderte den Gruß instinktiv. Es war eine ganz normale Reaktion, wenn man an einem Sonntagabend in der Vorstadt am Küchentisch saß und einen eine kleine grauhaarige Dame von draußen anlächelte, aber Alice fauchte: »Paul, schau da nicht hin! Wir sind nicht zuhause.«

Paul kicherte, doch dann sah er Alices ernsten Blick. Verwirrt sah er Kathleen an.

»Aber Mama, sie können uns doch sehen«, sagte Kathleen ohne aufzublicken.

»Sei still, dann werden sie schon wieder gehen«, flüsterte Alice. »Man erscheint nicht unangekündigt zum Abendessen.«

In Wirklichkeit machte man das in ihrer Familie ständig, aber

Alice hatte etwas gegen Kitty und hatte nicht vor, ihren Groll aufzugeben.

»Wer ist das denn?«, fragte Paul leise.

»Mein Bruder und seine grässliche Frau«, sagte Alice. »Keine Sorge, sie werden's schon kapieren.«

Sie sahen auf ihre Teller hinab und aßen weiter. Kitty klopfte stärker, als könnte man sie aus einem Meter Entfernung vielleicht nicht hören. Sie rüttelte an der Tür, aber die war abgeschlossen.

»Himmel, Alice, jetzt reicht's aber«, sagte Daniel schließlich, stand auf, ging zur Tür und ließ die beiden rein.

»Hallo ihr zwei«, sagte er in seinem typischen fröhlichen Ton. »Hunger? Heute gibt's Spaghetti.«

»Oh nein, wir wollen uns nicht aufdrängen!«, sagte Kitty.

»Natürlich wollt ihr das«, antwortete Alice bissig. »Aber wie du mich kennst, gibt es ja nicht genug.«

»Das ist meine kleine Alice. Immer ganz die Dame«, sagte Onkel Tim. »Wie wär's erstmal mit einem Bier?«

Alice rührte sich nicht, also ging Onkel Timmy an den Kühlschrank und bediente sich. Er war ein witziger, gutherziger Mann und ähnelte darin Kathleens Vater. Er hatte Kathleen einmal erzählt, dass er es gewesen war, der Alice Daniel vorgestellt hatte, damals, während des Zweiten Weltkrieges.

»Wir waren bei Kittys Cousine ein paar Blocks von hier und dachten, wir kommen kurz vorbei«, sagte er. »Und keine Sorge: Sie haben gekocht und wir sind pappsatt.«

»Gut. Ihr seht ja, dass wir Besuch haben«, sagte Alice.

Timmy hob eine Braue: »Kathleen und ihr Freund zählen als Besuch?«

Alice blieb weiterhin sitzen.

»Daniel, ich habe mich nicht in der Küche abgeschuftet, damit du kalt isst«, sagte sie. »Setz dich!«

Er setzte sich.

Paul trank an dem Abend mehrere Bier. Kathleen konnte es

ihm nicht verübeln. Auf der Heimfahrt sagte er: »Ich liebe dich, Süße, aber vor deiner Mutter graust es mir.«

Jemand anderes wäre vielleicht beleidigt gewesen, aber Kathleen fühlte sich in diesem Augenblick besonders zu ihm hingezogen. Alice wusste, wie man andere um den Finger wickelte. Wer sie nicht gut kannte war für gewöhnlich von ihr fasziniert, weil sie schön und irgendwie überlebensgroß war. Aber Paul hatte sie gleich durchschaut.

»Du darfst nie wie sie werden, das musst du mir versprechen«, sagte er.

»Um Gottes willen, nein! Ich verspreche es«, hatte sie gesagt. »Und wenn doch, dann kannst du mich gerne erschießen.«

Ann Marie

Ann Marie erwachte, bevor der Wecker klingelte. Es war still, und durch die Stores konnte sie sehen, dass die Straßenlaternen noch leuchteten. Die Nachttischuhr zeigte fünf Uhr vierzehn. Sie zitterte vor Aufregung, kniff die Augen zusammen und fühlte sich wie ein Kind am Weihnachtstag.

Dann stand sie auf, zog sich den Bademantel über und schlüpfte in die Hausschuhe. Es gab eine Menge zu tun, also nichts wie los. Vorm Schlafengehen hatte sie noch staubgesaugt und den Geschirrspüler ausgeräumt. Normalerweise war Sonntag Putztag, aber heute war sie den ganzen Tag unterwegs und frühestens am späten Nachmittag wieder zuhause.

Endlich war der zweite Juni da. Seit dem Frühjahr zählte sie die Tage bis zur Wellbright Miniaturenmesse. Das erste Mal seit fünfundzwanzig Jahren kam die Messe aus England über den Atlantik, und ihre erste Station war hier in Boston. Seit Wochen informierte Ann Marie sich im Internet über die Aussteller und Angebote. Um zehn Uhr wollte sie an einem Workshop über Puppenhauselektrik teilnehmen, um in ihrem Haus in Zukunft echte Lampen leuchten zu lassen. Fürs Puppenhauswohnzimmer hatte sie sich schon einen Kronleuchter mit Glühbirnen wie matte Perlen ausgesucht.

Nach dem Workshop würde sie sich viel Zeit für die Stände nehmen, von einem zum nächsten gehen und endlich all die Dinge sehen, die sie schon so oft auf dem Computerbildschirm bewundert hatte. *Minnies Miniaturen* aus Staffordshire stellten entzückende kleine Törtchen mit einer Glasur wie echtes Marzipan und nadelkopfgroßen Keramikerdbeeren her. Man konnte sogar ein Stück herausnehmen und die Schokoladen-Himbeerfüllung im Inneren sehen.

Winzig & Winzig hatten fein gearbeitete fingernagelgroße Silberbierkrüge. Wäre das nicht eine nette Hommage an ihren Mann und ihre gemeinsame Deutschlandreise vor ein paar Jahren?

Ein Zuhause für die Lieben war ihre Lieblingsfirma. Dort gab sie monatlich Bestellungen im Wert von acht-, neunhundert Dollar auf. Und jetzt würde sie vielleicht endlich die Besitzer kennenlernen. Das Ehepaar Lollie und Albert Duncan hatte sich auf dem Markt mit ihren Küchenutensilien durchgesetzt, von denen Ann Marie beinahe jedes Stück besaß: Sie verkauften filigrane Pfannenwender und Schaumschläger, kronkorkengroße Heidelbeerkuchen und Edelstahlkühlschränke, die batteriebetrieben summen konnten.

Wenn sie die Nerven nicht verlor, würde sie, bevor sie ging, die Fotos von ihrem Puppenhaus bei der Jury einreichen, um am diesjährigen Puppenhausdesignwettbewerb teilzunehmen. Natürlich würde sie nicht gewinnen. Die meisten Teilnehmer waren schon seit Jahren dabei, manche von ihnen machten das sogar professionell. Aber wenn sie sich ihre Fotos ansah, hätte sie schwören können, ein richtiges Haus zu sehen, keinen Miniaturnachbau. Da war auch Pat ganz ihrer Meinung.

Es war ein Jahr her, dass Ann Marie angefangen hatte, sich mit Puppenhäusern zu beschäftigen, weil sie eines für ihre Enkelin hatte einrichten wollen. Damals kaufte sie in einem Spielzeugladen einen Bausatz für ein viktorianisches Einfamilienhaus: drei Zimmer mit einer großen Veranda drumherum. Eine Woche lang setzte Ann Marie die Einzelteile sorgfältig zusammen. Die Fassade strich sie hellgelb, die Fensterrahmen und das Verandageländer setzte sie weiß davon ab. Mit Hilfe einer Heißklebepistole befestigte sie Vorhänge. Den Stoff dafür kramte sie aus ihrer Restekiste: schwerer, bodenlanger, dunkelgrüner Samt fürs Wohnzimmer, kurze, rot-weiß-karierte Baumwolle für die Küche und buntgepunktete Gardinen fürs Kinderzimmer. Dann die Möbel: ein kleines, blau-weißes Stockbett, eine passende Krippe, ein weißes Schaukelpferd mit seidiger Mähne und eine Spiele-kiste. Fürs Bad fand sie eine authentische Toilette mit Spülkasten. Die wenige Zentimeter breiten flauschigen Handtücher hatte sie aus einem Waschlappen geschnitten und mit einem weißen Band umsäumt. Für das Wohnzimmer kaufte sie Sofa und Sessel, eine Standuhr und zwei Serviertische. In das Schlafzimmer der Eltern stellte sie ein Himmelbett, und für die Küche kaufte sie eine komplette Garnitur mit allem, was dazu gehört, inklusive einer winzigen Cornflakespackung und einem Karton Persil.

Manchmal setzte sie sich mit einer Tasse Tee eine halbe Stunde oder länger vor das Puppenhaus und bewunderte ihr Werk ungläubig. Als das Projekt schließlich vollendet war, konnte sie sich nicht mehr davon trennen: Für die Enkel wäre es nur irgendein Spielzeug. Als die kleine Maisy sich das Haus anschaute und ihre klebrigen Finger den weißen Schlafzimmerteppich berührten, sagte Ann Marie, die sonst mit Kindern sehr geduldig war, streng: »Erst die Hände waschen!« Später fand sie ihr Verhalten ein bisschen albern, aber andererseits war es doch auch nicht zu viel verlangt.

Die Kinder machten sich über ihren neuen Zeitvertreib lustig, mit Ausnahme von Daniel Juniors Verlobter Regina, die das Puppenhaus einfach zauberhaft fand. Regina war ein liebes Mädchen. Sie war wie Ann Marie in der katholischen Kirche Gate of Heaven in Südboston getauft und gefirmt worden. Ann Marie war klar, dass Regina keine andere Wahl hatte, als extrafreundlich zu sein, schließlich wollte sie in den Familienkreis eintreten. Und was das bedeutete, wusste Ann Marie genau.

Sie hatte schon viele Hobbies gehabt: die Gestaltung von Familienalben und Blumenarrangements und eine Zeit lang sogar Quilten. Doch nichts davon hatte ihr Herz so berührt wie das Puppenhaus. Das Haus ihrer Kindheit war kunterbunt bevölkert gewesen: Bei ihrer Mutter ging jeder ein und aus, und der Küchentisch wurde von einer Horde Nachbarsfrauen besetzt, die Karten spielten, Whiskey tranken und die Küche verqualmten.

Sie redeten laut und gleichzeitig. Die Söhne dieser Frauen waren Herumtreiber und landeten früher oder später im Gefängnis. Es sei denn, sie stellten es schlau an wie einige von Ann Maries Cousins und wurden Polizisten. Ganz selten schaffte es mal einer in die Politik. An die erinnerte man sich am längsten. Und natürlich an die Verbrecher. (Aus dem Bulger-Clan, dem bekanntesten der Gegend, war einer von jeder Sorte hervorgegangen: ein großer Politiker und ein Gangsterkönig.)

Auch Ann Maries Bruder Brendan war abgerutscht. In den Zeitungen nannten sie ihn einen Gangster, aber das war übertrieben. Er war ja nur ein Junge, der tat, was man ihm sagte. Es wurde gemunkelt, er habe Whitey Bulger bei einem Mord geholfen, und vielleicht stimmte das sogar. Aber wenn Ann Marie an ihn dachte, sah sie einen Jungen in kurzen Hosen auf Castle Island im Gras sitzen, mit dem Gesicht zum Hafen und den grauen Gebäuden Südbostons im Rücken. In dieser Erinnerung biss er gerade in seine Lieblingsspeise, einen Hot Dog von Sullivan's, und hatte Ketchup am Kinn.

Brendan war seit zwanzig Jahren verschwunden.

Schon als junges Mädchen hatte Ann Marie sich geschworen, niemanden aus Südboston zu heiraten, sondern einen mit ein bisschen Geld in der Tasche. Sie sehnte sich nach einem geordneten Leben und ging als Erste in der Familie aufs College. In St. Mary kämpfte sie sich in der Hoffnung durchs Studium, einen netten irischen Jungen aus dem Schwestercollege kennenzulernen. Patrick war ideal, und sie arbeitete hart daran, ihm zu zeigen, dass er sie brauchte und dass es Zeit war, sich von den anderen Mädchen zu verabschieden.

Für ihre Mutter waren die Kellehers nichts als Spitzendeckchenwichtigtuer, aber das war Ann Marie egal.

Bis vor kurzem war Ann Marie mit sich als Mutter zufrieden gewesen, aber die Ungewissheiten, die mit dem Großziehen von drei Kindern verbunden waren, belasteten sie manchmal auch heute noch. Vielleicht sogar ganz besonders heute. Sie fragte sich, ob sie an der unangenehmen Geschichte mit Daniel Juniors letztem Job oder an der Sache mit Fiona nicht eine Mitverantwortung trug.

Wo waren ihre Kinder in diesem Augenblick? Waren sie angeschnallt? Glaubten sie noch an Gott? Wussten sie, wie man einen Haushalt führte und auch warum? Hatte sie genug für sie getan? Konnte eine Mutter je genug für ihre Kinder tun?

Sie schlich den Flur entlang und an der Tür vor der Treppe vorbei, obwohl sie wusste, dass Pat kein Tornado wecken konnte.

Seit Fionas Auszug vor zehn Jahren schliefen Patrick und sie nicht mehr im selben Bett. Zunächst war es eine vorläufige Lösung gewesen: Sein Schnarchen hielt sie wach, und sie hatte einfach einmal durchschlafen wollen. Aber dann verstrich eine Woche nach der anderen, und sie stellte fest, wie angenehm es war, sich ausstrecken zu können und ihn nicht jede Stunde rütteln zu müssen, damit er sich auf die Seite legte. Also blieb es dabei, und keiner der beiden sagte etwas dazu.

Ann Marie hatte mal eine Folge von *Oprah* zu dem Thema gesehen: »Paare in getrennten Betten – Und was ist mit Sex?« Aber sie machte sich nichts daraus. Dieser Teil ihrer Ehe war ein für alle Mal abgeschlossen. Sie liebte ihren Mann, sie hatten ein schönes Heim und drei zauberhafte Kinder, kamen gut miteinander aus, hatten eine Menge Freunde und stritten sich nie. Das konnten nicht viele Ehepaare von sich sagen.

Niemand wusste von dem nächtlichen Arrangement, denn wenn eines der Kinder da war, schliefen Ann Marie und Patrick wieder nebeneinander. Nur als Fiona einmal zu Thanksgiving ein paar Freunde vom Trinity College mitbrachte, hatte es einen peinlichen Vorfall gegeben, weil das Bett im Gästezimmer offensichtlich benutzt war. Ann Marie hatte improvisiert: Sie habe in der Woche zuvor einmal im Gästezimmer geschlafen, Pat sei erkältet gewesen.

»Er hat darauf bestanden. Damit ich mich nicht anstecke«,

hatte sie eilig gesagt. »Ich muss tatsächlich vergessen haben, die Bettwäsche zu wechseln.«

»Alzheimer lässt grüßen, Mama«, hatte Fiona nichtsahnend gescherzt.

Jetzt ging Ann Marie in die Küche, knipste das Licht an und mahlte Kaffeebohnen, die in einem Geschenkkorb eines von Pats Kunden gewesen waren. Sie schüttete den Kaffee in die Maschine und genoss das starke Aroma der frischgemahlenen Bohnen. Dann befüllte sie den Wassertank.

Am Vorabend hatte sie in Vorbereitung auf eine kleine Teegesellschaft mit ihrer Enkelin Maisy das gute Belleek-Service bereitgestellt. Sie würden selbstgebackene Scones essen, und Ann Marie würde ihrer Enkelin von dem irischen Dorf erzählen, wo das cremefarbene, mit zarten Kleeblättern verzierte Geschirr hergestellt wurde. Ann Marie strich über die Untertassen.

Sie setzte sich an den Küchentisch, auf dem sie wie jeden Abend eine Liste mit Erledigungen bereitgelegt hatte. Eine Spalte für sich (*für P. Lamm auftauen, Medikamente abholen, Swimmingpoolmensch: Filterproblem*), eine für Pat (*Scheck Daniel Junior, Ölcheck?, Wasserrechnung zahlen*).

Sie drehte den Zettel um und sah jetzt erst, worauf sie geschrieben hatte: Es war ein Schreiben des Country Club, in dem sie darum gebeten wurden, sich zu eventuellen Neuaufnahmen zu äußern.

»Mist. Mist!«, sagte sie. Fast hätten sie den Abgabetermin verpasst. Sie schwor sich, von jetzt an nur noch auf Notizzettel zu schreiben.

Sie las: *Die hier aufgelisteten Personen und ihre Familien sind für die Clubmitgliedschaft vorgeschlagen worden. Das Aufnahmekomitee und der Verwaltungsrat danken Ihnen für etwaige Kommentare, die selbstverständlich vertraulich behandelt werden.*

Sie überflog die Liste: William und Karen Eaves kannte sie nicht. Tom und Susan Devine hatte sie ein paarmal getroffen, aber ob sie für den Club eine Bereicherung waren, konnte sie nicht einschätzen.

Letzten Sommer hatten Pat und sie die Brewers vorgeschlagen. Die beiden waren schon lange ihre Nachbarn und seit kurzem auch Freunde. Damals hatten sie die anonymen Kommentare mancher Mitglieder überrascht. Da schrieb jemand, dass Linda Brewer beim Kennenlernpicknick einen zu engen Badeanzug getragen habe. Jemand anderes fand, sie habe sich am Buffet gehenlassen. Die beiden waren trotzdem reingekommen. Ann Marie und ihr Mann waren seit 1987 Clubmitglieder, und niemand würde es wagen, Pats Nominierungen in Frage zu stellen.

Die Brewers nach Maine einzuladen, war Pats Idee gewesen. Normalerweise nahmen sie George und Laney Dwyer für die Woche um den Unabhängigkeitstag am vierten Juli mit, aber die waren dieses Jahr auf einer Hochzeit, sodass Pat und Ann Marie für die erste Hälfte ihrer zweiwöchigen Reise eine andere Lösung finden mussten. (In der zweiten Woche würden Patty und Josh mit den Kindern kommen, und nach Ann Marie und Pats Abreise hätte Pattys Bande das Haus eine Woche lang für sich. In der letzten Juliwoche würde Ann Marie alle paar Tage hinfahren, um nach Alice zu sehen, bis im August Clare und Joe ankamen.)

»Warum fahrt ihr zwei nicht alleine? Ein romantischer Kurzurlaub, bevor die wilden Enkel einfallen«, hatte Patty gesagt, als Ann Marie ihr erzählte, dass die Dwyers dies Jahr nicht mitkommen konnten.

»Ach, ich weiß nicht«, sagte Ann Marie. »Wir sind doch immer zu zweit.«

Sie hatte schon überlegt, ihre Schwester Susan zu fragen, obwohl ihr Mann Sean ein grässlicher Besserwisser war. Außerdem konnte Pat ihn nicht ausstehen, weil er nie die Restaurantrechnung übernahm und ihnen den peinlichen Moment nicht ersparte, wenn er mit Verzögerung nach dem Portemonnaie griff und die Scheine in Zeitlupe auseinanderfaltete, bis es Pat reichte und er sagte: »Ich lad euch ein.«

Susan konnte nicht oft genug sagen, wie gut Sean mit seiner Klempnerfirma verdiente. Wenn sie unbedingt damit angeben musste, hätte er wenigstens ab und zu ein Abendessen bezahlen können.

Jedenfalls kam Pat eines Maiabends von der Arbeit nach Hause und sagte: »Ich habe Steve Brewer in der Mittagspause gefragt, ob er und Linda nicht nach Maine mitkommen wollen. Er muss das noch mit Linda besprechen, aber er klang positiv.«

»Stell dir das mal vor: ein Mann, der eine größere Entscheidung mit seiner Frau besprechen will«, sagte sie.

Was hatte sich Steve dabei gedacht? War das wirklich eine gute Idee? War es nicht zu riskant?

»Eine größere Entscheidung?«, sagte Pat und griff nach einer Packung Käsecracker.

Die hatte sie eigentlich vor ihm verstecken wollen. Pat sollte zwischen den Mahlzeiten nicht knabbern.

»Also, Schatz, ich hab dir ja nicht nebenbei mitgeteilt, dass wir morgen nach Tokyo ziehen.«

»Aber was wäre jetzt, wenn ich die Brewers gar nicht mag?«, gab sie zurück.

»Du magst sie aber, und zwar sehr.«

»Stimmt«, sagte sie. »Ich wollte dich nur ein bisschen ärgern.«

Sie hoffte, dass er ihr das schlechte Gewissen nicht ansah.

Ann Marie träumte seit dem Wohltätigkeitsball Anfang April von Steve Brewer. Sie stellte sich vor, wie sie sich bei einem langen Candle-Light-Dinner händchenhaltend besser kennenlernten. Es ging ihr um Romantik, nicht um Sex. An Letzteres wollte sie gar nicht denken. Aber ein bisschen umworben zu werden war genau das Richtige, um sie von ihren Sorgen abzulenken.

Sie wusste, dass er genauso fühlte. Sie hatten sich im Lauf der Jahre bei Abendessen, auf die beide Paare eingeladen worden waren, und bei Straßenfesten in der Nachbarschaft oft unterhalten. Aber niemals ohne dass andere dabei gewesen wären. An einem dieser Abende hatte er mehr von ihr erfahren wollen: Wo sie aufgewachsen sei, was sie vor den Kindern gemacht habe. (»Da war ich im Restaurantgewerbe«, hatte sie, wie immer, geantwortet. Das klang besser als Kellnern. Auf dem College hatte sie Krankenschwester werden wollen oder vielleicht Lehrerin, aber das erste Kind kam, bevor sie eine Gelegenheit dazu hatte. Und Patrick fand, dass die Mutter seiner Kinder nicht arbeiten musste.)

Als er ihr Wasser nachschenkte, berührte Steves Hand ihre, und er ließ sie dort, bis das Glas voll war.

»Und was macht ihr beiden, wenn ihr nicht im Club seid?«, fragte er.

Sie antwortete wie immer: Sie fuhren nach Maine zu ihrem Haus am Strand, machten lange Spaziergänge und spielten Tennis. Dann erzählte sie ihm von dem Puppenhaus. Vielleicht hatte sie zu viel getrunken, jedenfalls berichtete sie so aufgeregt davon, als spräche sie mit einem Gleichgesinnten.

»Gerade heute habe ich eine winzige Gruppe Hummel-Figuren für den Kaminsims gekauft«, sagte sie. »Die sind sehr selten. Echt antik.«

»Miniatur-Miniaturen«, sagte er lächelnd.

»Genau!«

»Wie bist du auf Puppenhäuser gekommen?«, fragte er und klang ehrlich interessiert.

»Durch die Enkel«, antwortete sie. »Aber wenn ich es mir recht überlege, liegen die Anfänge eigentlich viel früher. Erinnerst du dich daran, als Jackie Kennedy das Weiße Haus restaurieren ließ und ein Kamerateam einlud? *Dies ist der Goldene Salon, hier sehen Sie den Grünen Salon.*« Ann Marie hauchte die Worte wie Jackie.

Er lachte: »Ja! Ich erinnere mich gut.«

»Als ich das sah, wünschte ich mir, einmal mein eigenes perfektes Heim einzurichten«, sagte sie und erkannte in diesem Augenblick die Verbindung. »Versteh mich nicht falsch: Unser echtes Haus ist wunderschön. Aber ein Puppenhaus ist immer und zu jeder Zeit makellos. Man muss sich keine Sorgen machen, dass die Kleinen Traubensaft verschütten oder mit ihren Schuhen die Fliesen ruinieren.«

»Ja, klar«, sagte er. »Linda mag übrigens auch diese kleinen beleuchteten Porzellanhäuschen, die man zu Weihnachten hinstellt. Weißt du, welche ich meine?«

Wieso musste er jetzt seine Frau erwähnen? Beinahe hätte Ann Marie geantwortet, dass alberne Weihnachtsporzellanfigürchen rein gar nichts mit Puppenhausdesign zu tun hatten, doch dann lächelte sie nur.

Ein paar Tage später kam ein Brief. Es war eine Dankeskarte, adressiert an beide, Ann Marie und Pat. Darin hatte Steve geschrieben: *Vielen Dank, dass ihr euch beim Country Club für uns eingesetzt habt. Ihr werdet es nicht bereuen! Das nächste Abendessen geht auf uns. PS: Und zur Unterstützung der Weiße-Haus-Recherchen …*

Im Umschlag lag eine briefmarkengroße Zeitschrift. Es war eine Miniaturausgabe der *Life* aus dem Jahr 1962. Auf dem Titelblatt war die junge First Lady mit einem strahlenden Lächeln und einer Pillbox auf dem Kopf abgebildet, darunter die Worte: »Mrs. Kennedy räumt das Weiße Haus um«.

Als sie die Zeitschrift zwischen Daumen und Zeigefinger hielt und dann vorsichtig auf den Wohnzimmertisch im Puppenahaus legte, spürte Ann Marie ein freudiges Kribbeln. Sie erwähnte das Geschenk Pat gegenüber nicht, als er abends nach Hause kam.

Seitdem schien Steve sie bei jeder Umarmung zur Begrüßung oder zum Abschied, selbst in Gegenwart ihrer Partner, ein wenig länger festzuhalten, als üblich war. Er machte ihr Komplimente und fragte mit echtem Interesse nach ihrem Engagement in der Kirche und nicht, wie die anderen, nur um etwas zu sagen. An manchen Nachmittagen gönnte sie sich zwischen Putzen und Kochen ein Glas Wein, setzte sich damit an den Computer im Arbeitszimmer und gab die Website der Anwaltskanzlei ein, in der Steve arbeitete: Weiss, Black und Abrams. Sie wusste, noch bevor die Seite ganz geladen war, wo sie klicken musste: Der Link zum

Mitarbeiterverzeichnis war am rechten Rand. Und schon lächelte er ihr vom Bildschirm entgegen. Unter seinem Foto stand *Stephen Brewer, Teilhaber,* dann die Beschreibung seiner Fachgebiete. Ann Marie kannte sie auswendig: *Stephen Brewer ist Teilhaber der Bostoner Kanzleifiliale. Er ist Spezialist für Wertpapiertransaktionen außeramerikanischer Firmen in den Vereinigten Staaten, wobei er sowohl Emittenten als auch Underwriter vertritt.*

»Und was macht Ihr Mann?«, hatte ein neuer Nachbar Linda beim Lesekreis gefragt.

»Er ist Anwalt«, hatte Linda geantwortet.

»Ach. Und was ist sein Spezialgebiet?«

Dazu hatte sie nur schulterzuckend gesagt: »Überstunden.«

Die anderen hatten gelacht, aber Ann Marie hatte innerlich die Worte rezitiert, die ihr wie eine Geheimsprache zwischen ihr und Steve vorkamen: *Wertpapiertransaktionen, das ist sein Gebiet. Und er vertritt nicht nur Emittenten, sondern auch Underwriter.*

Ann Marie freute sich schon seit Monaten auf ihre jährliche Reise nach Cape Neddick. An einem grauen Wintertag hatte sie *MAINE* auf eine Starbucksserviette gekritzelt und sie im Mercedes unter den Blendschutz geklemmt. So musste sie nur den Spiegel herunterklappen und hatte vor Augen, was sie erwartete.

Seit Pat ihr mitgeteilt hatte, dass die Brewers mitkommen würden, hatte sich ihre Vorstellung von der Reise verändert, und sie freute sich nun auf ganz neue Dinge. Außerdem wurde sie nervös. Sie hatte vier Designerkleider und einen weißen Kaschmirpullover gekauft und sich Steves Gesicht vorgestellt, wenn er sie darin sah. Sie stellte sich vor, dass Steve und Linda Brewer im Auto dicht hinter Pat und ihr Richtung Norden fahren würden und die kleine Kolonne beim Press Room in Portsmouth auf ein Glas Wein und ein Hummerbrötchen anhalten und dann weiterfahren würde, bis sie schließlich unter den vertrauten alten Holzbalken im Sommerhaus sitzen und die durch die offenen Fenster wehende Seeluft einatmen würden. Später könnten Pat und Steve es sich mit einem Bier gemütlich machen, während sie mit Linda zum Delikatessenladen in Ogunquit fuhr und den Einkaufswagen mit französischem Brie, italienischer Salami, Oliven, Croissants, Bioapfelsaft, Himbeeren, feinster Zartbitterschokolade und einer Kiste Champagner belud. Sie würde vielleicht ihr Trifle-Geheimrezept backen, wenn es auch eigentlich nicht die richtige Jahreszeit war. Sie hatte nicht vergessen, dass Steve ihren Trifle bei der Weihnachtsfeier in der Nachbarschaft vor ein paar Monaten sehr gelobt hatte.

Der ursprüngliche Abreisetag nach Cape Neddick war der erste Juli, und bis dahin waren es noch vier Wochen. Aber vor ein paar Tagen hatten sich ihre Pläne geändert. Um genau zu sein, hatte ihre Schwägerin sich vor ihrer Verantwortung gedrückt, und jetzt stand Ann Marie mal wieder alleine da.

Am Freitag hatte Alice nach dem Abendessen auf einen Plausch angerufen.

»Clare ignoriert mich«, hatte ihre Schwiegermutter gesagt.

Ann Marie räumte gerade Teller in die Geschirrspülmaschine: »Wieso denn das?«

»Woher soll ich das wissen! PBS bringen zurzeit eine Reihe über *Die Kinder des Broadway*, und in einer Folge ging es um die Geschichte der Homosexuellen im Theater. Sehr interessant übrigens. Anscheinend wimmelt die Branche von denen. Wie heißt er doch gleich, der *West Side Story* geschrieben hat? Also, der ja wohl auch. Tja, und das habe ich nebenbei Clare gegenüber erwähnt –«

Ann Marie nahm die offene Weinflasche vom Küchentisch und schenkte sich ein. Dieses Thema hätte sie lieber vermieden. Sie wollte gar nicht wissen, was Alice darüber dachte, ein homosexuelles Enkelkind zu haben.

Ann Marie vermutete jedenfalls, dass es das war, worauf ihre Schwiegermutter hinauswollte. Schließlich war Clares Sohn Ryan ein Musicalstar. Sie hatte sich einmal durch eine dieser Veranstaltungen gequält. Clare ging gewöhnlich an mehreren aufeinanderfolgenden Abenden zu seinen Stücken, und Ann Marie dankte dem Herrn, dass es ihre Kinder nicht auf die Bühne gezogen hatte. Sie interessierten sich stattdessen für Sport (Daniel Junior) und irischen Stepptanz (Patty und Fiona). Zu einem Hockeyspiel konnte man sein Strickzeug mitbringen, ohne unhöflich zu erscheinen, und irische Musik hörte sie sowieso gern. Die Klänge verbanden sie mit ihrem Ursprung und bewegten sie.

»Naja«, fuhr Alice fort, »jedenfalls habe ich sie dann gefragt – ganz im Scherz versteht sich – ob sie sich denn keine Sorgen macht, dass Ryan sich dem täglich aussetzt und dass er es vielleicht auch bekommt. Dann hat sie mich plötzlich angeschnauzt. ›Mama, Homosexualität ist keine Krankheit. Man kann sich ihr nicht *aussetzen* und sie dann *bekommen*‹, hat sie gesagt.«

»Außerdem hat Ryan doch eine reizende Freundin«, sagte Ann Marie. »Daphne und er sind doch schon seit dem ersten Collegejahr zusammen. Ich würde mir da keine Sorgen machen, Mama.«

Daniel Junior nannte Ryan Feenschwuchtel, aber das war ja nicht ernst gemeint. In einer Produktion des *Mittsommernachtstraums* hatte Ryan grüne Strumpfhosen getragen, und so war der Witz entstanden.

»Ich weiß«, sagte Alice. »Und so hatte ich es auch gar nicht gemeint. Seitdem habe ich es zweimal telefonisch bei Clare versucht, aber meinst du, sie meldet sich? Die Erstkommunionen und Firmungen stehen bevor, da hat sie mit dem Geschäft viel zu tun. Aber trotzdem: Ist es denn zu viel verlangt, dass meine Tochter auf einen Anruf reagiert?«

Sie steigerte sich immer weiter in die Sache hinein, und Ann Marie machte es nervös, wenn Alice sich so benahm. Am besten wäre es, das Thema zu wechseln.

»Wie ist das Wetter in Maine?«, fragte sie.

»Etwas kühl, aber sonst ganz nett«, sagte Alice. »Ich glaube, unter der Veranda beim Sommerhaus hat sich eine Kaninchenfamilie eingenistet. Vater, Mutter und zwei Kleine.«

»Wie süß.«

»Süß? Die fressen mir die Tomatenpflanzen weg, und die grünen Bohnen auch«, sagte sie. »Ich ziehe alle Register. Der Garten ist in diesem Jahr zauberhaft, und ich werde nicht zulassen, dass sie ihn ruinieren.«

»Noch schöner als letztes Jahr?«

»Und ob! Ich hab dann doch mal diesen Fäkaliendünger von Kathleen ausprobiert. Und ob du es glaubst oder nicht: Es scheint tatsächlich zu funktionieren. Warum können sie sich nicht einfach einen besseren Namen dafür ausdenken?«

Ann Marie lachte. Kathleen schickte Alice seit Jahren regelmäßig ihre Düngeprodukte, und seit Jahren versteckte Alice sie in einer Kiste im Keller, weil sie sich nicht vorstellen konnte, dass Wurmexkrement besser sein könnte als *Der Grüne Daumen*.

»Gute Frage«, sagte Ann Marie. »Wann kommen eigentlich Maggie und Gabe?«

Ann Marie schätzte den Freund ihrer Nichte nicht besonders. Er war ihr zu glatt. Außerdem hatte Alice, die es wiederum von Kathleen hatte, gesagt, dass da vielleicht was mit Drogen lief. Wie froh sie war, dass ihre Kinder ordentliche Partner hatten. Patty war mit Josh verheiratet, ein echter Schatz, und Daniel Junior hatte die reizende Regina gefunden.

Ihre Jüngste, Fiona, war fast dreißig und immer noch mit dem Friedenscorps in Afrika. Sie war eine temperamentvolle junge Frau, die ihre gesellschaftliche Verantwortung sehr ernst nahm. Ann Marie machte das stolz, doch in den letzten Jahren hatte sie immer öfter gedacht, dass es langsam Zeit wurde, dass Fiona nach Hause kam und eine Familie gründete.

Man kann seinen Teil zur Rettung der Welt auch tun, indem man ein Kind großzieht, hatte sie letztes Jahr in einem Brief an ihre Tochter geschrieben. Nachdem der Brief abgeschickt war, hatte sie Pat davon erzählt, und er hatte nur gutmütig gesagt: »Du solltest Weißwein und Briefeschreiben nicht kombinieren.«

Zur Weihnachtszeit im vergangenen Winter hatte Fiona ihre Eltern dann zu einem Abendessen eingeladen, nur sie drei. Ann

Marie hatte sich gefreut. Die Einladung klang erwachsen und Fiona war manchmal noch äußerst kindisch. Ann Marie hatte ihren mit einem Weihnachtsstern bestickten Pullover angezogen und sich innerlich darauf vorbereitet, dass Fiona ihnen endlich mitteilen würde, dass sie nach Hause käme. Aber stattdessen sagte sie die unvergesslichen Worte: »Wahrscheinlich wisst ihr es schon längst: Also, ich bin lesbisch.«

Ann Marie hatte viel darüber nachgedacht. War es naiv gewesen, nichts geahnt zu haben? Pat hatte auf die Neuigkeit mit den Worten reagiert, er habe es schon vermutet und freue sich für sie. Einfach so. Ann Marie war in Tränen ausgebrochen. Selbst jetzt, Monate später, plagte sie wegen dieser Reaktion ein schlechtes Gewissen. Zuhause hatte Pat auch geweint, aber er hatte sich wenigstens vor Fiona zusammengerissen.

»Ich weiß auch nicht, wann Maggie ankommt«, antwortete Alice. »Als ich Kathleen diese unschuldige Frage gestellt habe, hat sie mir deutlich gemacht, dass mich das nichts angeht. Maggie könnte jederzeit hier auftauchen, denke ich.«

Dann sagte sie beiläufig, dass Maggie nur die ersten beiden Juniwochen in Maine sein würde. Danach wäre Alice bis zu Ann Maries und Pats Ankunft Anfang Juli allein.

Ann Marie war sauer. Sie hatten doch schon im Frühjahr vereinbart, dass Maggie den ganzen Juni in Maine verbringen würde. (Wer hatte ihr das gleich gesagt?) Eines der Ziele von Pats Aufteilung der Sommermonate war zu verhindern, dass Alice lange alleine dort war. Sie fuhren ja nicht nur zum Spaß nach Maine, sondern sie hatten auch eine Verantwortung, und die sollten sie sich teilen. Alice war eine alte Frau, ob es ihren Töchtern gefiel oder nicht. Ihr Gedächtnis ließ nach. Sie vergaß manchmal, den Fernseher auszuschalten, und ließ den Schlüssel im Zündschloss stecken. Jemand musste sich um sie kümmern.

»Ich ruf dich deswegen nachher nochmal an, Mama.«

Sie war in der zweiten Junihälfte total ausgebucht. Das Bankett im Club musste organisiert werden, und am siebenundzwanzigsten war das Treffen des *Glücksstern*-Wohltätigkeitsvereins. Sie hatte absichtlich alles auf Ende Juni gelegt, um im Juli den Urlaub im Sommerhaus genießen zu können. Wie sollte sie da noch zwischendurch nach Maine fahren, um nach Alice zu sehen?

Zwei Wochen. Welche Tochter ließ ihre betagte Mutter ganze zwei Wochen allein?

Ende Juni waren Clare und Joe wie jedes Jahr zum Großeinkauf in Taiwan. (Wer hätte gedachte, dass Taiwan das Mekka für Händler mit Messgewändern, Heiligenstatuen und Silberkreuzen war? Und wie war es überhaupt möglich, dass ein Atheistenpärchen Devotionalien verscherbelte und damit auch noch Reibach machte? Für Ann Marie grenzte das an Blasphemie.)

Langsam stieg ihr die Galle hoch. Eigentlich war sie nicht impulsiv, aber jetzt wählte sie ohne groß nachzudenken Kathleens Nummer in Kalifornien.

»Hallo«, sagte Kathleen kühl. Vermutlich hatte sie die Nummer auf dem Display erkannt. Ann Marie war überrascht, dass Kathleen überhaupt abgehoben hatte.

»Hallo Kathleen, Ann Marie hier«, sagte sie und fühlte sich unwohl. Sie wollte die Stimmung auflockern, noch bevor überhaupt eine Stimmung entstanden war. »Bei dir ist alles gut?«

»Ja«, sagte Kathleen. »Alles ganz wunderbar.«

»Wie schön. Also eigentlich rufe ich an, weil Alice gesagt hat, dass sie in den letzten zwei Juniwochen in Maine ganz allein ist. Findest du nicht, dass das ein bisschen lang ist, so isoliert da oben in Maine? Es ist doch schlimm genug, dass sie den ganzen Mai über alleine war, aber immerhin konnten Pat und ich fast jedes Wochenende hinfahren. Aber im Juni habe ich sehr viel zu tun und kann mir das ständige Hin- und Herfahren einfach nicht leisten.«

»Hat dich jemand darum gebeten?«, fragte Kathleen.

Ann Marie versuchte es noch einmal deutlicher: »Alice ist sonst zwei Wochen lang ganz allein.«

»Sie ist doch das ganze Jahr lang allein, Ann Marie.«

»Das mag ja sein, aber es ist doch ein Unterschied, ob sie hier bei uns in Massachusetts ist oder hunderte von Kilometern entfernt mutterseelenallein am Strand.«

»Mit dem Auto sind es anderthalb Stunden«, sagte Kathleen. Dann wurde sie lauter: »Was habe ich überhaupt damit zu tun?«

»Eigentlich ist der Juni ja dein Monat. Ich dachte, dass wir uns vielleicht etwas einfallen lassen könnten, um –«

»Dir ist schon klar, dass ich fünftausend Kilometer entfernt lebe?«, sagte Kathleen, als könnte Ann Marie diese Absurdität entgangen sein.

»Ja, das war mir klar«, sagte sie. »Aber ich dachte, dass Maggie oder Christopher vielleicht für ein paar Extratage hinfahren könnten, damit es für Alice nicht zu lange wird.«

»Die beiden haben Verpflichtungen. Sie können nicht einfach alles stehen und liegen lassen und einen halben Monat in Maine am Strand liegen.«

Als hätten Pat und sie keine Verpflichtungen. »Von einem halben Monat hat auch niemand gesprochen.«

»Maggie und Gabe sind in der ersten Junihälfte da. Das ist mehr als genug.«

Ann Marie spürte, wie sie innerlich aufgab. Wie immer würde ihr Bedürfnis, die unangenehme Auseinandersetzung zu beenden, über ihren Wunsch nach Gerechtigkeit siegen. Sie war in einer kampflustigen Familie aufgewachsen. Als sie die Kellehers kennenlernte, waren Vorwürfe, Türenknallen und aufgelegte Telefonhörer nichts Neues für sie. Sie war auch damit vertraut, wie die Familienmitglieder trotz allem schließlich wieder zueinander fanden. Sie erinnerte sich daran, wie ihre Mutter, als Ann Marie noch jung war, herausgefunden hatte, dass ihr Mann eine Affäre mit ihrer Sandkastenfreundin hatte. Ann Maries Mutter hatte ihren Mann mit einer Pfanne drohend die Straße hinuntergejagt. Dann hatte sie ein Fläschchen Schlaftabletten geschluckt und auf das Ende gewartet. Sie hatte überlebt, und zwei Tage später benahmen sie sich wieder, als wäre nichts gewesen: Er kam zum Abendessen nach Hause, und nach ein paar Gläsern saß sie auf seinem Schoß.

Aber manches war unverzeihlich, und es kam vor, dass Familienmitglieder nach einem Streit von der Bildfläche verschwanden: Ihre Fotos hingen plötzlich nicht mehr an der Wand und ihre Namen wurden nie wieder genannt. Wie kindisch das alles war.

Ann Marie hatte sich geschworen, dass in ihrem Haushalt niemand brüllen würde und schickliches Benehmen immer ihr höchstes Gebot sein würde. Pat war ganz ihrer Meinung. Er hatte gesagt, dass seine Schwestern, besonders Kathleen, so viel Freude am Ausgraben der Vergangenheit hatten, dass er zu dem Zeitpunkt, da er Ann Marie kennenlernte, sein Pensum an Reflexion und Diskussion schon erfüllt hatte. Kathleen bezeichnete sich doch nur aus Geltungssucht als Alkoholikerin und um die anderen, die sich ab und an ein Gläschen gönnten, unterschwellig zurechtzuweisen.

(Am letzten Thanksgiving hatte Ann Marie zum Kuchen eine Flasche Champagner geöffnet: »Nur ein Schlückchen!« Darauf hatte Kathleen gesagt: »Ist dir nicht klar, dass dieses Zeug in einer Alkoholikerfamilie besseres Rattengift ist?«)

»Wenn es dir so wichtig ist, wieso fährst du dann nicht selber hin?«, sagte Kathleen jetzt, und Ann Marie wünschte sich den Mut zu sagen: »Und du und Clare? Könnt ihr nicht auch mal einen Finger für eure Mutter rühren?« Stattdessen tat sie, was sie immer tat, und machte, was von ihr verlangt wurde.

»Schon gut«, sagte sie. »Du hast recht. Vergiss es einfach.«

Bevor sie sich verabschiedeten, wurde Kathleens Ton sanfter: »Tut mir leid, wenn ich fies klinge, aber mir wächst hier alles ein bisschen über den Kopf. Auf dem Hof ist die Hölle los. Wir haben mehr zu tun als je zuvor.«

Der Hof. Ann Marie und Pat lachten über diesen Begriff. Als hielten sie dort Hühner, Kühe und Ziegen. Eine dreckige Garage voll Würmer war kein Hof, das war ein Spektakel.

Kathleen fuhr fort: »Außerdem mache ich mir Sorgen um Chris. Bei ihm geht es irgendwie nicht richtig voran.«

»Das tut mir leid«, sagte Ann Marie ehrlich. »Ich werde Daniel Junior bitten, ihn anzurufen. Die beiden sollten sich mal austauschen. Sie könnten sich auf ein Bier treffen. Nein, zum Mittagessen! Ja, ein gemeinsames Mittagessen wäre gut.«

»Danke«, sagte Kathleen.

»Du hast wohl eine ganze Menge um die Ohren«, sagte Ann Marie. »Mach dir keine Gedanken mehr um Alice. Ich kümmere mich darum.«

Ann Marie sagte alle Termine für Ende Juni ab, um schon am zwanzigsten nach Maine fahren zu können. Mit jedem Telefonanruf und jeder Entschuldigung wuchs ihre Frustration. Dienstags und donnerstags passte sie normalerweise nach Schulschluss auf ihre Enkel auf, bis Patty oder Josh nach Hause kamen. Die müssten sich jetzt einen Babysitter suchen.

Ihre Schwester Tricia war verärgert: »Aber du wolltest Mama doch am zweiundzwanzigsten zum Arzt bringen«, sagte sie.

»Wenn du es diesmal machst, übernehme ich die nächsten drei Termine«, sagte Ann Marie. »Und ich besorge vor meiner Abreise noch ihre Medikamente.«

Am liebsten hätte sie Kathleen angerufen und gesagt: »Ich habe übrigens auch eine Mutter.« Aber das tat sie natürlich nicht.

Für Ann Marie war es eine Selbstverständlichkeit, sich um Alice zu kümmern. Sie war so erzogen worden. Man sorgte für die ältere Generation, selbst dann, wenn sie anstrengend waren und sich nicht immer so benahmen, wie man es sich wünschte. Wer entsprach schon dem Ideal eines anderen?

Sie verbrachte gern Zeit mit Alice, obwohl ihre Schwiegermutter schwierig sein konnte. Alice legte meistens gute Manieren an den Tag, aber manchmal ließ sie sich auch in der Öffentlichkeit gehen: Sie nahm in edlen Restaurants Brot und Butter aus dem Körbchen und schmuggelte es in eine Serviette gewickelt nach Hause, als stünde sie kurz vor dem Hungertod. Vor kurzem hatten sie bei Papa Razzi gegessen, und als Ann Marie von der Toilette zurückkam, sah sie gerade noch den Salzstreuer in Alices Handtasche verschwinden.

Ann Marie war bei Alice immer auf der Hut, denn die Stimmung ihrer Schwiegermutter konnte sehr plötzlich umschlagen. Aber meistens war es nett, wenn sie zusammen zum Friseur oder in die Innenstadt einkaufen gingen. Alice war eine interessante Frau. Nur ihren Töchtern schien das nicht aufzufallen. Sie verfolgte die Nachrichten, las viel und hatte zu jeder neuen Serie auf PBS eine Meinung. Ann Marie konnte sich mit ihr identifizieren: Beide waren in einfachen Verhältnissen groß geworden und hatten es zu etwas gebracht. Ann Maries Mutter, die Gute, saß Tag ein, Tag aus vor der Röhre und sah eine Messe nach der anderen. Ihr Leben lang hatte sie sich um andere gekümmert. Seit Ann Marie sich erinnern konnte, hatte immer irgendein lediger Onkel oder verarmter Cousin zweiten Grades bei ihnen gewohnt. Ihre Mutter hatte niemanden je abgewiesen. Jetzt war sie eine fettleibige Diabetikerin und Ann Marie schämte sich ihrer.

Alice war hübsch und zierlich geblieben. Sie hätte es nie zugegeben, aber wenn es ums Aussehen ging, war Alice für Ann Marie ein Vorbild. Dreimal in der Woche hatte Ann Marie einen Termin mit ihrem persönlichen Trainer Raul, und sonntags machten Pat und sie nach der Kirche zehn Kilometer auf dem Weg hinter der Newton North High School.

Alice kam jeden Sonntagabend zum Essen. Zu ihrem Geburtstag und zum Muttertag schickte Ann Marie ihr Blumen von Daniel Junior. (Die Mädchen machten so was selbstständig.) Pat übernahm ihre Steuererklärung, bezahlte die Versicherung für das Anwesen in Maine und sah dort im Winter nach dem Rechten, fuhr alle paar Wochen hin, um sicherzugehen, dass die Rohre nicht eingefroren und das Dach nach einem Sturm nicht durch Äste oder Bäume beschädigt worden war. Das Grundstück würde natürlich an sie und Pat fallen, wenn es einmal so weit war. Dann hatten sie den ganzen Sommer am Strand für sich.

Clare und Kathleen wussten das Sommerhaus sowieso nicht zu schätzen.

Ann Maries Schwestern fuhren im Sommer immer nach Cape Cod, und zu Beginn hatte es Ann Marie nicht gefallen, dass sie ihre Schwestern wegen des Hauses in Maine den ganzen Sommer über nicht sah. Aber von Jahr zu Jahr hatte sie sich in Cape Neddick mehr zuhause gefühlt. Außerdem wohnten ihre Schwestern im Sommer nur zur Miete.

Für ihre Kinder gab es nichts als Maine, und keine zehn Pferde würden sie an einen anderen Sommerurlaubsort kriegen. Jeder hatte seinen Lieblingsstrand und seine Lieblingsfischbude (Fiona und Daniel Junior wollten immer zu Barnacle Billy's, und für Patty, Josh und die Enkelkinder war es Brown's). Es gab bestimmte Sommertraditionen: Die Jüngeren machten sich mindestens einmal spätabends zum L. L. Bean Outdoorladen in Freeport auf den Weg, um auf den überdimensionalen, zwei Stockwerke hohen Wanderstiefel zu klettern, der vor dem Eingang stand; alle zusammen fuhren frühmorgens mit dem Boot eines Kunden von Pat bei Popham Beach zum Seebarschfischen hinaus; sie gingen zu einem Spiel der Portland Sea Dogs und Daniel Junior nahm seinen Baseballhandschuh mit, um vielleicht einen Ball im Aus zu ergattern; und bis heute war ein Abend dafür reserviert, im Auto Geflügelsandwiches zu essen und Schwarzbärjungen dabei zuzusehen, wie sie den Müllcontainer hinter Rubys Gemischtwarenladen ausräumten. Ann Marie hatte dabei immer Angst, obwohl Patrick ihr erzählt hatte, dass sein Vater das mit ihm früher zu Fuß gemacht hatte und nie etwas passiert war.

Im nächsten Frühjahr würde Daniel Junior seine Hochzeit im Cliff House in Ogunquit feiern, genau wie Patty vor ihm. (Seine Verlobte Regina war vor den Kosten zurückgeschreckt, bis Ann Marie ihr versicherte, dass Pat darauf bestehen würde, das für sie zu übernehmen.)

Ann Marie stellte sich oft vor, dass sie und Pat eines Tages Alice und Daniels Platz im großen Neubau einnehmen würden, mit den Kindern und Enkeln nebenan im alten Sommerhaus.

Ann Marie hatte sich innerhalb weniger Tage an den Gedanken gewöhnt, früher nach Maine zu fahren, und freute sich mittlerweile sogar darauf. Es war das erste Mal, dass sie für längere Zeit alleine wegfuhr. Die letzten Monate waren nicht einfach gewesen. Erst die Entwicklung mit Fiona, dann dieser grässliche Zwischenfall bei Daniel Juniors letztem Job. Aber daran wollte sie lieber gar nicht denken. Ein wenig Abstand würde ihr guttun.

Bis zur Abreise waren es noch drei Wochen, aber sie hatte schon eine Packliste im Kopf: der bequeme Liegestuhl mit Sonnenschirm, eine Tasche voll Sonnencremes und Zeitschriften und ihr Strickzeug. Es sollte ein Pullover für Maisy werden, mit einem grasenden Pony auf der Vorderseite. Natürlich würde sie sich um ihre Schwiegermutter kümmern. Außerdem konnte sie von Maine aus für Regina jede Menge Hochzeitsvorbereitungen treffen. Das war kein Urlaub. Aber ein paar entspannende Augenblicke am Meer waren immerhin möglich.

Pat konnte noch nicht mitkommen, er musste arbeiten. Aber es waren ja nur zehn Tage. Er würde, wie ursprünglich geplant, im Juli mit den Brewers kommen. Sie stellte sich vor, Steve mit einem Glas frischen Eistees auf der Sommerhausveranda zu begrüßen.

»Wie aufopferungsvoll du dich um deine Schwiegermutter kümmerst«, würde er sagen. »Extra ganz allein hierherzufahren – also das hätte Linda bestimmt nicht gemacht.«

Sie würde die Idee elegant von der Hand weisen: »Ach, das ist doch ganz selbstverständlich. Bitte, kommt doch herein.«

Alice

Alice war von der Sonntagsmesse zurückgekehrt, hatte sich mit einer Bloody Mary auf die Veranda gesetzt und wartete darauf, dass der Trockner fertigwurde. Sie vermied jede Bewegung und hielt nach den verflixten Kaninchen Ausschau.

Sie hatte einen siebzig Zentimeter hohen Drahtzaun um den Garten gespannt, aber die Viecher hatten sich einfach darunter hindurchgegraben. Daraufhin hatte sie sich vom örtlichen Friseur Haare besorgt und sie über die Beete verteilt, aber auch davon hatten sie sich nicht abschrecken lassen. Sie hatte Pfeffer über die Pflanzen gemahlen, um die kleinen Näschen zu reizen, aber die Biester hatten weitergeknabbert, als wäre es Zuckerguss. Schließlich hatte ihr in der Schlange im Gartencenter in York eine andere Kundin den Tipp mit Cayennepfeffer gegeben. Aber ein Mitarbeiter hatte eingeworfen, das sei grausam, weil der Cayenne den Kaninchen die Magenwand aufriss. Mittlerweile war Alice bereit, es dennoch zu versuchen. Sie würde sich kein schlechtes Gewissen einreden lassen. Schließlich waren es doch nur Ratten mit Wattebäuschen am Po. Zwei Tomatenpflanzen und die Bohnen hatten sie schon erledigt, aber die Sommerblumen würde sie bis aufs Blut verteidigen. Also hielt sie nun Wache.

Es war das lange Wochenende vor dem Memorial Day und damit Saisonbeginn. Die Stadt war voller Touristen, die in die Schaufenster der Läden glotzten, die gerade erst ihre Türen geöffnet hatten, und hoffnungsvoll die Zehen ins noch kalte Meer streckten. Aber hier an der Briarwood Road war es genauso ruhig wie vor einem Monat, als Alice, noch im Wintermantel, angekommen war.

Hier draußen begegnete sie nach der Mittagszeit keiner Menschenseele, es sei denn, sie fuhr zum Supermarkt an der Route 1 oder spazierte zu Rubys Gemischtwaren, wo eine Karaffe Wein fünf Dollar kostete. (*Fusel*, hatte ihr Sohn Patrick nach dem ersten Schluck gesagt, aber Alice war damit zufrieden.) Manchmal ging sie auch zum Laden, wenn sie gar nichts brauchte, um mit den Besitzern Ruby und Mort zu plaudern. Das Lieblingsthema der beiden Alten war, was für eine Enttäuschung die Jugend von heute doch war. Dazu hatte Alice auch eine Menge zu sagen.

Ruby und Mort waren echte Mainer Urgesteine. Im südlichen Maine kannten sie jeden und jeder kannte sie. Sie waren freundlich zu Alice, im Gegensatz zu manch anderen. In den Augen der Ortsansässigen waren die Kellehers Fremde, und daran würde sich nichts ändern. Die Sommer von sechs Jahrzehnten bedeuteten hier nicht viel. Manchmal erkannte sie jemand am Steuer und winkte ihr freundlich zu. Doch sobald der Blick auf das Nummernschild aus Massachusetts fiel, senkte sich der Arm.

Ruby war neunundzwanzig Jahre alt gewesen, als Alice sie in den Vierzigern kennenlernte, und selbst damals war sie Alice alt vorgekommen. Fast sechzig Jahre später öffnete sie gemeinsam mit ihrem Mann noch immer täglich morgens um sieben die Ladentür, und Mort ließ es sich nicht nehmen, die hohen Regale mit Dosengemüse und Küchenkrepp zu füllen. Bis heute trug er dabei Flanellhemd und Latzhose. Im Herbst ging er auf Elchjagd. Dann aßen sie den ganzen Winter über davon, die besten Stücke aber gingen über die Theke. Ruby schrubbte den Laden jeden Morgen mit scharfen Putzmitteln und buk Kekse, die sie in blauer Frischhaltefolie verpackt in einem Korb an die Kasse stellte. Seit die Kinder ausgezogen waren, hatten sie einen Cockerspaniel namens Myrtle. Wenn eine Myrtle starb, tauchte umgehend eine fast identische neue Myrtle auf.

Alice beneidete Ruby und Mort dafür, dass sie einander noch hatten. Wenn sie die beiden besuchte, kam es ihr vor, als sei die Zeit stehengeblieben. Dabei wusste sie genau, dass ihr Alter sich bemerkbar machte, und wenn sie mit den Folgen auch umgehen konnte, so irritierte es sie doch immer mehr. Die Namen der

Frauen im Golfclub entfielen ihr, genauso wie der des Priesters ihrer neuen Gemeinde. Sie hätte die Tapete ihres Kinderzimmers genau beschreiben können, konnte sich aber nicht an die Titel von Büchern erinnern, die sie vor wenigen Monaten gelesen hatte. Sie war dreiundachtzig Jahre alt und hatte ihr Lebtag kein schwerwiegendes gesundheitliches Problem gehabt. Aber in den letzten paar Jahren hatte sie so viele Spezialisten aufgesucht – einen wegen der Augen, einen wegen der Ohren, noch einen wegen der vermaledeiten Knie – dass sie vor jedem Termin mit Ann Marie scherzte: »Ich bin schon wieder mit einem attraktiven jungen Arzt verabredet.« Leute wie sie, so sagte man, hatten Glück gehabt, was nichts anderes hieß, als dass sie hatte mitansehen müssen, wie ihre Liebsten älter wurden und starben – erst ihre Eltern, dann ihre vier Brüder, schließlich ihr Ehemann – und ihr nicht einmal der Luxus einer Demenz vergönnt war, die den Schmerz hätte abstumpfen können.

Alices Mutter hatte auch diese Art von Glück gehabt. Sie war mit sechsundneunzig gestorben. In jenen letzten, dunklen Jahren ihres Lebens hatte sich ihre Mutter morgens in ihrem besten Rock und flachen Schuhen vor den *Globe* hingesetzt und in den Todesanzeigen die Namen derjenigen eingekreist, die sie aus der Schule, der Nachbarschaft und der Kirche gekannt hatte. Darunter viele Gleichaltrige, ihre erste Liebe und sogar die Freunde ihrer Kinder, die jetzt unbegreiflicherweise um die siebzig Jahre alt waren. (Alices Vater, zu dem Zeitpunkt schon seit zwei Jahrzehnten unter der Erde, hatte die Todesanzeigen den irischen Sportteil genannt.) Am Ende hatte sie geistig abgebaut. Manchmal stand sie auf dem Friedhof und wusste nicht mehr, zu welcher Beerdigung sie wollte. Dann nahm sie einfach an allen teil. Und manchmal ging sie hin, ohne die Todesanzeigen überhaupt gelesen zu haben. Sie dachte sich, dass sie einen der zu Beerdigenden sicherlich gekannt haben würde und der jeweiligen Person die letzte Ehre erweisen sollte. Der Trauerkreis bei ihrer eigenen Beerdigung war schließlich der kleinste, den Alice je gesehen hatte. Es kamen nur Alices Brüder, deren Kinder und Enkel, Patrick und Ann Marie mit den Kleinen, Clare und Joe und Kathleen mit Maggie. Kein einziger ihrer Freunde war da, um sie zu verabschieden. Sie hatte sie alle überlebt.

In Canton kam gelegentlich auch heute noch an Daniel adressierte Werbepost an. Es erstaunte Alice, dass der Tod einer Person auf bestimmte Dinge überhaupt keinen Einfluss zu haben schien. Die Kontoauszüge und Gehaltsabrechnungen, selbst die alten Schulzeugnisse, die sorgfältig in Ordner abgeheftet in seinem Büro im Keller standen, lösten sich nicht einfach in Luft auf, wie sie gehofft hatte. Und auch das gerahmte Foto von Präsident Kennedy und das Schild, das Daniel zur Pensionierung als Ehrung von der Versicherungsfirma bekommen hatte, die nebeneinander gleich über dem Schreibtisch hingen, verschwanden nicht mit ihm. All das blieb und erinnerte sie: *Einst war er da. Jetzt ist er nicht mehr da. Und die Welt dreht sich einfach weiter.*

Es gab bestimmte Dinge am Leben allein, an die sie sich nie gewöhnen würde, obwohl Daniel schon seit fast zehn Jahren tot war. Zum Beispiel würde sie wohl nie lernen, für nur eine Person zu kochen: Sie konnte es sich nicht abgewöhnen, die ganze Packung Spaghetti ins Wasser zu kippen und einen Krustenbraten von fünf Pfund für eine Garzeit von mehreren Stunden mitsamt Kartoffeln, Zwiebeln, Karotten und Mairüben in den Ofen zu schieben, obwohl sie Gemüse eigentlich gar nicht mochte.

Auch an die Stille würde sie sich nicht gewöhnen, die sich zunächst sanft und angenehm über ihr Leben ausgebreitet hatte, nachdem die Kinder aus dem Haus waren, aber nach Daniels Tod bösartig geworden war. Neunundvierzig Jahre lang waren sie verheiratet gewesen, und Alice hatte sich, so sehr sie ihn auch liebte, an jedem einzelnen Tag gewünscht, er würde endlich die Klappe halten. Am Frühstückstisch las er die Zeitungsüberschriften laut vor. Er sang »The Wild Colonial Bay« und »Molly Malone« in der Dusche. Er pfiff beim Harken des Rasens und brüllte in den Hörer, wenn eines der Enkelkinder anrief und er ihnen die gleichen

Witze erzählte, die er schon Jahrzehnte zuvor seinen Kindern erzählt hatte: *Weißt du, wie man einen Löwen fängt? Die leben ja in der Wüste, also braucht man nur ein Sieb. Was durchfällt ist Sand, was drinbleibt ist Löwe.*

Oder auch: *Tja, Chrissy, der irische Alzheimer deiner Großmutter ist leider nicht besser geworden: Sie erinnert sich jetzt ausschließlich an das Unverzeihliche.*

Jetzt vermisste sie seine Fröhlichkeit, besonders im Sommer hier am Strand.

Alice nahm einen Schluck Bloody Mary, wobei sie darauf achtete, dass das Kondenswasser ihr nicht auf die Bluse tropfte. Das war noch so eine Sache, an die sie sich nicht gewöhnen konnte: Dass man von ihr als alter Dame erwartete, dass sie sich zuhause gehen ließ. Sie zog sich, wenn sie von der Messe nach Hause kam, nicht um. Heute trug sie eine weiße Hose mit weißem Feston, ein schwarzes, kurzärmeliges Seidenjäckchen und Sandalen. Sie schminkte sich jeden Morgen komplett, wie sie es schon getan hatte, seit sie als Neunzehnjährige in der Kanzlei in der Innenstadt angefangen hatte. Sie trug auch noch den Pagenschnitt, nur war das Haar nicht mehr natürlich schwarz. (Ihre Tochter Clare hatte einmal in Gegenwart anderer kommentiert, dass es ein Wunder sei, dass Alices Haar im Alter, anstatt zu ergrauen, dunkler geworden war.)

Ihr genaues Alter kannte niemand. Keine Menschenseele. Ihre Kinder sagten, dass sie irgendwann heimlich in ihrem Führerschein nachschauen würden, aber bisher hatte das, soweit sie wusste, keiner gewagt.

Als junges Mädchen hatte sie sich beim Anblick der alten Frauen in Dorchester geschworen, keine solche Vogelscheuche im Hauskleid mit dünnem Haar zu werden. Und das war sie auch nicht. Aber jetzt stellte sie mit Schrecken fest, dass ihre drei Enkelinnen, von denen keine viel älter als dreißig war, auch so aussahen: einfach schlampig. Wenn sie diesen Sommer nach Maine kämen, würden sie in Jogginghose und Bikinioberteil auf dem Grundstück herumstolzieren und ihre kleinen Bäuche wackeln lassen. Sie würden ihr nasses Haar einfach zurückbinden und nicht einmal Lippenstift auflegen. Ann Marie meinte, dass sie nur am Meer so waren, aber Alice war sich da nicht so sicher. Das mochte ja auf Patty und Fiona, die Töchter von Ann Marie und Pat, zutreffen. Aber Alice würde wetten, dass ihre Enkelin Maggie zu einem Sonntagsbruch in einem Café in Manhattan auch mit dem feuchten Pferdeschwanz und in den ausgefransten Jeans auftauchen würde, in denen sie hier herumlatschte. Patty und Maggie hatten die Dolan-Beine von Daniels Mutter geerbt: dicke, formlose Stumpen, deren Unterschenkel so dick waren wie das Knie. Fiona, die sich am wenigsten um ihr Aussehen scherte, hatte als einzige Enkelin Glück gehabt und die langen schlanken Beine der Brennan-Frauen mitbekommen.

Alice hörte durch die offene Verandatür das Fiepen des fertigen Trockners. Sie leerte ihr Glas und ging in die Waschküche.

Das Radio war an, obwohl sie sich nicht daran erinnern konnte, es eingeschaltet zu haben. Eine angenehme junge Männerstimme befragte einen Professor zum Problem posttraumatischer Belastungsstörungen unter den aus dem Irak zurückkehrenden Soldaten.

»Das Wesentliche ist, darüber zu reden. Das ist viel wichtiger, als den meisten klar ist«, sagte der Wissenschaftler und zitierte eine Studie.

Alice schüttelte den Kopf. Das war jetzt hochmodern: reden, reden und nochmal reden. Aber was sollte es denn bringen, Schicksalsschläge durchzukauen, die niemand mehr ändern konnte? Ihre Brüder würden wahrscheinlich sagen, die Jungs sollten sich zusammenreißen und es nehmen wie Männer. Aber fragen konnte Alice sie jetzt nicht mehr.

Ihre Tochter Kathleen hatte einmal gesagt, dass man viele aus dem Zweiten Weltkrieg zurückkehrende junge Männer hätte retten können, wenn man ihnen erlaubt hätte, mit einem Therapeuten über ihre Erlebnisse zu sprechen. Aber das habe nicht in das damalige Bild eines Mannes gepasst. Das Ergebnis sei eine ganze Generation gebrochener Männer und frustrierter Säufer, die ihre Geheimnisse mit ins Grab genommen hätten. Alice fand, dass diese Beschreibung eher zu Kathleens Altersgenossen passte als zu Alices Generation. Bobby Kelly, Kathleens Lieblingscousin von Daniels Seite, war aus dem Vietnamkrieg wie ein junger uniformierter Errol Flynn zurückgekehrt und hatte sich auf einer Begrüßungsparty zwischen Luftballons und Leckereien wiedergefunden. Zwei Tage später hatte er erst seine Frau, dann sich selbst erschossen.

Kathleen verstand nicht, dass der Zweite Weltkrieg ein anderer Krieg gewesen war. Jeder Junge ihrer Generation war dabei gewesen. Wenn sie jetzt ihre Enkelkinder fragte, ob einer ihrer Freunde im Irak sei, verneinten sie erstaunt, als sei das vollkommen abwegig. Als sie jung war, waren die jungen Männer stolz gewesen, ihrem Land dienen zu können, und hatten sich dazu verpflichtet gefühlt. Sie wollten kämpfen.

Wenn Alices Brüder auf Heimaturlaub waren, versuchten sie immer, Alice mit einem ihrer Kameraden aus der Armee oder der Marine zu verkuppeln. Alice machte mit, obwohl sie die Jungs, die sie ihr vorstellten, nicht ernst nehmen konnte. Sie wollte keine Familie gründen, und schon gar nicht mit einem von denen.

Damals sagte man ihr noch, sie sei schön. Man lobte ihre schlanke Taille und die langen Beine. Sie hatte hellblaue Augen, helle Haut und dunkles Haar, das bis zur Rückenmitte reichte, und wünschte sich, eine Art Veronika Lake zu sein, die man für ihre Schönheit, Kunst und Lebenslust bewunderte. Sie glaubte, dass sie nur das Beste verdiente. Dass sie, Alice Brennan, eine ganz außergewöhnliche junge Frau sei und das irgendjemandem irgendwann einmal auffallen musste.

Die sechs Brennan-Geschwister waren in relativer Armut aufgewachsen, aber sie hatten immer ein Dach über dem Kopf und etwas zu essen auf dem Teller gehabt. Dann kam die Wirtschaftskrise. An einem Tag hatte ihr Vater seinen Job bei der Polizei, dann musste man ihn entlassen, dann hatte er Arbeit, dann wurde er entlassen. So ging das immer weiter. Entweder schob er aus Angst vor der vorhersehbaren nächsten brotlosen Zeit unmenschliche Überstunden oder lag arbeitslos, frustriert und betrunken auf dem Sofa. Dass er sie beschimpfte, war ganz normal, besonders, wenn er getrunken hatte. Als Kinder hatte er sie auch geschlagen, und Timmy und Michael hatten immer am meisten abbekommen. Alice erinnerte sich an Blut und blaue Flecke. Vor der Geburt des ersten der sechs Geschwister hatte es schon ein Baby gegeben, Declan. Eines Abends schlief ihr Vater mit dem Kleinkind neben sich im Bett ein, drehte sich irgendwann im Schlaf um, kam auf dem Kind zu liegen und erstickte den Jungen. Er war am Boden zerstört: »Hat sich nie erholt davon«, meinte Tante Rose. Er gab sich die Schuld. Ob als eine Art Buße oder aus Selbstschutz: Er ließ nie wieder eine enge Beziehung zu einem seiner Kinder zu.

Alices Eltern waren stolz darauf, die ersten Hausbesitzer der Familie zu sein: Alices Großeltern väterlicher- und mütterlicherseits waren als irische Auswanderer nach Boston gekommen. Die Großmütter waren jung gestorben und die nichtsnutzigen Großväter waren alleine nicht zurechtgekommen. Ihre Eltern waren in Absteigen und den Gästezimmern von wohltätigen, aber nicht unbedingt freundlichen Cousins groß geworden. Jetzt war ihre größte Angst, die monatlichen Raten für das Haus nicht bezahlen zu können.

Jedes Familienmitglied musste seinen Beitrag leisten. Alice und ihre Schwester Mary passten auf die Kinder in der Nachbarschaft auf und bekamen für einen Tag Arbeit fünfzig Cent, die sie ihrer Mutter aushändigen mussten. Die brachte es zur Bank, um am Ende des Jahres ein paar Dollar für Weihnachtsgeschenke zu haben. Mary war der bessere Babysitter: Ihre Geduld war unerschöpflich und sie mochte die Kinder sogar. Alice passte nur auf die jüdischen Kinder gerne auf, weil ihre Eltern reich waren.

Die Väter arbeiteten viel, und die Mütter wollten einfach in Ruhe Mah-Jongg spielen, also schickten sie Alice mit den Kindern ins Kino und immer wieder ins Kino. Das *Magnet Lichtspielhaus* belohnte damals jeden Gast mit einem Geschirrstück: montags eine Tasse, dienstags die Untertasse, mittwochs eine Suppenschüssel und so weiter, wenn auch kaum jemand das passende Essen zum Geschirr hatte. Insgesamt brachten Alice und Mary es auf ein komplettes Service.

Ihre Brüder machten Gelegenheitsarbeiten. Timmy kellnerte und Michael schrubbte die Flure im Rathaus. Selbst ihre Mutter verdiente eine Zeit lang Geld damit, Gebäck und Stickereien wie eine Landstreicherin von Tür zu Tür anzubieten. Alice schämte sich dafür und konnte ihrem Vater nicht verzeihen, dass er das zuließ. Vor der Heirat war ihre Mutter Lehrerin gewesen, aber jetzt waren Lehrerstellen wegen der hohen Arbeitslosigkeit unter Männern für Frauen gesperrt.

Die vier Jungs mussten zusammenrücken, damit sie ein Zimmer vermieten konnten. Alice und Mary hatten seit eh und je nur ein winziges Zimmer zu zweit, und Alice freute sich, dass es ihren Brüdern nun auch nicht besser ging. Aber die Untermieter machten ihr Angst: Manche weinten und jammerten, weil sie alles verloren hatten. Die Kleinkinder mancher Frauen brüllten schon im Morgengrauen, und viele Untermieter waren Trinker, die Alice und Mary begrapschten, wenn sie nachts auf die Toilette mussten, oder an ihrer Schlafzimmertür kratzten und sie flüsternd dazu aufforderten, doch aufzumachen und einem armen Kerl eine Freude zu machen.

Auf der anderen Seite der verschlossenen Tür flehte Mary sie dann flüsternd an, doch bitte schlafen zu gehen, Sir, schließlich sei es doch schon spät. Einmal hatte Alice Mary ins Bett gescheucht und gegen die Tür gerufen: »Hör mir mal zu, du Dreckskerl: Entweder du verschwindest jetzt oder wir sagen es unserem Vater und der zerlegt dich in Einzelteile, wie schon deinen Vorgänger.«

Ihr Vater hatte nichts dergleichen getan, und es wäre ihm auch egal gewesen, wenn einer dieser Männer hereinspaziert wäre und eine seiner Töchter verschleppt hätte.

Mary hatte die Augen aufgerissen: »Du bist aber mutig!«, hatte sie beinahe ehrfürchtig gesagt.

Mary war achtzehn und zwei Jahre älter als Alice, und dennoch wollte Alice ihre große Schwester beschützen. Mary war ein schüchternes, braves Mädchen. Sie bediente ihre Eltern wie eine Dienstmagd und betrachtete die Hausarbeit als ihre Pflicht. Manchmal übernahm sie sogar Alices Aufgaben. Sie wünschte sich später einmal ein Dutzend Kinder, und es machte ihr nichts aus, sich um ihre ungehobelten Brüder zu kümmern.

Alice war das genaue Gegenteil: Sie wollte einfach nur in Ruhe gelassen werden. Malen und Zeichnen war ihre Leidenschaft, und wenn man sie nur ließ, konnte sie sich stundenlang in eine Zeichnung vertiefen und der Realität entfliehen. Wann immer sie konnte, setzte sie sich ans Fenster des Zimmers, das sie sich mit Mary unter dem Dach teilte, und zeichnete ihren Blick auf die Straße, die im Garten arbeitende Mutter, Mary in ihrem Weihnachtskleid mit Muff. In diesen Augenblicken hielt sie den Atem an, denn jederzeit konnte jemand ihren Frieden stören und sie zwingen, irgendetwas zu waschen, zu bügeln oder zu stopfen.

Die Brüder jammerten, wenn nicht Mary, sondern Alice sich um sie kümmern sollte. Bei ihr mussten sie nacheinander essen, damit sie statt fünf Tellern nur einen abwaschen musste und stattdessen mit Rita auf den Stufen vor dem Haus sitzen oder sich zum Zeichnen unters Dach zurückziehen konnte.

»Bis ich den Teller kriege, ist das Essen längst kalt!«, beschwerte sich Timmy bei seiner Mutter, die Alice daraufhin eine Standpauke zum Thema Tischmanieren und Hygiene hielt.

»Mit dieser Einstellung wirst du nie eine gute Hausfrau«, hatte ihre Mutter einmal gesagt, und Alice war ein bisschen stolz darauf gewesen, denn sie sah sich nicht als Mutter und Hausfrau. Sie hatte Kinder nie besonders gemocht, und man hatte sie zu oft gezwungen, sich um ihre Geschwister zu kümmern: aufpassen,

Essen machen, bestrafen. So war sie schon mit Beginn der High School allem, das mit Kindern zu tun hatte, überdrüssig. Und sie tüftelte auch schon an einem Fluchtplan. Aber vielleicht war es kein richtiger Plan, sondern eher ein Traum.

Alice war keine achtbare Frau bekannt, die nicht Mutter und Hausfrau war. Die einzigen unverheirateten weiblichen Familienmitglieder waren Nonnen. Abgesehen von Tante Rose, die sich von einem Alkoholschmuggler hatte scheiden lassen und nach New York City gezogen war, wo sie jetzt bei Macy's am Herald Square am Make-up-Stand arbeitete. Ihr Vater nannte Rose eine »selbstsüchtige Dirn« und verbot ihrer Mutter den Kontakt. Alice wollte am liebsten wegrennen und mit der Tante in New York leben, aber Rose hatte ihr in einem Brief geschrieben, dass sie in einer schäbigen Pension voller Vagabunden und Trinker wohne. Das sei kein Ort für ein junges Mädchen.

Als sie fünfzehn Jahre alt war, malte Alice eines Abends beim Babysitten noch, als die Mutter des Kindes nach Hause kam. Mrs. Bloom war eine kultivierte jüdische Dame mit schwarzem Haar und dunklen Augen, von der gesagt wurde, sie sei durch ihre Ehe sozial abgestiegen. Ihr Mann und sie hatten ein Bilderrahmengeschäft in Upham's Corner, das allem Anschein nur vormittags geöffnet war.

An jenem Abend legte Mrs. Bloom ihre Handtasche auf den Tisch und sah sich Alices Arbeit an.

»Du hast großes Talent«, sagte sie. »Ist dir das überhaupt klar? Mit dem richtigen Unterricht könntest du es weit bringen.«

Alice horchte auf, verwarf jedoch die Idee sofort. Ihr Vater und ihre Brüder würden sie nur auslachen. Das Bild ließ sie einfach bei Mrs. Bloom liegen, um zu demonstrieren, wie wenig ihr das alles bedeutete.

Beim nächsten Mal sagte Mrs. Bloom zu ihr: »Ich habe dein Bild meinem Mann gezeigt. Er hat vielleicht keinen Geschäftssinn, aber dafür ein sehr gutes Auge. Und er teilt meine Ansicht. Du bist wirklich gut, Alice. Du musst Kunst studieren.«

Mrs. Bloom drückte ihr eine Münze in die Hand, damit sie mit dem Kleinen im Kinderwagen ins Gardner Museum ging. Er jammerte die ganze Zeit, aber das nahm Alice kaum wahr: Es war ihr erster Besuch in einem Kunstmuseum, und sie war wie verzaubert. In der Eingangshalle hing eine Gedenktafel: Die große Kunstliebhaberin und Mäzenin Isabella Stewart Gardner habe die Villa im Stil eines italienischen Palazzo gebaut. Nach ihrem Tod habe man es in ein Museum umgewandelt und nach ihr benannt. Sie sei von John Singer Sargent porträtiert worden, der als einer von vielen großen Denkern und Künstlern ihre aufwendigen Diners besucht habe. Sie sei viel gereist und habe in Paris studiert.

So eine Frau wollte Alice sein. In diesem Augenblick beschloss sie, eine große Malerin zu werden. Sie würde in Paris studieren und ihre Gemälde an reiche Franzosen verkaufen. In ihrer Wohnung an der Seine wäre sie vor trampelnden Jungenfüßen sicher und hätte endlich ihre Ruhe.

Ein Jahr verging und die Blooms zogen nach Brookline. Bei ihrer Abreise gab Mrs. Bloom Alice einen Skizzenblock mit einem Schutzumschlag aus echtem Leder: »Du musst weitermachen!«

Das versprach Alice, obwohl ihr bei Mrs. Blooms Worten ein Schauer über den Rücken gelaufen war. Zwei Wochen später war der Skizzenblock voll. Sie ging zur Bibliothek und entlieh die einzige dort verfügbare Biografie über Isabella Stewart Gardner und las sie zum dritten Mal. Dann benutzte sie die Bibliothekskarte ihres Bruders Timmy, um ein Buch auszuleihen, das sie nicht zurückgeben würde. Es war ein Band mit Schwarz-Weiß-Fotografien von Paris. Alice schnitt sie heraus und hängte sie über ihr Bett.

Alles, was Alice vom Leben als alleinstehende junge Frau wusste, wusste sie von Trudy, und der war sie nicht einmal begegnet. Ihr Telefon funktionierte über einen Gemeinschaftsanschluss, und wenn man abends in der Küche der Brennans den Hörer abnahm, konnte man Trudy zuhören, die in Beacon Hill plaudernd auf dem Sofa lag. Wenn Alices Vater bei der Arbeit anrufen wollte, probierte er es manchmal acht- oder neunmal, bis er schließlich in den Hörer sagte: »Entschuldigen Sie bitte, Fräulein, aber das ist doch kein Privatanschluss. Machen Sie es kurz, sonst muss ich mich bei der Telefongesellschaft beschweren.«

Alice war erleichtert, dass Trudy sich davon nicht abschrecken ließ. Sie hörte so gerne mit. Mary sagte, sie solle nicht lauschen, aber wie konnte sie widerstehen? Trudy übertraf jede Hörfunkserie.

Trudy erzählte ihren Freundinnen bis ins Detail von ihren Verabredungen, von den edlen Restaurants, in die ihre Verehrer sie einluden, und den Blumen, die am nächsten Tag kamen. Am Ende einer Firmenfeier hatte sie sogar einmal auf einem Dach am Kenmore Square mit ihrem verheirateten Chef Mr. Pembroke getanzt. Trudy verachte ihre Speckröllchen und habe in den letzten zwei Wochen strikt Diät gehalten: täglich ein hartgekochtes Ei mit trocken Brot, sonst nichts. Wenn ihr Stiefvater endlich mit der Kohle rausrückte, würde sie im April nach Los Angeles ziehen. Sie habe dieses Buch gelesen, *Alleine leben und es lieben*, und beschlossen, ihre Wohnung in Lavendeltönen einzurichten und immer ein paar Cocktailzutaten im Haus zu haben. Dass manche Leute eine Frau, die so etwas tat, für billig hielten, war ihr egal.

Alice saß still da und hörte genau zu.

Eines Abends erzählte Trudy von einer Ausstellungseröffnung, zu der Mr. Pembroke sie mitgenommen hatte. Die Wände zierten Bilder von nackten Frauen, und weißbehandschuhte Kellner reichten Kanapees und Nüsse.

»Mensch«, sagte Trudys Freundin, »dein Chef hat ganz schön was für dich übrig. Es sind wohl deine Fähigkeiten an der Schreibmaschine, die ihn so beeindrucken?«

»Das und meine Manieren«, hatte Trudy gesagt. »Vermutlich war es die Unterweisung in den Grundsätzen der Etikette, die mir meine gute Mamá ermöglicht hat.«

Alice hätte fast in den Hörer gefragt, was bitteschön Etikette sei. Stattdessen fragte sie Mary, und als die es auch nicht wusste, die Dame von nebenan.

»Das sind Benimmregeln. Im Benimmunterricht kann man lernen, kultivierter und eleganter zu wirken«, erklärte die Nachbarin.

Alice nahm ein paar Dollar aus dem Portemonnaie ihrer Mutter und meldete sich zum Benimmunterricht an. Die anderen Teilnehmer waren viel jünger als sie. Es waren die zwölf- oder dreizehnjährigen Söhne und Töchter reicher Anwälte und Geschäftsleute, aber Alice war das egal. Von da an fuhr sie jeden Samstagmorgen eine Stunde lang mit der Tram nach Cambridge und lernte, wie man Messer und Gabel hielt, richtig saß und stand und wie man ordentlich sprach. Sie brachten ihr sogar ein paar französische Begriffe bei.

Nach dem Unterricht setzte sie sich, die Pastellkreiden in der Tasche, am Ufer des Charles River ins Gras und skizzierte Spaziergänger. Die Kreiden hatte sie im Kunstunterricht von Schwester Florence mitgehen lassen. Meist waren es nur noch Krümel, weil sie sie tagelang in ihrer Manteltasche versteckt hatte, auf deren Satinfutter sie in der Zwischenzeit Regenbogen gemalt hatten. Alice stellte sich vor, dass ein reicher Gönner sie irgendwann dort malen sehen würde und wie angewurzelt stehenbliebe: *Welch großes Talent! Du gehörst nicht hierher, mein Kind, du bist hochbegabt. Komm mit und ich zeige dir Paris.*

Aber es sprach sie niemand an, und wenn sie mit den Bildern nach Hause kam, war Mary die Einzige, die etwas dazu sagte. Eines Tages nahm sie all ihren Mut zusammen und fragte ihren Vater, ob sie zur Kunsthochschule gehen könne. Er antwortete: »Warum nicht. Wenn du in der Schule nicht nachlässt und dich zuhause benimmst.« Alice rief sich sein Versprechen seitdem jeden Abend vor dem Einschlafen und jeden Morgen beim Aufwachen in Erinnerung.

Sie konnte nicht glauben, dass er zugestimmt hatte. Normalerweise lehnte er ihre Bitten ab. Abgesehen von Mary schien die ganze Familie Alice für egoistisch zu halten. Sie dachten, dass sie mehr verlange, als ihr bestimmt sei.

Sie fühlte sich zu erlesenen Dingen hingezogen und wusste sie sich bisweilen zu beschaffen. Manchmal bestellte sie ein Kleid aus dem Katalog von Lord & Taylor, Zahlung bei Lieferung. Wenn der Bote dann kam, rannte sie die Treppe hoch und sah vom Treppenabsatz aus zu, wie einer ihrer jüngeren Brüder, Timmy, Jack, Michael oder Paul, mit dem Lieferjungen stritt. Hier habe keiner ein verdammtes Kleid bestellt, und sie würden es auch ganz bestimmt nicht bezahlen.

Irgendwann hörte sie eine Stimme rufen: »Alice! Weißt du was von einem Kleid?«, und sie rief zurück: »Ein Kleid? Du machst wohl Witze.« Die Unschuld in Person.

Der Lieferjunge war unnachgiebig und bestand hartnäckig darauf, dass er die richtige Adresse hatte. Er wusste, was ihn erwartete, wenn er ohne das Geld zurückkam. Bei zwei dieser Gelegenheiten war einer der Brüder so durcheinandergekommen, dass er tatsächlich bezahlt hatte, und Alice war zu einem nagelneuen Kleid gekommen, frei Haus und umsonst.

Eigentlich wusste sie, dass sie sündigte, wenn sie für sich ein besseres Leben einforderte. Das hatte ihre Mutter ihr oft genug gesagt, und auch die Bibel pries Bescheidenheit und Aufopferung. Sie hatte ein Zitat aus dem Brief an die Philipper auf die Innenseite ihrer Nachttischschublade geschrieben. Wenn sie abends den Rosenkranz nach dem Nachtgebet weglegte, las sie dort langsam die Worte: *Nichts tut durch Zank oder eitle Ehre, sondern durch Demut achte einer den andern höher denn sich selbst.*

Wenn es nur so einfach wäre. Alice glaubte, dass Gott sie durch seinen Sohn erretten würde, wenn sie sich mehr Mühe gab und mehr betete. Sie betete dafür, so selbstlos und wunschlos wie ihre Schwester zu werden. Aber ihr Egoismus war ein Teil von ihr, genau wie Marys Güte ein Teil ihrer Schwester war.

Wenn Mary einmal ein neues Kleid bekam, gab sie es der Caritas, anstatt es selbst zu tragen. Einmal hatte Mary zwölf Stunden auf die Nachbarskinder aufgepasst und war dafür mit einem hartgekochten Ei bezahlt worden. Alice war außer sich, aber Mary sagte nur: »Vielleicht haben sie einfach nicht mehr.«

Mary war ein unscheinbares Mädchen. Sie trug zur Schule immer den gleichen langen, grauen Baumwollrock und eine schlichte, altmodische Bluse. Mary ging nicht aus, und wenn Alice und ihre Freundinnen mit ein paar Jungs aus der Schule Eis essen gingen, saß sie mit einem Buch zuhause. Alice fragte Mary jedes Mal, ob sie diesmal nicht mitkommen wolle, und verlangte sogar von den Jungen, mit denen sie ausging, dass sie auch für Mary einen Begleiter fanden. Aber Mary lehnte ab.

»Ich will nicht, dass mich einer aus Mitleid ausführt«, sagte sie. »Außerdem sind die alle viel jünger als ich. Ich käme mir lächerlich vor.«

Wenn Alice abends nach Hause kam, schlich sie sich in das gemeinsame Schlafzimmer, in dem schon kein Licht mehr brannte, zog sich leise die Strumpfhosen aus und hörte Marys Flüsterstimme: »Und, wie war's?«

Alice hoffte, ihre Geschichten würden Mary Lust machen, aber die sagte immer nur: »Mensch, ich hätte in deiner Lage gar nicht gewusst, wie ich hätte reagieren sollen.«

Wenn Mary schlief, betete Alice für sie: *Mach, dass meine Schwester aus ihrem Schneckenhaus kommt. Mach, dass sie glücklich wird.*

Nach der High School bekam Mary eine Stelle im Schreibbüro der Versicherungsgesellschaft Liberty Mutual und konnte von nun an mehr Geld nach Hause bringen. Die Eltern freuten sich, aber Alice, die noch zur Schule ging, dachte, dass sie bei so einer Arbeit vor Langeweile umkommen würde. Außerdem fand sie, dass das Geld, das ihre Schwester verdiente, Mary zustand und sonst niemandem. Was sie beide mit Marys Gehalt alles hätten machen können! Aber wenn sie mit ihrer Schwester darüber sprach, sagte die nur: »Aber ich würde das Geld doch nicht für mich ausgeben!« Dann fühlte Alice sich mies.

Seit sie arbeitete, hatte Mary weniger Zeit für Alice. Deshalb holte Alice ihre Schwester freitags oft von der Arbeit ab. Dann gingen sie ins Kino oder teilten sich im Park ein paar belegte Brote. Manchmal konnte sie Mary überreden, bevor sie sich auf den Heimweg machten, noch ein Bier in einer Kneipe zu trinken.

Zwei Jahre später, kurz nachdem Alice die Schule abgeschlossen hatte, kam ihre Mutter in ihr Zimmer und sagte, sie solle sich fertigmachen: »Wir suchen dir heute Arbeit in der Stadt.«

Alice schüttelte den Kopf: »Papa hat gesagt, dass ich zur Kunsthochschule gehen kann.«

Ihre Mutter seufzte und sagte mit gesenkter Stimme: »Sei nicht kindisch, Alice. Du weißt genau, dass dein Vater das nicht ernst gemeint hat. Das können wir uns doch gar nicht leisten.«

Wenig später hatte Alice eine ihr verhasste Arbeitsstelle in der muffigen Kanzlei von Weiner und Kristal, zwei aufgeblasenen, kugelrunden Kahlköpfen, deren Anrufe sie entgegennahm und für die sie Kaffee kochte. Sie überstand die Arbeitstage dort nur, weil sie einen Teil ihres Einkommens beiseite schaffte (sie hatte ihrer Mutter nicht gesagt, wie viel sie wirklich verdiente) und zwischendurch Karikaturen auf die Rückseite des Notizblocks zeichnete: Weiner hinter den Gittern des Affenkäfigs im Franklin Park Zoo und Kristal, der auf einem Piratenschiff gefesselt über die Planken ging.

Dann kam der Krieg. Das Haus wurde still, nachdem die vier lärmenden Brüder gegangen waren. Bald stand sogar ihr geliebtes Paris unter der Herrschaft der Nazis, und Alice überlegte, wo sie stattdessen hingehen würde. Es waren nur wenige junge Männer zurückgeblieben, und ihr Vater hatte regelmäßig Arbeit. Sein Gehalt und das der Mädchen reichte aus, sodass sie keine Untermieter mehr aufnehmen mussten. Die Zimmer der Jungs ließen sie unberührt, als könnten die vier jederzeit nach Hause kommen.

Die Trunksucht und die Wutausbrüche ihres Vaters verschlimmerten sich. Er machte Alice und Mary immer öfter die Hölle heiß, verlangte mehr Geld von ihnen, beschimpfte sie als fett und faul und brüllte sie so lange an, bis sie weinend auf ihr Zimmer rannten oder er auf dem Wohnzimmersessel im Suff das Bewusstsein verlor.

»Wenn die Jungs hier wären, würde er sich das nicht trauen«, sagte Alice, obwohl sie wusste, dass auch ihre starken Brüder Angst vor ihm hatten.

Alice ging jeden Morgen um fünf Uhr in die Kirche und betete, dass ihre Brüder gesund zurückkehren würden. Sie sprach den Text des Salve Regina in dramatischem Flüsterton, bis sie vom Beginn der Messe unterbrochen wurde: *Mutter der Barmherzigkeit, unser Leben, unsere Wonne und unsere Hoffnung, sei gegrüßt. Zu dir rufen wir verbannte Kinder Evas, zu dir seufzen wir trauernd und weinend in diesem Tal der Tränen … O gütige, o milde, o süße Jungfrau Maria! Bitte für uns, heilige Mutter Gottes, dass wir würdig werden der Verheißungen Christi.*

Ihr Glaube an Gott war stark und sie war fest davon überzeugt, dass er ihre Brüder beschützen würde, wenn sie nur ausreichend betete und lernte, ein guter Mensch zu sein. Sie versuchte, die negativen Gefühle zu unterdrücken, die sie viel zu oft heimsuchten: Neid, Habgier, Wut. Ihr Leben würde eine wundervolle Wendung nehmen, sagte sie sich, wenn sie nur geduldig blieb und Gott vertraute.

Sie malte, wann immer sie konnte. Mary fand ihre Arbeiten mindestens so gut wie die von Degas, die sie im Gardner Museum immer wieder bewundert hatten und die Alice, jeder sanften Linienführung folgend, viele Male nachgezeichnet hatte. Alice fühlte sich geschmeichelt, aber manchmal fragte sie sich, wie wichtig Talent überhaupt war. Degas war in einer reichen französischen Familie aufgewachsen. Außerdem war er ein Mann. Ihm waren also große Romanzen in Paris beschieden, während Alice mit ihrer Schwester und den Eltern ein eintöniges Leben führte.

»In unserer Familie kriegt man Europa nur zu Gesicht, wenn man eingezogen wird«, sagte sie eines Abends zu Mary, und sie lachten. Doch dann verstummten sie plötzlich und erinnerten sich ihrer lebensfrohen Brüder, die in diesem Augenblick vielleicht Gott weiß welchen Gefahren ausgesetzt waren, während Mary und Alice sich mit vom Bad noch feuchtem Haar im Nachthemd in ihre Betten kuschelten.

In den Straßen, den Tanzlokalen und Kinos sah es nicht anders aus als zuhause: Es waren kaum junge Männer zu sehen. Nur die Jungs von der Küstenwache waren noch in Massachusetts, aber die nannte man feige und die Mädchen der Stadt wollten mit ihnen nichts zu tun haben. Manchmal gingen Alice und ihre beste Freundin Rita in eines der Tanzlokale und es war niemand da, der sie zum Tanz hätte auffordern können. Dann lachten sie viel, tanzten wild miteinander und vollführten einen Jitterbug, wie sie es sich in Gegenwart der Männer nie getraut hätten. Rita war frisch verheiratet und wartete auf die Rückkehr ihres Mannes, der auf irgendeinem Kriegsschiff war. Dann würde für die Arme das Eheleben beginnen, und der Spaß wäre endgültig vorbei.

In jenem Winter, in dem junge Männer so selten waren wie blühender Flieder, fand Mary einen. Henry Winslow war eines späten Vormittags zu einer Besprechung mit ihrem Chef in Marys Büro spaziert. Er hatte sie sofort um die Erlaubnis gebeten sie zum Mittagessen einzuladen, und Mary hatte angenommen.

Als sie am Abend Alice davon erzählte, sah die sie nachdenklich an.

»Was ist denn?«, fragte Mary.

»Das sieht dir gar nicht ähnlich.«

»Ach ja?«

»Er könnte ein Massenmörder sein!«, sagte Alice. »Oder ein Zigeunerjunge. Ich habe dir so viele Jungs vorgestellt, aber du hast sie alle abgelehnt. Und jetzt gehst du plötzlich mit einem Fremden aus?«

Mary streckte ihr die Zunge raus. »Vielleicht wollte ich mir selber einen suchen. Er hat mich gefragt, ob ich am Freitag mit ihm essen gehe.«

»Aber warum hat man ihn noch nicht eingezogen?«, fragte Alice misstrauisch. »Er ist doch kein alter Knacker, oder?«

»Er ist dreißig«, sagte Mary.

»Dreißig! Meine Güte, das ist ja uralt. Aber trotzdem: Warum ist er nicht im Krieg?«

»Man hat ihn ausgemustert«, sagte Mary.

Genau wie Frank Sinatra. Ihr Bruder Timmy hatte gesagt, dass er allen Respekt für Sinatra verloren habe, seit der sich gedrückt hatte (»Hör dir die Stimme an! Klingt so etwa jemand mit einer Trommelfellverletzung?«)

Dieser Henry ist bestimmt ein Feigling, dachte Alice. *Ein feiger, plattfüßiger Schwächling.*

»Weißt du, weshalb er ausgemustert wurde?«, fragte sie.

»Es gab einen Busunfall, als er noch in Harvard war«, sagte Mary. »Seitdem hinkt er ein bisschen.«

Alice spitzte die Ohren: »Harvard?«

Sie sah, dass Mary sich ein Lächeln verkneifen musste. »Ich glaube, er kommt aus einer ziemlich reichen Familie.«

Die beiden waren für Freitag verabredet, und Alice kam mit, weil Henry einen Begleiter für sie mitbringen wollte. Richard war eine Enttäuschung: Er war zu alt, hatte gelbe Zähne und Schweißflecken unter den Armen und zog alle paar Minuten die Taschenuhr hervor, als wolle er betonen, dass ihr Desinteresse auf Gegenseitigkeit beruhte. Das vereinfachte die Lage zwar, aber Alice war dennoch beleidigt. Eigentlich aß sie beim ersten Treffen mit einem jungen Mann grundsätzlich nichts, aber diesmal bestellte sie sich zu ihrem Martini ein Steak.

Henry hinkte wirklich, und Alice war sich nicht sicher, ob sie das an Marys Stelle akzeptieren würde. Außerdem hatte er schon ein paar graue Haare, aber im Großen und Ganzen sah er für sein Alter ganz gut aus. Er arbeitete für seinen Vater, einen Magnaten in der Frachtschifffahrt, und würde irgendwann das Unternehmen übernehmen. Alice beobachtete genau, wie er mit Mary umging. Was er wohl an ihr fand? Sie war nicht besonders hübsch, aber Henry starrte sie den ganzen Abend an. Er lachte über ihre Witze und bestellte für sie, wenn die Kellnerin kam.

Als Henry Alice nach ihrem Beruf fragte, warf Mary dazwischen: »Sie ist Malerin. Sehr talentiert. Du musst dir ihre Arbeiten ansehen.«

»Das würde mich auch interessieren«, sagte der Blindgänger Richard aus seinem Koma erwachend. »Ich sammle Arbeiten von Nachwuchskünstlern.«

Später stellte sich heraus, dass Richard vom anderen Ufer war. Das verriet er Alice nach ein paar Cocktails im Flüsterton. Drei Tage darauf verkaufte Alice ihm ihr erstes Bild. Eine Romanze mit Richard hätte ihr niemals so viel Freude bereiten können, wie der Augenblick, in dem er ihr vor dem Hauseingang das Geld aushändigte. Vielleicht würde man hier einst eine Gedenktafel anbringen: IN DIESEM HAUS LEBTE VON 1921 BIS 1941 DIE MALERIN ALICE BRENNAN.

»Sehr gut«, sagte Richard mit einem Blick auf das Gemälde. Dann senkte er die Stimme, als könnte sie jemand belauschen. »Hör mal, Alice. Ich vergöttere Henry Winslow, seitdem wir im ersten Collegejahr Zimmergenossen waren. Trotzdem muss ich dich bitten, auf deine Schwester aufzupassen. Sie ist ein nettes Mädchen, und er ist leider ein ziemlicher Herzensbrecher.«

»Was soll das heißen?«, fragte sie und wollte am liebsten gleich zu Henry gehen und ihm eine scheuern.

Er schüttelte den Kopf. »Das hätte ich nicht sagen sollen. Halt einfach die Augen auf.«

Mary und Henry waren innerhalb weniger Wochen unzertrennlich. Er führte sie zum Essen aus und sie gingen tanzen. Mary hatte plötzlich ein ganz neues Selbstbewusstsein. Sie legte ihr Haar in Wellen, kleidete sich modisch, rieb sich die blassen Wangen und tat einfach all das, wozu Alice ihr jahrelang erfolglos geraten hatte.

An guten Tagen freute Alice sich, dass ihre Schwester jemanden gefunden hatte und vor Glück strahlte. Aber oft plagte sie der

Neid. Henry selbst wollte sie nicht, aber doch jemanden wie ihn, vielleicht ein bisschen besser aussehend und jünger. Henry veränderte alles. Mary hatte immer weniger Zeit, und Alice tüftelte in der Straßenbahn oder bei der Arbeit manchmal an Plänen, um die beiden zu trennen. Aber dann dachte sie beschämt daran, dass ein Ende dieser Beziehung ihrer Schwester das Herz brechen würde, und sprach ein Vaterunser.

Sechs Monate später hatte Henry Mary seiner Familie noch immer nicht vorgestellt, und sie litt darunter. Er sagte, dass er auf den richtigen Augenblick warte, aber Mary war sich sicher, dass mehr dahintersteckte. Alice erinnerte sich an Richards Warnung.

Irgendwann lud er Mary und Alice dann endlich zu einem Tagesausflug zur Strandhütte ein, wie er das Haus seines Vaters in Newport nannte. Mary buk einen Heidelbeerkuchen für seine Mutter und fummelte stundenlang an ihrer Frisur herum. Die »Hütte« war eine Villa mit zehn Zimmern, Bediensteten und einem Tennisplatz. Aber Henrys Eltern waren gar nicht da. Anwesend waren nur seine Schwestern und ein paar Freunde, von denen einer zwei dicke, schmuddelige Zweijährige mitgebracht hatte. Henry machte sie auf der Terrasse bekannt: »Darf ich vorstellen: meine liebliche Mary und ihre Schwester, die Malerin Alice.«

Henry hatte Europa als Kind oft besucht, und als Alice ihm von ihrem Traum erzählte, nach Paris zu gehen, sagte er: »Weißt du was, Kleine: Sobald dieser mörderische Wahnsinn vorüber ist, zeige ich euch Paris.« Das meinte er tatsächlich ernst. Alice kniff ihre Schwester in den Arm und malte sich eine Zukunft voll neuer Möglichkeiten aus.

Später gingen alle zum Wasser hinunter. Wie erwartet nahmen die Kleinen Mary sofort in Beschlag, und in kürzester Zeit hielt sie links und rechts je eine kleine, pummelige Hand.

»War Mary eigentlich schon immer so perfekt?«

»Ja«, brummte Alice.

»Gar nicht so einfach für dich, was?«

»Naja, neben ihr wirke ich halt manchmal wie ein Monster.«

»Ich glaube, wir sind uns ähnlich, du und ich. Wir stehen gern im Mittelpunkt.«

Vielleicht fühlte er sich deshalb zu Mary hingezogen. Henry gehörte zu der Sorte Mann, die ein ausgeglichenes Mädchen suchte, die sich kümmerte, kochte und sich ans Krankenbett setzte, sobald ihm ein bisschen die Nase lief.

»Kann schon sein«, sagte Alice und blickte den strahlendweißen Strand entlang. Bei den Reichen war selbst der Sand schöner.

»Ohne sie wäre ich verloren«, sagte Henry. »Frauen können grausam sein, und keiner lässt sich seine Zerbrechlichkeit gerne vorführen.«

»Was meinst du damit?«, fragte Alice.

»Als ich im Baseballteam von Harvard war, haben sich die Mädchen um mich gerissen. Aber dann passierte das da«, er zeigte auf seinen Fuß, »und ich dachte, dass der Zug für mich abgefahren ist.«

Alice schüttelte den Kopf: »Bei einem wie dir? Das meinst du nicht ernst. Da draußen laufen doch zigtausende herum, die gerne für dich die Florence Nightingale spielen würden.«

»Genau darum geht es«, sagte er. »Ich wollte jemanden, der mich so sieht, wie mich die Mädchen vor dem Unfall gesehen haben. Und genau das tut Mary.«

Da ließ Alices Neid nach. Er hatte natürlich recht: Ihre Schwester hatte nie über seine Behinderung geklagt und auch nicht darüber, dass Henry sich manchmal vor Schmerzen kaum bewegen konnte.

Wären da nicht die Geschenke gewesen, hätte dieses Gespräch ihrem Neid vielleicht ein Ende gesetzt. Alice bemühte sich, nicht neidisch zu sein, wenn Mauerblümchen-Mary die neue Nerzstola, das Silberkettchen mit Herzanhänger und die taubengrauen, fellgefütterten Wildlederhandschuhe mit passenden Absatzschuhen anzog, ohne wirklich Notiz davon zu nehmen, weil sie sich für dergleichen ja niemals interessiert hatte.

»Es muss schön sein, wenn einem jemand alle Träume erfüllt«, sagte Alice eines Tages, während sie ihrer Schwester vor der Arbeit beim Ankleiden zusah.

»Ach, du weißt ja, wie wenig mir diese schicken Sachen bedeuten«, sagte Mary, und Alice kochte innerlich.

»Gib nicht so an«, sagte sie.

Mary sah sie erstaunt an: »Oh, hab ich angegeben? Die Handschuhe habe ich übrigens selbst bezahlt. An ihnen liegt mir etwas. Abgesehen davon will ich nichts als Henry.«

Es vergingen weitere sechs Monate, ohne dass er um ihre Hand anhielt oder sie auch nur seinen Eltern vorstellte.

»Das Geschäft meines alten Herrn hat Rückschläge erlitten«, erklärte er Mary. »Ich weiß, dass er dich früher oder später ins Herz schließen wird, aber jetzt ist einfach nicht der richtige Zeitpunkt für Herausforderungen.«

Mary liebte Henry, und Alice beobachtete, dass die Stimmungsschwankungen ihrer Schwester zwischen höchstem Glück und tiefstem Kummer ganz von ihm abhingen. Mary gab sich gelassen, aber insgeheim war sie sicher, dass seine Familie einer Heirat niemals zustimmen würde. Manchmal weinte sie abends im Bett, und Alice dachte bei sich, wenn das die große Liebe war, war es eine grausame Angelegenheit.

Auch Alice machte sich Sorgen: Sie wünschte sich mindestens so sehr wie ihre Schwester, dass Mary und Henry heirateten. Dann würde Mary für ihre Mutter die Enkelkinder produzieren, und Alice konnte tun, was sie wollte. Henry und Mary würden sie, bis sie auf eigenen Füßen stand, finanziell unterstützen, und vielleicht kannte Henry ja noch mehr potentielle Käufer wie Richard.

Irgendwie schaffte Mary es weiterhin, sich um den Haushalt zu kümmern, und besorgte nach wie vor das Kochen, Nähen und Putzen. Sie lud Henry nur selten zu sich ein. Alice sah den Grund dafür darin, dass sie in einfachen Verhältnissen lebten und Mary sich vermutlich für das Benehmen ihres Vaters würde schämen müssen. Einerseits konnte Alice das verstehen, aber andererseits verletzte es sie auch. Henrys Urteil bedeutete Mary so viel. Es kam Alice vor, als lebe Mary in zwei Welten, und Alice gehöre zufällig zu derjenigen, die Mary hinter sich lassen wollte. Deshalb rief sie sich immer wieder Henrys Worte ins Gedächtnis: Eines Tages würden sie nach Paris fahren.

Alice beobachtete, wie sich eine Freundin nach der anderen mit großer Vorfreude ins Eheleben stürzte. Sogar Trudy vom Gemeinschaftsanschluss hatte einen netten jungen Militärarzt kennengelernt und packte ihre Sachen, um in ein Haus in Winthrop zu ziehen. (Alice fühlte sich verraten, obwohl sie sich dabei albern vorkam.)

Alice wollte mit dem Hausfrauendasein nichts zu tun haben. Sie wollte sich nicht in einem Haus voll Rotznasen einsperren lassen, um einen Mann zu bedienen, den sie Jahr um Jahr weniger ausstehen konnte. Aber sie war zweiundzwanzig und hatte den Eindruck, dass genau das von ihr erwartet wurde. Deshalb wurde es auch mühsamer, mit Männern auszugehen. Sie hatte immer Verehrer gehabt und traf sich weiterhin mit manchen von ihnen. Aber die jungen Männer, die sie jetzt umwarben, waren größtenteils dieselben wie schon zu High-School-Zeiten, und entweder waren sie nur kurz auf Heimaturlaub in der Stadt oder mit ihnen stimmte etwas nicht: Sie hatten einen Sehfehler oder einen nervösen Tick und konnten nicht einmal in den Krieg ziehen.

Alice erhielt viele Briefe. Manche junge Männer, mit denen sie nur ein- oder zweimal ausgegangen war, schrieben ihr jetzt Liebesbriefe, in denen sie ankündigten, nach dem Krieg eine ehrbare Frau aus ihr zu machen. Sie antwortete pflichtgemäß, erklärte den jungen Männern aber auch, dass große Entfernung die Realität oftmals verzerre und die gemeinsamen Kinoabende und die Nachmittage in der Eisdiele damals so toll doch gar nicht gewesen seien.

In Alices Wandschrank lag eine Taschenbuchausgabe von *Alleine leben und es lieben*, dem Buch, von dem Trudy am Telefon geschwärmt hatte. Sie blätterte oft darin und las Mary hier und da daraus vor: Laut Marjorie Hillis, der Redakteurin von *Vogue*, hatte das Leben alleine »anderen Lebensentwürfen gegenüber keinerlei Nachteile, war aber dem Wohnen mit zu vielen anderen Personen oder nur einem einzigen falschen Wohnpartner unbedingt vorzuziehen«.

Alice las Mary eines Abends im Bett mit gekünstelter, an Trudy erinnernder Stimme aus dem Buch vor: »Man kann sich schamlos verwöhnen, aber von dieser Gelegenheit machen leider nur die wenigsten alleinstehenden Frauen Gebrauch. Selbstlosigkeit braucht ein Gegenüber, wie so manche Dinge, die das Leben bereichern. Dafür können Sie als Alleinstehende in Ihren vier Wänden tun und lassen, was Sie wollen. Es geht darum, sich sein Leben je nach Bedürfnis so einzurichten, dass es einem gefällt.«

Sie blickte lächelnd von dem Buch auf. In ihrer Vorstellung sah sie eine Wohnung, *ihre* Wohnung, mit sauberer Bettwäsche im Schlafzimmer, rosafarbenen Handtüchern im Bad und in jeder Ecke Leinwände, die nur darauf warteten, von ihr bemalt zu werden.

»Stell dir das mal vor«, sagte sie zu ihrer Schwester.

Mary schüttelte traurig den Kopf: »Das wär nichts für mich«, sagte sie. »Ich will mein Leben mit jemandem teilen.«

Alice seufzte. »Ich weiß.«

Dann wurde Mary still und irgendwann merkte Alice, dass sie weinte.

»Was ist denn?«, fragte sie.

»Ach, nichts. Lass uns jetzt schlafen.«

»Mary, was ist los?«

»Du wirst es ja doch nicht verstehen.«

»Komm schon.«

»Ich habe Dinge getan, die eine Frau nicht tun darf«, sagte Mary. »Ich habe auf die schlimmste Weise gesündigt. Aber ich liebe ihn doch, und ich kann einfach nicht begreifen, dass es falsch sein soll, mit ihm – ach, schlaf jetzt, Alice.«

Alice reagierte nicht. Ihr Körper zitterte vor Wut. Sie hatte eine ganze Menge Jungen geküsst, aber ihre Unschuld würde sie sich bis zur Ehe bewahren. Geschlechtsverkehr machte ihr Angst: der körperliche Ablauf, und erst das Risiko. Ein Mädchen aus der Nachbarschaft, Bitsy Harrington, hatte sich eines Abends auf dem Rücksitz eines Plymouth von einem Seemann schwängern lassen, der ihr erzählt hatte, dass sich ihre Herzen auf diese Weise vereinen würden. Rita und die anderen hatten über Bitsy gelacht, aber Alice fragte sich, ob sie es besser gewusst hätte. Sex war ihr ein Rätsel. Als sie mit vierzehn ihre Periode bekam, war sie im Glauben, sie verblute, weinend nach Hause gerannt.

Ihre Schwester war früher ebenso ahnungslos gewesen, aber jetzt erklärte sie ihr plötzlich, sie habe es mit Henry getan. Mary ließ Alice hinter sich zurück, und Alice fühlte sich wie ein dummes Kind, obwohl doch alle wussten, dass eigentlich Alice die Kultiviertere der beiden war. Außerdem durfte man das Problem der Ewigkeit nicht vernachlässigen: Ihre Schwester versündigte sich schwer und gab sich ewiger Verdammnis preis. Und wofür?

Alice wollte wissen, wo sie es getan hatten. Würde er ihre Schwester jetzt überhaupt noch heiraten? Beim Gedanken daran wurde ihr schlecht. Vielleicht hatte Mary ihnen alles verdorben.

Am nächsten Morgen ging Alice zur Messe und betete nicht nur wie sonst für ihre Brüder, sondern zündete auch für Mary eine Kerze an.

Die Wochen vergingen, und der Oktober kam und mit ihm der erste kühle Herbstabend. Nach der Arbeit saßen sie wie gewöhnlich mit den Eltern am Tisch. Mary hatte ein Brathuhn gemacht, dazu gab es Kartoffelbrei. Alice aß schnell, um sich so bald wie möglich mit dem Telefon in die Speisekammer zurückzuziehen und zu erfahren, wie es bei Trudy gelaufen war: Sie hatte vorgehabt, ihrem Chef ihre Pläne vom Umzug in die Vorstadt und der Familiengründung zu eröffnen und auch gleich zu kündigen. Das hatte Trudy ihrer Freundin am Abend zuvor angekündigt und gesagt, dass er hoffentlich nicht durchdrehen würde. Alice verstand nicht, warum er das tun sollte. Konnte es so schwer sein, eine neue Sekretärin zu finden?

Sie sagte zu Mary: »Trudy hat ihrem Chef heute erzählt, dass sie Adam heiraten wird.«

»Und, wie hat er reagiert?«

»Nach dem Abendessen werden wir es wissen.«

Mary lächelte: »Dass du es dir da verkneifen konntest, dich mit dem Telefon an den Tisch zu setzen.«

Alice biss in die Hühnerkeule: »Das hätt ich glatt gemacht, wenn das Kabel lang genug wäre.«

»Alice«, sagte ihre Mutter. »Was redest du denn da? Reich deinem Vater die Erbsen.«

Der saß am anderen Ende des Tisches, las Zeitung und hatte schon ein paar Whiskey getrunken. Er war eine halbe Stunde zuvor von der Eckkneipe kommend hereinspaziert und hatte ausgesehen als suche er Streit. Aber jetzt sah es eher so aus, als würde ihm jeden Augenblick der Kopf in den Kartoffelbrei fallen.

Alice stellte ihm, ohne ihn eines Blickes zu würdigen, die Erbsen vor die Nase. Sie fuhr fort: »Trudy meint, dass Adam sie nur gefragt hat, weil er bald wieder an die Front muss. Ganz schön unromantisch, finde ich.«

»Das sehe ich anders«, sagte Mary. »Antrag ist Antrag.«

»Vielleicht hätte Henry dich auch schon gefragt, wenn er eingezogen worden wäre.«

»Alice!«

»Naja – wann glaubst du denn, dass er endlich fragt? Ein Jahr ist schon vergangen. Was hält ihn denn zurück?«

Ob er einer dieser reichen Stinker war, die dachten, sie könnten ihr Mädchen ewig an der Nase herumführen? Aber eigentlich war Henry nicht der Typ dafür.

»Also wirklich, Alice, was du so von dir gibst!«, sagte Mary ärgerlich, aber dann lachte sie doch: »Warum hast du es so eilig, mich loszuwerden?«

Alice dachte: *Ganz einfach: Je eher du verheiratet bist und Kinder kriegst, desto eher bin ich frei und kann mein Leben leben.*

Aber das konnte sie nicht sagen, es würde egoistisch klingen. Also antwortete sie nur: »Das stimmt doch gar nicht.«

Plötzlich ertönte die barsche Stimme ihres Vaters vom Tischende: »Schluss mit dem Geschwätz!«

Ihr Vater blickte mit glasigen Augen von der Zeitung auf. Er wischte sich die Nase mit dem Handrücken ab und räusperte sich: »Jeden Abend muss die Mutter euer albernes Gewäsch über eine goldene Zukunft über sich ergehen lassen. Ich habe die Schnauze voll davon. Ihr lebt in einer lächerlichen Traumwelt.«

Es war widerlich, wie er faselte und auf Mary herumhackte, die doch keiner Fliege etwas zuleide tun würde.

Alice versuchte, ihn abzulenken: »Hey Papa, was meinst du: Wie wird es für die Red Sox weitergehen? Werden sie's dies Jahr ins Finale schaffen?« Jedermann wusste, dass Alice sich nicht für Baseball interessierte. Aber irgendetwas musste sie ja sagen, um ihre Schwester zu schützen.

»Halt's Maul!«, lallte er und wurde jetzt erst richtig wütend. »Du warst immer ein braves Mädchen, Mary. Aber jetzt, sieh dich doch an! Und alles für diesen Kerl. Der ist nicht deine Liga. Du mühst dich ab, aber wozu? Ein Kerl wie der heiratet doch nicht eine wie dich.«

Alice hatte kurz zuvor dasselbe gedacht, aber es von ihm zu hören, brachte sie in Rage. Natürlich würde er ihre Schwester heiraten. Henry würde sie beide hier rausholen. Aber diese Vorstellung passte ihrem Vater wahrscheinlich nicht.

»Meine Tochter wird von einem Krüppel stehengelassen«, sagte er und lachte grausam, und Alice stellte sich vor, wie sie ihre Faust auf seinem Kinn platzierte.

Sie blickte zu ihrer Mutter, aber die saß nur schweigend da. In dieser Stimmung war er unberechenbar, und keiner war vor ihm sicher. Ihre Mutter hatte die Kinder noch nie verteidigt. Auch nicht, als sie noch klein waren.

»Er wird sie schon heiraten«, sagte Alice trotzig. »Du weißt ja gar nicht, was du da redest.«

Da stand ihr Vater langsam auf und ging auf sie zu. Sie war fest entschlossen, sitzen zu bleiben, doch als Mary kreischte, sprang sie im letzten Moment auf und rannte, dicht gefolgt von ihrer Schwester, die Treppe hoch. Er kam hinterher und bekam Marys Rock zu fassen, aber sie konnte sich losreißen. Alice sah noch seine Fratze, dann schlug sie ihm die Tür vor der Nase zu und hielt den Knauf fest, bis sie hörten, wie er sich davonmachte.

»Der hat doch keine Ahnung«, sagte sie, um die schluchzende Mary zu trösten. »Komm her.« Mary setzte sich neben sie aufs Bett und legte ihren Kopf auf Alices Schoß. »Du wirst schon sehen: Alles wird gut werden«, sagte Alice und streichelte der Schwester übers braune Haar.

Alice hatte überzeugend geklungen, aber in dieser Nacht fragte nicht nur Mary sich, wie es weitergehen würde. Drei Wochen später sollten sie es wissen. Aber da war Mary schon nicht mehr da.

Alice legte die Handtücher zusammen und stapelte sie in den Wäschekorb. Sie hatte gehofft, dass Maine ihr die Gedanken an ihre Schwester austreiben würde. Jetzt begriff sie, wie naiv das gewesen war. Maine war ein Ort des In-sich-Gehens. Das hatte Daniel immer gesagt. In ihrem Fall war es eher ein Ort des In-sich-Schmorens.

Sie setzte sich den Korb wie ein Kleinkind auf die Hüfte und ging über die Veranda zum Sommerhaus. Ein Kardinal kam im Sturzflug von einer Kiefer herunter und landete im Busch neben der kleinen Wiese, auf der sie, da es keine Einfahrt gab, die Autos parkten. Daniel hatte oft den Amateurornithologen gespielt und den Vögeln alberne Namen gegeben. Wie er diesen wohl genannt hätte? Rote Eminenz vielleicht?

An der Tür des Sommerhauses hing eine Keramiktafel mit den gälischen Worten: CÉAD MILE FÁILTE – Sei hunderttausendfach gegrüßt. Daniel und sie hatten es vor etwa fünfunddreißig Jahren von einer Dublinreise mitgebracht. Es hatte lange in Canton neben dem Hauseingang gehangen, bis sie irgendwann genug davon hatte. So war es, wie so viele Dinge, von denen sie sich nicht trennen wollte, in Maine gelandet.

Alice öffnete die Haustür und nahm den vertrauten modrigen Geruch wahr. Sie ging zum Wäscheschrank im Bad und stapelte die Handtücher hinein.

Wie sehr der Verlust ihrer Schwester ihr Leben doch bestimmt hatte. Daniel hatte darin den Grund für ihre Trunksucht gesehen, als die Kinder noch klein waren, und auch für ihre Schlafstörungen und die Stimmungsschwankungen. Alice war sich da nicht so sicher. Daniel hatte sie vor Marys Tod nicht gekannt, woher sollte er es also wissen?

Manchmal vergingen Jahre, in denen es Alice gut ging und sie kaum daran dachte, bis irgendetwas die Wunde von Neuem aufriss. Diesmal war es der Artikel im *Boston Globe* gewesen. Zwei Jahre zuvor hatte Alice einen alten Schuhkarton voll Zettel und Fotografien ausgemistet und zuunterst ein großes Kuvert gefunden. Es enthielt Fotos ihrer uniformierten Brüder, ein paar Bilder des sechsundzwanzigjährigen Daniel auf der Veranda in Maine mit der kleinen Kathleen auf dem Schoß und schließlich ein Bild, das zwei junge Frauen neben einem Mann in Khakihose und Hemd zeigte, ihr Haar zerwühlt vom Newport-Wind und ein fröhliches Lachen auf dem Gesicht. Auf der Rückseite las sie in Marys Handschrift: *28. Mai 1943. Alice, Henry und ich.*

Das Foto war auf den Tag genau sechs Monate vor Marys Tod entstanden. Sein Anblick verstörte Alice. Sie zerriss das Bild, warf es in den Müll und holte die Schnipsel wenig später wieder heraus.

Überall lauerten Erinnerungen: Jedes Mal, wenn sie an der Zentrale von Liberty Mutual auf der Berkeley Street vorbeifuhr, wo Mary gearbeitet hatte, versetzte es ihr einen Stich. Die Osterfeiertage erinnerten sie an den albernen Kuchen in Hasenform, den Mary jedes Jahr gebacken hatte. Sie fragte sich oft, was aus

Mary und ihren Jugendträumen geworden wäre und was für Kinder sie und Henry gehabt hätten. Seltsam: Alice war die Mutter dreier Kinder, aber ihre zur Mutterschaft geborene Schwester hatte nie die Chance gehabt, auch nur ein einziges Kind zur Welt zu bringen.

Daniel hatte versucht, sie von den Was-wäre-wenn-Grübeleien abzulenken, weil sie Alice traurig machten und ja doch sinnlos waren. Aber jetzt war auch er nicht mehr da. Seit dem Artikel vor ein paar Monaten verfolgten Alice die Gedanken an ihre Schwester mehr denn je. Jungfrau Maria hatte man sie genannt, und jeder, der alt genug war, sich an jene Nacht zu erinnern, erinnerte sich auch an sie.

Doch was keiner wusste war, dass Alice schuld war. Manchmal dachte sie, dass dieses zentnerschwere Geheimnis mit sich herumtragen zu müssen, Teil ihrer Buße war. Als wolle Gott sie damit an ihren Verlust erinnern, fielen ihr in letzter Zeit immer wieder Paare älterer Damen ins Auge. Sie saßen nebeneinander in der Kirchenbank und im Schönheitssalon oder liefen eingehakt durch die Straßen Bostons. Männer waren nicht von Dauer. Aber das sagte einem ja keiner, wenn man als junge Frau verzweifelt nach einem suchte, der einem all das geben sollte, was man sich vom Leben erhoffte. Nein, am Ende blieben die Frauen. Die Schwestern. Sie hatte Freunde, aber das war nicht das Gleiche. Ab einem gewissen Alter hielt man Abstand. Sie konnte Rita O'Shea schwerlich zu einer Pyjamaparty einladen oder sie um Mitternacht mit ihren Sorgen wecken.

Wenn Mary nicht gestorben wäre, wären sie jetzt vielleicht zusammen in Maine. Wenn Mary nicht gestorben wäre, hätte Alices Leben einen ganz anderen Weg genommen.

Es war fast Mittag und Alice fand, dass sie auch gleich im Sommerhaus bleiben und sich hier ein Brot machen könne. Sie betrat die winzige Küche der vergangenen Sommer, über die sie sich immer beschwert hatte und die sie doch dem Marmor und Edelstahl im Neubau vorzog. Sie öffnete eine Dose Thunfisch und goss das Wasser ab. Vor einer Woche hatte sie den Kühlschrank geputzt und aufgefüllt: Ketchup und Eingelegtes, Mineralwasser und Pepsi, ein Dutzend Eier, ins Tiefkühlfach Wassereis und in Alufolie verpackte Reste aus Canton. Auf der Arbeitsfläche hatte sie Zwiebeln und ein Paket Pappteller und Plastiktassen bereitgestellt. In den nächsten Wochen würden ihre Kinder und Enkel noch mehr mitbringen, und am Ende des Sommers würde sie im Schrank mindestens vier verschiedene Sorten Cornflakes und mehrere fast leere Chipstüten, im Tiefkühlfach eine einsame Waffel und eine Packung Brigham's mit einem allerletzten Rest Eis finden. Aber die Grundnahrungsmittel besorgte Alice.

Sie hatte einmal gehört, wie ihr Enkel Christopher seine Mutter Kathleen fragte, wie es kam, dass im Sommerhaus immer ausreichend Vorräte auf sie warteten. »Zauberei«, war Kathleens Antwort gewesen, und Alice hatte eingeworfen: »Manche nennen es Zauberei, andere Großmutter.«

Jetzt nahm sie eine kleine Zwiebel aus der Tüte und ein Messer aus dem Block, den sie einige Winter zuvor im Fernsehen gesehen und bestellt hatte, und fing zu schneiden an.

Einige Zeit lang arbeitete sie so vor sich hin und sagte dabei innerlich das Ave Maria.

Dann sah sie im Augenwinkel, wie draußen vor dem Fenster etwas über den Rasen flitzte. Ihre Muskeln spannten sich an und die Finger schlossen sich enger um das Messer. Sie wusste genau, wer das gewesen war.

»Oh nein, das lässt du schön bleiben«, sagte sie.

Sie rannte hinaus und sah gerade noch, wie das verflixte Kaninchenbaby sich an ihrer schönsten Rose zu schaffen machte.

»Na warte! Raus da! Verschwinde!«, rief sie und rannte wie eine Wahnsinnige das Messer schwingend auf das Tier zu. Es stellte die Ohren auf und blickte ihr direkt in die Augen. Der hatte vielleicht Nerven!

Alice lief mit wildem Gesichtsausdruck und dem Messer in

der Hand auf ihn zu. Dann schlüpfte er unter der Hecke hindurch und verschwand im Wald.

»Jetzt reicht's!«, rief sie ihm nach. »Das bedeutet Krieg!«

Ihr Herz klopfte, und plötzlich kam sie sich albern vor, wie sie mit dem Küchenmesser in der Hand im Blumenbeet stand und einen unsichtbaren Gegner anbrüllte. Sie richtete sich auf, glättete ihre Bluse und ging ins Haus zurück, um das Mittagessen fertig zu machen.

Maggie

Maggie stand seit zwanzig Minuten wie eine arme Verrückte vor Gabes Haus. Dann winkte sie ein Taxi herbei und fing, als sie sich ihrer Niederlage bewusst wurde, leise zu weinen an. Sie nannte dem Fahrer ihre Adresse und hätte beinahe erklärend hinzugefügt: »Ich bin schwanger«, aber das wäre doch ein bisschen zu dramatisch gewesen.

Sie wünschte, sie hätte überreagiert. Es durfte nicht Gabes Schuld sein. Wenn es doch an ihm lag, dann sollte er ihr einen eindeutigen Trennungsgrund liefern: Sie nicht nur belügen und heimlich Drogen nehmen, sondern sie mit einer anderen betrügen. Sie nicht nur ein bisschen zu fest an den Schultern packen, sondern ihr ins Gesicht schlagen.

Sie hatte lange gewartet, aber jetzt war dieser Trennungsgrund wohl da. Er wollte nicht mit ihr zusammenziehen, auch wenn es das Ende ihrer Beziehung bedeutete. Sie war von ihm schwanger, und jetzt war sie allein. Was für ein Mistkerl. Was für ein chronisch jede Verantwortung meidendes, unreifes Arschloch. Und wie verrückt musste sie sein, dass sich ein Teil von ihr schon wieder wünschte, anders reagiert zu haben und einfach gesagt zu haben: »Okay, ist in Ordnung, dann ziehen wir eben nicht zusammen«? Dann könnten sie morgen nach Maine fahren und ihre Liebe wiederentdecken. Seit zwei Jahren versuchten sie es jetzt, obwohl es wirklich nicht immer leicht gewesen war.

Wie ihre Mutter einmal gesagt hatte, als Maggie sie nach einem Streit mit Gabe weinend anrief: »Ich weiß, dass du dir ein Zuhause und eine eigene Familie wünschst, aber du musst das jetzt loslassen. Hühnerdreck kann man noch so lange kochen: Hühnersuppe wird es nie.«

Typisch Kathleen. Sie brachte ständig solche Sprüche, die theoretisch bestimmt ganz richtig waren, aber null praktischen Wert hatten. Auf Kaffeetassen und Geschirrtücher gedruckt und auf handgeschriebenen Zetteln an den Kühlschrank geklebt – Kathleens Küche war mit Anonymen-Mantras gepflastert: *Ein Schritt nach dem anderen. Leben und leben lassen. Bleib dir selbst treu.*

In ihren dunkleren Momenten dachte Maggie, dass ihre Mutter eigentlich nur eine Sucht gegen eine andere eingetauscht hatte: Der Stolz und die Selbstgerechtigkeit der Nüchternen ersetzte ihr die schnelle Erlösung durch Alkohol. Aber dann erinnerte sie sich an bestimmte Augenblicke ihrer Kindheit: zum Beispiel, wie ihre stockbesoffene Mutter bei der Hochzeit einer Cousine im Vorgarten umgekippt war. Oder wie sich ihre Eltern im Sommerhaus in Maine mit Margaritas zugedröhnt, laut gelacht und gesungen hatten, sich danach wie immer bis nach Mitternacht gestritten und Maggie erlaubt hatten, lange aufzubleiben (oder vielmehr: sie einfach vergaßen), was zugleich aufregend und beängstigend gewesen war.

Als Kathleen dann zu den ersten Anonymen-Treffen gegangen war, fing sie mit Yoga an und braute aus Heilkräutern alle möglichen Mittelchen zusammen: Ringelblume und Zaubernuss gegen Chris' Akne, getrocknete und gemahlene Brennnesselblätter mit Pflaumenöl gegen Maggies Heuschnupfen. Nie hatten sich zwei Jugendliche mehr nach Clearasil und Antihistaminika gesehnt.

Zu ihrem sechzehnten Geburtstag schenkte Kathleen Maggie einen Traumfänger und Maggie konnte sich gerade so verkneifen, ihrer Mutter ins Gesicht zu sagen, wie dumm und klischeehaft sie das fand. Ihre Cousine Patty hatte im selben Jahr ein Auto bekommen, dabei hatte sie noch nicht einmal den Führerschein. Zuerst war Maggie sauer, aber dann sah sie, wie ungerecht das war: Ihre Mutter hätte ihr vielleicht auch einen Toyota Camry gekauft, wenn sie das Geld gehabt hätte. Maggies Gewissen plagte sie so, dass sie damals beschloss, den Führerschein nicht zu machen. Bis heute, sechzehn Jahre später, konnte sie nicht Auto fahren.

Jetzt hatte Kathleen sich nach Kalifornien abgesetzt. Maggie wusste, warum ihre Mutter weggegangen war. Dennoch erschien es ihr manchmal wie ein Beweis dafür, dass Kathleen Arlo, den sie damals kaum kannte, ihren Kindern vorzog. Maggie kannte dieses Gefühl von früher, wenn Kathleen sie bei Ann Marie abgab, um sich mit irgendwelchen Männern zu treffen. An diesen Abenden saß Maggie mit ihren Cousins am Küchentisch in Ann Maries großer, heller Küche und wünschte, sie gehöre hierher.

Vor ihrem Haus angekommen, stieg sie schluchzend die Treppen zu der Wohnung im fünften Stock hinauf. Einen Aufzug gab es nicht. Als sie den vierten Stock erreicht hatte, hörte sie, wie sich einen Stock über ihr knarrend eine Tür öffnete. Sie hoffte inständig, dass es nicht Mr. Fratelli war, der notgeile Nachbar, der nach Suppe roch und sie ständig in seine Wohnung einlud, um ihr seine Liebesvögel Sid und Nancy zu zeigen.

Aber dann hörte sie Rhiannons Stimme: »Maggie?« Der schwache schottische Akzent war selbst in diesem einen Wort unverkennbar.

»Ja, ich bin's«, sagte sie und stieg die letzten Stufen hinauf. Sie wollte am liebsten in ihrer Wohnung verschwinden und alleine sein, obwohl sie Rhiannon wirklich gern hatte.

Ihre Nachbarin war eine Schönheit aus Glasgow. Sie war noch keine dreißig, hatte aber schon eine Scheidung von einem älteren amerikanischen Geschäftsmann hinter sich, wegen dem sie ursprünglich hergezogen war. Jetzt kellnerte sie nachts in einem angesagten Restaurant in SoHo und besuchte tagsüber an drei Tagen in der Woche Seminare an der New York University. Rhiannon wirkte unbefangen und frei, aber vielleicht lag das daran, dass sie nicht von hier war und für sie deshalb alles ein Abenteuer war. (Oder es war andersherum, und wegen ihrer Abenteuerlust hatte sie sich überhaupt erst getraut herzukommen.) Rhiannon war immer unterwegs. Entweder fuhr sie mit dem Boot den Hudson hoch, radelte durch die Bronx oder probierte innerhalb einer

Woche alle Pizzerien in Staten Island aus. Sie führte das New Yorker Bilderbuchleben, von dem zwar alle träumten, das aber kaum jemand wirklich lebte.

Ein paar Monate zuvor waren Maggie und Gabe auf Rhiannons Wunsch zum Abendessen in das Restaurant gegangen, in dem sie arbeitete. Rhiannon begrüßte sie in einem kurzen, engen dunkelblauen Kleid, und als sie die beiden zum Tisch führte, waren ihre wohlgeformten Oberarme und Beine unübersehbar.

Nach dem Essen plauderte sie mit ihnen und lachte mit Gabe über ihren Namen, der auf einen gleichnamigen Songtitel anspielte: »Das kommt eben dabei heraus, wenn sich Fans von Fleetwood Mac paaren«, sagte sie. »Vielleicht mache ich bald eine Selbsthilfegruppe mit meiner Freundin Gypsy auf.«

»Wirklich?«, sagte Gabe verzaubert.

»Nein, Gabe, nicht wirklich«, antwortete Rhiannon.

»Oh, jetzt hast du mich erwischt«, sagte er und zwinkerte ihr zu. Das hatte Maggie ein wenig irritiert. Plötzlich schoss ihr die Frage durch den Kopf, wie er sich wohl benahm, wenn sie nicht dabei war.

Als sie danach zu zweit auf die Straße traten, sagte Gabe: »Die ist ganz schön heiß.«

»Du bist nicht ihr Typ, Schatz«, sagte Maggie. »Sie steht auf reiche alte Knacker.«

»Ich meinte ihre Art«, sagte er. »Die hat Feuer. Aber dass es ihr in dem Job nicht langweilig wird … Warum macht sie das eigentlich?«

Rhiannon hatte Maggie erzählt, dass sie sich mit dem Restaurantjob die Zahnarztkosten verdienen wollte. Bis jetzt war sie ohne Krankenversicherung klargekommen. Maggie würde nicht einen Tag unversichert herumlaufen: Unter Garantie würde nämlich genau an diesem Tag ein Klavier aus einem Fenster im zehnten Stock fallen und auf ihrem Kopf landen.

»Alles in Ordnung?«, fragte Rhiannon, als sie jetzt Maggies verweintes Gesicht sah.

»Streit mit Gabe«, sagte Maggie.

Rhiannon nickte. »Wollen wir einen trinken gehen?«

»Im Moment will ich nur ins Bett«, sagte Maggie. »Ich hoffe, du findest das jetzt nicht unhöflich?«

Rhiannon lachte: »Und wie! Echt mal, du bist wirklich die Unhöflichkeit in Person! Aber im Ernst: Ich mach mir Sorgen um dich. Brauchst du jemanden zum Reden?«

Maggie schüttelte den Kopf. »Später vielleicht, wenn das okay ist?«

Rhiannon war die erste Nachbarin, mit der Maggie sich angefreundet hatte. Die zwei waren sich nicht besonders nah, aber sie hatten im Treppenhaus oft lange geplaudert, und an dem Tag, an dem Rhiannons Scheidung rechtskräftig wurde, waren sie in ein neues Restaurant in der Orange Street gegangen und hatten auf die Freiheit getrunken, obwohl Maggie sich nicht sicher war, ob Rhiannon sich wirklich befreit fühlte.

»Also, wenn du mich brauchst: Du weißt ja, wo ich wohne«, sagte Rhiannon jetzt.

»Danke, das ist echt nett von dir.«

Dann ging Maggie in ihre Wohnung, ließ den gepackten Koffer an der Tür stehen und verkroch sich im Bett. Gabes Cordhose hing über einem Stuhl und im Wohnzimmer lag seine Yankees-Baseballmütze auf dem Couchtisch.

Maggie weinte sich in den Schlaf. Im Traum sah sie ihren Großvater mit Hawaiibadehose und grauen Locken auf der Brust, der alleine den Strand in Maine entlangtanzte und sorglos lachte.

Beim Aufwachen galt ihr erster Gedanken ihm. In mancherlei Hinsicht war er ihr mehr Vater gewesen als ihr eigener. Er hatte sie mit seinen albernen Witzen zum Lachen gebracht, wenn sich in der Schule jemand über sie lustig gemacht hatte, und war nach jedem Schneesturm aufgetaucht, um ihre Einfahrt freizuschaufeln. Und an den Sommerabenden in Maine hatte er seinen Enkeln mit melodramatischem Tremolo Gutenachtlieder gesungen.

Er war es gewesen, der Maggies Sachen in den Kofferraum seines Buick geladen hatte und sie die weite Strecke bis zu ihrem College in Ohio gefahren hatte. Diese Fahrt gehörte zu ihren schönsten Erinnerungen an ihn, denn damals hatte sie zum ersten Mal die Möglichkeit gehabt mit ihm zu reden, ohne sich seine Aufmerksamkeit mit ihrem Bruder und den Cousins und Cousinen teilen zu müssen.

Nach zehn Stunden Autofahrt hatten sie zum Abendessen an einer Bruchbude am Straßenrand gehalten. Dort bestellte ihr Großvater sich ein Guinness und erzählte ihr von seiner ersten Begegnung mit ihrer Großmutter. Als er Alice zum ersten Mal sah, habe ihn ihre Schönheit so überwältigt, dass er beinahe davongerannt sei. Er erzählte nichts als Unsinn. Er sagte auch, dass der Tag, an dem ihre Mutter geboren wurde, der außergewöhnlichste seines Lebens gewesen sei und dass er die schlafende Mutter und ihr Neugeborenes im Krankenhaus verlassen hatte, um sofort zur Morgenandacht in St. Ignatius zu gehen und einen Hundertdollarschein zur Kollekte beizutragen.

»Deine Großmutter und ich sind so stolz auf dich«, sagte er. »Aus dir wird noch etwas ganz Besonderes, Maggie, da sind wir uns sicher.«

»Danke.«

»Du bist die Erste in der Familie, die auf eine nichtkatholische Hochschule geht, ist dir das klar?«, sagte er, und sie verdrehte die Augen, weil er schon den ganzen Sommer lang kaum ein anderes Thema gekannt hatte. »Es bricht uns das Herz. Aber es ist schon in Ordnung.«

»Opa!«

»Nur bewahre dir den Glauben, ja?«, sagte er. »Wo du jetzt hingehst, hält man davon nicht viel, aber vergiss deine Wurzeln nicht.«

Dann kam das Essen und er fragte todernst: »Meine gute Maggie, weißt du eigentlich, warum man einem Zwerg kein Geld leihen sollte?«

Sie seufzte. »Weil man immer nur Kleingeld zurückkriegt.«

Er nickte zustimmend. »Schau sich einer dieses Mädchen an! Okay, aber was ist mit dem: Paddy erzählt Murphy, dass seine Frau ihn zum Trinken bringt. Dazu Murphy: Sei doch froh, ich muss immer alleine hingehen.«

Maggie stöhnte, aber ihr Großvater ließ sich nicht davon abhalten, in fragwürdigem Akzent einen irischen Witz nach dem anderen abzulassen, bis sie endlich mit dem Nachtisch fertig waren.

Als er starb, war Maggie zweiundzwanzig Jahre alt. Doch selbst jetzt, zehn Jahre später, tat seine Abwesenheit weh. Sie erinnerte sich an die Zeile eines Gedichts, das sie zu Collegezeiten auswendig gelernt hatte: *Alles, was Flügel hat, die Lerch und deinesgleichen, muss aus dem Leben auf eigne Weise weichen.*

Aber jetzt hatte er sie verlassen und Gabe vermutlich auch. Es war kurz vor zehn und der Himmel vor dem Fenster war schwarz. Maggie sah auf ihr Handy. Keine Anrufe in Abwesenheit.

Noch zwölf Stunden bis zur geplanten Abreise nach Maine. Sollte sie ohne ihn fahren? Andere würden sich im Bett verkriechen, Pizza bestellen und die Wirklichkeit ignorieren. Sie wünschte, sie könnte das und müsste nicht zwanghaft an ihn denken, bis sie schließlich wie eine Wahnsinnige vor seiner Wohnung auftauchte.

Vielleicht würden sie sich schon morgen oder in einer Woche wieder vertragen und doch wie ursprünglich geplant weitermachen. Aber Gabe war in solchen Dingen nicht flexibel, er ging nach einem Streit nicht auf sie zu. Außerdem konnte ein Zukunftsszenario nicht mehr eintreten, wenn man es sich einmal vorgestellt hatte. So war das.

Sie setzte sich im Bett auf und sah sich in der Wohnung um, die sie von hier aus, abgesehen von dem kleinen Bad, komplett überblicken konnte. Würde sie es als Alleinerziehende mit einem kleinen Kind in diesem winzigen Einzimmerapartment in Brooklyn schaffen? Sie hatte gedacht, sie sei zur Mutterschaft bereit, aber vielleicht war das total abwegig. Sie fragte sich, wie lange sie es hier aushalten würde, wenn es mit Gabe wirklich aus war und sie die Geister ihrer gemeinsamen Vergangenheit hier heimsuchten. Sie hatten sich bei der Suche nach der Wohnung kennengelernt und jeder Zentimeter erinnerte sie an ihn.

Die Geschichte hörten alle immer gern. Ihre Freunde baten sie oft, sie auf Partys zu erzählen und nannten sie filmreif. Gabe war ihr Vormieter gewesen, und auch noch Monate nach seinem Auszug flutete seine Post ihren Briefkasten. Zu dem Zeitpunkt hatte sie noch nichts veröffentlicht. Stattdessen hatte sie einen kleinen Stapel Standardablehnungen von allen möglichen Literaturzeitschriften. Ein paar davon waren mit kurzen, handschriftlichen Ermutigungen versehen. Beim ersten Lesen hatten sie diese Korrespondenzen überglücklich gemacht, doch wenige Stunden später wurde ihr dann klar, dass sie sich darüber gefreut hatte, abgelehnt worden zu sein, wenn auch mit netten Worten. Zur gleichen Zeit kamen für Gabe dutzende Briefe des New Yorker Verlagshauses Simon & Schuster an, und sie fragte sich, was sie wohl enthielten: Fette Schecks als Vorauszahlung vielleicht, Lizenzabrechnungen oder Angebote von Verlagen aus der ganzen Welt für den Kauf von Übersetzungsrechten? Sie hatte keinen der Briefe geöffnet. Daran erinnerte sie ihn später, als er meinte, das Schnüffeln sei bei ihr genetisch veranlagt. Es war nicht biologisch, sondern situationsbedingt. Jede halbwegs vernünftige Frau fing an, nach Beweisen für Treuebruch zu suchen, wenn sie erst mal ein paar kleine Lügen aufgedeckt hatte. »Wer schnüffelt, der findet«, hatte er verächtlich gesagt. *Tja*, hatte Maggie gedacht, *in deinem Fall ist es tatsächlich so.*

Aber egal. Damals ermutigten die an ihn gerichteten Briefe sie. Es gab hier also einen New Yorker Autor, der nicht nur einen Verleger gefunden hatte, sondern dem das so egal sein konnte, dass er es nach seinem Umzug nicht einmal für nötig gehalten hatte, seine neue Adresse zu hinterlassen. Sie stellte ihn sich als zurückgezogenen, brillanten Denker vor und war dankbar, in seiner ehemaligen Wohnung leben zu können. Ihre Vorstellung von ihm half ihr beim Schreiben, half ihr weiterzumachen. Ihren Freunden gegenüber nannte sie die literarischen ehemaligen Bewohner der Nachbarschaft scherzhaft ihre Musen: Truman Capote, Walt Whitman, Carson McCullers und Gabe Warner, dessen Buch sie aus irgendwelchen Gründen noch in keiner Bücherei hatte ausfindig machen können.

Als ihre Kurzgeschichtensammlung verkauft war und in den Druck sollte, wollte sie den Band ihrer Mutter widmen, doch damit hätte sie ihren Vater verletzt. Beide Namen nebeneinander war auch keine Option, denn schließlich hatten die beiden es seit Maggies Ballettaufführung in der fünften Klasse nicht mehr gemeinsam in einem Raum ausgehalten, und so wäre es doch gemein gewesen, sie für immer und ewig nebeneinander auf eine Buchseite zu bannen. In letzter Minute entschied sie also, es einem Unbekannten zu widmen: *Für Gabe Warner, wer auch immer Sie sind. Ihretwegen konnte ich an ein Leben als Schriftstellerin glauben.* Ihre Mutter war beleidigt, aber da konnte man nichts machen.

Gabe erfuhr davon durch einen Freund, der ein Leseexemplar erhalten hatte. Also tauchte er in Jeans und seiner schicken Wildlederjacke mit Ellenbogenaufsätzen bei ihrer Veröffentlichungsfeier auf, und wie immer sah der Mistkerl genauso umwerfend aus, wie er überheblich war. Er ging direkt auf sie zu und sagte in seinem präzisen Privatschulakzent: »Sie müssen Mary Doyle sein.«

Erst als sie später in ihrem Bett in seinem ehemaligen Schlafzimmer lagen, fand sie heraus, worum es sich in den Briefen von Simon & Schuster gehandelt hatte: Es ging um ein Handbuch mit dem Titel *Geschmackvolle Aktfotografie für den Heimprofi* mit Tipps zum Kaschieren von Speckröllchen, zur richtigen Raumbeleuchtung, zur Verwendung von Requisiten und dem Umgang mit Beweismaterial, wenn es in der Beziehung knisterte oder man für ein öffentliches Amt kandidieren wollte. Ein junger Lektor und Freund von Gabe hatte ihm den Job angeboten, und Gabe hatte zugesagt, weil ihn das Projekt amüsierte. Zu einer Veröffentlichung war es allerdings nicht gekommen, weil Gabe natürlich nie etwas eingereicht hatte. Die ungeöffneten Briefe, die Maggie so inspiriert hatten, waren Mahnungen: Wenn er dem Verlag kein Manuskript zukommen ließ, würden sie den Vorschuss einklagen.

Gabe hatte New York und die Wohnung verlassen, um einer Frau nach Boulder zu folgen. Aber als Maggies Buch erschien, war er, frisch zum Exfreund gemacht, schon wieder da, wohnte mit Cunningham zusammen und arbeitete in Teilzeit für die *Daily News*. Bei einer ihrer ersten Verabredungen erzählte er ihr stolz von dem Ordner auf seinem Notebook, aus dem er sich bediente, wenn sie ihn für aktuelle Wetterfotos losschickten.

»Du kannst dir gar nicht vorstellen, wie blöd Fotoredakteure sind«, sagte er. »Die wollen immer wieder das Gleiche: in der Sonne Fußball spielende Kinder und schneebedeckte Taxis. Oder mein Favorit: Regenbogen. Das schreit doch nach Materialrecycling, oder nicht?«

(Kurz darauf kündigte man ihm wegen genau dieser Praxis. Jetzt lebte er von gelegentlichen Aufträgen und zweiwöchentlichen Schecks seines Vaters. Maggie hätte sich für die Almosen geschämt, aber Gabe schien es nichts auszumachen.)

Schon damals, ganz am Anfang ihrer Beziehung, war Maggie das Gefühl nicht losgeworden, dass sie sich so schnell wie möglich von ihm trennen sollte. Der Typ war nicht der Schriftsteller, für den sie ihn gehalten hatte, sondern ein überprivilegierter, fauler Fotograf, der einen Vertrag für ein Buch über Heimpornografie unterschrieben und gebrochen hatte. Aber sie verbat sich jeglichen Pessimismus und konzentrierte sich auf das Positive. Vielleicht hatte er das Projekt nicht zu Ende gemacht, weil er es widerlich fand. Außerdem blieb es ihr so erspart, sein Buch ihren Eltern zu erklären.

Er zeigte ihr ein paar Tricks und Kniffe im Umgang mit der Wohnung: Wie man die Spülung betätigte, ohne dass der Griff abging, wie man die uralten Glaslampen richtig einschraubte und die unberechenbaren Gerüche vom koreanischen Restaurant unten im Haus durch das Braten einer aufgeschnittenen Orange verjagte. Mr. Fatelli wohnte seit vielen Jahren in dem Haus (Rhiannon war kurz nach Gabes Auszug dazugekommen) und war etwas überrascht, Gabe wieder im Haus zu sehen. Irgendwann schien er dann zu dem Schluss gekommen zu sein, dass die beiden die Wohnung schon immer gemeinsam bewohnt haben mussten. Solche Kleinigkeiten gaben Maggie irgendwie das Gefühl, dass Gabe und sie zusammengehörten.

Wenn Gabe auch ein Faulpelz war: Dumm war er nicht. In seiner neuen Wohnung stapelten sich die Bücher auf Stühlen und in Zimmerecken und vermischten sich mit Cunninghams grotesk-gigantischer Sammlung von Achtzigerjahre-Videofilmen. Samstagmorgens lagen Maggie und er einander gegenüber lesend auf dem Sofa, rieben die nackten Füße aneinander und lasen einander gelegentlich eine witzige Stelle vor.

Gabe war zweimal mitten in der Nacht gekommen, um eine Maus zu fangen und für sie zu beseitigen, und hatte alle ihre IKEA-Möbel zusammengebaut. Am Morgen ihres zweiunddreißigsten Geburtstags hatte er sie mit einem selbstgebackenen, von Kerzen gezierten Schokoladenkuchen geweckt, wie ihn Hausfrauen in Filmen machen, die in den Fünfzigern spielen. Manchmal hatte es wirklich den Anschein gehabt, er sei fähig, für sie zu sorgen. Als sie sich kennenlernten war sie dreißig und hatte eigentlich schon seit ihrer Kindheit auf sich selbst aufgepasst. Dennoch musste sie feststellen, dass sie sich danach sehnte, umsorgt zu werden, dass sie es brauchte.

Im vergangenen Jahr war Gabe über die Osterfeiertage nach Boston mitgekommen. Er hatte mit Maggies Bruder Chris in einer der hinteren Kirchenbänke gesessen und Quatsch gemacht. Sie konnten sich das Lachen kaum verkneifen, denn wenn man nicht lachen darf, wird alles umso komischer. Tante Ann Marie hatte den Jungs einen wütenden Blick zugeworfen, und Maggie hatte zu ihr herübergeguckt und ein Gesicht gezogen, um ihr zu zeigen, dass auch sie das Verhalten missbilligte. Aber in Wirklichkeit hatte sie der Anblick gefreut: ihr Freund und ihr Bruder Seite an Seite. Sie stellte sich vor, dass sie beste Freunde werden würden, im Sommer in Ogunquit golften und zwischen dem Sommerhäuschen und dem Neubau grillten, während die Kinder herumrannten und Glühwürmchen zwischen den Bäumen umherschwirrten.

Aber Gabe war unberechenbar. Einmal hatte sie ihn losgeschickt, um ihr Antibiotika aus der Apotheke zu holen. Er hatte zufällig einen Arbeitskollegen getroffen, war mit ihm einen trinken gegangen und hatte ihr schließlich gesagt, sie solle sich die Medizin selbst besorgen – er sei in jedem Fall zu weit weg, um sie ihr noch zu bringen, aber wenn sie darauf bestünde, würde er auch eine Lieferung bezahlen. Sie hatten sich von Anfang regelmäßig bis aufs Blut gestritten. Manchmal log Gabe grundlos. Zum Beispiel erzählte er etwas von einem Fotoauftrag, wenn er mit Cunningham bis in die frühen Morgenstunden in der Kneipe gesessen hatte. Oder er traf sich mit einer Ex auf ein hochprozentiges Mittagessen und gab es erst zu, als Maggie die Hundert-Dollar-Rechnung aus seinem Portemonnaie zutage förderte. Sie zu belügen schien ihm Spaß zu machen, und Maggie fragte sich, ob sie wirklich ein Kontrollfreak war, wie er behauptete, oder ob er eine seltsame Art Mutterkomplex hatte. Oder beides.

Manchmal verlor sie den Mut und fragte sich, was für ein Mensch er eigentlich war und ob es auf Dauer mit ihnen etwas werden konnte. Wie in der Nacht, in der sie mit den »Gangstern« zu einer Hochzeit in Gabes Heimatstadt in Connecticut fuhren. Es war eine dieser Schickimicki-Hochzeiten, wie sie unter Gabes reichen Freunden üblich waren. Trotzdem benahmen Cunningham und Hayes sich wie – tja, eben wie Cunningham und Hayes.

Cunningham war schon schlimm genug: Rüpelhaft und nervig, aber wenigstens unterhielt er sich zwischendurch mit Maggie. Hayes wohnte noch bei seinen Eltern und hatte dort einen ganzen Flügel der Villa für sich, inklusive Haushälterin. Die meisten seiner Sätze folgten dem Muster: »Scheiß auf *irgendwas*.« Zum Beispiel fragte Gabe ihn in der Kirche zu Beginn der Hochzeitszeremonie, ob er sein Handy ausgeschaltet hatte, und Hayes antwortete: »Scheiß aufs Handy.«

Hayes blieb nie lange in einem Job und lebte anscheinend in der Vergangenheit.

»Wisst ihr noch, als sie Gabe kurz nach der Uni das Auto klauten?«, sagte er beim Abendessen.

Cunningham prustete: »Klar. Armer Gabe. Aber die Versicherung hat dich gut versorgt. Was hattest du nicht alles im Auto? Eine Tasche brandneue Golfschläger und was war da noch?«

»Zweitausend CDs«, sagte Hayes.

Cunningham schlug mit der Faust auf den Tisch. »Genau. Zwei*tausend* CDs. Muss ein großer Kofferraum gewesen sein. Von dem Geld konntest du anderthalb Jahre auf der faulen Haut liegen.«

»Ich habe aber gearbeitet.« Gabe tat, als würde er sich verteidigen.

»Ja klar, neun Stunden die Woche bei Mike's Imbissbude, weil man da am besten an Koks kam«, sagte Hayes.

Gabe lachte laut. Er sah Maggie nicht an, und sie spürte, wie sich ihre Muskeln anspannten. Gabe trank zu viel, das war ihr nicht neu. Das Alkoholproblem ihrer Eltern hatte sie dafür sensibilisiert, aber sie wollte nichts dazu sagen. Aber er hatte ihr schon am Anfang ihrer Beziehung versichert, dass er, genau wie sie, keine anderen Drogen angerührt hatte.

Das Mädchen, mit dem Hayes da war, sah Maggie besorgt an. »Möchte jemand noch Wein?«, fragte sie.

»Scheiß auf Wein«, sagte Hayes und lachte grunzend.

Maggie schob den Stuhl zurück, stand auf und sagte, sie wolle jetzt schlafen gehen. Dabei war es erst halb zehn und das Brautpaar hatte noch nicht einmal den Kuchen angeschnitten. Die Gangster und ihre jeweiligen Weibchen blickten alarmiert auf.

Gabes große braune Augen baten sie nur, jetzt bloß keine Szene zu machen.

Er kam erst um vier Uhr morgens nach Scotch stinkend ins Hotelzimmer getorkelt und stieß auf dem Weg ins Bett den Koffer von der Kommode. Er zog sich ungeschickt Schuhe, Hose und Hemd aus und fiel neben ihr ins Bett. Sie lag schon seit Stunden da und hatte die roten Neonminuten auf dem Wecker neben sich vorbeiziehen sehen. Sie wollte eine Umarmung, eine Entschuldigung, aber sie wusste genau, dass sie keines von beidem jetzt bekommen würde und auch dass es vollkommen sinnlos war, sich mit ihm zu streiten, wenn er betrunken war.

Er schaltete den Fernseher ein und sah auf höchster Lautstärke irgendeinen stumpfsinnigen Adam-Sandler-Film. Maggies Herz raste und sie spürte die vertraute Mischung aus Traurigkeit und Erregtheit, die immer vor einem Streit in ihr aufstieg. Sie drehte sich zu ihm um.

»Bitte mach das leiser«, sagte sie kalt.

»Ist doch gar nicht laut.«

»Du hast mich geweckt.«

»Und du hast mich heute Abend zum Affen gemacht«, erwiderte er. »Warum kannst du das nicht lassen?«

»Ich wusste nichts von Kokain«, sagte sie. »Ich stand sozusagen unter Schock.«

»Es gibt eine Menge Dinge, von denen du nichts weißt«, sagte er.

»Ach ja? Was denn zum Beispiel?«

»Ach, vergiss es.«

»Mir hast du erzählt, dass du nie Drogen genommen hast«, sagte sie und kam sich vor wie das naive kleine Mädchen im pädagogisch wertvollen Nachmittagsprogramm.

»Tja, dann hab ich wohl gelogen. Wieder etwas, wofür du mich hassen kannst.«

Die Gleichgültigkeit, mit der er das sagte, trieb ihr Tränen in die Augen.

»Und nimmst du immer noch Drogen?«, fragte sie.

»Mann Maggie, jetzt lass mich doch mal in Ruhe.« Dann wurde sein Ton sanfter: »Schon seit Jahren nicht.«

»Wann zum letzten Mal?«

»Weiß ich nicht mehr«, sagte er. »Komm schon, Maggie. Ich liebe dich doch. Muss das denn sein?«

»Und was ist das für eine Geschichte mit Golfschlägern und CDs? Das ist Versicherungsbetrug. Ich begreife das nicht. Du hast das Geld ja nicht mal gebraucht.«

»Verdammt, Maggie, bist du die Geheimpolizei oder was?« Jetzt wurde er lauter. »Hast du mit Anfang zwanzig denn gar keine Dummheiten gemacht?«

Die Antwort war, wie sie beide wussten, Nein.

Er schaltete den Fernseher aus und ließ die Fernbedienung auf den Boden fallen.

»Ich möchte, dass du morgen früh gehst«, sagte er. »Mir reicht's. Ich bring dich gleich nach dem Aufstehen zum Bahnhof. Mich nimmt schon jemand mit zurück.«

Eigentlich hatten sie noch drei Tage bleiben wollen, um seine Eltern und seine ältere Schwester zu besuchen, aber so bestrafte er sie immer. Er stieß sie von sich und verlangte, dass sie ging, weil er wusste, dass sie das nicht aushielt.

Die Tränen liefen ihr über die Wangen.

»Okay«, sagte sie trotzig. Und schon bereute sie, was sie getan hatte: Er hatte gesagt, dass er sie liebte, und sie hätten sich fast wieder versöhnt, aber sie konnte ja keine Ruhe geben.

Kurz darauf war er eingeschlafen. Doch sie fand vor Grübelei bis zum Morgengrauen keinen Schlaf. Hatte sich das Bild ihrer streitenden Eltern in ihr Bewusstsein gebrannt, die sich am Frühstückstisch oder bei einem Baseballturnier ihres Bruders anbrüllten, bis einer davonstürmte, nur um sich wenige Stunden später wieder zu versöhnen? Erklärte das ihre Auseinandersetzungen mit Gabe? Warum fühlte sie sich von einem trinkenden, reizbaren Mann angezogen, wenn doch genau das die Eigenschaften ihrer

Eltern waren, die sie am meisten geängstigt hatten? Ihre Mutter meinte, dass Alkoholiker sich gerne mit Gleichgesinnten umgaben, weil sie sich dann einreden konnten, normal zu sein. Vielleicht war das auch bei Alkoholikerkindern der Fall.

Wie so oft in solchen Situationen dachte Maggie an ihre Cousine Patty. Das Kind der ausgeglichenen, allzeit zufriedenen Tante Ann Marie und Onkel Pat hatte sich wie selbstverständlich in Josh, ihren liebevollen, sanften Kommilitonen aus dem Jurastudium, verliebt und ihn geheiratet. Vielleicht war es wirklich so einfach: gutes Vorbild – Glück; schlechtes Vorbild – Verzweiflung.

Ihre Seelenklempnerin hatte einmal gesagt, dass die richtige Beziehung keine Mühe machte. Es passte einfach. Und Maggie wäre fast rausgerutscht, dass die Therapeutin keine Arbeit hätte, wenn wahre Liebe so einfach wäre.

Das Problem war, dass man Menschen nicht in ihre Einzelteile zerlegen konnte, um sich dann herauszupicken, was einem gefiel. Manche von Gabes Eigenschaften liebte sie so sehr, dass sie ihn am liebsten für immer an sich binden wollte, obwohl sie ja wusste, dass das nicht ging. Die Vorstellung, der Tod könne ihn als Neunzigjährigen vor ihr ereilen, brachte sie sogar zum Weinen.

Gegen sieben regte er sich, und sie schmiegte sich an ihn und bewegte die Hand über seinen Bauch und unter das Gummiband seiner Shorts.

»Bist du wach?«, fragte sie. Wie konnte sie sich so nach ihm sehnen, wenn er doch direkt neben ihr lag?

Er brummte.

»Tut mir leid«, sagte sie. »Ich hätte nicht so ein Theater machen sollen.«

Gabe öffnete die Augen und grinste: »Das war echt oscarreif.«

Bei diesen Worten überkam sie eine wohlvertraute Erleichterung: Der Streit war vorbei und sie waren noch zusammen. Maggie zog ihm die Shorts aus, setzte sich auf ihn und küsste seinen Hals. Er half ihr aus dem T-Shirt und leckte ihre Brustwarzen in kleinen Kreisen. Sie liebten sich und danach ließ er das Frühstück aufs Zimmer kommen und brachte sie mit der Geschichte von Cunninghams Freundin Shauna zum Lachen, die in der vergangenen Nacht betrunken auf einer Eisskulptur eingeschlafen war.

»Und? Darf ich bleiben?«, fragte sie mit einer Kinderstimme, die sie selbst anwiderte.

»Benimmst du dich?«

»Ja«, antwortete sie brav.

»Sehr gut. Ich kann es nämlich nicht ertragen, von dir getrennt zu sein.«

»Ich auch nicht.«

Danach lief es ein paar Monate lang gut. Gabe überraschte sie mit Tickets für ein langes Wochenende in Berlin, und sie verbrachten wunderschöne Tage in Galerien und Cafés. Sie wohnten in dem Fünf-Sterne-Hotel, in dem die Dreharbeiten zu *Menschen im Hotel* mit Greta Garbo stattgefunden hatten. (Das musste Maggie natürlich ihrer Großmutter auf einer Postkarte erzählen.) Sie bewunderte, wie leicht Gabe Zugang fand und die Menschen bezauberte, und war stolz, dass er sich sie ausgesucht hatte.

Aber dann waren sie wieder in New York und eines Freitagabends sagte er ihr ab. Er sei erkältet. Sie bot an, mit einer Suppe rüberzukommen, aber er war angeblich müde und wollte sie nicht anstecken. Kurz vor zehn rief er sie nochmal an und sagte, dass er jetzt ins Bett ginge. Als sie sich am nächsten Tag sahen, war Maggie gleich klar, dass etwas nicht stimmte. Er war nicht einmal angeschlagen, und sie wusste, dass er sich schon öfter krankgestellt hatte. Also rief sie, während er fürs Mittagessen einkaufte, die Anrufliste seines Handys ab, und da waren sie auch schon: In der vergangenen Nacht hatte er zwischen drei und vier Uhr zwei Anrufe gemacht. Die Nummer war ihr unbekannt.

Maggie wurde schlecht. Sie wählte die Nummer auf ihrem Handy und hörte eine Ansage: »Hallo! Das ist die Mailbox von Stephanie. Hinterlass eine Nachricht!«

Als er mit ein paar Sandwiches zurückkam, fragte sie ihn nach den nächtlichen Telefonaten. Er ging wortlos ins Schlafzimmer, schlug die Tür hinter sich zu und schloss ab, und sie saß bewegungslos auf dem Sofa und wartete. Zwanzig Minuten später kam er ins Wohnzimmer zurück und schrie sie an. Was ihr einfalle ihn auszuspionieren. Er sei mit Freunden von der Uni unterwegs gewesen und habe keine Lust gehabt, sie mitzuschleppen. Wenn es mit ihnen weitergehen solle, brauche er Raum und Zeit für sich, ohne sie.

»Wessen Nummer ist das?«, fragte sie zitternd.

»Ein Kommilitone. Den kennst du nicht.«

»Gabe, ich habe die Nummer angerufen.«

Er ließ den Kopf hängen: »Oh.«

»Und?«

»Es ist nicht, wie du denkst«, sagte er. Das verhieß nichts Gutes. »Das ist ein Dealer. Koks. Es war nicht für mich, ehrlich. Es war für diese Typen, die ein paar Tage in der Stadt sind.«

»Aber es war eine Frauenstimme«, sagte sie.

»Zur Tarnung. Die Mailbox antwortet, man hinterlässt eine Nachricht, dann rufen sie zurück«, sagte er. Dann fing er tatsächlich zu weinen an. Das hatte sie noch nie erlebt. »Du musst mir glauben. Ich will dich nicht wegen so einer dummen Sache verlieren.«

Komischerweise beruhigte sie seine Erklärung. Immerhin hatte er sie nicht betrogen. Immerhin liebte er sie noch. Erst Tage später dämmerte ihr, dass Gabe die Nummer eines Koksdealers hatte. Sie wusste nicht viel über Kokain, aber genug, dass ihr der Unterschied klar war zwischen einem, der ab und zu was auf einer Party zieht und dem Typen, der den Deal vermittelt.

Sie wollte sich nicht von ihm trennen. Sie wollte, dass er sich veränderte, obwohl sie in dem Wunsch das typische Verhalten eines Kindes von Alkoholikern erkannte und obwohl sie die Stimme ihrer Mutter hören konnte, die ihr klarzumachen versuchte, dass die einzige Person, die man wirklich ändern konnte, man selbst war.

Aber Maggie wollte ihn irgendwie wachrütteln und ihn zu der Einsicht bringen, dass sich einige Dinge an ihm ändern mussten. Sonst hatte sie keine andere Wahl, als ihn zu verlassen. Sie erinnerte sich an bestimmte Nächte ihrer Kindheit, in denen sie lange nach dem Abendessen, den Hausarbeiten und dem abendlichen Bad das Auto ihres Vaters durch die Einfahrt kommen hörten. Dann sagte ihre Mutter mit einem Grinsen auf dem Gesicht: »Kommt, wir verstecken uns vor Papa.«

Damals war das Maggies Lieblingsspiel gewesen, denn es war einer der seltenen, köstlichen Augenblicke, in denen ein Erwachsener die Welt der Kinder besuchte. Doch rückblickend fragte sie sich, worum es dabei gegangen war. War es eine Warnung ihrer Mutter an ihren Vater gewesen? *Wenn du das nächste Mal nach Schnaps stinkend ohne Erklärung nach Hause kommst, wann es dir passt, ist vielleicht einfach keiner mehr da.*

Kathleen

Der Ingwertee war fertig und auf dem Küchentisch standen sechs große Eimer voll servierbereitem, gedünstetem Biomüll. Kathleen stellte sich vor, wie ihr Eintrag in der Alumnizeitschrift des Boston College lauten würde: *Kathleen Kelleher lebt heute in Kalifornien. In Fachkreisen wird sie als Wurmmeisterköchin der Westküste gehandelt. Ihr beliebtestes Rezept besteht aus vierhundert Bananenschalen ohne Schimmelkruste, fünfzehn gerösteten Eierschalen und einer Handvoll verrotteter Apfelgehäuse.*

Die frisch geschlüpften Würmer bekamen heute die erste Mahlzeit ihres Lebens. Sie hatte Maggie einmal erzählt, dass sie diesen Moment als sehr bedeutungsvoll erlebe. Man wollte die Tiere willkommen heißen. Aber Maggie ekelte das alles an, und Kathleen verstand sie. Ihr Leben war nicht gerade eines, mit dem man angeben konnte, und sie sah ja ein, dass es irgendwie auch zum Lachen war. Aber sie war da so hineingerutscht. Arlos Leidenschaft war ansteckend.

Die Einwohner einer anderen Scheune hatten mittlerweile den Containerinhalt verdaut. Am Nachmittag würde sie die Würmer mit süßen Rosenblüten in eine Ecke locken, damit Arlo das Ergebnis ihrer Arbeit in überdimensionale Mülltüten schaufeln konnte, die er dann auf seinen Pickup lud. Morgen würde er sie zu dem provisorischen Fließband am Rand des Grundstücks bringen, wo Jugendliche den Dünger für zehn Dollar die Stunde verpackten.

Als sie seinen Transporter in der Einfahrt hörte, goss Kathleen den Tee durch ein Blatt Küchenkrepp in zwei Boston-Red-Sox-Tassen und ging damit zur Hintertür.

Er kam mit einem Strauß in braunes Papier gewickelter Calla den Steinweg entlang und stieg die Stufen zum Haus hinauf.

»Guten Morgen, Liebling«, sagte er, öffnete die Fliegengittertür und trat ein. Die Hunde drängten hinter ihm ins Haus.

»Tauschen wir?«, fragte sie. Sie nahm ihm die Blumen ab und reichte ihm eine der Tassen. »Oh, die sind aber schön.«

»Nicht wahr? Die Mutter einer der Pfadfinderinnen hat einen Blumenladen in der Stadt. Seit sie unseren Wurmkotcocktail benutzt, halten ihre Blumen doppelt so lange, sagt sie. Das wollte ich mir ansehen. Kath, der Laden ist eine reine Farbexplosion. Das hättest du sehen müssen.«

Der frühmorgendliche Vortrag hatte ihn wieder richtig auf Hochtouren gebracht. Kathleen grinste.

Als er sah, womit sie sich beschäftigt hatte, lächelte auch er: »Du bist wundervoll. Das hast du alles heute Morgen geschafft?«

Ganz im Gegensatz zu ihrer Familie, die mit Komplimenten so sparsam war, als kosteten sie Bares, war Arlo mit liebevoller Anerkennung überaus großzügig. Arlo und sie hatten ähnliche Werte, das war unheimlich wichtig. Sie zogen Homöopathie der Schulmedizin vor und strebten ein chemiefreies Leben an. Das Wohl des Planeten lag ihnen am Herzen. Wo sie herkam, fand man das übertrieben, aber Arlo teilte ihren Standpunkt und war ihr in vielerlei Hinsicht sogar weit voraus.

Obwohl es eigentlich nicht ratsam war, waren sie nach ihrem ersten Treffen in einem Café direkt zu ihm nach Hause gefahren. Sie schauten die Nachrichten und hatten Sex auf Arlos Sofa, über dem ein gerahmtes *Steal-Your-Face*-Albumposter hing. Am nächsten Morgen fütterte er Kathleen mit Erdbeeren aus seinem Garten. Danach erzählte sie Maggie am Telefon, dass sie sich vielleicht verliebt hatte – trotz des Posters.

Bevor Kathleen Arlo kennenlernte war sie mit einigen Männern von den Anonymen ausgegangen und hatte mit ihnen geschlafen. Wie ironisch, denn sie konnte sich nicht daran erinnern, in über zehn Jahren Ehe mit Paul je nüchtern Sex gehabt zu haben. Ein paar der Jungs waren Neuzugänge bei den Anonymen gewesen und deshalb eigentlich Sperrgebiet, aber sie hatte sich nicht daran gehalten. Einer war auf richterliche Anordnung zu den Anonymen gekommen und hatte gerade für eine Kneipen-prügelei, bei der er jemanden bewusstlos geschlagen hatte, drei Monate gesessen. Ein anderer war erst zwanzig, damals also so alt wie Maggie. Zwischendurch sah Kathleen, dass das nicht in Ord-nung war. Aber im Eifer des Gefechts fand sie, dass wer mit sei-ner Abhängigkeit kämpfte, jede Chance auf alkoholfreie Freuden ausschöpfen müsse. (Aus demselben Grund erlaubte sie sich zu essen, wonach auch immer ihr der Sinn stand: zwei Zimtkrapfen von Dunkin' Donuts als Zwischenmahlzeit und zum Abendessen eine Packung Kekse.)

Jetzt streichelte Arlo ihr über den Kopf: »Heute steht die Scheune an.«

»Ja.«

»Aber vielleicht halte ich vor der Party noch ein kleines Schläf-chen. Ich bin ganz schön kaputt.«

»Na klar, leg dich hin, Schatz.«

Sie nahm ihm die Tasse wieder ab und stellte beide auf den Tisch.

»Aber spätestens in fünfzehn Minuten weckst du mich, ver-sprochen?«, sagte er.

Sie versprach es und gab ihm einen Kuss auf die Wange, bevor er nach oben ging. Das vertraute Geräusch der unter seinen Füßen knarrenden Dielen gab ihr ein wohliges Gefühl.

Als sie sich an den Tisch gesetzt hatte, kam Mabel herüberge-trabt und legte die Schnauze auf ihren Oberschenkel.

»Na, meine Süße«, sagte Kathleen.

Vor einem Jahr hatte man einen Tumor im Bein der Hündin entdeckt. Damals war sie dreizehn Jahre alt. Der Tierarzt war da-von ausgegangen, dass Kathleen Mabel einschläfern lassen würde, aber sie hatte auf einer Operation bestanden. Die Kosten beliefen sich auf fünftausend Dollar, was, wie sie zugeben musste, ganz schön viel war. Aber das Geld war bedeutungslos im Vergleich zu einem weiteren Jahr mit Mabel.

»Frohe Weihnachten«, hatte Arlo im September gesagt, als er ihr den Scheck gab.

Jetzt klingelte das Telefon.

Hoffentlich war es endlich die Schulverwaltung von Keystone. Kathleen wiederholte innerlich ihren Text: *Sechzig Prozent des Mülls auf den Deponien ist Biomüll. Der müsste da nicht nutzlos vergammeln, denn unsere Würmer leben von genau diesem Abfall: Obst- und Eierschalen, Grasschnitt und Gartenabfall – wir nehmen alles. Momentan beziehen wir unser Wurmfutter von den Cafeterien der Schulen aus sechs hiesigen Kommunen. Wollen Sie die siebte sein?*

Aber am anderen Ende war Kathleens Schwester Clare.

»Wusstet ihr schon, dass diese Bioproduktezeitschrift über euch berichtet hat?«, fragte sie.

»So was liest du?«

»Joe hat beim Arzt im Wartezimmer reingeschaut und das Heft dann in seinen Shorts rausgeschmuggelt!«

Kathleen lächelte.

»Warum hast du uns nichts davon gesagt? Joe hängt den Artikel gerade in unserem Schaufenster auf.«

Clare klang glücklich. Bei ihrem letzten Job hatte Kathleen an ihre Schwester gedacht, wenn sie verunsicherten Pubertierenden versprach, dass sich alles einrenken würde. Bei ihrer Schwester war es so gewesen. Zwischen Clare und der Familie war schon immer eine gewisse Distanz gewesen. Die Familie hatte sie aufgrund ihrer Wissbegier und ihrer Freude am Lesen als Wichtigtuerin abgestempelt. (Das hatte Kathleen auch sich selbst vorzuwerfen. Den wahren Charakter ihrer Schwester hatte sie erst viel später erkannt. Wahrscheinlich war sie als Kind einfach eifersüchtig auf die Intelligenz ihrer kleinen Schwester gewesen und darauf, dass Clare die Meinung anderer einfach egal war. Kathleen hatte diese innere Gelassenheit erst viel später erlernt.) Clare und ihr Mann Joe waren beide hochintelligente Sprösslinge intellektuell durchschnittlicher Familien. Glaubenszubehör an Priester und Großmütterchen zu verscherbeln, passte nicht recht zu dem liberalen Intellektuellenpaar mit Wohnsitz in Jamaica Plain. Aber sie machten ganz schön Reibach.

»Wie geht's Ryan?«, fragte Kathleen jetzt.

»Super. Sie wollen ihn beim Familientheater Wheelock nochmal für *Kiss me Kate* haben. Die Proben sind für August angesetzt. Das wirft unsere Maine-Pläne natürlich total über den Haufen.«

»Lass das bloß nicht Ann Marie hören. Sie wird dich der Ältestenmisshandlung bezichtigen, weil du nicht an Alices Seite bist.«

»Lass mich bloß damit in Ruhe. Ann Marie und Alice sollten miteinander durchbrennen und ihre Liebe nicht länger leugnen«, sagte Clare. »Das war jetzt gemein. Joes schlechter Einfluss. Für eine Woche fahren wir bestimmt hin. Vielleicht auch mehr, je nachdem. Du und Arlo solltet auch kommen.«

»Wir können hier nicht weg«, sagte Kathleen. Und obwohl beide wussten, dass das nicht der einzige Grund war, sagte keine der beiden etwas dazu.

»Naja, ruf mich an, wenn du es dir anders überlegst. Wir ziehen in dem uns zugeteilten Monat nicht die Zugbrücke hoch wie Familie Makellos.«

Dann redeten sie über die Arbeit, über Alice und eine alte Schulfreundin, die im vergangenen Monat zum siebten Mal geheiratet hatte.

Schließlich sagte Clare: »Apropos: Ryan hat eine witzige Idee für ein Musical. Es setzt mit den Hochzeiten mehrerer Paare ein und verfolgt dann, wie sich die Ehen entwickeln. Er will zeigen, dass man an der Art der Hochzeit vorhersehen kann, was für eine Ehe es wird. Genial, oder? Okay, ich bin nicht objektiv. Aber da ist doch was dran, meinst du nicht? Denk nur an unsere Hochzeiten, also deine, meine und Pats.«

Patrick und Ann Marie hatten bei ihrer Hochzeit im Ritz-Carlton in Boston alle Geschütze aufgefahren. Aber von den beiden Angebern war auch nichts anderes zu erwarten gewesen. Sie hatten den Reichtum vorgespielt, den sie anstrebten. Ann Maries Kleid war ein Berg weißer Spitze. Die Blumenmädchen steckten in rosa Tutus. Der gesamte Freundeskreis ihrer Eltern war geladen worden, sodass das Durchschnittsalter irgendwo um die Mitte fünfzig lag. Clare habe keine einzige zärtliche Geste zwischen Pat und Ann Marie beobachten können: Als sie von der Tanzfläche gingen, hielten sie sich nicht bei der Hand, und sie küssten sich nur, wenn jemand mit der Gabel ans Glas geschlagen hatte. Dann kokettierten sie allerdings wie zwei Vollidioten vor den Kameras.

Kathleens und Pauls Hochzeit sei symptomatisch für ihre kranke Beziehung gewesen, meinte Clare. Nach der Trauung hatten sie in der Kirche Alice mit einem leidenschaftlichen Zungenkuss schockiert. Später tanzten sie wie die Verrückten und rieben sich aneinander, als wären sie allein. Um halb elf waren beide stockbesoffen. Auf der Männertoilette gab es eine Prügelei zwischen zwei von Pauls Freunden, und nach dem Versuch, sie zu trennen, war Kathleens Kleid blutverschmiert. Später saß sie hemmungslos schluchzend am Kopfende des Tisches. Als Clare zu ihr hinüberging, um sie zu fragen, was los sei, packte Kathleen sie am Handgelenk und sagte: »Für den Fall, dass du noch 'ne Wette abschließen willst: Ich bin schwanger.«

Heute konnten sie darüber lachen, und das bewies in Kathleens Augen, dass fast alles eine komische Seite hatte, man brauchte nur genug zeitlichen Abstand und ausreichend Therapiestunden, um sie zu erkennen. Aber es ging ihr gegen den Strich, dass die Kellehers sich weigerten, eine nicht eheliche Beziehung ernst zu nehmen. Sie war mit Arlo fast so lange zusammen, wie sie mit Paul verheiratet gewesen war, aber für ihre Familie, Clare eingeschlossen, blieb Paul *der* Mann in ihrem Leben. Noch etwas, das Maggie lernen musste: Die wichtigste Wahl im Leben ist die des Mannes, mit dem man sich fortpflanzt, denn den wird man nicht mehr los. Auch nach zwanzig Jahren Funkstille nicht.

Clare und Joe hatten sich in einem Bostoner Park von einem gemeinsamen Freund trauen lassen. Abgesehen von den Trauzeugen hatten sie nur Kathleen und Maggie eingeladen, und nach der Zeremonie waren alle zu einem festlichen Abendessen ins Casablanca gegangen, mit Ganache-Schokoladenkuchen zum Nachtisch. Die Flitterwochen verbrachten sie zuhause, denn am allermeisten wünschten sie sich, eine Woche daheim zu verbringen, Filme zu gucken, abends schön zu kochen und dann im Bett auf ausgebreiteten Ausgaben des *New Yorker* zu speisen. Seit Jahren verbrachten sie den Samstagmorgen auf diese Weise und tranken friedlich und zufrieden ihren Kaffee im Bett.

Mit Clares Schwangerschaft im sechsten Ehejahr, kurz nach dem Tod von Joes Vater, hatte keiner mehr gerechnet. Sie nannten das Kind Ryan, nach seinem Großvater väterlicherseits. Ryan war schon als kleiner Junge ein Brüller. Er konnte singen und tanzen und Clare meinte stolz, dass er stepptanzte, bevor er krabbeln konnte.

Joe hatte sich einen Sohn wie Chris und Daniel Junior gewünscht, und das Getanze und Gesinge entsprach nicht seiner Vorstellung eines männlichen Nachkommen, aber er war kein Spielverderber. Im Laden legte er sogar den Soundtrack von *Finian's Rainbow* und *Brigadoon* auf: »Wenn man sich ein bisschen Watte in die Ohren stopft und sich auf etwas anderes konzentriert«, meinte er, »klingt es doch fast wie die Chieftains.«

Kathleen fand ihren Schwager wunderbar, ganz besonders, weil er Alice nicht leiden konnte. Jahrelang hatte er, wie sie alle, die Zähne zusammengebissen, wenn Alice einen bissigen Kommentar über Clare abließ. Aber eines Abends war er nicht zum Familienessen erschienen. Von Clare wusste Kathleen, dass er sich am Morgen fürchterlich über Alice aufgeregt hatte und ihre Schwester befürchtet hatte, er könne beim Abendessen explodieren. Seitdem sah er Alice nur noch an hohen Festtagen, wenn es keine akzeptable Ausrede gab.

Clare war sehr lieb und neigte dazu, alles stillschweigend hinzunehmen. Aber unter Joes Einfluss sagte sie mittlerweile meistens unter irgendeinem Vorwand ab, wenn Alice sie zu sich einlud. Das geschah ihrer Mutter recht, fand Kathleen. Viele erlebten

Verabredungen mit Alice als eine Art Freiheitsberaubung, aber kaum jemand hatte den Mut, wirklich einmal »Nein, danke« zu sagen.

Kathleen bat ihre Schwester, Ryan auszurichten, dass sie seine Idee für das Musical super fand.

»Er ist gerade auf dem Weg zum Geschäft«, sagte Clare. »Schade, dass er nicht hier ist, um kurz mit dir zu sprechen. Er vermisst dich!«

Kathleen wusste, was das bedeutete: In Wirklichkeit vermisste Clare sie. Und auch Kathleen fehlte ihre Schwester.

»Ich kann nicht fassen, dass Ryan schon Auto fährt«, sagte Kathleen. »Ich fühle mich so alt. Als ich wegzog, war er gerade mal in der dritten Klasse.«

»Wem sagst du das. Für mich ist es ein Albtraum. Wie hast du es nur überlebt, als deine sich das erste Mal ans Steuer gesetzt haben? Ich habe solche Angst, dass er betrunken fährt oder bei jemandem einsteigt, der getrunken hat.«

Sie waren alle mal betrunken gefahren, manche mehr, andere weniger oft. Es war vergleichsweise unwahrscheinlich, dass ihre Kinder es taten, und Ryan erst recht nicht.

»Wenn ich mir Chris draußen auf der Straße vorstelle, wird mir bis heute schlecht, und er fährt seit zwölf Jahren«, sagte Kathleen. »Maggie hat aus irgendeinem Grund nie den Führerschein gemacht.«

»Ah, okay«, sagte Clare. »Könnte das etwas damit zu tun haben, was sie von dem Unfall weiß? Ich erinnere mich, dass ich damals lange nicht ins Auto steigen wollte.«

Wenn sie den Zwischenfall erwähnten, dann unter diesem Titel, und jeder wusste sofort, wovon die Rede war: *der Unfall*. Patrick und Alice sprachen nicht darüber, aber wenn man es wusste, konnte man die blasse Narbe noch auf Alices Gesicht erkennen.

Es war im Winter gewesen. Kathleen war elf, Clare neun und Patrick erst sieben.

Es schneite schon seit Tagen immer wieder und im Haus hörte man nichts als das Knirschen der Schneeketten auf der vereisten Fahrbahn. Alice verabscheute das Geräusch. Sie sagte, dass ihr davon die Zähne wehtaten. Sie konnte es auch nicht ertragen, die drei den ganzen Tag um sich zu haben, aber um draußen zu spielen war es zu kalt.

»Könnt ihr mich nicht mal eine Minute in Ruhe lassen?«, sagte sie, wenn einer von ihnen etwas brauchte.

Beim Zubettgehen bat Kathleen ihren Vater im Flüsterton, sie nicht mit Alice alleine zu lassen, aber er sagte nur: »Wenn ich nicht da bin, musst du hier das Ruder übernehmen, in Ordnung? Und vergiss nicht, dass deine Mutter dich sehr lieb hat.«

Alice war nicht immer so. Wenn Daniel und sie ausgehen wollten, gab es Eis vor dem Abendessen mit der Großmutter, und sie erlaubte Kathleen ihr seidenes, dunkles Haar zu bürsten. Wenn sie eine Party gaben, bekamen Kathleen und Clare einen Dollar für jeden Mantel, den sie nach oben ins Schlafzimmer ihrer Eltern beförderten, und sie durften bis zehn Uhr aufbleiben und den Gästen von der Bar oder aus der Küche Cocktails und Canadian Club Whisky bringen.

An diesen Abenden hörten sie das seltene Lachen ihrer Mutter.

Wirklich glücklich war Alice nur im Sommer in Maine, wenn das Haus von Kathleens Cousins und Cousinen, Onkeln und Tanten bevölkert war. Dann rannte sie im Badeanzug am Strand entlang, und ihre langen Beine glänzten in der Sonne. Manchmal setzte sie sich im Sommerhaus sogar zu ihnen auf den Fußboden und spielte mit ihnen mit den Puppen oder nahm an einem Tetriswettbewerb teil.

Aber manchmal wurde Alice plötzlich eiskalt und gemein. Kathleen hatte sich vor den unvorhersehbaren Wutausbrüchen und der scheinbar grundlosen Reizbarkeit ihrer Mutter gefürchtet.

An jenem Nachmittag waren sie in der Küche. Kathleen machte ihre Hausaufgaben am Küchentisch, und Clare rannte schreiend um sie herum.

Alice befahl ihr, damit aufzuhören.

Sie habe Kopfschmerzen, hatte sie zuvor gesagt, als sie sich nach oben in ihr Schlafzimmer zurückgezogen hatte, um sich etwas hinzulegen. Das tat sie meistens, bevor der Vater von der Arbeit kam. Manchmal trank sie auch Whiskey. Sie meinte, es würde sie beruhigen, aber in Wirklichkeit wurde sie davon traurig und aggressiv. Kathleen roch den Alkohol dann schon, wenn Alice sie von der Schule abholte. Aber sie wusste, dass sie es nicht erwähnen durfte.

Es war drei Uhr nachmittags, und Alice lud gerade die Einkäufe aus dem Wagen. Sie hatte sie den ganzen Morgen über im Auto liegenlassen. Von den Milchflaschen tropfte das Kondenswasser, und der Salat ließ die Blätter hängen.

Clare rannte weiter, denn ihr Ein-Mann-Cowboy-und-Indianerspiel war längst noch nicht entschieden. Zwischendurch schlug sie sich mit der Hand auf den ununterbrochen schreienden Mund.

Alice fuhr sie an. Sie solle jetzt damit aufhören, sonst … Alice hatte diesen wilden Blick, und Kathleen bekam Angst. Wenn ihre Schwester nur aufhören würde. Nach einer weiteren Minute sagte Kathleen mit rasenden Herzen: »Komm mal her, Clare, setz dich zu mir.«

Aber Clare grölte weiter.

»Sei endlich still, verdammt nochmal!«, brüllte Alice, und Clare fing zu weinen an.

Um sie zu trösten, lief Patrick mit ausgebreiteten Armen auf sie zu und stolperte dabei über eine Einkaufstasche. Er schlug mit dem Kopf auf eine gläserne Apfelsaftflasche auf, die dabei zerbrach.

Eine heftig blutende Schnittwunde klaffte mitten auf seiner Stirn.

Kathleen hielt sich die Hand vor die Augen: »Nein!«

»Himmel nochmal!«, sagte Alice, griff nach einem Geschirrtuch, kniete sich neben Pat hin und drückte es auf die Wunde, aber es saugte sich sofort voll und das Blut tropfte auf ihre Bluse. »Ach, Schatz!«, sagte sie. »Hast du dir wehgetan?«

Obwohl Alice im ersten Augenblick ruhig wirkte, hatte Kathleen Angst davor, was ihre Mutter als Nächstes tun würde, also fragte sie vorsichtig: »Soll ich nicht einen Krankenwagen rufen?«

»Jetzt übertreib mal nicht. Es geht ihm wunderbar«, sagte Alice.

Patrick stöhnte.

»Mama«, sagte Kathleen, »sollten wir ihn nicht zu einem Arzt bringen?«

»Er braucht nichts weiter als einen Verband und ein Stückchen Schokolade«, sagte Alice. »Und ich brauch was zu trinken. Hab ich nicht recht, mein Kleiner?«

Patrick reagierte nicht.

Eine halbe Stunde verging, aber die Blutung ließ nicht nach. Ihr Bruder saß weinend auf Alices Schoß. Sie drückte das Tuch an seine Stirn und Kathleen und Clare standen, ebenfalls weinend, daneben.

»Hört jetzt auf, Mädchen. Ihr macht ihm nur unnötig Angst.«

Ein paar Minuten später gab sie endlich nach: »Er blutet ja immer noch. Herrgott, ich weiß einfach nicht, was ich machen soll.«

Als Alice Daniel im Büro anrief, erfuhr sie von der Sekretärin, dass er schon gegangen war.

»Typisch.« Sie wirkte erschöpft und wurde immer wütender. »Dann muss ich euch wohl alle mitnehmen«, sagte sie und nahm Patrick auf den Arm. »Ab ins Auto. Los jetzt.«

Alice hatte nicht an die Winterjacken gedacht, und so stiegen die drei nur in Pullover und Latzhosen gekleidet wortlos in den Wagen. Im Auto war es eiskalt, sie konnten ihren Atem sehen, und Clare versuchte, die ihrem Mund entströmende Wolke mit der Hand zu packen.

Draußen schneite es in dicken Flocken. Kathleen und Clare hielten Patrick zwischen sich fest, während der sich das Geschirrtuch an die Stirn drückte.

Auf dem Fahrersitz fing Alice leise zu weinen an: »Ich kann das nicht«, sagte sie immer wieder. »Ich kann das einfach nicht.«

Darauf sagte Patrick mit piepsiger Kinderstimme: »Es ist gar nicht so schlimm, Mami. Wein doch nicht.«

Als sie den Wagen auf die Straße lenkte, fiel der Schnee immer dichter, und sie ließ die Scheibenwischer auf höchster Stufe laufen.

Die Schneeketten rasselten, und Kathleen sagte innerlich ein Vaterunser: Möge nur dieses Geräusch aufhören. Dann zählte sie von einhundert herunter. Alice hörte sie, obwohl sie flüsterte, und wandte sich verärgert um. »Hör! Auf!«, fauchte sie.

Dann fuhr Alice laut weinend immer geradeaus. Es war kaum Verkehr und Alice stieg aufs Gas. Kathleen sah die Häuser vorbeijagen und drückte ihren Bruder fester an sich. Sie fuhren zu schnell. Am liebsten hätte sie ihre Mutter gebeten, sich zu beruhigen, weil sie Patrick Angst machte. Wenn nur ihr Vater da wäre. Wenn er sie doch finden würde.

Sie fuhren eine vertraute Strecke, aber plötzlich fühlten sie eine seltsame Schwerelosigkeit. Das Auto brach zur Seite aus und flog über die schneebedeckte Wiese, bis es gegen einen Baum schlug. Kathleen spürte den Aufprall im ganzen Körper. Patrick flog zwischen den Sitzen nach vorne, kam mit einem dumpfen Schlag auf dem Armaturenbrett auf und fiel zurück. Kathleen und Clare flogen gegen die Vordersitze, Alices Kopf zerschlug die Frontscheibe.

Einen Augenblick lang war es vollkommen still. Dann drehte Alice sich um. Ihr Gesicht war blutüberströmt.

»Oh Gott, meine Lieblinge«, sagte sie hysterisch. »Geht es euch gut? Seid ihr alle noch da?«

Sie hatten Glück gehabt. Gott habe ihnen wohl einen Schutzengel geschickt, meinte der Arzt. Patrick hatte es am schlimmsten erwischt: Er erwachte erst Stunden später mit gebrochenen Armen und einem zertrümmerten Kiefer im Krankenhaus aus der Bewusstlosigkeit. Kathleen hatte eine leichte Gehirnerschütterung und verlor zwei Zähne, was eine Reihe schmerzhafter Wurzelbehandlungen im selben Jahr zufolge hatte. Clare kam mit ein paar Kratzern und blauen Flecken davon, und Alice hatte sich das Handgelenk gebrochen und sich eine klaffende Schnittwunde auf der Stirn zugezogen. Alice und Daniel verloren ihre Ersparnisse, um den besten Chirurgen Bostons bezahlen zu können, und trotzdem waren es dreißig Stiche, manche davon im Gewebe unter der Haut. Den Verband musste sie noch Monate später tragen und versteckte ihn unter einem dunkelblauen Tuch, das sie sich wie Norma Desmond um den Kopf wickelte. Jeden Morgen und jeden Abend rieb sie die Narbe mit Vitamin E ein. Nach einem Jahr war sie fast nicht mehr zu sehen.

Den Nachbarn und Verwandten erzählten sie, dass Alice Patrick so schnell wie möglich ins Krankenhaus hatte bringen wollen, deshalb zu schnell gefahren sei und im Schneesturm die Kontrolle über den Wagen verloren habe.

Aber am Abend nach dem Unfall schlüpfte Kathleen spätabends aus dem Bett, folgte den Stimmen ihrer streitenden Eltern und lauschte an der Schlafzimmertür.

»Alice! Die Kinder hätten sterben können.«

»Ich weiß, ich weiß.«

»Du warst betrunken. Wir hatten eine Abmachung: Kein Alkohol, wenn ich nicht da bin.«

»Aber du bist ja nie da!«, schrie sie erbittert. »Ich bin ja den ganzen Tag mit ihnen alleine.«

»Ich gehe nicht zum Vergnügen jeden Tag ins Büro. Es ist mein Job«, sagte er. »Ich tue es für die Familie. Du bist die Mutter, das ist dein Job. Ich kann nicht immer da sein, um auf dich aufzupassen.«

Sie schluchzte.

»Ich habe dir von Anfang an gesagt, dass ich das nicht kann«, sagte sie.

»So ein Unsinn. Du bist eine wundervolle Mutter«, antwortete er sanft.

»Das ist ja nicht zu übersehen.«

»Hör mal zu, Alice. Ich liebe dich. Und ich will dir helfen. Aber die Trinkerei muss jetzt ein Ende haben. Ich meine es ernst. Du gehst auf Entzug, und zwar sofort. Wie du das machst, ist mir egal, aber du wirst es tun. Und wenn nicht, nehme ich die Kinder und gehe. Hast du mich verstanden?«

Die Antwort ihrer Mutter hörte Kathleen nicht mehr, aber als sie am nächsten Morgen in die Küche herunterkam, sah sie, wie ihr Vater auch den letzten Tropfen Alkohol in die Spüle kippte. Von da an sah sie ihre Mutter nie wieder trinken. Bis zur Beerdigung ihres Vaters.

Ann Marie

Gegen sieben kam Pat in Khakihose und Polohemd in die Küche. Sein Blick war auf sein Handy gerichtet, auf dem er herumtippte.

»Guten Morgen«, sagte er und gab ihr, ohne aufzublicken, einen Kuss auf die Wange. »Du bist bestimmt schon seit dem Morgengrauen mit den Vorbereitungen für den Puppenhaus-Event beschäftigt, stimmt's?«

»Genau. Ich konnte nicht mehr schlafen. Es gibt so viel zu tun.«

»Du könntest dir eigentlich ruhig den Tag freinehmen«, sagte er.

»Das Lammgericht von Freitag taut im Kühlschrank auf«, sagte Ann Marie. »Es gibt auch noch Pfefferminzsoße. Und ich mach dir noch Kartoffeln, bevor ich gehe. Für alle Fälle.«

Er runzelte die Stirn: »Für den Fall, dass du mit einem Produzenten für *Barbie Küchenfliesen* durchbrennst?«

»Für den Fall, dass du Hunger kriegst.«

»Ich kann schon für mich sorgen«, sagte er, dabei wussten sie beide, dass er seit Jahren keinen Fuß in einen Supermarkt gesetzt und noch nie gekocht hatte.

»Ich mache es gern. Die Anleitung zum Aufwärmen des Essens hängt am Kühlschrank, unter dem Keltenmagneten.«

»Danke«, sagte er.

»Ich habe mit deiner Mutter telefoniert«, sagte sie. »Sie hat mich gebeten, dich an die Regenrinne zu erinnern.«

»Ich kümmere mich drum«, gab er zurück. »Ich habe Mort schon im Laden angerufen und mir eine Empfehlung geben lassen. Hatte ich ihr das nicht schon gesagt? Und das Geländer von der Veranda am alten Haus wackelt. Hat sie das erwähnt?«

»Das repariert anscheinend der Priester.«

»Der Priester?«

»Du weißt schon, Pfarrer Donnelly. Ich glaube, er hat Feuer gefangen.«

»Wie jetzt: der Priester und meine Mutter?«

»Nein, nein, alles rein platonisch«, sagte Ann Marie und lachte. »Er ist ein netter junger Mann und hat sie gern, mehr nicht.«

»Wie geht es ihr sonst so?«, fragte Pat.

»Sie ist ganz schön mürrisch. Sie brauche keine Hilfe und ich solle mir nicht die Mühe machen, nach Maggies Abreise Mitte Juni extra nach Maine zu fahren. Ich hatte nicht die Kraft, mit ihr darüber zu diskutieren. Aber ich fahre natürlich trotzdem.«

»Du bist ein Engel«, sagte er.

»Du denkst an den Arzttermin morgen?«

»Ja, Frau General«, sagte Pat.

Er hatte so gute Laune, dass sie am liebsten verschwiegen hätte, was sie jetzt sagen musste.

In sanftem Ton erinnerte sie ihn: »Schatz, der Scheck an Daniel Junior muss vor meiner Abreise noch raus.«

Normalerweise schickten sie ihm pünktlich an jedem letzten des Monats einen Scheck. Aber diesmal hatte sie die Planänderung für Juni aus dem Konzept gebracht und sie hatte vergessen, Pat daran zu erinnern. Er war bestens organisiert und hatte ein ausgezeichnetes Gedächtnis: Er konnte einem sagen, was es an seinem ersten Kindergartentag zum Mittagessen gegeben hatte. Aber den Scheck vergaß er jedes Mal. Vielleicht war es ein Verdrängungsmechanismus. Vielleicht wollte er nicht öfter als einen kurzen Moment im Monat daran denken müssen, wenn er den Scheck unterschrieb und ihn ihr für die Post gab.

Sie konnte verstehen, dass Pat enttäuscht war. Ann Marie sagte, er solle beten und nicht den Glauben daran verlieren, dass sich alles zum Guten wenden würde. Es machte ihn wütend, dass er sich die Ausbildung ihres Sohnes über zweihunderttausend Dollar hatte kosten lassen und ihm noch immer Geld schicken musste. Ann Marie sah das ein bisschen anders: Im Club kannte sie Frauen, die ihren Kindern ganze Häuser kauften. Aber Pat meinte, dass ihn auch keiner verwöhnt habe. Er habe sich seinen Weg selbst bahnen müssen und dasselbe erwarte er von seinen Kindern.

Sie musste sich zusammenreißen, um dazu nichts zu sagen. Als sie jung war, hatte Ann Marie ihre Wochenenden und Sommerferien bei Angelo's an der Kasse verbracht. Aber hatte einer der Kellehers auch nur mal einen Nachmittagsjob gehabt? Wie oft hatte sie sich von Kathleen anhören müssen, dass ihre Eltern nur Pats Ausbildung ernst genommen hätten. Damit meinte sie, dass Alice und Daniel sein Studium finanziert hatten. Aber Kathleen war nicht auf die Idee gekommen, dass man sich seine Ausbildung selber finanzieren könnte. Ann Marie hatte immer neben dem Studium gekellnert.

Sie hatte Pat davor gewarnt, die Kinder mit Geschenken und Bargeld zu überhäufen, aber er hatte das ignoriert. Jetzt, da Daniel Junior das Geld wirklich brauchte, war kaum der richtige Zeitpunkt, ihm Grenzen zu setzen.

Trotz Pats Widerspruch schickten sie seit fünf Monaten Schecks, seit Daniel Junior aus seinem letzten Job rausgeflogen war. Es war nicht das erste Mal, dass sie ihm unter die Arme griffen. Aber er war nie zuvor aus einem so scheußlichen Grund entlassen worden. Beim Gedanken daran und an die Zukunft ihres Sohnes fühlte Ann Marie eine große Erschöpfung.

Der Zeitpunkt war auch nicht ideal gewesen, denn es war nur wenige Wochen nach dem Gespräch mit Fiona passiert. Warum musste auf eine schlechte Neuigkeit immer gleich die nächste folgen? Die beiden Ereignisse führten dazu, dass Ann Marie etwas in Frage stellte, dessen sie sich zuvor immer sicher gewesen war: dass sie eine gute Mutter war und dass ihre Familie nach traditionellen Werten lebte.

Daniel Junior hatte an der Business School den besten Abschluss seines Jahrgangs gemacht. Er war begabt und charmant, nur mit der Arbeit hatte er Pech gehabt. Sein erster Chef bei einer kleinen Investmentgesellschaft hatte es auf ihn abgesehen: Er hatte sich doch tatsächlich erlaubt, Daniel arrogant zu nennen, weil er ihm angeblich nicht genug Respekt zollte. Dabei waren die beiden doch gleich alt.

Bei der nächsten Anstellung, diesmal bei einer großen Firma in der Bostoner Innenstadt, war er einfach unterfordert. Sie gaben ihm unbedeutende Aufgaben, und so wurde es ihm natürlich langweilig. Also verlängerten sich seine Mittagspausen immer mehr (später sagte er, dass die Geschäftsleitung es genauso handhabte), und er kam zu spät zur Arbeit. Beim Evaluationsgespräch nach einem Jahr sagten sie ihm dann, dass es einfach nicht ausreiche.

»Was ist denn los mit ihm?«, hatte Pat damals gesagt. Ann Marie gefiel der kritische Ton nicht.

»Gar nichts! Er ist eben überdurchschnittlich intelligent, genau wie du. Er war einfach zu gut für diesen Job.«

Pat nutzte seine Kontakte und besorgte seinem Sohn über Ronald Allan aus dem Club eine hochbezahlte Stelle bei einer anderen großen Firma. Diesmal schien er sich wirklich reinzuhängen, aber dann kündigten sie ihm aus heiterem Himmel und verlangten, dass er seinen Schreibtisch innerhalb von vierzehn Tagen räumte.

»Das kann doch wohl nicht wahr sein!« Pat hatte sich aufgeregt. »Diesem Ron werde ich was erzählen. Das wird noch Folgen haben.«

Dann stampfte er ins Arbeitszimmer und schlug die Tür hinter sich zu. Zwanzig Minuten später trat er mit blassem Gesicht wieder heraus.

»Und?«, fragte Ann Marie.

»Anscheinend haben sie ihm mit dem Rausschmiss noch einen Gefallen getan.«

»Was soll das heißen?«

»Es hat Beschwerden gegeben. Er soll einige der Sekretärinnen belästigt haben.«

Ann Marie stellte sich eine Schar schnatternder, fauler Gören in Tweed vor, die keine Lust hatten, Kaffee zu kochen und ans Telefon zu gehen, und sich auf die Frauenrechte beriefen.

Sie wollte die Details gar nicht hören, aber Pat fuhr schon fort: »Und sein Computer war anscheinend voll Hardcore-Pornografie. Irgendsoein Sadomaso-Kram.«

Ann Marie war entsetzt. »Und diese Sekretärinnen behaupten natürlich, dass er das auf den Computer geladen hat. Aber es kann ja auch jemand anderes gewesen sein.«

»Aber sie haben die Rechnungen gesehen.«

»Was?«

»Er hat es über die Firmenkreditkarte laufen lassen. Zweitausend Dollar.«

»Oh Gott.«

Ob es das erste Mal war? Vielleicht hatte er das auch schon in den anderen Büros gemacht. Und die arme Regina war so stolz auf den Ring an ihrem Finger. Ann Marie erschauerte bei der Vorstellung, wie ihr Sohn – ihr amerikanischer Musterjunge! – seine Verlobte fragte, ob er sie ans Bett fesseln könne. Und dann dachte sie auch noch an Fiona, und alles verschmolz zu einem einzigen Horrorszenario: Ihr Sohn war pervers und ihre Tochter eine Lesbe.

Es kann ja keiner was dafür. Das war heutzutage die Standardreaktion auf schlimme Ereignisse. Aber es gab immer einen Verantwortlichen. Was hatte sie nur falsch gemacht?

»Er hat mich lächerlich gemacht«, sagte Pat. »Jetzt wird sich der ganze Club über mich ausschütten.«

In diesem Augenblick stieg ihr das Östrogen oder der Mutterinstinkt oder Gott weiß was zu Kopf, und sie wollte nur noch eines: mit allen Mitteln diesen Jungen verteidigen. Ihren einzigen Sohn.

»Ach, komm schon«, sagte sie. »Ron Allan hat noch ganz andere Leichen im Keller als ein paar schmutzige Videos.«

Sie rief Daniel Junior an und bat ihn vorbeizukommen. Er saß weinend auf dem Wohnzimmersofa. Es täte ihm leid, sie blamiert zu haben. Er habe erst nicht bemerkt, dass er die Firmenkreditkarte benutzt hatte, und dann war es schon zu spät. (Das schien ihr plausibel, obwohl sie eigentlich gehofft hatte, dass er die ganze Geschichte abstreiten würde.) In dieser Nacht schlief ihr großer, starker, gutaussehender Sohn, den alle Daniel Junior nannten und als den kleinen Daniel betrachteten, obwohl er Daniel Senior am Ende überragt hatte, in seinem alten Kinderzimmer.

Als sie an diesem Abend selbst im Bett lag, strich Ann Marie mit den Fingern über die Holzschnitzereien am Kopfende. Sie hatten das Bett in einem Laden in Killarney entdeckt und es sich aus Irland liefern lassen. Weil Daniel da war, lag sie in dieser Nacht neben Pat, der schon schnarchte. Wie konnte ihr Mann an so einem Abend überhaupt schlafen?

Schließlich stand sie wieder auf, ging in die Werkstatt hinunter, saß lange vor ihrem Puppenhaus und überlegte, ob der Schrank im Wohnzimmer nicht doch besser in den Eingangsbereich passte. Sie stellte ihn um und entfernte ihre Fingerabdrücke vorsichtig mit einem Taschentuch. Als kleines Mädchen hatte Fiona im Gegensatz zu Patty nie gern Kleider getragen. Hätte ihr das ein Zeichen sein sollen? Auf der High School hatte es diesen Jungen gegeben, David Martin. Fiona hatte darauf bestanden, dass sie nur Freunde waren und Krach geschlagen, als Ann Marie ihnen verbieten wollte, die Zimmertür hinter sich zu schließen. Als Ann Marie ihr dann im letzten Schuljahr nicht erlauben wollte, mit David allein zelten zu gehen, hatte Fiona gesagt: »Mann Mama, hast du immer noch nicht begriffen, dass er schwul ist?« Es war ihr niemals in den Sinn gekommen, dass auch ihre Tochter homosexuell sein könnte.

Und ihr Sohn? Ann Marie erinnerte sich noch, wie sie während seiner Schulzeit beim Wechseln der Bettwäsche eine Nummer von *Penthouse* gefunden hatte. Ihr waren Tränen in die Augen gestiegen, als sie die Zeitschrift durchblätterte. All diese jungen Mädchen, die mit leerem Blick und offenen Mündern die Beine breit machten. Dann war Daniel plötzlich ins Zimmer gekommen, und sie hatte die Zeitschrift schnell wieder unter das Kopfkissen geschoben, als sei er der Vater und sie die beschämte Jugendliche. Mit rotem Kopf hatte sie gefragt, wie es in der Schule gewesen sei. War das eine verpasste Gelegenheit gewesen? Hätte sie damals noch etwas ändern können? Sie hätte mit Pat darüber sprechen sollen, aber das war ihr viel zu peinlich. Außerdem hatte sie gedacht, dass es wahrscheinlich ganz normal sei, dass ein junger Mann ein bisschen herumexperimentierte.

Wenigstens hatte sie noch Patty. Und plötzlich wünschte sie sich, dass ihre älteste Tochter bald wieder schwanger wäre, obwohl sie eigentlich wusste, dass sie und Josh nach drei Kindern Schluss machen wollten.

Am darauffolgenden Morgen machte sie Daniel Junior Eierkuchen mit Walnüssen und Schokolade.

»Diesmal rühre ich keinen Finger«, sagte Pat, nachdem ihr Sohn gegangen war.

Ann Marie musste gar nichts sagen. Sie starrte ihn nur ungläubig an, bis Pat schließlich sagte: »Okay. In Ordnung. Aber das ist das letzte Mal.«

Am selben Nachmittag ersteigerte sie auf eBay für fünfhundert Dollar ein sechzig Zentimeter hohes antikes Garagenhäuschen. Es war von Seidenrosen bedeckt und weinbewachsen und passte farblich zum Puppenhaus. Sie stellte sich vor, sich darin zurückzuziehen, die Nase gegen eines der Echtglasfenster zu drücken und sicher und geborgen den Sturm zu beobachten, der draußen wütete.

Ann Marie hatte ihrem Sohn klargemacht, dass er die Geschichte seiner Kündigung für seine Verlobte abwandeln müsse. Jetzt glaubte Regina, dass sein Job einfach einer radikalen Firmenverkleinerung zum Opfer gefallen war.

Was wirklich passiert war, hatten sie niemandem erzählt, nicht einmal den Mädchen. (Auch von Fiona hatten sie niemandem erzählt, obwohl die gesagt hatte: »Dem Rest der Familie sage ich es dann auch, wenn ich so weit bin.« Ann Marie hoffte, dass sie nie so weit sein würde.)

Wenn Pat mit seiner Mutter oder seiner Schwester Clare telefonierte, brüstete er sich mit Daniel Junior, sprach von dessen sechsstelligem Gehalt und sagte, wie stolz sie auf ihn seien. Sie war ihrem Mann dankbar dafür, dass er die Privatsphäre ihres Sohnes davor bewahrte, in der Gerüchteküche der Kellehers verkocht zu werden. Und obwohl das bedeutete, Alice ins Gesicht lügen zu müssen, beteiligte sie sich daran.

Jetzt zog Pat seine Brieftasche hervor und nahm das Scheckbuch heraus. Er notierte fünftausend Dollar, unterschrieb und riss die Seite heftiger vom Block, als nötig gewesen wäre. Er reichte ihr den Zettel, und Ann Marie steckte ihn sofort in einen vorbereiteten Umschlag und klebte ihn zu.

»So«, sagte sie, »dann machen wir dir mal Frühstück.«

»Nur ein Toast, bitte«, sagte er.

»Ich hab noch was von dem leckeren irischen Soda-Bread von der Freundin meiner Mutter«, sagte sie. »Wär das was?«

Er zuckte mit den Schultern: »Warum nicht.«

»Es soll ein wundervoller Tag werden«, sagte sie. »Am Nachmittag bis zu fünfundzwanzig Grad.«

»Wie schön.«

»Deine Mutter hat gesagt, dass Maggie in den nächsten Tagen nach Maine fährt«, fuhr Ann Marie fort. »Wann genau wollte Kathleen ihr nicht verraten. Typisch. Schade, dass sie nicht selbst nach Maine fahren kann. Aber wir dürfen ja auch nicht vergessen, wie vielbeschäftigt sie auf dem *Hof* ist.«

Pat kicherte. »Nein, sie kann Bauer Arlo doch nicht mit dem vielen Vieh alleine lassen«, sagte er. »Ohne meine vernünftige Schwester könnte es dort zu einem zweiten Woodstock kommen, wer weiß.«

Ann Marie verdrehte die Augen. »Stimmt. Eine Million Würmer und ein trockener Hippie sind natürlich wichtiger als ihre Mutter und Tochter. Ist ja klar.«

»Ein Freund vom Teufel ist auch ein Freund von Kath.«

Sie runzelte die Stirn: »Wie bitte?«

»Ist aus einem Liedtext. Ach, vergiss es.« Pat hielt inne, dann sagte er: »Die arme Maggie.«

»Das habe ich auch schon gedacht. Aber was ist bloß los mit deiner Schwester? Vermisst sie denn ihre Kinder gar nicht, da draußen in Kalifornien? Der Gedanke tut mir echt weh, Patrick, aber irgendwie habe ich den Eindruck, dass sie ihr ganz egal sind.«

Pats Beziehung zu seiner ältesten Schwester war nicht besonders eng. Nicht mehr. Als sie jünger waren und Kathleen noch verheiratet, waren sie sich sehr nah gewesen. Sie hatten fast jeden Samstag miteinander verbracht. Es war jetzt zwanzig Jahre her, aber Kathleen hatte Pat noch immer nicht verziehen, dass er die Affäre ihres Exmannes vertuscht hatte. Wenn sie nur wüsste, wie oft Pat sich mit dem Kerl hingesetzt und ihm klar zu machen versucht hatte, dass er die Beziehung mit der anderen beenden müsse, dass er doch an seine Familie denken solle. Pat war davon überzeugt gewesen, Paul zur Vernunft bringen zu können, und vielleicht hätte er es auch irgendwann geschafft. Als sie von Pauls Geldproblemen erfuhren, war es schon zu spät. Aber es war auch nicht Ann Maries und Pats Schuld, dass Kathleen keinen Überblick über ihre Finanzen hatte.

Ann Marie fand, dass Pat seinerseits reichlich Grund hatte, auf Kathleen sauer zu sein. Sie hatte das schwer verdiente Geld ihres Vaters aus dem Fenster geschmissen und sich nach Kalifornien zum anderen Ende des Kontinents davongemacht. Nur die Sorge um die über siebzigjährige Mutter hatte sie ihnen überlassen. Selbst als sie sich noch als religiös bezeichnete, war Kathleen nicht mehr als eine Teilzeitkatholikin gewesen. Vielleicht fühlte sie sich deshalb ihrer Familie nicht verpflichtet und entwickelte offenbar keinerlei Schuldgefühle.

Pats andere Schwester, Clare, war auch nicht viel besser, und sie wohnte nur ein paar Meilen entfernt in Jamaica Plain. Ihr Mann Joe konnte Alice nicht ausstehen, und Clare hatte sich auf seine Seite geschlagen. Sie besuchte ihre Mutter vielleicht einmal im Monat, und Ann Marie musste sich dann jedes Mal ewig von Alice anhören, was für zauberhafte Rosen Clare ihr mitgebracht habe und dass ihre Jüngste sich die Flasche Cabernet fünfzig Dollar habe kosten lassen (Clare hatte wohl vergessen, das Preisschild zu entfernen). Als könnten solche läppischen Gesten die Vernachlässigung der vergangenen Wochen wiedergutmachen.

Ann Marie gegenüber sagte Clare ständig, dass sie sich mehr Zeit für ihre Mutter wünsche. Clare gehörte zu der Art von Leuten, die so viel Zeit damit verbrachten, allen zu erzählen, wie wenig Zeit sie hatten, dass man es für ihre Hauptbeschäftigung halten musste. *Dann versuch das Ganze doch mal mit drei Kindern*, wollte Ann Marie dann sagen. Einmal die Woche kam eine Putzfrau zu Clare, und als Ryan klein war, hatten sie ein Kindermädchen. Ann Marie wäre es nicht im Traum eingefallen, jemanden dafür zu bezahlen, ihre Arbeit zu machen. Das Geld hätten sie schon gehabt, aber die Mutter war in der Sorge um die Kinder und das Heim ganz und gar unersetzlich, davon war Ann Marie überzeugt.

Meistens blieb die Sorge um Alice an Ann Marie hängen, obwohl sie sich auch um ihre eigene Mutter kümmern musste. Ann Marie war siebenundzwanzig, als ihr Vater starb. Aber irgendwie galt das als unvergleichbar gegenüber dem schweren Verlust der Kellehergeschwister, dabei hatten die drei beim Tod von Daniel Senior längst die Vierzig überschritten. Sein Tod hatte auch Ann Marie getroffen. Er war so ein guter Mensch gewesen, so freundlich und liebevoll zu ihr und jedermann. Er hatte die Familie zusammengehalten. Aber Ann Marie war nach Daniel Seniors Tod schnell klar gewesen, dass ihre Schwägerinnen und die Schwiegermutter von ihr erwarteten, dass sie nicht trauerte, sondern funktionierte. Dafür durfte sie sich auch ganz allein um die Beerdigung kümmern.

Am meisten störte Ann Marie an den Kellehers, dass sie sich zwar auf sie stützten, sie aber im Gegenzug nicht einbezogen oder auch nur Danke sagten. Sie war überzeugt, dass ihre Schwägerinnen, denen sie sich, um ehrlich zu sein, in vielerlei Hinsicht überlegen fühlte, sie nach wie vor als das unterprivilegierte Mädchen sahen, das ihren Bruder mit Geschick in die Ehe gelockt hatte.

Es half ihr wenig, dass Pat auf ihrer Seite war: Das war eine Sache zwischen Frauen. Alice war vielleicht eine Art Verbündete, aber Clare und Kathleen behandelten sie meistens schlecht. Vielleicht lag das daran, dass Ann Marie die beiden daran erinnerte, wie wenig sie für Alice und die Familie taten. Zu Feierlichkeiten steuerte Clare eine Beilage bei – *eine!* – und verbrachte den Rest des Abends damit, sich über Komplikationen bei der Produktion und dem Transport des mickrigen Gerichts zu beschweren, bis ihr schließlich auch der Letzte zu den faden Süßkartoffeln oder dem verkochten Bohnenauflauf gratulierte.

Kathleen kam mit leeren Händen, sie musste schließlich extra anreisen. (War es einer Reisenden denn nicht möglich, auf dem Weg eine Flasche Wein oder etwas Brot und Käse zu besorgen?) Vor ihrem Umzug nach Kalifornien hatte sie zu Weihnachten ihre beiden sabbernden Schäferhunde mitgebracht. Ann Marie musste die Tiere auch in ihrer Küche ertragen, wo sie die beiden einmal beim Abschlecken der Bratenreste erwischte.

Die Hunde mussten mittlerweile uralt sein. Im vorigen Jahr habe Kathleen um die zehntausend Dollar für eine Hunde-Chemo ausgegeben, hatte Alice erzählt. Was für eine Geldverschwendung. Sie hatte im Süden Bostons Cousins, deren Familien sie schon bei weit weniger teuren Behandlungen ohne zu zögern einschläfern lassen würden.

Wenn Pats älteste Schwester jetzt zu den Feiertagen nach Hause kam, predigte sie Ann Maries Kindern das Evangelium nach Kathleen. Einmal fing Pattys Baby am Esstisch zu schreien an und sie wollte Foster, wie Ann Marie es ihr beigebracht hatte, zum Stillen ins Schlafzimmer bringen.

»Still ihn doch hier am Tisch«, sagte Kathleen. »Das ist das Natürlichste von der Welt. Kein Grund sich zu verstecken. Oder willst du auch zu den Frauen gehören, die ihre Kinder im Behindertenklo beim Italiener anlegen?«

Maggie spuckte fast ihren Wein aus: »Mann Mama! Im Behindertenklo beim Italiener?«

Ann Marie war entsetzt. Sie sagte mit leiser Stimme: »Patty möchte einfach Rücksicht darauf nehmen, dass manch einem der Anblick einer bloßen Brust unangenehm ist. Deshalb ist es wohl für alle besser, besonders für das Baby, wenn sie sich an einen ungestörten Ort zurückziehen.«

»So ein Schwachsinn«, sagte Kathleen.

Wenn es ihre Schwester gewesen wäre und sie nicht die liebe Ann Marie wäre, hätte sie ihre Schwägerin darauf hingewiesen, dass Kathleen ihre beiden Kinder schon im dritten Monat nur noch mit der Flasche ernährt hatte. Aber sie verkniff sich den Kommentar.

»Das ist wohl kaum ein angemessenes Thema zum Abendessen«, sagte Alice und beendete das Thema damit. Patty ging ins Schlafzimmer und schloss die Tür hinter sich.

Es folgte ein langes Schweigen. Ein paar Jahre zuvor hätte Daniel Senior die Stimmung mit einem seiner Witze aufgelockert. Wahrscheinlich dachten in diesem Augenblick alle dasselbe.

Schließlich sagte Clare: »Gibt mir jemand die Milch?«, und alle lachten. Dann folgten, wie zu Daniels Ehren, ganze drei Stunden des Geschichtenerzählens.

Angeblich konnten die Kellehers einander nicht ausstehen, aber manchmal verbrachten sie ganze Nächte lachend und plaudernd miteinander. Besonders als Daniel noch da war, aber auch jetzt geschah es noch von Zeit zu Zeit.

Auch nach dreißig Ehejahren nahm Ann Marie an jedem Familienfest teil und hörte sich immer wieder die gleichen Geschichten an. Nie hatte sie eine Familie erlebt, die wie die Kellehers von ihren Familienlegenden lebte.

Am meisten regte es sie auf, wenn Alice auf Sherry Burke zu sprechen kam. Sie legte dann ihre Hand auf die Ann Maries und erklärte stolz, als wüsste Ann Marie das nicht schon längst: »Das war einmal Patricks Freundin. Die Tochter des damaligen Bürgermeisters von Cambridge. Ein bezauberndes Mädchen. Sie ist jetzt Senatorin!«

»In einem Bundesstaat, nicht im Kongress«, stellte Ann Marie dann richtig.

Außerdem war das eine Ewigkeit her, Pat war ja noch auf der High School gewesen.

Wenn sie an jenen Abenden dabeisaß, während eine Flasche nach der anderen geleert wurde (am nächsten Tag würde natürlich sie Gläser und Geschirr einsammeln, in die Maschine räumen und das Esszimmer in Ordnung bringen), wollte Ann Marie sie manchmal alle nur anschreien: »Wenn ihr diese verdammte Geschichte noch ein einziges Mal erzählt, fessle ich jeden Einzelnen von euch und stopfe ihm sein großes Maul.«

Diese Wut schloss auch die Kinder ein: Ihre Nichten und Neffen und selbst ihre drei waren auf ihre Weise echte Kellehers. Nachdem sie sich so einer Wunschvorstellung hingegeben hatte, überkamen sie dann Schuldgefühle, und sie machte irgendetwas Albernes. Zum Beispiel ging sie in die Küche und zauberte schnell noch ein Blech Brownies, die sie ofenwarm mit Vanilleeis servierte.

Auf der Fahrt zur Puppenhausmesse rief sie Patty an, aber sie erreichte sie weder unter der Festnetz- noch unter der Handynummer. Also probierte sie es im Büro.

»Was gibt's denn, Mama?«, sagte Patty. Sie klang gestresst.

»Es ist Sonntag. Was machst du im Büro?«, fragte Ann Marie.

»In Arbeit versinken.«

»Und die Kinder?«

»Ich glaube, sie sind in der Kneipe und gucken Baseball.«

»Wie bitte?«

»Sie sind mit Josh zuhause.«

»Ah, okay. Wie geht es ihnen denn?«

»Du hast sie doch vorgestern erst gesehen«, sagte Patty lachend.

»Ja, ich weiß«, sagte Ann Marie. »Und morgen kommt Maisy nach der Schule zu unserer kleinen Teegesellschaft, richtig? Du hast dem Lehrer doch gesagt, dass ich sie abhole?«

»Ja. Du, Mama, ich muss morgen früh diese Unterlagen einreichen und hab noch kaum was geschafft. Kann ich dich später zurückrufen?«

»Natürlich, Schatz«, sagte Ann Marie.

Nachdem sie aufgelegt hatte, war Ann Marie ein bisschen traurig, ohne genau zu wissen, warum.

Als sie hinter zwei Zwanzigjährigen in einem gelben Cabrio in die Sycamore Street bog, fragte Ann Marie sich plötzlich, ob Patty wohl über Fiona Bescheid wusste. Die Schwestern waren sich nicht besonders nah. Patty hatte sich mit ihrer Cousine Maggie immer besser verstanden. Einmal hatte Ann Marie ihr den Mund mit Seife ausgewaschen, nachdem sie das Kind dabei erwischt hatte, wie sie ihre Schwester quälte: »Du bist ja gar nicht meine Schwester. Maggie ist meine richtige Schwester.« Fiona flossen schon die Tränen, und Patty hörte trotzdem nicht auf.

Vor kurzem hatte Patty erwähnt, dass es sie manchmal erschreckte, wie grausam ihre Kinder sein konnten.

»Manchmal benehmen sie sich wie Tiere«, hatte sie gesagt, »und ich will mich am liebsten im Bad einschließen. Wie hast du das nur ausgehalten?«

Ann Marie stand vor der Autobahnauffahrt in einem kleinen Stau. Sie sah auf die Uhr, obwohl sie genau wusste, dass sie gut in der Zeit lag.

Seitdem Patty und Fiona ausgezogen waren, schienen sie sich öfter auszutauschen. So war es auch bei Ann Marie und ihren Schwestern gewesen. Ann Marie hatte ihre Töchter angeregt, einander vom College zu schreiben, indem sie jeder ein hübsches Briefpapierset mit jeder Menge Briefmarken schickte. Wenn sie im Sommer nach Hause kamen, redeten sie viel miteinander und gingen auch mal zu zweit ins Restaurant. Bis Fiona nach Namibia gegangen war. War sie vor ihnen geflohen? War das der Grund ihrer Reise? Ann Marie kannte niemanden mit einem homosexuellen Kind. Wen sollte sie also fragen?

Seit dem Abendessen, bei dem Fiona es ihnen erzählt hatte, hatte sie mit ihrer Tochter nicht mehr darüber gesprochen. In ihren Briefen berichtete sie Fiona vom allerneuesten Familienklatsch und gab Einzelheiten zum Wetter und der Entwicklung des Puppenhauses. Und insgeheim flehte sie, auch Fiona möge es nicht erwähnen. Ihre Tochter schrieb ihrerseits über die Arbeit mit den Kindern und beschrieb die Sonnenuntergänge über dem Dorf. Ann Marie war jedes Mal erleichtert. Sie hatte lange auf Fionas Rückkehr gewartet, aber jetzt wollte sie eigentlich, dass alles blieb, wie es war und Fiona in weiter Ferne einfach die sozial engagierte, großzügige Tochter bleiben konnte, anstatt zum Sonntagsessen mit ihrer Freundin und einem adoptierten afrikanischen Baby aufzutauchen, das sie unter dem Getuschel und den Blicken der Nachbarn im Tragetuch quer durch Newton schleppte.

Pat meinte, es fühle sich beinahe so an, als sei Fiona gestorben: Er trauerte darum, dass sie nun niemals Hochzeit feiern würde, niemals den charmanten Weltverbesserer nach Hause bringen würde, den sie sich für sie erhofft hatten, niemals Kinder haben würde. Am schmerzhaftesten aber war für Ann Marie, dass ihre Tochter nun nicht mehr als Katholikin gelten konnte. Wenn es den Himmel gab, würden sie Fiona dort nicht wiedersehen.

Irgendwie hatte Ann Marie es geschafft, drei Kinder zu produzieren, die sich, jedes auf seine Weise, vom Katholizismus abgewandt hatten. Sie hatte ihnen Katechismusunterricht erteilt und sie zur Sonntagsschule gebracht. Pat war Kommunionhelfer, und sie hatte Daniel Junior zum Ministrantendienst gezwungen und die Mädchen zum Kirchenchor geschickt. Sie hatte getan, was sie konnte, und was war dabei herausgekommen?

Dass Patty einen Juden geheiratet hatte, war an sich in Ordnung. Die Zeiten hatten sich geändert, das durfte man nicht vergessen. Eine Weile hatte sie noch gehofft, Josh würde konvertieren, aber irgendwann hatte sie diese Hoffnung aufgegeben. Dass sie aber die Enkel nicht hatten taufen lassen, war wie ein Schlag ins Gesicht gewesen.

Ann Marie hatte ihre jüngere Tochter immer für eine echte Katholikin gehalten. Als Kind hatte Fiona oft schlimme Halsentzündungen gehabt. Nachdem sie es auch mit verschiedenen Antibiotika nicht in den Griff bekamen, versuchten sie es zuletzt mit dem Segen des Blasius, der bei Halsleiden angerufen wird. Die Entzündung ging zurück, und von da an hatte Fiona eine gewisse Faszination für die Heiligen der katholischen Kirche. Sie war immer so ein gutes Mädchen gewesen und hatte sich für die Armen aufgeopfert. Aber irgendwo musste Ann Marie etwas falsch gemacht haben. Wie war es nur dazu gekommen?

Es graute ihr bei der Vorstellung, ihre Mutter oder Alice könnten davon erfahren. Und Kathleen erst: Für die wäre das doch ein gefundenes Fressen.

Frauen wie Kathleen, die ständig darüber klagten, was sie nicht alles für ihre Kinder aufgegeben hätten, gingen Ann Marie auf die Nerven. Sie hatte den Schrei nach »Mehr Zeit für mich« immer als puren Egoismus betrachtet. Aber jetzt fragte sie sich, was ihr die Selbstlosigkeit gebracht hatte. Sie hatte freiwillig für jedermann den Chauffeur, die Köchin, das Hausmädchen und die persönliche Ratgeberin gespielt. Und was war aus ihren Kindern geworden? Aber jedes Mal, wenn es ihr reichte und sie sich mal Zeit für sich nehmen wollte, kam etwas dazwischen: Alice musste zum Augenarzt oder Patty brauchte jemanden für die Kinder, um im Büro noch etwas fertig zu machen. Wie konnte Ann Marie ihnen das abschlagen?

Sie nahm die Ausfahrt 10 und fuhr auf einer kleineren Straße weiter. Nach wenigen Minuten sah sie das gelbe Banner an einem schlichten Flachbau direkt vor ihr: *Wellbright Miniaturenmesse*. Sie blickte zum Beifahrersitz, auf dem der Umschlag mit den Fotos lag: Seiten-, Vorder- und Rückansicht, damit die feine Zierleiste an der Dachkante ihrer viktorianischen Villa gut zur Geltung kam, und eine Nahaufnahme jedes Zimmers. Man hätte die Bilder für Fotos aus *Schöner Wohnen* halten können.

Und wenn sie doch gewann? Sie hätte es nie zugegeben, aber insgeheim sah sie für sich eine Chance.

Bei dem Gedanken wurde Ann Marie so aufgeregt, dass sie über sich selbst die Augen verdrehte. Jetzt schob sie diese unsinnigen Gedanken beiseite und hielt nach einem Parkplatz Ausschau.

Alice

Alice warf den Pappteller in den Müll und die Thunfischdose in die Spüle. Sie ließ sie mit heißem Wasser volllaufen, gab Seife dazu, wartete kurz und wusch die Dose aus.

Vor vier Wochen, Anfang Mai, war sie mit Patrick und Ann Marie hierhergefahren. Pat hatte die Bretter von den Fenstern genommen, den Rasen gemäht und die Rauchmelder in Ordnung gebracht, die aus allen Ecken des Hauses in einem weinerlichen Chor fiepten. Alice und Ann Marie hatten sich routiniert erst durch das alte Sommerhäuschen, dann den Neubau nebenan gearbeitet und die Tücher von den Möbeln entfernt, die Teppiche ausgerollt, die Lampen in die Steckdosen gesteckt, die Oberflächen abgestaubt und die unzähligen toten Fliegen und Wespen weggesaugt, die immer irgendwie reinkamen, aber anscheinend nie hinausfanden.

In der Außendusche entdeckte sie ein riesengroßes Spinnennetz. Es war fast einen Meter breit und reichte von einer Wand zur anderen. Es tat Alice beinahe leid, es mit dem Besenstiel zu zerreißen und wegzuspülen. Wer es gesponnen hatte, hatte hier monatelang ein kleines Königreich besessen. Und dann, plötzlich, war alles weg.

Den Rest des Mai war sie, abgesehen von den Wochenendbesuchen von Ann Marie und Pat, alleine. Sie bereitete weiterhin den Neubau und das Sommerhaus für die Kinder vor, sortierte aber auch eine Menge Sachen aus. Nachdem sie das überarbeitete Testament unterschrieben hatte, war ihr klar geworden, dass es vielleicht nicht mehr lange dauern würde, bis das Haus der Kirche gehörte. Also warf sie säckeweise altes Bettzeug, Badeanzüge und kaputte Badelatschen weg, die sich irgendwie auf den Dachboden verirrt hatten. Im Schlafzimmer kramte sie Decken und

Kleidungsstücke aus den Schubladen. Sie sammelte hunderte von Muscheln, vom Meer geschliffene Scherben, und einige Seeigel und Seesterne ein und brachte sie bei Sonnenuntergang zum Strand zurück. Daniels Sammlung von Thrillern und politischen Biografien, deren Buchrücken das durchs Schlafzimmerfenster strahlende Sonnenlicht gebleicht hatte, gab sie der Bibliothek in Ogunquit. Im Neubau räumte sie auch Gläser und Geschirr weg, aber im Sommerhaus durfte nicht zu viel auf einmal fehlen. Die Kinder könnten sonst unangenehme Fragen stellen.

Kathleens Tochter Maggie würde als Erste eintreffen, zusammen mit ihrem Freund Gabe, dem Fotografen.

Maggie war die Künstlerin der Familie. Alice dachte manchmal, dass ihr Leben dem Maggies geähnelt hätte, wenn sie eine oder zwei Generationen später geboren wäre. Für Frauen hing alles vom Timing ab: Das ganze Leben wurde davon bestimmt, wann man geboren wurde. Maggie hatte am Kenyon College nur Einser gehabt und mit dreißig eine Kurzgeschichtensammlung über vertrackte Liebesbeziehungen veröffentlicht.

»Ein sensationelles Buch«, wiederholte Kathleen ständig.

Maggie hatte einen guten Schreibstil, das war unleugbar, und Alice hatte mit dem Buch ihrer Enkelin gegenüber den Mitarbeitern ihrer kleinen Bibliothek angegeben. Aber es war unmöglich, die Erzählungen ihrer Enkelin zu lesen, ohne nach sich, Kathleen und Darstellungen ihrer Ehen zu suchen. Von Kathleen wusste sie, dass Maggie augenblicklich an einem Roman arbeitete. Würde sie sich in Maine wie ein Greifvogel über Alices Erinnerungen hermachen? Wenn Maggie ihr Fragen stellte, fühlte es sich an, als wolle sie Alices Leben katalogisieren und aus jedem Herzschmerz, jeder Beziehung und jeder Kindheitserinnerung ein etikettiertes Exponat machen. Teil eines gelebten Lebens, das jetzt nur noch seziert werden musste.

Aber Gabe war einer der wenigen Sommergäste, auf die Alice sich freute. Sie war sogar bereit, darüber hinwegzusehen, dass Maggie und er im Sommerhaus in einem Bett schliefen. (Ann

Maries Kinder hatten den Anstand, vor der Ehe in getrennten Betten zu schlafen, aber das war von Kathleens Brut natürlich nicht zu erwarten.)

Maggies verwöhnte Unifreunde, die früher manchmal nach Maine mitgekommen waren, hatten sich benommen, als wären sie in einem Hotel mit der Wirtin Alice gleich nebenan. Kein einziges Mal hatten sie Alice ins alte Sommerhaus eingeladen, und wenn Maggie aus Pflichtgefühl ihren morgendlichen Besuch abstattete, listete Alice die fiktiven Erledigungen auf, die auf sie warteten. Maggie sollte sie bloß nicht bemitleiden.

Aber Gabe war anders. Er hatte mit ihr herumgealbert, ihr immer wieder für die Einladung gedankt und mit ihr bis spät in die Nacht alte Lieder gesungen. Er brachte ihr die Zeiten in Erinnerung, als ihre und Daniels Brüder noch an den langen Wochenenden ins Sommerhaus gekommen waren, um zu singen, zu trinken und fröhlich zu sein.

Und wenn sie ehrlich war, mochte sie ihn am allermeisten wegen des Abends, an dem sie zu zweit zwei Flaschen Cabernet geleert hatten. Als Maggie gerade im Bad war, hatte er ihre Hand genommen und gesagt: »Wissen Sie eigentlich, wie schön Sie sind? Ich habe noch nie eine so atemberaubend schöne Frau gesehen. Ich möchte Sie fotografieren.«

Er flirtete mit ihr! Das war seit Jahrzehnten nicht mehr vorgekommen. Ihr Herz raste, und als sie die Toilettenspülung hörte, war sie ein wenig enttäuscht. Er fotografierte sie am darauffolgenden Nachmittag, als Maggie gerade am Strand war. Später schickte er ihr einen Abzug, und sie weinte beim Anblick ihres runzeligen Gesichts: Verdammt, sah sie alt aus. Als er sie im strahlenden Sonnenschein abgelichtet hatte, hatte sie sich wie achtzehn gefühlt.

Die letzten paar Monate waren so trüb gewesen. Vielleicht würde Gabe sie ja aufmuntern.

Gabe war äußerst charmant, aber Alice hatte Zweifel an der Beziehung: Maggie suchte sich die falschen Männer aus, genau wie ihre Mutter. Von Kathleen wusste Alice, dass Maggie irgendwann eine Familie gründen wollte, aber Gabe war ganz bestimmt kein Kandidat für die Ehe. Kathleen hatte auch gesagt, er trinke zu viel, obwohl sie das von fast jedem sagte. Außerdem stritten Maggie und er sich angeblich ununterbrochen. »Er erinnert mich an Paul«, waren Kathleens Worte gewesen, und der Name ihres Exmannes stand für alles, was schlecht an Männern war.

Maggie und Gabe würden dieser Tage in Maine eintreffen, hatte Kathleen gesagt.

»Aber wann genau?«, hatte Alice ihre Tochter ein paar Tage zuvor am Telefon gefragt.

»Das hängt wahrscheinlich von Gabes Arbeit ab. Immer locker bleiben, Mama«, sagte Kathleen in diesem übertrieben gelassenen Ton, der Alices Blutdruck sofort um zwanzig Stellen in die Höhe trieb.

»Ich wüsste es einfach gern ein wenig im Voraus, damit ich das Sommerhaus vorbereiten kann, das ist alles«, sagte Alice.

»Dann ruf Maggie auf dem Handy an und sag ihr das«, sagte Kathleen.

»Sie ist deine Tochter«, sagte Alice.

»Stimmt. Und deine Enkelin.«

»Herrgott nochmal. Gut, dann lassen wir's«, sagte Alice.

»Gerne«, war Kathleens knappe Antwort.

Das war's gewesen. Typisch Kathleen.

Im vergangenen Winter war Kathleen zu Weihnachten von einem Aufenthalt in einem Heilzentrum zurückgekehrt, um Alice mitzuteilen, dass eine Hypnose schmerzhafte Kindheitserinnerungen geweckt habe: Alice habe Kathleen einmal als Strafe dafür, dass sie Kekse stibitzt hatte und nicht mehr in den Badeanzug passte, unter Hausarrest gestellt, während die anderen Kinder am Strand spielten. Und weil sie trotzig gewesen war, habe Alice sie einmal auf einem Jahrmarkt zurückgelassen und erst Stunden später mit dreck- und tränenverschmiertem Gesicht abgeholt.

»Du hast mich emotional und verbal missbraucht«, hatte Kathleen gesagt.

Alice wollte sie ohrfeigen, wie es ihr eigener Vater getan hätte, wenn jemand so mit ihm gesprochen hätte.

»Halt den Mund!«, sagte sie schließlich.

»Siehst du? Du tust es schon wieder. Warum kannst du es nicht eingestehen und dich entschuldigen, damit wir es hinter uns lassen können?«

»Ich habe nichts einzugestehen«, sagte Alice. »Und du bist ja wohl diejenige, die sich entschuldigen müsste, Kathleen. Du solltest mir dankbar sein, anstatt mir die Schuld für deine Probleme zu geben.«

Sie hatte ihre Töchter mit strenger Hand erzogen, aber hatte es denn eine Alternative gegeben? Man sehe sich nur an, was für Mütter Kathleen und Clare in dem Versuch geworden waren, sanft zu sein und ihre Kinder in allem zu unterstützen. Und, in Kathleens Fall, die beste Freundin der eigenen Tochter zu sein. Sie machten sich doch lächerlich.

Das Problem mit ihren Kindern und Enkeln war einfach, dass sie alle unbedingt *glücklich* sein wollten. Sie waren ständig auf der Suche nach dem Glück und mühten sich ab, um sich und ihre Lebenssituation zu verbessern und Schmerz zu vermeiden. Sie glaubten wirklich, dass alle Probleme dieser Welt durch Selbstkenntnis gelöst werden konnten.

Alice wusste genau, woher das kam. Sie hatte als Mutter in einem Punkt versagt: Ihre Kinder, Enkel und vermutlich auch zukünftige Großenkel waren gottlos. Patrick und Ann Marie waren die Einzigen, die zumindest zur Messe gingen. Daniel Junior war Ministrant gewesen und seine Schwestern hatten im Kirchenchor gesungen, aber jetzt schien keiner von ihnen noch irgendetwas mit der Kirche zu tun zu haben. Clare sagte, dass sie sich noch immer als Katholikin fühle, Joe angeblich ebenfalls. Aber nach dem, was in den vergangenen Jahren in Boston passiert sei, wollten sie die Kirche nicht mehr unterstützen und ihr nicht länger angehören. Für Alice war das eine faule Ausrede, um sonntagmorgens ausschlafen zu können. Außerdem verkauften sie weiterhin

Devotionalien. Wie ernst konnte es ihnen also mit der Kritik sein? In dem »Priesterskandal«, wie Clare diese Sache unbedingt nennen wollte, handelte es sich um Ausnahmefälle. Das war doch allgemein bekannt.

»Wie kannst du in dieser grausamen Welt an Gott glauben?«, hatte Kathleen sie einst gefragt, und in diesem Augenblick hatte Alice begriffen, dass es ihr misslungen war, ihren Kindern die wahre Bedeutung des Glaubens zu vermitteln.

Ihrer Meinung nach hatte die Kirche mit dem Zweiten Vatikanischen Konzil in den Sechzigern einen großen Fehler begangen. Sie hatten Religion attraktiver machen wollen und Latein als Liturgiesprache, die Pflicht zur Kopfbedeckung und das Fleischverbot am Freitag abgeschafft. Ihre Enkel redeten Priester wie die Kellner im Café beim Vornamen an: Pfarrer Jim, Pfarrer Bob und so weiter. Ihr drehte sich dabei der Magen um. Die Kirche hatte Schrecken und Ehrfurcht einfach gestrichen. Und wenn ihre Kinder und Enkel und mit ihnen Millionen andere sich sonntagmorgens zum Brunch trafen, anstatt zur Kirche zu gehen, hatte keiner von ihnen auch nur eine Spur schlechten Gewissens.

Kathleen betrachtete sich als spirituell. Wieder einer dieser New-Age-Begriffe, die Alice nicht ernst nehmen konnte. Ihre Tochter hatte diese Idee zusammen mit einem Haufen anderer ärgerlicher und lächerlicher Überzeugungen nach ihrer Scheidung in den späten Achtzigern bei den Anonymen Alkoholikern aufgeschnappt.

Daniel hatte Kathleen die Scheidung viel zu leicht gemacht. Als Kathleen ihnen von Pauls Affäre erzählte, riet Daniel ihr sofort zur Trennung. Er überwies ihr achttausend Dollar und sagte, sie könne mit den Kindern zu ihnen ziehen. Als sie das Angebot ablehnte, hatte er die Idee, sie so lange sie wolle mietfrei im Sommerhaus wohnen zu lassen. Dass Alice die Reparatur der abgetretenen Fußböden für jenen Frühling schon in Auftrag gegeben hatte, war ja egal. Und gefragt hatte er sie auch nicht. Sie hätte natürlich darauf bestanden, dass Kathleen sich zusammenriss und sich einen Job suchte. Es konnte nicht gut sein, sich monatelang mit den Kindern und ihren tristen Gedanken im Haus zu verschanzen.

Wenn Daniel sich nicht eingemischt hätte, hätte Kathleen Paul vielleicht doch verziehen und die Ehe nicht beendet. Paul Doyle war der perfekte Schwiegersohn: Er verehrte Alice. Das hatte Kathleen vielleicht am meisten an ihm gestört. Er war ein passabler Vater und versorgte seine Familie gut. Und er war unvergleichlich unterhaltsamer als die Typen von den Anonymen Alkoholikern, mit denen Kathleen später auftauchte.

Der absurdeste Vorwurf von allen, die Kathleen ihr im Lauf der Jahre gemacht hatte, war ihre Idee, dass Alice auch an ihrer Trunksucht schuld sei. Kathleen sei Alkoholikerin geworden, weil sie Alices Verhältnis zum Alkohol als Kind verinnerlicht habe.

Darüber konnte Alice nur lachen. Ab Kathleens elftem Lebensjahr hatte Alice bis zu Daniels Tod dreiunddreißig Jahre später keinen Schluck getrunken. Selbst dann nicht, wenn sie vor Verlangen nach einem Tropfen fast umkam und kurz vor dem Entschluss stand, für einen lausigen Schluck Whiskey die Trennung von Daniel und den Kindern in Kauf zu nehmen. Außerdem hatten sie es vermutlich Canadian Club zu verdanken, dass Alice im ersten Jahrzehnt der Mutterschaft nicht die gesamte Familie erdrosselt hatte.

Die Kinder waren noch klein, als Daniel sich nach einer Reise mit der Kirchengemeinde ins irische County Kerry mit großer Begeisterung mit seiner Herkunft auseinandersetzte und sich auf die Suche nach seinen Wurzeln begab. Weder seine noch Alices Eltern hatten sich mit Irland verbunden gefühlt: Alices Mutter hatte einmal gesagt, dass ihre Mutter bei dem Versuch, Irland endlich hinter sich zu lassen, gestorben war, und sie nicht einsehe, weshalb sie jetzt dahin zurückkehren sollte. Aber irgendwann Mitte der Fünfziger redeten plötzlich immer mehr Paare in ihrer Gemeinde in St. Agnes und andere Eltern an der Schule der

Kinder von einer Wiederentdeckung des Mutterlandes. Also organisierte die Gemeinde eine Reise und sie setzten sich alle ins Flugzeug nach Shannon, wo sie beim Bau eines katholischen Waisenhauses halfen und vom Reisebus aus die saftig-grüne Landschaft bewunderten. Sie fotografierten Ruinen und von Schafen versperrte Straßen. Sie aßen Eintopf und sangen alte Volkslieder in schummrigen, verqualmten Pubs.

Wieder in Boston kaufte Daniel ein Buch irischer Namen mit Bedeutungserklärungen und setzte sich damit an den Esstisch.

»Also wir sind Kellehers«, sagte er stolz, »und das bedeutet ... Augenblick ... Moment noch. Ja, ja, ich weiß ja, dass ihr vor Spannung fast platzt.«

Er schlug die Seite auf, dann sah er mit übertriebenem Erstaunen auf, und Alice sagte: »Himmel, jetzt spuck's schon aus.«

»Kelleher«, begann er vorzulesen, »ist die anglisierte Form des gälischen Ó Céileachair, Sohn des Céileachair, ursprünglich ein Vorname, dessen Bedeutung sich aus *Gesellschaft* und *Freund* zusammensetzt, also der *der Gesellschaft Liebende*. Na, klingt das nach eurem Vater oder was?«

»Mehr!«, rief Clare, denn auch ihr hatten es die Geister der Vergangenheit angetan. »Schau doch unter Mamas Mädchennamen nach«, sagte sie. »Ja, guck mal unter Brennan.«

Daniel klopfte ihr mit dem Buch auf den Kopf. »Ich bin dir voraus, kleine Dame. Hier ist es schon. Brennan!«, sagte er laut und begann vorzulesen: »Einer der häufigsten irischen Nachnamen. Brennan ist aus drei Vornamen entstanden: Ó Braonáin, von *braon*, was vermutlich »Kummer« bedeutete; Mac Branáin und Ó Branáin, von *bran*, was »Rabe« bedeutet.«

»Also ist Mama ein kummervoller Rabe?«, fragte Clare. »Ein trauriger Vogel?«

Daniel lächelte. »Genau«, sagte er. »Mama ist mein geliebtes trauriges Vögelchen. Was sagst du dazu, Vöglein?«

In diesem Augenblick hasste Alice ihn. Sie blickte die vor ihr sitzenden Kinder an, die sie nur mit großen Augen anglotzten und immer mehr verlangten. Mehr Essen aus dem Tiefkühler, mehr Zeit, mehr Zuneigung. Als wäre sie nur für sie da. Sie gab einen Extraschuss Whiskey in ihren Cocktail und nahm einen großen Schluck.

»Zeit für euer Bad«, sagte sie, was die Kinder mit Stöhnen und Protesten beantworteten. Daniel lachte.

»Ihr geht jetzt hoch«, sagte sie zu den Kindern. »Ich komme gleich nach.«

Sie nahm das Glas und trat auf die Veranda hinaus. Dann trank sie den Rest in der Hoffnung, sich dadurch zu beruhigen. Aber an jenem Abend funktionierte es nicht. Alice setzte sich auf die Stufen und biss sich in die geschlossene Hand. Als sie sich wenig später über Clare beugte, um ihr Haar zu waschen, schreckte ihre Tochter zurück und rief: »Mama, du blutest ja.«

Alice wischte sich die Hand an einem rosafarbenen Handtuch ab, das am Türknauf hing.

»Sei still und mach die Augen zu.«

Sie hatte nie viel mit Kindern anfangen können, und ihre Freunde hatten sich geirrt, als sie ihr versicherten, dass jeder die eigenen Kinder vom ersten Moment an liebe. Sie war von etwas angefüllt, das sich wehrte und sich befreien wollte, und sie hatte das Gefühl, es nicht mehr länger bändigen zu können. Sie wollte allen erklären, dass sie durch ein seltsames Missverständnis hier gelandet sei und in diesem Augenblick eigentlich allein in einer Pariser Wohnung vor einer Staffelei stehen sollte.

Sie wollte schreien, doch stattdessen atmete sie tief durch und sprach ein kurzes Gebet.

Dann bemühte sie sich um einen sanfteren Ton: »Schön stillhalten, Schatz, sonst kriegst du Seife in die Augen.«

Maggie

Maggie stieg aus dem Bett und ging zum Schrank. Es war fast halb elf Uhr abends. Vor Sonnenaufgang würde sie bestimmt nicht mehr schlafen können.

Sie prüfte ihr Handy und die E-Mails, aber Gabe hatte sich nicht gemeldet. Seit Maggie seine Wohnung verlassen hatte, waren acht Stunden vergangen. Maggie sehnte sich nach ihm.

Außerdem wünschte sie sich, zu den Leuten zu gehören, die in einer Krise den Appetit verloren. Sie nahm eine Packung Nudeln vom Regal und setzte Wasser auf.

Schließlich musst du für zwei essen, sagte sie sich zum Trost, aber bei dem Gedanken musste sie nur wieder weinen. Sie setzte sich im Wohnzimmer aufs Sofa und schaltete den Fernseher ein. *Grease* lief gerade. Eigentlich lief *Grease* immer. Hatte es vielleicht einen eigenen Kanal?

Langsam dämmerte Maggie, dass es diesmal vielleicht wirklich vorbei war. Dass sie sich das schon viele Male gesagt hatte, war wohl ein Zeichen dafür, dass es besser so war. Vielleicht. Bei der Vorstellung wurde ihr schlecht. Jeder ginge seiner Wege und lebte sein Leben unabhängig vom anderen. Oder sie blieben zusammen, aber ohne das Kind. Was, wenn das seine Bedingung wäre: Wir arbeiten an der Beziehung, aber ohne Baby? Sie wusste nicht, wie sie reagieren würde.

Als sie noch aufs College ging, hatte sie ihre Zimmergenossin nach Toledo zu einer Abtreibung begleitet. Monica Randolph war erst neunzehn Jahre alt gewesen und hatte sich bei einer unüberlegten Nummer unter Alkoholeinfluss von einem Bekannten schwängern lassen.

Das hatte sie Maggie eines Abends flüsternd erzählt, nachdem das Licht aus war. Maggie konnte Monicas Gesicht im Dunkeln nicht erkennen, und die Situation erinnerte sie irgendwie an die Beichte: Man tritt in den Beichtstuhl und erzählt einem meist wildfremden Pfarrer von seinen schlimmsten Sünden. *Vergib mir, Vater, denn ich habe gesündigt.* Als kleines Mädchen hatte ihr die Prozedur Angst gemacht.

Bei ihrer ersten Beichte als Siebenjährige hatte sie sich so gefürchtet, dass sie sich nicht mehr an die Sünden erinnern konnte, die sie hatte beichten wollen (sie hatte von Chris' Halloween-süßigkeiten genommen und ihrer Mutter widersprochen). Also sagte sie die zehn Todsünden auf, weil sie davon ausging, sowieso die meisten davon begangen zu haben. »Ich begehrte meines Nächsten Besitz«, sagte sie zögernd zu dem Priester, der sich wahrscheinlich zu Tode langweilte, weil er sich den ganzen Nachmittag lang die schlimmsten Sünden von fünfzig Drittklässlern anhören musste. »Ich habe Mutter und Vater nicht geehrt. Ich habe Ehebruch begangen.«

Hinter dem Gitter sprang Pfarrer Nick vom Stuhl auf: »*Was hast du getan?*«

Im Studentenwohnheim mit Monica kam es ihr vor, als sei diese erste Beichte eine Ewigkeit her. Maggie knipste das Licht an und sagte: »Das tut mir echt so leid, Monica. Was willst du jetzt tun?«

Monica lag in ihrem Comichelden-T-Shirt und Baumwollunterhosen unter einer Blümchendecke. Sie sah aus wie eine Zehnjährige.

»Tja, behalten kann ich es nicht«, sagte sie.

»Nein«, stimmte Maggie zu.

»Ich habe am Samstag einen Termin in einem Krankenhaus in Toledo«, sagte Monica, »und ich wollte fragen, ob du vielleicht mitkommen könntest.«

Maggie sagte zu.

»Und bitte erzähl niemandem davon«, sagte Monica.

»Natürlich nicht.«

Maggie tat es gern, aber sie wunderte sich ein bisschen, weil

Monica und sie sich eigentlich gar nicht so gut kannten. Monica war in der College-Fußballmannschaft und hatte jede Menge Freunde. Aber vielleicht, schlussfolgerte Maggie dann, hatte Monica sie gefragt, gerade weil sie nicht so viel miteinander zu tun hatten.

Auf dem Weg nach Toledo aßen sie Fast Food, tauschten den neuesten Collegetratsch aus und erzählten von ihren Familien. Dann sagte Monica: »Du glaubst hoffentlich nicht, dass ich dafür in die Hölle komme oder so.«

Maggie verstand nicht recht: »Wofür?«

Monica zeigte beschämt auf ihren Bauch: »Bist du nicht katholisch?«

Die Nicht-Katholiken im Kenyon College schienen der Meinung zu sein, dass Katholiken ihre Freizeit fast ausschließlich damit verbrachten, Abtreibung anzuprangern, dabei hatte, zumindest in ihrer Familie, niemand das Thema jemals auch nur erwähnt. Ihre Großeltern, Tante Ann Marie und Onkel Pat waren vermutlich kompromisslose Abtreibungsgegner. Was ihre Mutter davon hielt, wusste sie nicht so genau: Für eine Kelleher war Kathleen progressiv, aber zu Maggies Erstaunen hielt auch sie an einigen alten Überzeugungen fest.

»Ich glaube, dass du das Richtige tust«, sagte Maggie.

»Vielleicht sollte ich noch warten und mir für die Entscheidung mehr Zeit nehmen?«, sagte Monica. Doch dann fuhr sie fort: »Ach, Quatsch. So schlimm wird es nicht sein, oder?«

»Bestimmt nicht«, sagte Maggie. »Außerdem bist du nicht allein. Keine Angst.«

»Wir können ja auch schlecht eine Krippe in unser Zimmer stellen«, sagte Monica.

»Höchstens, um darin Bier zu lagern«, sagte Maggie, um die Stimmung aufzulockern.

»Ich bin so froh, dass du da bist«, sagte Monica. »Du bist sehr gut darin, dich um andere zu kümmern, das ist mir schon früher aufgefallen.«

»Danke«, sagte Maggie.

Danach wohnten sie noch ein halbes Jahr zusammen, aber Monicas Abtreibung erwähnten sie nur ein einziges Mal. Zu der Zeit fand an der Uni eine einwöchige Demonstration für das Recht auf Abtreibung statt, und beim Wohnheim der Erstsemester hingen hunderte von Kleiderbügeln mit den Geschichten einzelner Betroffener in den Bäumen.

»Ich kann den Anblick nicht ertragen«, sagte Monica. »Ich weiß, was sie damit sagen wollen, aber es ist so gnadenlos direkt.«

Im nächsten Jahr zog Monica aus und die beiden verloren sich aus den Augen.

Vor ein paar Minuten hatte Maggie noch Angst gehabt, überhaupt nicht schlafen zu können. Jetzt lag sie auf dem Sofa, John Travolta sang »Grease Lightning«, und sie fühlte sich, als hätte sie tagelang nicht geschlafen. Also ging sie wieder ins Bett. Hatte das was mit der Schwangerschaft zu tun oder war es das Anzeichen einer Depression? Wahrscheinlich beides.

Kurz bevor sie einschlief, dachte Maggie noch einmal an Monica: Wenn es anders gelaufen wäre, hätte Monica jetzt ein dreizehnjähriges Kind und würde nicht, wie Maggie in der Alumnizeitschrift gelesen hatte, mit ihrem Freund und vier Cockerspanieln in San Francisco leben und in einer Bluegrass-Band spielen.

Hatte sie Monica richtig geraten? Damals in Kenyon hatte Maggie die Abtreibung als eine gute Möglichkeit gesehen, um mit der Situation umzugehen.

Aber jetzt, da sie in einer ähnlichen Lage war, fiel ihr die Entscheidung weniger leicht. Sie war älter als Monica damals. Und sie war kein Mädchen mehr, das gerade erst die Schule abgeschlossen hatte und überhaupt keine Möglichkeit hatte, genug für den Unterhalt eines Kindes zu verdienen. Aber ihr Leben war auch nicht so, wie sie es sich für eine werdende Mutter vorstellte: ein Mann an ihrer Seite, geordnete Verhältnisse und eine Wohnung mit mehr als zwei Zimmern.

Bist du nicht katholisch?, hatte Monica damals gefragt, und Maggie hatte die Idee abgetan. Aber vielleicht war eine Abtreibung auch deshalb für sie keine Option. Sie praktizierte den Glauben nicht, aber sie spürte den Katholizismus auch als Erwachsene in jeder Zelle. Es war ihr unheimlich wichtig, ein guter Mensch zu sein, auch wenn keiner zusah. Aus Gewohnheit rief sie den Heiligen Antonius an, wenn sie etwas verloren hatte, und wenn sie eine Krankenwagensirene hörte, sprach sie ein Ave Maria. Sie ging zu Aschermittwoch schon lange nicht mehr in die Kirche, aber wenn sie auf der Straße das Aschenkreuz auf der Stirn eines Passanten sah und sie sich plötzlich erinnerte, dass die Fastenzeit begonnen hatte, enthielt sie sich in den nächsten Wochen irgendeiner Sache. Vierzig Tage ohne Zucker, ohne Lästern oder ohne Gabe hinterherzuspionieren.

Maggie war getauft und hatte die Erstkommunion empfangen. Es hatte Geschenke gegeben, größtenteils religiöser Art, und ein paar Schecks und Zwanzigdollarscheine. Außerdem einen Schokoladenkuchen mit einer gehaltvollen Buttercremeglasur und Zuckerblumen, die zu einem Kreuz angeordnet waren. Es war einer dieser Abende, an denen die Erwachsenen – ihre Eltern, Tante Clare (damals noch unverheiratet), Onkel Patrick und Tante Ann Marie und die Nachbarn – viel tranken, irische Volkslieder sangen und die Kinder vergaßen, sodass Patty und sie unbemerkt bis nach Mitternacht aufblieben, Kuchen und Schinken in sich hineinstopften und auf der Veranda mit den Barbies spielten.

Als Kind musste Maggie fast jeden Sonntag in die Kirche gehen. Aber als ihre Mutter nach der Scheidung und mit Beginn der Treffen der Anonymen Alkoholiker allem Traditionellen den Krieg erklärte, gingen sie höchstens zu Weihnachten und Ostern mit den Großeltern zum Gottesdienst. Bis heute hatte Maggie der katholischen Kirche gegenüber ambivalente Gefühle: Ein gewisser Widerwille mischte sich mit Zuneigung und einem Gefühl der Geborgenheit. Genau wie ihre Gefühle der Familie gegenüber. Sie betrachtete sich als Atheistin, aber wenn sie doch mal an einer Messe teilnahm und ein vertrautes Lied erklang, sang sie mit und wurde von der Schönheit der Worte ergriffen: *Lamm Gottes, du nimmst hinweg die Sünde der Welt, erbarme dich unser und gib uns deinen Frieden.*

Vergangene Weihnachten hatten die Kinder ihrer Cousine Patty die Gaben zum Altar getragen, und der kristallene Weinkelch hatte in den aufgeregten Händen des armen Foster gewackelt. Maggie erinnerte sich vage daran, dass es ihr bei der Beerdigung ihrer Urgroßmutter ähnlich gegangen war: Alle Blicke waren auf einen gerichtet und man fürchtete die Folgen, sollte man sich das Blut Christi über die neuen weißen Schuhe schütten.

Bevor der Priester Brot und Wein wandelte, kniete die Hälfte der Gemeinde nieder, auch Kathleen, Maggie und der Rest der Familie. Die anderen blieben stehen und Alice flüsterte abwertend: »Das sind keine Kirchgänger.«

Die Familie betrachtete Maggie als vom Glauben abgefallen, aber an jenem Abend hatte die Zeremonie sie besonders berührt und sie hatte sich hinter ihren Cousins und Cousinen auf dem Weg zum Altar eingereiht. Sie wusste noch genau, wie man die Hand hinhält, die Hostie mit den Fingern der Linken aus der Rechten nimmt und hatte sich automatisch bekreuzigt, bevor sie zu ihrem Platz zurückkehrte. Dann kam sie sich ein bisschen albern vor und konnte sich vorstellen, was Ann Marie in dem Moment von ihr dachte.

Später erinnerte sie sich daran, weshalb sie ursprünglich aufgehört hatte, die Kommunion zu empfangen: Mit zwölf Jahren hatte sie ihre Mutter gefragt, warum sie nicht wie alle anderen zur Kommunion zum Altar ging, woraufhin Kathleen ihr erklärte, dass das Geschiedenen nicht gestattet sei. Von da an blieb Maggie als Zeichen der Solidarität an den Feiertagen trotzig neben ihrer Mutter auf der Kirchenbank sitzen.

Als sie am Morgen gegen sieben Uhr erwachte, goss es in Strömen. Es hatte durchs Fenster hereingeregnet, und unter der Heizung hatte sich eine Pfütze gebildet. Dem Geruch nach brannte draußen irgendwas. Autoreifen vielleicht. Maggie wurde schlecht.

»Auch das noch«, sagte sie zu sich selbst.

Dann schaute sie automatisch aufs Handy. Gabe hatte sich immer noch nicht gemeldet. Dafür sah sie einen Anruf in Abwesenheit aus Maine. Ihre Großmutter hatte natürlich nicht auf die Mailbox gesprochen. Als Alice und Daniel sich in den Achtzigern einen Anrufbeantworter anschafften, hatte ihr Großvater mit uncharakteristisch ernster Stimme eine Ansage aufgenommen: »Dies ist der Anrufbeantworter der Kellehers. Bitte hinterlassen Sie nach dem Signalton Ihren Namen, Ihre Adresse und Telefonnummer.«

Darüber hatten sich natürlich alle lustig gemacht, woraufhin er eine neue, einfachere Ansage aufnahm, die witziger war. Jetzt sagte er erst trocken: »Das ist der Anrufbeantworter von Daniel und Alice. Hinterlassen Sie eine Nachricht«, gefolgt von einem nervösen »Gut so? Okay«. Erst dann kam der Ton. Alice hatte die Aufnahme nicht überspielt und es war zugleich traurig und schön, seine Stimme so viele Jahre nach seinem Tod jedes Mal zu hören, wenn sie ihre Großmutter anrief.

Maggie machte das Fenster zu. Draußen eilten Männer in Anzügen zum U-Bahnhof High Street – ein Meer schwarzer Regenschirme. Es war Montag und ganz New York war auf dem Weg zur Arbeit. Alle außer ihr.

Maggie ging in die Küche, um sich ein Glas Wasser zu holen. Sie fühlte sich vom vielen Weinen ganz ausgetrocknet. Dann sah sie es mit einem Schlag: Die Herdplatte, die sie am Abend zuvor für die Nudeln eingeschaltet hatte, war noch an. Das Wasser aus dem Topf war verdampft und der Boden verbrannt. Der Herd von schwarzen Metallflocken übersät. Die Autoreifen – daher kam also der Geruch.

Sie erlaubte sich einen kindischen Gedanken und stellte sich vor, wie man Gabe die Nachricht überbrachte: »Sie ist wenige Stunden, nachdem sie deine Wohnung verlassen hatte, in einem Brand umgekommen. Gabe, sie war schwanger.« Er würde zusammenbrechen und immer wieder »Nein, nein!« schreien. Nie wieder würde er eine andere Frau lieben können.

Maggie nahm die Topflappen vom Haken und stellte den Topf zum Abkühlen in die Spüle. Dann öffnete sie die Fenster und ließ den Regen rein.

Neue Batterien für den Rauchmelder, dachte sie, *Hirntransplantat für mich.*

Sie holte die *New York Times* vom Fußabtreter vor der Wohnung und nahm sie aus der blauen Plastikhülle. Nachdem sie es sich auf dem Sofa gemütlich gemacht hatte, warf sie einen Blick auf die Schlagzeilen: Die CIA hatte einen Unschuldigen in Marokko foltern lassen; am Abend war in Brownsville ein dreizehnjähriges Mädchen durch einen Querschläger aus der Waffe eines Bandenmitglieds getötet worden, als sie auf der Treppe vor dem Haus Kuchen essend den Studienabschluss ihrer Mutter feierte.

Wie konnte Maggie an ihrem Leben verzweifeln, wenn andere von ihrer eigenen Regierung der Folter ausgesetzt wurden und wenige Kilometer von ihrer Wohnung entfernt ein unschuldiges, Kuchen essendes kleines Mädchen im Sonntagskleid erschossen wurde? Trotzdem bemitleidete sie sich. Sie war soeben knapp (*naja, so ungefähr*) dem Tod entgangen. Gabe fehlte ihr. Normalerweise würde sie jetzt in seinem Bett aufwachen und sich langsam zum Markt auf der East Eighth Street auf den Weg machen, um Reiseproviant zu besorgen. Fröhlich durch den Regen tapsend und gedanklich schon im Urlaub, könnten ihr dann weder das Wetter noch Bandenkriege noch Sorgen um die Frisur etwas anhaben. Und auf den Regenschirm sei gepfiffen.

Es war nicht richtig, die eigenen Probleme als die schlimmsten überhaupt zu betrachten. Aber diese Erkenntnis hielt sie nicht davon ab, es trotzdem so zu empfinden. Sie war schwanger und allein und wusste nicht, ob sie damit klarkommen würde.

Das Handy klingelte. Sie streckte sich danach aus, aber es war nur ihre Freundin Allegra. Maggie ließ es weiter klingeln.

Nach ihrem letzten großen Streit mit Gabe hatte Allegra ihr geraten, ihn zu verlassen.

»Jetzt mal ehrlich«, hatte sie gesagt, »das mit Gabe fühlt sich doch nicht ganz richtig an, oder? Ich hab mit Mike dieselbe Scheiße durchgemacht. Aber jetzt mit Jeff – glaub mir: Wenn's passt, dann passt's einfach.«

Maggie konnte diesen Spruch nicht ausstehen. Als wäre zwischenmenschliche Perfektion so eindeutig erkennbar wie die richtige Mülltütengröße für den Eimer: Herzlichen Glückwunsch, Sie haben die passende Tüte gefunden. Ihre Mission ist erfüllt. Von nun an leben Sie glücklich bis an Ihr Lebensende. Sie hatte die Befürchtung, dass nur Leute, die nicht so viel im Kopf hatten, diesen Grad an Gewissheit erreichen konnten.

Allegra war also die Letzte, mit der sie jetzt reden wollte.

Es fühlte sich an, als würde ihr Magen sich ausdehnen und sich die Speiseröhre hinaufschieben. Sie ging ins Bad und übergab sich.

Bis zehn hatte Maggie geduscht, online ihre Rechnungen fürs Handy und fürs Kabelfernsehen bezahlt und die Küchenschränke geschrubbt, die auch vorher schon blitzblank gewesen waren. Aber egal: Es ging sowieso nur darum, sich zu beschäftigen und davon abzuhalten, Gabe anzurufen. Bis er sich beruhigte, konnte sie seine Aufmerksamkeit nur noch durch eine einzige Neuigkeit erregen. Aber sie musste sich seiner, bevor sie es ihm sagte, absolut sicher sein, sonst hatten sie keine Chance.

Sie checkte ihre E-Mails. Er müsste jetzt auf dem Weg zu dem Fototermin sein. Aber wahrscheinlich hatte er den Auftrag mal wieder geschmissen. Von ihm war keine Nachricht gekommen, nur eine kurze Mitteilung von ihrem Bruder. (*Sag mal, ist nicht bald Muttertag? Hast du was geplant? …* Zum Muttertag vor zwei Wochen hatte sie Kathleen einen schönen Blumenstrauß geschickt und die Karte für Chris mit unterschrieben, und das sagte sie ihm jetzt in einer Antwortmail.) Dann war da noch eine Nachricht von ihrer Chefin Mindy. Im Betreff: AUFGABENVERTEILUNG FÜR DIE KOMMENDE WOCHE.

Maggie meldete sich ab. Hätte sie die Wohnung in Vorbereitung der Reise nach Maine nur nicht so gründlich geputzt; wären doch wenigstens ein paar dreckige Teller übriggeblieben oder ein Badezimmerboden, der noch nicht blitzblank war. Sauberkeit war ihr wichtig. Ihre Therapeutin hatte sie einmal gefragt, ob das vielleicht eine Reaktion auf den Lebensstil ihrer Mutter sei. Dazu hatte Maggie nur gelacht: Gab es irgendein Verhalten, das nicht eine Reaktion auf die Mutter war?

Selbst als Kathleen nach der Scheidung trocken war, schaffte sie es nicht, wie andere Mütter die Teppiche regelmäßig zu saugen und den Müll rechtzeitig rauszustellen. Das dreckige Geschirr türmte sich in der Spüle und auf den Arbeitsflächen. Auf den Bücherregalen, Tischen und Fensterbrettern lag eine dicke Staubschicht und überall flogen Hundehaarknäuel herum. Neben der Hintertür stapelten sich Zeitschriften und Kartons, mit denen Kathleen noch irgendetwas vorhatte. Sie konnte es sich einfach nicht abgewöhnen, wichtige Informationen auf irgendeinen Fetzen Papier zu kritzeln, den sie dann schon wenige Stunden später nicht mehr wiederfand. Auch die kleine Tafel für die Kühlschranktür, die Maggie ihr geschenkt hatte, half da nichts.

Der Hof in Kalifornien übertraf alles, was Maggie aus ihrer Kindheit kannte. In der Küche vergnügten sich die Obstfliegen, bis sie in einer Teetasse oder im Müsli verendeten. Kathleen wechselte die Bettwäsche im Gästezimmer nur unregelmäßig: Wenn Maggie nach einem Dreivierteljahr mal wieder zu Besuch kam, fand sie für gewöhnlich das benutzte Bettzeug vom letzten Mal vor. Sie besuchte ihre Mutter nicht gerne, besonders nicht mit Gabe, der keinen Hehl daraus machte, was er von dem Hof hielt. Sie fragte sich, wie Arlo das sah: Hatte er, bevor er Kathleen kennenlernte, auch in seinem eigenen Dreck gelebt, sodass ihm an der jetzigen Situation nichts ungewöhnlich erschien?

Um Punkt zehn Uhr, Praxisöffnung, wählte Maggie die Nummer ihrer Therapeutin. Dr. Rosen hatte Maggie oft gesagt, dass sie bei Bedarf gerne auch außerhalb ihrer Termine anrufen könne, aber Maggie hatte das Angebot bisher nicht angenommen. Sie hatte immer gedacht, das gelte eher für Selbstmordgefährdete und Manisch-Depressive, nicht für Frauen wie sie, die unter einer Mischung aus Liebeskummer und der Melancholie Überprivilegierter litten.

Aber jetzt sagte sie: »Hallo, Maggie Doyle hier. Hätten Sie vielleicht einen Augenblick Zeit für mich?«

Sie erzählte Dr. Rosen von dem Streit mit Gabe, aber die Schwangerschaft erwähnte sie nicht.

»Eigentlich wollten wir heute nach Maine fahren, und ich bin jetzt ein bisschen ratlos.«

»Und wenn Sie alleine fahren?«

»Ich weiß nicht«, sagte Maggie. »Ich habe Urlaub genommen und müsste mich wirklich mal aufs Schreiben konzentrieren. Vielleicht würde es mir gut tun. Aber dann denke ich an den schlechten Handyempfang und dass ich da oben außer meiner Großmutter niemanden habe.«

Das Sommerhaus war abgelegen, was gemütlich, aber auch erdrückend sein konnte, je nachdem. Im Lauf der Jahre hatte Maggie beides erlebt. Sie wünschte, ihre Mutter könnte mitkommen. In diesem Augenblick wurde ihr plötzlich wieder bewusst, dass ihre Mutter nicht mehr in Boston war. Sie war ans andere Ende des Kontinents gezogen, und obwohl Maggie sie kaum seltener sah als vor dem Umzug, fühlte sie sich allein. Selbst wenn sie es wollte, konnte sie sich nicht einfach in den Zug setzen und sich ein paar Stunden später bei ihrer Mutter ausheulen.

»Vielleicht ist es gut, wenn Sie alleine fahren«, fuhr Rosen fort. »Das stärkt das Selbstbewusstsein! Sie hätten Zeit für Ihr Buch, würden mal von allem wegkommen.«

»Also wir wollten ja mit Gabes Auto fahren und ich hab gar keinen Führer-«

»Meine Güte, dann nehmen Sie eben den Bus«, sagte Dr. Rosen. »Ziehen Sie es wenigstens in Betracht. Es scheint mir ratsam, dass Sie etwas Abstand zu Ihrem Partner gewinnen.«

Maggie verließ der Mut. Sie überlegte, wie sie der Therapeutin das andere Problem verständlich machen könnte, ohne es aussprechen zu müssen.

»Sie können jederzeit anrufen, sollten Sie mich nochmal brauchen«, sagte Dr. Rosen. Das hieß wohl, dass das Gespräch beendet war. Die Frau, von der Maggie so vieles über persönliche Grenzen gelernt hatte, verteidigte ihre eigenen penibel: Sie wusste alles über Maggie, aber Maggie konnte ihr nicht die einfachste persönliche Frage stellen. Auf Maggies »Wohin geht's denn in den Urlaub?« hatte sie mit einem verkrampften Lächeln und den Worten geantwortet: »Keine Sorge, wir machen in zwei Wochen genau da weiter, wo wir aufgehört haben.« Als könnte Maggie vorhaben, ihr in die Berge von Berkshire zu folgen und vor ihren Füßen einen Nervenzusammenbruch zu erleiden. Dabei hatte sie bloß nett sein wollen.

Maggie ärgerte sich über die Therapeutin, dann ärgerte sie sich über sich selbst, weil es ihr offenbar nicht möglich war, mit irgendjemandem eine offene und ehrliche Beziehung zustande zu bringen. Nicht einmal mit einer professionellen Psychotherapeutin, die dafür bezahlt wurde.

»Vielen Dank«, sagte Maggie höflich.

Das Telefonat war beendet. Maggie blickte zum gepackten Koffer hinüber. Vielleicht sollte sie wirklich alleine fahren. Es könnte ihr gut tun. Wenn nur Alice nicht so unberechenbar wäre und ihr Verhalten nicht blitzartig von liebenswert nach albtraumhaft umschlagen könnte.

Es war fast peinlich, wie sehr sie sich nach Alices Zuneigung sehnte und wie seltsam sie sich deshalb oft in ihrer Gegenwart verhielt. Um ihrer Großmutter zu gefallen, trank sie mehr, wenn sie bei ihr war. Diesen Punkt hatte sich Dr. Rosen mal eine ganze Sitzung lang vorgenommen. Aber ihre Loyalität gehörte Kathleen, und wenn sie daran dachte, was Alice ihrer Mutter angetan hatte, wollte sie am liebsten die Beziehung zu ihr abbrechen.

Aber es war nicht nur Kathleen. Vor Alices Zorn war niemand sicher. Sie war eine seltsame Frau: Aufbrausend und charmant mit einer großen, raumgreifenden Persönlichkeit. Aber manchmal wurde sie ohne Warnung giftig. Alice konnte einem üble Sachen an den Kopf werfen, Bemerkungen, die man für den Rest seines Lebens mit sich herumtrug. Und im nächsten Augenblick lächelte sie wieder und erklärte einen für überempfindlich. In der Woche vor Maggies Abschlussball war sie zum Abendessen bei ihren Großeltern gewesen. Den ganzen Abend hatte sie mit Alice und Daniel gelacht und war mit ihnen durchs Wohnzimmer getanzt, weil sie ihr den Charleston und den Twostep beibringen wollten. An jenem Abend hatte sie gespürt, wie lieb sie die beiden hatte, und sich geschworen, sie öfter zu besuchen. Aber beim Abschlussball hatte Alice dann vor Maggies Begleiter und dessen Eltern gesagt: »Ach, Maggie, hättest du dich nicht dies eine Mal mit Süßigkeiten zurückhalten können? Schatz, du bist ja richtig fett!«

Maggie war klar, dass die Abneigung ihrer Großmutter gegenüber ihrem Zweig der Familie etwas mit Eifersucht zu tun hatte, weil ihr Großvater Kathleen und ihre Kinder ganz besonders geliebt hatte. Eigentlich war das doch komisch. Würde man sich nicht wünschen, dass der Ehemann die Kinder und Enkelkinder hingebungsvoll liebte? Aber Alice tickte anders.

Nach dem Tod ihres Großvaters hatte Maggie sich vorgenommen, ihre Großmutter zwei- bis dreimal die Woche anzurufen. (Ihrer Mutter gegenüber musste sie das verschweigen. Kathleen hatte sich nach dem, was bei der Beerdigung passiert war, geschworen, nie wieder mit Alice zu sprechen.) Aber Alice wollte gar nicht reden und brach das Gespräch jedes Mal schon bald ab, indem sie etwas sagte wie: »Solltest du nicht schreiben, anstatt mit mir am Telefon zu hängen?« oder von Ferngesprächskosten sprach, als wären sie in den Fünfzigern. Mittlerweile rief Maggie sie nur noch selten an. Manchmal nahm sie sich vor, einen langen Brief zu schreiben, aber was sollte da drinstehen? Alice rief Maggie auch nicht oft an, und wenn doch, hatte sie meistens irgendeine komische Bitte. Ob Maggie in der St. Patrick's Cathedral von New York eine Kerze für ihren Cousin Ryan anzünden könne, der bald ein wichtiges Vorspiel habe, oder für Fiona, die dem Herren im fernen Afrika mit ihrer Arbeit für das Friedenscorps diene? Maggie schlug ihr diese Bitten nie aus und nahm sich jedes Mal fest vor, es zu tun, aber dann vergaß sie es schließlich oder redete es sich aus: Erstens war die Kathedrale am anderen Ende der Stadt. Und zweitens war unklar, ob dem Gott, an den sie nicht glaubte, eine zwischen an Starbucksbechern schlürfenden Touristen entzündete Fünfdollarkerze mehr bedeutete als ein ernstes Gebet in einer bescheidenen Kirche in der Cranberry Street gleich um die Ecke.

Maggie hatte immer gedacht, dass es bei Familientreffen fröhlich herging und alle liebevoll miteinander umgingen, aber meistens war es entweder langweilig oder angespannt. Seit dem Tod ihres Großvaters waren die schönen Treffen noch seltener geworden. Die Erinnerung daran aber brachte die Kellehers immer wieder in der Hoffnung auf ein ähnlich schönes gemeinsames Erlebnis zusammen. Maggie war das alles klar, und trotzdem war ihre Sehnsucht groß.

Besonders vermisste sie die Sommer ihrer Kindheit, als die ganze Familie zusammen nach Maine fuhr. Damals war Alice die Dame des Hauses, organisierte große gemeinsame Abendessen und lange Ausflüge an unbekannte Strände oder wies ihren Mann an, die Enkel bei Ebbe nach Kittery zum Muschelsuchen mitzunehmen. Dann quetschten sie sich in seinen Buick, standen wenig später im flachen Uferwasser, drückten die Harken und die nackten Füße tief in den Schlamm und schrien vor Freude und Schreck, wenn sie auf eine Muschel stießen. Sie füllten einen Eimer nach dem anderen mit ihrem Fang und bei Sonnenuntergang sagte Daniel: »So, dann bringen wir unsere kleinen Freunde mal zur Oma. Dann kommen sie in den Kochtopf!«, und Maggie, Fiona und Patty brüllten im Chor: »Nein!«, und die Jungs schrien: »Ja!«, und ihr Großvater stand dazwischen und lachte. Sie hatten nie auch nur eine einzige Muschel nach Hause gebracht.

Seit Onkel Patricks Aufteilung der Sommermonate war Maggie jedes Jahr im Juni nach Cape Neddick gefahren. Normalerweise mit Allegra oder Freunden aus der High School. Aber es war nicht mehr das Gleiche. Ihre Großmutter lud sie fast nie zu sich in den Neubau ein und zeigte wenig Interesse, Zeit mit ihr zu verbringen. Sie tat immer so, als habe sie unglaublich viel zu tun, aber was genau, blieb Maggie ein Rätsel. Abgesehen von einer verkrampften Begrüßung, einem ähnlichen Abschied und einem oder zwei kurzen Abendessen wechselte Maggie bei ihren Aufenthalten kaum ein Wort mit Alice. Anscheinend gefiel es ihrer Großmutter, sich im Haus nebenan zu verbarrikadieren.

Aber als sie Gabe im letzten Sommer mitbrachte, war Alice plötzlich aufgeblüht. Diese schönen gemeinsamen Tage hatten Maggie an Früher erinnert. An einem der Abende spielte Alice ein paar Lieder aus alten Musicals und Gabe schmetterte dazu in so schiefen Tönen den Text, dass einem die Ohren wehtaten. Es hatte Maggie überrascht und gerührt, dass er die Lieder so gut kannte. Er fragte Alice über ihre Lieblingslektüre aus und wollte wissen, was ihre witzigste Erinnerung an Maggies Kindheit war.

»Sie sind wundervoll«, sagte er immer wieder. Das irritierte Maggie ein bisschen. Schließlich hatte sie ihm erzählt, wie schlecht Alice ihre Mutter behandelt hatte, und vielleicht hatte sie sich ein bisschen gewünscht, dass er deswegen mit Alice nicht so schnell warm geworden wäre.

Eines späten Abends förderte er Dinge zutage, die Maggie viele Male aus ihrer Großmutter zu locken versucht hatte: Sie teilte in einem Gespräch Erinnerungen mit ihm, die sie mit ins Grab nehmen würde, wenn sie sie jetzt nicht erzählte. Alice war gerade dabei, ihm eine Geschichte von Maggie und Chris zu erzählen. Sie hatten ihr im Zoo einen Streich gespielt, sich versteckt und Chris' Baseballmütze in den Affenkäfig geworfen. Gabe lachte, und Maggie schloss sich ihm an, obwohl sie relativ sicher war, dass ihre Großmutter die Geschichte erfunden hatte.

Dann fragte sie: »Sag mal, Oma, wie war denn deine Kindheit eigentlich? Kannst du uns nicht davon mal was erzählen?«

Plötzlich verdunkelte sich Alices Blick: »Es ging gerade um etwas ganz anderes«, sagte sie. »Jetzt hast du mich unterbrochen. Wie dem auch sei, es ist spät und ich habe noch zu tun. Wir sehen uns morgen, Kinder.«

Als Gabe und sie im Bett lagen, sagte Maggie: »Hab ich's nicht gesagt? Sie hasst mich abgrundtief.«

»Sieht so aus«, sagte Gabe lächelnd. Dann nahm er sie in die Arme und sagte: »Aber ich liebe dich abgrundtief. Deine Tiefen sind nämlich unglaublich sexy.«

»Aber ehrlich«, sagte Maggie. »Ich wünschte, sie würde mich nur halb so sehr mögen, wie sie dich mag.«

»Du gehörst zur Familie, das ist etwas anderes«, sagte er. »Ich kapier gar nicht, warum dir ihre Zuneigung so wichtig ist. Ihr seid euch so unähnlich.«

Worüber würde sie sich zwei Wochen lang mit Alice allein in Maine unterhalten? Sie konnte sich die Situation noch nicht ganz vorstellen, würde es aber gerne ausprobieren. Alice war jetzt auf dem Grundstück ganz allein, und vielleicht ließ sie geistig langsam ein bisschen nach. Sie wirkte manchmal verwirrt. Kathleen meinte, Alice habe die Konstitution eines Pferdes, aber wie viele Sommer blieben ihr wirklich noch?

Maggie dachte an das alte Sommerhaus. Es bedeutete ihr so viel. Dr. Rosen hatte recht: Es war wirklich kein Ding, den Bus zu nehmen, und das Meer würde sie stärken. Und wenn sie es doch nicht aushielt, würde sie auf dem Absatz kehrt machen und wieder nach Hause fahren.

Ja, die Sache war entschieden.

Aber einen Tag konnte sie Gabe noch geben. Nur für den Fall, dass er es sich doch noch einmal anders überlegte.

Gegen Mittag wählte Maggie die Nummer in Maine, und nach vier Klingeltönen meldete sich Alice mit schwerer Zunge. Maggie hatte sie früher nie trinken sehen, aber seit dem Tod ihres Großvaters hatte Alice fast immer ein Glas in der Hand, auch zu so früher Stunde schon.

»Hallo Oma, ich bin's, Maggie.«

»Einen Moment, ich muss noch so ein Dingsda ins Buch stecken, weißt du, damit ich die Seite wiederfinde«, sagte Alice. Kurze Zeit später nahm sie den Hörer wieder auf: »Wie geht's dir, Schatz?«

»Gut. Und dir?«

»Ausgezeichnet. Ich hab's vorhin bei dir versucht.«

»Ich weiß, deshalb rufe ich auch an.«

»Du weißt, dass ich es war? Aber ich hab doch keine Nachricht hinterlassen.« Sie klang misstrauisch, als würde Maggie lügen oder wäre bei der CIA.

»Was treibst du so?«, fragte Maggie.

»Ich habe gerade mein Abendessen in den Ofen geschoben, und jetzt lege ich auf der Veranda die Füße hoch. Die bringen mich noch um. Durchblutungsstörungen, schätze ich. Hast du die neue *David-Copperfield*-Verfilmung auf PBS gesehen? Die würde dir gefallen. Sie bringen sie diese Woche in fünf Teilen. Gestern Abend habe ich den zweiten Teil gesehen. Eine Frau aus der Gemeinde hatte es empfohlen. Mit dieser Schauspielerin … die mit den unglaublich großen Augen … ach, wie heißt sie doch gleich? Ann Marie würde es wissen, ich muss sie später fragen. Sie hat auch in *Bleak House* mitgespielt. Na, egal. Wann kommt ihr?«

Alice monologisierte, und Maggie fragte sich, wann sie das letzte Mal mit jemandem gesprochen hatte. Manchmal stellte Maggie sich Alices Alltag vor, und das Bild der Einsamkeit, das sich ergab, tat ihr in der Seele weh. Es war gut, dass sie nach Maine fuhr.

»Morgen. Dann können wir die nächsten Folgen zusammen sehen.«

»Ja, meinetwegen. Und sag Gabe, dass ich Noten aus der Bibliothek da habe: *Das Schönste vom Broadway*.«

»Tja, also ich komme diesmal alleine«, sagte Maggie.

Wahrscheinlich hatte Alice sie nicht gehört, denn sie fuhr fort: »Und ich muss zum Supermarkt, damit ich seine Lieblingsmuffins noch kriege. Im Augenblick ist Hamburgerfleisch im Angebot. Wir könnten morgen grillen. Oder ich mache einen Hackbraten. Ja, das ist bei der Wetterlage wahrscheinlich sicherer.«

Wenn es sie nur nicht so eifersüchtig machen würde, dass Alice sich offensichtlich mehr auf Gabe als auf sie freute. Vielleicht hätte sie in diesem Moment etwas wie *Wir haben uns getrennt* oder *Oma, Gabe ist ein Arschloch* sagen sollen.

Stattdessen sagte sie nur: »Klingt gut.«

»Herrgott, dieses Gespräch muss dich ein Vermögen kosten«, sagte Alice dann. »Ein Ferngespräch vom Mobiltelefon? Wir machen besser Schluss.«

»Im Mobilfunknetz gibt es keine Ferngespräche«, sagte Maggie.

»Wie bitte?«

»Nichts weiter. Ich hab dich lieb.«

Es war etwas unnatürlich, Alice diese Worte zu sagen. Aber es nicht zu sagen, wäre auch komisch gewesen.

Kaum hatte sie aufgelegt, sah Maggie auf ihr Handy, als hätte sie einen Anruf von Gabe verpassen können.

Sie unterdrückte die aufkommenden Angstgefühle. Die Schwangerschaft war eine Tatsache, aber manchmal konnte sie fast glauben, alles sei beim Alten. Vielleicht fing es so auch bei den Frauen an, die im neunten Monat in einer McDonald's-Toilette entbanden.

Sie schaltete den Fernseher ein. Eine Stunde später bekam sie mitten in einer Folge von *Golden Girls* plötzlich wildes Herzklopfen. Sie atmete tief durch. Dann sah sie die roten Flecke an ihren Unterschenkeln.

Maggie beugte sich vor und steckte den Kopf zwischen die Beine. Machte man das in solchen Fällen nicht so?

Aber es half nichts, also setzte sie sich hin und rief ihre Mutter an. Sie konnte die Sache nicht länger für sich behalten. Diese Schwangerschaft war im wahrsten Sinne des Wortes zum Kotzen. (Konnte man eine Allergie gegen den eigenen Fötus entwickeln? Nein, das war ja lächerlich.) Kathleen würde wissen, was zu tun war.

Maggie sprach mindestens einmal am Tag mit ihrer Mutter, aber jetzt, da es wirklich etwas zu besprechen gab, war ihr bang.

Sie wäre nie auf die Idee gekommen, ihren Vater anzurufen, obwohl er in derselben Zeitzone lebte. Mit ihm telefonierte sie nur alle paar Wochen, und dann sprachen sie über Banalitäten: Wie die Red Sox sich entwickelten, was von der neuesten *Criminal-Intent*-Staffel zu halten sei und ob der Hausmeister den Rauchmelder richtig installiert habe. Er hatte vergangenes Jahr seine Freundin Irene geheiratet, mit der er schon lange zusammen war. Als Trauzeugen hatte er sich Chris ausgesucht. Ihr kleiner Bruder hatte ihr leid getan: Dieser Mann, der es immer gut meinte, aber mit emotionaler Blindheit geschlagen war, sollte also sein Vater sein. Tja, und ihrer wohl auch. Irene und ihr Vater tranken viel, genau wie Kathleen und er früher. Meistens waren sie unterhaltsam und ausgelassen, aber die Kehrseite war, dass sie in betrunkenem Zustand in Gegenwart anderer lautstarke Auseinandersetzungen hatten. Was los war, wenn keiner in der Nähe war, wollte sie gar nicht wissen. Maggie hoffte nur, dass ihr Vater so klug gewesen war, sich sterilisieren zu lassen.

Maggie wählte und hörte kurz darauf dumpf Kathleens Stimme.

»Wir stecken bis zum Hals in Wurmscheiße«, sagte sie fröhlich. »Bei dir alles in Ordnung?«

»Ich dreh durch«, sagte Maggie. »Ich muss unbedingt mit dir reden.«

»Okay«, sagte Kathleen. »Ich geh mal raus. Augenblick.«

Im Hintergrund hörte sie ein Scheppern und dann die Stimme ihrer Mutter: »Verdammt, kann das vielleicht jemand woanders hinstellen?«

Dann kam Kathleens Stimme wieder näher: »Was ist los?«

»Ich hab komische Flecken an den Beinen und kann nicht richtig atmen.«

»Groß und flächig oder eher wie Insektenstiche?«

»Flächig.«

»Rot oder braun?«

»Rot.«

»Klingt nach Nesselsucht«, sagte Kathleen ruhig. »Das hast du aber noch nie gehabt.«

»Ich weiß. Ich dreh total durch. Ich krieg kaum Luft.«

»Immer ruhig bleiben. Du hast wahrscheinlich eine Panikattacke. Was du jetzt brauchst, sind ein paar Tropfen Johanniskrautextrakt. Nesseltee ist ein sehr gutes pflanzliches Antihistaminikum. Das hab ich dir damals auch gegen den Heuschnupfen gegeben. Und immer schön tief durchatmen, Schatz. Das ist das Wichtigste.«

»Aber ich hab das alles nicht im Haus«, sagte Maggie.

»Doch, hast du. Ich hab bei meinem letzten Besuch ein paar Sachen unter dem Handwaschbecken im Bad verstaut.«

Das hatte Maggie weggeschmissen, nachdem ein Fläschchen Sandelholzöl ausgelaufen war. Seitdem hatte alles einen Ölfilm und das Bad hatte noch Wochen später widerlich süßlich gerochen.

»Geht auch eine Benadryl?«, fragte sie beim Blick ins Medikamentenschränkchen.

»Sicher«, sagte Kathleen. »Aber besorg dir auch mal die anderen Sachen. Jetzt erzähl mal: Was ist passiert? Woher die Panik?«

»Ich hab ziemlich große Neuigkeiten«, sagte Maggie. »Aber

erstmal: Gabe und ich hatten Streit. Er hat gesagt, dass er doch nicht zusammenziehen will. Ich glaube, diesmal ist es wirklich vorbei.«

»Ach Schatz, das tut mir leid. Aber ist es nicht besser so?« Die Worte schossen aus Kathleen heraus, als würde sie aus einem Buch zum Thema *Was sagt man bei Liebeskummer* vorlesen. »Ich weiß, dass es sich für dich jetzt anders anfühlt, aber glaub mir: Früher oder später wirst du es auch so sehen. Die Wege des Universums sind unergründlich.«

Von diesem Spruch wurde Maggie schlecht. Sie wünschte sich nach wie vor, dass er der Richtige war, und wollte das nicht hören. Dabei hatte sie ja vorher gewusst, dass ihre Mutter Gabe nicht mochte.

Trotz Kathleens Kritik an Alice waren die beiden sich in mancherlei Hinsicht erschreckend ähnlich. Sie waren stolz darauf, ihre Sichtweise immer offen auszusprechen, auch wenn es wehtat.

»Und deine Neuigkeiten?«, fragte Kathleen.

Maggie lehnte sich an die Wand. Sie wurde das Gefühl nicht los, dass Kathleen das Telefonat beenden wollte. Wie hatte sie glauben können, ein Gespräch mit ihrer Mutter würde ihr helfen? Wenn Kathleen von der Schwangerschaft erfuhr, würde sie wahrscheinlich nur total ausrasten und sagen, dass Maggie sich ihr Leben ruiniert habe. Ihre Mutter würde so schnell keine Fläschchen abkochen und Babysöckchen häkeln.

»Ich wollte dir nur sagen, dass ich auch ohne ihn nach Maine fahre«, sagte sie.

»Interessant«, sagte Kathleen. »Und warum?«

»Ich weiß nicht. Ich dachte, es könnte mir guttun. Außerdem habe ich den Urlaub eh schon genommen.«

»Flucht an Großmutters weichen Busen.«

»So ungefähr«, sagte Maggie. »Ich würde ja auch zu meiner Mutter fahren, aber die steckt ja bis zum Hals in der Scheiße.«

»Du weißt, dass du hier immer willkommen bist«, sagte Kathleen. Aber sie bestand auch nicht darauf.

»Ich vermisse dich«, sagte Maggie.

»Ich dich auch. Du bist aber auch das Einzige, was ich von drüben vermisse. Was macht der Ausschlag?«

Maggie sah runter. »Auf der einen Seite ist er weg und auf der anderen schwächer geworden. Das ging aber schnell.«

»Ja, bei Nesselsucht ist das so.«

»Wie kannst du übers Telefon so gut diagnostizieren?«, fragte Maggie. »Von wem hast du das gelernt?«

»Von niemandem. Ich bin eben Mutter«, sagte Kathleen. »Dir wird es auch mal so gehen.«

Das war die Gelegenheit, es zu sagen, aber plötzlich war ihr Mund trocken, und sie brachte es einfach nicht raus.

»Leg dich ein bisschen hin und mach nachher einen langen Spaziergang an der Uferpromenade«, sagte Kathleen. »Sei lieb zu dir, okay? Du kannst mich jederzeit anrufen. Und melde dich, wenn du in Maine angekommen bist.«

»Mach ich.«

»Grüße an die Schreckschraube.«

»Mama –«

»Sorry. Grüße an Alice.«

Am Nachmittag lag Maggie gerade auf dem Sofa, als sie im Treppenhaus Lärm hörte. Vor ihrem inneren Auge sah sie Gabe mit gepackten Koffern die Treppe hochkommen. Sie sprang auf die Füße und guckte durch den Spion.

Ihre Nachbarin Rhiannon schleppte ein Bücherregal die Treppe hinauf. Sie sah selbst in dem ausgeleierten T-Shirt und der zerfransten kurzen Hose super aus. Wahrscheinlich hatte sie noch nicht einmal geduscht. Ihre gebräunten Oberarme gehörten eigentlich in eine Modezeitschrift. Maggie verordnete sich Bizepstraining.

Sie steckte den Kopf zur Tür raus, obwohl es sie eigentlich wieder ins Bett zog.

»Brauchst du Hilfe?«

»Könntest du die Tür aufmachen?«, bat Rhiannon. »Es ist nicht abgeschlossen.«

Maggie lehnte ihre Wohnungstür an und drückte Rhiannons auf. Die Wohnung war vom Schnitt her genau wie Maggies, aber statt des Geschirrs, das Tante Clare noch übrig gehabt hatte, und einem fleckigen Sofa mit passendem Sessel, einer Dauerleihgabe ihrer Mutter, gab es hier eine stilvolle Einrichtung. Das Fensterbrett zierte eine Reihe eleganter, handgemachter Vasen, auf dem Waschbecken und dem Badewannenrand standen Gefäße aller Größen und Formen: ein violetter Topf Körperlotion mit Limettenaroma, eine schlanke Phiole Kokosnussöl, ein Honig-Mandel-Zuckerkristallpeeling im Weckglas und Eyepads mit Kaffeebohnenextrakt. Rhiannon hatte Spezialcremes für die Knie und die Hände, die Nagelhaut, die Füße, den Hals und die Augenlider. Maggie fragte sich, wie viel davon sie wirklich benutzte und ob sie einen Einfluss auf ihre Schönheit hatten, die vorherbestimmt und unveränderlich zu sein schien.

In Maggies Dusche lag momentan ein halbes Stück Seife, an dem ein Haar klebte, daneben irgendein Shampoo, das in der Drogerie im Angebot gewesen war, und die dazugehörige Spülung, von der sie den Deckel abgeschraubt hatte, um den letzten Rest mit den Fingern herauszuholen, anstatt vier Block weiter neue zu kaufen.

»Das stand auf der Straße herum. Ist es nicht wunderschön?«, sagte Rhiannon und schob das alte, mitgenommene Holzregal im kleinen Eingangsbereich an die Wand. Es sah aus, als stünde es schon immer dort. »Es hätte dem Regen nicht mehr lange standgehalten.«

»Es ist zauberhaft«, sagte Maggie.

»Kann ich dir einen Tee anbieten?«, fragte Rhiannon.

Maggie lächelte. »Nein, danke.«

»Whiskey?«

»Ha, lieber nicht. Na gut, vielleicht nehme ich doch einen Kräutertee.«

Rhiannon ging in die Küche und sagte über die Schulter: »Hat sich mit Gabe was getan?«

Maggie hatte ihr vor ein paar Monaten erzählt, dass sie zwar sehr verliebt waren, sich aber ständig stritten und dass Gabe sie oft belog. Rhiannon urteilte nicht so schnell wie Maggies Freunde. Vielleicht hatte das etwas damit zu tun, was sie selbst durchgemacht hatte.

»Er meldet sich nicht«, sagte Maggie.

»Was ist denn passiert?«

»Er hat gesagt, dass er doch nicht zusammenziehen will.«

Rhiannons Kopf erschien in der Küchentür: »Wie bitte?«

Maggie nickte. Plötzlich fing sie zu reden an und die Worte kamen immer schneller aus ihr heraus: »Ja, wirklich. Und eigentlich wollten wir heute zusammen nach Maine fahren, aber jetzt muss ich morgen alleine hin, obwohl ich wirklich nicht weiß, wie das werden soll, weil meine verrückte Großmutter da ist, und angerufen hat er auch nicht, und ich guck den ganzen Tag aufs Handy, weil es mit uns einfach funktionieren *muss*.«

Sie konnte sich nicht bremsen. Jetzt würde sie es endlich sagen, und zwar einer Person, die sie kaum kannte: »Er muss es sich nochmal überlegen. Weil ich ihn liebe. Weil ich ihn wirklich liebe. Und dann ist da noch etwas anderes.« *Tja, jetzt war es wohl so weit*: »Ich bin schwanger.«

Rhiannon schob sie zum Sofa und sie setzten sich. Auf Maggies Armen breitete sich abermals der Ausschlag aus: rote, juckende Erhebungen, die wenige Sekunden vorher nicht da gewesen waren, aber so aussahen, als würden sie nie wieder weggehen. Musste das sein? Hatte sie nicht schon genug Ärger?

»Woher willst du das wissen?«, fragte Rhiannon. »Ist deine Periode verspätet?«

»Nicht nur das. Ich habe einen Test gemacht.«

»Aber die sind nicht zuverlässig«, wandte Rhiannon hoffnungsvoll ein.

»Und einen Bluttest beim Arzt.«

»Ah, okay. Und was sagt Gabe dazu?« Sie hielt inne und beobachtete Maggie. Dann sagte sie: »Er weiß es noch nicht.«

»Ich wollte den richtigen Moment abwarten. Ich dachte, dass es mir am Strand in Maine leichter fallen würde, und – ach, das ist eine lange Geschichte …« Sie beendete den Satz nicht und legte den Kopf in die Hände.

Dann lachte sie plötzlich: »Ich kann gar nicht glauben, dass ich dir das erzählt habe. Sonst weiß es noch keiner.«

Rhiannon nahm Maggies Hand und sagte: »Ich bin froh, dass du es mir gesagt hat. Wir kriegen das schon hin, keine Sorge.«

Maggie wünschte, es wäre Kathleen, die so neben ihr saß. Aber vielleicht konnte die Familie einem nicht die Hilfe geben, die man brauchte. Vielleicht war das Bild, das die eigene Familie von einem hatte, zu sehr mit ihren Hoffnungen und Ängsten vermischt, als dass sie einen jemals wirklich als die Person sehen konnten, die man war. Vielleicht war ihre Mutter deshalb so weit weggezogen: um als die wahrgenommen zu werden, die sie war, und auch andere so sehen zu können.

»Ich krieg ständig diesen hektischen Ausschlag«, sagte Maggie.

»Total ätzend. Ich hatte das zur Zeit der Scheidung unentwegt. Dabei fällt mir ein, dass ich auch am Hochzeitstag Ausschlag hatte. Hätte mir eine Warnung sein sollen. Du brauchst eine Claritine. Warte mal, ich hab irgendwo noch welche.«

Rhiannon ging ins Bad und kam mit einer Schachtel in der einen und einem Fläschchen in der anderen Hand wieder.

»Ich hab auch Valium«, sagte sie und schüttelte die Flasche. »Willst du eine?«

»Ich glaube nicht, dass das in meinem Zustand eine gute Idee ist«, sagte Maggie.

»Verdammt, stimmt ja. Du hast recht. Sorry. Ich bin ein bisschen durcheinander. Wenn ich nur etwas für dich tun könnte.«

Maggie lächelte. »Du bist lieb.«

»Vergiss es. Ich hab dir eine Menge zu verdanken.«

»Was meinst du damit?«

»Du hast mich am Tag der Scheidung gerettet, Maggie. Das ist dir wohl gar nicht klar, was? Ich weiß nicht, was passiert wäre, wenn du an dem Abend nicht mit mir essen gegangen wärst. Ich habe hier nicht so viele Freunde.«

Rhiannon hatte damals gar nicht verzweifelt gewirkt. Sie hatten gut gegessen, ein Gläschen Wein getrunken und über vergangene Beziehungen gelacht. Maggie konnte kaum glauben, dass sie Rhiannon wirklich geholfen hatte.

»Du willst es also behalten?«, fragte Rhiannon.

Maggies Herz zog sich zusammen. Diese Frage gehörte nicht gerade zu ihrer Vorstellung einer idealen Schwangerschaft. Aber die Antwort war eindeutig: »Ja. Auf jeden Fall.«

Rhiannon nickte. »Ich freu mich für dich. Du, soll ich dir für die Fahrt nach Maine meinen Subaru leihen?«

»Du hast ein Auto?«, fragte Maggie.

»Ich benutze es fast nie«, sagte Rhiannon. »Aber man weiß nie, wann man mal einen Fluchtwagen braucht.«

»Danke für das Angebot«, sagte Maggie, »aber ich hab gar keinen Führerschein. Das macht aber nichts. Ich nehme den Bus. Da kann ich auch schlafen und ein bisschen lesen.«

Rhiannon sah nachdenklich aus. »Wie lang ist denn die Fahrt?«

»Fünf Stunden.«

»Ach, das ist doch gar nichts. Ich fahr dich morgens hin und bin abends wieder zuhause. Ich muss Mittwochabend zum Seminar.«

»Aber das ist doch Wahnsinn.«

»Wieso? Ich war noch nie in Neuengland. Außerdem liebe ich lange Autofahrten. Und ich bin schon seit Wochen nicht mehr rausgekommen. Mir fällt hier langsam die Decke auf den Kopf.«

Maggie hob die Augenbraue.

»Außerdem kannst du wahrscheinlich Gesellschaft gebrauchen«, fügte Rhiannon hinzu. »Und was gibt es an einem freien Tag Schöneres als einen Ausflug ans Meer?«

»Im Ernst?«, fragte Maggie. »Also wenn es dir wirklich nichts ausmacht. Es wäre toll. Jetzt wird mir mal wieder klar, wie blöd es ist, keinen Führerschein zu haben.«

»Ich würd mir darüber keine Gedanken machen. So ist es doch auch viel billiger, als wenn du ein Auto mieten würdest.«

Rhiannon sah sie wahrscheinlich als mittellose junge Mutter, die ihr Geld zusammenhalten musste, um Babykost kaufen zu können. Aber lag sie damit eigentlich so falsch? Beim Gedanken an Geld bekam Maggie plötzlich Angst: Sie nahm sich vor, sich in den nächsten sieben Monaten auf den Aufbau eines Kunden-stammes zu konzentrieren und mehr Leute zu finden, die Hilfe mit ihrem Datingprofil brauchten. Vielleicht sollte sie im Inter-net werben, wenn ihr auch bei der Vorstellung einer alleinste-henden, schwangeren Kupplerin, die für anderer Leute peinliche Verabredungen verantwortlich war, schlecht wurde.

»Was meinst du?«, fragte Rhiannon.

»Wenn du sicher bist, dass es dir keine Mühe macht«, sagte sie. »Warum schläfst du nicht drüber und wir entscheiden es morgen. Es macht mir wirklich nichts aus, den Bus zu nehmen.«

»Nicht nötig«, sagte Rhiannon. »Betrachte mich als deinen Chauffeur.«

Kathleen

Kathleen bereitete eine Holzkiste vor, indem sie eine Schicht feuchte Blätter hineinlegte und darauf gleichmäßig Erde verteilte und festdrückte.

Sie dachte daran, wozu sie Maggie vor einer Stunde geraten hatte: Nesseltee, Johanniskrautextrakt, und, das Allerwichtigste: Die endgültige Trennung von diesem verwöhnten Affen, und zwar ohne sich, wie es Maggies Charakter entsprach, bereitzuhalten und seine Entscheidung abzuwarten. Nein, den dritten Rat hatte sie sich verkniffen. Maggie mochte es ja nicht, wenn sie ihre Meinung raushängen ließ. Alles zu seiner Zeit, sagte sie sich. Aber es war nicht einfach, zuzusehen, wie das eigene Kind sich wegen eines solchen Idioten fertigmachte. Damit ihr das nicht rausrutschte, hatte sie das Telefonat schnell beenden müssen.

»Hey, Kath, ich glaube, du hast genug auf die Erde eingeschlagen«, sagte Arlo.

Sie war nicht bei der Sache gewesen und hatte die Erde in ihrer Frustration zu fest gedrückt. Jetzt konnte sie nochmal von vorne anfangen, dabei hatte sie noch vierundzwanzig Kisten vor sich.

»Wir brauchen endlich einen verdammten Praktikanten«, sagte sie.

»Reg dich nicht auf. Maggie schafft das schon.«

»Mit Maggie hat das überhaupt nichts zu tun«, sagte sie, obwohl sie wusste, dass das gelogen war. Dann fügte sie hinzu: »Tut mir leid. Heute ist nicht mein Tag.«

»Du kannst ja nichts dafür, wenn dich deine Familie wahnsinnig macht.«

»Maggie macht mich nicht wahnsinnig«, sagte sie. »Die anderen schon, aber Maggie nicht.«

Sie konnte es nicht fassen, dass Gabe sich von ihrer Tochter am

Tag vor ihrem gemeinsamen Urlaub getrennt hatte. Kathleen hatte den Kerl von Anfang an nicht gemocht. Maggie sollte jetzt etwas Nettes mit ihren Freundinnen machen oder sie in Kalifornien besuchen, aber aus irgendeinem Grund wollte sie nach Maine. Es konnte ihr nicht guttun, da oben mit Alice alleine zu sein.

Die Vorstellung machte Kathleen nervös. Ihre Mutter würde Maggie lauter Schwachsinn einreden: *Gabe ist toll! Du bist zu fett! Trink mehr Alkohol!* Und das war die optimistische Prognose. Im schlimmsten Fall wäre sie grausam und würde Maggie wehtun, die sowieso schon angeschlagen war.

Kathleen wünschte, sie könnte da sein, um zu helfen. Aber nach Maine brachten sie keine zehn Pferde. Sie assoziierte das Anwesen voll und ganz mit Alice, und es erinnerte Kathleen an Dinge, an die sie sich nicht erinnern wollte.

Wenn sie über ihre Kindheit nachdachte, fiel auf, dass Alice schon mit Mitte zwanzig drei Kinder hatte, und das direkt nach dem grauenvollen Tod ihrer Schwester. Kein Wunder, dass sie trank. Ihre Mutter sprach nicht darüber, aber Kathleen erkannte Alices Reaktion auf den Tod ihrer Schwester als das Schuldgefühl der Überlebenden. Aber warum Alice sich damals für Kinder entschieden hatte, würde Kathleen nie verstehen. Zweifellos wäre es für alle Beteiligten besser gewesen, wenn sie gewartet hätte.

Nach dem Tod ihres letzten Bruders Michael vor fünf Jahren war Alice in eine tiefe Depression verfallen. Ihr Mann war tot, ihre Familie und die meisten ihrer Freunde auch. Kathleen hatte ein langes Gespräch mit Alice – es war einer der seltenen Momente echter Nähe zwischen ihnen – und überredete ihre Mutter, mit ihr und Maggie über Neujahr in ein Yoga-Heilzentrum auf den Bahamas zu fliegen.

Kathleen hatte sich eine solche Reise, bei der sie richtig in die Materie eintauchen konnte, schon lange gewünscht. Ein Bekannter bei den Anonymen hatte gesagt, so käme man billig in die Karibik. Kathleen dachte, dass die Reise selbst für sie ein bisschen zu esoterisch sei, aber sie würde in jedem Fall die durch Yoga erlangte innere Ruhe genießen können. Außerdem hatte ihr Bekannter gesagt, dass man auf diesen Reisen wunderbar am Strand liegen und mit der Natur verschmelzen könne. Vormittags fanden die obligatorischen Kurse statt und am Nachmittag hielt der Swami-Yogameister einen Vortrag. Was Kathleen von ihm gelesen hatte, hatte sie beeindruckt. Er hatte die Fünf Lehren des Yoga entwickelt, von denen die wichtigste lautete: »Wir werden, was wir denken«.

Kathleen hatte sich vorgestellt, wie die Frauen aus drei Generationen – Maggie, Alice und sie – Lebenskraft und Wissen austauschten. Doch schon als der Swami bei ihrer Ankunft ihr Gepäck inspizierte, wurde ihr klar, dass es ein Fehler gewesen war, Alice mitzunehmen. Kathleen hatte ihrer Mutter deutlich gesagt, dass weder Koffein noch Alkohol erlaubt waren, und Alice hatte ihr versichert, dass das kein Problem sei. Doch als er ihren Koffer öffnete, fand er zwei Packungen Schwarztee, drei Flaschen Rotwein, eine große Flasche Rum und einen Mixer. Einen Mixer!

»Was hast du dir dabei gedacht?«, verlangte Kathleen zu wissen. Sie schämte sich für ihre Mutter.

»Ich hab mir gedacht: Was sind die Bahamas ohne einen Cocktail. Ja, das war mein Gedanke«, sagte Alice und lächelte dem Swami kokett zu, was dieser mit einem Schmunzeln beantwortete.

»Oma!«, sagte Maggie amüsiert. »Du bist echt schlimm.«

Alice weigerte sich, zum Yoga und zur Meditation mitzukommen, obwohl Kathleen im voraus bezahlt hatte. Stattdessen machte sie lange Spaziergänge am Strand. Als Kathleen sagte, dass sie dann auch gleich in Massachusetts hätte bleiben können, antwortete Alice giftig: »Ich wünschte, das hätte ich getan.«

Als Alice wegen des Rauchens mit dem Swami Ärger bekam, warf sie ihm einen tödlichen Blick zu – mit dem Kokettieren war es jetzt vorbei – und sagte: »Also wirklich, schließlich *bezahlen* wir ja dafür, hier zu sein. Aber gut, dann schicken Sie mich doch zum Schulleiter.«

Maggie lachte. Anscheinend dachte sie wie ihre Großmutter.

In derselben Nacht erwischte Kathleen Alice und Maggie dabei, wie sie am Strand mit Bioananassaft gemischten Rum tranken. Sie kicherten und Kathleen fühlte sich ausgeschlossen. Sie wurde sauer.

»Ich weiß wirklich nicht, warum ihr überhaupt mitgekommen seid«, sagte sie. »Ihr macht mich lächerlich, und das vor einem Mann, den ich sehr verehre.«

Maggie stand auf. »Bitte sei nicht böse, Mama.«

»Bin ich nicht«, sagte sie scharf. »Ich gehe jetzt schlafen. Morgen findet eine Sonnenaufgangsmeditation statt, aber für die werdet ihr wohl zu verkatert sein.«

Dann stampfte sie zum Bungalow zurück. Maggie folgte ihr nicht, und plötzlich kam sich Kathleen blöd vor. Hatte sie überreagiert? Aber es beunruhigte sie, dass Maggie und Alice so viel Zeit zu zweit verbrachten. Ihre Mutter war wie Hannibal Lecter: Es war gefährlich, sich zu nähern, aber manchmal konnte man ihrem Charme einfach nicht widerstehen. Es passierte Kathleen bis heute, dass sie ihrer Mutter Dinge anvertraute, die sie besser für sich behalten hätte und die ihre Mutter später gegen sie verwendete.

Nach ihrer Rückkehr von den Bahamas rief Kathleen Alice an und sagte: »Ich hatte dich eigentlich eingeladen, um dir zu helfen.«

»Ich brauche keine Hilfe. Was Leute wie du euch von Seelenklempnern, Gurus und Meditation versprecht, bekomme ich durch meinen Glauben«, sagte Alice. »Ich muss einfach öfter zum Gottesdienst gehen.«

»Aber du gehst doch schon jeden Tag«, sagte Kathleen.

»Ich muss ja auch die unzähligen Sonntage nachholen, die du in den letzten zwanzig Jahren verpasst hast.«

Also in die Falle war Kathleen aber direkt hineinspaziert.

Am Ende eines Treffens der Anonymen Alkoholiker, bevor es Kaffee gab, reichte man sich die Hände und sprach gemeinsam

das Vaterunser: *Vater unser im Himmel, geheiligt werde dein Name ...*
Der trotzige Teenager in Kathleen verließ in diesem Moment immer den Raum: Mit diesen Worten assoziierte sie die schwere Luft und die düstere Musik in katholischen Kirchen. Das Gebet rief ihr die vielen Sonntagmorgen ins Gedächtnis, an denen sie neben ihren Eltern und Geschwistern mit einem albernen Hut auf dem Kopf in der Kirchenbank gestanden hatte und ängstlich zu den Darstellungen des Kreuzwegs mit der brutalen Kreuzigungsszene hinaufgeblickt hatte. Sie verstand kein Wort Latein, kannte die Messe aber irgendwann auswendig. Jede Woche stand sie dort und wartete auf das Ende des Gottesdienstes, dachte an die Hölle, an Eierkuchen und an Jungs.

Kathleens Phase als praktizierende Katholikin hatte auf Angst basiert, und sie war meistens auf der Suche nach einer Hintertür gewesen. Kein Sex vor der Ehe – es sei denn, man hatte wirklich und ehrlich vor, zu heiraten. Absolutes Alkoholverbot während der Fastenzeit – es sei denn, man war in einem anderen Bundesstaat.

In den letzten paar Jahren hatte sie die Kirche zu verabscheuen gelernt. Sie kannte einen der Jungs persönlich, die als erwachsene Männer mit gesenktem Kopf in den Bostoner Nachrichten erschienen und ihre Misshandlung im Ministrantendienst durch Priester öffentlich machten. Sein Name war Robert O'Neill. Er war Kathleens Klassenkamerad in der Grundschule gewesen. Sie rief sich den kleinen Jungen von damals ins Gedächtnis: Sommersprossiges Gesicht, Cordhosen, Strickpulli, Zahnlücke. Kathleen kochte bei der Vorstellung, was für ein Albtraum der Alltag dieses kleinen Jungen gewesen sein musste. Es habe sein Leben zerstört, hatte er in einem Interview gesagt: Seine Frau und er hätten sich entfremdet und er traue sich nicht, seine eigenen Kinder auf den Schoß zu nehmen.

Alices Pfarrei war vor zwei Jahren geschlossen worden, und sie hatte um sie wie um einen geliebten Menschen getrauert. Die ganze Sache hatte Kathleen sehr leidgetan, denn sie konnte sich vorstellen, was es bedeutete, die Gemeinschaft zu verlieren, die man als den wichtigsten Teil seiner Selbst empfindet. Aber man durfte ja auch nicht die Gründe für den Ruin der Gemeinde ihrer Mutter und dutzender anderer vergessen. Das Erzbistum Boston hatte das Geld für die hohen Anwaltskosten im Zusammenhang mit den Anschuldigungen an ihre Priester kaum aufbringen können. Kathleen versuchte, dieses Thema mit ihrer Mutter anzusprechen, aber Alice wollte davon nichts wissen. Obwohl vor ihrer Kritik sonst nichts und niemand sicher war, weigerte sie sich kategorisch, an der katholischen Kirche irgendetwas Schlechtes zu sehen.

Kathleen hatte die Religiosität ihrer Mutter früher für aufgesetzt gehalten: Eine von Alices vielen Selbstdarstellungstechniken. Muss sie wirklich *täglich* in die Kirche gehen? Und auch noch mit diesem albernen weißen Kopftuch? Kathleen dachte, dass ihre Mutter das nur tat, um ihren Kindern ein schlechtes Gewissen zu machen.

Aber dann hatte Onkel Timmy ihr bei einem Ostertreffen von einem Heimaturlaub zur Zeit des Zweiten Weltkriegs erzählt. Er hatte zuhause vor Alice und seinen anderen Geschwistern damit angegeben, dass Marlene Dietrich in Italien eine Vorstellung für sein Bataillon gegeben hatte.

»Ich war als erster der Brüder in den Krieg gezogen«, erzählte Onkel Timmy. »Die andern Jungs waren bisher zuhause geblieben, aber uns war klar, dass auch sie bald dran sein würden. Ich wollte ihnen ein bisschen Mut machen. Das war vor Marys Tod«, fügte er hinzu. Eines der wenigen Male, dass ein Familienmitglied die verstorbene Schwester erwähnte. »Also hab ich ausführlich von Marlene Dietrichs Figur geschwärmt. Aber sie war auch ein guter Mensch, weißt du: eine Deutsche, aber gegen Hitler. In Deutschland waren ihre Filme verboten. Na egal, jedenfalls hab ich dann lang und breit erzählt, wie sexy sie war und auch, wie wir uns bei der Vorstellung gegenseitig mit Ideen übertrafen, was man in fünf Minuten alleine mit Marlene Dietrich alles so machen könnte. Ich gebe zu, dass ich damit zu weit gegangen bin, aber meine Brüder haben mich angestachelt. Wir waren alle verrückt nach ihr.«

Kathleen versuchte, sich ihre glatzköpfigen Onkel als eine Horde brünstiger Jungs vorzustellen.

»Jedenfalls sagte Alice irgendwann: ›Was meinst du damit? Was würdet ihr denn machen?‹ und dann meinte Mary: ›Na du weißt schon, sie würden sich mit ihr vergnügen.‹«

Er hielt inne und griff nach seinem Glas. Das war alles, was Kathleen je von ihrer Tante gehört hatte. Nirgends stand ein Foto von ihr und niemand erwähnte sie in den Geschichten von früher. Sie hätte so gern mehr gewusst.

»Tja«, fuhr Tim fort, »und dann rannte Alice plötzlich weinend aus dem Zimmer.«

»Warum das denn?«

»Wussten wir auch nicht. Ich dachte, die Geschichte würde ihr gefallen, schließlich war sie verrückt nach Filmstars. Wir ignorierten sie einfach. Sowas war bei unserer melodramatischen Alice nichts Neues. Aber am nächsten Tag erzählte sie mir, dass sie die ganze Nacht für mich und meine Kameraden gebetet habe. Sie glaubte wirklich, dass wir für unsere Fantasien in die Hölle kämen.«

»Wie alt war sie da?«

»So um die zwanzig. Weißt du, sie war so unschuldig«, sagte Onkel Tim. »Sie flirtete zwar, aber ohne zu wissen, was sie da eigentlich tat. Sie gab vor, ein Leben als unverheiratete Frau vorzuziehen, aber wenn du mich fragst, hatte sie einfach Angst vor der Ehe. Wenn man sie so sieht, glaubt man es gar nicht, weil sie so anstrengend sein kann und sich immer so aufspielt, aber in Wirklichkeit hat sie sich nicht verändert: Sie hat immer auf Gottes Hilfe gewartet. Soweit ich weiß, ist sie, seit ich und meine Brüder damals in den Krieg zogen, jeden Tag in die Kirche gegangen. Sie möchte wirklich ein guter Mensch sein.«

Kathleen begriff, dass die Kirche Alice als Forum diente. Hier benahm sie sich und wurde als die Person wahrgenommen, die sie sein wollte. In den Jahren in St. Agnes hatte Alice die Sonntagsschule organisiert und Spendenaktionen auf die Beine gestellt, sie hatte für die pensionierten Pfarrer Geld gesammelt und den Weihnachtsbasar geschmissen. In der Gemeinde hatte niemand eine Ahnung davon, zu welchen Grausamkeiten sie zuhause fähig war. Dort war sie eine Heilige.

Sie möchte wirklich ein guter Mensch sein.

An diese Worte hatte Kathleen auch bei der Beerdigung ihres Vaters gedacht. Sie hatte gesehen, wie Alice den Priester angestarrt hatte, als erwarte sie von ihm eine Erklärung oder eine Antwort. Kathleen beneidete ihre Mutter um ihren Glauben, ganz besonders in diesem Augenblick.

Dass er nicht mehr lange leben würde, hatte er ihnen in Maine mitgeteilt. Es war das letzte Mal, dass Kathleen dort gewesen war, und vermutlich würde sie auch nie wieder hinfahren. Die ganze Familie war am verlängerten Wochenende um den Labour Day in Maine zusammengekommen. Diesmal verstanden sie sich außergewöhnlich gut: Es gab kaum Streit, es wurden keine bösen Worte gewechselt und es kam nicht vor, dass jemand (normalerweise war es Kathleen) wütend das Zimmer verließ und sich in einem Motel einmietete. Ann Marie und Alice hatten einen großen Grillabend vorbereitet mit Steak, Maiskolben, Kartoffelsalat und Gurken und Tomaten aus dem Garten. Später rösteten die Kinder auf der Veranda Marshmallows über der Asche, wie auch ihre Eltern es als Kinder getan hatten.

Daniel legte eine Hand auf Kathleens Schulter und sagte: »Drehst du 'ne kleine Runde mit mir?«

Sie gingen zum Strand hinunter, Kathleen blickte zum Sommerhaus zurück und dachte, dass augenblicklich alles perfekt war. Die Sonne war gerade untergegangen, und die ganze wilde, verrückte Familie war auf dem Fleckchen Erde versammelt, den sie alle mehr als jeden anderen liebten. Patrick, Ann Marie,

Clare und Joe hatten es sich mit einem Bier in den Liegestühlen bequem gemacht, und die Kinder standen um den Grill herum. Alice hatte schlechte Laune, rannte hin und her und sammelte verärgert Servietten und Pappteller auf, aber das beachtete keiner.

»Wie läuft's mit der Abstinenz?«, fragte ihr Vater. Diese Frage stellte er ihr bei fast jedem Familientreffen, obwohl sie seit fünfzehn Jahren trocken war.

»Gut, Papa.« Ob er Alice diese Frage noch stellte? Vermutlich nicht. Alice hatte keine andere Wahl gehabt, als mit dem Trinken aufzuhören, und das verübelte sie ihrem Mann.

»Ich bin stolz auf dich«, sagte er.

Sie gingen bis ans Ufer, er streifte die Schuhe von den Füßen und ließ sich von den Wellen umschmeicheln.

»Was für ein schöner Abend«, sagte er, und bevor sie noch antworten konnte, fügte er hinzu: »Ich muss dir etwas sagen, mein Sonnenschein.«

»Ja?«, antwortete sie, aber sie war mit den Gedanken woanders und dachte, wie schön es war, hier zu sein, und dass es auf der Welt keinen Ort gab, von dem aus man so viele Sterne sah.

»Ich werde bald sterben«, sagte er dann einfach. »Ich habe Krebs.«

Einen Moment lang hielt sie das für einen seiner dummen Scherze.

»Das ist nicht komisch«, sagte sie, doch als sie ihm in die Augen blickte, sah sie dort zum ersten Mal in ihrem Leben Tränen.

Ihr Herz raste: »Meinst du das ernst?«

»Seit Dienstag steht es fest«, sagte er. »Mein Arzt hat mich vor zwei Wochen zu den Tests geschickt und ehrlich gesagt habe ich es da schon geahnt. Ich hatte gehofft, dass ich falsch liege. Aber ich habe natürlich recht gehabt. Wie immer.«

Er blinzelte ihr zu.

»Papa«, sagte sie. »Was für eine Art Krebs ist es?«

»Bauchspeicheldrüse. Wie bei Onkel Jack.«

Ihr wurde schwindelig. »Wie hat es angefangen?«

»Erinnerst du dich, dass ich mal Schmerzen in der Brust erwähnt habe?«

»Ja.«

»Das wurde immer schlimmer. Manchmal bin ich nachts aufgewacht und spürte diesen Schmerz von unterhalb der Brust bis durch zum Rücken. Deine Mutter dachte jede Nacht, ich hab 'nen Herzinfarkt. Und ich dachte, naja, Sodbrennen oder so. Jedenfalls gab Alice keine Ruhe, bis ich dann zu Dr. Callo gegangen bin. Und der hat mich zum Ultraschall geschickt. Ich fand das ja übertrieben, aber gut. Dann hat er mir gesagt, dass es Krebs ist. Sie haben noch einen Test gemacht, um das Stadium festzustellen. Und das war's auch schon.«

Er bemühte sich, fröhlich zu klingen. Als könnte gespielte Leichtigkeit den Schlag für sie dämpfen.

»Warum hast du nichts gesagt?«

Er zuckte mit den Schultern: »Ich wollte nicht, dass ihr euch Sorgen macht.«

Sie hätte schwören können, dass sie ihr Herz gegen ihre Rippen pochen hörte. »Und was jetzt?«

»Jetzt warten wir.«

»Was soll das heißen, wir warten? Was gibt es da zu warten?«

»Da kann man nicht mehr viel machen, Süße. Es ist schon in den Lungen. Im ganzen Körper. Es gibt so gut wie keine Hoffnung.«

»Aber so gut wie keine ist nicht gar keine«, sagte sie. »Du kannst doch nicht einfach aufgeben. Die heutige Medizin erreicht Unvorstellbares.«

Langsam wurde sie hysterisch. Normalerweise war er derjenige, der ihr Mut machte.

Er legte ihr die Hand auf die Schulter: »Hör mir mal zu: Ich habe mir das gut überlegt. Ich will das nicht. Kein Krankenhaus, keine Schläuche und kein Mikrowellenbestrahlungsblödsinn. Ich will einfach ganz normal weitermachen. Ich fühle mich gut, wirklich. Das hier, das will ich.« Er zeigte Richtung Sommerhaus. »Ich will, dass ihr zusammen seid. Und ich will das Lächeln deiner Mutter noch so oft wie möglich sehen.«

»Was sagt sie denn dazu?«, fragte Kathleen. »Warum hat sie nicht versucht, dich zur Vernunft zu bringen?«

»Hat sie ja«, sagte er. »Glaub mir, sie ist fuchsteufelswild. Aber ich will, dass wir ab jetzt so tun, als wär nichts weiter, okay?«

»Nein, das ist überhaupt nicht okay. Willst du mir etwa sagen, dass es keine Therapie gibt, keine Operation, die –«

»Nein. Bestrahlung könnte den Tumor verkleinern, aber das würde nicht viel bewirken. Eine Operation steht ganz außer Frage. Dazu ist der Krebs schon zu weit fortgeschritten. Außerdem halte ich nicht viel von Operationen. Mein Vater hat immer gesagt: Wenn sie dich erstmal aufschneiden, bist du geliefert. Ich glaub, da ist was dran. Es hat was damit zu tun, dass Luft reinkommt, glaube ich.«

War das Hirn schon in Mitleidenschaft gezogen? Und war dies einer dieser Augenblicke, in denen ein Kind genau das Gegenteil von dem tun musste, was der Vater sagte? Doch dann fuhr er fort: »Wenn es die geringste Chance gäbe, dass man mit diesem ganzen Kram irgendetwas ausrichten könnte, wäre ich sofort zu allem bereit. Aber der Arzt hat mir ziemlich klar gesagt, dass er nichts mehr für mich tun kann. Wir kennen uns schon eine Ewigkeit. ›Jim‹, hab ich zu ihm gesagt, ›wenn nicht ich, sondern du der Patient wärst –‹, und noch bevor ich zu Ende sprechen konnte hat er schon gesagt: ›Ich würde, was mir von meinem Leben noch bleibt, in vollen Zügen zu genießen.‹ Und mit ein bisschen Glück hab ich noch ein ganzes Jahr.«

Mit diesen Worten legte sich ein schwarzer Mantel um Kathleen. Sie wollte weinen und sich in seinem Pullover vergraben, wie sie es immer getan hatte, wenn das Leben unerträglich wurde. Aber sie wusste, dass diesmal sie die Starke sein musste.

»Ich kann verstehen, dass du keine Strahlenbehandlung willst«, sagte sie mit sanfter Stimme. Sie erinnerte sich noch genau, wie Eleanor, ihre Patin bei den Anonymen, am Ende ausgesehen hatte: Kahlköpfig und zu schwach, um auch nur aufzustehen. »Aber was ist mit alternativmedizinischen Ansätzen? Die Homöopathie ist weit entwickelt.«

Er grummelte. »Nein, danke. Ich habe eher vor, mit dem Rauchen anzufangen und rohen Hamburger mit 'ner Menge Salz zu essen, wie ihn meine Mutter gemacht hat. Steak Tartare nannte man das. Gesänge und so'n Zeug sind nichts für mich, Süße.«

Selbst in so einer Situation brachte er sie noch zum Lachen. Vor ein paar Jahren hatte sie ihm eine CD mit irischen Gesängen geschenkt, und seitdem nutzte er gnadenlos jede Gelegenheit, um sich darüber lustig zu machen.

»Keine Gesänge«, sagte sie. »Die Homöopathie ist wissenschaftlich fundiert. Ich werde mal ein bisschen recherchieren. Zumindest könnte es dir den Weg erleichtern.«

Dann flossen doch die Tränen.

Er nahm sie fest in den Arm. »Dann sag ich's jetzt deinen Geschwistern.«

Sie nickte.

»Ah, eine letzte Sache noch«, sagte er. »Deine Mutter ist in ihrem Leben durch die Hölle gegangen, Kathleen. Ich wollte ihr helfen, mit ihren Erlebnissen klarzukommen. Ich hatte nicht vor, noch eines hinzuzufügen. Jetzt bin ich mir nicht sicher, ob sie es alleine schafft. Das Gleiche gilt für dich, meine Süße. Für mich würde ein Traum in Erfüllung gehen, wenn ihr zwei euch gegenseitig helfen würdet.«

Es war typisch für ihren Vater, dass er sich sogar in dem Augenblick um Alice Sorgen machte, in dem er Kathleen sagte, dass er bald sterben würde. Sie versuchte, sich ein Leben ohne ihn vorzustellen und musste sich setzen.

Seit Kathleen denken konnte, hatte ihr Vater versucht ihr zu helfen, Alice zu verstehen. Er hatte ihr Geschichten von der Tante anvertraut, die Kathleen nie kennengelernt hatte, weil sie als junge Frau in einem Feuer umgekommen war, wofür Alice sich die Schuld gab. Er war ihr böse gewesen, als sie die Geschichte als Teenager in einem Streit mit ihrer Mutter gegen sie verwendet hatte, und Kathleen hatte sich deswegen schlecht gefühlt. Eigentlich fühlte sie sich deswegen auch jetzt noch schlecht. Aber sie hatte niemandem von der Sache erzählt, nicht einmal Maggie und Clare.

»Ich pass auf sie auf«, antwortete Kathleen mit schwacher Stimme. »Obwohl wir nicht mehr gemein haben als die Liebe für dich. Und das Alkoholproblem.«

Er schüttelte lächelnd den Kopf. »Ihr werdet euch noch wundern.«

Dieser Kommentar machte ihr Angst. Sie sah sowieso schon zu viele Ähnlichkeiten zwischen Alice und sich: Wie klein sie sich manchmal fühlte, wie schnell sie andere verurteilte und schikanierte und wie oft sie einen Streit vom Zaun brach. (Wie viele Male hatte Kathleen so lange Druck auf Ann Marie ausgeübt, bis sie tat, was sie wollte? Und das Schlimmste war, dass sie darauf auch noch stolz gewesen war.) Es gab bestimmte Worte, die sie nicht sagen konnte, ohne genau wie ihre Mutter zu klingen. Selbst der erdige, fast saure Geruch ihrer Haut beim Aufwachen ähnelte dem ihrer Mutter, ganz egal, welche Seife sie benutzte oder wie viel Creme sie vor dem Schlafengehen auftrug. Und die Sauferei. Mehr Gemeinsamkeiten wollte sie gar nicht entdecken.

Nachdem er ihr von seiner Krankheit erzählt hatte, recherchierte Kathleen tagelang bis spät in die Nacht. Das ergab alles keinen Sinn. Wenn sie so etwas las wie »Ihre Bauchspeicheldrüse ist etwa fünfzehn Zentimeter lang und hat die Form einer auf der Seite liegenden Birne«, wurde sie wütend. Diese dämliche Birne, dieses nichtige Etwas, sollte ausreichen, ihren Vater zu töten, der ihr alles bedeutete? Das war unmöglich.

Ihr Esstisch, der normalerweise schon von Zeitschriften und Zeitungen, verwaisten Socken und leeren Weight-Watchers-Fertiggerichtepackungen überflutet war, war nun von Ausdrucken über Krebs und einem Dutzend Büchereibüchern über Naturheilkunde übersät.

Sie weinte, wenn sie mit Maggie telefonierte, die gerade nach New York gezogen war und sich ständig fragte, ob sie nicht zurückkommen sollte. Kathleen sagte, sie solle bleiben, wo sie war, obwohl sie insgeheim hoffte, Maggie würde trotzdem kommen. Und an den meisten Wochenenden kam sie auch und ließ – dem Universum sei Dank – den alten Kunsthändler, mit dem sie damals zusammen war, in New York zurück.

Kathleen sehnte sich mehr denn je nach Alkohol, und sie fragte sich, ob es Alice genauso ging. Der Effekt war ihr noch gut in Erinnerung: Das erste Glas Wein nahm jeder Tragödie die Schärfe, und mit dem zweiten wurden einem die Wangen warm und die Gedanken optimistischer. Aber sie wusste ja, dass es ihr nicht möglich war, nur ein oder zwei Gläser zu trinken, selbst wenn sie sich in der Vergangenheit das Gegenteil eingeredet hatte.

Ab sofort ging sie zweimal täglich zu den Anonymen.

Kathleen brachte ihrem Vater Tees und Kräuter von einem angesehenen Heilpraktiker in Chinatown. Auf seinem Nachttisch deponierte sie ein Glas mit glatten, grünen Runensteinen. Sie gab die Steine als Dekoration aus, aber in Wirklichkeit hatte Kathleen sie dort platziert, weil man früher geglaubt hatte, sie könnten die Toten zum Leben erwecken. Sie entzündete Chakra-Kerzen in seinem Zimmer, von denen man sagte, ihr Licht könne Spannungen lösen und die Vermehrung weißer Blutkörperchen anregen. Sie führte ihre allmorgendliche zweistündige Meditation fort, aber jetzt konzentrierte sie sich nicht auf sich selbst, sondern auf die Organe ihres Vaters, versuchte, mit dem Krebs zu kommunizieren und ihn durch Gedankenarbeit dazu zu bringen, sich zu verkleinern und zu verschwinden.

Die Familie, Daniel eingeschlossen, machte sich über sie lustig, und sie lachte mit, als wolle sie sagen: *Ich weiß, dass es verrückt ist, aber lasst mir doch den Spaß.* Ihr war bewusst, dass es vermutlich alles Quatsch war, aber warum sollte man es nicht versuchen?

Und manchmal glaubte sie, dass es vielleicht doch funktionieren könnte.

Anfang Oktober stand Alice plötzlich mit etwas in Alufolie Verpacktem in der Hand vor Kathleens Haustür.

»Was ist das denn?«, fragte Kathleen zur Begrüßung. Sie war verärgert, weil Alice sich nicht angekündigt hatte. Jetzt hatte Alice Kathleen bei ihrer Morgenmeditation im Garten unterbrochen, und außerdem war sie noch im Schlafanzug.

»Gebäck. Hab ich dir vom Bäcker mitgebracht. Saftig und ausgesprochen lecker.«

»Gebäck, das du für mich gekauft hast oder von dem du und Papa die Hälfte gegessen habt, bevor du mir die Reste weiterreichst?«

»Du hast Zimtschnecken doch immer gern gegessen.«

»Und du hast meine Frage nicht beantwortet.«

»Du willst sie nicht. Auch gut. Du hast in letzter Zeit sowieso zugelegt. Ist ja auch verständlich, in dieser Situation, aber du solltest dich trotzdem ein bisschen zurückhalten.«

Kathleen atmete tief durch. Sie hatte sich erst vor kurzem vorgenommen, mit ihrer Mutter ihre Geduld zu trainieren, und schon versagte sie.

Sie setzten sich in die Küche, und in diesem Augenblick sah Kathleen den Raum mit Alices Augen. Sie war nie besonders ordentlich gewesen, aber seit ihr Vater krank war, war es schlimmer geworden. Dreckiges Geschirr stapelte sich in der Spüle gefährlich hoch, sie hatte den Müll seit einer Woche nicht runtergebracht und der Eimer für Plastik war am Überquellen. In der Nacht hatte einer der Hunde in der Küche eine Pfütze gemacht, auf die sie am Morgen erst einmal ein paar Küchentücher geworfen hatte, um sich nach dem Kaffee darum zu kümmern.

»Kann ich dir etwas anbieten, Mama?«, fragte sie.

»Nein, ich bleibe nicht lange. Dein Vater braucht mich.«

»Ich komm auch bald rüber«, sagte Kathleen. »Hatte ich sowieso vor.«

Alice sah sich mit dramatischer Geste im Raum um, und Kathleen spürte, wie sich ihre Eingeweide verkrampften.

»Das ist ja ein Katastrophengebiet«, platzte Alice schließlich heraus. »Wie hältst du das nur aus?«

»Ich komm schon klar«, sagte Kathleen.

»Und du lässt mit der Küche in diesem Zustand Leute ins Haus?«

»Naja, die meisten stehen ja auch nicht ungeladen mit Gebäck von gestern vor der Tür.«

»Dann muss ich mich wohl für meine schlechten Umgangsformen entschuldigen. Mein Mann hat Krebs.«

»Ach ja? Das wusste ich noch gar nicht.«

Alice seufzte und richtete sich auf, als würde sie die Kraft sammeln, die nötig war, um sich mit einer Wahnsinnigen auseinanderzusetzen.

»Deshalb bin ich übrigens auch hier.«

»Okay«, sagte Kathleen. »Worum geht's?«

»Wie du weißt stellt sich dein Vater, was die Bestrahlung angeht, quer. Ich habe viel darüber nachgedacht und bin zu dem Schluss gekommen, dass du die einzige bist, die ihn dazu bringen kann, eine Strahlentherapie zuzulassen.«

Kathleen lächelte. »Dasselbe hatte ich auch von dir gedacht, aber dann ist mir klar geworden, dass er recht hat.«

Sie fühlte sich Alice plötzlich nah und legte die Hand zärtlich auf ihre.

Alice zog sie weg. »Was soll das heißen?«

»Der Krebst ist zu weit fortgeschritten, und das weißt du auch, Mama. Diese ganzen Therapien würden es ihm nur noch schwerer machen.«

»Das denkt er«, sagte Alice. »Aber da kann man noch eine Menge machen. Sie sagen, dass es zu spät ist, aber ich sehe ihn doch jeden Tag, und es geht ihm gar nicht so schlecht. Er ist immer noch der Alte, Kathleen. Ich weiß einfach, dass es noch nicht zu spät ist. Bitte, ich flehe dich an: Überzeuge ihn von einer Strahlenbehandlung. Was haben wir noch zu verlieren? Wenigstens hat er dann wirklich alles versucht.«

»Ich kann nicht«, sagte Kathleen. »Ich muss seinen Wunsch respektieren. Außerdem glaube ich nicht, dass Dr. Callo überhaupt einverstanden wäre. Wir können jetzt nur noch hoffen. Und versuchen, Papa noch viele glückliche Momente zu schenken.«

Sie erkannte am Blick ihrer Mutter, dass Alices Stimmung umgeschlagen war. Kathleen wusste nicht, wie ihr geschah.

Alice stand auf. »Du meinst also, dass ich ihm beim Sterben zusehen soll? Und das Krankenhaus nie auch nur betreten? Ich soll mich abends neben ihn ins Bett legen und einfach sagen: ›Gute Nacht, Schatz. Hoffentlich lebst du noch, wenn ich aufwache.‹«

»Ich weiß, dass es schwer ist«, sagte Kathleen.

»Du steckst dahinter«, sagte Alice erhitzt. »Du und deine dämlichen Kräuter. Du hast ihm eingeredet, dass er sonst nichts braucht.«

»Das ist nicht wahr!«, sagte Kathleen und wurde sauer. »Du suchst jetzt einen Schuldigen, aber es kann ja niemand etwas dafür. Und ich lasse nicht zu, dass du mich mit dieser negativen Energie bombardierst, wenn wir uns doch gemeinsam darauf konzentrieren müssen, ihm Kraft zu geben.«

»Energie! Konzentration! Der Mann braucht Medikamente, Kathleen. Er braucht einen Arzt. Wenn du nicht wenigstens versuchst, mit ihm über eine Therapie zu sprechen, werde ich dir das nie verzeihen.«

Kathleen tat, als sei ihr das egal und zuckte mit den Schultern. Es war der ganz normale Alice-Wahnsinn, und in ein paar Tagen hätte ihre Mutter die Drohung schon wieder vergessen.

Aber nachdem Alice gegangen war, kamen Kathleen die Tränen.

Als sie am Nachmittag zu ihren Eltern hinüberfuhr und das Schlafzimmer betrat, schlief ihr Vater gerade. Alles, was sie ihm in den letzten Wochen gebracht hatte – die Runensteine, die Vitamine, die Kerzen und der Tee – war verschwunden.

Sein Zustand verschlechterte sich schnell. Seine Haut nahm eine ungesunde gelbe Farbe an, und schließlich geschah dasselbe mit dem Weiß, das das Blau seiner Augen rahmte. Ihm war ununterbrochen übel und er konnte nichts bei sich behalten. Sie mussten hilflos zusehen, wie er dahinschwand. Daniel war ein fröhlicher Mensch gewesen, aber jetzt erlebte Kathleen ihn zum allerersten Mal traurig. Sie sehnten sich nach seinem Lachen, vermutlich mehr ihrer selbst willen als zu seinem Wohl. Ihn bedrückt zu sehen war so ungewohnt, dass es einem den Magen umdrehte, wie der Anblick eines nach einem Unfall aus dem Fleisch ragenden Knochens.

Die Familie rückte näher um ihn zusammen, und jeder tat, was er nur konnte. Sie schauten bis zum Erbrechen Dick & Doof und Jackie Gleason, Clares Sohn Ryan sang Daniels liebste Dean-Martin-Klassiker, Maggie schickte Bücher mit irischen Rätseln und Witzen, Ann Marie kochte mehr Suppe, als ein normaler Mensch im ganzen Leben konsumiert, und kümmerte sich liebevoll um Alice, brachte ihr Geschenke und ging mit ihr alle paar Wochen essen.

Er war nie allein. An fünf bis sechs Abenden in der Woche kamen alle bei Alice und Daniel, im Haus ihrer Kindheit, zum Abendessen zusammen. Sie saßen an seinem Bett, holten die Maine-Fotobände vom Regal – beim Blättern sagte er eines Abends traurig: »Ich werde Maine nicht wiedersehen« – und sie lachten über jeden seiner Witze. Sie unterbrachen ihn nicht mehr bei seinen komplizierten Geschichten, die sie früher mit den Worten »Komm mal zum Ende, Papa, wir haben nicht den ganzen Tag!« abgebrochen hätten.

Kathleen saugte jeden Augenblick wie ein Schwamm in sich auf und wünschte sich oft, mit ihm alleine sein zu können. Für sie war das die schlimmste Phase der Trauer: Wenn der Mensch, den man liebt, noch neben einem sitzt, man aber schon weiß, dass er nicht mehr lange da sein wird.

Am Ende wog er nur noch vierundvierzig Kilo.

Er erlebte Thanksgiving und Weihnachten, aber dann war schnell klar, dass nicht mehr viel Zeit blieb. Kurz nach Neujahr sah Kathleen vom Küchenfenster aus den fallenden Schneeflocken zu, als das Telefon klingelte. Daniel war tot.

Patrick und Ann Marie standen wie immer schon in den Startlöchern und nahmen sofort alles in die Hand. Ann Marie fuhr Alice, die gar nicht wusste, wie ihr geschah, zum Bestattungsinstitut, um einen Sarg auszuwählen und telefonierte mit einem Cateringservice; Patrick nahm wegen des Testaments mit dem Notar Kontakt auf. Und zwar noch am Todestag. Kathleen widerte der Gedanke bis heute an: *Wer tat denn so etwas?*

Dann rief Patrick mit der Nachricht an, dass Daniel abgesehen von dem Haus in Canton, dem Anwesen in Maine, seiner Rente und ein paar Ersparnissen für Alice alles ihr vermacht hatte.

»Er hatte dreihunderttausend Dollar. Alles deins«, sagte Pat. »Clare und Joe kriegen das Auto, ich Großvaters Uhr und Papas alte PINGs.«

»PINGs?«

»Golfschläger. Es ist eine Menge Geld, Kath. Du und Papa seid doch tatsächlich noch über seinen Tod hinaus miteinander verschworen«, sagte er, als wäre das alles abgemacht gewesen. In Wirklichkeit hatte ihr Vater nie mit ihr über Geld gesprochen, und sie hatte sich dafür auch nicht interessiert.

Dreihunderttausend Dollar waren für Kathleen fünf Jahresgehälter und mehr als genug, um die Ausbildung ihrer Kinder zu finanzieren. Aber wenn ihr Bruder gedacht hatte, dass ihr das ein Trost sei, hatte er sich geirrt. Für ihn und seine Frau war materieller Besitz von großer Bedeutung. Kathleen wollte nur ihren Vater zurück.

Nach seinem Tod nahm sie sich eine Woche Urlaub. Sie verbrachte fünf Tage im Bett und stand nur auf, um auf die Toilette zu gehen oder sich ein Glas Wasser zu holen. Sie las keine E-Mails, schaltete den Fernseher nicht an und aß nicht. Sie wollte niemanden sehen, außer Maggie, die sich neben sie ins Bett legte und ihr mit der Hand durchs Haar fuhr. Sie sprachen nicht miteinander. Kathleen dankte dem Universum für diese von ihr geschaffene Tochter, die einzige in dieser verdammten Familie, die sie verstand.

Ann Maries hysterisches Weinen bei der Totenwache hatte Kathleen wahnsinnig gemacht.

»Am liebsten würde ich ihr eine runterhauen«, flüsterte sie Maggie zu.

»Mama –«, wies Maggie sie zurecht. Ihre Tochter benahm sich immer erwachsener als Kathleen. Doch kurze Zeit später erreichte Ann Maries Schluchzen einen neuen Höhepunkt, und Maggie hob eine Braue. Sie lehnte sich zu Kathleen rüber und flüsterte ihr ins Ohr: »Was meinst du: Weint sie wegen Opa oder wegen der Golfschläger?«

Zur Beerdigung am nächsten Tag erschienen mehr als einhundert Gäste, obwohl dreißig Zentimeter Schnee gefallen waren und es noch immer weiterschneite. Kathleen schaffte es kaum, sich das dunkelblaue Kleid anzuziehen, das Maggie für sie ausgesucht hatte, weil es das einzige Kleidungsstück in ihrem Schrank war, das annähernd schwarz war.

Nach der Totenmesse gingen sie zu Pat und Ann Marie. Das Haus war voller Leute – eine blöde Tradition. Kathleen wollte niemanden sehen, und die meisten Gäste kamen ihr nicht einmal bekannt vor. Sie standen in der Küche und aßen Lasagne und Schinkenbrote von Papptellern. Ein Fremder nach dem anderen kam auf sie zu und sagte verlegen, wie leid es ihm doch tat und was für ein guter Mensch Daniel gewesen sei.

Die Leute standen in kleinen Gruppen, tranken viel und lachten zwischendurch laut. Warum mussten die Iren eine Beerdigung immer zu einer Art Burschenschaftlerparty machen? Einige Stunden vergingen und Kathleen überlegte, wann sie sich aus dem Staub machen könne. Aus Erfahrung wusste sie, dass die Gäste die ganze Nacht bleiben würden.

Kathleen hatte auf der Arbeit einigen Jugendlichen über den Tod ihrer Eltern hinweggeholfen, und im Vergleich zum Schicksal anderer hatte sie viel Glück gehabt. Aber in diesem Augenblick war ihr das egal. Ihr war sehr wohl bewusst, dass sie sich wie ein Kind benahm. Und wenn schon. Ihr Vater war tot.

Als Ann Marie Nachtisch und Kaffee servierte, nahm sich Kathleen ein Éclair, setzte sich zu Ryan und ein paar anderen Kindern im Hobbyraum aufs Sofa und guckte mit ihnen Cartoons. Sie tat, als würde sie auf die Kinder aufpassen, aber in Wirklichkeit hätte sie es nicht einmal bemerkt, wenn sie ihr Haar in Brand gesetzt hätten.

Gerade lief der Abspann zu irgendeiner Sendung mit dem Namen *Ren und Stimpy*.

»Lust auf *SpongeBob Schwammkopf*?«, fragte Ryan die anderen Kinder gastfreundlich. »Kommt jetzt als nächstes.«

»Ja!«, riefen sie.

Ein kleiner Junge wandte sich glücklich zu Kathleen und sagte: »SpongeBob wohnt in einer Ananas am Meeresgrund.« Wenn sie ihn richtig verstanden hatte, jedenfalls.

»Ach tatsächlich?«, antwortete sie.

Kathleen beneidete die Kinder. Sie hatten noch keine Ahnung von Verlust und waren nur hier, weil sie jemand mitgeschleppt hatte. Sie wussten wahrscheinlich nicht einmal, ob es eine Erstkommunion, ein Leichenschmaus oder die Ruhestandsfeier irgendeines alten Knackers war. Und es konnte ihnen ja auch egal sein.

Durch die Tür, die zum Esszimmer führte, sah sie Alice an der improvisierten Bar stehen. Ihre Mutter füllte ein Glas bis zum Rand mit Rotwein, führte es an die Lippen und trank es halbleer.

Kathleen schrak hoch. Sie hatte ihre Mutter seit ihrer Kindheit nicht trinken sehen, und nichts hätte sie mehr überrascht.

Sie stand auf, ging in den Flur und sah sich suchend nach Clare und Maggie um, konnte sie aber nicht entdecken. Dann ging sie auf Alice zu.

»Was machst du da, Mama?«

»Wonach sieht es denn aus? Ich trinke.«

Sie war schon nicht mehr nüchtern, und ihre Lippen und Zähne waren violett verfärbt. Wie viel hatte sie getrunken? Kathleen wollte losrennen, um ihren Vater zu holen.

»Vielleicht bringen wir dich besser ins Bett«, sagte sie.

»Ins Bett? Es ist sechs Uhr. Ich bin keine schwächliche Alte, Kathleen.«

Am Tisch blickten ein paar Leute auf und schauten zu ihnen herüber.

Kathleen sagte mit gedämpfter Stimme: »Das habe ich auch nicht gesagt, ich –«

»Was? Du hast ihn umgebracht und jetzt willst du mich auch loswerden. Ist es nicht so?«

Kathleen trat einen Schritt zurück.

»Es reicht dir nicht, *fast* das ganze Erbe zu haben. Du willst es alles«, sagte Alice, und Kathleen musste sich zusammenreißen, um sie nicht zu ohrfeigen.

Stattdessen drehte sie sich um und drängte sich durch die Menge, bis die Maggie und Christopher fand. Sie packte die beiden am Hemdskragen, als wären sie kleine Kinder, die ohne zu gucken über die Straßen rennen wollten, zerrte sie Richtung Tür und raus zum Auto. Erst dann sprach sie.

»Ich rede nie wieder mit dieser Frau«, sagte sie.

»Was hat das Miststück sich wieder erlaubt?«, fragte Christopher.

Unter anderen Umständen hätte Kathleen sich wegen seiner Ausdrucksweise Sorgen gemacht und ihn vielleicht sogar zurechtgewiesen, aber jetzt war sie irgendwie dankbar.

Am nächsten Tag rief Alice mehrmals an und hinterließ Nachrichten, derer zufolge man hätte denken können, es wäre keine Beerdigung, sondern die Hochzeit einer entfernten Cousine gewesen: »Hast du Mary Clancys missratenes Facelifting gesehen? Ruf mich an, dann können wir tratschen«, sagte sie. Oder: »Hattest du nicht auch den Eindruck, dass Ann Maries gefüllte Eier verdorben waren?« Bei diesem Kommentar war Kathleen endgültig klar, dass Alice sehr wohl wusste, dass sie sich daneben benommen hatte, aber was geschehen war, erwähnte ihre Mutter nie wieder.

Kathleen sprach zehn Monate lang kein Wort mit Alice, bis es schließlich zu einem Waffenstillstand kam. Ob sie es wollten oder nicht: Zu Ann Maries Thanksgiving-Essen mussten sie an einem Tisch sitzen.

Aber verziehen hatte sie Alice bis heute nicht.

Wenige Monate nach der Szene bei der Beerdigung ihres Vaters lernte Kathleen Arlo kennen. Die Farm in Kalifornien war sein größter Traum, und innerhalb weniger Wochen überlegten sie gemeinsam, wie der Plan umgesetzt werden konnte. Kathleen wusste schon länger, dass es Zeit war, Massachusetts zu verlassen, wo die Geister der Vergangenheit sie verfolgten. Maggie wohnte in New York und Chris war am Trinity College. In Boston hielt sie nichts mehr. Die Kellehers hielten sie natürlich für verrückt: *Mit Papas Geld eine Farm für Wurmscheiße eröffnen* war doch die ideale Pointe für einen Kathleen-Witz: *Was für einen Quatsch denkt sie sich als nächstes aus?*

Als sie umzogen, kannten Arlo und sie sich gerade ein halbes Jahr. Im Rückblick bewunderte Kathleen ihre eigene Risikobereitschaft. Aber jeder Grund, aus Massachusetts zu verschwinden, war willkommen. Arlo war nie verheiratet gewesen. Er war sieben Jahre lang mit einer Frau namens Flora zusammen gewesen, die auch jetzt noch ab und zu anrief, um sich nach ihm zu erkundigen. So war es eben zwischen Arlo und Flora. Kathleen war anders, aber sie versuchte, es ohne Eifersucht hinzunehmen. Einmal hatte sie mit Flora und Arlo sogar bei Kerzenschein in einem kleinen Restaurant am Berghang zu Abend gegessen und beinahe gerne zugehört, als Flora ihnen von ihrem Töpferatelier in Portland erzählte, von ihren wechselnden Freunden, ausnahmslos Deadheads (»Mit anderen läuft's bei mir einfach nicht, daran hat sich bis heute nichts geändert.«), und von ihrer Zeit mit Arlo (»Wir hielten uns damals für seelenverwandt, weil unsere Namen fast Anagramme sind.«). Aber es lohnte sich für Kathleen schon deshalb mitzukommen, um zu hören, wie Arlo sein Leben mit Kathleen beschrieb. Es klang nach einem friedlichen und zufrieden Leben, und das war es auch.

Es war ihr in erster Linie darum gegangen, von den Kellehers wegzukommen, das war ganz klar. Das erste Mal in ihrem Leben hatte sie Abstand zu ihrer chaotischen Familie und musste nicht mehr Teil davon sein. Andererseits konnte sie jetzt, auch wenn sie es wollte, kein Teil mehr davon sein. Sie hörte von ihren Kindern, von Clare und jetzt, da sie das Kriegsbeil begraben hatten, auch von Alice den neuesten Familientratsch und verrückte Geschichten über Streitigkeiten und Missverständnisse, und stellte ab und zu überrascht fest, dass sie das alles ein bisschen vermisste.

Und dann war da das Schuldgefühl, die Hausmarke der Religion, in die sie hineingeboren war. Als Kathleen ihrem Vater versprach, auf Alice aufzupassen, hatte sie nicht bedacht, wie schwer das sein würde. Ihr war klar, dass Frauen in ihrer Situation nicht so weit weggehen sollten. Es wurde von einem erwartet, dass man in der Nähe der Kinder und der alternden Eltern blieb und die mittleren Lebensjahre ihrem Wohlergehen opferte, egal, was sie einem früher angetan hatten. Ganz egal.

Maggie

Maggie und Rhiannon hatten verabredet, am Dienstagmorgen loszufahren. Als Maggie aufwachte, hatte Gabe noch immer nicht angerufen. Erst durch das heftige Gefühl der Enttäuschung wurde ihr klar, wie sehr sie gehofft hatte, er würde es sich noch einmal anders überlegen. Jetzt fühlte sie sich schwermütig und mutlos. Aber irgendwie schaffte sie es in die Dusche und war pünktlich fertig. Höflichkeit hat Priorität, dachte sie. Woher um Herrgotts willen hatte sie dieses gute Benehmen? Wahrscheinlich daher, dass sie einfach immer das Gegenteil von dem tat, was sie bei ihrer Mutter beobachtet hatte. Und vermutlich auch von Tante Ann Marie.

Maggie trat mit einer Reisetasche über der Schulter vor Rhiannons Wohnungstür. Sie hatte umgepackt und nahm nur noch die Hälfte mit, weil sie ja nur ein paar Tage bleiben würde.

Sie klopfte und Rhiannon tauchte in einem Baumwolltuch auf, das auf halber Höhe des Oberschenkels endete. (»Deine Knie sollten eine Party schmeißen und den Rock von oben einladen«, hatte Maggies Großvater immer gesagt, wenn er sie in einem Kleid sah, das er für zu kurz hielt.)

Maggie hatte bei der Wahl ihrer Kleidung kein Geschick. Die perfekt geformten Körper der New Yorker Frauen, ihre Fähigkeit, bei allen Wetterlagen mit Pfennigabsätzen herumzuspazieren und ihr eiserner Wille, wenn im Restaurant ein Brotkorb auf dem Tisch stand, erstaunten sie. Wenn es nach ihr ginge, sollte jeder in einem Kartoffelsack herumlaufen. Das würde doch faire Bedingungen schaffen.

Ihre Jeans Größe 32 war vorhin beim Anziehen noch bequem gewesen, aber jetzt kam sie ihr plötzlich eng wie eine Schlangenhaut vor, und Maggie musste sich in Erinnerung rufen, dass sie schwanger war (verbat sich aber die Einsicht, dass die Jeans ihr schon lange nicht mehr richtig passten).

Um viertel nach neun saßen sie im Auto, und um halb zehn hielten sie das erste Mal zum Essen an. Rhiannon tankte, während Maggie in den Laden ging, um zu bezahlen und ihnen etwas zum Frühstück zu besorgen.

»Irgendwas super Süßes mit ’nem Kilo Butter drin«, verlangte Rhiannon überraschend.

»Die Einstellung gefällt mir.«

Maggie ging zu einer Instrumentalversion von »Open Arms« von den Journeys durch die Regalreihen. Vor ein paar Wochen hatte Gabe das Lied in betrunkenem Zustand bei der Karaoke-Geburtstagsparty eines früheren Arbeitskollegen gegrölt.

Sie wusste nicht genau, wie weit sie schon gekommen waren. Queens vielleicht?

Ihr Handy steckte in der Hosentasche und war auf Vibrations-alarm gestellt. Sie nahm eine Packung Minidonuts mit Puderzu-cker vom Haken von der Wand mit Fertigprodukten.

Der Mann an der Kasse trug ein Kreuz groß wie ein Ziegelstein um den Hals. Sie dachte an das winzige silberne Kruzifix, das sie als Kind getragen hatte; ihre Großmutter und Tante Ann Marie trugen bis heute so eines. Ein bescheidenes Kreuz wie dieses, das man unter der Bluse trug, sprach in schlichter Sprache von der Liebe seines Trägers zu Gottes Sohn. Ein Kreuz wie das am Hals dieses Mannes sagte: »Ich will, dass andere denken, dass ich für Gott was übrig hab.«

»Schöner Tag für einen Ausflug«, sagte er, während er ihren Einkauf in die Kasse eingab. »Haben Sie ein Glück, dass Sie nicht wie unsereins hier festsitzen.«

Sie wollte gerade schon auf ihren Kopf zeigen und erwidern: »Und Sie haben Glück, dass Sie nicht wie ich hier festsitzen.«

Stattdessen lächelte sie und sagte: »Schönen Tag noch.«

Im Auto öffnete Maggie die Tüte mit den Donuts und reichte Rhiannon einen.

»Treten Sie aufs Pedal, Fahrer!«, sagte sie.

Sie war Rhiannon für ihre Hilfe und Aufmerksamkeit dankbar. Aber sie wurde auch das Gefühl nicht los, dass sie jetzt eigentlich bei Gabe sein müsste, dass sie zu zweit in seinem schnellen Auto lachend Radiolieder mitsingen sollten. War es doch ein Fehler gewesen? Sie biss sich auf die Unterlippe, um nicht zu weinen, und kam sich vor wie ein kleines Mädchen.

»Und?«, sagte Rhiannon fröhlich. »Auf einer Skala von eins bis zehn: Wie sehr sehnst du dir heute den Tod herbei?«

Maggie grinste. »Kein Kommentar.«

»Ich kann mir vorstellen, wie du dich fühlst«, sagte Rhiannon. »Als ich noch mit Liam verheiratet war, bin ich auch schwanger geworden. Das merkte ich kurz nach dem Tag, an dem er mich das erste Mal geschubst hat und ich wusste, dass ich mich von ihm trennen würde. Obwohl sich das wahrscheinlich schon lange vorher entschieden hatte. Ich bin wohl doch nicht der Typ fürs häusliche Leben.«

Maggie war das vollkommen neu.

»Er ist handgreiflich geworden?«, sagte sie.

»Ja, das war sein kleines Hobby.«

Sie sprach so beiläufig davon. War Gabes Verhalten damit auch nur ansatzweise vergleichbar?

»Und was hast du dann gemacht?«, fragte Maggie.

»Abgetrieben. Ich hab's ihm nie erzählt.«

Maggie atmete tief durch. »Krass.«

»Ja. Nachdem du gestern Abend gegangen warst, habe ich über deine Situation nachgedacht. Du bist mutig. Ich bin froh, dass du mit mir darüber gesprochen hast. Ich habe es damals niemandem erzählt. Man könnte denken, dass die beste Freundin, die Mutter oder der Ehemann die ersten sind, denen man es erzählt. Mein Mann war offensichtlich disqualifiziert. Mit meiner besten Freundin hatte ich schon über ein Jahr nicht mehr gesprochen. Und mit meiner Mutter habe ich in meinem ganzen Leben über nichts Tiefgründigeres als die Tennis Championships geredet.«

Maggie wusste nicht, was sie sagen sollte. Ihre Beziehung zu ihrer Mutter war das andere Extrem. Als Maggie als Jugendliche einmal übers Wochenende bei ihrem Vater war, hatte Kathleen nicht nur ihr Tagebuch gelesen, sondern sogar Notizen an den Rand gekritzelt. Zum Beispiel: *Diese negative Einstellung gegenüber deinem Körper ist leider weit verbreitet, aber du musst sie als das erkennen, was sie ist: Ein Symptom des krankhaften Körperkults in unserer Gesellschaft.* Oder: *Dieser Esel hat dich überhaupt nicht verdient. Erinnert mich an einen, mit dem ich im College geschlafen habe. Später stellte sich heraus, dass er schwul war.*

Zwanzig Jahre nüchtern und jede Menge Berufserfahrung als psychologische Betreuerin auf dem Buckel und Kathleen hatte noch immer kein Gefühl dafür, was man mit wem teilen konnte. Mit zweiunddreißig Jahren entdeckte Maggie jetzt langsam die »Grenzen zwischen den Generationen«, wie ihre Therapeutin es nannte. Kathleen war mehrfach ohne Ankündigung nach New York gekommen, hatte in Maggies kleiner Wohnung gehaust und zwei, drei Wochen hintereinander mit ihrer Tochter in einem Bett geschlafen. Maggie machte das wahnsinnig, aber sie hatte es nicht übers Herz gebracht, ihre Mutter wegzuschicken oder zu bitten, sich wie andere Eltern ein Hotelzimmer zu nehmen. Und wenn dann Kathleens Abreisetag kam, weinten doch beide.

»Ich habe mich immer nach mehr Abstand zwischen mir und meiner Mutter gesehnt. Sie erzählt mir mehr von sich, als mir lieb ist«, sagte Maggie und hatte sofort ein schlechtes Gewissen. »Manchmal würde ich für eine Mutter, die nur über Tennis redet, meinen rechten Arm geben.«

»Und warum hast du ihr noch nichts von dem Baby gesagt?«, fragte Rhiannon.

»Ihre Reaktion würde meine Entscheidung beeinträchtigen, und ich wollte mir erstmal selbst eine Meinung bilden. Ist das nachvollziehbar?«

Rhiannon nickte. »Irgendwie beneide ich dich um eure Beziehung. Bevor ich weggegangen bin habe ich alles versucht, um meine Mutter zum Reden zu bringen«, sagte sie. »Ich wollte Schluss machen mit dieser Falschheit zwischen uns und sie dazu bringen, sich mit mir auseinanderzusetzen und auszusprechen, was sie mir nicht verzeihen konnte, was sich in einer Familie eben im Lauf der Jahre so anstaut. Aber sie wollte nicht, oder konnte nicht.«

Maggie fragte sich, was zwischen Rhiannon und ihrer Mutter passiert sein konnte. Sie wollte mehr wissen, aber Rhiannon sagte nun in einem neuen Ton, der signalisierte, dass sie nicht weiter darauf eingehen wollte: »Kennst du auch so jemanden oder ist das eine schottische Spezialität?«

»Meine Großmutter ist auch so«, sagte Maggie. »Sie weigert sich, mit mir über Bedeutungsvolleres als das Klopapierangebot im Supermarkt zu reden.«

Sie fuhren eine Weile schweigend dahin, im Hintergrund lief das Radio. Maggie dachte an Gabe und fragte sich, ob sie jemals wieder den Kopf auf seine nackte Brust legen würde. Würde sie irgendeinen ihrer gemeinsamen Lieblingsorte ohne ihn besuchen können? Das kleine Kino in Brooklyn mit seinen hundertfünfzig Sitzen, wo es noch Egg Cream gab oder die alten italienischen Bäckereien bei Carroll Garden, wo man für einen Dollar einen kopfgroßen Schokoladenkeks bekam. Sie sah sich von Fremden umgeben in der Kälte einen Kinderwagen die Court Street hinaufschieben.

Jetzt wandte Maggie sich Rhiannon zu und fragte ohne darüber nachzudenken: »Hast du damals überlegt, das Kind alleine großzuziehen?«

»Nein, keinen Augenblick«, sagte Rhiannon. »Deshalb halte ich deine Entscheidung auch für bewundernswert.«

»Oder geisteskrank«, sagte Maggie.

»Würdest du zu Gabe zurückgehen, sollte er dich darum bitten?«

»Ich weiß nicht«, sagte Maggie, obwohl sie ziemlich sicher war, dass sie es tun würde. »Ich habe viel in ihn investiert.«

»Das bringt dir in deiner Lage jetzt vielleicht nicht viel, aber ich bin sicher, dass du ohne ihn besser dran bist. Und glaub mir: Heiraten macht alles nur noch schlimmer. Man denkt, dass es die Risse kittet und die Wasserflecke abdeckt, wo was undicht war. Aber in Wirklichkeit passiert das Gegenteil.«

»Ich weiß«, sagte Maggie, obwohl auch sie manchmal geglaubt hatte, dass die Ehe alles richten würde. Überall in New York blitzten Eheringe an den Fingern von Männern ihres Alters. Sie sah sie in der U-Bahn, der Cafeteria und auf der Arbeit. Die Männer, die sie trugen, waren, als Gabe und Maggie sich kennenlernten, noch nicht bereit gewesen, sich zu binden, aber seitdem waren sie irgendeiner in die Falle gegangen. Jeder einzelne der Ringe erinnerte sie funkelnd an das, was sie nicht hatte.

Sie fand es selbst komisch, dass sie trotz dessen, was sie miterlebt hatte, unbedingt heiraten wollte. Der Drang danach musste Veranlagung zu sein. Und wann immer ein Erwachsener in ein Unglück verstrickt war – als ein Kollege ihres Vaters entlassen wurde, zum Beispiel, oder man bei einem Freund ihrer Mutter ein Lungenemphysem entdeckte – war ihre erste Frage: »Ist er verheiratet?« Als wäre das eine Absicherung und Garantie dafür, dass sich jemand immer liebevoll kümmern würde, anstatt einen dafür zu verachten, dass man seinen Job verloren oder trotz Flehens und Bittens immer weiter geraucht hatte.

Es war vielleicht nicht gerade emanzipiert, aber manchmal beneidete Maggie ihre Großmutter und die Frauen jener Generation darum, dass für sie Liebe, Ehe und Kinder selbstverständlich waren.

»Irgendwie liebe ich ihn trotz allem«, sagte sie.

»Hmm.« Rhiannon nickte. »Scheißliebe.«

»Ich glaube, dass das, nach dem wir uns sehnen, uns auch zerstören kann«, sagte Maggie.

»Oh, solche Theorien mag ich. Erzähl«, sagte Rhiannon.

Soweit sie sehen konnte, erklärte Maggie, war es das Verlangen, das einen Menschen zu dem machte, was er war und ihn glücklich machte oder seinen Ruin brachte. Dabei ging es nicht nur um Zwischenmenschliches. Es konnte auch das Verlangen nach einer bestimmten Sache oder Tätigkeit sein, etwas, das einen definiert. Ihre Mutter war dem Alkohol verfallen. Andere Leute tranken vielleicht ein oder zwei Gläser zum Abendessen, weil es ihnen schmeckte, aber Kathleen hatte dieses unstillbare Verlangen, und das hatte sie fast zerstört. Onkel Patrick und Tante Ann Marie waren versessen auf Status, Geld und ihre Wirkung auf andere, und das würde auch sie eines Tages kaputtmachen, wenn das nicht schon längst passiert war.

Maggie selbst hatte für Hochprozentiges wenig übrig, dennoch fürchtete sie den Alkohol, denn der Alkoholismus lag ihr im Blut. Auch Geld bedeutete ihr nichts. Solange es für ein Dach über dem Kopf und Schulgebühren reichte, solange sie davon ein Kind ernähren konnte, war sie zufrieden.

Maggies Schwäche waren schon immer die Männer gewesen. Wenn sie sich in jemanden verliebte, trieb sie das bis zur Verzweiflung. Sie wollte ihn ganz für sich haben, einen Kokon um ihn und sich flechten, um ihn zu beschützen, aber, was noch wichtiger war, um ihn fest an sich zu binden. Sie verlor dann jedes Interesse an der Arbeit und an ihren Freunden, auch, wenn sie es nicht zugeben wollte. Sie war eigentlich eine kontrollierte, vernünftige Person, aber wenn es um einen Mann ging, drehte sie durch. Gabe war nicht der erste. Vor ihm hatte es Martin gegeben, ein zweiundfünfzigjähriger Galerist, den sie während des Hauptstudiums in Manhattan bei einer Orientierungsveranstaltung für junge Berufstätige in der Branche kennengelernt hatte. Sie hatte ihm zusammen mit ihrem Lebenslauf ein paar Kurzgeschichten geschickt, und das erste, was er zu ihr sagte, war genau, was sie hören wollte: »Sie sind keine Galeristin. Sie sind Schriftstellerin.«

Er war gutaussehend und charmant und kannte die interessantesten Leute der Stadt. Am ersten Abend lud er sie zum Abendessen in ein schummriges Café in der West Village in Manhattan ein, das sie später oft gesucht, aber nie wiedergefunden hatte. Als er ihr an der Tür in den Mantel half, streiften seine langen Finger ihren Nacken. Sie fuhren in seine Wohnung, die für einen Mann seines Alters überraschend klein war, und liebten sich in seinem Bett. Er schien von ihrer Jugend überwältigt zu sein, strich ihr über Schenkel und Brüste und sagte immer wieder, dass sie die glatteste Haut habe, die er je berührt habe. Und sie fand, dass sein Alter, das sich in seinen Lachfalten und der Kraft und Sicherheit seiner Hände zeigte, besser zu ihrer Persönlichkeit passte als die Collegejungs in Kenyon mit den aalglatten Gesichtern.

Nach der Uni zog sie zu ihm. Er besorgte ihr einen Job bei einem kleinen Literaturmagazin, das einem Freund gehörte. Das Verhältnis hielt ein Jahr. Als es vorbei war, fühlte sie sich leer und einsam und es dauerte nicht lange, da traf sie Chad Patterson aus Wisconsin. Er war zwei Jahre jünger als sie und nach New York gekommen, um Schauspieler zu werden. Er übernachtete mal bei diesem, mal bei jenem Freund, und weil sie es nicht ertrug, alleine zu schlafen, bot sie ihm an, auf Dauer in ihrem neuen Einzimmerapartment unterzukommen. Das Desaster war vorprogrammiert, und es war tatsächlich bald aus zwischen ihnen, obwohl Chad noch drei Monate nach der Trennung auf ihrem Sofa schlief. Sie schaffte es erst, ihn hinauszuwerfen, nachdem sie ihn eines späten Abends in den Armen irgendeiner langbeinigen Blondine fand, die er bei der zweiten Castingrunde für die Besetzung von *Baby with the Bathwater* kennengelernt hatte.

Sie hatte daran in der Therapie gearbeitet und über Co-Abhängigkeit gelesen, was sie finden konnte, aber an ihrem Verhältnis zu Männern änderte sich nichts. Es war Teil ihrer Persönlichkeit. Wie konnte man so etwas ändern? Manchmal bekam sie bei den Sitzungen mit ihrer Therapeutin den Eindruck, dass es unmöglich war, an sich zu arbeiten: Ihre Familie, und damit auch sie, war ein Haufen Trinker und emotionaler Krüppel, die unfähig waren, irgendwem irgendetwas zu verzeihen. Und manchmal dachte sie auch, dass es sich nur für Unsterbliche lohne, an sich zu arbeiten. Denn wofür genau machte man sich überhaupt die Mühe?

Mittags hielten sie an einer Raststätte. Maggie hätte schwören können, mit ihrer Familie schon hundertmal hier gewesen zu sein, aber als Beifahrer konnte man in Massachusetts keine Raststätte von der anderen unterscheiden. Diese Orte hatten den gleichen Geruch nach Desinfektionsmittel, dieselben gelangweilt dreinblickenden Angestellten, dieselben ordentlichen Parkplätze und Tankstellen. Seltsam, dass diese Raststätten, die im Vergleich zu New York und Cape Neddick ganz besonders hässlich wirkten, den Weg vom einen zum anderen markierten.

Während sie zwei riesige Pizzen aßen, beobachteten sie die ein- und ausgehenden Gäste. Maggie dachte an das Kind, das sie in sich trug, fand es aber schwer, es sich als Person vorzustellen. Sie war auf einer Website gewesen, nach der Schwangere ganz verrückt zu sein schienen, weil sie einem wöchentlich anzeigte, welchem Lebensmittel der Embryo momentan am meisten ähnelte: *Ihr Kind ist eine Kichererbse*, hatte sie vor zwei Wochen gelesen und vor ein paar Tagen dann: *Ihr Kind ist eine Walnuss*.

Nach dem Essen übergab Maggie sich sofort. Das vierte Mal in zwei Tagen. Wieso sprach man von morgendlicher Übelkeit, wenn es einen doch jederzeit treffen konnte?

Im Auto fragte Rhiannon: »Du und deine Großmutter seid dann also alleine im Haus?«

»Ja«, sagte Maggie. »Also jeder ist in einem Haus, aber auf demselben Grundstück.«

»Richtig beengte Verhältnisse.«

Maggie grinste. »Ja, nicht wahr? Naja, wir sind halt eine große katholische irische Familie, und da brauchen wir theoretisch viel Platz.«

»Ich finde es interessant, dass ihr euch als Iren betrachtet. Warum wollen Amerikaner immer unbedingt von woanders herkommen?«, fragte Rhiannon.

Damit hatte sie nicht ganz Unrecht. Maggies Großeltern, Tante Ann Marie und Onkel Pat waren von der Idee ihrer irischen Wurzeln wie besessen, aber eigentlich fühlten sich alle Kellehers mit dem Land, seiner Geschichte, seiner Musik, den Tänzen und den traurigen Erzählungen vergangener Zeiten verbunden, Maggie eingeschlossen. Früher hatte ihre Mutter es auch so empfunden, aber jetzt machte sie sich deshalb über die anderen lustig.

Die ganze Familie trug statt der gewöhnlichen Eheringe irische Claddagh-Ringe. In den Kopfteil von Ann Marie und Pats Bett waren da, wo die jeweilige Person sich bettete, die Worte SIE und ER geschnitzt, dazwischen ein Kleeblatt.

Ihre Cousinen Fiona und Patty hatten als Kinder Stepptanzunterricht nehmen müssen und jeden Sommer am Stepptanzwettbewerb beim Stonehill Irish Festival teilgenommen. In Maine trug Patty ihre Tanzschuhe, wie es sich gehört, bis zur Wadenmitte hochgeschnürt. Besonders in Kombination mit einem Badeanzug sah das ziemlich albern aus, und trotzdem war Maggie damals vor Neid erblasst.

Maggie war in der Bostoner Vorstadt aufgewachsen, also waren die Freunde ihrer Kindheit auch alle irischer Abstammung. Deshalb begriff sie erst im ersten Collegejahr, dass am St. Patrick's Day nicht jeder ganz in grün herumlief und Pökelfleisch und Kohl aß.

Pat, Ann Marie und ihre Kinder reisten regelmäßig nach Irland. Patty schickte Maggie Aero Schokoriegel und andere irische Süßigkeiten, die natürlich, bis sie in Massachusetts ankamen, zu einer klebrigen Masse verschmolzen waren. Onkel Pat hatte bei diesen Reisen in County Kerry ein paar entfernte Cousins aufgestöbert. Er lud sie nach Boston ein, wo sie im Gästezimmer wohnten, führte sie stolz in der Stadt herum und schickte sie schließlich mit Red-Sox-Trikots und mehreren Pfund Dunkin' Donuts-Kaffee, von dem sie anscheinend nicht genug bekommen konnten, nach Hause zurück.

Maggie erzählte Rhiannon davon, und die lachte.

»Und, wie viele Cousins und Cousinen gibt es denn? Siebenundachtzig auf jeder Seite?«

»Meine Mutter hat um die vierzig. In meiner Generation sind

es viel weniger. Väterlicherseits zehn«, sagte Maggie. »Aber wir hatten als Kinder wenig miteinander zu tun. Wir haben uns nur bei Taufen und zu Ostern und so gesehen. Mit der Familie meiner Mutter haben wir engeren Kontakt. Schwierigen, aber engen.«

»Und wie viele Cousins und Cousinen hast du mütterlicherseits?«, fragte Rhiannon.

»Nur vier«, sagte Maggie. »Obwohl es mir wie mehr vorkommt. Es hat sich immer wie eine riesige Familie angefühlt.«

Sie sah sie noch als Kinder vor sich: Ann Marie und Patricks Drei, Patty, Fiona und Daniel Junior (Maggies Mutter hatte zu den Namen nur gesagt, dass sie auf ewig dazu verdammt waren, wie ein Trio irischer Bauerntölpel zu klingen), und Clare und Joes Sohn Ryan. Er war nach irgendjemandem benannt, aber Maggie wusste nicht mehr, nach wem.

Daniel Junior war schon als Kind sehr hübsch gewesen und hatte jeden um den Finger gewickelt. Maggie hatte ihn immer schon für grundlos eingebildet gehalten. Wenn die Erwachsenen nicht da waren, war er grausam zu seinen jüngeren Cousins. Er war im Studium sehr erfolgreich gewesen und arbeitete jetzt im Finanzwesen oder handelte mit Immobilien oder etwas ähnlich Rätselhaftes. Er hatte Maggie zu Thanksgiving seine Visitenkarte gegeben, aber daraus war sie auch nicht schlau geworden. Maggie konnte sich nur diejenigen Berufe vorstellen, die man in einem Wort beschreiben konnte: *Schriftsteller*, *Arzt* und *Lehrer* waren ihr klar. *Executive Vice President* und *Chief Operating Officer* nicht.

Fiona, Daniel Juniors Schwester, war jungenhaft, still und unscheinbar und schon auf der High School in allen möglichen sozialen Hilfsprojekten engagiert. Maggie fragte sich manchmal, ob Fiona wirklich zufrieden damit war, mit dreißig noch mit dem Friedenscorps unterwegs zu sein. Kathleen meinte, dass Fiona vielleicht lesbisch sei und auf der anderen Seite der Welt lebte, um das für sich behalten zu können und ihre Sexualität nicht dem Urteil der Familie auszusetzen. Wenn es so wäre, würde Maggie Fiona gerne einen Brief schreiben: *Du bist meine Cousine und ich*

hab dich lieb. Wenn du lesbisch bist, dann ist das so. Niemand wird
dich deshalb weniger schätzen.

Aber Fionas Eltern würden davon nichts wissen wollen. Herrgott, sie glaubten wahrscheinlich bis heute, dass Kathleen wegen der Scheidung in die Hölle käme.

Die Dritte im Bunde, Patty, war vier Monate älter als Maggie. Die beiden waren sich so ähnlich, dass sie als Kinder verkündeten, sie seien die wirklichen Schwestern. (*Arme Fiona*, dachte Maggie, aber jetzt war es zu spät.) Patty und Maggie waren sommersprossig und ihr Haar hatte den gleichen Braunton. Beide spielten Basketball, schrieben gerne Geschichten und jagten Jungs hinterher. Als sie noch klein waren, hatte jede die Hälfte eines herzförmigen Freundschaftskettenanhängers getragen. Damals hatten sie fast jeden Nachmittag miteinander verbracht, Musik gehört und heimlich Fertigkeksteig direkt aus der Packung gegessen.

Jetzt hörten sie nur noch selten voneinander. Patty führte ihr Erwachsenenleben: Ehemann, drei Kinder, Eigenheim in der Vorstadt. Man hatte die beiden immer miteinander verglichen. Jetzt maß Maggie sich an ihr.

Der letzte im Bunde war Maggies Cousin Ryan: Ein junges Musicaltalent, das nach ihrer Rückkehr aus Maine für ein paar Tage wegen eines Vorsingens bei der New York University bei ihr wohnen würde. Maggie war von Ryan begeistert. Als er vier oder fünf Jahre alt war, hatte sie ihn einmal ins Kino mitgenommen. Der Vorspann war noch nicht zu Ende, und er musste schon aufs Klo. Maggie wollte ihn nicht alleine auf die Männertoilette gehen lassen, aber Ryan sagte, dass er das schon oft gemacht habe. Außerdem sei die Toilette für eine Person ausgelegt, es war also nicht so, dass ihn irgendein Perverser erwischen könne. Aber sie blieb vorsichtshalber in der Nähe und passte auf. Es dauerte keine Minute, da hörte sie ihn singen, zuerst leise, dann immer lauter: *Off we're gonna shuffle, shuffle off to Buffalo!* Maggie klopfte an die Tür. Die Leute, die vorbeikamen, kicherten und glotzten. Dann drehte sie am Türknauf, aber Ryan hatte abgeschlossen. Es sammelten sich immer mehr Schaulustige vor der Toilette. Eine Viertelstunde später kam der Junge dann zum Vorschein: »Da drinnen hängt ein riesiger Spiegel!«, rief er freudestrahlend.

Verglichen mit den anderen Jungs in der Familie war ihr Bruder Chris ein Unglück. Er hatte noch immer keinen ordentlichen Job. Momentan arbeitete er als Marketingvertreter im Außendienst, was nichts weiter hieß, als dass er vor dem Eingang des Studentenwerks der Boston University Flyer für neue Fast-Food-Restaurants und Produktproben an Studenten verteilte. Er hatte beängstigende Stimmungsschwankungen. Wenn er sich daneben benahm, gab Kathleen sofort den Onkeln Joe und Pat die Schuld. Warum waren sie nicht öfter da gewesen, um dem Jungen ein männliches Vorbild zu geben? Maggie erinnerte Kathleen dann daran, dass die Onkel selbst Söhne hatten und dass Chris ja nicht vaterlos war. Aber vielleicht war da doch was dran.

Maggie erinnerte sich an ein altes Foto der sechs Enkelkinder am Strand, das bei ihren Großeltern in Canton auf dem Klavier stand. Maggie hatte Rhiannon gesagt, dass sie sich nahestanden, und so sah sie ihre Beziehung zu ihren Cousins und Cousinen auch. Aber in Wirklichkeit war es nicht mehr wie früher.

Als sie das WILLKOMMEN IN MAINE Schild sah, fühlte sie sich, als sei sie nach Hause gekommen. Sie hielten beim Supermarkt an der Route 1 und machten den Einkauf. Mitte der Neunziger hatten sie den Laden umbenannt, aber für die Kellehers blieb es der Shop 'N Save. Durch die vertrauten Gänge zu gehen, gab Maggie zugleich ein Gefühl der Sicherheit und der Einsamkeit.

Auf dem Weg zum Haus wies sie Rhiannon auf die wichtigsten Gebäude hin: Die Fischbude, die alte Apotheke und *Die Veranda*, wo spätabends männliche Judy-Garland-Imitatoren für die Touris ihr Bestes gaben.

Sie fuhren an Rubys Gemischtwaren vorbei und Maggie erinnerte sich, wie schön es im letzten Sommer gewesen war, mit Gabe da hineinzugehen. Sie hatten das Ehepaar, dem der Laden gehörte, dabei belauscht, wie sie sich über ihre undankbaren Enkel beschwerten, die in die Großstadt davongezogen und sie alleine gelassen hatten. (Mit der Großstadt meinten sie das dreißig Kilometer entfernte Portland.)

Bald erreichten sie die Weggabelung, an der neben einer kleeblattähnlichen Form die Initialen *A. H.* in einen Baumstamm geritzt waren. Maggie bat Rhiannon, links einzubiegen.

»Echt?«, fragte Rhiannon skeptisch, wie alle, die zum ersten Mal herkamen. Von hier sah es tatsächlich wie ein Pfad in den Wald aus. Dann bogen sie in die Briarwood Road ein, die Wagenreifen wirbelten Sand auf, und es wirkte, als hinge ein feiner Nebel zwischen den Kiefern.

»Es ist wunderschön«, sagte Rhiannon.

Wenige Augenblicke später sah man das alte Sommerhaus durch die Bäume. Maggies Herz schlug schneller beim Anblick seiner verwitterten Holzschindeln, der neben der Eingangstür gestapelten Sonnenliegen und dem Ozean im Hintergrund.

Alices Auto war nicht da, aber während sie noch ausluden, hörte Maggie einen Wagen die Einfahrt hinunterbrettern.

»Ich ahne, wer das ist«, sagte sie. »Jetzt halt dich gut fest.«

Alice kam ohne Warnung auf sie zugefahren und hielt nur wenige Zentimeter neben Rhiannons Subaru, obwohl auf der Wiese Platz für ein halbes Dutzend Autos war. Sie stieg aus und blickte sich verwirrt um.

»Maggie?«, sagte Alice und starrte Rhiannon an, als erkenne sie ihre Enkelin ohne Gabe nicht mit Sicherheit wieder.

»Das ist meine Freundin Rhiannon, Oma«, sagte sie. »Rhiannon, das ist meine Großmutter Alice.«

Rhiannon hielt ihr die Hand hin.

Alice nickte kurz, und Maggie wurde klar, dass sie ihre Großmutter hätte vorbereiten sollen. Aber in den Wirren der vergangenen Tage hatte sie daran einfach nicht gedacht.

»Ich verstehe nicht«, sagte Alice unsicher. »Wo ist Gabe?«

Sie blickte an ihnen vorbei zum Auto, falls er dort gefesselt und geknebelt auf dem Rücksitz lag.

»Er kommt nicht«, sagte Maggie. Alice blickte ihrer Enkelin in die Augen, und Maggie sah die Enttäuschung ihrer Großmutter. »Wir hatten einen schlimmen Streit. Ich glaube, es ist vorbei. Ich habe versucht, es dir zu sagen, aber –«

»Du hast gar nichts gesagt«, sagte Alice. »Daran würde ich mich ja wohl erinnern. Wenn ich das gewusst hätte, hätte ich nicht ein Vermögen für diese Maismehlmuffins ausgegeben, die er gerne isst. Kannst du mir mal sagen, was ich damit jetzt machen soll?«

»Tut mir leid«, sagte Maggie und wurde rot. »Ich bezahl das.«

Was musste Rhiannon jetzt denken? Eine Enkelin, die ihre Großmutter für den Kauf einer Fünf-Dollar-Packung Supermarktmuffins entschädigte?

Plötzlich veränderte sich Alices Ton, als hätte sie sich innerlich zur Ordnung gerufen: »Quatsch. Ihr kommt hoffentlich trotzdem zum Abendessen? Ich will den Braten nicht umsonst gemacht haben. Deine Freundin kann im Sommerhaus im Gästezimmer schlafen. Laken liegen auf dem Bett.«

»Rhiannon bleibt nicht über Nacht. Sie hat mich nur hergebracht und fährt heute Abend wieder zurück«, sagte Maggie.

»Zurück nach New York? Heute Abend noch?«, sagte Alice. »Das meinen Sie nicht ernst, oder? Bleiben Sie wenigstens zum Abendessen, Diana.«

»Sie heißt Rhiannon, Oma«, sagte Maggie.

»Sehr gern«, sagte Rhiannon. »Sollen wir etwas mitbringen?«

»Nicht nötig«, sagte Alice übertrieben freundlich. Ob Rhiannon merkte, wie angespannt die Situation war, oder ob sie Alice einfach charmant fand, was oft der erste Eindruck Fremder war?

Maggie wollte gerade noch etwas sagen, da wandte Alice sich ab und ging in Richtung Neubau davon.

Dann gingen auch die Mädchen ins Sommerhaus.

»Deine Großmutter ist aber eine schöne Frau«, sagte Rhiannon, als sie in der Küche die Einkäufe auspackten.

»Danke«, sagte Maggie wie immer, wenn jemand Alices Aussehen kommentierte. Eigentlich war es eine seltsame Reaktion: *Vielen Dank, dass dich die Attraktivität einer mit mir direkt verwandten Person so überrascht.*

Am Kenyon College war sie ein Jahr lang mit Christian Taylor zusammen gewesen, dem Sohn eines Cambridger Intellektuellenpaars. Christians Eltern hatten Maggies Mutter nicht viel zu sagen gehabt, doch als Maggie ihnen nach der Graduiertenfeier Alice vorstellte, nahm Christians Mutter Maggie beiseite und sagte: »Deine Großmutter sieht ja atemberaubend aus. Irgendwie exotisch. Hat sie ägyptisches Blut?«

Die Kellehers mütterlicherseits und die Doyles väterlicherseits waren drei Generationen zuvor von County Kerry in Irland nach Dorchester, Massachusetts ausgewandert. Von dem Clan hatte es seither keiner weiter als in die Bostoner Vorstadt geschafft.

»Nicht, dass ich wüsste«, hatte Maggie geantwortet.

Bevor sie zur Großmutter nach nebenan gingen, fragte Maggie Rhiannon, ob sie einen dicken Pullover dabei habe. Sie wollte ihr später bei einem Spaziergang am Strand den Sternenhimmel zeigen, um Rhiannons Aufmerksamkeit nach dem Essen von dem abzulenken, was ihre Großmutter beim Abendessen eventuell alles tun und sagen würde.

Rhiannon antwortete, sie habe nicht viel eingepackt.

»Kein Problem«, sagte Maggie. »In der Kommode im alten Schlafzimmer meiner Großeltern sind jede Menge Klamotten. Such dir was aus. Außer dem grünen Opa-Pullover in der untersten Schublade. Den nehme ich.«

»Einverstanden«, sagte Rhiannon und ging ins Schlafzimmer. Einen Augenblick später rief sie: »Die Schubladen sind leer, Maggie.«

Maggie ging hinüber. Unter ihren nackten Füßen spürte sie Sandkörner. Im Schlafzimmer sah sie die leeren Schubladen und das mit einem Muschelmuster bedruckte Papier, das darin ausgelegt war. Der Anblick versetzte ihr einen Stoß in den Magen. Sie ging zum Wandschrank, in dem der übergroße, rosafarbene Bademantel hängen müsste, den Ann Marie vor ein paar Jahren dagelassen hatte, und ein Stapel Decken, die ihre Urgroßmutter gestrickt hatte. Aber auch der Schrank war leer.

Dann erinnerte Maggie sich an den grünen Pullover ihres Großvaters, den er ihr auf einem frühmorgendlichen Spaziergang zu Rubys Gemischtwarenladen gegeben hatte, als sie zwölf oder dreizehn Jahre alt war. Es war ihr unendlich peinlich gewesen, in dem Pullover die ganze Briarwood Road entlang zu spazieren, und sobald sie wieder am Haus angekommen waren, hatte sie ihn in die Kommode gestopft. Aber seit seinem Tod war es ihr zur Tradition geworden, ihn jeden Sommer bei der Ankunft hervorzuholen und morgens beim Kaffeetrinken zu tragen. Der Gedanke, dass jemand anderes – einer ihrer Cousins oder, schlimmer noch, ein Freund eines Cousins – den Pullover genommen haben könnte, trieb ihr wirklich Tränen in die Augen.

»Wir haben im Schlafzimmer einen Pullover für Rhiannon gesucht, und da haben wir gesehen, dass die Schubladen alle leer sind«, sagte sie zu Alice, kurz nachdem sie bei ihr zum Abendessen erschienen waren.

Sie standen zu dritt in der Küche und warteten darauf, dass der Braten abkühlte. Keiner wusste, was er sagen sollte. Der mit Alufolie abgedeckte Kartoffelsalat erwartete in einer kondenswasserfeuchten Schüssel sein Schicksal. Maggie hoffte, dass er nicht seit dem letzten Sommer im Tiefkühlfach gegammelt hatte. Bei Alice konnte man nie wissen.

»Ich kann dir meine Strickjacke leihen, aber die wird dir ein bisschen eng sein«, sagte Alice.

»Nein, danke. Ich wollte nur wissen – naja, also wo sind denn die ganzen Sachen hin?«

»Ich habe ziemlich viel rausgeschmissen«, sagte Alice. »Das kleine Haus war im Lauf der Jahre ganz schön zugemüllt.«

»Weißt du noch, ob ein grüner Pullover von Großvater dabei war?«

»Herzchen, ich weiß ja nicht einmal mehr, was ich heute zum Frühstück gegessen habe«, sagte Alice zuckersüß. »Ich habe eben ein paar Sachen aussortiert, drüben, aber auch hier bei mir.«

»Okay«, sagte Maggie. »Aber sollte dir dieser Pulli nochmal in die Finger kommen –«

»Jetzt essen wir aber«, unterbrach Alice. »Vielleicht draußen auf der Veranda?«

Der Tisch auf der Veranda war schon gedeckt, also trugen sie die Speisen durch die Fliegengittertür hinaus und setzten sich. Außer dem Braten und dem Kartoffelsalat gab es einen Teller in Scheiben geschnittener und mit Salz und frisch gemahlenem Pfeffer angemachter, leuchtend roter Tomaten aus Rubys Laden. Alice hatte außerdem Bananenscheibchen und ein dutzend Heidelbeeren in einer Teetasse hingestellt. Daran konnte man erkennen, dass Alice nicht mehr die Jüngste war, was Maggie zu ihrer eigenen Überraschung ein wenig traurig machte.

Rhiannon legte sich die Serviette auf den Schoß und saß besonders gerade. Also hatte Alice sie doch eingeschüchtert.

»Bitte, greifen Sie doch zu«, sagte Alice. »Bedienen Sie sich, Sie sind doch unter Freunden.«

Rhiannon tat sich ein paar Kartoffeln auf, nahm einige Heidelbeeren und Tomatenscheiben und schnitt sich ein großes Bratenstück ab – ein gutes Viertel des Bratens. In den Augen einer normalen Person war es eine vernünftige Menge, aber Maggie wusste, dass Alice wahrscheinlich entsetzt war. Sie schnitt sich aus Solidarität ein ebenso großes Stück ab und vermied Blickkontakt mit ihrer Großmutter.

Alice nahm einen Schluck Wein, stellte das Glas langsam ab und schnitt erst dann eine hauchdünne Scheibe runter.

»Eigentlich hatte ich gedacht, dass es für zwei Abendessen reichen würde, aber c'est la vie«, sagte sie. »Habt ihr zwei heute noch gar nichts gegessen?«

»Eigentlich haben wir seit der Abreise heute früh nichts anderes getan«, sagte Rhiannon.

Alice nickte energisch.

»Meine Güte, Shannon, Sie essen ja wie ein Scheunendrescher.«

»Rhiannon, Oma«, sagte Maggie.

Alice ignorierte sie.

»Woher kennen Sie Maggie überhaupt?«, fragte sie mit demselben falschen Lächeln, das sie schon zuvor am Auto aufgesetzt hatte.

»Wir sind Nachbarn«, sagte Rhiannon.

»Ach, verstehe. Und woher stammen Sie, meine Gute? Sie haben einen ganz bezaubernden Akzent. Man könnte meinen beinahe irisch.«

»Ich komme aus Schottland«, sagte Rhiannon.

»Wie wunderbar! Nein Mann war einmal geschäftlich dort und brachte mir einen Schal mit. Der hat gekratzt wie verrückt, war aber sehr hübsch. Aber jetzt, mein Engel«, die Pause hatte einen theatralischen Effekt, »ich bin so gespannt zu erfahren, was wohl mit Gabe passiert ist.«

(Für ihre Großmutter gab es über Schottland anscheinend weiter nichts zu sagen: Von einer jahrtausendealten Kultur und Geschichte blieb nichts als ein kratziger Schal.)

Egal, wie sie zueinander standen, der Bruch zwischen den Generationen würde immer bleiben und Maggie davon abhalten, ihrer Großmutter offen und ehrlich zu begegnen: Man erzählte seiner Großmutter einfach nicht, dass der Freund vielleicht kokste und man die Pille ausgesetzt hatte und schwanger war, also vereinfachte man vieles. Vielleicht tat Alice das gleiche und hatte ihre eigenen Gründe dafür.

»Ich hab ihn bei einer ziemlich großen Lüge erwischt«, sagte Maggie.

»Das sieht ihm gar nicht ähnlich«, sagte Alice.

»Oh doch«, sagte Maggie.

»Ach, tatsächlich?«, erwiderte Alice lächelnd. »Er war doch so charmant. Aber vermutlich sind es gerade die Charmanten, bei denen man aufpassen muss. Tja, das ist ja – es tut mir leid, Maggie. Hast du in letzter Zeit mit deiner Mutter gesprochen?«

»Ja, gestern«, sagte Maggie. »Wieso?«

»Ich habe mich nur gefragt, ob sie von der Trennung wusste, als wir miteinander sprachen. Mir hat sie davon nämlich nichts gesagt.«

Plötzlich schaltete Alice in einen anderen Gang: »Ich habe Patrick gesagt, dass ich die Regenrinnen vom alten Sommerhaus noch diese Woche frei haben will«, sagte sie. »Und wen hat er dafür angeheuert? Den einzigen Mexikaner in ganz Maine. Mort hat ihn empfohlen, und natürlich ist er billig, also –«

»Oma!«, sagte Maggie.

»Was denn? Er ist ein Illegaler. Der ist doch froh, wenn er überhaupt Arbeit hat«, sagte Alice. »Die essen doch eh nichts als Reis und Bohnen. Wie viel Geld braucht man da schon?«

Maggie wurde starr vor Scham, aber Rhiannon kicherte nur.

»Okay, lassen wir das«, sagte Maggie. »Ist ja auch egal.«

»Was für ein prächtiges Haus«, sagte Rhiannon. »Die Lage ist wirklich atemberaubend.«

Das Haus war tatsächlich prächtig, aber es hatte nie so recht zu ihren Großeltern gepasst. Es war wie aus einer Designzeitschrift entsprungen: Große, offene Räume auf verschiedenen Ebenen waren durch mehrere Treppen miteinander verbunden, die Küche glänzte in Edelstahl und im Bad konnte man die allerneueste Sanitärtechnik bewundern. Wenn man das Haus für sich betrachtete, würde man darin ein schwedisches Supermodelpaar erwarten, das zu seinen freigebigen Partys Rapmogule und Stars, groß und klein, lud.

»Vielen Dank«, sagte Alice. Dann senkte sie die Stimme, als würde sie Rhiannon in ein pikantes Geheimnis einweihen: »Rhiannon, Sie haben ganz außergewöhnlich schöne Haut.«

»Danke. Mein Exmann hat immer gesagt –«

»Ihr Exmann?«, sprudelte es aus Alice heraus, »Sie waren verheiratet?«

Maggie wusste nicht, ob Alices Reaktion sich auf Scheidung im Allgemeinen oder auf Rhiannon im Speziellen bezog. Rhiannons Alter vielleicht.

»Ja. Manchmal kann ich es selbst nicht glauben«, sagte Rhiannon lachend.

»Na, machen Sie sich nichts draus. Ein Mädchen mit Ihrem Aussehen. Die Jungs werden Ihnen sicherlich schon bald wieder die Tür einrennen.«

Maggie war nicht entgangen, dass Alice für sie keine tröstenden Worte dieser Art übrig gehabt hatte.

»Hat Maggie Ihnen schon erzählt, dass ihre Mutter auch geschieden ist?«, sagte Alice, als verbinde Rhiannon und Maggie ein seltenes Hobby: Rudersport oder Hochleistungsjonglage. »Da haben Sie jemanden, der es sich vom Aussehen her nicht hätte leisten können. Sie hat bei der Prozedur auch noch zugelegt, nicht wahr, Maggie?«

Jede Antwort, die Maggie darauf hätte geben können, war wie ein Verrat an ihrer Mutter, also steckte sie sich, anstatt zu antworten, ein Stück Kartoffel in den Mund. Wenn sie nur das Thema wechseln könnten.

Alice griff nach der Weinflasche und goss sich ein weiteres Glas ein.

»Noch jemand?«, fragte sie. »Maggie, du hast deinen ja kaum angerührt. Schmeckt er dir nicht? Hättest du lieber einen Weißen? Da steht noch eine offene Flasche im Kühlschrank.«

»Nein, danke«, sagte sie.

Alice legte die Stirn in Falten. »Trinkst du etwa nicht mehr?«

»Nein, nein. Eigentlich bin ich sogar ein bisschen verkatert«, log sie. Es war die einzige Entschuldigung fürs Nichttrinken, die unter den trinkenden Mitgliedern der Kelleher-Familie akzeptiert wurde.

Alice füllte Rhiannons Glas und goss sich den Rest ein.

»So wird's mir morgen auch gehen, wenn ich nicht aufpasse. Sag das bloß nicht deiner Mutter«, fügte sie hinzu, »sonst bringt sie mich gleich zur Entziehungskur mit dieser Schauspielerin, wie heißt sie doch gleich?«

»Der Braten ist köstlich, Oma«, sagte Maggie. Neutraler Boden.

»Allerdings, so saftig«, sagte Rhiannon.

»Ein bisschen Ketchup und ein Schuss Worcestershiresauce, das ist das ganze Geheimnis«, sagte Alice zufrieden lächelnd. Dann schlug sie mit den Handflächen auf den Tisch.

»Verflixt, ich hab die Brötchen vergessen!«, sagte sie im Aufstehen und eilte in die Küche.

Maggie sah Rhiannon an.

»Hab ich's nicht gesagt?«, flüsterte sie.

»Was für eine Persönlichkeit«, sagte Rhiannon.

Alice kam mit einem Korb frischer Brötchen in der einen und einer weiteren Flasche Rotwein in der anderen Hand zurück.

»Sie sind noch essbar«, sagte sie. »Bloß von unten ein klein wenig verbrannt.«

Rhiannon und Alice leerten die zweite Flasche, während Maggie sichere Themen auswählte und das Gespräch lenkte: Sie sprach von dem Baugerüst an der Kirche, zu der ihre Großmutter jeden Morgen fuhr, von Filmen, die sie gesehen hatten oder sehen wollten, und den Wetteraussichten.

Nachdem sie den Tisch abgeräumt hatten, öffnete Alice eine dritte Flasche. Maggie schob ihr volles Glas von sich und auch Rhiannons Glas war noch nicht leer. Also schenkte Alice nur sich selbst ein und nahm einen großen Schluck.

»Maggie hat erwähnt, dass Sie auch ein Bücherwurm sind«, sagte Rhiannon. »Lesen Sie gerade etwas Empfehlenswertes?«

»Allerdings!«, sagte Alice mit Begeisterung. »Eine ganz tolle Van-Gogh-Biografie. Wirklich faszinierend.«

»Wie interessant«, sagte Rhiannon. »In Amsterdam hängt eine eindrucksvolle Sammlung seiner Arbeiten in einem Museum, das ganz seinem Werk gewidmet ist.«

Alice nickte, als sei ihr das nicht neu. »Hier gibt es auch ein Museum der Künste, keine anderthalb Kilometer von hier, bei der Perkins Bucht«, sagte sie.

Maggie hatte es als Kind ein- oder zweimal besucht. Es war nicht das Van Gogh Museum, aber in diesem Augenblick wollte sie ihre Großmutter schützen und sagte: »Ja, es ist wirklich sehr nett. Mit einem zauberhaften Blick aufs Meer.«

»Früher hat es dort eine Künstlerkolonie gegeben«, sagte Alice.

»Wirklich?« Das hörte Maggie zum ersten Mal.

»Ja«, sagte Alice. »Die Zeit unseres Hausbaus hier war die Hochzeit der hiesigen Kunstszene.«

»Und mochten Sie die Künstler oder fanden Sie sie eher störend?«, fragte Rhiannon.

Alice lachte: »Störend? Überhaupt nicht. Wir waren gut mit ihnen bekannt. Ich war selbst einmal Malerin.«

»Ach ja?«, sagte Maggie.

»Ja, aber das weißt du doch.«

»Nein, wusste ich nicht.«

»Sei nicht albern, Maggie.«

Maggie war sich sicher, dass sie davon noch nie gehört hatte und nahm sich vor, ihre Mutter danach zu fragen.

»Warum haben Sie aufgehört?«, fragte Rhiannon.

Alice warf die Hände in die Luft. »Wer hat für so was schon Zeit? Täglich hat man dies und jenes zu tun.«

Dies und jenes?, dachte Maggie. *Cocktailstunde und Nachmittagsfernsehprogramm, oder was?*

»Warum nimmst du es nicht wieder auf?«, schlug Maggie vor. »In Boston gibt es bestimmt tolle Kurse. Das wäre doch was für den Winter.«

»Ich bitte dich, dafür bin ich wirklich zu alt«, sagte Alice.

»Du bist für nichts zu alt«, meinte Maggie.

Sie wünschte, Daniel wäre da, und sprach den Wunsch auch aus: »Ich bin sicher, Opa würde sich freuen, dich wieder malen zu sehen.«

»Jetzt hör aber auf«, sagte Alice ernst.

»Hatte er etwas gegen Ihre Kunst?«, fragte Rhiannon. Sie hielt es offenbar für eine ganz unschuldige Frage, aber Maggie bereitete sich innerlich schon auf eine gesalzene Antwort vor.

»Mein Ehemann war stets freundlich und liebevoll, zu mir ganz besonders«, sagte Alice. »Wenn ich hätte malen wollen, hätte er sich darüber gefreut.«

»Oh, ich wollte damit nicht andeuten –«

»Ich möchte nicht mehr über ihn sprechen«, sagte Alice. »Genug jetzt.«

»Aber warum denn?«, fragte Maggie. »Meinst du nicht, es könnte uns gut tun, über ihn zu reden? Wir haben ihn beide so sehr geliebt.«

»Ich war seine Frau«, sagte Alice scharf. »Du kannst deine Liebe zu ihm doch nicht ernsthaft mit meiner vergleichen wollen.«

»Das habe ich nicht gemeint«, sagte Maggie und versuchte zu ignorieren, wie sehr sie dieser Kommentar verletzte. Sie vermied den Blickkontakt mit Rhiannon. »Natürlich hat ihn niemand so geliebt wie du. Aber genau darum geht es mir: Du sprichst nie von ihm.«

»Was willst du denn hören?«

»Irgendwas! Wie hat er um deine Hand angehalten? Wo hat eure erste Verabredung stattgefunden? Ich weiß nicht einmal, wie ihr euch kennengelernt habt!«

»Wie wir uns kennengelernt haben?«, sagte Alice entsetzt, als hätte Maggie sie nach ihrer Lieblingsposition gefragt.

»Ja, wie hast du Opa kennengelernt? Ich habe die Geschichte nie gehört.«

»Weil es da auch keine Geschichte gibt«, sagte Alice.

»Aber es muss doch –«

»Keine Geschichte«, wiederholte Alice nachdrücklich. »Mein Bruder Timmy hat uns einander vorgestellt, mehr nicht.«

»Und wie war dein erster Eindruck? War es Liebe auf den ersten Blick?«

»Vielleicht ist das nicht der richtige Augenblick, Maggie«, sagte Rhiannon.

Maggie wusste, dass es kindisch war, aber sie fühlte sich trotzdem von Rhiannon verraten.

»Okay, kann schon sein«, sagte sie zu ihrer Großmutter, »aber hast du denn nie das Verlangen, es rauszulassen?«

Alices Augen weiteten sich. Sie blickte zu Rhiannon. »Ich halte das wirklich nicht für ein angemessenes Thema beim Abendessen.« Das musste gerade die sagen, die mindestens anderthalb Flaschen Wein getrunken hatte und in den ersten zehn Minuten des Abends den billigen mexikanischen Handwerker und Kathleens nacheheliche Gewichtszunahme erwähnt hatte.

»Seid ihr nicht müde?«, sagte Alice. »Ich für meinen Teil bin fix und fertig.«

Genau auf diese Art hatte sie auch im letzten Sommer, als Gabe da war, zugemacht. Vielleicht würde es zwischen ihnen immer diese Mauer geben, egal, wie sehr sich Maggie wünschte es wäre anders oder wie oft sie vergessen mochte, dass ihre Familie einfach nicht so war, wie sie es sich erträumte.

Rhiannon stand auf und stapelte das Geschirr.

»Ich mach das später«, sagte Alice.

»Das ist doch das Mindeste«, sagte Rhiannon. Sie nahm die ordentlich gestapelten Teller und Untertassen auf.

Alice und Maggie folgten ihr wortlos in die Küche.

Auf der Arbeitsfläche lag die Wachspapiertüte mit den Muffins, die Alice für Gabe gekauft hatte. Einen Moment lang vermisste Maggie ihn. Es tat weh.

»Soll ich die mit rübernehmen?«, fragte sie.

»Nein, lass nur«, sagte Alice. »Sie werden hart werden, aber vielleicht merke ich es nicht so, wenn ich sie toaste.«

Es nieselte und Maggie und Rhiannon waren vom Abendessen ziemlich voll, also entschieden sie sich schließlich doch gegen einen Spaziergang am Strand. Aber Maggie wollte nicht, dass

Rhiannon schon abreiste. Sie wollte mit ihren Gedanken an ihre Großmutter und ihre Mutter nicht alleine sein. Die beiden waren egoistisch und dickköpfig, aber als Eltern war jede von ihnen durch einen gutmütigen, sanften Mann ausgeglichen worden: Daniel, in beiden Fällen. Sie selbst würde als Mutter kein derartiges Gegengewicht haben. Jedenfalls nicht ohne Gabe.

»Trink doch noch einen Tee mit mir, bevor du losfährst«, sagte sie. Vielleicht würde Maggie die Gegenwart einer anderen Person beruhigen.

»Gute Idee«, sagte Rhiannon. »Deine Großmutter hat mich ganz schön abgefüllt.« Sie schüttelte den Kopf: »Also den Satz hab ich wirklich noch nie gesagt.«

Kurze Zeit später standen sie am Küchenfenster. Von hier aus konnte Maggie ihre Großmutter mit dem Telefon in der Hand auf der Veranda des Neubaus sitzen sehen. Mit wem sie wohl telefonierte? Vermutlich mit Ann Marie.

»Vielleicht hätte ich nicht kommen sollen«, sagte Maggie. »Ich werde mich einsam fühlen, wenn du weg bist. Und meine Großmutter – ich weiß einfach nicht, ob ich sie ertrage.«

»So schlimm ist sie doch nicht«, sagte Rhiannon.

»Vielleicht sollte ich Gabe anrufen.«

»Hältst du das wirklich für eine gute Idee?«, fragte Rhiannon.

»Nein. Oder doch? Ich weiß doch auch nicht. Ich kann einfach nicht fassen, dass er sich noch immer nicht gemeldet hat.«

»Wenn ich dir jetzt etwas erzähle, versprichst du mir dann, es mir nicht übel zu nehmen und an meine guten Absichten zu glauben?«

»Klar«, sagte Maggie.

»Weißt du noch, als du mit Gabe zum Abendessen zu mir ins Restaurant gekommen bist?«

Maggie nickte. Sie ahnte nichts Gutes.

»Tja, also als du auf der Toilette warst, hat er mir an den Hintern gegrapscht. Ich glaube, er wollte mich küssen. Keine Ahnung.

Er war ja sehr betrunken. Ich wollte dir nichts davon sagen, aber –
naja, ich sehe ja, dass du dir Hoffnungen machst und das macht
mir Sorgen, Maggie. Er ist kein guter Mann. Aber du bist eine
tolle Frau.«

Mit diesen Worten wurde Maggie plötzlich endgültig klar, was
sie schon seit Tagen zu verdrängen versuchte: Sie war allein. Gabe
würde nicht die Vaterrolle für ihr Kind übernehmen.

Maggie kam sich blöd vor, weil sie so viel mit Rhiannon über
Gabe geredet hatte und von dem Geheimnis der beiden nichts
geahnt hatte. Natürlich hatte Gabe Rhiannon begehrt. Welcher
Mann würde das nicht? Maggie war plötzlich sehr angespannt.
Warum hatte sie die beiden auch unbedingt einander vorstellen
müssen?

»Ich geh ins Bett«, sagte Maggie. »Du solltest besser nicht mehr
fahren. Im großen Zimmer ist noch Platz für dich.«

Maggies Schroffheit schien Rhiannon zu erschrecken, aber sie
sagte nur: »Ja, okay. Ich fahre dann gleich in der Früh.«

Maggie wandte sich ab und ging ins Badezimmer.

»Tut mir leid«, sagte Rhiannon. »Vielleicht hätte ich die Klappe
halten sollen.«

»Vielleicht«, sagte Maggie. Sie schloss die Tür hinter sich und
kam sich gemein vor. So fies war sie noch zu niemandem gewesen, schon gar nicht zu einer Freundin. Dann kamen die Tränen.

Maggie konnte nicht schlafen. Nachdem sie Rhiannon ins Bett
hatte gehen hören, war sie im Wohnzimmer auf ihr Handy star-
rend herumgelaufen, wobei sie die knarrenden Dielen vermied,
und hatte nach anständigem Empfang gesucht.

In der Ecke bei der Küche hatte sie schließlich zwei Balken. Sie
wählte, und als sie es tüten hörte, begann ihr Herz zu rasen. Einen
Augenblick lang dachte sie, er würde die Mailbox antworten lassen, aber dann ging er doch ran.

Im Hintergrund lachten Leute, sie hörte Frauenstimmen.

»Mags?«, sagte Gabe. »Hallo?«

Wie bitter und traurig es war, bei demjenigen Geborgenheit zu suchen, der sie am allerwenigsten geben konnte. Wie ein Durstiger, der Salzwasser trinkt, dachte sie. Das Haus kam ihr plötzlich unheimlich still vor.

»Hi«, sagte sie.

»Wart mal, ich kann dich gar nicht hören. Ich geh kurz raus«, sagte er, und sie hörte langsam leiser werdendes Kreischen und Gelächter.

»Wie geht's dir?«, fragte er. Seine Stimme war undeutlich, und sie konnte ihn kaum verstehen. Sie kauerte sich in die Ecke.

»Ganz gut«, sagte sie. »Hör mal, ich muss dir was sagen.«

»Hallo? Rufst du von der Wohnung aus an? Ich kann dich kaum hören.«

»Nein. Ich bin in Maine.«

Sie wollte stark klingen, um ihn zu beeindrucken.

»Was?«, sagte er. »Ich kann dich nicht hören.«

»Ich bin in Maine.«

»Ach. Allein?«, fragte er.

»Nein«, sagte sie. Bei der Erwähnung von Rhiannon hätte sie nur wieder zu weinen angefangen. »Mein Bruder kommt mit ein paar Freunden hoch.«

»Hey, das klingt ja super«, sagte er. »Grüße an Chris.«

»Wie läuft's in New York?«, fragte sie. Und dann sagte sie es, trotz allem: »Ich vermisse dich.«

»Genaugenommen bin ich in East Hampton«, sagte er. »Vermiss dich auch.«

Ihr drehte sich der Magen um, und plötzlich wandelte sich ihre Traurigkeit in Wut. Wenn es um Gabe ging, waren diese Gefühle selten voneinander zu trennen.

»Warum?«, sagte sie.

»Warum ich dich vermisse?«

»Warum du in den Hamptons bist.«

»Ach, da ist dieses Mädchen. Hayes kennt sie vom College. Ihre Eltern haben hier ein ziemlich nettes Strandhaus. Er wollte sowieso mit ein paar Freunden fahren, und ich hab in den nächsten zwei Wochen keine Arbeit, weil, naja, du weißt ja, wie es ist, und da dachte ich, kann ich auch hier abhängen.«

Mit diesen Worten lösten sich auch ihre letzten Hoffnungen in Luft auf. Er hatte sich nicht auf dem Sofa zusammengerollt und ihrer Rückkehr geharrt. Und wenn sie in Brooklyn auf ihn gewartet hätte, hätte er nicht irgendwann vor ihrer Tür gestanden. Nicht morgen, nicht übermorgen und nicht am Tag darauf.

»Es ist super schön hier«, sagte er. »Gleich geht's auf einen kleinen Nachtsegeltörn.«

Er klang besser denn je.

»Was wolltest du mir sagen?«, fragte Gabe.

»Vergiss es«, sagte Maggie. »Ich muss Schluss machen. Ich glaube, ich hab draußen Chris' Auto gehört.«

»Okay«, sagte er. »Du, was letztens passiert ist tut mir leid. Aber es ist wohl das Beste, wenn wir es erstmal lassen, meinst du nicht?«

»Mach's gut, Gabe«, sagte sie.

Sie legte auf und fühlte sich ganz und gar unbefriedigt, widerstand aber dem Wunsch, ihn nochmal anzurufen. Stattdessen setzte sie sich an den Tisch und schaltete den Computer ein. Onkel Pat hatte das Sommerhaus im letzten Sommer mit W-LAN ausgestattet, obwohl es noch immer weder Fernsehen noch Telefon gab.

Nachdem sie die E-Mail geschrieben hatte, las sie sie nicht einmal durch. Sie klickte nur auf SENDEN.

Gabe,

es gibt zwei Dinge, die ich dir sagen will, und die ich gerade am Telefon irgendwie nicht rausgebracht habe. Erstens, dass ich jetzt endgültig begriffen habe, dass du mir überhaupt nicht gut tust. Ich danke dir, dass du mir die Erkenntnis diesmal ordentlich eingehämmert hast. Das habe ich offenbar gebraucht. Zweitens (und ich gebe zu, dass diese Neuigkeit das Erstens etwas verkompliziert): Ich bin schwanger. Wenn ich an das Kind denke, betrachte ich es eigentlich ganz und gar als meines, aber mir ist klar, dass er oder sie theoretisch auch dein Kind ist. Du verdienst, es zu wissen, und deshalb sage ich es dir jetzt. Viel mehr als das verdienst du, meiner Meinung nach, nicht. Bitte lass mich jetzt erstmal in Ruhe. Ich melde mich, wenn ich soweit bin.

Alice

Nach dem Essen ging Alice auf die Veranda und rief Ann Marie an: »Deine Nichte ist heute angekommen, aber ohne Gabe.«

»Ach wirklich?«, antwortete Ann Marie geistesabwesend, als wäre es ihr ganz egal.

»Stattdessen ist sie mit einer Frau hier«, sagte Alice.

»Was soll das heißen, mit einer Frau?«, fragte Ann Marie.

»Angeblich wohnt sie in New York in der Wohnung nebenan«, flüsterte Alice, als wäre Daniel noch da und könnte sie jeden Augenblick dafür zurechtweisen, mit ihrer Schwiegertochter die Gerüchteküche anzufachen.

»Wie, eine Geliebte?«, sagte Ann Marie. »Augenblick mal, Mama. Kannst du das im anderen Zimmer gucken, Pat?«

Alice war gar nicht auf die Idee gekommen, dass Maggie und dieses andere Mädchen, wie auch immer sie hieß, auf *diese* Art verbunden sein könnten. Nein, so war es ganz bestimmt nicht. Andererseits wusste Alice, dass sie bei solchen Sachen ziemlich unbedarft war. Einmal hatte sie zu Daniel gesagt, wie nett sie es fand, dass man in Ogunquit so viele Bruderpaare Arm in Arm sähe. Er hatte gelacht wie eine Hyäne.

Jetzt antwortete sie: »Ich weiß nicht genau, in welcher Beziehung sie zueinander stehen, aber seltsam ist es auf jeden Fall. Maggie lässt sich von dem Mädchen herfahren, und dann sagt sie, dass ihre Freundin noch heute wieder zurückfährt. Aber ich bin ja nicht blind. Es ist ganz offensichtlich, dass sie noch nicht abgereist ist.«

»Komisch.«

»Kathleen hat dieses Kind vollkommen vermurkst. Ach, ich wünschte, ich hätte etwas dagegen tun können, denn jetzt ist es wohl schon zu spät.«

Alice hatte sich noch nicht von dem unerhörten Gespräch beim Abendessen erholt, aber sie wollte Ann Marie gegenüber nicht ins Detail gehen.

»Du lädst dir zu viel Verantwortung auf, Mama«, sagte Ann Marie. »Da hättest du gar nichts tun können. Ich bin in letzter Zeit zu der Erkenntnis gekommen, dass Kinder sich einfach so entwickeln, wie sie sich eben entwickeln.«

»Tja, Gott sei's gedankt, dass aus euren was geworden ist«, sagte Alice.

»Auch unsere drei haben ihre Schwächen.«

Es waren genau solche Kommentare, die Ann Marie so liebenswert machten, denn in Wirklichkeit waren ihre Kinder doch wahre Engel. Vermutlich hatten sie sich so gut entwickelt, weil Ann Marie schlechtes Benehmen in keiner Situation toleriert hatte, wozu beide Töchter von Alice im Umgang mit ihren Kindern leider neigten. Alice hatte Christopher und Maggie seit ihrem allerersten Babygeburtstag jedes Jahr zwanzig Dollar geschickt. Aber hatte einer von ihnen sich je die Mühe gemacht, sich dafür zu bedanken?

Auf die Geburtstagskarte von Daniel Junior konnte Alice sich verlassen, und zum Muttertag schickte er ihr sogar Blumen. Was für ein gutaussehender junger Mann er doch war, ihr Liebling. Er hatte Köpfchen, genau wie sein Vater, und war mittlerweile mit einer reizenden jungen Schönheit verlobt. Gott sei Dank eine Katholikin. Sie war italienischer Abstammung, nicht irischer, aber das war eben nicht zu ändern.

Seine Schwester Fiona war eine wahre Heilige. Wenn sie in Alices Generation aufgewachsen wäre, wäre sie Nonne geworden. Aber vielleicht würde sie den Lebensweg auch jetzt noch einschlagen. Als Kind hatte Alice Nonnen verabscheut. Sie hatten ihr auf die Finger geschlagen und sie dazu gezwungen, mit der rechten Hand zu schreiben, indem sie ihr die linke auf den Rücken banden. Dabei war doch offensichtlich, dass sie Linkshänderin war.

Aber dennoch: Eine Enkelin im Orden würde Alice unter den

Mitgliedern der Legion Mariens Ehre machen. Der Sohn von Mary Daley war nur Diakon, aber sie erhielt deswegen so viel Aufmerksamkeit, dass man glauben könnte, er sei der Papst höchstpersönlich.

Patty, Ann Marie und Patricks Zweitgeborene, hatte Jura studiert und arbeitete trotz der drei kleinen Kinder viel. Sie hatte einen Juden geheiratet, was Ann Marie das Herz gebrochen hatte. Das hatte sie Alice gegenüber zwar nie ausgesprochen, aber sie wusste es auch so.

Ann Marie und Pats drei Kinder waren ihre Lieblinge und würden es immer sein, ganz besonders Daniel Junior.

Für Alice war Maggie das schwierigste Enkelkind. Wenn sie ein bisschen was getrunken hatte und aus ihrem Schneckenhaus kam, konnte man mit ihr eine Menge Spaß haben. Ihr Sinn für Humor ähnelte Daniels. Aber meistens war sie irgendwie steif und auf eine Weise förmlich, die Alice einfach in den Wahnsinn trieb. Maggie war wie besessen von dem Bedürfnis, jeden Konflikt restlos aufzulösen. Das war vermutlich Kathleen zu verdanken, die Maggie, kaum war sie aus der Grundschule raus, auf ein Therapeutensofa gezerrt hatte. Als Alice nach Daniels Tod weder an ihn noch an Kathleen hatte denken wollen, ließ Maggie sie nicht in Ruhe und rief gnadenlos alle zwei Tage an. Alice bat Gott um Geduld und um die Einsicht, dass ihre Enkelin es sicher nur gut meinte, aber es brachte sie trotzdem auf die Palme.

Daniel war in das Mädchen vernarrt gewesen, genau wie in Kathleen.

Als Maggie sechs oder sieben Jahre alt war, war Alice einmal nachts aufgestanden, um sich ein Glas Wasser zu holen und hatte Maggie weinend in der Küche des alten Sommerhauses gefunden.

»Was ist denn los?«

»Da war ein unheimliches Geräusch«, antwortete Maggie. »Ich bin davon aufgewacht.«

»Und Mama und Papa?«, Alice sah sich nach ihnen um, aber es war niemand zu sehen.

»Die schlafen«, sagte Maggie und hörte nicht auf zu weinen.

»Meinst du, es war der Geist eines Toten?«, fragte Alice, um ihre Enkelin zum Lachen zu bringen, aber Maggies Ausdruck wurde plötzlich sehr ernst.

»Ach Oma, ich wünschte, ich könnte mal einen Geist sehen«, sagte sie. »Dann müsste ich keine Angst mehr vor dem Tod haben. Wenn wir Geister werden, dann leben wir doch eigentlich irgendwie weiter, stimmt's?«

Alice war erstaunt: Was ging in dem Kind nur vor?

»Ab ins Bett«, sagte sie streng. »Alles ist gut. Das war nur der Wind.«

Als sie sich wieder neben Daniel ins Bett legte (das Glas Wasser hatte sie vollkommen vergessen), war sie noch so beunruhigt, dass sie Daniel wachrüttelte, um ihm davon zu erzählen.

Daniel lachte nur verschlafen: »Gar nicht dumm, die Kleine«, sagte er und schlief augenblicklich wieder ein.

Nach dem Telefonat mit Ann Marie ging Alice in die Küche, schenkte sich ein Glas Wein ein und machte sich an den Abwasch.

Vielleicht sollte sie netter zu Maggie sein. Schließlich machte sie gerade eine Trennung durch und stand offensichtlich ein bisschen neben sich. Aber warum hatte sie auch ohne Bescheid zu sagen diese Freundin mitgebracht? Und sie vor dieser fremden Schottin dann auch noch über Daniel ausgefragt?

Alice betrachtete ihre Enkelkinder als Erweiterung der jeweiligen Eltern. Deshalb betete sie, wenn sie an Ryans Ehrgeiz und mögliche Enttäuschungen dachte, für Clare und zündete wegen Chris' Rauheit für Kathleen Kerzen an. Allerdings gab sie im Umkehrschluss ihren Töchtern auch die Schuld daran, was aus den Enkeln geworden war. Natürlich waren sie dafür verantwortlich. Kathleen hatte keinerlei Sinn für Anstand, also setzte ihre Tochter sich sorglos an Alices Tisch und fragte sie über ihre schmerzhaftesten Erlebnisse aus.

Maggie hatte gesagt, dass Daniel sich freuen würde, wenn sie das Malen wieder aufnähme. Für diesen Kommentar allein hätte Alice sie ohrfeigen können. Was wusste diese Göre schon? Daniel war ein wundervoller Ehemann, und sie hatte ihn sehr geliebt, aber es hatte ihm nichts daran gelegen, dass aus ihr mehr als eine ordentliche Mutter und Hausfrau wurde. Ihrer Mutter- und Hausfrauenrolle wegen hatte er darauf bestanden, dass sie das Trinken aufgab. Und als er krank wurde, hatte er vorgezogen ihre Tochter zu konsultierten, anstatt Alices hübsches kleines Köpfchen zu überanstrengen.

Meinst du nicht, es könnte uns gut tun, über ihn zu reden?, hatte sich ihre Enkelin tatsächlich zu fragen erlaubt. Und in Gegenwart einer Fremden. Alice ging davon aus, dass es Maggie um ihr dummes Buch ging. Aber sie würde nichts preisgeben, nur damit Maggie ihre literarischen Ambitionen verwirklichen konnte. Wie sie Daniel kennengelernt und ihre Schwester verloren hatte, würde sie für sich behalten. Das ging niemanden etwas an. Aber jetzt hatte Maggie sie daran erinnert, und sie hasste es, daran denken zu müssen.

Alice trat wieder auf die Veranda hinaus und zündete sich eine Zigarette an. Auf der anderen Seite der Bucht prallten die Wellen gegen die Felsen. Daniel hatte diese Stunden besonders geliebt, wenn er vor dem Schlafengehen mit einer Tasse Pfefferminztee auf der Veranda sitzend der Brandung lauschte. Er fehlte ihr. Wo er gewesen war, war jetzt Leere.

Kurz darauf ging Alice ins Bad und schaltete das Radio ein, um die Stille zu vertreiben. Sie zog sich ihr Baumwollnachthemd über, nahm ihre Dritten raus, bürstete sie vorsichtig und ließ sie in ein Wasserglas auf dem Handwaschbecken gleiten. Das Gebiss war neu, und Alice war dankbar, dass Daniel das nicht mehr hatte erleben müssen.

Mit einer Hand hielt Alice ihr Haar zurück und cremte sich mit der anderen das Gesicht ein. Ihre Haut war im Alter furchtbar trocken geworden. Mittlerweile war sie dünn wie Seidenpapier und riss bei der geringsten Berührung. Wie jeden Abend dippte sie die Finger in die Cremedose und rieb sich damit die zerrissene Haut an den Beinen ein. Dann zog sie schwarze Leggins darüber, um die Feuchtigkeit einzuschließen. Morgen war sie mit Pfarrer Donnelly zum Mittagessen verabredet. Vielleicht würde sie das aufmuntern.

Sie schaltete das Radio aus, ging ins Schlafzimmer und legte sich in das für sie allein viel zu große Bett. Die Erinnerungen stürmten weiter auf sie ein, und sie musste die Nachttischlampe brennen lassen, als wäre sie ihr eigenes, ängstliches kleines Kind.

Das Baseballspiel zwischen Holy Cross und dem Team vom Boston College im Fenway Park Stadion fiel auf den 28. November 1942, zwei Tage nach Thanksgiving. Alices Brüder Timmy und Paul und viele ihrer Freunde waren für zwei Wochen Heimaturlaub in der Stadt. Sie waren wild und ausgelassen, rannten uniformiert in der Stadt herum und sorgten für Aufregung unter den Mädchen. Die übrigen Brüder waren nicht nach Hause gekommen: Jack war irgendwo vor der nordafrikanischen Küste auf der USS *Augusta*. Michael, erst fünfzehn Jahre alt, kämpfte im Pazifik. Eigentlich war er zu jung, hatte sich aber in die Armee gemogelt, um nichts zu verpassen.

Ihre Mutter machte sich große Sorgen um ihre Söhne und war davon überzeugt, dass sie keinen von ihnen zu Weihnachten wiedersehen würde. Da jetzt immerhin zwei der vier Jungs zuhause waren, wurde das Thanksgiving in jenem Jahr das größte Festessen, das sie je erlebt hatten: Ihre Mutter servierte Truthahn mit viel Bratensoße und dazu nicht nur gebutterte Stampfkartoffeln, sondern auch noch Kartoffelgratin, und Mary buk Apfelkuchen und Pfirsichauflauf. Auch zwei Tage später waren alle noch pappsatt.

Die Jungs hofften, nach dem Krieg ans Boston College gehen zu können. Sie waren seit ihrer Kindheit Fans der Eagles, der Sportmannschaften des College. In diesem Jahr war das Baseballteam bisher ungeschlagen und wenn sie gewannen, war die nächste Station der Sugar Bowl, in dem die besten Hochschulmannschaften gegeneinander antraten. Aber dann passierte das Unvorstellbare: Holy Cross gewann fünfundfünfzig zu zwölf. Alices Brüder waren am Boden zerstört. (Sicherlich hatte für sie auch eine ganze Menge Geld auf dem Spiel gestanden.)

Alice war das alles total egal. Sie war nicht einmal mit ihren Brüdern zum Spiel gegangen. Dafür hatte sie sich schon seit dem Frühstück auf ihre abendliche Verabredung mit Daniel Kelleher im Cocoanut Grove Tanzlokal vorbereitet. Mary war nicht mit von der Partie. Ursprünglich wollte sie mitkommen, aber dann hatte Henry in letzter Minute Karten für das Shubert Theater bekommen, und Mary hatte ihr abgesagt.

»Du lässt mich da alleine hingehen?«, hatte Alice sich am Morgen im Bad beschwert, während Mary sich fertigmachte.

»Wieso alleine? Die Jungs sind doch dabei.«

»Du musst nach dem Stück unbedingt rüberkommen.«

»Mal sehen, was Henry vorhat.«

»Was Henry vorhat? Immer dreht sich alles um Henry!« Alice ging aus dem Bad und schlug die Tür hinter sich zu.

»Also wirklich, Alice!«, hörte sie Marys Stimme durch die Tür.

Kurz darauf ging Mary aus dem Haus. »Viel Glück heut Abend!«, sagte sie noch und kniff Alice in die Wange.

Alice verbrachte den ganzen Nachmittag damit, sich schick zu machen, aber alleine machte das nur halb so viel Spaß. Doch als sie endlich fertig war, fühlte sie sich wie eine Königin. Das silberne Seidenkleid, das sie für diesen Abend ausgesucht hatte, fiel ihr weich über die Taille und schwang um ihre Füße, wobei es praktischerweise ihre abgewetzten Schuhspitzen bedeckte. Das Kleid gehörte Mary und war ihr eigentlich zu groß, deshalb hatte sie sich ein blaues Band um die Taille gebunden, um ihre Formen zu betonen. Sie trug Marys Nerzmantel und dazu die Lieblingshandschuhe ihrer Schwester aus mit Nerz gefüttertem grauem Wildleder. Der Mantel war ein Geschenk von Henry, aber Mary trug ihn fast nie. *Wer's findet darf's behalten*, dachte Alice. Es war

Winter, und irgendjemand musste doch etwas von dem Mantel haben.

Von ihren eigenen Kleidern hätte sie keines ins Cocoanut Grove anziehen können. Dort trug man Abendgarderobe, und sie würde da ganz bestimmt nicht in einem ausgedienten, mit einer falschen Perlenkette aufgemotzten Kleidchen aufkreuzen, wie ihre Mutter vorgeschlagen hatte. Ihre Brüder hatten sie eingeladen. Ein Schiffskamerad von Tim hatte einen älteren Bruder, Daniel, der aufs Holy Cross College gegangen war und für eine Woche vom Pazifik auf Heimaturlaub war. Timmy hatte es sich in den Kopf gesetzt, dass der Bruder seines Kameraden eine seiner Schwestern heiraten solle.

Schon seit Monaten schwärmte er Alice in seinen Briefen von Daniel vor, und das, obwohl dieser nicht aufs Boston College gegangen war. Er sei zuvorkommend, humorvoll und sehr intelligent. Er habe neun Geschwister und die Geduld eines Heiligen. (*Genau das Richtige für eine Nervensäge wie dich*, hatte Timmy geschrieben.)

Alice hatte geantwortet: *Wenn er dir so gefällt, dann heirate ihn doch selber.*

Sehr witzig, hatte Timmy geantwortet. *Komm am Monatsende einfach mit zum Baseballspiel, und wir suchen uns danach noch ein nettes Tanzlokal.*

Alice hatte nicht vor, den jungen Mann in der Eiseskälte bei einem Baseballspiel kennenzulernen, also hatte sie mit den Jungs abgemacht, sie danach im Cocoanut Grove zu treffen. Sie hatte dem Ganzen natürlich nur zugestimmt, weil sie eine Ausrede brauchte, um mal wieder auszugehen.

Alice war in dem Lokal schon zweimal gewesen. Einmal, als Joe Frisco aufgetreten war, und einmal, um Helen Morgan zu sehen. Es hatte ihr dort gleich gefallen. Im Erdgeschoss stand eine lange, ovale Bar neben der Bühne, und zwischen den mit weißem Leinen bedeckten Tischen war eine große Tanzfläche. Am Rand wiegten sich künstliche Palmen und überall im Saal waren kleine

Lichter verteilt. Im Sommer wurde das Dach weggerollt, und man konnte unter den Sternen tanzen.

Pünktlich um halb acht trat Alice wie ein Filmstar durch die Drehtür. Sie hatte den knallroten Lippenstift aufgelegt, den Tante Rose ihr vergangene Weihnachten aus New York geschickt hatte, und ihr Haar lag in sanften Wellen wie das von Veronica Lake in *Sullivans Reisen*.

Im Lokal drängten sich die Gäste dicht an dicht: Dutzende gutaussehender, uniformierter Männer standen neben eleganten Frauen in ihren besten Abendkleidern. Der Laden war brechend voll, die Tische alle besetzt. Alice drängte sich auf der Suche nach ihren Brüdern durch die Menge. Sie gelangte zu einer Stelle, von der aus sie die Tanzfläche überblicken konnte, aber ihre Brüder waren nirgends zu entdecken. Um nicht dumm herumzustehen, führte sie dann ein viel zu langes Gespräch mit dem Rotschopf an der Garderobe. *Wirklich besonders kalt da draußen heute. Traurige Sache mit dem Baseballspiel und ob Alice schon gehört habe, dass das Boston College Team heute hier seine Siegesfeier hatte feiern wollen und jetzt abgesagt hatte, was wirklich jammerschade sei, weil der Rotschopf doch so für den Fullback schwärmte.*

Als sie nochmal zur Tanzfläche ging und nachschaute, waren die Jungs immer noch nicht da. Also stand sie alleine an der Bar, kam sich wie ein Vollidiot vor und schwor sich, ihre Brüder zu ermorden, sobald sie sich zeigten. Sie wedelte mit Marys Handschuhen herum, bis ihr bewusst wurde, dass sie ihre Nervosität damit verriet. Also legte sie die Handschuhe auf die eichene Bar, strich über das Wildleder und zählte die Minuten.

Es war zehn vor acht, als sie endlich eintrafen, stockbesoffen und mit zwei jungen Männern im Schlepptau, die Alice nicht kannte. Alices Brüder waren große, muskulöse Männer mit dunklen Augen und schwarzem Haar. Im Vergleich dazu waren die beiden, die sie mitgebracht hatten, wahre Vogelscheuchen: Sie waren klein, dürr, hatten Haar wie rotes Stroh und füllten ihre Uniformen kaum aus.

»Da ist sie ja!«, brüllte Alices Bruder Paul so laut, dass sich trotz des Lärms in dem Lokal einige Leute umdrehten.

»Ihr seid viel zu spät«, fauchte sie, als sie bei ihr waren. »Ich warte schon eine Ewigkeit.«

»Na, übertreib mal nicht«, sagte Paul. »Das waren höchstens ein paar Minütchen. Außerdem hättest du an uns keine Freude gehabt, bevor wir uns ein bisschen die Kehle angefeuchtet hatten. Tim hat richtig geheult!« Alle stimmten in sein raues Gelächter ein.

In diesem Augenblick überfiel Alice, wie so oft in letzter Zeit, wieder die Tatsache, dass Krieg war, dass ihre Brüder an der Front gewesen waren und, wie die meisten der jungen Männer um sie herum, bald wieder in den Krieg ziehen würden. Sie hörte mittlerweile fast täglich, dass ein weiterer der Jungen, mit denen sie aufgewachsen war, nicht wiederkehren würde. Und trotzdem regten ihre Brüder sich noch über ein Baseballspiel auf und machten sich für einen Tanzabend extra schick. Das Leben machte für nichts und niemanden Halt.

Eine der zwei Vogelscheuchen streckte ihr die Hand entgegen: »Daniel Kelleher«, sagte er. »Ist mir eine Freude.«

Ob er gut aussehe, hatte sie ihren Bruder Timmy beim Thanksgivingabendessen gefragt, und der hatte gelacht, bevor er antwortete: »Er sieht aus wie Clark Gable, okay?«

Jetzt begriff sie, dass das ein Scherz gewesen war.

»Möchtest du was trinken?«, fragte die Vogelscheuche. Alice verlangte einen Gin Tonic.

Als Daniel sich auf die Jagd nach dem Barkeeper begab, packte Alice Timmy beim Ärmel.

»Was hast du dir dabei gedacht?«, zischte sie.

»Wovon redest du?«, sagte er.

»Der ist ja wohl ein absoluter Blindgänger!«

»Jetzt sei nicht so ein Snob und gib ihm eine Chance.«

Ein paar Minuten später kam Daniel mit einem Glas klarer Flüssigkeit zurück.

»Die Zitronen sind ihnen gerade ausgegangen. Vielleicht ins Kino oder so.«

Sollte das ein Witz sein? Das war ja wohl das Letzte. Alice nahm ihm das Glas aus der Hand und wandte sich den anderen zu, um allen, vor allem Daniel, zu zeigen, dass sie absolut kein Interesse hatte.

»Unsere Brüder sind wirklich schlechte Verlierer«, sagte Daniel lachend. Alices Augen verengten sich zu Schlitzen. Er hatte auch seinen kleinen Bruder gemeint, dennoch gefiel es ihr überhaupt nicht, dass er so von ihren Brüdern sprach.

»Tja, die Holy Cross Crusaders darf man eben nicht unterschätzen«, fuhr er strahlend fort. »Fünfundfünfzig zu zwölf. Na, wie fühlt sich das an, Jungs? Das muss wehtun.«

»Es gibt auch schlechte Gewinner«, sagte Alice und nahm einen großen Schluck aus ihrem Glas.

»Hoppla!«, sagte Timmy. »Kümmer dich nicht drum, Daniel. Sie ist nur ein bisschen sauer auf uns.«

»Nein, nein, Alice hat ganz recht«, sagte Daniel grinsend. »Das war nicht besonders taktvoll von mir.«

»Jedenfalls schulde ich dir jetzt ein Bier«, sagte Timmy.

»Du schuldest mir mehr als ein Bier, aber das besprechen wir, wenn deine Schwester nicht dabei ist«, sagte Daniel und lachte leise.

Alice leerte ihr Glas. »Noch einen Gin Tonic, Timothy«, sagte sie. »Mir schuldest du auf jeden Fall was zu trinken.«

Timmy ging die Getränke holen, und zwischen den anderen entspann sich ein Gespräch über Baseball.

Daniel wandte sich ihr zu: »Du arbeitest in einer Anwaltskanzlei, hab ich gehört. Das muss ja sehr interessant sein.«

»Geht so.«

»Ach, komm schon. Es muss doch Spaß machen, die Ordner voll saftiger Skandale auf dem Schreibtisch zu haben und sich das in aller Ruhe durchzulesen. Zu sehen, wer heute wieder wen weswegen verklagt und so.«

Sie legte den Kopf schräg. So hatte sie das noch nie gesehen, und es war gar keine schlechte Idee, ihre Arbeit von dieser Seite zu betrachten.

»Ich spare für eine Reise nach Paris, wenn der Krieg vorbei ist«, sagte sie, und das war ja auch fast wahr. »Ich werde mal Malerin. Naja, das will ich jedenfalls.«

»Es ist gut, sich seine Kinderträume zu bewahren, sagt meine Mutter.«

Sie wollte ihm sagen, dass es kein verdammter *Kindertraum* war, dass sie eines ihrer Bilder schon verkauft hatte, aber er redete schon weiter: »Ich sitze seit einem halben Jahr an einer Kanone auf unserem Boot und bringe den Jungs bei, wie man damit umgeht. Das kann vielleicht langweilig sein. Davor war ich leitender Angestellter bei einer Versicherungsgesellschaft. Ja, der Job ist so langweilig, wie er klingt. Irgendwann muss ich da wieder hin. Was ich wirklich will, ist wie Ted Williams von den Red Sox schlagen zu können. Das ist mein Kindertraum. Der hilft mir, den Rest auszuhalten. Auf dem Boot krieg ich alle Nase lang Ärger, weil ich ständig Luftbaseball spiele.« Er nahm die Position des Schlagmanns ein und holte mit einem imaginären Baseballschläger aus. Mitten im Lokal. »Hast du schon gehört, was der Bruder von Ted Williams gebracht hat? Ich glaube, das ist so ein Drückeberger, ein ziemlicher Nichtsnutz. Also jedenfalls hatte Ted sich ein nagelneues Haus gekauft und es sich bis zum Rand schick eingerichtet. Und dann fährt sein Bruder eines Tages mit einem Lastwagen vor und räumt alles leer. Sogar die Waschmaschine hat er mitgehen lassen.«

Alice starrte ausdruckslos vor sich hin. Sie wollte hier nur noch weg.

»Mensch, entschuldige bitte«, sagte er dann. »Wenn ich nervös bin, rede ich immer zu viel. Darf ich mir erlauben zu sagen, dass du wirklich wunderhübsch bist?« Er fummelte an seinen Manschetten herum. »Dein Bruder hat mir ja gesagt, dass du gut aussiehst, aber – wow. Ehrlich gesagt ist mir nicht ganz klar, dass er einen Typen wie mich einer Schönheit wie dir auch nur vorstellt.«

Mir auch nicht, dachte Alice und lächelte.

Als Timmy wiederkam, trank sie schnell den zweiten Gin Tonic und schon bald einen dritten. Langsam fühlte sie sich warm und leicht und bewegte sich zur Musik. Wie immer vor einer Verabredung hatte sie absichtlich kaum etwas gegessen und dachte jetzt beschwipst, dass sie für diesen Daniel wirklich nicht hätte fasten müssen. Aber eigentlich war er auch gar nicht so übel.

Dann forderte er sie zum Tanzen auf. Es war ein schnelles Lied, »Don't Sit Under the Apple Tree«, aber in einer noch besseren Version, als die Glenn-Miller-Aufnahme, die sie im Radio spielten. Sie war positiv überrascht: Daniel war längst nicht so ungeschickt, wie sie erwartet hatte. Als er ihren Oberkörper nach hinten bog, spürte sie seine große Hand heiß auf ihrem Rücken. Er drehte sie, bis ihr schwindelig wurde. Irgendwann legte sie dann eine Hand auf seinen Arm: »Ich muss mich mal setzen.«

Er nahm sie bei der Hand und bahnte ihnen einen Weg von der Tanzfläche. Ihre Brüder waren schon abgehauen und ins Kino gegangen, um das Desaster von Fenway Park zu vergessen. Alice konnte es nicht fassen, dass sie sich einfach aus dem Staub gemacht und sie zurückgelassen hatten, aber so war es.

Alle Barhocker waren besetzt, also ging Daniel auf eine Gruppe Männer in Air-Force-Uniform zu, die bei den Zapfhähnen saßen, und tippte einem auf die Schulter.

»Sag mal, könntest du der Dame deine Sitzgelegenheit überlassen?«

Der junge Mann sprang sofort auf. Er war groß, breitschultrig und hatte rabenschwarzes Haar. Alice wünschte, Daniel Kelleher sähe so aus.

»Gerne doch«, sagte er, und Alice hätte sich ihm am liebsten in die Arme geworfen und beteuert, dass Daniel eigentlich gar nicht zu ihr gehöre. Sie stellte sich vor, wie sie die Geschichte Jahre später ihren Freunden erzählten: Alice war mit diesem Typen unterwegs, mit dem ihr dummer Bruder sie verkuppeln wollte. Aber dann hatte plötzlich ihre wahre Liebe vor ihr gestanden und ihr seinen Barhocker angeboten.

Aber schon kurz darauf wurde der Mann von der Menge verschluckt.

»Soll ich dir noch was zu trinken holen?«, fragte Daniel. »Vielleicht noch einen Gin Tonic? Oder lieber ein Wasser?«

Sie hätte auf Wasser umsteigen oder fragen sollen, ob er nicht hungrig sei, damit sie etwas Festes in den Magen bekam, aber stattdessen sagte sie: »Noch einen Gin Tonic, bitte.«

Als Daniel sich vorbeugte, um den Barkeeper auf sich aufmerksam zu machen, erblickte Alice ihre Schwester, die in ein Gespräch mit einer elegant gekleideten Dame vertieft war. Marys Wangen waren rot und sie trug ein smaragdgrünes Kleid, das Alice hier zum ersten Mal sah. Hatte sie das unter dem Mantel getragen, als sie das Haus am Morgen verlassen hatte, oder hatte Henry es ihr heute geschenkt?

Mary lachte über irgendetwas, was die Frau gesagt hatte, und Alice dachte, dass sie wie eine der oberen Zehntausend aussah und voll und ganz zu ihrer Gesprächspartnerin passte. Der Anblick gefiel ihr nicht. Dann sah Mary auf, und ihre Blicke trafen sich. Sie gestikulierte in Alices Richtung, verabschiedete sich von der Frau und bewegte sich durch die Menge, während die Band in einen ruhigeren Takt wechselte und eine sanfte Melodie spielte. Es war Alices Lieblingslied, die »Moonlight Serenade«.

Auf halbem Weg beugte Mary sich zu jemandem an einem Tisch voll eleganter Männer und Frauen in teuren Kleidern herunter. Es war Henry. Sie flüsterte ihm etwas ins Ohr, und er stand auf. Dann kamen beide langsam auf Alice zu.

»Da bist du ja!«, sagte Mary, als sie bei ihr angekommen waren. Sie umarmte Alice, und Daniel blickte überrascht auf. »Ich hab schon überall nach dir gesucht. Wo sind die Jungs?«

»Die sind ins Kino gegangen«, sagte Alice. »Was macht ihr denn hier?«

»Du wolltest doch, dass ich komme. Und dann stellte sich heraus, dass einige von Henrys Freunden auch schon hier waren. Und zum Glück auch einen Tisch ergattert hatten.« Dann sah sie Daniel erwartungsvoll an.

»Das ist ein Freund von Timmy«, sagte Alice.

»Daniel Kelleher«, sagte Daniel und schüttelte Henrys Hand, als würde er einen Nagel einschlagen. »Schön, dich kennenzulernen, äh –«

»Henry«, sagte er. »Und das ist Mary.«

»Meine Schwester«, sagte Alice schnell.

»Ich habe schon von dir gehört«, sagte Mary. Ihre alte Schüchternheit war wie weggeblasen.

»Nur Gutes, wie ich hoffe«, antwortete Daniel.

»Aber natürlich«, und zu Alice gewandt sagte sie: »Hübsches Kleid.«

»Oh, entschuldige, ich wollte es nur für heute –«

»Nein, wirklich, es steht dir ausgezeichnet. Ich schenke es dir.«

Bei diesen Worten erstarrte Alice. Wie konnte ihre Schwester es wagen, so von oben herab mit ihr zu sprechen? Alice konzentrierte sich auf den Brief an die Philipper: Demut vor allem anderen.

Henry und Daniel hatten sich wieder unter die Männer eingereiht, die an der Bar bemüht waren, eine Bestellung aufzugeben.

»Ich versuch's schon eine Ewigkeit«, sagte Daniel. »Gar nicht so einfach.« Dann winkte Henry einfach einen Barkeeper herbei und sagte: »Charles, würden Sie uns ein paar Drinks fertig machen?«

»Aber natürlich, Mr. Winslow.«

Daniel wurde rot.

»Und? Wie läuft's?«, fragte Mary, sobald sie alleine waren.

Alice atmete tief durch und versuchte, ihre Wut abzuschütteln.

»Reinfall auf ganzer Linie«, sagte sie mit einem versöhnlichen Lächeln. »Und vielen Dank auch, Jungs.«

Mary warf einen Blick über die Schulter und senkte die Stimme, damit Daniel sie nicht hören konnte: »Aber er ist doch ganz nett. Du achtest viel zu sehr aufs Äußere.«

»Also gibst du zu, dass er hässlich ist.«

»Sch!«, Mary lächelte. »Keineswegs. Halt so durchschnittlich.«

»Ich steh aber nicht auf Durchschnitt.«

»Ich versteh schon«, sagte Mary. »Und ihr zwei gebt wirklich ein seltsames Paar ab.«

»Ich habe ihm erzählt, dass ich Malerin werden will, und er hat einfach gelacht.«

»Was?«

»Naja, so ungefähr. Wahrscheinlich hat er recht. Es ist ja doch nur ein Kindertraum.«

Mary schüttelte den Kopf: »Hast du ihm erzählt, dass du schon ein Bild verkauft hast?«

»Ach, sei nicht albern«, sagte Alice und war ihrer Schwester insgeheim dankbar, dass sie daran gedacht hatte.

»Du siehst in dem Kleid übrigens absolut sensationell aus«, sagte Mary. »Es steht dir viel besser als mir.«

»Pst!«, sagte Alice.

Die Männer kamen mit Gläsern in der Hand zurück, und Mary und Daniel vertieften sich in ein Gespräch über die Marine im Allgemeinen und Timmys unheilbare Sucht nach albernen Streichen im Besonderen. Daniel berichtete, dass ihr Bruder sich ein blaues Auge dafür eingehandelt hatte, dass er einem sturzbetrunkenen Kameraden im Schlaf eine Augenbraue abrasiert hatte.

»Warum nur eine?«, fragte Mary.

Während Daniel noch antwortete, legte Henry eine Hand auf Alices Handgelenk und flüsterte ihr zu: »Sag mal, Kleine, kann ich dir ein Geheimnis anvertrauen?«

»Klar«, sagte sie.

»Ich bin schon ganz schön angetrunken.«

»Das sind wir alle«, sagte sie. »Ist ja ein tolles Geheimnis.«

»Nein, nein, das war's noch nicht. Das Geheimnis ist, dass ich deiner Schwester morgen am Strand einen Heiratsantrag machen werde. Ich hab den Ring hier bei mir.« Er tippte mit einem Augenzwinkern auf seine Brusttasche. »Ich hab ihn heute Nachmittag abgeholt, bevor wir uns zum Theater trafen. Abgesehen von meiner Schwester und dir weiß noch niemand davon. Mein Vater will, dass ich für ein paar Jahre den Firmenzweig in New York übernehme. Das heißt, dass wir nach der Hochzeit vermutlich wegziehen.«

Alice zwang sich zu einem Lächeln und sagte, das seien wundervolle Neuigkeiten. Hatte sie sich das nicht immer gewünscht? Trotzdem stieg Wut in ihr auf: Warum hatte Mary die wahre Liebe gefunden und nicht sie? Warum konnte Mary als reiche Frau von hier wegziehen, ihr Leben leben, wie es ihr beliebte und die interessantesten Leute kennenlernen? Alice hatte gedacht, dass Henry nicht nur Mary, sondern auch ihr eine glänzende Zukunft bescheren würde, aber vielleicht war das naiv gewesen. Hier stand Alice, mit dieser Niete an ihrer Seite, und da war ihre Schwester Mary, die sich in ein New Yorker Abenteuer stürzen und ein Leben wie das von Isabella Stewart Gardner führen würde.

Alice wusste, dass ihre Wut oft ohne Vorankündigung aus ihr herausbrach, aber das Wissen allein half auch nichts. Daniel hatte ihre Wünsche für die Zukunft als Kindertraum bezeichnet. Vielleicht hatte er recht. Sie kam sich vor wie der letzte Idiot.

»Wenn du und Mary morgen früh in der Kirche seid, spreche ich mit eurem Vater. Darauf freue ich mich ehrlich gesagt weniger«, fuhr Henry fort. »Könntest du Mary ein bisschen länger festhalten? Vielleicht geht ihr einfach irgendwo frühstücken.«

»Ja, ja«, sagte Alice kurz. Dann wandte sie sich den anderen zu und sagte: »Ich muss jetzt gehen.«

»Was? Auf keinen Fall! Ihr zwei kommt noch mit runter und trinkt einen mit uns«, sagte Mary. »So spät ist es doch noch gar nicht.«

»Gerne!«, meinte Daniel.

»Nein, danke«, widersprach Alice.

»Ach, komm schon«, sagte Mary. »Wir würden dich gern einladen.«

»Jetzt plustere dich mal nicht so auf. Das hier ist nicht deine Liga, das sieht doch jeder«, zischte Alice ihrer Schwester zu und wiederholte damit die Worte ihres Vaters wenige Wochen zuvor.

Mary runzelte die Stirn: »Oh, habe ich mich aufgeplustert?«

Plötzlich fühlte Alice sich schlecht. Was hatte ihre Schwester ihr denn getan?

»Komm, lass uns runtergehen«, sagte Mary.

Unten war die Melody Lounge, eine schummerige Bar an deren Seiten sich Nischen befanden. In einer davon hatte Alice Martin McDonough erlaubt, sie in aller Öffentlichkeit zu küssen. Sie hatte es fürs Vaterland getan, schließlich musste Martin am nächsten Tag wieder nach Deutschland an die Front, aber sie hatte den Kuss dann doch schnell beendet.

Alice sah zu dem Tisch, an dem Henry gesessen hatte. Natürlich würde ihre Schwester nicht auf die Idee kommen, Alice ihren feinen neuen Freunden vorzustellen. Wenn Mary erst offiziell Teil dieser Welt war, wäre Alice für sie nicht mehr existent. Und New York war weit weg. Warum hatte Mary ihr nichts davon gesagt?

»Nein, es geht wirklich nicht«, sagte sie. »Ich geh jetzt nach Hause.«

»Ach Alice!«, sagte Mary.

Alice ignorierte ihre Schwester und wandte sich Daniel zu: »Meinen Mantel, bitte.«

Er sah enttäuscht aus, tat aber, worum sie ihn gebeten hatte.

Alice stand schweigend neben Mary und Henry. Als Daniel mit dem geborgten Nerzmantel über dem Arm zurückkam, wurde Alice knallrot, aber weder ihre Schwester noch sie sagten etwas dazu.

Alice schlüpfte in den Mantel. »Bis dann«, sagte sie in die Runde und ging, ohne auf eine Antwort zu warten, Richtung Ausgang. Das Lokal war noch voller geworden und sie kam kaum durch. Daniel blieb dicht hinter ihr, um sie im Gedränge nicht zu verlieren.

»Du solltest netter zu deiner Schwester sein«, rief er, um gegen das Stimmengewirr und die Musik anzukommen.

»Was weißt du schon«, rief sie und drängte sich durch eine hitzig diskutierende Männergruppe.

»Nicht viel, da hast du recht«, sagte er. »Warte doch mal. Ich begleite dich.«

»Zu Fuß? Ich wohne in Dorchester«, sagte sie und ging einfach weiter. »Außerdem wohne ich bei meinen Eltern und bin ein anständiges Mädchen. Was auch immer du dir vorgestellt hattest: Vergiss es!«

Sie wusste natürlich, dass er nichts dergleichen vorgehabt hatte, aber sie suchte Streit.

Alice ging durch die Drehtür, und Daniel kam hinterher. Draußen war es eiskalt, und Alice schlang den Mantel eng um sich.

»Zum Taxi, habe ich gemeint«, sagte er. »Du bist wohl fest entschlossen, mich nicht zu mögen, Alice Brennan?«

Sie versuchte, nicht zu lächeln, aber es gelang ihr nicht.

»Es war mir eine Freude, dich kennenzulernen«, sagte er. »Und bitte entschuldige, dass – tja, ich weiß gar nicht genau, was. Ein zweites Treffen ist wohl nicht drin, oder?«

»Ganz richtig«, sagte sie und fügte leiser hinzu: »Es tut mir leid, dass ich dir den Abend verdorben habe.«

»Du hast überhaupt nichts verdorben«, sagte er. »Der Abend ist noch jung. Wer weiß? Vielleicht gehe ich wieder rein und such mir noch ein hübsches Mädchen, das mit mir tanzen will.«

»Tu das«, sagte sie.

Er setzte ein verzerrtes Lächeln auf: »Oh nein! Ich hatte gehofft, dass dich das eifersüchtig machen würde.«

Daniel hob den Arm und winkte ihr ein Taxi herbei. Sie sah ihn an und dachte, dass es ihr ziemlich egal war, dass sie ihn vermutlich nicht wiedersehen würde. Sie wollte nur noch nach Hause. Aber gerade als das Taxi vorfuhr, trat Mary aus dem Lokal.

Daniel hatte es nicht bemerkt, hatte die Wagentür für Alice geöffnet und stand mit der Hand auf dem Taxidach verlegen da.

»Nimm du das Taxi«, sagte sie schnell. Sie wollte vermeiden, dass er den Streit mit Mary mitbekam. »Ich nehme das nächste.«

»Kommt gar nicht in Frage«, sagte er.

»Nein, wirklich. Sieh doch, da hinten kommt schon eins.«

»Bist du sicher?«, fragte er.

Alice nickte. Beim Abschied erlaubte sie ihm, sie auf die Wange zu küssen. Dann sah sie ihn ins Taxi steigen und entlang der Piedmont Street aus ihrem Blickfeld verschwinden.

Jetzt hatte Mary sie entdeckt. Alice hielt den Atem an.

»Was ist denn heute in dich gefahren?«, fragte Mary, als sie bei ihr angekommen war. »Warum bist du weggerannt?«

Alice sah sie schweigend an.

»Komm, wir machen einen kleinen Spaziergang«, schlug Mary vor. »Ich muss mit dir reden.«

Alice blieb stur: »Ich bin müde. Ich will nach Hause.«

»Dann komme ich mit«, sagte Mary.

»Und was ist mit Henry? Willst du ihn hier alleine lassen?«

»Das ist schon in Ordnung, er ist ja unter Freunden«, sagte Mary. »Außerdem sehe ich ihn morgen. Aus irgendeinem Grund will er trotz der Eiseskälte unbedingt ans Meer. Wir fahren an den Strand, an dem wir uns das erste Mal geküsst haben.«

Jetzt war Alice klar, warum er sie dort und nirgendwo anders um ihr Jawort bitten wollte. Und obwohl ihr Verstand ihr sagte, dass sie sich für ihre Schwester freuen müsste, fühlte sie nichts.

»Ach ja, eure Freunde«, sagte Alice. »Hoffentlich haben sie nicht mitgekriegt, dass du dich mit jemandem wie mir abgibst.«

»Ach, darum geht es?«, fragte Mary. »Mensch, Alice, ich fühl mich doch selber nicht wohl unter diesen Leuten. Von denen würde mich doch keiner vorm Ertrinken retten, wenn sie sich dabei die schicken Hosen nassmachen müssten.«

Es tat Alice weh, sich ihre Schwester in dieser Gesellschaft vorzustellen.

»Du kannst nicht einfach gehen«, sagte Mary. »Es ist etwas passiert. Ich muss mit dir reden.«

»Was denn?«

»Henry zieht nach New York, und das hat er mir erst heute Abend erzählt. Naja, eigentlich ist es einem seiner Freunde beim Essen rausgerutscht. Er hat ziemlich sauer reagiert und gesagt, dass wir das morgen besprechen würden. Alice, ich hab solche Angst, dass er am Strand Schluss machen will. Mensch, ich sehe uns beide schon als ein Paar grässlicher alter Jungfern, die in alle Ewigkeit bei ihren Eltern wohnen.«

Im Lokal hatte Mary gar nicht besorgt gewirkt, aber ihre Schwester war schon immer gut darin gewesen, in Gesellschaft ihre Rolle zu spielen.

Alices Brust schnürte sich zu. Morgen früh würde sich Marys Albtraum als Missverständnis entpuppen, und sie würde alles bekommen, was Alice sich immer gewünscht hatte. *Grässliche alte Jungfern*, hatte sie gesagt. Sollte das Alices Schicksal sein?

Um ihre Schwester zu beruhigen, hätte sie ihr nur zuflüstern müssen, dass ihr größter Traum bald in Erfüllung gehen würde. Aber stattdessen sagte sie: »Du hättest eben nicht mit ihm ins Bett steigen sollen.«

Die Worte brachten Alice zunächst süße Befriedigung, aber dann meldete sich unverzüglich auch gleich das schlechte Gewissen.

Mary war sprachlos. Sie biss sich auf die Unterlippe und stand einfach da, bis Alice unwillkürlich fröstelte.

»Du zitterst ja«, sagte Mary. Sie griff in ihre Tasche. »Hier hast du meine Fäustlinge.«

»Ich habe selber welche«, gab Alice zurück. In diesem Augenblick fiel ihr auf, dass sie Marys Wildlederhandschuhe auf der Bar hatte liegen lassen. »Verflucht nochmal«, sagte sie ohne nachzudenken, »ich hab sie drinnen liegenlassen.«

»Welche denn?«, sagte Mary in einem Ton, aus dem klar wurde, dass sie die Antwort erahnte.

»Die grauen Wildlederhandschuhe.«

»Ach, Alice, das sind meine Lieblingshandschuhe, das weißt du doch. Ich hab lange gespart, um sie mir leisten zu können.«

Alice dachte, dass sie jetzt ein schlechtes Gewissen haben sollte, das hatte sie aber nicht.

»Bitte geh sie holen«, sagte Mary.

»Ich stürz mich nicht nochmal in dieses Gedränge.«

»Sei nicht so eigensinnig. Du gehst die Handschuhe holen und ich besorge uns ein Taxi.«

»Nein.«

»Alice!«

»Warum bedeuten die dir überhaupt so viel? Henry kann dir doch jederzeit neue kaufen.«

»Musst du immer so stur sein?«

»Bin ich nicht! Ich habe Kopfschmerzen. Außerdem willst *du* doch unbedingt diese blöden Handschuhe wiederhaben.«

Mary blinzelte ungläubig. »Okay. Du winkst ein Taxi ran, und ich hole die Handschuhe.«

Alice antwortete nicht.

Dann drehte Mary sich stöhnend um und ging zurück ins Lokal.

Erst stand Alice reglos da. Dann zündete sie sich eine Zigarette an und rauchte sie bis zum Filter.

Ein paar Minuten später bog ein Taxi langsam um die Ecke. Sie winkte es heran und setzte sich auf die Rückbank. Eigentlich hatte sie vorgehabt, ohne Mary nach Hause zu fahren, sagte dann aber in letzter Sekunde zum Fahrer: »Warten Sie! Meine Schwester fährt auch mit. Sie müsste jeden Augenblick kommen.«

Alice nahm die Puderdose aus ihrer Handtasche und blickte starr in den Spiegel. Ihr Make-up war verwischt, und sie sah mindestens zehn Jahre älter aus als zu Beginn des Abends.

Warum dauerte das so lange? Wahrscheinlich gab es zwischen Mary und Henry gerade eine große Abschiedsszene im Lokal. Dabei würden sie sich ja morgen schon wiedersehen.

Der Fahrer rutschte ungeduldig auf dem Sitz herum, und Alice wurde es langsam peinlich. *Jetzt mach schon*, dachte sie.

Ihre Augen waren noch auf den Spiegel gerichtet, als sie eine Unruhe am Ausgang wahrnahm und laute Rufe zu ihr drangen. Dieser Krach konnte nur eines von zwei Dingen bedeuten: Ekstatische Freude oder panische Angst. Einen Augenblick lang war Alice neidisch, aber dann hörte sie das Geräusch zersplitternden Glases und das Wehklagen des Feueralarms.

Der Fahrer rief: »Um Himmels willen! Fräulein, wir müssen hier weg.«

Alice sah verwirrt auf. Aus den Fenstern des Lokals kamen dicke Rauchwolken. Die Leute drängten von allen Seiten gegen die Drehtüren, bis das Glas zersprang. Die Menschen stolperten hilferufend und weinend auf den Bürgersteig hinaus.

Ohne darüber nachzudenken, sprang Alice aus dem Taxi, das sofort davonfuhr. Ihr stockte der Atem.

Alice suchte den Bürgersteig mit den Augen ab und betete, dass Mary schon herausgekommen war.

Sie stand wie versteinert da, und die Sekunden wurden zu Stunden. Dann ertönten Sirenen, und Feuerwehrmänner rannten an ihr vorbei und versuchten, in das Gebäude zu kommen.

»Bring dich lieber in Sicherheit, Kleine«, rief ihr einer von ihnen zu.

»Aber meine Schwester ist da drin!«, schrie Alice verzweifelt. »Sie müssen sie da rausholen!«

»Geh jetzt nach Hause«, sagte er. »Geh zu deinen Eltern. Deiner Schwester passiert schon nichts. Geh jetzt.«

Die Feuerwehrmänner liefen zu den Seiteneingängen, aber warum gingen sie nicht hinein? Alice sah, dass sie mit aller Kraft versuchten, die Türen zu öffnen. Dann rief einer der Männer über die Schulter den anderen, die den Feuerwehrschlauch abrollten, zu: »Verdammt, wir kommen nicht rein. Und die brüllen da drinnen wie am Spieß. Die Türen müssen von innen verschlossen sein.«

»Aufbrechen!«, rief jemand.

Sie holten Äxte, aber es half alles nichts.

»Das dauert zu lange«, rief wieder der erste Mann.

Alice fühlte, dass sie jederzeit das Bewusstsein verlieren konnte. Sie wollte hineinrennen, ihre Schwester an der Hand nehmen und sie aus dem Inferno retten, aber hinter dem Eingang stapelten sich die Körper schon wie umgefallene Dominosteine. Manche schrien noch verzweifelt um Hilfe, andere waren schon totgetrampelt. Alice hatte zu viel Angst, um mutig zu sein.

Die Feuerwehrmänner schlugen die Fenster ein, und so schafften es ein paar Leute nach draußen. Alice sah zu. Sie war mit den Nerven am Ende. Betend suchte sie unter den Geretteten nach Marys Gesicht.

Die Straße, die noch vor wenigen Minuten ruhig und leer dagelegen hatte, war jetzt ein einziges Chaos. Diejenigen, die es nach draußen geschafft hatten, riefen verzweifelt nach ihren Liebsten, die sie zurückgelassen hatten.

Soldaten, die über Thanksgiving ein paar Tage Heimaturlaub hatten und auf der Suche nach Unterhaltung gewesen waren, mussten plötzlich Leben retten. Sie waren dem Tod an der Front entgangen, aber jetzt trugen sie Leute aus dem Feuer, rannten ein viertes, ein fünftes, ein sechstes Mal hinein und kamen irgendwann einfach nicht wieder heraus.

»Wir können nicht alle erreichen«, rief ein junger Mann, der eine beleibte ältere Dame heraustrug.

Ein anderer stöhnte: »Oh Gott! Oh mein Gott! Ich hab versucht, sie rauszuziehen, aber dann ist ihr Arm einfach abgegangen.«

Alice schrie die Männer verzweifelt an: »Sie müssen ein Mädchen rausholen, sie heißt Mary. Bitte! Sie trägt ein grünes Kleid. Bitte, bitte!«

Mittlerweile loderten die Flammen durch das Dach des Gebäudes, vor dem sich eine Menschenmenge angesammelt hatte. Die Leute blockierten die Straße, und die Löschfahrzeuge kamen nicht durch, bis die Soldaten schließlich eine Menschenkette bildeten und die Schaulustigen in die Shawmut Avenue trieben.

Es war alles so schnell gegangen. Alice wollte zum Broadway rennen. Vielleicht waren die anderen noch im Kino. Ihre Brüder würden Mary retten, das wusste sie. Bevor sie um die Ecke biegen konnte, sah sie die Leute in den kleinen Fenstern, die zur Piedmont Street führten. Sie hatten das Glas zerschlagen, aber die Metallgitter dahinter hatten nicht nachgegeben. Ihre Köpfe waren draußen und der Rettung nah, doch ihre Körper verbrannten im Inneren des Gebäudes, während sie nur schreien konnten. Auf dem Bürgersteig vor ihnen stand ein Priester und erteilte die Sterbesakramente.

Alice starrte weiter auf das Gebäude und schrie nach ihrer Schwester. Sie konnte sich nicht mehr bewegen.

Auf dem Bürgersteig und in der Autowerkstatt nebenan – überall lagen Verletzte. Irgendwann erklangen die Sirenen der Rettungswagen, die aus allen Richtungen anrückten: aus Lynn, Newton, Brookline und Charlestown Navy Yard, aber es waren trotzdem nicht genug. Wen die Rettungswagen nicht mitnehmen konnten, den brachten Taxis ins Krankenhaus.

Dann fuhr ein Zeitungslieferwagen vor und Alice beobachtete, wie zwei Männer die Verletzten grob auf die Ladefläche warfen. Sie wollte sie davon abhalten, aber da sah sie, dass sie den Wagen mit Leichen beluden.

Alice übergab sich über einem Gully. Ihr dröhnte der Kopf. Sie schwankte, und ein uniformierter junger Mann kam auf sie zu und packte sie am Ellenbogen: »Alles in Ordnung, Fräulein? Sie müssen jetzt nach Hause gehen.«

Sie konnte sich später nicht mehr an die Straßenbahnfahrt und den Fußweg zum Haus ihrer Eltern erinnern. Aber irgendwann saß sie auf der Veranda, umgeben von einer Stille, die nach den Szenen, die sie gerade beobachtet hatte, unfassbar war. Dann öffnete sie die Tür und trat, von ihrem Körper wie im Traum getrennt, ein.

Alle saßen im Wohnzimmer. Als sie durch die Tür kam, strahlten sie vor Freude. »Du lebst!«, rief Alices Mutter. Nie zuvor hatte ihre Mutter sie so liebevoll begrüßt. »Im Cocoanut Grove ist ein furchtbares Feuer ausgebrochen. Wir haben's im Radio gehört. Dem Herr sei Dank!«

Die Jungs sprangen auf und nahmen sie fest in die Arme, sogar ihr Vater umarmte sie. In diesem Augenblick fühlte sich Alice so geliebt, doch dann holte sie der Schrecken ein: »Mary ist nicht rausgekommen.«

»Was sagst du da?«, sagte Timmy.

Alice wollte ihnen die ganze Geschichte erzählen, aber sie schaffte es nicht.

»Ich hab sie da gesehen. Ich glaube, sie hat es nicht mehr raus geschafft.« Mehr konnte sie nicht sagen. »Ich war schon draußen, als es losging. Ich bin nicht wieder reingekommen.«

»Vielleicht ist sie vor dir gegangen«, sagte ihre Mutter. »Vielleicht hast du bloß nicht mitbekommen, dass sie schon weg war.«

Alice schluchzte. Sie konnte ihnen die Wahrheit nicht sagen. »Ja, vielleicht.«

Am nächsten Tag fiel eiskalter Regen. Bürgermeister Tobin las vor der Leichenhalle die Namen der Opfer. Ihr Vater war nicht gekommen. Alice stand neben ihrer Mutter und den Brüdern. Nach fast jedem der Namen erschallte ein Schrei in der Menge. Es war der entsetzlichste Laut, den Alice je gehört hatte und hören würde. Und wenn auf einen Namen Schweigen folgte, fragte man sich, ob die Verwandten es vielleicht noch gar nicht wussten. Vielleicht waren sie am Meer, machten mit einer Thermoskanne Kaffee in der Tasche einen Spaziergang am eiskalten Strand und hatten das Radio übers Wochenende nicht eingeschaltet. Alice wünschte sich diese Ahnungslosigkeit auch für sich und ihre Mutter.

Es dauerte eine Stunde, bis der Bürgermeister alle Namen verlesen hatte, aber Marys war nicht darunter gewesen.

»Das heißt, dass sie vielleicht noch lebt«, sagte ihre Mutter hoffnungsvoll. Alice hätte ihr gerne geglaubt, aber sie sah den Blick in den Gesichtern ihrer Brüder.

Sie fuhren von einem Krankenhaus ins nächste.

Die Leichen derjenigen, die auf dem Weg ins Krankenhaus gestorben waren, hatte man in der Nacht zuvor in den Eingangshallen liegen lassen, während Ärzte und Krankenschwestern um die Überlebenden kämpften. Die Leichen lagen noch da. Alice wurde von dem Gestank schlecht, und sie bedeckte ihre Nase mit dem Ärmel ihres Mantels.

In den Fluren des Boston City Hospital lagen hunderte Menschen auf Tragen, manche bis zur Unkenntlichkeit verkohlt. Man hatte Gerichtsmediziner aus dem ganzen Bundesstaat gerufen, um bei der Identifizierung der Toten zu helfen, was bei den weiblichen Opfern besonders schwer war. Wenn es nicht verbrannt war, fand man im Portemonnaie der Männer meistens einen Führerschein, doch die Frauen hatten Kleider getragen, und nichts verriet ihre Identität.

Die Familie ging schweigend durch die Flure. Alice sah ausschließlich auf die Kleider und redete sich ein, dass sie das tat, weil sie wusste, was Mary getragen hatte. Aber in Wirklichkeit konnte sie es einfach nicht ertragen, in die Gesichter zu blicken. Sie hatte ihre Schwester viel herumkommandiert, aber auch beschützt. Jetzt war Mary wahrscheinlich tot, und es war Alices Schuld.

Von einer Krankenschwester erfuhren sie, dass ihnen die Blutkonserven ausgingen und die Regierung die für Luftangriffe vorgesehenen Reserven freigegeben hatte. Außerdem erklärte sie ihnen, dass die Polizei ein für den Fall eines Luftangriffs entwickeltes System einsetzte, um bei der Suche nach Verwandten zu helfen. Dabei wurde jedem Opfer eine Karte zugeteilt: Weiß für Unidentifizierte, grün für Verletzte und rosa für identifizierte Tote. Man hatte sich so lange auf den Krieg konzentriert und eine damit zusammenhängende Katastrophe erwartet, und jetzt war es ganz anders gekommen.

Alice bot Gott ein Geschäft an: Wenn sie Mary lebend wiederfanden, würde sie nie wieder Trudy belauschen oder einen ihrer Wutanfälle haben und lernen zu kochen und sich still zu verhalten. Sie blickte zum Himmel hinauf und gab zu, dass ihre Schwester schrecklich gesündigt hatte. Aber wenn er sie am Leben ließ, würde Mary alles wiedergutmachen. Sie würde den Mann heiraten, mit dem sie sich versündigt hatte, und eine gute, katholische Familie gründen.

In den nächsten Tagen erfuhren sie, wie es zu dem Feuer gekommen war. Ein junges Liebespaar war sich in einer Ecke der Melody Lounge näher gekommen, doch irgendwann hatte das Mädchen, vielleicht wie Alice einst, gesagt, sie fühle sich unter den hellen Lichtern und mit den vielen Menschen überall dabei nicht wohl. Also hatte ihr Freund eine der Glühbirnen aus der Lichterkette geschraubt, die von einer Palme zur nächsten führte. Wenige Minuten später hatten sie das schon vergessen – vielleicht waren sie von einem neckenden Freund unterbrochen worden oder die Melodie von »Bell Bottom Trousers«, die der Pianist anstimmte, hatte sie auf die Tanzfläche gelockt.

Kurz darauf schickte einer der Barkeeper einen sechzehnjährigen Hilfskellner, die fehlende Glühbirne zu ersetzen. Der stieg auf einen Stuhl und zündete, weil es in der Nische ja so dunkel war, ein Streichholz an. Mit dem brennenden Zündholz in der einen und der Birne in der anderen Hand kam er ins Wanken und setzte eine der künstlichen Palmen in Brand.

Schnell fing auch die Festtagsdekoration Feuer, die man erst kurz zuvor im Untergeschoss angebracht hatte. Die Flammen fraßen sich die Treppe hoch durch die zarten Seidenvorhänge bis zum Dach hinauf. Bald fielen brennende Dekorationsteile von der Decke auf die Tische, die Bar, die kleine Bühne und auf die über siebenhundert Gäste, die den Saal füllten. Man hatte getanzt, getrunken und geschäkert, aber plötzlich drängte die Menge panisch zum Ausgang. Doch lebend schafften es nur die wenigsten hinaus.

Der ohnehin schlecht beleuchtete Saal füllte sich schnell mit Rauch.

Die Leute warfen sich vergeblich gegen die Seitenausgänge und wurden dort schließlich zu Tode gequetscht. Die Türen waren abgeschlossen. Andere rannten wie wahnsinnig ziellos umher und erstickten oder wurden unter den Füßen anderer verzweifelter Gäste zertrampelt. Am Ende stapelten sich die Leichen an allen Ausgängen türhoch. Überall lagen Tote. Als die Tanzfläche durchbrach, fielen sie auf den steinernen Boden des Untergeschosses.

Später fand man in der Garderobe von Qualm und Löschwasser zerstört vierhundert Pelzmäntel und Stolen. Das rothaarige Mädchen, das für den Fullback des Boston College Teams geschwärmt hatte, lag tot in der Mitte.

Der Feuerwehrhauptmann erklärte gegenüber dem *Globe*, dass das Feuer eigentlich gar nicht so schlimm gewesen sei. Wenn die Menschen nicht in Panik verfallen wären und sich auf die Ausgänge gestürzt hätten, und wenn die Feuerwehrmänner sich nicht durch Leichenhaufen hätten kämpfen müssen, um zum Feuer zu gelangen, hätte es nur eine Handvoll Tote gegeben.

Der Andrang der schreienden, drängenden Massen auf die Ausgänge, in denen die Leute dann steckenblieben, war der Grund für die meisten Todesfälle, stand am nächsten Tag in der Zeitung. *Viele erstickten, und Unzählige verbrannten bei lebendigem Leib.*

Insgesamt kamen bei dem Brand vierhundertzweiundneunzig Menschen ums Leben.

Nach fünftägiger Suche fanden sie Mary in einer Leichenhalle außerhalb Bostons. Sie war totgetrampelt worden, ihr Gesicht unter dem Stiefel eines Mannes zerquetscht, der doppelt so groß gewesen sein musste wie sie. Keiner konnte sagen, wie lange sie mit zertretenem Gesicht dagelegen hatte oder wie schnell sie vom Tod erlöst worden war.

An jenem Abend nahm Alice eine Whiskeyflasche aus dem geheimen Lager ihres Vaters unter der Kellertreppe und trank, bis sie das Bewusstsein verlor. Das Bett neben ihr war leer, und Alice schlief mit dem Gesicht zur Wand. Sie wachte erst lange nach dem Abendessen auf, ging ins Bad und übergab sich. Der Whiskey brannte wie Benzin in ihrem Hals, ihr Kopf dröhnte. Vor der Toilette kniend sah sie einen perlenverzierten Kamm, der ihrer Schwester gehört hatte und irgendwann hinter die Spüle gefallen sein musste. Alice zog ihn hervor, lehnte sich an die Badewanne und strich über die Zinken.

Für das, was sie diesmal getan hatte, würde sie ganz bestimmt in die Hölle kommen. Wie sie sich danach sehnte, irgendjemandem – ihrer Mutter, ihrem Bruder Tim – zu erzählen, dass Mary nur ihretwegen überhaupt in dem Lokal gewesen war, dass Alice also ihre eigene Schwester auf dem Gewissen hatte.

Ihr Vater weinte ungehemmt am Küchentisch und starrte Alice betrunken aus leeren Augen an. Alice fürchtete sich vor ihm.

Am Tag, nachdem sie Mary gefunden hatten, stieg Alice frühmorgens bang die Treppe hinunter. Sie wollte die Zeitung verstecken, bevor ihr Vater sie in die Hände bekam und in den Opferlisten nach Marys Namen suchte. Als könne sie ihn auf diese Weise vergessen machen.

Als Alice mit zitternden Händen die Tür öffnete, schlug ihr eine kalte Böe entgegen. Sie hob die Zeitung auf, und da sah sie ihn, gleich auf der Titelseite: Marys Henry. Es war ein Porträtfoto aus Collegezeiten.

Beim Lesen des ersten Absatzes verengte sich ihre Brust: *Henry Winslow, Sohn von Charles Winslow III, bei Brand erstickt*, begann der Artikel. *Mr. Winslow, der im Jahre 1931 ein Busunglück überlebte, bei dem zwei seiner Harvard-Kommilitonen und der Fahrer umkamen, führte eines der Büros des großen Frachtunternehmens Winslow Shipping Enterprises. Nach seinem Ableben im Boston City Hospital wurde ein Brillantring bei ihm gefunden. Seine Schwester, Betty Winslow, erklärte, dass er am Tag nach dem Brand um die Hand seiner Freundin*

Mary Brennan hatte anhalten wollen. Alles weist darauf hin, dass auch Miss Brennan den Flammen zum Opfer gefallen ist. Sie wird nun für immer Jungfrau Maria bleiben.

Alice fiel in einen Abgrund der Trauer, ein Weiterleben schien ihr unmöglich. Sie ging nach wie vor jeden Morgen zum Gottesdienst, aber die Predigten und Gebete, die ihr früher Mut gemacht hatten, sie beruhigt und ihr die Welt erklärt hatten, waren plötzlich nur noch leere Worte. Sie spürte nichts und verließ die Kirche mit immer demselben Gedanken: Sie verdiente Gottes Liebe nicht, denn sie hatte die schlimmste aller Sünden begangen.

Alice hatte ihre Schwester im Stich gelassen. Sie betete nicht um Vergebung, sondern bat Gott ihr zu zeigen, wie sie Buße tun konnte. Sie schwor, nie wieder mehr zu verlangen als ihr zustand. Von nun an würde sie ein gutes Mädchen sein und als Gegenleistung nichts erwarten.

Am Morgen der Leichenwache sagte Tante Emily zu ihr: »So, Alice, jetzt ist es Zeit, dass du erwachsen wirst. Du wirst dich um deine Eltern kümmern und ihnen viel Freude bereiten, nicht wahr?« Da begriff Alice, dass es mit ihren Träumen aus war. Sie antwortete nur: »Ja, das werde ich.« Was das wohl genau bedeutete? Auf welche Weise würde sie ihren Eltern am besten dienen können? Sie sah ein einsames Leben vor sich, nicht ein Leben allein, wie sie es sich erträumt hatte. Sie würde jeden Tag in der Kanzlei schuften und abends vor dem Radio sitzen, während ihr Vater sich betrank und aggressiv wurde und ihre Mutter einfach alles ignorierte. Ihr Leben würde daraus bestehen, für ihre Eltern zu kochen und sie zu versorgen, wenn sie alt und senil waren. Eben all das, was Mary sonst getan hätte.

An jenem Morgen lag ein an Mary und Alice adressiertes Kuvert im Briefkasten. Es war ein fröhlicher Brief von Jack, den er an Thanksgiving geschrieben hatte, zwei Tage vor dem Feuer:

Grüße aus der Konservenbüchse! Einen frohen Truthahntag wünsch
ich Euch! Heute sind wir auch auf dem Boot in feierlicher Stim-
mung, obwohl wir so weit von zuhause weg sind und unsere Fa-
milien vermissen. Auf uns wartet ein königliches Abendessen,
jedenfalls den Titeln der Gänge nach zu urteilen: Ofenwarme Hefe-
brötchen au Lyautey, Überbackenes und fein gewürztes Frühstücks-
fleisch à la Capitaine de Vaisseau und zum Nachtisch Apfelkuchen,
Erdbeereis, Zigarren und Zigaretten! Der Captain hat gesagt, dass
wir die vielen Angriffe »nicht nur mit Geschick und Glück, son-
dern zweifellos auch mit göttlicher Hilfe« überstanden haben. Also
macht Euch um mich keine Sorgen, meine Lieben: Der liebe Gott ist
auf meiner Seite.
Euer Jack

Während der Leichenwache verschwand Alice jede halbe Stunde
auf die Toilette, um einen großen Schluck Wodka aus dem Flach-
mann zu nehmen, den Tante Rose mitgebracht hatte.

Alice war erleichtert, dass sie einen geschlossenen Sarg hatten
nehmen müssen. Dennoch war es eine Folter, neben der kalten
Holzkiste stehen zu müssen und ruhig die Hände unzähliger
Cousins, Cousinen, Nachbarn und Freunde zu schütteln.

»Ich bin für dich da«, sagten sie, oder: »Mein aufrichtiges Bei-
leid.«

Alice hätte ihnen die Gesichter zerkratzen können. Sie hatten
doch keine Ahnung, was in ihr vorging. Außerdem fragte sie sich,
wie viele der Gäste nur da waren, um an der Tragödie teilgenommen zu haben. Später könnten sie dann sagen: *Ich kannte eines*
der Mädchen, das im Cocoanut-Grove-Feuer umgekommen ist, aus der
Sonntagsschule. Ich war sogar bei der Leichenwache. Sie war so ent-
stellt, dass sie nicht einmal einen offenen Sarg hatten nehmen können.

Ihre Familie stand neben Alice am Sarg. Die Brüder in den
schwarzen Anzügen waren wie versteinert und sagten kaum ein
Wort. Ihre Mutter konnte sich nicht auf den Beinen halten und
saß auf einem Klappstuhl. Tante Rose fächelte ihr Luft zu. Ihr

Vater stand am anderen Ende der Reihe und hatte Tränen in den Augen, die bis zuletzt nicht hinunterrollten.

Der Nachmittag schritt voran, und Alice versuchte, sich auf ein Fenster auf der anderen Seite des Raumes zu konzentrieren, durch das sie ein kleines Stück Himmel sehen konnte. In ihrem Kopf wimmelte es von dunklen Gedanken, und sie hätte am liebsten geschrien. Da standen sie am Sarg ihrer wundervollen, blutjungen Schwester, und alles war ihre Schuld. Für die meisten Leute in der Welt war es ein Tag wie jeder andere. Draußen machten Leute den Einkauf, brachten ihren Kinder das Fahrradfahren bei oder zogen sich fürs Kino um. Für Alice aber waren die Tage der Sorglosigkeit vorbei. Sie verdiente das nicht mehr. Auch ihr Leben war zu Ende.

Dann sah sie die beiden durch die Tür treten: die Vogelscheuche Daniel Kelleher aus dem Cocoanut Grove und sein Bruder.

Als Alice ihren Platz in der Reihe verließ, spürte sie, dass ihre Eltern und Geschwister ihr mit den Augen folgten. Sie zwängte sich an den Trauergästen und dem Buffet mit Sandwiches und Kuchen vorbei und fand ihn auf der anderen Seite des Raumes, nahm ihn bei der Hand und flüsterte: »Gehen wir eine rauchen?«

Er erwiderte die Berührung und ließ ihre Hand nicht mehr los, obwohl seine Handfläche verschwitzt war.

Draußen auf der Straße blinzelte sie in das helle Sonnenlicht. Er war wirklich nicht besonders gutaussehend, aber er war da. Sie wunderte sich selbst über die Erleichterung, die sie bei seinem Anblick unwillkürlich verspürt hatte. Sie war ihm dankbar.

»Danke, dass du gekommen bist«, sagte sie, als er ihr Feuer gab.

»Das war doch selbstverständlich«, sagte er. »Wie geht's dir?«

Sie zuckte mit den Schultern.

»Mein herzliches –«

»Bitte sag es nicht«, unterbrach sie ihn.

Er nickte. »Dann sag ich einfach Danke.«

»Was? Wofür denn?«, fragte sie.

»Dafür, dass du mich absolut widerstehlich gefunden hast. Das hat mir das Leben gerettet.«

Sie bemühte sich um ein kleines Lächeln.

»Deine Schwester hat gewusst, dass du sie liebst«, sagte er.

»Woher willst du das wissen?«

»Weil das bei Schwestern eben so ist. Dich trifft keine Schuld.«

»Wie kommst du auf die Idee, dass ich –«, begann sie, doch dann kamen ihr die Tränen.

»Du musst den Streit vor ihrem Tod aus deiner Erinnerung löschen«, sagte er, »als hätte er nie stattgefunden.«

»Aber es ist ja nicht nur der Streit«, sagte sie.

Sie wollte ihm erzählen, was noch passiert war, aber sie brachte es einfach nicht heraus. Sie brauchte jemanden an ihrer Seite, doch wenn sie ihm die Wahrheit sagte, würde er ganz bestimmt nicht bei ihr bleiben.

»Ich hätte da drinnen zertrampelt werden sollen, nicht sie«, brachte sie unter Tränen hervor.

»Nein«, sagte Daniel.

»Ich habe sie umgebracht.«

»Jetzt hör mir mal zu«, sprach Daniel in einem entschlossenen Ton, den sie von ihm nicht erwartet hatte. »Das war ein furchtbarer Unfall. In der ganzen Stadt fragen sich die Leute, was sie hätten tun können, hätten tun sollen. Aber es ist nicht deine Schuld.«

Alice schniefte. »Danke.«

»Komm, wir gehen wieder rein«, sagte er.

Sie fragte sich, ob sie diesen Mann nicht vielleicht doch lieben lernen könnte, diesen Mann, der zwar unendlich warmherzig war, aber in ihren Augen nicht als richtiger Mann gelten konnte. Jedenfalls war er nicht der, den sie sich an ihrer Seite vorgestellt hatte. Er würde ihr im besten Fall das gewöhnliche Leben bieten können, das sie so fürchtete. Und obwohl das nur wenig besser klang, als bei ihren Eltern zu bleiben, war es doch immerhin etwas. Die Worte ihrer Tante gingen ihr durch den Kopf: *Du wirst dich um deine Eltern kümmern. Es ist Zeit, dass du erwachsen wirst.*

Vielleicht hatte Gott ihr das schon die ganze Zeit sagen wollen, aber sie hatte ja nicht zugehört, wenn ihre Mutter sie ermahnte, sich nicht so wichtig zu nehmen. Sie hatte die Liebesbeziehung ihrer Schwester im Licht ihres eigenen Glücks gesehen und hatte es fertiggebracht, sogar hier nur an sich zu denken. Und jetzt hatte ihr Gott die Schwester genommen. Das war nun die Strafe.

Als Daniel sie jetzt in den Arm nahm, ließ sie sich einfach fallen.

Die Hochzeit fand ein halbes Jahr später statt. Man hatte Daniels Urlaubsgesuch stattgegeben, und er konnte nach der Feier eine Woche mit Alice verbringen. Sie bezogen ihr erstes eigenes Häuschen in Canton und verbrachten die Flitterwochen mit dem Auspacken von Kisten und hörten sechs Tage lang eine Tommy-Dorsey-Schallplatte nach der anderen, bis Daniel schließlich wieder an Bord gehen musste.

Daniel wollte immer nur reden und fast jede Nacht mit ihr schlafen, aber Alice hätte am liebsten jede Berührung vermieden. Er wollte sogar wissen, wie sie es mochte. Von Rita wusste sie, dass es etwas ganz Besonderes war, wenn ein Mann sich für diese Bedürfnisse seiner Frau interessierte. Aber selbst wenn sie gewusst hätte, was sie sich wünschte: Alice konnte sich nicht vorstellen, derartige Dinge auszusprechen. Konnte das denn richtig sein, dieses Schwitzen und Kleben? War es nicht unchristlich? Schmerzhaft war es nicht, zumindest nicht nach den ersten paar Malen. Aber es war auch nicht mit dem Genuss eines heißen Bades zu vergleichen. Als er am Ende der Woche abreisen musste, war sie ein wenig erleichtert. Zu dem Zeitpunkt war sie schon schwanger, allerdings nicht lange.

Sie trat der örtlichen Gemeinde von St. Agnes bei und machte die Bekanntschaft anderer Kriegsbräute. Sie trafen sich jeden Donnerstag und beteten für die sichere Heimkehr ihrer Männer und für die Unglücklichen, die ihre Männer schon verloren hatten.

Der Krieg dauerte noch zwei weitere Jahre an. Alice tat ihre Pflicht: Donnerstagmorgens brachte sie das beim Braten übriggebliebene Fett zum Fleischer, tauschte Lebensmittelmarken für Butter, Zucker und Kaffee mit den Frauen der Nachbarschaft, stopfte Strumpfhosen mit größter Sorgfalt, die am Knie schon durchhingen und an den Hacken Falten warfen, und schloss, bevor sie abends das Licht anknipste, vorsorglich die Vorhänge, damit ja kein deutsches U-Boot die Schiffe im Hafen erwischte, von dem sie allerdings mehrere Kilometer entfernt wohnte.

Sie trug ständig eine Verzweiflung mit sich herum, die sie körperlich hinabzuziehen schien und erschöpfte. Niemand schien zu bemerken, dass ihr der Gedanke an Daniels Rückkehr und ein Leben mit ihm Angst machte.

Einige junge Frauen in Alices Bekanntschaft hatten gutbezahlte Jobs in der Waffenherstellung und bauten ihre Bomber mit einem Enthusiasmus, als würde sie später Jimmy Stewart höchstpersönlich fliegen. Abends rief Rita an und erzählte Alice aufgeregt, dass sie bei der Arbeit Hosen trugen und mit Stahlsplittern im Haar und ölverschmierten Gesichtern nach Hause gingen.

Alice behielt ihre Stelle in der Anwaltskanzlei. Sie zog es vor, alleine zu sein, denn sie konnte nicht verstehen, warum alle so ausgelassen waren, als sei der Krieg ein riesiges Straßenfest. In der Mittagspause ging sie nicht mit den anderen auf ein Sandwich und ein Frappé zu Bingham's, sondern nahm die Tram zum Gardner Museum und spazierte durch die Räume, die ihr nach kurzer Zeit so vertraut waren, als wäre sie hier zuhause. Vor dem Tapisseriensaal und dem Hof, auf dem man zwischen Palmen und Blumenbeeten hübsche Mosaike bewundern konnte, standen die Frauen in langen Schlangen, Alice aber kam wegen der Gemälde. Sie verbrachte viele Mittagspausen vor John Singer Sargents *El Jaleo*, das eine tanzende Frau darstellt, wohl eine Flamencotänzerin inmitten weiblicher Bewunderer und Gitarristen, die ihr vom Rand des Bildes zujubeln. Es hing als einziges Bild im Spanischen Saal, den Isabella Stewart Gardner eigens für dieses

Gemälde hatte errichten lassen, noch bevor es in ihren Besitz kam.

Ein Jahr nach der Hochzeit hatte Alice die zweite Fehlgeburt. Daniel weinte, aber sie war auch erleichtert. In einem Brief erklärte sie ihm zum hundertsten Mal, dass sie nicht für die Mutterschaft geschaffen sei, aber er verstand sie nicht und antwortete nur: »Jeder hat Angst, etwas falsch zu machen. Das ist ganz normal.«

Er schrieb ihr fast täglich. In seinen Briefen erzählte er ihr Witze und Anekdoten und kopierte viele Gedichte aus einem Yeats-Gedichtband, den ein Kamerad unter der Matratze versteckte. Er schrieb von seiner Kindheit und Jugend, und Alice spürte, dass sie sich Stück für Stück in ihn verliebte. Natürlich hätte sie das nicht offen zugegeben, denn was war das schon für eine Aussage: *Ich verliebe mich in meinen Ehemann?* Aber die Tatsache beruhigte sie.

Die Angst, dass auch Daniel sterben würde, wuchs ständig. Das Haus für sich alleine zu haben war ein Geschenk, das war Alice klar. Aber sie war einsam und das Leben allein war überhaupt nicht so, wie sie es sich vorgestellt hatte, wenn sie Trudy und ihre unverheirateten Freundinnen am Telefon belauscht hatte.

Eines Abends ging sie nach einem gemeinsamen Abendessen bei ihren Eltern in ihr altes Kinderzimmer hinauf. Die beiden ordentlich gemachten Betten standen da, als würden Alice und Mary jeden Augenblick nach dem abendlichen Bad hineinschlüpfen, wie immer. Alice nahm ihre Farben vom höchsten Regalbrett im Schrank. Daneben lag ihre zerlesene Ausgabe von *Alleine leben und es lieben*. Einen Augenblick lang hielt sie das Buch in der Hand, dann warf sie es in eine Ecke des Schrankes hinter Marys alten Tennisschläger und die vielen wunderschönen Kleider ihrer Schwester, die ihre dumme Mutter Alice aufgezwungen hatte.

Von diesem Tag an saß Alice jeden Morgen vor der Arbeit an kleinen Stillleben: der Teekessel, Daniels Fedora, ein Weinglas vom Abend zuvor mit einem Rest Purpur am Boden. Sie malte auf Schmierpapier, das sie zur Unterstützung des Krieges sorgfältig aufbewahrt hatte – Briefumschläge und Kassenbons –, trocknete die Bilder auf dem Fensterbrett, glättete sie auf der Küchenarbeitsfläche und ließ sie dort in einer Reihe nebeneinander liegen. Der Anblick machte sie fröhlich, und sie freute sich darauf, Daniel ihre Arbeit zu präsentieren. Doch eines Morgens nur wenige Wochen später fühlte es sich an, als erwache sie aus einer Trance: Plötzlich schämte sie sich für ihre Werke. Sie musste diesen kindlichen Teil ihrer selbst für immer zurücklassen. Den Teil, der geglaubt hatte, dass ihr mehr zustünde.

Sie sammelte die Bilder ein und stopfte sie in einen Müllsack. Die Müllabfuhr von Town Hall würde sich darum kümmern. Dann warf sie auch die Farben hinterher und nahm sich fest vor, sich von nun an nicht mehr gehenzulassen. Sie ging zur Beichte, trat der Legion Mariens in St. Agnes bei, verabschiedete sich für immer vom Gardner Museum und verbrachte ihre Mittagspausen von nun an alleine am Schreibtisch.

Als der Krieg zu Ende war und Daniel endgültig aus Übersee zurückkehrte, wollte Alice ihm eine perfekte Ehefrau sein: heiter und häuslich. So wie Mary gewesen wäre. Der Haushalt lief gut und sie übernahm immer mehr Verantwortung in der Kirchengemeinde, nur ihre Stimmungsschwankungen bekam sie nicht in den Griff.

An seinem ersten Samstagmorgen zurück in Canton stand sie bügelnd im Wohnzimmer und hörte dieselbe Radioseifenoper, derentwegen sie sich früher über ihre Mutter lustig gemacht hatte. Daniel saß zeitunglesend im Sessel.

»Mensch, prima«, sagte er. »Es ist genau so, wie ich es mir immer erträumt habe.«

Sie hatte sich auf seine Heimkehr gefreut, aber jetzt traten ihr die Tränen in die Augen. Sie versuchte, sie schnell zu unterdrücken, aber die Gedanken an all das, was sie verloren hatte, blieben.

»Oh je, hab ich was Falsches gesagt?«, fragte Daniel.

»Nein. Entschuldige. Ich bin heute einfach ein bisschen traurig.«

»Du hast viel durchgemacht«, sagte er, während er aufstand, zu ihr kam und sie in den Arm nahm. »Deine Schwester, die Fehlgeburten. Und es war wohl auch nicht gerade hilfreich, dass dein Mann fast nie da war. Es wird eine Weile dauern. Aber jetzt ist der Krieg vorbei und alles wird besser, du wirst schon sehen.«

»Ja, ich weiß«, sagte sie. Was hätte sie auch sonst sagen sollen?

Zu Beginn der Ehe bestand ein Ausgehabend für Daniel darin, mit seinen Brüdern und deren langweiligen Frauen zum Baseball zu gehen oder die Kinder ins Auto zu packen und eine gefühlte Ewigkeit irgendwo hinzufahren, obwohl Kathleen dann jammerte und Clare sich jedes Mal übergeben musste.

Dabei bemühte er sich wirklich, es Alice recht zu machen, aber seine hilflosen Versuche taten ihr mehr weh, als sie ihr Freude machten. Manchmal gingen sie tanzen oder auf eine Party, und sie unterhielt sich ein paar Stunden lang ausgezeichnet. Aber danach kam das schlechte Gewissen, wenn sie sich daran erinnerte, dass ihre Schwester Abende wie diesen nie wieder würde erleben können.

Als sie mit Patrick im achten Monat schwanger war, führte Daniel sie eines Abends in Maine zum Essen aus, während seine Schwester im Sommerhaus bei den Mädchen blieb. Nach dem Essen sagte er etwas von einer Überraschung und fuhr zum Cliff Country Club hinaus, auf dessen Parkplatz sich eine Menschenmenge angesammelt hatte.

»Was ist denn hier los?«, fragte sie.

»Das ist der Künstlerball«, sagte er mit einem großen Lächeln. »Mort und Ruby haben mir davon erzählt. Es ist ein Wohltätigkeitsball für bedürftige Kunststudenten. Soll ein echter Knüller sein.«

Daniel hatte ihren Traum vom Malen nicht vergessen und erwähnte es peinlich oft gegenüber Freunden und Kollegen, aber auch Fremden. Jedes Jahr versuchte er sie dazu zu bringen, sich in der Akademie an der Perkins Bucht für einen Kurs anzumelden.

»Ein Ball?«, sagte Alice. »Aber ich bin gar nicht angemessen gekleidet.«

»Nein, nein. Es ist ein Maskenball«, sagte er. »Außerdem gehen wir gar nicht rein. Aber wir können die Künstlerparade sehen. Das findet hier jedes Jahr statt, aber ich hab noch nie davon gehört. Du?«

Sie verneinte, obwohl sie die Plakate in der Stadt gesehen hatte und gehört hatte, dass es für Sommergäste fast unmöglich war reinzukommen. Auf den Plakaten hatte auch der Eintrittspreis gestanden: Zwei Dollar und vierzig Cents. Herb Pomeroys Sextett sollte spielen, und es gab Cocktails. Es klang paradiesisch.

»Ich will nach Hause«, sagte sie. »Es geht mir nicht gut.«

»Aber Schatz!«, sagte er. »Ich dachte, du würdest dich freuen. Alles echte Künstler!«

Also stiegen sie aus, stellten sich zu den jämmerlichen Zuschauern und glotzten wie sie, als kämen gleich Hollywoodstars vorbei. Und da waren sie auch schon, die als Piraten, Feen und Riesenbabys verkleideten, fröhlich lachenden *echten Künstler*. Sie würden sich heute Abend blendend amüsieren und danach sicherlich noch ein paar Erholungstage in Maine dranhängen, bevor sie wieder in die weite Welt hinausgingen. Und hier stand Alice, mit einem runden Bauch und wenige Kilometer weiter zwei Kindern im Bett, die darauf lauerten, dass sie endlich wieder nach Hause kam.

In den frühen Sechzigern wurde die Perkins Bucht ausgebaggert, damit größere Boote einfahren konnten. Dabei stellten sie fest, dass der Kies am Boden der Bucht goldhaltig war, und es kam zu einem kurzen Goldrausch in Ogunquit. Wo vorher alte Fischerhütten die Bucht geziert hatten stand danach ein riesiges Parkhaus. Die Künstlerkolonie löste sich langsam auf, und obwohl die anderen das für einen Verlust hielten, war Alice erleichtert, als sie weg waren.

Maggie

Rhiannon reiste am nächsten Morgen schon vor sieben Uhr ab.

»Ich hoffe, dass ich die Sache mit Gabe nicht noch schlimmer gemacht habe«, flüsterte sie Maggie zu, die noch im Bett lag.

»Nein, nein. Es ist gut, dass du es mir gesagt hast«, log Maggie. Sie stand nicht auf und brachte Rhiannon nicht zum Auto. Das war nicht ganz in Ordnung, aber sie fühlte sich von dem, was Rhiannon ihr am Abend zuvor erzählt hatte, noch sehr verletzt.

Maggie hatte kaum geschlafen. Sie hatte sich die ganze Nacht lang vorgestellt, was es bedeuten würde, bald alleinerziehende Mutter zu sein, die junge Frau im Wartezimmer der Gynäkologin mit einem runden Bauch, aber ohne Ring am Finger. Würde es finanziell reichen? Ob Gabe Unterhalt zahlen würde? Vielleicht würde sein Vater ihr, um sie loszuwerden, einen Scheck über eine Million ausschreiben. Das wäre ihr ganz recht. Das Einzige, was ihr schlimmer erschien, als das Kind alleine großzuziehen, war die Vorstellung, sich das Sorgerecht mit Gabe zu teilen und nicht zu wissen, was er dem Kind für Flausen in den Kopf setzte.

Nicht vergessen: Fortpflanzung mit Arschlöchern zukünftig vermeiden. Eventuell erst heiraten, dann Kinder machen.

Er hatte auf ihre E-Mail nicht geantwortet. Es waren zwar noch keine acht Stunden vergangen und sie hatte ihn ausdrücklich gebeten, sie in Ruhe zu lassen, aber trotzdem. Vor einer Stunde hatte sie überlegt, sich in sein E-Mail-Konto einzuloggen, um nachzusehen, ob er die Nachricht schon gelesen hatte. Wenn nicht, wäre es vielleicht besser, sie zu löschen. Aber dann hatte sie gefunden, dass das wirklich zu weit ginge, dass sie sich zu so etwas nicht herablassen dürfe. Schließlich hatte sie es natürlich doch versucht, aber der Scheißkerl hatte das Passwort geändert. Sie wusste, dass es verrückt war, aber sie war trotzdem beleidigt.

Maggie wollte nicht nach Brooklyn zurück, wo sie ein Leben ohne Gabe erwartete. Würde sie in der Wohnung bleiben? Oder in eine grässliche, aber billige Mietwohnung in der Vorstadt ziehen?

Am späten Morgen wünschte sie sich nichts sehnlicher, als sich auf dem harten Holzfußboden zusammenzurollen und einfach so liegenzubleiben. Aber dann musste sie aufstehen, um sich zu übergeben, also schleppte sie sich unter die Dusche und wusch sich von der Angst rein, die sie in der Nacht überkommen hatte.

Maggie erinnerte sich daran, als Vier- oder Fünfjährige mit ihrer Mutter in einer gelben Plastikkabine gestanden zu haben. Sie hatten sich aus ihren Badeanzügen geschält, und der Sand war von ihren Körpern gerieselt und hatte sich beim Duschen um den Abfluss gesammelt. Kathleen hatte Maggies Kopf mit Shampoo bearbeitet, und sie hatten gekichert.

Ihre Mutter fehlte ihr.

Sie ließ sich das warme Wasser auf die Schultern prasseln und rieb sich sanft über den Bauch. Unter den Schichten der Angst lag etwas Unverhofftes und Wunderschönes, wie eine Krokusblüte, die als Ankündigung des Frühlings den Kopf aus dem Schnee streckt. Bald würde sie Mutter sein, und ihr Leben würde sich für immer verändern.

Maggie stieg aus der Dusche und blickte in den Badezimmerspiegel. Sie hatte dunkle Augenringe und dachte, dass sie eigentlich etwas Abdeckcreme auftragen müsse, aber sie hatte keine Lust. Die Haare würde sie sich auch nicht föhnen. Sie war am Strand, außerdem ging ihr Leben gerade in die Binsen. Wen wollte sie jetzt noch beeindrucken? Sie trocknete sich ab und schlüpfte in eine Jeans, wobei ihr die Kleider ins Auge fielen, die sie vor ein paar Tagen aus Gabes Schrank genommen hatte. Mittlerweile hatte sie gelernt, dass sich das Leben unheimlich schnell verändern konnte, und dennoch überraschte es sie immer wieder.

Ihr Blick blieb an dem rosafarbenen Wecker auf dem Nachttisch hängen. Hatte der nicht früher im Kinderzimmer ihrer Mutter gestanden? Am liebsten hätte sie sich wieder hingelegt, aber stattdessen machte sie sich zu einem Strandspaziergang auf den Weg. In Bewegung zu bleiben war bestimmt die beste Medizin gegen Wahnsinn.

Es war schon nach elf. Maggie setzte sich auf den Steg, ließ die Füße ins kalte Wasser baumeln und entdeckte zwischen den Felsen eine gestrandete alte Hummerfalle. New York war auf einem anderen Planeten.

Sie war umgeben von Gezeitentümpeln voller Strandschnecken und Algen, die das Wasser in Rot- und Grüntönen leuchten ließen. Maggie dachte daran, wie Chris und ihr Cousin Daniel als Kinder die Strandschnecken grundlos an ihren Häusern vom Fels gerissen, in eine mit Salzwasser gefüllte Eisteeflasche gequetscht und kräftig geschüttelt hatten. Brutalität machte kleinen Jungs wohl Freude.

Vor ihr erstreckte sich der Ozean – leer, bis auf ein Segelboot am Horizont. Hinter ihr lagen friedlich das kleine Sommerhaus und der große Neubau. Dieser Ort war einer der wenigen Ruhepunkte in ihrem Leben. Im nächsten Jahr würde sie vielleicht mit einem Baby im Arm auf diesen Felsen sitzen. Vielleicht könnte sie aber auch in der Nebensaison hier wohnen, wie ihre Mutter damals vor der Scheidung. Aber mit jenem furchtbaren Frühling wäre es nicht zu vergleichen. Am Nachmittag würde sie an dem großen Wohnzimmertisch sitzen und schreiben, während ihr Kind in der Krippe am Fenster schlief, durch das die Sonne zu ihnen hereinstrahlte.

Maggie umfasste ihre Tasse Kräutertee mit beiden Händen und blickte auf die leicht bewegte See hinaus. Sie wollte es ihrer Mutter sagen, aber sie hatte Angst. Maggie wusste nur zu gut, dass Kathleen Mutterschaft als das Ende der Unabhängigkeit, das Ende des Wachstums und der persönlichen Erfüllung betrachtete. Und ja, ihr Land war im Krieg, und man musste jeden Augenblick einen alles auslöschenden Terrorangriff erwarten. Und ja, es war eine schreckliche Welt, in die man das kleine Wesen setzte. Aber war die Welt denn jemals weniger schrecklich gewesen? Hatte es jemals einen sicheren Zeitpunkt für den Beginn eines neuen Lebens gegeben?

Sie atmete die Meeresluft tief ein, stand auf und wischte sich den Sand von ihren baumstammdicken Beinen, die gegen jedes Training absolut resistent waren. Herzlichen Dank auch, Urgroßmutter Dolan. Auf dem Weg zurück zum Strand sah sie in der Ferne ein älteres Paar beim Tai-Chi. Sie sahen ein bisschen albern aus, aber irgendwie auch liebenswert. Ein unerwünschter Automatismus brachte Maggie dazu, sich zu wünschen, Gabe würde die beiden mit ihr sehen. Er hätte sie fotografiert und den Moment für immer festgehalten.

Sie ging Richtung Sommerhaus und hatte vor, den Seiteneingang zu benutzen, um nicht ins Blickfeld ihrer Großmutter zu geraten, die vermutlich in ein Büchereibuch vertieft kettenrauchend auf ihrer Veranda saß. Maggie fühlte sich schlecht dabei, dass sie Alice mied. Am Nachmittag würde sie rübergehen. Vielleicht könnte sie Kirschen von Rubys Laden mitbringen.

Als sie den Weg vom Strand hinaufging, hörte Maggie ein gleichmäßiges Hämmern, das vom Sommerhaus zu kommen schien. Dann sah sie ihn: einen gutaussehenden dunkelhaarigen Typ in ihrem Alter in Jeans und blauem Pullover. Er stand mit einem Hammer in der Hand am Geländer vor dem Seiteneingang.

Das musste der Handwerker sein, über den Alice am Abend zuvor hergezogen war. Aber wie ein Mexikaner sah er nicht aus. Eher wie einer dieser flotten Engländer aus den BBC-Verfilmungen von Jane-Austen-Romanen. Alice schwärmte für diese Jungs.

»Hallo«, sagte Maggie und spürte, wie sie errötete.

»Oh, hallo«, sagte er mit einem großen Lächeln. »Ist das nicht ein wunderschöner Tag?«

»Ja«, sagte sie langsam.

»Connor Donnelly«, stellte er sich vor und reichte ihr die Hand.

»Maggie Doyle.«

»Schön, Sie kennenzulernen«, antwortete er.

Attraktive heterosexuelle Männer waren in den seltensten Fällen einfach freundlich – entweder flirteten sie oder ignorierten einen. Maggie war auf der Hut.

»Wissen Sie, wo meine Großmutter ist?«, fragte sie.

»Ja, sicher. Auf der anderen Seite.«

»Okay. Danke.«

Maggie ging um die Ecke und sah Alice mit einem Netzhut als Mückenschutz im Vorgarten vor den Rosen knien.

»Na«, sagte Alice, als Maggie auf sie zutrat. Sie kam nicht recht auf die Beine, und Maggie beeilte sich, ihr aufzuhelfen.

»Es geht schon«, sagte Alice. »Wieso musst du mir immer das Gefühl geben, ich sei steinalt?«

Alice hatte ihnen ihr wahres Alter nie verraten, aber Kathleen berechnete es auf um die achtzig. Sie hatte sich nur wenig verändert. (»Das Böse altert nicht«, hatte Maggies Vater oft gescherzt.) Aber in diesem Augenblick wirkte sie schwach, fast gebrechlich.

»Du siehst dünn aus, Oma«, sagte Maggie, obwohl sie sich der Gefahr einer solchen Bemerkung bewusst war. »Isst du auch genug?«

Die Idee lehnte Alice ab: »Zu dünn? Das gibt es doch gar nicht.«

»Aber im Ernst: Isst du ordentlich?«, fragte Maggie.

Alice stöhnte. »Okay, du hast mich ertappt. Jetzt ist es raus: Im Alter von einhundert und fünf Jahren bin ich magersüchtig geworden.«

Es war ein gemeiner Witz, aber Maggie musste trotzdem lachen.

»Wo ist denn deine Freundin?«, fragte Alice.

»Wieder auf dem Weg nach New York.«

»Ach ja, ich habe heute früh das Auto gehört. Habt ihr euch gestritten?«

»Wieso? Nein.« *Woher wusste sie das?*

»Sie ist über Nacht geblieben. Ich hab ihr Auto gesehen«, sagte Alice.

»Ja, es ist spät geworden.«

Alice nickte. »Und, wie war es am Strand?«

»Wundervoll. Eiskalt, aber wundervoll.«

»Schön«, sagte Alice. »Bist du auf dem Rückweg Pfarrer Donnelly begegnet?«

»Pfarrer Donnelly?«

»Mein Priester. Ein toller Mann«, sagte Alice. »Er hilft mir mit dem Haus und führt mich zum Essen aus.«

Maggie hatte kein Kollar gesehen. Mussten sie das nicht immer tragen?

Es gab bis heute Leute, die bereit waren, einem Priester nur aufgrund seines Berufes absolutes Vertrauen zu schenken. Und dann gab es solche, die einem Pfarrer aus demselben Grund sofort misstrauten. Maggie gehörte zur letzteren Gruppe. Seit wann machten Priester Hausbesuche wegen eines wackelnden Verandageländers? Einen Augenblick lang sah sie den Pfarrer und Alice in einer generationenübergreifenden Liebesaffäre verstrickt, aber sie verjagte die Vorstellung schnell.

»Wir fahren gegen eins zu einem neuen Restaurant in Kittery. Möchtest du mitkommen?«, fragte Alice lächelnd. Sie hatte gute Laune.

Maggie entspannte sich ein bisschen. »Ja, gerne.«

»Gut. Bis dahin ist noch genug Zeit, dich umzuziehen und diese alten Sachen abzuwerfen.«

Maggie sah keinen Grund, sich für ein Mittagessen mit ihrer Großmutter und einem Priester umzuziehen, aber sie kommentierte das nicht weiter.

Stattdessen sagte sie: »Das mit gestern tut mir leid. Ich hätte klarer sagen sollen, dass Gabe nicht kommt und ich stattdessen Rhiannon mitbringe.«

Alice machte eine wegwerfende Geste: »Schnee von gestern.«

Um Punkt eins machten die drei sich auf den Weg nach Kittery Point. Maggie saß auf dem Rücksitz und genoss das Gefühl, wieder ein kleines Mädchen zu sein. Während Pfarrer Donnelly und Alice sich über die Frauen in Alices Gebetskreis und deren Leiden austauschten, sah Maggie draußen die weißen, blauen und hellgelben Häuser vorbeiziehen, vor denen die amerikanische Flagge wehte.

Das Hummerrestaurant lag direkt am Strand, und draußen standen rosafarbene Picknickbänke. Sie bestellten Hummerbrötchen und Fischsuppe, dazu Eistee. Die Kellnerinnen trugen leuchtend weiße kurze Hosen und rosa Polohemden. Statt HERREN und DAMEN stand KAPITÄNE und MEERJUNGFRAUEN über den Toilettentüren.

Sie setzten sich an einen Tisch am Wasser.

Maggie dachte, dass sie sich in einem der schlechten Witze ihres Großvaters befanden: *Eine alte Schachtel, eine unverheiratete werdende Mutter und ein Pfarrer gehen in ein Hummerrestaurant …*

Als der Wind kräftiger wurde und die Servietten wegzublasen drohte, stellte der Pfarrer den gläsernen Salzstreuer darauf. Da erinnerte Maggie sich daran, dass sie als Kind ihre Mutter gefragt hatte, warum Reis im Salz sei. Der Reis nähme die Feuchtigkeit auf, hatte Kathleen ihr erklärt, damit das Salz trocken bliebe. (*Aber warum?*, fragte Maggie sich jetzt. Und woher sollte sie derartiges elterliches Wissen nehmen? Wie machten Mütter das nur?)

Als Pfarrer Donnelly (»Nennen Sie mich doch Connor«) aufstand, um mehr Brot für Alices Fischsuppe zu bestellen, legte Alice mit dem neuesten Familienklatsch los. Daniel Junior wolle jetzt diese Regina heiraten, von der alle ganz begeistert seien. Dabei kam es Maggie so vor, als hätte Daniel sie gerade erst kennengelernt.

Als sie das sagte, lächelte Alice kühl und antwortete: »Naja, Daniel Junior weiß einfach, was er will. Beruflich hat er sich etabliert. Jetzt ist es Zeit für den nächsten Schritt!«

Ganz im Gegensatz zu mir, meinst du wohl, dachte Maggie. Aber dann rief sie sich in Erinnerung, dass in Alices Augen alles, was mit den drei Kindern von Ann Marie und Patrick zu tun hatte, ausnahmslos toll war und sprach weiter: »Und wie geht's Tante Clare und Onkel Joe?«

»Woher soll ich das wissen?«, sagte Alice. »Die rufen mich ja nie an. Sie haben unsere Gesellschaft ja schon immer gemieden, aber in letzter Zeit ist es noch schlimmer geworden. Ann Marie hat sie im letzten Monat zweimal zum Essen eingeladen, aber die beiden rufen nicht einmal zurück. Wirklich unerhört!«

Maggie nickte. »Aber sie kommen doch nach Maine?«

»Mir sagt ja keiner was«, sagte Alice beleidigt. »Soweit ich weiß sind sie wie üblich im August hier.«

Dann kam Pfarrer Donnelly mit dem Brot zurück.

»Vielen Dank. Sie sind ein Engel«, sagte Alice und lächelte ihn an. Wenn ein attraktiver Mann in der Nähe war, zeigte Alice sich von ihrer besten Seite. Maggie dachte an ihren Großvater, der selbst als junger Mann nicht sonderlich gutaussehend gewesen war. Sie kannte die alten Fotos. Die Frauen in seiner Familie waren sommersprossig und rund, die Männer dürr und blass. Warum sich Alice wohl für ihn entschieden hatte? Jemand mit ihrer Eitelkeit hatte sich bestimmt mehr erhofft als einen dermaßen gewöhnlich aussehenden Ehemann.

»Sprechen Sie das Tischgebet, Herr Pfarrer?«, fragte Alice.

Maggie blickte sich nach den anderen Gästen in kurzen Hosen und Sandalen und mit dünnen Plastikhummerlätzen vor der Brust um. *Ein Tischgebet? Das war nicht ihr Ernst, oder?*

»Ist mir eine Ehre«, sagte er. Zu Maggies Entsetzen streckte er die Arme aus, damit sie sich die Hände reichten.

Zum Glück machte er es kurz: »Herr, segne uns und diese Deine Gaben, die wir von Deiner Güte nun empfangen werden, durch Christus, unseren Herrn. Amen.«

Er ließ ihre Hände sofort los, wandte sich Maggie zu und fragte: »Und, wie lange bleiben Sie in Maine?«

Das war überstanden. Sie zuckte mit den Schultern und sagte: »Ich weiß noch nicht genau. Vermutlich nur ein paar Tage.«

»So kurz?«, sagte Alice. »Ich dachte, du bleibst zwei Wochen.«

»Naja, meine Pläne haben sich ja geändert, wie du weißt, und ich weiß noch nicht so genau, wie es weitergeht.«

»Sie hat sich von ihrem Freund getrennt«, sagte Alice fröhlich, »und versteckt sich jetzt hier.«

Maggie lachte, weil es ja nicht ganz falsch war und weil Lachen im Augenblick die einzige Alternative dazu war, sauer zu werden. Außerdem fühlte es sich gut an, einen Augenblick lang so zu tun, als sei die Trennung ihr größtes Problem.

»Dafür kann man sich keinen schöneren Ort aussuchen«, sagte der Pfarrer. Nach seinem nächsten Biss ins Hummerbrötchen blieb ein Klecks Mayonnaise auf seiner Unterlippe zurück, und zu Maggies Erstaunen beugte sich Alice vor und wischte es ihm vom Mund.

»Danke«, sagte er.

Maggie wünschte, sie könnte die Zeit anhalten, ihre Mutter anrufen und ihr augenblicklich Bericht erstatten.

»Wann müssen Sie wieder bei der Arbeit sein?«, fragte Pfarrer Donnelly Maggie.

»Theoretisch habe ich nur zwei Wochen Urlaub, aber meiner Chefin ist es egal, wo wir arbeiten, solange wir uns ab und zu im Büro zeigen, also vielleicht einmal im Monat.«

Aber am achten Juli muss ich spätesten wieder in New York sein, da habe ich nämlich den nächsten Termin bei meiner Gynäkologin. Wissen Sie, Herr Pfarrer, ich hab mich doch schwängern lassen.

»Das klingt wundervoll«, sagte der Pfarrer jetzt.

»Ist es auch, aber meistens arbeite ich trotzdem im Büro.«

»Und was machen Sie da?«, fragte er.

»Tja, also ich arbeite für diese Fernsehsendung, ähm, dabei geht es um Verbrechen«, sagte sie. Ein Gespräch mit einem Priester war eine seltsame Sache. Man musste jedes Wort zweimal durch die Zensur schicken. Sichere Themen waren *Die Glücksbärchis*, Jesus Christus und das Wetter, und das war's dann auch. »Aber ich schreibe auch selbst.«

»Oh ja, ich weiß. Ihre Großmutter hat mir ausführlich davon berichtet«, sagte er.

Ach ja? Maggie hätte vor Rührung heulen können. Aber dann ärgerte sie sich über sich selbst: Warum war es so leicht, ihre Zuneigung zu gewinnen? Schließlich war es so eine große Sache nicht, dass Alice ihre Schriftstellerei mal erwähnt hatte.

»Ich finde es toll, dass Sie schreiben«, sagte er. »Ich versuche mich selbst auch gelegentlich als Autor.«

»Tatsächlich?«

»Ja, ja. Früher habe ich oft Kurzgeschichten geschrieben. Jetzt mache ich es nur noch ab und zu. Es ist einfach so: Ich bin zu dünnhäutig für Ihren Beruf.«

»Dünnhäutig!«, sagte Alice. »Das sehe ich aber anders. Du solltest ihn im Umgang mit den kranken Gemeindemitgliedern sehen, Maggie. Er ist ein wahrer Heiliger.«

»Abgesehen jetzt mal vom Heiligsein: Es ist wirklich so«, sagte er. »Ich habe zwei oder drei Geschichten an den *New Yorker* geschickt und jedes Mal dieselbe Standardablehnung bekommen. So etwas stecke ich nicht einfach weg. Mir war schon klar, dass der *New Yorker* ein bisschen hoch gegriffen war, aber ich hatte mir so viel Mühe gegeben – und dann nur ein unpersönliches Schreiben? Danach konnte ich monatelang nichts aufs Papier bringen. Und ich habe natürlich nie wieder etwas irgendwo hingeschickt.«

»Ach ja, diese Briefe sind mir nur allzu vertraut«, sagte Maggie.

»Ich sah mich schon dem Wahnsinn verfallen und das ganze Pfarrhaus damit tapezieren.«

»Gute Idee! Ich hatte mal überlegt, meinen Tisch damit dekorativ zu bekleben.«

Er lachte ein tiefes Lachen, ehrlich und aus dem Bauch heraus. Sein Lächeln war warm, und er sah ein bisschen altmodisch aus. Vielleicht war *klassisch* der bessere Ausdruck, um sein Aussehen zu beschreiben.

Hatte sie ihn unterschätzt? Er wirkte freundlich und aufrichtig. Maggie rief sich zur Ordnung: Jetzt war nicht der richtige Zeitpunkt, sich in einen katholischen Priester zu verlieben.

»Aber Sie schreiben so zauberhafte Predigten«, sagte Alice.

»Ja, und keine davon wurde je als inhaltlich überholt und stilistisch schwach bezeichnet.«

Maggie zog eine Grimasse: »Das haben die geschrieben?«

»Ja. In dem einzigen persönlichen Brief, den ich je als Antwort bekommen habe.«

»Ach, kümmern Sie sich doch nicht um diese Idioten. Was ich wissen will ist, was Gabe sich diesmal geleistet hat«, sagte Alice. Sie war die Königin des Themenwechsels und hatte sich offenbar gelangweilt.

»Er hat Versprechen gemacht, die er nicht halten konnte«, sagte Maggie.

»Er hat dir keinen Ring gegeben!«, sagte Alice stolz, als hätte sie gerade eine *Wer wird Millionär?*-Frage beantwortet.

»Ha, nein«, sagte Maggie. Und als wäre das die richtige Gesellschaft, um über außereheliche Lebensgemeinschaften zu sprechen, fügte sie hinzu: »Wir hatten geplant zusammenzuziehen, aber er hat es sich in letzter Minute anders überlegt.«

Alice verzog das Gesicht. Sie sah ehrlich verletzt aus. »Dieses kleine –«, fing sie an, doch dann warf sie dem Pfarrer einen Blick zu und schien sich zu einer anderen Formulierung zu entschließen: »Was für ein fieser Kerl.«

»Ich hatte erwartet, dass du mich darauf hinweisen würdest, dass wir vor der Ehe sowieso nicht zusammenleben sollten«, sagte Maggie.

»Ach, Quatsch«, sagte Alice. »Ich halte das sogar für äußerst wichtig! Man muss einander doch kennenlernen. Außerdem ist diese Stadt so unendlich teuer, da braucht man doch einen Mitbewohner. Solange man nicht im gleichen Zimmer schläft, sehe ich da gar kein Problem.«

War das jetzt ein Witz oder nicht? Maggie war sich nicht ganz sicher.

»In meiner Generation haben viele Mädchen nur geheiratet, weil ihr Freund in den Krieg gezogen ist«, sagte Alice. »Sie kannten die jungen Männer kaum, und schon gar nicht die Person, die aus dem Krieg wiederkam. Und die meisten von uns sind bei den Eltern aus- und direkt beim Ehemann eingezogen. Wir haben erst alleine gelebt, als wir klapprige Alte waren. Heute gehen die jungen Leute das schlauer an. Obwohl ich ja denke, dass ihr die Liebe ganz falsch versteht.«

»Ach ja?«, fragte Maggie.

»Ihr scheint zu glauben, dass man heiratet, wenn man dieses überwältigende Gefühl empfindet, das ihr Liebe nennt. Und dann erwartet ihr, dass dieses Gefühl mit der Zeit abflaut, weil das Leben schwerer wird. Stattdessen solltet ihr euch einen netten jungen Mann suchen und der Liebe den Raum geben, sich über die Jahre hinweg, über Geburten und Todesfälle hin, langsam zu entwickeln.«

Maggie blickte Pfarrer Donnelly an.

»Eine beeindruckende Frau, nicht wahr?«, sagte er und legte kurz die Hand auf Alices Arm. »Ich sage ja schon immer, dass sie ihre eigene Talkshow haben sollte.«

»War es denn bei dir so, Oma?«, fragte Maggie und hielt die Luft an. Sie erinnerte sich nur allzu gut daran, wie sich Alice am Abend zuvor beim Essen mit Rhiannon plötzlich verschlossen hatte.

Alice blickte nachdenklich ins Leere: »Tja, ich glaube schon. Ja, bis zu einem gewissen Grad war es wohl so.« Mehr konnte sie Maggie nicht geben, aber das reichte ihr. Jetzt wechselte Alice das Thema und sprach von einem Zeitungsartikel über den Erfinder der intelligenten Knete.

Maggie lehnte sich zurück und schaltete ab. Sie fühlte sich so wohl und zufrieden wie seit Wochen nicht. Für solche Gespräche war sie hergekommen, für diesen Austausch mit Alice, der einfach Spaß machte und ihr das Gefühl gab, willkommen zu sein. Sie überlegte, vielleicht doch länger zu bleiben. Das alte Sommerhaus würde sonst für den Rest des Monats einfach leerstehen. Und vielleicht würde es noch mehr Mittagessen wie dieses geben, und Zeit zum Schreiben und Plänemachen. Ihr Kind würde in der salzigen Meeresluft unter einem Dach gedeihen, unter dem drei Generationen seiner Familie ihre schönsten Sommer verbracht hatten.

Sie blickte auf das Meer hinaus: »Wie ich es hier liebe.«

»Ich auch«, sagte Pfarrer Donnelly. »Ich weiß wirklich nicht, wie Menschen anderswo leben können.«

»Sind Sie in Maine aufgewachsen?«, fragte Maggie.

»Ja, in einem Dorf etwa drei Stunden nördlich von hier in der Nähe von Bangor.«

»Das klingt schön.«

»Es war ein einfaches Haus ohne Extras«, sagte er. »Es gab keinen Fernseher oder dergleichen.«

»Er kommt aus einer Familie von Geistlichen«, sagte Alice. »Sein Onkel war Diakon.«

Maggie malte sich eine romantische Pfarrerskindheit aus: ein Blockhaus im Wald, ein kleiner Junge, der am offenen Feuer die Bibel studiert.

»Meine Brüder und ich waren natürlich ziemliche Rabauken«, sagte er lächelnd. »Wir sind die endlosen Landstraßen runtergedonnert und haben den Leuten die Briefkästen mit Baseballschlägern eingeschlagen.«

Maggie wollte wissen, wie um Gottes willen er bei dieser Jugend auf den Pfarrdienst gekommen war, aber diese Frage schickte sich wohl nicht.

»Klingt wie meine drei«, sagte Alice. »Haben die mich vielleicht auf Trab gehalten! Besonders Patrick und Kathleen. Clare war etwas ruhiger. Aber manchmal sind die Stillen innerlich die Wildesten und machen plötzlich Dinge, die man von ihnen nie erwartet hätte. Ich weiß zum Beispiel, dass sie während der High School gequalmt hat wie ein Schlot. Immer schön aus dem Fenster raus. Meine weißen Vorhänge waren vollkommen ruiniert!«

Maggie kannte die Geschichten von ausufernden Partys im Haus ihrer Großeltern in Canton, wenn diese nicht da waren, und von dem Abend, als die Polizei ein Auto mit Patrick am Steuer und ihrer Mutter auf dem Beifahrersitz angehalten hatte, beide mit einem Bier in der Hand. Dann war da die Geschichte von Daniel, der eines Abends nicht hatte einschlafen können und irgendwann aufgestanden war, um sich bei einem nächtlichen Spaziergang die innere Unruhe auszutreiben. Im Vorgarten hörte er plötzlich ein seltsames Geräusch und beobachtete, wie ein Junge am Spalier zu Kathleens Fenster hinaufkletterte. Sie gab ihm flüsternd Anweisungen, als ob sie die Kletterstrecke gut kennen würde: »Links kannst du den Fuß absetzen, noch ein Stückchen weiter. So, jetzt greif mit der Hand hinter den dicken Ast.« Dann war da die Nacht, in der Onkel Patrick die ganze Strecke von Cape Cod im nagelneuen Cadillac seines Vaters betrunken aber unfallfrei bis nach Canton gefahren war und den Wagen dann gegen die geschlossene Garagentür gesetzt hatte. (Bis heute gab Patrick, wann immer die Sprache auf die Geschichte kam, der fehlenden Einfahrtbeleuchtung die Schuld.) Maggie hatte den Eindruck, dass es früher eher möglich gewesen sei, nach einem großen Fehler wieder auf die Beine zu kommen. Im Gegensatz dazu hatte sie das Gefühl, dass ein falscher Schritt ihrerseits ihr ganzes Leben zerstören könne.

»Als Kinder foltern wir unsere Eltern«, sagte Pfarrer Donnelly. »Aber dann werden wir älter und klüger und geben ihnen schließlich den Respekt, der ihnen zusteht. So sollte es jedenfalls sein.«

Alice strahlte: »Wie gern würde ich Ihre Eltern kennenlernen. Sie haben Sie wirklich ganz ausgezeichnet erzogen.«

Während Alice und der Pfarrer weiterredeten, richtete sich Maggies Aufmerksamkeit auf ein kleines Kind, das mit seinem Vater am Ufer ein Modellsegelboot zu Wasser ließ. Erst als ihr Name fiel, hörte sie wieder hin. Irgendwie waren die beiden auf die Einteilung des Sommerhauses gekommen.

»Maggies Mutter Kathleen hat den Juni, aber die werden Sie hier nicht sehen. Sie kann mich nicht leiden«, sagte Alice.

»Das stimmt doch gar nicht, Oma! Sie lebt einfach am anderen Ende des Landes, mehr nicht.«

Pfarrer Donnelly grinste. »Tja, Maggie, wenn der Juni für Ihre Mutter und die Familie reserviert ist, kann ich wirklich nicht verstehen, weshalb Sie nicht den ganzen Monat bleiben. Gibt es einen besseren Ort, um sich auf Ihre schriftstellerische Arbeit zu konzentrieren?«

Er flirtete doch nicht etwa mit ihr? Nein, das war ja eine absurde Idee. Wahrscheinlich träumten alle Frauen der Region, jung und alt, davon, heimlich von ihm angehimmelt zu werden. Für manche vereinigte ein Priester einfach alles, was für sie attraktiv war: Er war beständig und liebevoll, freute sich einen zu sehen und hatte immer ein offenes Ohr für Sorgen aller Art. Sein Zölibat ließ ihn gleichermaßen ungefährlich und sexuell reizvoll erscheinen und erreichte so das Gegenteil seiner Bestimmung, denn durch seine Keuschheit dachten plötzlich alle an nichts als Sex.

»Das habe ich mir gerade überlegt«, sagte sie.

»Na wie schön«, sagte Alice. »Du bleibst also! Das freut mich.«

Aus Erfahrung wusste Maggie, dass man auf der Hut sein musste, wenn Alice freundlich war: Das konnte sich schnell ändern. Aber in diesem Augenblick jedenfalls wollte Alice, dass Maggie blieb, ihre Großmutter brauchte sie vielleicht sogar.

Auf dem Heimweg blieben sie auf kleinen Nebenstraßen. Auf dem Weg aus dem Ort hinaus wurden die Häuser immer schäbiger, standen dichter beieinander und zwischendurch sah man auch mal einen zwischen zwei Bäumen geparkten Wohnwagen, der als Haus diente. Vor einem der Häuser sah Maggie einen Mann und einen Teenager am Stumpf einer alten Kiefer werkeln. Es sah aus, als würden sie ein überdimensionales Eichhörnchen schnitzen.

Alice drehte sich nach ihnen um. »Ganzjährige«, sagte sie schulterzuckend.

Schließlich machten die Häuser einem von einer niedrigen

Steinmauer gesäumten Wildblumenfeld Platz. Am Horizont standen ein großer roter Schuppen und ein Silo, dem das Dach fehlte. Da war im Sommer von Maggies zehntem Geburtstag der Blitz eingeschlagen.

Bald wurde die zweispurige Straße zu einem schmalen, unbefestigten Weg. Hier standen am Straßenrand statt Straßenlaternen große Kiefern dicht an dicht und ließen kein Licht durch. Maggie fragte sich, ob die Einheimischen die Schönheit der Allee noch wahrnahmen oder ob sie dagegen immun geworden waren. Die Wahrzeichen von New York waren irgendwann nur noch Hintergrund, bis man plötzlich wieder einmal aufblickte und der Anblick des Empire State Buildings einem den Atem verschlug.

Schließlich gelangten sie zu einer Kreuzung und bogen auf die Route 1 ab, beschleunigten und mischten sich unter die Autos, die in beiden Richtungen dahinrasten. Plötzlich veränderte sich alles. Die Bäume am Straßenrand verschwanden und stattdessen erschienen in der Straßenmitte zwei leuchtendgelbe Linien, die sich scharf gegen den schwarzen Asphalt absetzten. Hier kämpften seit Jahrzehnten das Malerische und das Geschmacklos-Grelle um die Vorherrschaft, und die dunkelgrüne Markise und weiße Schindelfassade des imposanten Ogunquit Theater bissen sich mit einer Reihe neonbeleuchteter Motels mit von Maschendraht umzäunten Swimmingpools im Vorgarten. Es gab einen großen Getränkemarkt, einen Laden für handgemachtes Patchwork, Flo's Schnellimbiss und einen Trödelladen, der auf Tischen auf der Straße hunderte unterschiedliche Glasflaschen feilbot. Nachts stand eine Holzkiste am Bordstein, auf der stand: FLASCHEN JE $2, WIR VERLASSEN UNS AUF IHRE EHRLICHKEIT.

Sie bogen noch einmal ab und erreichten wenige Minuten später die Kreuzung Perkins Cove und Shore Road.

»Lust auf einen Spaziergang in der Bucht?«, fragte Alice. »Ich möchte noch nicht nach Hause.«

Der Ort war einst ein ruhiges Fischerdorf gewesen, aber jetzt waren die Hummerfischer, die im Hafen ihre Fallen abluden, in der Minderzahl und wurden von den langen Touristenschlangen vor der altmodischen Eisdiele und den Souvenirläden mit Magneten, Kerzen und Modeschmuck abgedrängt. Maggie kaufte eine große Schachtel Sahnebonbons für Kathleen und eine Halskette aus blauem, vom Meer geschliffenen Glas für Alice.

Sie schlenderten plaudernd Richtung Marginal Way, und als sie den Küstenpfad erreicht hatten, der sich über anderthalb Kilometer an den Klippen entlangwand, sagte Alice zu dem Priester: »Früher war das hier nichts als ein Trampelpfad, auf dem die Bauern ihr Vieh trieben. Dann kaufte irgendein wohltätiger Einheimischer das Land, schenkte es der Stadt und ließ den Weg anlegen. Das Einweihungsfest fand in unserem zweiten Sommer hier statt. Da war eine Menge los.«

»Warst du dabei?«, fragte Maggie.

Alice schüttelte den Kopf: »Das klingt jetzt vielleicht albern, aber ich war an dem Tag todmüde. Irgendein Baby hatte mich nicht schlafen lassen. Aber dein Großvater war da, glaube ich.«

Als sie den Pfad betraten, verstummten sie beim Anblick der Schönheit der Natur. Zur Linken sahen sie umzäunte Villen mit großen Veranden und hölzernen Adirondack-Sesseln im Garten. Aber zu ihrer Rechten waren nur der Abgrund und die Brandung, die weit unter ihnen gegen die Klippen schlug und sich bei Flut wie im Tanz wiegte. Hier fühlte man sich als Teil von etwas, das wichtiger war als das eigene Selbst. Und auch falls es keinen Gott geben sollte, dann gab es doch das Meer. Es war vor uns da gewesen und würde uns überleben, und ein- und ausatmen bis in alle Ewigkeit.

Im letzten Sommer war Maggie mit Gabe hier gewesen. Jene Nacht war die dunkelste, die sie je erlebt hatte, und der Himmel war voller Sterne. Von der Bar eines Hotels war eine Jimmy-Buffett-Melodie zu ihnen herübergeweht, und sie hatten dazu getanzt, mitgesungen und gelacht. Ein Teil von ihr wünschte jetzt, sie hätte ihm diesen Ort nie gezeigt.

Als sie am Strand von Ogunquit angekommen waren, taten

Alice die Knie weh, und sie beschlossen, nicht zu Fuß zurückzugehen, sondern eine der Straßenbahnen zu nehmen, die eifrig in der Stadt herumfuhren. Das letzte Mal hatte Maggie in so einem Ding gesessen, als Pat und Ann Marie für die Hochzeit ihrer Tochter Patty das gesamte Tramsystem von Ogunquit gemietet hatten. Maggie dachte an Pattys Mann Josh. Er war ein netter Kerl und hatte am Hochzeitstag vor Glück gestrahlt. »Ich habe gerade meine beste Freundin und meine Traumfrau geheiratet«, hatte er erstaunt gesagt, als sie vor der Kirche ins Auto stiegen. Offenbar hatte er es selbst noch nicht ganz fassen können.

Als sie wieder beim Wagen ankamen, machte sich Maggie zum ersten Mal in drei Tagen nicht die Mühe, ihr Handy in der Hoffnung auf einen Anruf in Abwesenheit hervorzuholen.

Nach Sonnenuntergang machte Maggie einen Strandspaziergang. In der Stadt vergaß man die Sterne schnell, denn im grellen Licht der Straßen bekam man sie nur selten zu Gesicht. Aber hier glitzerten, wohin man sah, Millionen von Lichtern am Himmel. Als sie klein waren, hatte ihr Großvater ihnen ausführlich die Konstellationen erklärt: die Drei Schwestern, das Vierblättrige Kleeblatt, der Große Wagen, die Zöpfe der Maggie, der Große Zeh der Fiona. Maggie konnte sich nicht erinnern, wann sie begriffen hatte, dass die Hälfte der Namen erfunden war.

Die Nachtluft war kühl, und Maggie zog sich den Pullover enger um den Körper.

Sie würde es wirklich tun, und zwar allein. Der Gedanke war zugleich beglückend und beängstigend. Maggie beschleunigte ihren Schritt und hatte schon bald den baufälligen Steg hinter sich gelassen, der über zwei Kilometer vom Haus entfernt war. War sie wirklich so weit gelaufen? Die Kelleherkinder waren selten zu dem öffentlichen Strand auf der anderen Seite der Bucht gegangen, aber jetzt lief Maggie weiter. Es war Ebbe und überall um sie herum lagen Seegrasnester voll winziger Muscheln. Sie hob eine davon auf und rieb sie zwischen den Fingern.

Vor ihr stand der Hochsitz der Rettungsschwimmer. In der Hochsaison saß hier nachmittags ein Paar gebräunter, gut gebauter einheimischer Jugendlicher in roter Badehose und rotem Badeanzug (es waren immer ein Junge und ein Mädchen, die, davon konnte man wohl ausgehen, miteinander ins Bett gingen) und unterbrachen ihr Gespräch nur ab und zu, um mit der Pfeife ein Kind zurückzurufen, das zu weit rausgeschwommen war. Als Jugendliche hatten Maggie und Patty die Rettungsschwimmer heimlich angehimmelt und waren manchmal nach dem Abendessen auf den Hochsitz geklettert und hatten schweigend über das Meer geblickt, als wären sie die beiden sexy Strandgeschöpfe mit perfekten Oberschenkeln.

Maggie ging auf den Hochsitz zu und begann, an seiner zersplitterten untersten Sprosse angekommen, den Sitz Sprosse für Sprosse zu erklimmen. Oben blies der Wind ihr das Haar aus dem Gesicht. Sie lauschte den Wellen und spürte, dass ihr nichts in der Welt etwas anhaben könne, solange sie an diesen Ort heimkehren konnte.

Irgendwann wurde sie müde und dachte, dass sie zurückgehen sollte. Aber dann erinnerte sie sich an die unheimliche Stille, die nachts in dem alten Haus herrschte, und blieb noch ein bisschen länger sitzen. Seltsam, dass mit einem Ort zugleich wunderschöne und grässliche Erinnerungen verbunden sein konnten. Im Sommerhaus hatte sie die glücklichsten Momente ihrer Kindheit verbracht und auch die schönsten mit Gabe. Aber das Haus erinnerte sie auch an die schmerzhaften Monate vor der Scheidung ihrer Eltern, die Maggie damit verbracht hatte, zur Jungfrau Maria zu beten, sie möge bitte gut auf ihre Familie aufpassen.

Sie hatten im Frühling und Sommer vor der Scheidung im Sommerhaus gewohnt. Ihr eigenes Haus hatten sie verkaufen müssen.

Drei Monate lang gingen Maggie und Chris nicht zur Schule. Sie wuschen sich kaum und putzten sich selten die Zähne, aber Kathleen merkte davon nichts. Onkel Patrick und Tante Ann

Marie hatten angeboten, Maggie und Chris bis zum Ende des Schuljahres bei sich unterzubringen, aber Maggie wusste, dass ihre Mutter nicht mehr mit den beiden redete, und war bei dem Vorschlag, bei Tante und Onkel zu wohnen, so ausgerastet, dass Ann Marie anscheinend Angst bekommen hatte, Maggie würde ihnen das Haus abfackeln. Dabei war es nicht so, dass Maggie nicht gerne bei ihnen gewohnt hätte. Sie hätte sich liebend gern ein Stockbett mit ihrer Cousine Patty geteilt und wäre abends zwischen das vom Trockner noch warme Blümchenbettzeug gestiegen. Sie hätte auch nichts dagegen gehabt, morgens mit dem Geruch frischer Waffeln aufzuwachen, die Ann Marie immer zum Frühstück servierte, und in der Küche ein Glas Limonade neben ihrem Teller zu finden.

Maggie gefiel, dass es bei Ann Marie immer sauber und ordentlich war und dass sie normales Verhalten lobte, anstatt einen aufzustacheln. Kathleen sagte immer nur: »Sei kein Schaf.« Dieser Spruch war Maggie verhasst. Sie wünschte sich doch nichts sehnlicher, als wie alle anderen zu sein.

Trotz alledem wollte Maggie nicht zu Onkel Pat und Tante Ann Marie, denn sie wusste schon als Zehnjährige, dass ihre Mutter auf keinen Fall alleine sein durfte. Also fuhren sie zu dritt nach Maine.

Sie erinnerte sich noch gut an jenen Frühling. Daran, wie sie ihren Bruder auf ihrer Flitzstrecke im Kreis durch die Zimmerflucht gejagt hatte, wie sie über den Strand gerannt waren, neben den Dünen Sandburgen gebaut hatten, in ihren kurzen Jeanshosen ins Wasser gerannt und mit blauen Lippen wieder rausgesprungen waren. Sie waren ununterbrochen herumgerannt, als wollten sie dem Geschehenen davonlaufen: Ihr Vater war weg, was mit ihnen geschah schien ihm egal zu sein. Und ihre Mutter stand kurz vor dem Zusammenbruch.

Nachts hatte Maggie ohne ihren Vater im Haus schreckliche Angst. Zuhause gab es Straßenlaternen, aber wenn man in Maine nachts aus dem Fenster sah, starrte man in ein undurchdringliches Schwarz. Riesige weiße Motten flogen gegen die Lampen. Sie schafften es irgendwie immer wieder ins Haus, obwohl Maggie doch jede Ritze zustopfte. Und sie hätte schwören können, dass man, sobald es dunkel wurde, Schritte auf dem Dachboden hörte.

Nachts war es im Sommerhaus eiskalt, und selbst mit langen Unterhosen unter einem Deckenhaufen war einem nicht lange warm. Auf der Kommode in dem Zimmer, in dem Maggie und Kathleen schliefen – im Sommer war es das Schlafzimmer der Großeltern – stand ein Prager Jesulein. Die sechzig Zentimeter große Figur trug einen aufwändig bestickten Mantel und auf dem Kopf eine goldene Krone. Bei Tageslicht fand Maggie das Jesulein lustig und ernannte es zum König ihres Barbiekönigreiches. Aber je dunkler es wurde, desto unheimlicher wurde es ihr, bis sie sein Gesicht gegen die Wand drehen musste.

Maggie wachte nachts oft auf und fand sich allein. Dann kroch sie aus dem Bett und ging ins Wohnzimmer, wo ihre Mutter an dem großen Eichentisch vor einem Wust von Papieren saß, auf dem Fußboden neben sich eine Weinflasche.

»Ist alles in Ordnung, Mama?«, sagte Maggie dann, oder: »Möchtest du darüber reden?«

In diesen Nächten schüttete ihre Mutter Maggie das Herz aus: Sie seien pleite, Maggies Vater sei Abschaum und habe seit einem Jahr eine Affäre, von der ihr feiner Onkel Patrick nicht nur gewusst, sondern die er auch vertuscht habe.

»Mein eigener Bruder«, sagte Kathleen. »Kannst du dir das vorstellen?«

»Nein, das kann ich gar nicht glauben«, sagte Maggie dann, vergrub die Hände in den langen Ärmeln ihres Nachthemds und wünschte, sie könnten einfach alle wieder nach Hause gehen.

»Und auch meine Mutter ist gegen mich, aber das ist ja nichts Neues«, fuhr Kathleen fort.

»Warum ist Oma gegen dich?«, wollte Maggie wissen.

»Sie meint doch tatsächlich, dass ich mir mit der Ehe mehr

Mühe hätte geben sollen«, sagte ihre Mutter. »Ihrer Meinung nach komme ich in die Hölle, weil ich nicht zulasse, dass dein Vater für weitere fünfzig Jahre auf mir herumtrampelt. Aber was wäre ich euch für ein Vorbild, wenn ich bei ihm bliebe? Dann leben wir doch lieber auf der Straße.«

Maggie hätte am liebsten losgeweint. Aus dem Katechismusunterricht wusste sie genau, was die Hölle war, und ihre Großeltern hatten ihr von der Vorhölle erzählt, in der ungetaufte Kleinkinder in alle Ewigkeit mit winzigen Flügeln trieben und ihre Familien nie wiedersahen. Sie wollte nicht, dass ihre Mutter in die Hölle kam. Sie wollte nicht, dass ihr Vater bei einer anderen Frau war. Sie wollte nicht auf der Straße leben. Aber jetzt musste sie sich wie eine Erwachsene verhalten. Sie lief zu ihrer Mutter hin, warf sich ihr in die Arme und vergrub das Gesicht in ihrem dicken Pullover.

»Hey, das wird schon«, sagte Kathleen. »Wir haben doch einander, Süße. Außerdem ist Opa auch noch da. Der passt schon auf uns auf.«

Im Herbst des Folgejahres wurde es langsam besser. Maggies Vater zahlte Unterhalt und sie konnten sich ein kleines Haus in Braintree leisten. Ihre Mutter trat den Anonymen Alkoholikern bei und entschuldigte sich bei Maggie. Sie habe ihr zu viel aufgebürdet und sie wie eine Erwachsene behandelt, obwohl sie doch noch ein kleines Mädchen sei.

»Du hast mich gar nicht wie eine Erwachsene behandelt«, antwortete Maggie, weil sie spürte, dass Kathleen das hören wollte.

»Oh doch«, sagte ihre Mutter. »Du bist mein kleines Schneckchen, und trotzdem eben auch meine Freundin. Aber ich hätte vor dir nicht trinken dürfen. Ich erinnere mich noch genau, wie grässlich es für mich als Kind war, wenn meine Mutter trank.«

»Und wann hat sie damit aufgehört?«, fragte Maggie.

»Als ich elf war«, sagte ihre Mutter. »Etwa so alt wie du jetzt. Mein Vater hatte ihr damit gedroht, sie zu verlassen, wenn sie nicht mit dem Trinken aufhörte.«

»Und wieso?«, fragte Maggie.

»Weil sie schlimme Sachen gemacht hat«, sagte Kathleen. »Wenn ich wegen eines Albtraums nachts zu weinen anfing, schüttelte sie mich und befahl mir weiterzuschlafen. Sie sagte, sonst würden mich die Kobolde holen. Und einmal ist sie mit mir, Tante Clare und Onkel Patrick im Auto gegen einen Baum gefahren.«

»Ist Oma auch zu den Anonymen Alkoholikern gegangen?«, fragte Maggie.

»Nein, meine Süße«, sagte ihre Mutter. »Das ist nicht ihr Ding.«

»Und als sie mit dem Trinken aufgehört hat, hat sie dann auch aufgehört, schlimme Sachen zu machen?«, wollte Maggie wissen.

»Tja, was meinst denn du?«, hatte ihre Mutter mit einem Augenzwinkern gesagt.

Zwei Wochen vergingen ohne eine Nachricht von Gabe. Sie hatte ihn ja gebeten, sie erstmal in Ruhe zu lassen, aber vielleicht war es ihr damit so ernst nicht gewesen. Wie ironisch, dass dies ihre erste Bitte sein sollte, der er nachkam.

Maggie vertrieb sich die Zeit mit Lesen, Schreiben und zwischendurch mit einem Essen in Gesellschaft von Alice und Pfarrer Donnelly – also Connor. Sie ging oft zum Strand runter, aber zum Baden war es noch zu kalt. Und sie telefonierte von Alices Festnetzanschluss regelmäßig mit Kathleen und ihrer Freundin Allegra, um ihre Stimmen zu hören.

Sie machte täglich stundenlange Spaziergänge, damit sie abends müde genug war, um schlafen zu können. Eines Nachmittags war sie die Shore Road entlangspaziert, vorbei am Cape Neddick Hummerrestaurant, Connors Kirche und einer Brücke, von der Angler ihre Leinen auswarfen. Sie lief immer weiter und kam schließlich in das acht Kilometer entfernt gelegene York Beach, ein etwas verwahrlostes, aber buntes Städtchen: Vor den Läden flatterten T-Shirts und überall sah sie Filmplakate und die rot-weiß-karierten Plastiktischdecken der Fischrestaurants.

Sie kam an einem Tätowierer, einem Schokoladengeschäft und einem Tarot-Zentrum vorbei, dann weiter an einem Waschsalon und Goldenrod Süßwaren, wo man einem Confiseur bei der Herstellung von Sahnebonbons zusehen konnte. Und weil die Kelleherkinder das in York Beach immer gemacht hatten, marschierte sie, wie von einer fremden Kraft gelenkt, schnurstracks in die Spielhalle und nahm sich den Skeeballautomaten vor. Die gewonnenen Spieltickets ließ sie als lange, gezackte Zunge aus der Maschine hängen – das nächste Kind würde sich freuen. Maggie ging nach Hause, ohne mit jemandem ein Wort gewechselt zu haben.

Normalerweise wirkte die Meeresluft besser als die stärkste Schlaftablette, aber jetzt ging es ihr wieder wie in den Monaten nach der Trennung ihrer Eltern, und sie lag lange grübelnd wach.

Maggie versuchte, sich nachts mit Arbeit abzulenken, schrieb ein paar Datingprofile, nahm den Auftrag einer Zeitschrift für einen Artikel darüber an, wie man in zehn einfachen Schritten den Hüftspeck loswurde, und durchsuchte die Nachrichten nach grausamen Morden, um sie ihrer Chefin für *Bis dass dein Tod uns scheidet* zuzuspielen. Aber irgendwann verbrachte sie mehr und mehr Zeit auf Websites für Schwangere. Dabei wusste sie auch jetzt im dritten Monat schon viel zu viel. Angeblich würde sich das Baby im letzten Schwangerschaftsdrittel alle zwei Minuten merklich bewegen, und sie würde Schläge und Tritte spüren. Ihre Brüste würden voller werden und auf ihrem blassen Bauch würden Schwangerschaftsstreifen entstehen. Ihr Körper würde sich für immer verändern. Und sie könnte sich auf eine mindestens zwölf- bis vierzehnstündige qualvolle Geburt vorbereiten.

Und das war nur der Anfang. Eines Abends saß sie mit Alice vor dem Fernseher, und es lief ein Bericht darüber, dass eine Firma zwei Millionen Gitterbettchen hatte zurückrufen müssen, weil darin Babys im Schlaf zerquetscht worden seien. Wenn ihr Kind nicht einmal in seinem Bettchen sicher war, wie würde sie dann je wieder auch nur für einen Augenblick sorglos sein können?

In New York wartete so vieles auf Maggie, aber sie konnte sich dem einfach noch nicht stellen. Maine hingegen blieb immer gleich: Dieselben Gesichter, dieselben Häuser und der weite, blaue Ozean. Hier schwebte sie wie in Bernstein eingeschlossen, als könnte sie das Leben anhalten.

Sie musste es jetzt Kathleen sagen. Tag für Tag arbeitete Maggie gedanklich an einem Brief an ihre Mutter und hatte auch schon sieben Versuche gestartet, ihn zu schreiben. Nachdem sie in einer regnerischen Nacht den Sturm draußen auf dem Meer beobachtet hatte, setzte sie sich schließlich an ihr Notebook und tippte.

Liebe Mama,

wie lange ist es her, dass ich dir einen Brief geschrieben habe? Nicht bloß eine Geburtstagskarte oder eine dumme kleine Notiz am Kühlschrank, sondern einen richtigen Brief? Ich glaube, es muss in jenem Sommer gewesen sein, als du mich ins Ferienlager geschickt hast und ich so schreckliches Heimweh nach dir hatte. Damals habe ich dir täglich geschrieben und fast genauso oft einen Antwortbrief von dir bekommen. Als ich dir schrieb, dass ich mich alleine fühlte und mich keiner leiden könne, hast du geantwortet, dass wissenschaftlich bewiesen sei: Alleinsein sei mir unmöglich, denn du seist immer für mich da.

Ich habe in letzter Zeit oft darüber nachgedacht, dir einen Brief zu schreiben, aber ich bin mir ziemlich sicher, dass ich am Ende doch den Schwanz einziehen würde und der Brief es nie in den Postkasten schaffen würde. E-Mails sind in solchen Situationen besser. Man klickt einfach schnell SENDEN, noch bevor das Muffensausen überhaupt weiß, was los ist.

Du fehlst mir hier in Maine. Ja, wir können telefonieren, aber du weißt ja, wie der Handyempfang hier ist, und wenn ich drüben bei Alice das Festnetz benutze, hört sie natürlich mit. Ich bin schon seit über zwei Wochen hier und die Tage vergehen wie im Flug. Erinnerst du dich noch daran, dass die Zeit hier anders vergeht? Der Tag dauert höchstens eine Stunde, und die Nächte

sind endlos. (Ich stelle fest, dass ich mich noch immer ein bisschen vor der Dunkelheit fürchte. Hier fällt mir auf, dass es in
New York nie richtig dunkel wird. Vielleicht lebe ich deshalb so
gerne dort.) Ich genieße den schlichten Alltag des Sommerhaus-
lebens – mir bleiben noch zwölf Tage, bis ich hier meine Sachen
packen muss, aber ich habe schon jetzt Angst vor dem Abschied.
Morgens stehe ich früh auf und gehe an den Strand. Von dort
spaziere ich zu Ruby's, kaufe Tee, eine Zeitung und mache die
Einkäufe für den Tag. Ich bin gefährlich oft im Café Amore.
(Schon mehrmals hat nur ein Bissen gefehlt, und ich hätte eine
Überdosis Arme Ritter mit Heidelbeersoße erwischt.) Dann gehe
ich nach Hause, schreibe ein paar Stunden und esse manchmal
mit Alice zu Mittag. Abends setzen wir uns öfters zusammen vor
den Fernseher. Es ist nett mit ihr. Sie ist natürlich immer noch
verrückt, aber wir haben schöne gemeinsame Augenblicke gehabt. Die meiste Zeit verbringe ich aber allein, und das ist auch
gut so, denn ich muss über vieles nachdenken.

Da ist etwas, das ich dir schon in den letzten Wochen habe sagen
wollen. Und zugleich eben nicht sagen wollte. Jedenfalls habe
ich die Worte irgendwie nicht rausgekriegt. Das ist seltsam,
denn ich weiß ja, dass ich dir immer alles sagen kann und du
mich unterstützen wirst und mir hilfst, alles in Ordnung zu bringen. Ich weiß, dass ich dir gegenüber so sein kann, wie ich wirklich bin, was immer das auch heißen mag.

Was ich dir habe sagen wollen (meine Güte, ich kann es ja nicht
einmal schreiben) ist Folgendes: Ich bin schwanger. Ich muss
wohl nicht sagen, dass meine Gefühle in letzter Zeit zwischen
Panik, Verwunderung und Vorfreude Achterbahn gefahren sind,
besonders natürlich auch wegen der Situation mit Gabe. Aber
ich habe mich jetzt für die letzten beiden Gefühle entschieden.
Ich werde dieses Kind bekommen, und ich freue mich darauf. Ich
bin wirklich glücklich. Momentan sitze ich im Wohnzimmer und
erinnere mich noch so deutlich an jenen Frühling, in dem wir –
du, ich und Chris – hier gewohnt haben. Damals wusstest du

auch nicht, wie es weitergehen sollte, aber sieh doch, wo du jetzt stehst. Ich zweifle nicht daran, dass der Job einer alleinerziehenden Mutter gnadenlos schwer ist, und habe mir die Herausforderungen genau vor Augen geführt. Aber ich werde ja nicht alleine sein: Ich hab ja dich.

Dadurch, dass ich dir schreibe, anstatt es dir nicht am Telefon zu sagen, hast du hoffentlich Zeit, das alles ein bisschen zu verdauen, bevor zu reagierst. Ich weiß, dass du dir jetzt vermutlich Sorgen machst, ausrastest und vielleicht furchtbar enttäuscht bist. Bitte nimm dir die Zeit, in Ruhe darüber nachzudenken, bevor du antwortest, ja? In der Zwischenzeit sitze ich hier in Maine, sicher und behütet und habe das Gefühl (bis jetzt jedenfalls), dass die Welt in Ordnung ist.

Ich hab dich lieb,

Maggie

PS: Ich glaube, zwischen Oma und dem Priester läuft was.

Ann Marie

Als das Telefon klingelte, saß Ann Marie am Küchentisch und schnitt, wie jeden Montagmorgen, Coupons aus dem Sonntagsblatt aus. Sie ahnte noch nicht, was für eine sensationelle Neuigkeit sie erwartete. Sie klemmte sich den Hörer zwischen Kopf und Schulter, damit sie das Drei-zum-Preis-von-einem-Angebot für den Frosch-Glasreiniger ausschneiden konnte. Eine Flasche bliebe hier, die anderen zwei würde sie morgen nach Maine mitnehmen.

Wenn sie den Neubau in Cape Neddick noch einmal bauen könnten, würde Ann Marie Pat bitten, die Glasflächen zu reduzieren. Ständig war man am Putzen. Andererseits hatte man von fast jedem Zimmer aus einen sensationellen Blick auf den Strand und das Meer. *Immer an das Positive denken.* Das war ihr Motto.

Eines Tages würde das Haus ihnen gehören. Dann würde sie vielleicht ein paar Dinge ändern. Die Küche, zum Beispiel, war ihr eigentlich zu modern. Das alte Sommerhaus musste bleiben – Pat würde einem Abriss nie zustimmen –, aber vielleicht könnten sie mal einen Landschaftsgärtner an den Garten lassen, einen Teil davon für die Kinder zum Spielen herrichten und eine vernünftige Einfahrt anlegen.

»Kelleher?«, sagte sie in den Hörer.

»Könnte ich bitte mit Mrs. Ann Marie Kelleher sprechen?«, sagte eine Frau mit englischem Akzent.

»Am Telefon.«

»Mein Name ist Louise Parnell, von der Wellbright Miniaturenmesse. Wir haben wundervolle Neuigkeiten für Sie. Ihr Puppenhaus, Eingangsnummer 2374, ist im Finale unseres jährlichen internationalen Wettbewerbs.«

Ann Maries Herz raste. War das wirklich wahr? Manchmal hatte sie so etwas schon fast erwartet, aber dann hatte sie sich zur

Ordnung gerufen und sich gesagt, sie solle sich nicht derartig lächerlichen Illusionen hingeben. Sie hatte gewusst, dass die Jury sich diese Woche entscheiden würde, aber sie hatte doch nicht damit gerechnet, dass sie schon am Montag anrufen könnten. (Während Pat nach der Sonntagsmesse das Auto vom Parkplatz holte, hatte sie dafür eine Kerze entzündet und war sich dann doch blöd vorgekommen.)

»Im Finale?«, fragte sie zaghaft nach, als hätte sie nicht richtig gehört.

»Ja. Sie können stolz auf sich sein. Von mehr als zweitausend Teilnehmern haben Sie es unter die ersten zehn geschafft. Das Finale findet am ersten September in London statt. Ihre Reisekosten übernehmen natürlich wir, zusätzlich zu denen eines Gastes.«

Möge Gott ihr helfen, denn bei den letzten Worten der Frau hatte Ann Marie sofort das Bild vor sich gehabt, wie sie mit Steve Brewer Hand in Hand durch eine kopfsteingepflasterte Gasse schlenderte.

»Das ist ja wundervoll«, sagte sie und fügte, wie als Widergutmachung für Pat, hinzu: »Da wird sich mein Mann aber freuen. Er hat mal ein Semester in London studiert.«

»Ich nehme an, dass Sie mit den Regeln bereits vertraut sind, aber wir schicken Ihnen trotzdem noch heute ein Paket mit den wichtigsten Informationen.«

»Oh ja, ich weiß Bescheid«, sagte Ann Marie. Sie kannte die Wellbright-Wettbewerbswebsite praktisch auswendig. Für das Finale musste man ein ganz neues Haus einreichen. Man musste sich alles selber überlegen und durfte nicht einmal eine Raumaufteilung aus einer Fachzeitschrift benutzen, und das Haus musste vom Keller bis zum Dach detailreich eingerichtet sein. Das Puppenhaus des Siegers würde auf die Titelseite von *Mein kleines Heim* kommen. Außerdem bekam der Sieger einen Wellbright-Gutschein im Wert von fünftausend Dollar und wurde zu einer kleinen Kunsthandwerk-Vortragsreise durch Großbritannien eingeladen.

Die Siegerin des letzten Jahres war schon seit Jahrzehnten dabei und besaß in Kanada zwei Läden für Miniaturen. Mit solchen Leuten sollte Ann Marie jetzt mit ihrem läppischen Jahr Puppenhausbauerfahrung konkurrieren? Nach dem Telefonat ging sie zum Puppenhaus und küsste es doch tatsächlich auf die Eingangstür. Dann nahm sie das Himmelbett aus dem Schlafzimmer und küsste auch das.

»Oh du mein wunderschönes Haus«, sagte sie. »Vielen, vielen Dank.«

Sie wusste nicht genau, was sie als Nächstes tun sollte, also quietschte sie vor Freude wie ein Kind und rannte in den ersten Stock. Ihr Trainer Raul wäre stolz auf sie gewesen: So schnell war sie seit der High School nicht gerannt.

»Pat!«, rief sie. »Schatz!«

Er trat im Anzug aus dem Schlafzimmer, aber fummelte noch an der Krawatte.

Er schmunzelte. »Ja?«

»Ich habe gewonnen! Gewonnen! Naja, also jedenfalls bin ich im Finale. Die Leute von Wellbright haben gerade angerufen.«

»Wie schön«, sagte er.

Sie versuchte, sich von seinem fehlenden Enthusiasmus nicht irritieren zu lassen. Es war eben einfach nicht sein Ding. Aber sie gab noch nicht auf.

»Aus zweitausend Teilnehmern bin ich unter den besten zehn.«

»Das ist ja toll. Ich bin stolz auf dich. Aber müssen wir im Flur stehen?«

»Und zum großen Finale fahren wir nach London. Das wird alles für uns bezahlt.«

Jetzt nickte er und seine Augen weiteten sich. »Aufgepasst, große Welt, hier kommt meine Frau, die Innenarchitektin.«

»Nein, also so ist es ja nun auch nicht.«

»Dann baust du es hier, und die küren es in London?«

»Genau.«

»Na, das wird aber ein Handgepäckstück!«, sagte er. Fiel ihm nichts Besseres ein?

»Das Haus schicken wir natürlich voraus, du Dummerchen«, sagte sie.

»Gehen wir heute Abend feiern?«, fragte er.

»Gerne.«

»Schließlich ist es unser letzter Abend, bevor du nach Maine auswanderst«, sagte er.

»Ich weiß. Und es gibt noch so viel zu tun, bevor ich mit dem neuen Puppenhaus anfangen kann.«

»Du willst gleich heute anfangen?«, fragte er. Das schien ihn zu amüsieren.

»Na klar, ich habe ja nicht viel Zeit!«

Ann Marie ging die ausstehenden Erledigungen gedanklich durch: Sie musste zu Ende packen, den Einkauf machen, die Medikamente für ihre Mutter abholen und sie ihr vorbeibringen. Das hieß vermutlich, dass sie zum Mittagessen bleiben müsste, um ihrer Mutter noch beim Aufhängen der Vorhänge im Wohnzimmer zu helfen. Außerdem hatte sie Patty versprochen, für die Kinder beim Schlussverkauf bei *Filene's* Badeanzüge und Badehosen zu besorgen. Dann schnell nach Hause, um ein paar Abendessen für Pat vorzukochen, die er sich in ihrer Abwesenheit aufwärmen konnte. Außerdem würde sie wahrscheinlich zu Alices Haus in Canton fahren müssen, um von dort mitzunehmen, was auch immer ihre Schwiegermutter noch benötigte. Die Büchereibücher mussten zurück. Das Auto war total verdreckt und musste dringend gewaschen werden. Sie musste die Nachbarin daran erinnern, die Blumen zu gießen.

Plötzlich fühlte Ann Marie sich schlapp. Es war doch nur ein blöder Wettbewerb. Er würde nichts daran ändern, dass Fiona homosexuell war, Daniel Juniors Leben ein Desaster und dass alle ständig alles Mögliche von ihr erwarteten. Wie sollte man da die Zeit finden, bei der Einrichtung eines Puppenhauses sein Bestes zu geben? Sie brauchte Urlaub.

Nachdem Pat zur Arbeit gegangen war, weinte sie. Sie setzte sich an den Küchentisch, legte den Kopf in die Hände und ließ einfach alles raus. Manchmal brauchte man das. Ein paar Minuten lang gab sie sich ihrem Selbstmitleid hin, dann stellte sie sich vor den Flurspiegel und lachte. Warum weinte sie eigentlich? Vielleicht war die Nachricht einfach zu gut gewesen. Ihre Kinder hatten bei jedem Kindergeburtstag geheult, weil sie das alles überfordert hatte.

»Reiß dich zusammen, Ann Marie Clancy«, sagte sie in den Spiegel. (Sie identifizierte sich bis heute mit ihrem Mädchennamen, obwohl sie den Namen Kelleher seit bald fünfunddreißig Jahren trug.) »Du bist im Finale. Im Finale!«

Jetzt fühlte sie sich besser. Sie ging nochmal zum Puppenhaus. Dann wählte sie die Nummer von Pattys Büro, und Amy, die fröhliche Sekretärin ihrer Tochter, ging ans Telefon.

»Sekretariat Patricia Weinstein, was kann ich für Sie tun?«, sagte sie.

Es war jedes Mal das Gleiche: Ann Marie erkannte den Namen ihrer Tochter erst nicht, obwohl Patty seit acht Jahren verheiratet war. Sie musste es sich dann erst in Erinnerung rufen: *Meine Tochter Patty Kelleher ist jetzt diese Person mit Namen Patricia Weinstein.*

»Guten Tag, ihre Mutter hier«, sagte Ann Marie. »Ist sie zu sprechen?«

»Einen Moment, bitte.«

Dann ging Patty ran. Sie klang müde.

»Wie geht es Foster?«, fragte Ann Marie, ohne erst Guten Tag zu sagen. Er hatte am Wochenende eine schlimme Erkältung mit Halsentzündung und Husten gehabt. Patty hatte sie am Freitagabend besorgt angerufen, und Ann Marie hatte sie beruhigt und ihr geraten, ihm eine heiße Zitrone mit Honig und einem Schuss Whiskey zu verabreichen. Ein altes Hausmittel ihrer Mutter.

»Auf dem Weg der Besserung«, sagte Patty.

»Achtest du auch darauf, dass er genug trinkt?«

»Ja.«

»Fein. Ist er wieder in der Schule?«

»Klar.«

»Hm.« Ann Marie hätte ihn noch einen Tag zuhause behalten, damit er sich ganz erholte.

»Es gibt Neuigkeiten«, sagte sie.

»Was denn?«

»Ich hab dir doch von diesem renommierten Wettbewerb erzählt, an dem ich mit meinem Puppenhaus teilgenommen habe.«

»Ja, da war was.«

»Ich bin im Finale! Und Papa und ich fahren im September zur Endausscheidung nach England. Aber bis dahin muss ich ein ganzes Haus einrichten, und ehrlich gesagt habe ich keine Ahnung, wie ich das schaffen soll.«

»Aber dir ist schon klar, dass das Haus, das du einrichten sollst, nur neunzig Zentimeter groß ist, ja?«

»Was?«

»Lass dich nicht ärgern, Mama. Das ist super. Herzlichen Glückwunsch.«

Ann Marie hätte ihr gerne mehr erzählt, aber Patty ging schon zum nächsten Thema über. Am Dienstag und Donnerstag würde Joshs Mutter auf die Kinder aufpassen, weil Ann Marie ja in Maine war, und Patty überlegte, wie sie ihr höflich beibrachte, das Fluchen in Gegenwart der Kinder bleiben zu lassen.

»Josh meint, dass sie schon immer so ist. Mama, die Frau redet wie ein Lastwagenfahrer. Ich möchte Maisy eigentlich nicht erklären müssen, warum Omi Scheiße sagt, sie es aber im Kindergarten nicht wiederholen darf.«

»Patty!«, rief Ann Marie instinktiv. Dergleichen Obszönitäten hörte sie sonst nicht von ihren Kindern.

»Was denn? Ich hab doch nur zitiert.«

Kurze Zeit später nahm Ann Marie die Autoschlüssel vom Haken neben der Hintertür und eilte aus dem Haus, um die Erledigungen in Angriff zu nehmen. Sie fühlte sich wieder voller Elan, und

das Gefühl hielt den Rest des Tages an, überlebte Staus, Kauf-
hausschlangen und die langen Minuten im Delikatessenladen,
während derer die Frau vor ihr sich am Handy lauthals über den
Haarausfall ihres Nachbarn ausließ.

Mithilfe dieser Energie überstand sie auch den Nachmittag
in der Wohnung ihrer Mutter, deren dunkle Teppiche und dicke
alte Tapeten einem sonst jede Lebenslust nahmen. Überall hingen verstaubte Fotografien: Hier sah man Ann Marie und ihre
Schwestern bei der Erstkommunion, hier waren sie am Strand.
Und im Hintergrund, wie ein Gespenst, ihr kleiner Bruder Brendan. Er war jetzt fünfzig, wenn er noch lebte, und das fragte Ann
Marie sich oft.

In dieser Wohnung war ihr Vater geboren. Damals betrug die
Miete dreißig Dollar im Monat. Er hatte sein Leben lang nie woanders gewohnt.

Sie verabschiedete sich von ihrer Mutter und stieg ins Auto.
Die Vertrautheit der Straßen, durch die sie fuhr, wärmte ihr das
Herz. Gleichzeitig schämte sie sich aber auch dafür. Die dreistö-
ckigen Holzhäuser sahen noch genauso schäbig aus wie in ihrer
Kindheit. Sie hatte ihre Kinder oft hierher mitgenommen, und
sie hatten es genossen, so nah am Strand zu sein. Aber die dunklen Gestalten an jeder Ecke hatten ihnen auch Angst gemacht.
Ihre Kinder waren für eine solche Gegend nicht geschaffen. Vor
dem Eingang der Schwimmhalle auf der L-Street standen plaudernd und lachend ein paar alte Iren mit Schiebermützen auf den
Köpfen. Zu Neujahr sprangen sie, angefeuert von der gesamten
Nachbarschaft, am Hafen ins Eiswasser. Ann Marie winkte ihnen
aus dem Auto zu und freute sich, wieder nach Hause fahren zu
können.

Schon den ganzen Tag lang entwarf sie gedanklich das neue
Puppenhaus: das Haus, das den großen Preis absahnen würde.
Diesmal sollte es Backstein sein. Auf der Messe hatte sie einige
ganz entzückende Backsteinhäuser gesehen, aber sie waren selten.
Sie würde es eigenhändig verkabeln, jetzt wusste sie ja wie. Die

Bettbezüge und Waschlappen würde sie aus dem Besten herstellen, das ihr Wäscheschrank hergab, und das waren die für Gäste reservierten leinenen Bettbezüge und die Handtücher aus feinstem Frottee. Die Küche würde sie ganz in Weiß halten. Für das Wohnzimmer stellte sie sich ein über dem Kamin hängendes Familienporträt vor, vielleicht mit Jagdhunden im Vordergrund. Das könnte sie doch bei einem Bostoner Künstler in Auftrag geben. Ein paar Dollar mehr würde sie sich das schon kosten lassen.

Sie war so voller Energie, dass sie nicht nur zweimal Hühnchen-Brokkoli-Kasserole, einmal Rindsbraten, einen Nudel-Käse- und einen Penne-Tomaten-Auflauf für Pat zubereitete, sondern nebenbei auch noch alle Handtücher einsammelte und in die Waschmaschine schmiss.

Vor dem Abendessen sprang sie unter die Dusche. Danach goss sie sich im Bademantel zur Feier des Tages ein Glas Weißwein ein. Sie füllte das Glas bis zum Rand mit der goldenen Flüssigkeit und nahm einen großen Schluck.

Dann ging sie ins Büro und setzte sich an den Computer. Endlich. Bis Pat nach Hause kam blieben ihr noch mindestens zwei Stunden. Zeit für sich. Zeit, Bestellungen zu machen. Die Kreditkarte lag schon bereit. Pat würde über die Rechnung jammern, aber dann würde sie ihn einfach daran erinnern, dass sie schließlich eine kostenlose Reise nach Europa dafür bekamen. Am Ende wäre das bestimmt ein gutes Geschäft.

Eine kostenlose Reise. Sie war stolz auf sich.

Ann Marie würde sich alles per Expressversand in die Briarwood Road schicken lassen, denn da würde sie ja den nächsten Monat verbringen. Ideal war das nicht. Ihr ganzes Werkzeug war hier. Außerdem bedeutete das, dass sie das Haus entweder dort fertigstellen und von Cape Neddick aus nach England schicken müsste (Konnte sie ihr Haus den Leuten in der verschlafenen UPS-Filiale in York anvertrauen?) oder Mitte Juli alles nach Hause transportieren müsste.

Aber alles hatte auch eine gute Seite.

Anne Marie stellte sich vor, wie sie auf der Sommerhausveranda ungestört eine Lieferung nach der anderen öffnete und ihre Schätze zutage förderte. Bis Pat und die Brewers in zehn Tagen nach Maine kamen, würde sie täglich stundenlang in Ruhe arbeiten können. Das war doch was.

Aber jetzt musste sie sich auf die Bestellungen konzentrieren.

Mit der dreigeschossigen Backsteinvilla mit Schindeldach, einer weißen Zierleiste an der Dachkante und einem Schornstein, der qualmen konnte, hatte sie schon lange geliebäugelt. Die Villa hatte elf Zimmer mit einer Raumhöhe von fünfundzwanzig Zentimetern, sechzehn Fenster (die beiden Erkerfenster mit Fensterbank konnte man sogar öffnen) und ein detailgetreues Treppenhaus mit gedrechseltem Geländer.

Das Haus sollte über tausend Dollar kosten, aber das war es auch wert.

Des weiteren bestellte Ann Marie graue Farbe für die Schindeln, Pflanzen und eine kleine Hundehütte für den Vorgarten, dazu einen altmodischen Spindelmäher und eine Laubharke. Dann kaufte sie für hundert Dollar einen viktorianischen Frisiertisch mit angebautem Hutständer. (Bis zu diesem Tag hatte sie nicht einmal gewusst, dass es so etwas gab, aber jetzt musste sie ihn einfach haben.) Sie bestellte einen Sessel, einen Esstisch, ein winziges Bügeleisen und einen münzgroßen elektrischen Mixer.

Als sie auf die Uhr am Computer blickte, erschrak sie: Eine Stunde war schon vergangen. Sie holte sich noch ein Glas Weißwein aus der Küche und setzte sich gleich wieder an den Computer.

Als Nächstes wählte sie die Stoffe für die Fenster aus, beschloss dann aber, sie am nächsten Tag persönlich im Laden zu kaufen, anstatt sie online zu bestellen. So konnte sie die Qualität überprüfen, bevor sie bezahlte.

Dann besuchte sie eine Website für Antiquitätennachbauten und erstand einen handgeschnitzten Schreibtisch, dazu zwei Zeitungen, die sie darauf platzieren wollte, und einen antiken Schirmständer.

Ann Marie stellte sich vor, wie der Hausherr nach einem langen Arbeitstag durch die Tür tritt. Sagen wir, ein Engländer mit Namen Reginald und einem schmalen Bärtchen über der Oberlippe. Am Eingang begrüßt ihn, wie jeden Abend, seine Frau (Evelyn?) in einem rosafarbenen Nachthemd mit rosigen Wangen und einem frechen Lächeln im Gesicht. Die Kinder liegen schon frisch gebadet im Bett, und das Abendessen steht auf dem Tisch.

Ann Marie wartete darauf, dass sich die Seite von *Winzig & Winzig* aufbaute. Dann bestellte sie eine kleine blecherne Keksdose mit Abbildungen der englischen Königin, eine gläserne Milchflasche, ein Dutzend tablettengroße Eier, einen Sack Mehl, einen Weidenkorb voll Keramikgemüse und eine winzige, geöffnete Pralinenschachtel, von deren Deckel ein grünes Geschenkband hing. Ein Geschenk Reginalds zum Hochzeitstag.

Wie schön das neue Haus werden würde! Ann Marie konnte es kaum erwarten. Es war albern, aber irgendwie fühlte sie sich beim Gedanken an das Haus auch selbst schöner. Sie wollte all das mit jemandem teilen, mit jemandem, der sie verstand. Plötzlich wusste sie, was sie gleich tun würde, und sie spürte schon die Schmetterlinge im Bauch. Sie gab die Adresse von Weiss, Black und Abrams in den Browser ein und klickte sich automatisch zu Steve Brewer durch. Aber dann tat sie etwas, das sie bisher noch nicht gemacht hatte: Sie klickte auf *Kontakt*.

Es öffnete sich ein neues Fenster, in das sie Folgendes schrieb:

Hey Steve! Ich muss Dir unbedingt was erzählen: Die *Life*, die Du mir geschickt hast, ist ein Glücksbringer. Habe gerade erfahren, dass ich *den* Puppenhauswettbewerb gewonnen habe. Über 5000 Konkurrenten, und ich habe gewonnen! Vielen Dank also, mein Lieber. Küsschen, Ann Marie

Pat kam um halb sieben nach Hause. Es war schon über eine Stunde vergangen, seit sie die E-Mail abgeschickt hatte, aber sie hatte immer noch nichts von Steve gehört.

Langsam wurde sie nervös. Hatte sie zu dick aufgetragen? Aber vielleicht hatte er auch einfach nur viel zu tun. Eine Besprechung vielleicht. Aber warum hatte sie es gleich so übertreiben müssen? Und, um Himmels willen: *Küsschen?* Was hatte sie sich dabei nur gedacht? Sie gab dem Chardonnay die Schuld an den *Küsschen*. Überhaupt war der Chardonnay an allem schuld.

Auf dem Weg zum Restaurant bemerkte Pat, sie sei heute aber ungewöhnlich schweigsam. Dann erzählte er, dass er Ralph Quinn, den Vater von Fionas Sandkastenfreundin Melody Quinn, bei der Post getroffen habe. Ralph habe erzählt, dass Melody verlobt sei. Musste Pat das jetzt an sie weitertragen? Das verbesserte ihre Laune nicht gerade, aber sie lächelte und versuchte, Pat eine angenehme Gesellschaft zu sein. Es war ja eine nette Idee von ihm gewesen, sie zum Essen auszuführen.

Sie blieb bei Wein und bestellte dazu ein Steak, und während Pat vom Geschäft redete, sprach sie innerlich hundert Ave Maria: Hoffentlich würde sie eine Nachricht von Steve finden, wenn sie nach Hause kam.

Die fand sie nicht.

Ann Marie konnte keinen klaren Gedanken fassen, außerdem war sie von dem Wein ganz benommen. Sie stellte sich vor, dass seine Frau Linda die E-Mail gelesen hatte und alles wusste. Was würde Linda unternehmen? Würde sie Pat anrufen? Oder erst so tun, als sei nichts gewesen, und Ann Marie dann beim nächsten Lesekreis vor der ganzen Nachbarschaft eine runterhauen? Pat und sie würden umziehen müssen.

Sie war schon drauf und dran, eine zweite E-Mail zu schicken, um die erste zu erklären, aber was konnte sie schon sagen? *Es war fünf Uhr nachmittags und ich war beschwipst. Und da hab ich mich nicht beherrschen können und Dir geschrieben?* Ja, das würde tatsächlich alles erklären.

Was war in letzter Zeit nur mit ihr los?

In dieser Nacht konnte sie nicht schlafen. Pats Schnarchen am anderen Ende des Flurs drang bis zu ihr, und sie wäre auf der Suche nach Trost fast zu ihm hinübergegangen. Stattdessen beschloss sie, ihre überschüssige Energie sinnvoll zu nutzen. Hier herumzuliegen brachte gar nichts, also ging sie in ihre kleine Werkstatt, schaltete das Licht an und packte leise die Dinge zusammen, die sie für Maine brauchte. Dann trug sie alles zum Auto und belud den Kofferraum. Unter anderem nahm sie zwei große Taschen voll Handtücher, Laken, Bänder und Polstermaterial mit. Albern, wenn man bedachte, dass sie von jedem nur ein winziges Stück brauchen würde, aber sie war lieber auf der sicheren Seite.

Dann holte sie zur Inspiration noch einen Stapel Puppenhauszeitschriften.

Sie musste noch drei weitere Male gehen und hoffte, dass die Nachbarn sie nicht dabei beobachteten, wie sie im Nachthemd eine Nähmaschine, eine Klebepistole und eine Schachtel voll winziger Farbtöpfe und Pinsel im Mondschein barfuß über die feuchte Wiese schleppte.

Als sie am nächsten Morgen das E-Mail-Programm öffnete, hatte Steve geantwortet: *Du bist unglaublich. Herzlichen Glückwunsch! Das müssen wir feiern. Vielleicht gleich am 1. Juli?*

Das war in zehn Tagen. Der Tag, an dem er mit seiner Frau in Maine ankommen würde. Seine E-Mail war nicht besonders romantisch, aber schließlich hatte sie ihm ja auch an die Arbeitsadresse geschrieben. Immerhin waren sie jetzt im Gespräch.

Du bist unglaublich. Das war doch was.

Sie schwor sich, nicht zu antworten. Aber dann tippte sie schon: *Ich freu mich drauf! Fahre heute nach Maine, um mich ein paar Wochen um meine Schwiegermutter zu kümmern.*

Es gab so viel zu tun, aber Ann Marie blieb noch lange vor dem Computer sitzen, falls er nochmal antwortete, und verfluchte sich dafür, keine Frage gestellt zu haben. So war er nicht gezwungen zu antworten, und das tat er auch nicht.

Sie würde sich gedulden müssen, Alice unterhalten, das Sommerhaus in Ordnung bringen und an ihrem Puppenhaus arbeiten. Mehr war in den nächsten vierzehn Tagen nicht zu erwarten.

Auf der Fahrt nach Maine hörte sie bei offenem Fenster einen Oldie-Radiosender. Sie streckte immer mal wieder die Hand aus dem Fenster, um sich den Wind durch die Finger blasen zu lassen. Es war ihr nicht leichtgefallen loszulassen und ihre Mutter, ihren Ehemann und die Enkel zurückzulassen. Aber Alice brauchte sie jetzt mehr. Sie hatte ja sonst niemanden.

Ann Marie hatte Angst, wie ihre Schwiegermutter, ihre Mutter oder überhaupt die meisten alten Frauen zu enden. Sie lebten nach dem Tod ihrer Ehemänner noch jahrelang, manchmal sogar jahrzehntelang weiter. Für Ann Marie war ein Leben ohne Pat unvorstellbar. Alleinsein war ihr nie gut bekommen.

Wenn man so viele Jahre wie sie mit Kindern verbracht hatte, nahm man Stille als unnatürlich wahr. Beim Autofahren stellte Ann Marie sich immer vor, was die Kinder sagen würden, wenn sie auf dem Rücksitz säßen. (Daniel Junior: »Mach das Radio lauter!« Fiona: »Umdrehen! Ich glaub, da hinten sitzt ein einsames Kätzchen im Gebüsch!« Ein vermeintliches Kätzchen, das sich schließlich natürlich immer als Eichhörnchen entpuppte.)

Sie fuhr auf der Innerstate 95. Der Gurt schnürte ihr den Bauch ab, aber sie weigerte sich, an sich herabzuschauen. Das war eine von Ann Maries Selbstschutzbestimmungen. In einem Tenniskleid sah sie noch akzeptabel aus. Aber der Anblick ihres Bauches beim Sitzen, verschlimmert durch einen engen Gurt, würde schmerzhaft sein.

Am Samstagabend war sie das letzte Mal zum Training gegangen. Raul scheuchte sie dreimal die Woche auf diese fiesen Fitnessgeräte, und sie schnaufte und keuchte und hätte schwören können, dass ihr Körper sich umformte. Aber dann sah sie ihren

Bauch im Spiegel und fragte sich, ob das Training überhaupt etwas brachte.

Jetzt richtete sie sich im Fahrersitz auf.

Bis vor drei Jahren war sie mit ihren Formen zufrieden gewesen. Ihre Figur hatte sich nach jeder Schwangerschaft erholt, und sie hatte auch nicht die Tendenz ihrer Mutter geerbt, mit jedem Jahr zuzulegen. Aber dann kamen die Wechseljahre. Ann Marie und ihre Schwester Tricia waren zwei Jahre auseinander, aber die hormonelle Umstellung setzte gleichzeitig ein. Es war ganz nett, sich mit jemandem darüber austauschen zu können, obwohl Ann Marie nicht gefiel, wie Tricia damit umging. Ihre Schwester hatte sich bei einem Online-Forum angemeldet und chattete den ganzen Tag zum Thema Hormone, Symptome und Hausmittel. Außerdem besorgte sie irgendwann für sich und Ann Marie Musicalkarten: *Heiße Zeiten – Die Wechseljahre-Revue*. Ann Marie war mitgegangen, um keine Spielverderberin zu sein. Es war auch ganz witzig gewesen, aber sie hatte danach das Gefühl gehabt, als müsse sie sich ein Schild umhängen: ICH HABE AUSGEDIENT!

Andererseits hatte ihr Körper ja schon längst dafür gesorgt, dass die ganze Welt das wusste. Ann Marie hatte ein Jahr lang mehrmals in der Woche Hitzewallungen gehabt. Manchmal hatte sie in der Drogerie gerade in der Schlange gestanden oder neben ihrem Mann in der Kirchenbank gekniet, als plötzlich eine Hitze in ihr aufgestiegen war und ihr Gesicht in Schweiß ausgebrochen war. Es war demütigend gewesen. Ihr Haar war dünner geworden, im Auto und im Badezimmer hatte sie ganze Knäuel gefunden. Ihr Körper meuterte, und das Schlimmste daran war, dass ihr Bauch wuchs und ihre Brüste zu schrumpfen schienen.

Zum Muttertag hatte Pat ihr die Stunden bei Raul geschenkt, und Ann Marie hätte am liebsten geheult oder ihn angebrüllt. Was war das denn bitte für ein Geschenk? Der Beweis dafür, dass sie tatsächlich furchtbar aussah, sollte ein Lächeln auf ihr Gesicht zaubern? Aber dann hatte sie doch gelächelt, denn sie wusste ja, dass Pat es gut meinte. Und das Training mit Raul, das Pat seitdem jährlich zum Muttertag verlängert hatte, war letztendlich doch ein Geschenk des Himmels. Wer weiß, wie sie ohne das aussehen würde?

Für Ann Marie war das Schlimmste an den Wechseljahren die Einsicht, dass sie endgültig keine Kinder mehr kriegen konnte. Als sie versuchte, das ihrer Schwester Tricia zu erklären, lachte die nur und sagte: »Ich wusste gar nicht, dass ihr noch auf ein viertes gewartet habt.«

Ann Marie war ja klar, dass es irrational war. Schließlich war sie schon Großmutter. Aber trotzdem: Es war so endgültig.

Seit dem Tag, an dem Daniel Junior geboren wurde, galt ihr erster Gedanke beim Aufwachen den Kindern, und sie waren auch das Letzte, woran sie vor dem Einschlafen dachte. Mutterschaft war der einzige ihr bekannte Beruf, in dem Erfolg bedeutete, dass man nicht mehr gebraucht wurde. Aber wer war sie, wenn nicht die Mutter von Daniel, Patty und Fiona Kelleher? Darüber hatte sie in letzter Zeit viel nachgedacht.

Sie fuhr genau an der Geschwindigkeitsgrenze, denn sie hatte die Polizisten nicht übersehen, die auf dem Randstreifen darauf lauerten, dass irgendein Trottel mit einem auswärtigen Nummernschild hier mit hundertdreißig vorbeikam. Ihre Cousins hatten schon oft dafür gesorgt, dass sie ihre Knöllchen nicht hatte bezahlen müssen, aber zu schnelles Fahren, fand Ann Marie, war etwas anderes. Sie wollte den Kindern auch kein schlechtes Vorbild sein.

Als sie bei der New Hampshire Mautstelle warten musste, wählte sie schnell Daniel Juniors Festnetz an.

»Wie geht's dir, Schatz?«, fragte sie fröhlich.

»Ganz gut«, sagte er.

»Und, hast du diese Woche schon Bewerbungen losgeschickt?«

»Nein.«

»Naja, ist ja auch erst Dienstag, stimmt's?«

»Stimmt.«

»Und bei Regina ist alles gut?«

»Ja, alles gut. Wir waren am Sonntag am Nantasket Beach und sind Karussell gefahren.«

»Oh, das klingt aber schön.«

»Regina war zum ersten Mal da. Und danach waren wir zum Hummer-Essen bei Castleman's.«

Oh, das klingt aber teuer, dachte Ann Marie. Aber sie sagte nur: »Schön. Wenn du schon mal da warst, bist du vielleicht auch zu St. Mary zum Gottesdienst gegangen?«

Er lachte: »Ach, Mama.«

»Naja, es ist einfach eine sehr schöne Kirche. Außerdem warst du doch noch nie da, du hättest also drei Wünsche frei gehabt.«

Wer sich wohl ausgedacht hatte, dass jedem, der eine fremde Kirche betrat, drei Wünsche erfüllt würden? Vermutlich irgendeine verzweifelte Mutter, deren Kind auf dem Parkplatz vor der Kirche herumschrie. Bei Ann Maries Kindern hatte der Trick immer gut funktioniert.

»Ich bin auf dem Weg nach Maine«, sagte sie. »Ich mache noch diese Woche die Verkostung im Cliff House und rufe Regina dann gleich an und gebe ihr ein paar Empfehlungen. Wenn ich die Auswahl ein bisschen einschränken kann, spart ihr das bestimmt eine Menge Zeit.«

»Super. Grüß Oma von mir und sag ihr, dass wir uns schon auf Juli freuen.«

»Das mache ich. Wann kommt ihr denn?«

»Wissen wir noch nicht genau.«

Sie lenkte den Mercedes an dem Mauthaus vorbei und gab Gas. Beim Beschleunigen zu telefonieren war gefährlich, und sie konnte nur hoffen, dass keines ihrer Kinder das tat.

»Schatz, ich muss Schluss machen«, sagte sie. »Eine Sache noch. Papa würde sich bestimmt freuen, wenn du diese Woche mit ihm essen gehst. Er ist gewiss ein bisschen einsam.«

»Du, das würde ich ja machen, aber ich bin total abgebrannt.«

Sie dachte an das Hummer-Essen.

»Ihr könnt auch zuhause bleiben. Ich hab deine Lieblings-speise gemacht.«

»Auflauf?«

»Ganz genau. Und im Kühlschrank ist noch Erdbeertorte von Sonntag. Und jede Menge Wein. Du kannst nach dem Essen gern ein, zwei Flaschen mitnehmen. Und lad doch auch Regina dazu ein. Die Hochzeitszeitschriften, von denen ich ihr erzählt habe, liegen im Büro auf dem Schreibtisch.«

»Okay, ich schau mal vorbei.«

Dann legte sie auf. Der Mann im Auto neben ihr hatte das markante Kinn und das struppige braune Haar von Steve Brewer.

Die nächste Dreiviertelstunde verbrachte sie damit, den E-Mail-Wechsel mit Steve zu analysieren.

Du bist unglaublich, hatte er geschrieben, und: *Das müssen wir feiern.*

Sie wünschte, er würde alleine nach Maine kommen. Dann könnte sie ihm ihr Herz ausschütten. Er würde dann nur verständnisvoll nicken und ihr versichern, dass sie alles ganz toll gemacht habe: die Kinder, ihre Figur, den Haushalt, das Puppen-haus. Einfach alles.

Sie überquerte die Brücke über den Piscataqua River, die New Hampshire mit Maine verband, und dachte an Pats Lieblingsspiel bei langen Autofahrten: Wer die Brücke als Erster sah, bekam einen Vierteldollar. Als die Kinder klein waren, hätte man glauben können, dieser Vierteldollar sei ein Hunderter, so sehr johlten und stritten sie, wer am Übelsten gemogelt hatte. (*Du kannst die Brücke noch gar nicht gesehen haben – wir sind ja noch in Boston!*)

Im letzten Sommer hatte Pat das Spiel mit den Enkeln spielen wollen. Foster hatte gefragt: »Und was kriege ich, wenn ich die Brücke als Erster sehe?«

»Einen Vierteldollar!«, antwortete Pat begeistert.

Im Rückspiegel konnte Ann Marie sehen, wie ihr zweijähriger Enkel sich vorbeugte: »Aber unter der Fußmatte liegen doch schon zwei«, sagte er. Dann vertieften er und seine Schwester Maisy sich wieder in ihre seltsamen elektronischen Spielgeräte und sprachen bis Cape Neddick kein Wort. Ann Marie hätte dankbar für die Ruhe sein sollen, aber sie wollte die Kinder lieber packen, ihre Köpfe nach oben drehen und in der richtigen Position fixieren. Waren schon die Kinder heutzutage zu beschäftigt, um aus dem Autofenster zu gucken und ein bisschen zu träumen?

Sie fuhr von der Autobahn ab und auf die Route 1, an der sich Tankstellen und Supermärkte aneinanderreihten und alle fünfhundert Meter eine Ampel stand. Fünf Minuten später war sie in Ogunquit und sah nur noch Souvenirläden und Cafés. Sie folgte der Straße Richtung Cape Neddick und fuhr bald an vertrauten Gebäuden vorbei und dann an der großen, verfallenen Scheune am Ende der Whipple Road. Sie blickte über das Meer, auf dem unter einem wolkenlosen Himmel Segelboote weiß in der Sonne leuchteten. Kein Ort auf der Welt lag ihr mehr am Herzen.

Auf der Briarwood Road ging sie aufs Gas. Es war kurz vor zehn, und Alice war vermutlich gerade erst in der Kirche angekommen. Es blieben Ann Marie also mindestens zwei Stunden, um sich im Sommerhaus einzurichten und für sich und Alice ein Mittagessen zu zaubern. Und wenn sie Glück hatte, konnte sie schon mal mit den Puppenhausvorhängen anfangen.

Ihr Wagen jagte den von Kiefern überschatteten Sandweg hinunter. Und dann war sie da, und das Sommerhaus stand wie ein alter Freund vor ihr. Daneben ragte der große Neubau, und dahinter lag der Strand so leer, als würde er nur auf sie warten. Sie stieg aus dem Mercedes und spürte überschwängliche Freude.

Ann Marie öffnete den Kofferraum und nahm die Puppenhausutensilien zuerst heraus. Die Nähmaschine unter einem Arm und die schwere Tasche mit den Stoffen am anderen hängend, sammelte sie die herausgefallenen Farbtöpfchen und Bänder zusammen und balancierte sie auf der prall gefüllten Tasche. Es waren ja nur ein paar Meter, da sollte sie gleich so viel wie möglich mitnehmen.

Sie drückte die Tür mit der Hüfte auf. Die war nie abgeschlossen. Dann stand sie auch schon im Flur und wurde von der vertrauten Mischung aus Meeresluft und dem moderigen Geruch des alten Hauses begrüßt.

Während sie ins Wohnzimmer ging, dachte sie, dass es eigentlich ganz nett war, mal alleine hier zu sein. In diesem Augenblick sah sie ihre Nichte. Sie saß in Unterhose und einem T-Shirt der Kenyon Volleyballmannschaft am Esstisch und hämmerte auf der Tastatur eines Notebooks herum. Sie sah pummeliger aus als sonst.

»Maggie«, sagte Ann Marie sanft, um sie nicht zu erschrecken, aber trotzdem schnappte das scheue Ding erschrocken nach Luft und griff sich an den Bauch.

»Oh Gott, hast du mich überrascht!«, sagte sie, stand auf und lächelte verlegen. Dann griff sie nach der auf dem Boden liegenden Jeans und zog sie schnell an.

»Ich hatte niemanden erwartet. Kann ich dir mit den Sachen da helfen?«, fragte Maggie. Dann sah sie genauer hin: »Was ist das eigentlich?«

Ann Marie ließ alles auf den Tisch fallen, auf dem sich schon Bücher und Zettel stapelten.

»Was machst du eigentlich noch hier, meine Liebe? Ich dachte, du bist schon seit dem vierzehnten wieder in New York.«

»Ich hatte es mir nochmal anders überlegt. Hat Oma dir nichts gesagt?«

»Nein. Das hat sie nicht.«

»Und du? Bringst du die Sachen da vorbei?«, fragte Maggie und zeigte auf die Materialien fürs Puppenhaus.

Ann Marie atmete tief durch. Maggie konnte nichts dafür. Es wäre gemein, es an ihr auszulassen.

»Ich hatte mit Alice verabredet, dass ich den Rest des Monats bei ihr verbringe, weil du und deine Mutter nicht hier sein könnt«, sagte sie.

»Aber ich habe ihr doch schon vor drei Wochen gesagt, dass

ich bis Ende Juni bleibe«, meinte Maggie. »Na, egal. Es ist ja Platz für alle da. Schön, dass du da bist.«

Ein höfliches Mädchen. Erstaunlich höflich, wenn man ihr Elternhaus bedachte. Aber Ann Marie war trotz Maggies Verhalten klar, dass ihre Nichte die Lage auch nicht gerade reizvoll fand.

»Stimmt, es ist Platz genug«, sagte Ann Marie.

»Ich helfe dir mit dem Gepäck«, bot Maggie an.

Während sie Ann Maries Koffer, den Einkauf und die Reinigungsprodukte ins Haus trugen, plauderten sie über dies und das.

»Wie geht's Pattys Kleinen?«, fragte Maggie. »Naja, so klein sind sie ja wahrscheinlich gar nicht mehr.«

»Ach, meine lieben Kleinen«, sagte Ann Marie. »Wusstest du, dass Foster Daniel Seniors Ohren hat? Ich zeig dir nachher mal Fotos.«

»Gute Idee«, sagte Maggie.

»Und der Kleine hat jetzt zweimal die Woche Schwimmunterricht.«

»Ach wirklich? Wie alt ist er denn?«

»Erst ein Jahr!«, sagte Ann Marie.

»Wow.«

»Aber das ist noch gar nichts. Maisy ist vier und geht schon seit über zwei Jahren zum Baseballtraining für Minis. Die wichtigsten Bewegungsabläufe kann sie schon, und im Herbst kommt sie in ein richtiges Team.«

Maggie hob die Brauen. »Ist das normal? Baseball für Zweijährige?«

»Tja, heutzutage ist für Kindheit keine Zeit.«

»Wie viel kostet denn sowas?«, fragte Maggie, und Ann Marie wunderte sich über die seltsame Frage.

»Ich weiß nicht so genau«, sagte sie. »Es wird schon bezahlbar sein. Josh bucht für die Kleine regelmäßig einen dieser Trainingsräume für Schlagmänner. Die gibt's jetzt auch für Kleinkinder. Der letzte Schrei unter Vätern.«

Plötzlich sah Maggie traurig aus. Hätte sie *Väter* nicht erwähnen sollen?

Das Mädchen tat Ann Marie leid. Wahrscheinlich hätte sie sich mehr um ihre Nichte kümmern sollen, als sie noch klein war. Wann immer sie konnte, hatte sie versucht, Maggie das Gefühl zu geben, etwas Besonderes zu sein, geliebt zu werden. Aber sie musste ja zuerst an ihre eigenen drei Kinder denken, und jedes Mal, wenn sie Maggie etwas Nettes geschenkt hatte oder zum Beispiel angeboten hatte, sie nach Disney World mitzunehmen, war Kathleen zur Furie geworden, und am Ende hatte Ann Marie es bereut, sich eingemischt zu haben.

»Wie geht's deiner Mama?«, fragte sie jetzt.

»Ganz gut.«

»Der Hof macht bestimmt viel Arbeit.«

»Sicher. Übrigens: Hast du vor ein paar Wochen den Artikel über die Freiwilligen des Friedenscorps in der *Times* gesehen?«

Ann Maries Muskeln spannten sich an: »Nein.«

»Ein ganz toller Bericht. Es ging vor allem um berühmte ehemalige Mitglieder, wohin es die jetzt verschlagen hat und so. Ich musste natürlich gleich an Fiona denken.«

»Wie nett von dir«, sagte Ann Marie.

»Vielleicht kann ich ihr den Artikel schicken.«

»Das wär sehr lieb. Es würde sie bestimmt interessieren.«

»Sie ist schon so lange weg.«

»Ja.«

»Und? Weiß sie schon, was sie als Nächstes machen will?«, fragte Maggie.

Ann Marie bemühte sich, sorglos zu klingen: »Als Mutter ist man grundsätzlich die Letzte, die etwas erfährt.« Jetzt hatte sie doch zu viel durchblicken lassen, aber Maggie sagte nichts dazu und lächelte nur.

Nachdem sie alles ins Haus getragen hatten, machte sich Maggie wieder am Computer an die Arbeit, und Ann Marie setzte sich mit ihren Puppenhauszeitschriften auf die Veranda. Sie wollte sich entspannen und den Blick genießen, aber sie wartete doch unruhig auf Alices Rückkehr, damit die ihr erkläre, was das mit Maggie sollte. Ann Marie und Alice telefonierten fast täglich. Wie konnte es sein, dass ihre Schwiegermutter nichts von Maggie erwähnt hatte? Plötzlich erschrak Ann Marie: War Alices Gedächtnis schon viel schlechter, als sie gedacht hatten? Vielleicht hatte sie einfach vergessen, dass Ann Marie kommen wollte.

Aber als Alice eine Stunde später ins Sommerhaus schneite, zerstob diese Möglichkeit augenblicklich. Alice trat auf die Veranda und schloss die Fliegengittertür hinter sich.

»Da bist du ja. Wie schön!«, rief sie. »Wie war die Fahrt?«

»Gut. Ich war nur ein bisschen überrascht, Maggie hier zu treffen.«

»Ach ja?«

»Ja. Und ich glaube, dass es ihr genauso ging. Warum hast du mir nicht gesagt, dass sie länger bleibt?«

»Wieso sollte ich?«, fragte Alice. »Wärst du dann nicht gekommen? Zu meiner Zeit hat man sich darüber gefreut, mit der Familie Zeit am Strand zu verbringen. Damals war einem das nicht lästig.«

»So habe ich es auch nicht gemeint«, sagte Ann Marie.

»Komm mal mit ums Haus«, sagte Alice. »Du musst unbedingt meinen Garten bewundern.«

Am Abend fuhren die drei zum Essen zu Barnacle Billy's. Während sie in der Schlange warteten, um am Tresen ihre Bestellung aufzugeben, sah Ann Marie sich das trübe Hummeraquarium an. Die armen Wesen konnten einem leid tun: Ihre Unterbringung hier war bestenfalls unerfreulich, und wenn sie endlich rauskamen, ging es schnurstracks in den Kochtopf. Sie selbst hatte unzählige Male lebende Hummer in kochendes Wasser fallen lassen, schnell den Deckel draufgemacht und feige daneben gestanden, während die Tiere im Topf noch ein bisschen herumklapperten und schließlich aufgaben. Manchmal hatte sie Daniel

Junior sogar erlaubt, einem der Hummer Messer und Gabel in die mit dicken Gummibändern zusammengeschnürten Scheren zu rammen. Dann setzte er sie auf den Fußboden und ließ sie ins Wohnzimmer wackeln, wo die Mädchen sie vor Vergnügen jauchzend begrüßten. »Heute isst der Hummer euch zum Abendessen«, hatte Daniel Junior dann seinen Schwestern gesagt, und Ann Marie hatte gelacht.

Es war ihr nie grausam erschienen, aber jetzt fand sie den Gedanken plötzlich unerträglich. Sie bestellte Muscheln.

Das Restaurant war voll junger Familien und Händchen haltender Paare. Sie nahmen einen Tisch am Fenster, einen der wenigen noch freien. Im Kamin prasselte ein Feuer und vor dem Fenster tanzten die Fischerboote im Hafen.

Als Maggie auf der Toilette war, sagte Alice zu Ann Marie: »Du bist sauer, ich weiß. Aber bitte lass das doch. Ich kann es nicht ertragen, wenn du mir böse bist.«

»Ich bin nicht sauer«, sagte Ann Marie.

»Natürlich bist du das.«

Ann Marie seufzte: »Bitte glaube mir, Mama: Ich bin nicht sauer. Es ist schon in Ordnung.«

»Es war nicht anständig von mir, es dir nicht zu sagen. Aber du kennst ja Kathleen und ihre Kinder: Als Maggie meinte, dass sie länger als geplant in Maine sein würde, war ich nicht sicher, ob es dabei bleiben würde.«

»Ist es aber.«

»Ja.«

Jetzt wurde Alices Ton schärfer: »Also jetzt hör mir aber mal zu: Ich habe dich nicht gebeten zu kommen. Wenn es dir so viele Umstände macht, dann fahr doch wieder nach Hause.«

Ann Marie fühlte sich wie ein getadeltes Schulkind. Sie hatte um herzukommen ihre gesamten Pläne über den Haufen geworfen, und jetzt sollte sie als undankbar dastehen?

»Es macht mir keine Mühe und ich würde gerne bleiben«, sagte sie um des lieben Friedens willen. »Es tut mir leid.«

Alice lächelte: »Dann wohnst du bei mir im Neubau. Im vorderen Schlafzimmer. Das hat von allen den schönsten Meerblick.«

»Das wäre schön«, sagte Ann Marie.

Dann kam Maggie zurück, und Alice rief die Kellnerin herbei und bestellte zwei Punsche.

»Dieses Mädchen hier entwickelt sich zu einer Spielverderberin, genau wie ihre Mutter«, sagte Alice und zeigte vorwurfsvoll auf Maggie. »Sie trinkt nicht mehr.«

Maggie hatte noch nie viel getrunken, und das war ja auch nicht erstaunlich. Es gab in jeder irischen Familie einen oder zwei, die sich so vor dem Alkoholismus fürchteten, dass sie ihm gar nicht erst eine Chance geben wollten. In Ann Maries Familie war es ihre Schwester Susan, die seit dem College höchstens mal ein Dünnbier trank.

»Ich achte in letzter Zeit einfach ein bisschen auf meine Gesundheit«, gab Maggie zurück. »Außerdem will ich für den Sommer ein bisschen abnehmen.«

Bei diesen Worten wurde Ann Marie unruhig. Sie wusste, was jetzt kommen würde.

»Gute Idee«, sagte Alice. »Deine Figur ist im Moment wirklich wenig erfreulich. Aber du bist ja noch jung. Die überflüssigen Pfunde wirst du mir nichts, dir nichts los.« Sie machte eine Pause. »Aber dafür sieht dein Haar zur Zeit besonders schön aus.«

»Danke«, sagte Maggie, wandte sich zu Ann Marie und verdrehte die Augen.

Dann wechselte Alice das Thema: »Ann Marie, hast du in den Nachrichten von dieser grässlichen Geschichte gehört? In Dorchester hat eine dieser üblen Banden einen schwarzer Jungen erschossen. Keine zwei Blocks von meinem Elternhaus. Was ist denn nur los mit diesen Schwarzen? Es scheint ja geradezu ihre Lieblingsbeschäftigung zu sein, sich gegenseitig umzulegen. Vielleicht ist das genetisch.«

»Oma!«, zischelte Maggie.

»Was denn? Es ist doch wahr.«

Maggie war perplex: »Das hat einen geschichtlichen Hintergrund, und der ergibt sich aus Jahrhunderten der Unterdrückung und des Leids.«

»Ach, ich bitte dich«, sagte Alice. »Glaubst du etwa, deine Vorfahren sind hier mit Kusshand aufgenommen worden? In jedem Geschäft Bostons hing ein Schild: IREN UNERWÜNSCHT. Wir wurden wie Hunde behandelt. Aber das hieß noch lange nicht, dass man die Hände in den Schoß legte und jammerte. Man half sich untereinander und arbeitete sich Stück für Stück hoch. Und genau das hätten die Schwarzen auch tun sollen.«

»Das kann man nicht vergleichen. Die Afroamerikaner sind verschleppt und auf Sklavenschiffen hierher gebracht worden. Unsere Vorfahren haben sich freiwillig auf den Weg gemacht.«

»Du nennst es freiwillig, wenn man im eigenen Land nichts mehr zu beißen hat und sich deshalb auf den Weg zu einem unbekannten Kontinent macht?«, sagte Alice. »Und hast du gerade ernsthaft die Iren mit den Schwarzen verglichen?«

»Oma, bitte sag doch nicht immer *die Schwarzen*«, sagte Maggie.

Alice sah ehrlich verwirrt aus: »Wie soll ich sie denn sonst nennen? Afroamerikaner? Oder wie wir sie in meiner Jugend genannt haben: Neger.«

Das Paar am Nachbartisch drehte sich nach ihnen um.

»Du sollst ihnen gar keine Bezeichnung geben«, sagte Maggie. »Können wir bitte das Thema wechseln?«

Alices Gesicht versteinerte. An ihrem Ausdruck war klar abzulesen, dass sie jetzt ihre dunkle Seite zeigen würde. Die Kellehers wussten einfach nicht, wie man mit Alices Launen umgehen musste.

Bevor ihre Schwiegermutter noch etwas sagen konnte, flüsterte Ann Marie schnell: »Kanadier. Nenn sie einfach Kanadier.«

Alice zog ein Gesicht, als hielte sie das für albern, war aber bereit, ihnen den Gefallen zu tun. »Also gut. Die Kanadier könnten sich etwas mehr Mühe geben. So besser?«

Maggie schüttelte den Kopf: »Naja.«

»Und warum betreiben die Kanadier keine Mundpflege?«, fragte Alice. »Ich habe da heute früh einen Bericht im Radio gehört. Und? Warum ist das so?«

»Keine Ahnung«, sagte Maggie, des Gesprächs überdrüssig.

»Ann Marie?«, frage Alice.

»Ich weiß es nicht, Mama.«

Ann Marie winkte die Kellnerin herbei und bestellte den nächsten Punsch, obwohl ihr Glas noch halbvoll war.

Vor dem Schlafengehen rief sie Pat vom Telefon in Alices Küche aus an. Sie war beschwipst und bemitleidete sich selbst. Ihr sagte ja nie jemand irgendetwas. Sie bemühte sich, es allen recht zu machen, aber was hatte sie davon?

Als sie Pat erzählte, dass Maggie noch da war, sagte er einfach: »Gut, dann komm doch wieder nach Hause.«

»Nein, ich bleibe«, sagte sie. »Es gibt hier eine Menge zu tun.«

Sie fühlte sich wie eine Gefangene und wusste gleichzeitig, dass sie überreagierte: Sie konnte ihre Sachen jederzeit packen und zurückfahren. Aber was würde sie dann in den nächsten zehn Tagen machen? Patty hatte für die Kinder jemand anderen gefunden, und um ihre Mutter kümmerten sich jetzt ihre Schwestern. Sie war erschreckend austauschbar. Außerdem würde das Puppenhaus samt Zubehör hierher geliefert werden.

»Wie du willst«, sagte Pat. »Aber ich vermisse dich. Das Haus ist so still, wenn du hier nicht herumwirbelst.«

Sie lächelte. »Und, was hast du heute gegessen?«

»Da muss ich die Aussage verweigern.«

»Patrick!« Hatte sie es doch gewusst. Er war bei McDonald's gewesen. Wenn sie da war, war Fast Food strengstens untersagt.

»Es wird nicht wieder vorkommen, ich verspreche es«, sagte er. »Verzeih mir, ich bin ein schwacher Mann.«

»Na gut«, sagte sie.

»Übrigens hat Daniel Junior sich gemeldet.«

»Ach ja?«

»Er hat gesagt, dass er seinen alten Herren vermisst und diese Woche vielleicht mal zum Abendessen vorbeischaut.«

Braver Junge. »Wie süß von ihm.«

»Ja, ich hab mich wirklich gefreut.«

»Ach, wie schön.«

Das Gespräch hatte ihre Stimmung verbessert. Ab morgen würde sie nur noch das Gute sehen. Im Bett sprach sie, wie immer, ein Nachtgebet, in das sie ihre Kinder und Enkel, ihre Mutter, Alice, Pat und die geliebten Menschen, die sie verloren hatte, einschloss. Dann sprach sie zusätzlich eines für Maggie, weil sie ihr so einsam vorkam. Sie stellte sich ihre Nichte allein im Haus nebenan vor und wäre am liebsten rübergegangen, um sie ins Bett zu bringen und ihr noch eine Gutenachtgeschichte zu erzählen. Stattdessen schloss sie die Augen und lauschte den Wellen draußen vor dem Fenster.

Die nächsten vier Tage vergingen mehr oder weniger angenehm. Sie ging zum Cliff House und machte sich für Regina Notizen zum Huhn (ausgezeichnet), Rind (ein bisschen zäh) und den Krabben (der absolute Favorit). Sie kochte viel und fror einiges ein, das sich ihre Schwiegermutter später im Sommer auftauen könnte. Sie ging am Strand joggen, half Alice im Garten und plauderte mit ihrer Nichte, die immer so erschöpft wirkte – wegen der Trennung, vermutete Ann Marie. Es war eine komische Konstellation, mit der Ann Marie überhaupt nicht gerechnet hatte, aber so war das Leben. Der Juni neigte sich schon dem Ende zu, und Maggie würde bald nach New York zurückfahren. Und dann wäre Pat auch schon da. Und Steve Brewer.

Am Morgen des fünften Tages schrak Ann Marie aus dem Schlaf hoch. Von unten kam das Geräusch des Küchenabfallzerkleinerers und Alices Stimme, die im Erdgeschoss mit jemandem zu sprechen schien. Es war sechs Uhr dreißig.

Alice klang hellwach und fröhlich.

»Ja, genau das meine ich«, hörte Ann Marie sie sagen. »Vielleicht hat einer der Kleinen eine Murmel reingeschmissen.«

»Eine Murmel?«, fragte eine Männerstimme belustigt.

Ann Marie setzte sich kerzengerade auf und spitzte die Ohren. Wer war das? Ihr Herz raste. Vielleicht hatte Alice ahnungslos einen Psychopathen ins Haus gelassen, der sich als Klempner verkleidet hatte. Jetzt würde er sie und Alice mit der Rohrzange erschlagen und sich mit dem Schmuck davonmachen.

Sie zog sich den Bademantel über und ging hinunter.

»Mama?«, sagte sie zu Alices Rücken. Ihre Schwiegermutter und der Mann drehten sich erschrocken um. Sie sahen aus wie zwei Jugendliche, die man beim Knutschen erwischt hat.

»Guten Morgen, meine Liebe«, rief Alice beschwingt. Sie trug eine schwarze Caprihose, flache Lederschuhe und einen kurzärmeligen roten Pullover, den Ann Marie mit ihr vor ein paar Monaten im Ausverkauf bei Eileen Fischer erstanden hatte. Sie hatte sich sorgfältig geschminkt.

»Du erinnerst dich an Pfarrer Donnelly?«

»Aber natürlich«, sagte Ann Marie und zwang sich zu einem Lächeln. Da stand er, abgesehen von dem Kollar ganz in Schwarz, und sah wie ein Zwölfjähriger aus. Das war eines der vielen Dinge, die sie am Altwerden irritierten: Es konnte tatsächlich vorkommen, dass sie einem Priester begegnete, der ihr Sohn sein könnte.

»Wie geht es Ihnen, Herr Pfarrer?«

»Ausgezeichnet, vielen Dank. Wir haben Sie doch nicht geweckt?«

»Nein, nein«, sagte sie und ging zur Kaffeemaschine.

»Ich hatte Ihrer Schwiegermutter versprochen, mir mal diese Spüle anzuschauen«, sagte er. »Um neun Uhr ist Messe, und wir dachten uns: Je früher, desto besser.«

»Er ist handwerklich äußerst geschickt«, sagte Alice strahlend.

Ann Marie nickte: »Ach tatsächlich? Das ist aber wirklich nicht nötig. Pat bringt das schon in Ordnung. Er ist ja in ein paar Tagen hier.«

»Das ist überhaupt kein Problem«, sagte Pfarrer Donnelly. »Es ist doch wirklich das Mindeste.«

Früher hatte Ann Maries Mutter den jeweiligen Gemeindepfarrer einmal im Monat zum Sonntagsessen eingeladen. Dann gab es einen großen Braten mit Stampfkartoffeln und zum Nachtisch Ananastorte. Ann Marie hatte diese Tradition viele Jahre lang weitergeführt. Sie kannte viele Frauen, die sich um Priester kümmerten und ihnen die Wärme boten, die ein verheirateter Mann normalerweise von seiner Frau bekam. Aber wer, wenn nicht Alice, brachte es fertig, den Spieß umzudrehen und einen Pfarrer für sich arbeiten zu lassen?

Die beiden machten sich schon bald auf den Weg zur Kirche, und Ann Marie fiel auf, dass Alice ihr Auto stehen ließ. Stand Pfarrer Donnelly etwa auch als Chauffeur zur Verfügung?

Als sie gegangen waren, machte Ann Marie sich an die Küche, scheuerte die Arbeitsflächen und wischte den Fußboden. Dann machte sie aus einem Brathähnchen, das sie am Abend zuvor im Tiefkühler gefunden hatte und von dem kaum ein Bissen fehlte, einen Geflügelsalat (Alice kochte nach wie vor für eine Großfamilie, aber aß wie ein Spatz. Ann Marie kannte das gut, aber sie saß mit Pat wenigstens zu zweit am Tisch, und das war nicht ganz so betrüblich.)

Nachdem sie geduscht und sich angezogen hatte, richtete sie sich am Küchentisch ein. Sie zog ein großes weißes Handtuch und ein dünnes hellrosa Seidenband aus einer der Taschen, schnitt ein halbes Dutzend winziger Waschlappen und Handtücher zurecht und umsäumte sie von Hand. Irgendwann kam Maggie vorbei und sie frühstückten zusammen: Toast mit Blaubeermarmelade von einem Bauern aus der Gegend. Ann Marie erzählte von dem Puppenhauswettbewerb, und Maggie berichtete von ihrem Roman. Ihren Freund erwähnte sie nicht, also fragte Ann Marie auch nicht nach ihm. Sie wollte nicht neugierig wirken. Aber insgeheim dachte sie, dass sie in Maggies Alter schon drei Kinder gehabt hatte. Was würde nur aus ihrer Nichte werden?

»Weißt du was?«, sagte Maggie. »Ich glaube, das ist das allererste Mal, dass wir zwei alleine sind.«

Ann Marie dachte an die Silvesterfeier, als die Kinder noch klein waren. Kathleen war mit Paul, Clare mit ihrem damaligen Freund zu Pat und ihr gekommen, außerdem waren Ann Maries zwei Schwestern mit ihren Ehemännern da. Sie hatten, wie immer zu Silvester, chinesisch gegessen. Bald waren die meisten sturzbesoffen, aber keiner so sehr wie Kathleen. Sie hatte so viel Gin runtergestürzt, dass sie schon um zehn Uhr auf dem Wohnzimmersofa einschlief. Ann Marie war die Einzige, die nicht viel getrunken hatte, über den Abend verteilt höchstens zwei Gläser Champagner. Gegen elf hörte sie einen dumpfen Aufprall und rannte, Maggies Geschrei folgend, nach oben in Pattys Zimmer. Die Mädchen hatten sich mit den Jungs eine Kissenschlacht geliefert, und Maggie, damals erst fünf, war vom oberen Teil des Stockbetts gefallen.

»Ist doch gar nichts passiert«, sagte Paul lachend. »Meine Tochter ist hart im Nehmen.«

Da Maggies Eltern offensichtlich nicht mehr zurechnungsfähig waren, brachte Ann Marie das Kind ins Krankenhaus. Und es war auch Ann Marie, die Maggie in den Armen hielt, als sich Patienten und Mitarbeiter im Stationszimmer versammelten und die Sekunden bis Mitternacht herunterzählten. Es war Ann Marie, die Maggie am Fenster Geschichten erzählte, um sie von dem nicht abreißenden Strom Betrunkener abzulenken, die eingeliefert wurden.

Sie warteten vier Stunden. Am Ende diagnostizierte der Arzt eine üble Handgelenkszerrung, die gekühlt werden musste.

»Also sie gleich ins Krankenhaus zu bringen war doch wirklich ein bisschen übertrieben«, kommentierte Kathleen am nächsten Morgen provokativ. In diesem Augenblick hätte Ann Marie Maggie und Christopher am liebsten zu sich genommen und dieser Frau für immer entzogen.

Aber daran erinnerte sie ihre Nichte jetzt nicht. Es war gut, dass sie es vergessen hatte. Ann Marie sagte nur: »Wie schön jedenfalls, jetzt ein bisschen Zeit mit dir zu haben, Süße«, und beließ es dabei.

Kurz darauf ging Maggie zum alten Sommerhaus zurück, um sich nochmal hinzulegen. Dabei war sie doch gerade erst aufgestanden. Ann Marie machte sich Sorgen. Sie sagte: »Ruh dich nur aus. Ich hole dich dann nachher zum Mittagessen.«

Vielleicht würde sie am Nachmittag versuchen, mit Maggie zu reden und herauszufinden, was ihr auf der Seele lag. Dafür war ein Strandspaziergang genau das Richtige. Sie könnte Maggie auch zum Antiquitätenhändler in Kennebunkport mitnehmen und sie mit einem Geschenk für die Wohnung aufmuntern. Das hatte sie vor der Hochzeit auch mit Patty gemacht.

Pfarrer Donnelly brachte Alice gegen Mittag zurück und war leicht davon zu überzeugen, zum Mittagessen zu bleiben, obwohl er um zwei Uhr einen Termin hatte.

»Es ist fast fertig«, sagte Ann Marie. »Haben Sie fünfzehn Minuten?«

Alice ging in den Vorgarten, um für den Tisch ein paar Taglilien zu pflücken, und Pfarrer Donnelly sagte, dass er es nochmal mit dem Abfallzerkleinerer versuchen würde. Ann Marie entschied, zum Geflügelsalat die Croissants zu servieren, die sie vor zwei Tagen im Supermarkt gekauft hatte. Sie schnitt die acht Croissants auf und legte sie auf ein Backpapier in den warmen Ofen.

»Sie sind viel zu gut zu uns«, sagte sie zu dem Pfarrer, während sie eine Tomate in Scheiben schnitt. »Es ist wirklich nicht nötig, dass Sie sich hier um alles kümmern. Alice ist ja nicht allein.«

»Ich mache das wirklich gern«, sagte er. »Es macht mir Spaß. Und ein bisschen Hilfe hier und da ist doch wirklich das Allermindeste, wenn man bedenkt, was Alice für uns getan hat.«

Er kroch unter der Spüle herum, während Ann Marie die Tomatenscheiben auf einen Teller legte und sich eine rote Zwiebel vornahm. Seine Worte gingen ihr durch den Kopf. Hatte er so etwas Ähnliches nicht schon einmal gesagt?

Schließlich fragte sie: »Was genau meinen Sie damit?«

»Sie können sich gar nicht vorstellen, was die Großzügigkeit Ihrer Familie für die Gemeinde bedeutet«, sagte er. »Sie sichern unsere Zukunft, und das ist heutzutage ein großes Geschenk.«

Ann Marie lächelte. Wovon redete er nur? Hatte Alice St. Michael eine größere Geldspende gemacht? Der Gedanke gefiel ihr nicht, und sie fragte sich, ob Pat wohl davon wusste. Als sie einen Krug vom obersten Regal in der Speisekammer nahm, fiel ihr auf, dass hier viel weniger Geschirr stand, als sie in Erinnerung hatte. Wie schön, dass Alice endlich ihrem Rat gefolgt war und ein bisschen ausgemistet hatte.

Ann Marie nahm eine Eiswürfelschale aus dem Eisfach, schlug sie auf die Arbeitsfläche und ließ die Hälfte der Eiswürfel in den Krug plumpsen. Dann stellte sie ihn in die Spüle.

»Kann ich das Wasser kurz anmachen?«, fragte sie.

»Ja, kein Problem.« Der Pfarrer kam unter der Spüle hervorgekrochen und stand auf. »Leider fehlt mir das Ersatzteil. Aber vielleicht haben sie es im Baumarkt in York am Lager. Ich könnte nach meinem Termin nochmal wiederkommen.«

Drei Besuche an einem Tag? Ann Marie schickte ein stilles Stoßgebet gen Himmel, dass Alice nicht das Erbe der Enkel verschenkt haben möge.

»Woher haben Sie nur Ihr handwerkliches Geschick?«, fragte sie, füllte den Krug und stellte ihn zwischen den Teller mit den Tomaten und Zwiebeln und die Schüssel mit dem Geflügelsalat. Dann nahm sie die Croissants aus dem Ofen.

»Das lernt man schnell, wenn man in einem Pfarrhaus wohnt, dessen ehemaliger Bewohner, wenn es durchs Dach regnete, zum Baumarkt gefahren ist, um mehr Eimer zu kaufen.«

Ann Marie zwang sich zu einem Lachen.

»Sie können sich vorstellen, was für eine Verbesserung der Umzug in dieses Haus für uns bedeutet.«

Plötzlich raste Ann Maries Herz: »Wie bitte?«

Ihr kam eine unglaubliche Idee: Hatte der Pfarrer etwa ein Verhältnis mit Alice? Das wäre nun wirklich unerträglich. Aber nein. Ihre Schwiegermutter flirtete zwar gern, aber sie war nie körperlich geworden.

Der Pfarrer wurde rot: »Ich muss mich entschuldigen. Das hätte ich nicht sagen sollen. Wir hoffen natürlich – nein, wir wissen – dass wir bis dahin noch viele schöne Jahre mit Alice haben. Aber allein im Testament bedacht worden zu sein, ist für uns schon ein großes Geschenk. Ich wollte damit nur zum Ausdruck bringen, wie großzügig Ihre Familie ist und wie dankbar wir Ihnen sind.«

»Gern geschehen«, sagte Ann Marie und dachte angestrengt nach. »Sie meinen also –«

Alice hatte doch nicht etwa ihr Zuhause weggeben? Sie durfte sich ihre Verwirrung jetzt nicht anmerken lassen, aber der Pfarrer musste ihren erschrockenen Gesichtsausdruck bemerkt haben.

Er hob eine Augenbraue: »Sie hören das jetzt hoffentlich nicht zum ersten Mal.«

Haltung, dachte sie. Manchmal half die Konzentration auf ein einziges Wort. *Haltung*.

»Ist schon gut«, sagte sie. »Ich bin sicher, dass –«, aber dann fehlten ihr die Worte.

»Es tut mir leid«, stammelte er. »Alice wollte es Ihnen bestimmt persönlich sagen. Ich muss das durcheinandergebracht haben. Ich dachte, dass es eine Entscheidung der ganzen Familie gewesen sei.«

Sie setzte ein verkrampftes Lächeln auf. »Beruhigen Sie sich«, sagte sie. »Alles kein Problem.«

Ann Marie bekam keine Luft mehr. Sie musste hier weg. Sie musste mit Pat sprechen.

»Geflügelsalat!«, sagte sie lauter als vorgesehen. »Da muss doch Chilipulver dazu.«

»Chilipulver?«

»Aber natürlich! Schauen Sie sich nur dieses fade Etwas an. Normalerweise mache ich Weintrauben rein, aber ich hab keine. Chilipulver ist die Idee! Ich muss zum alten Sommerhaus rüber. Ich glaube, da steht welches. Sowas steht da immer irgendwo rum. Also dann.«

Bevor er reagieren konnte, war sie schon durch die Tür und ging schnurstracks auf ihren Mercedes zu, den einzigen Ort, an dem sie vernünftigen Empfang hatte.

Ihre Wut überraschte sie selbst. Sie dachte an das viele Geld, das sie der Neubau gekostet hatte, an die hohen laufenden Kosten, an die vielen Wintertage, an denen ihr Mann extra hergefahren war, um das Verandadach freizuschaufeln, an die vielen Stunden, die sie beide dem Haus gewidmet hatten, und die unzähligen Male, die sie sich auf die Zunge gebissen hatte, um Frieden zu wahren. Und so wollte ihre Schwiegermutter sie nun belohnen?

Gott gibt uns nicht größere Aufgaben, als wir bewältigen können, rief sie sich in Erinnerung. Trotzdem fühlte sie sich einem Nervenzusammenbruch nahe.

Sie rief Pat auf dem Handy an, anstatt es bei der Arbeit zu versuchen. Sie war zu verstört, um mit der Sekretärin Höflichkeiten auszutauschen. Als er ranging, erzählte sie ihm alles in einem Atemzug.

»Du musst ihn missverstanden haben. Das würde meine Mutter nie tun«, sagte Pat, aber Ann Marie erkannte an seinem Ton, dass sich in seinem Kopf schon alles drehte. Genau so etwas würde Alice tun, und das wussten sie beide.

»Verdammt«, rief er plötzlich, und sie erschrak. »Ich komme gleich nach der Arbeit hoch, dann bringen wir sie zur Vernunft.«

Sie nickte: »Gut. Oh, aber Maggie ist auch hier.«

»Na und?«

Ann Marie senkte die Stimme, als könnte sie hier draußen im Auto irgendjemand hören: »Willst du das wirklich in Maggies Gegenwart besprechen?«

Maggie würde unter Garantie Kathleen davon berichten, aber sie konnten die Einmischung seiner Schwestern jetzt wirklich nicht gebrauchen. Die Situation war schon haarig genug.

»Maggie ist in vier Tagen weg, und dann kommst du her«, sagte Ann Marie. »Sollten wir nicht abwarten und dann mit Alice sprechen?«

»Okay«, willigte er ein. »Vielleicht ist es auch besser, darüber zu schlafen und ein paarmal tief durchzuatmen. Ich frage mich nur, ob sie es wirklich ernst gemeint hat, als sie ihm das versprochen hat. Vielleicht hat sie ja noch gar nichts unterschrieben. Ich sprech mal mit Jim Lowenthal über die rechtliche Lage.«

Der Anwalt. Ann Marie kamen die Tränen. Sie wusste einfach nicht, wie sie die nächsten Tage überstehen sollte, und schon gar nicht die Mittagessen mit Alice und diesem grässlichen Pfaffen. Was für ein Glück, dass Maggie da war. In ihrer Gegenwart war es weniger wahrscheinlich, dass Ann Marie etwas sagte, das sie später bereuen würde.

Als könne er ihre Gedanken lesen, sagte Pat: »Willst du nicht doch nach Hause kommen, und wir fahren am ersten zusammen wieder hin?«

Wenn sie nicht auf die Lieferung ihres Puppenhauses hätte warten müssen, hätte sie vielleicht zugestimmt, aber so konnte sie hier nicht weg.

Sie versuchte, positiv zu klingen: »Nein, es wird schon gehen. Weißt du, ich begreife einfach nicht, wie deine Mutter uns das antun kann.«

Kaum waren die Worte ausgesprochen, war Ann Marie klar, dass es sich nicht lohnte, darüber nachzudenken. Die Kellehers waren eben einfach verrückt.

Und plötzlich wollte Ann Marie auch durchdrehen. Sie hatte das starke Bedürfnis, etwas Böses zu tun, und erinnerte sich daran, wie ihr Bruder als kleiner Junge vor anderer Leute Hauseingängen Hundehaufen zur Explosion gebracht hatte, und daran, wie er jede einzelne Tulpe in Nachbars Vorgarten geköpft hatte.

Sie wollte sagen, dass seine Familie sie noch ins Grab bringen würde, aber sie musste auch an Pats Gefühle denken, also schwieg sie vorläufig.

Kathleen

Acht Kilometer vor Cape Neddick hielt Kathleen an einer Tankstelle, um Zigaretten zu kaufen. Auf der Fahrt vom Flughafen hierher hatte sie sich schon durch eine Packung Marlboro Gold und zwei Snickers gearbeitet.

Das letzte Mal hatte sie mit siebzehn geraucht, und auch da nur ein- oder zweimal. Arlo wäre entsetzt, aber der Glückliche war ja zuhause in Kalifornien. Er war schlau genug gewesen, gar nicht erst Kinder zu produzieren, und würde nie wissen, wie es ist, wenn man fast umkommt vor Sorge um jemanden, der seine eigenen Entscheidungen treffen kann. Das machte Kathleen unfairerweise ungeheuer sauer auf Arlo. Im Augenblick war sie auf eine ganze Menge Leute sauer. Auf Maggie, weil sie ihr diesen Schock per E-Mail zugemutet hatte. Auf Arlo, weil er so tat, als wäre es keine Tragödie. Auf Gabe, der natürlich für dieses Desaster verantwortlich war. Und am allermeisten auf das ganze Kellehergesocks, weil die es immer wieder fertigbrachten, sie in ihre alten Verhaltensmuster zu jagen und daran zu erinnern, dass sie unter der Oberfläche kalifornischer Gelassenheit und den vorgeschützten Mantras der Anonymen nach wie vor das wütende Mädchen war, das sich nicht im Griff hatte.

Unter diesen Umständen war Rauchen noch gar nichts.

Kathleen fuhr langsam, versuchte sich zu entspannen und rief sich in Erinnerung, dass das Leben chaotisch war und Konflikt unvermeidlich. Das hieß aber nicht, dass man gleich zusammenbrach.

Nachdem sie vor fünf Tagen Maggies E-Mail gelesen hatte, hatte sie wie versteinert dagesessen. Seit Maggie nach New York gezogen war, hatte Kathleen sich ununterbrochen um die Sicherheit ihrer Tochter gesorgt, hatte Angst vor Handtaschendieben,

Lustmördern und den vielen Krankheiten gehabt, die auch junge Menschen mir nichts, dir nichts zur Strecke bringen konnten. Aber auf diese Idee war sie nicht gekommen. Maggie war doch so verantwortungsvoll. Verdammt, Maggie hatte *ihr* doch gesagt, dass sie die Pille nehmen sollte, und da war Maggie gerade mal dreizehn gewesen und noch weit davon entfernt, selbst verhüten zu müssen.

Irgendwann hatte Kathleen dann nach Arlo gerufen, der im Wohnzimmer saß. Zuerst leise, dann immer lauter. Als er die Treppe hochkam, schrie sie schon hysterisch. Dann zeigte sie ihm die E-Mail. Er pfiff nur und sagte: »Mannomann!«

»Ich muss zu ihr«, sagte sie.

»Also die E-Mail klingt aber, als würde sie sich wünschen, dass du es erstmal sacken lässt. Sie kennt dich ziemlich gut.« Er lächelte sie liebevoll an.

»Wie kannst du nur so verdammt ruhig bleiben?«, fauchte sie ihn an. Dann atmete sie tief durch.

»Weil es nicht das Ende der Welt ist«, sagte er und massierte ihr die Schultern. »Ein Baby ist auf dem Weg, Kathleen.«

Sie schüttelte seine Hände ab.

»Ich muss zu ihr. Ich muss sie zur Vernunft bringen.«

»Und was genau soll das heißen?«

Sie überlegte, was es für Möglichkeiten gab. Leider war keine besonders angenehm. Eigentlich müsste Maggie abtreiben, aber das würde ihre Tochter wahrscheinlich nicht durchstehen. Freigabe zur Adoption war vermutlich die bessere Lösung. Joni Mitchell hatte es auch getan und sich doch ganz gut davon erholt. *I bore her, but I could not raise her – Ich gebar sie, aber ich konnte sie nicht großziehen*. War das nicht der Liedtext?

Aber ob ihre Tochter damit klarkommen würde, dieses Kind monatelang in sich zu tragen, um dann für immer Abschied zu nehmen?

»Ich weiß doch auch nicht. Herrgott nochmal, warum musste das passieren?«, sagte sie. »Was erwartet sie denn jetzt von mir?«

»Ich glaube, sie wollte nur, dass du es weißt und dass du ihr zur Seite stehst«, sagte Arlo.

»Ich bin ihre Mutter. Niemand kennt sie so gut wie ich«, sagte sie.

»Ja und?«

»Und gar nichts.«

Arlo legte die Stirn in Falten: »Ach Kath, ich wünschte, wir könnten sie finanziell unterstützen.«

Sie dachte an die Zwanzigtausend, die sie für die Kompostanlage beiseitegelegt hatte, aber das war für sie und Arlo bestimmt. Sie brauchten es für das Geschäft. Trotzdem fühlte Kathleen sich schlecht, weil sie es nicht hergeben wollte.

Am selben Abend gingen sie zu einem Treffen der Anonymen, und eine wasserstoffblonde Frau mit grauer Gesichtsfarbe erzählte, dass sie einmal so besoffen gewesen sei, dass sie ihre Kinder eines Augustnachmittags stundenlang im Auto eingeschlossen habe.

»Ich hab sie einfach vergessen«, sagte sie. »Eines Tages werden sie mich hassen, das weiß ich ganz genau. Ich hätte nie gedacht, dass ich zu so etwas fähig bin.«

Arlo hatte Kathleens Hand gehalten, und sie hatte sich daran festgekrallt. Mutterschaft konnte einen verändern, bis man sich selbst nicht wiedererkannte. Was, wenn Maggie aus Verzweiflung zu Gabe zurückging? Und wenn sie nicht zu ihm zurückging, wie würde sie dann alleine im kalten, erbarmungslosen New York zurechtkommen? Eine Möglichkeit war schlimmer als die andere. Kathleen wusste ja, dass es Maggies Leben war und Maggies Entscheidung, aber sie konnte das einfach nicht akzeptieren.

Als Kathleen Paul Doyle erzählt hatte, dass sie schwanger war, hatte er ratlos ausgesehen, aber dann hatte er gesagt: »Dann heiraten wir eben! Das hatten wir doch sowieso vor.« *Hatten wir das?*, erinnerte sie sich in dem Moment gedacht zu haben, bevor die Erleichterung einsetzte.

Kathleen erinnerte sich an die Einsamkeit als alleinerziehende

Mutter nach der Scheidung. Das war die schlimmste Zeit gewesen.

Dann kam ihr eine Idee: Maggie würde bei ihnen einziehen. Sie würden ihr mit dem Baby helfen, und das Kleine würde in der Natur spielen, im Schoß einer liebevollen Familie aufwachsen und das gesündeste Gemüse der Welt essen.

Nach dem Treffen erzählte sie Arlo auf dem Parkplatz von ihrer Idee.

»Wärst du damit einverstanden?«

Seine Augen weiteten sich, als traue er seinen Ohren nicht: »Aber natürlich!«

In diesem Augenblick liebte Kathleen ihn mehr denn je. Dann weinte sie.

»Was ist denn los?«, fragte er.

»Dann ist es aus«, sagte sie, »mit unserer Zweisamkeit. Kein Nackt-durchs-Haus-Laufen mehr, keine Privatsphäre. Ich kann es nicht fassen. Warum musste es so kommen?«

Er legte den Kopf auf die Seite: »Man könnte fast denken, einer von uns läge im Sterben. Sieh doch mal das Gute: Da ist ein kleines Kind auf dem Weg!«

»Okay«, sagte sie. Und dann entschlossener: »Okay.«

Sie verwarf den Gedanken, dass Arlo wieder zu Drogen gegriffen haben musste, die die Wahrnehmung beeinflussten. Nein, das hatte er nicht nötig. Er war einfach ein guter Mensch und hatte noch keine Ahnung, was es bedeutete, ein Kleinkind im Haus zu haben, das zu jeder Tages- und Nachtzeit brüllte.

Sie hatte sich überlegt, sich mit Maggie in irgendeinem Hotel in der Nähe des Sommerhauses zu treffen. Sie würde ihr eine Taxifahrt bezahlen. Dann konnten sie reden, so lange sie wollten, ohne dass Alice sich einmischte.

Aber ihre Anrufe auf Maggies Handy waren tagelang unbeantwortet geblieben. Auf Maggies E-Mail hatte sie mit den Worten *RUF MICH AN!!!* im Betreff geantwortet, aber Maggie hatte sich nicht gemeldet. Also hatte Kathleen einen überteuerten Flug nach Boston gebucht, dort ein Auto gemietet und war Richtung Norden losgefahren, ohne dass ihre Tochter oder ihre Mutter etwas davon wussten. Tja, und da saß sie nun, ein Nervenbündel im Auto auf der Briarwood Road.

Es war früher Nachmittag. Also war Alice schon von der Kirche zurück und wahrscheinlich mit dem letzten Viertel der zweiten Weinflasche beschäftigt. Kathleen hoffte, dass sie Maggie alleine erwischen würde, um sofort mit ihr sprechen zu können.

Als sie sich den Häusern näherte, sah sie drei Autos in der Einfahrt stehen: Alices und zwei weitere. Dann erkannte sie den blauen Mercedes.

»Scheiße, Scheiße, Scheiße.« Sie bog um die letzte Kurve und wäre am liebsten mit Vollgas in den Mercedes gefahren.

Vielleicht war Pat nur kurz hier, um irgendwas zu reparieren, und war bald wieder weg. Das konnte sie nur hoffen.

Kathleen zog den Schlüssel aus dem Zündschloss, atmete mehrmals tief durch und stieg aus. Als Erstes nahm sie den Geruch des Meeres wahr und wurde einen Augenblick lang ganz ruhig. Aber dann flog die Fahrertür des Mercedes auf und Ann Marie stieg aus. Was denn, hatte ihre Schwägerin etwa im Auto auf der Lauer gelegen? Sie roch den Feind wohl schon aus einer Entfernung von hundert Metern.

Ann Marie kam auf sie zu.

»Kathleen!«, sagte sie gezwungen freundlich. »Was für eine Überraschung.«

Ann Marie sah verheult aus. *Was zum Teufel hatte sie hier zu suchen?* Kathleen ahnte nichts Gutes.

»Ganz meinerseits«, sagte sie. »Bist du mit Pat für den Nachmittag hier, oder wie?«

»Nein, nein. Ich kümmere mich für ein paar Wochen um Alice«, antwortete Ann Marie. »Bin schon vor ein paar Tagen angekommen.«

Was die sich wieder herausnahm! Erst schreiben sie allen für ihr gemeinsames Zuhause einen Zeitplan vor, und dann halten sie sich selber nicht dran. Aber natürlich galten die Regeln nicht für den König und seine Königin, sondern nur für ihre Untertanen.

»In meinem Monat?«, sagte Kathleen in einem scherzhaften Ton und hoffte, dass Ann Marie begriff, dass es kein Scherz war. »Ich kann mich nicht erinnern, um Erlaubnis gebeten worden zu sein.« Sie lächelte. »Nein, nein. Alles nur Spaß.«

»Tja, also eigentlich habe ich dir sehr wohl gesagt, dass es mir Sorgen bereitet, Alice hier oben alleine zu lassen«, sagte Ann Marie. »Und mir hat keiner mitgeteilt, dass Maggie doch länger bleibt.«

»Ach wirklich?«, sagte Kathleen. »Dabei funktioniert die Kommunikation in unserer Familie doch sonst so einwandfrei.«

Das war kein guter Anfang, das wusste Kathleen. *Gott gebe mir die Gelassenheit, Dinge hinzunehmen, die ich nicht ändern kann. Verdammt, Gott gebe mir die Kraft.*

Kathleen versuchte es noch einmal: »Gut siehst du aus. Hast du abgenommen?«

In Wirklichkeit hatte Ann Marie sich überhaupt nicht verändert. Abgesehen davon vielleicht, dass sie ziemlich angegriffen aussah.

»Oh, danke«, sagte Ann Marie. »Ich gehe zu diesem Trainer, aber ich weiß ehrlich gesagt nicht, ob das was bringt. Naja, immerhin gibt es mir ein gutes Gefühl. Pat hat mir die Trainingsstunden schon vor ein paar Jahren geschenkt, aber in letzter Zeit bin ich regelmäßiger hingegangen.«

»Na, das ist aber ein reizendes Geschenk«, sagte Kathleen.

Ann Marie nickte: »Tja. Ich hätte mir zum Beweis seiner Liebe auch was anderes vorstellen können, aber gut.«

Die beiden lachten. Das war ein gutes Zeichen. Eines ihrer wenigen Gemeinsamkeiten war ihre Meinung zu Pats emotionaler Blindheit, obwohl seine Frau eigentlich auch nicht viel mehr drauf hatte.

»Weißt du, wo Maggie steckt?«, fragte Kathleen.

»Ich glaube, sie hat sich nochmal hingelegt«, sagte Ann Marie. »Ich wollte gerade rübergehen, um sie zum Mittagessen zu holen. Du kommst gerade recht, es gibt Geflügelsalat.«

»Sie hat sich hingelegt?«, sagte Kathleen ungläubig. Hoffentlich hatte Maggie nicht auch noch Übelkeit oder Depressionen. Oder beides. Kathleen gefiel es gar nicht, dass Ann Marie mehr über Maggie wusste als sie. Auch nicht, wenn es nur um etwas so Belangloses ging. Hatte Maggie ihre Tante etwa eingeweiht? Hielt Ann Marie das Kathleen vielleicht sogar gerade unter die Nase? Machte sie sich etwa über sie lustig?

Kathleen musste unbedingt mit Maggie alleine sein.

»Ich hole sie«, sagte sie und schritt energisch auf den Eingang zu. »Wir kommen dann später rüber.«

Aber Ann Marie hatte sie wohl nicht verstanden. Sie kam hinter Kathleen her und sagte: »Ich brauche Chilipulver aus der Küche.«

»Bring ich dir nachher«, sagte Kathleen.

»Nein, schon in Ordnung. Du weißt ja gar nicht, wo es steht.«

Kathleen stöhnte unhörbar und sah sich Maggie schon einen Zettel zustecken: *Um Mitternacht am Mietwagen, dann hauen wir hier ab.*

Ein Schritt durch den Windfang und es war, als trete sie in die Vergangenheit. Hier hatte sich seit zehn Jahren nichts verändert. Nein, seit zwanzig, vielleicht sogar dreißig Jahren. Selbst der Geruch war der gleiche. Sie hatte nicht damit gerechnet, jemals noch einmal hier zu stehen. Es fühlte sich seltsam an, und sie dachte unwillkürlich an Sonoma Valley: Die vertraute Straße durch das Weinbaugebiet bis zu ihrem Haus in Glen Ellen, vor dem Hundespielzeug und Düngemittelsäcke herumlagen – das war jetzt ihr Zuhause.

Sie ging durch den Flur. Seit sie denken konnte, hatte die Red-Sox-Baseballmütze ihres Vaters hier an einem Haken gehangen. Jetzt war sie nicht mehr da, und Kathleen fragte sich, was damit passiert war.

Maggie saß lesend in einem Wohnzimmersessel. Sie hatte noch ein richtiges Kindergesicht, und Kathleen hatte plötzlich wieder das Bild vor Augen, wie ihre Tochter sich als kleines Mädchen in derselben Position in ein Buch vertieft in einen Sessel gekuschelt hatte. Kathleen packte das Bedürfnis, dieses Wesen zu beschützen, koste es, was es wolle.

»Mags?«

Maggie blickte auf. Es dauerte einen Moment, bis sie begriff: »Mama!«

Ann Marie stand direkt hinter Kathleen: »Ja, deine Mutter ist da. Warum hast du uns bloß nichts davon gesagt, Maggie?«

Maggie stand auf und umarmte Kathleen fest. »Weil ich es selber nicht wusste.«

»Es sollte eine Überraschung sein«, sagte Kathleen zu Ann Marie und war bemüht, sorglos zu klingen, als machte sie alle Tage derartige Überraschungsbesuche.

»Wann bist du angekommen?«, fragte Maggie.

»Ich bin heute früh in Boston gelandet.«

»Und warum hast du mir nicht gesagt, dass du kommst?«

»Ich hab's ja versucht. Dein Handy ist ja immer aus.«

»Aber ich hab dir doch gesagt, dass ich hier draußen kaum Empfang habe. Du hättest auf dem Festnetz nebenan anrufen sollen.« Maggie trat einen Schritt zurück: »Sag mal, hast du etwa geraucht?«

»Was? Quatsch.«

Kathleen hatte erwartet, dass ihre Tochter sich über ihren Besuch mehr freuen würde. Sie waren einfach nicht so unbefangen wie sonst, und das lag natürlich daran, dass beide wussten, weshalb sie gekommen war, aber noch nicht darüber sprechen konnten.

Sie musste jetzt Ann Marie gegenüber direkter werden, aber immer höflich bleiben: »Ann Marie, könntest du uns kurz allein lassen?«, fragte sie. Es klang gröber als beabsichtigt.

»Das würde ich ja«, sagte Ann Marie, »aber Connor isst heute bei uns und er muss gleich zu einem Termin zur Kirche zurück, also –«

»Connor?«, fragte Kathleen.

»Der Pfarrer, von dem ich dir erzählt habe«, erklärte Maggie.

Ach so. Natürlich. Der Pfarrer.

Dann sagte Maggie zu ihrer Tante: »Kein Problem, wir kommen schon«, und zu Kathleen: »Wir können uns doch nachher unterhalten.«

Kathleen kämpfte gegen das Gefühl an, ihre Tochter verstecke sich vor ihr.

»Okay«, stimmte sie zu, »dann essen wir eben schnell.«

Im Haus nebenan saß Alice rauchend am Küchentisch und plauderte mit einem gutaussehenden jungen Mann in Jeans.

Als sie Kathleen in der Tür stehen sah, sprang sie melodramatisch auf.

»Um Gottes willen! Von der Erfindung des Telefons hast du wohl noch nichts gehört?«

»Ich freu mich auch, dich zu sehen, Mama.«

Plötzlich veränderte sich der Ausdruck ihrer Mutter, und ihr Gesicht verzog sich zu einem Lächeln. Vermutlich hatte sie sich daran erinnert, dass sie in Gesellschaft waren. In männlicher Gesellschaft.

»Ich bin nur so überrascht, dich hier zu sehen. Wann warst du das letzte Mal hier? Vor fünf Jahren?«

»Vor zehn.«

Sie musste doch wissen, dass Kathleen seit Daniels Tod nicht mehr hergekommen war.

»Lass mich dir Pfarrer Donnelly vorstellen«, sagte Alice. »Pfarrer Donnelly, das ist meine Älteste, Kathleen.«

Er gab ihr die Hand: »Ist mir eine Freude.«

»Setzt euch doch«, sagte Alice und schaltete auf gastfreundlich. »Es ist Platz für alle da. Ann Marie hat einen ganz köstlichen Geflügelsalat zubereitet.«

Auf dem Tisch stand tatsächlich auch eine Flasche Weißwein. Sie tranken also schon zum Mittagessen.

Ann Marie hielt ein verstaubtes Glas mit einem rötlichen Pulver hoch.

»Das Chilipulver!«, sagte sie verschwörerisch zu dem Pfarrer und schüttelte die Dose über dem Salat, als wolle sie das Glas leeren.

»Das reicht jetzt aber, meinst du nicht?«, sagte Alice und sah Maggie mit gehobener Augenbraue an. »Wir sind ja nicht beim Inder, meine Liebe.«

Maggie lachte, und Kathleen fühlte sich augenblicklich an den Strand auf den Bahamas zurückversetzt, als die beiden sich zusammen mit Rum betrunken hatten und Kathleen zusehen musste, wie Alice ihre Tochter in das hineinzuziehen versuchte, vor dem Kathleen Maggie immer hatte bewahren wollen.

Alice musterte Kathleen: »Du siehst gut aus. Wie ich sehe, hast du dein leichtes Übergewicht gehalten.«

Kathleen knirschte mit den Zähnen: »Danke.«

»Auch für mich ist Clam Chowder für den Rest des Sommers tabu«, sagte Alice, dabei hatte sie nie mehr als zwei Löffel gegessen. »Das solltet ihr euch übrigens alle überlegen. Also: Was um Gottes willen hat dich den weiten Weg hierher gebracht? Ich hoffe, dir ist klar, dass der Juni in ein paar Tagen vorbei ist.«

»Ich habe sie eingeladen!«, sagte Maggie schnell, und Kathleen wurde klar, dass Maggie den anderen noch nichts erzählt hatte. Sie war das erste Mal seit Tagen ein bisschen erleichtert.

Alice schenkte Wein ein, doch als sie bei Maggie angekommen war, legte die ihre Hand aufs Glas.

»Ach du meine Güte, ist ja schon gut«, sagte Alice und verdrehte die Augen. »Wissen Sie, Pfarrer, früher war der Landkreis hier trocken. Damals hätten meine Tochter und Enkelin hier sehr gut reingepasst.«

»Ach«, sagte er, »das wusste ich ja gar nicht.«

»Doch, doch! Können Sie sich das vorstellen? Wenn man ausgehen wollte, musste man noch in den Sechzigern in eines dieser albernen orientalischen Teehäuser gehen. Wirklich sterbenslangweilig.«

»Aber ihr habt einen Weg gefunden«, sagte Kathleen und wandte sich dem Pfarrer zu: »Meine Mutter hat sich damals den Whiskey aus Boston mitgebracht. Jedenfalls bis sie selber trocken wurde.«

Alice warf ihr einen wütenden Blick zu, sagte dann aber: »Schuldig im Sinne der Anklage. Außerdem hätten wir es uns damals gar nicht leisten können, ständig auszugehen.«

Auf der anderen Tischseite häufte Ann Marie den Salat auf die Croissanthälften und schlug bei jeder Portion mit dem schweren metallenen Salatbesteck laut auf das Porzellan.

»Vorsicht!«, sagte Alice.

Ann Marie reagierte nicht.

»Geht es dir nicht gut?«, fragte Alice.

»Es geht mir ausgezeichnet. Wieso?«

Alice schüttelte den Kopf.

Jetzt meldete sich der Pfarrer zu Wort: »Ann Marie und ich haben Ihnen etwas zu sagen.«

Jesus Maria im Himmel, hatte ihre Schwägerin was mit dem Priester?

»Was ist denn los?«, fragte Alice vergnügt, als erwarte sie einen Scherz. *Lächeln! Wir kommen von* Verstehen Sie Spaß!

»Ach, gar nichts«, sagte Ann Marie. »Ich – mir sind vorhin ein paar Croissants runtergefallen, und Connor hat's gesehen.«

Sie sah ihn so entrüstet an, als habe er sie in Gegenwart des Papstes beleidigt.

Alice hielt ihren Teller hoch: »Das hier?«

»Nein, nein. Ich hab sie natürlich gleich weggeschmissen. Das war nur ein kleiner Scherz zwischen mir und dem Pfarrer. Haha.«

Kathleen stöhnte. Für Ann Marie war sowas vermutlich eine skandalöse Beichte.

Dann unterhielten sie sich übers Wetter und die Menschenmassen am Strand von Ogunquit. Für einen Parkplatz verlangten sie dort bis zu zwanzig Dollar am Tag. Moderne Straßenräuberei, wenn man Alice fragte. Sie sprachen davon, dass die Zikaden die Birkenwälder in Wells zerstörten und vom Besuch der Bischofskonferenz im Kloster von Kennebunk vorige Woche. Bei jedem neuen zivilisierten Gesprächsthema ballte Kathleen die Fäuste unter dem Tisch und musste sich anstrengen, freundlich zu bleiben. Immerhin war es zum Schlimmsten nicht gekommen, und die anderen wussten nichts von Maggies Geheimnis.

Plötzlich fragte Alice, ob Kathleen etwas von ihrem Dünger mitgebracht habe.

»Warum sollte ich? Clare sagt, dass der bei dir erst im Keller und dann im Müll landet.«

»Das ist überhaupt nicht wahr«, gab Alice zurück. »Ich schwärme schon den ganzen Sommer von deinem Zaubermittel.«

»Also mir gegenüber nicht«, sagte Kathleen. Dann atmete sie tief durch. »Entschuldige, Mama. Danke für das Kompliment.«

»Natürlich haben die Kaninchen, kaum dass mein Garten sich richtig entwickelt hat, das Buffet für eröffnet erklärt«, sagte Alice und zwinkerte dem Pfarrer zu. »Ja, ja, die Prüfungen des Gärtners.«

»Probier's mal mit Haar in der Erde«, sagte Kathleen. »Das funktioniert erstaunlich gut.«

»Und warum Haar?«, fragte der Pfarrer.

Sie wollte gerade antworten, da unterbrach Alice schon wieder: »Ach, das hab ich doch schon längst versucht. Aber nichts. Der Garten ist auch schon voller Cayennepfeffer, aber das stört die überhaupt nicht.«

»Was? Das kannst du doch nicht machen!«, sagte Kathleen entsetzt. Zum Glück war Arlo nicht da. »Sie können das nicht verdauen. Das ist Folter.«

»Herrgott nochmal, die foltern mich ja auch«, erwiderte Alice. »Außerdem haben meine Kaninchen es anscheinend gern gut gewürzt. Ich könnte sie heute mit meinem Chilisandwich verwöhnen.«

»Tut mir leid, ich hab's mit dem Chili etwas übertrieben«, sagte Ann Marie kurz. »Ich bin heute ein bisschen durcheinander.«

»Aber das macht doch nichts, lass dich von mir nicht ärgern. Außerdem hatte ich sowieso keinen Hunger«, sagte Alice, legte ihr Sandwich auf den Teller zurück und bedeckte es mit einer Serviette. »Ann Marie hat gestern ganz köstliche Haferflockenkekse gebacken, Pfarrer Donnelly. Sie müssen unbedingt welche mitnehmen.«

»Ja, warum nicht!«, rief Ann Marie seltsam schrill.

Nach dem Dessert (neongelbes Sorbet – Arlo wäre eher verhungert), verabschiedete der Pfarrer sich und versprach noch, später mit irgendeinem Ersatzteil wiederzukommen.

Da waren's nur noch vier. Alice leerte die Weinflasche in ihr und Ann Maries Glas.

»Das war ein köstliches Mittagessen«, sagte Maggie. »Vielen Dank, Tante Ann Marie.«

Mein Gott, die Frau hatte doch nur ein paar überwürzte Sandwiches gemacht.

»Ja, vielen Dank«, schloss Kathleen sich an.

Ann Marie war in Gedanken versunken und sagte etwas verspätet, als hätte ihr eine Souffleuse den Text zugeflüstert: »Gern geschehen.«

»Na, dann gehen wir mal rüber, Maggie«, sagte Kathleen und warf ihrer Tochter einen bedeutungsvollen Blick zu. »Ich bin ganz schön müde.«

»Dann geh doch schon vor«, sagte Maggie. »Ich mache den Abwasch und komme später nach.«

»Was? Wie du willst.«

Drüben hockte Kathleen sich außer Sichtweite vom Neubau neben die Eingangstür des alten Sommerhauses, zündete sich eine Zigarette an und kam sich vor wie eine Vierzehnjährige. Sie nahm nur ein paar Züge, dann trat sie die Zigarette aus, ging ins

Haus und setzte sich in den Lieblingssessel ihres Vaters, der im Esszimmer am Fenster stand. Sie würde alles dafür geben, ihn jetzt bei sich zu haben.

Eine halbe Stunde später kam Maggie endlich.

Ihre Tochter schenkte ihr ein warmes Lächeln. »Endlich sind wir allein«, sagte Kathleen, stand auf und umarmte sie.

Kathleen nahm sich vor, es langsam anzugehen. Erst einmal ankommen. Später würde es noch genug Gelegenheiten geben, sich Maggie vorzunehmen. Kathleen erzählte von der Farm und hörte von Maggie, wie gut sie hier mit dem Schreiben vorankam. Sie lachten über Alice und den Pfaffen und über Chris' neue Freundin, die sich den Rücken mit Zeichentrickfiguren hatte tätowieren lassen. Aber Kathleen konnte an nichts anderes denken als an das Baby.

Am Ende war es Maggie, die es zur Sprache brachte: »Tja, also dann wird es wohl Zeit –«, sie machte eine Pause und zeigte wie ein beschämter Teenager auf ihren Bauch, »darüber zu sprechen.«

Kathleen hatte sich vorgenommen, ruhig zu bleiben, aber eine Welle der Wut spülte die Worte schon aus ihr heraus. Sie wollte sich dagegen wehren, aber da hörte sie sich schon sagen: »Sag mal, was hast du dir eigentlich bei der E-Mail gedacht? Du bist schwanger und schickst mir eine gottverdammte E-Mail?«

Maggie sah überrascht aus: »Um mir das zu sagen, bist du die weite Strecke hergereist?«

»Ich bin hergekommen, um dich davon abzuhalten, den Fehler deines Lebens zu machen.«

Maggie schüttelte den Kopf: »Es mag ja sein, dass du Chris und mich so siehst, aber in diesem Punkt bin ich mal anderer Meinung, okay? Ich will dieses Kind. Im Gegensatz zu dir betrachte ich mein Baby nicht als Fehler.«

Es war, als hätte ihre Tochter sie harpuniert, mitten ins Herz.

»Das ist nicht wahr, Maggie«, sagte sie. »Ihr seid beide Wunschkinder.«

Himmel, das klang ja wie aus einer schlechten Seifenoper. Ihr seid Wunschkinder? Da wird einem ja ganz warm ums Herz, Kathleen. Warum stickst du das nicht auf ein Mustertuch?

Sie versuchte es noch einmal: »Ich kann mir ein Leben ohne dich überhaupt nicht vorstellen, das weißt du ganz genau, Maggie. Und ich will es mir auch gar nicht vorstellen. Aber du hast ja keine Ahnung, was es bedeutet, ein Kind ganz alleine zu versorgen.«

»Wir waren immer gut versorgt«, entgegnete Maggie erregt.

»Ich spreche nicht von finanzieller Sorge. Ich spreche davon, dass ich dich jeden Abend ins Bett bringen musste, vor dem Abendessen musstest du gebadet werden, aber erstmal musste das Abendessen ja gekocht werden. Ich spreche davon, dass ich dich an verschneiten Wintertagen aus dem Bett und zur Schule jagen musste, wenn Schule das Letzte war, für das du dich gerade interessiertest. Ich spreche davon, was es wirklich bedeutet, alleinerziehende Mutter zu sein. Aber ja, die Finanzen waren auch eines meiner Probleme. Ich habe mir für dich etwas Besseres gewünscht.«

»Du bist damit nicht klargekommen, weil du dich von Anfang an nicht auf die Mutterschaft eingelassen hast«, sagte Maggie.

Kathleen blinzelte. Mensch, das hätten auch ihre Worte sein können, und zwar als Anklage an ihre eigene Mutter. Sie hatte alles versucht, immer das Gegenteil von dem zu tun, was Alice getan hatte, und jetzt sollte ihre Tochter sie als dieselbe Art Mutter wahrnehmen?

»Wie konnte das überhaupt passieren?«, wollte sie wissen. »Nimmst du nicht die Pille?«

»Das ist eine lange Geschichte.«

»Bitte sag jetzt nicht, dass du das mit Absicht gemacht hast.«

»Du sagst doch immer, die Wege des Universums sind unergründlich.«

Kathleen hob eine Braue.

»Ich hab alles unter Kontrolle«, sagte Maggie. »Und ich hab

dich auch nicht um Erlaubnis gebeten. Ich wollte es dir nur mitteilen.«

»Na, dann vielen Dank. Und Gabe ist natürlich an deiner Seite und bereitet sich schon eifrig auf die Vaterschaft vor? Das hast du auch alles unter Kontrolle, ja?«

Maggie stöhnte: »Halt die Klappe, Mama!«

»Halt die Klappe? Ich habe die weite Reise bestimmt nicht gemacht, um so mit mir reden zu lassen.«

»Es hat dich niemand hergebeten.«

So hatte Maggie noch nie mit ihr gesprochen. Nicht einmal in der Pubertät.

»Alices Benehmen scheint ansteckend zu sein«, sagte Kathleen in dem Versuch, das Gespräch etwas aufzulockern. Warum war Maggie so gemein zu ihr? Sie wollte doch nur helfen.

Maggie lächelte matt.

»Dir muss doch klar sein, wie schwer das für mich ist«, sagte Kathleen. »Irgendwann will ich gerne Großmutter werden, aber doch nicht jetzt.«

Das war gelogen. Sie hatte überhaupt keine Lust, je Großmutter zu werden.

Maggies Miene verfinsterte sich: »Es geht aber nicht um dich. Verdammt, man könnte ja fast denken, du wärst hier die Schwangere.«

Kathleen seufzte: »Irgendwie kommt nichts so raus, wie ich es meine. Lass uns nochmal von vorne anfangen. Ich möchte, dass du zu Arlo und mir ziehst. Ich habe viel darüber nachgedacht, und ich glaube, das könnte klappen.«

Maggie lachte auf: »Auf keinen Fall.«

Das überraschte Kathleen. Sie hatte erwartet, dass Maggie erleichtert sein würde.

»Also jetzt warte mal. Lass mich das erklären.«

»Nimm's mir nicht übel, Mama, aber euer Haus ist einfach nicht babysicher. Ich müsste einen kleinen rosafarbenen oder hellblauen Chemikalienschutzanzug anfertigen lassen.«

»Was soll das denn heißen?«

»Ich bleibe in New York«, sagte Maggie.

»Für den Fall, dass Gabe doch nochmal ins Vater-Mutter-Kind-Spiel einsteigen will?«

»Oh nein!«, sagte Maggie. »Aber gut zu wissen, dass du mir das zutraust. Ich bin schwanger, nicht blöd. Ich bin noch dieselbe wie zuvor.«

Keine von beiden hatte gehört, dass die Haustür sich geöffnet hatte, aber jetzt kam von dort eine Stimme: »Du bist schwanger?«

Als sie sich umdrehten, stand Ann Marie mit natürlich vollkommen übertrieben sorgenvollem Gesichtsausdruck in der Tür.

»Warum hast du mir das nicht gesagt?«, fragte sie Maggie. »Ich bin doch für dich da.«

Kathleen unterdrückte ein Lachen: »Keine Sorge, das mache ich schon. Ich weiß wohl noch am besten, was meine Tochter braucht.«

Die Kellehers waren stolz darauf, dass auch beim allerkleinsten Unglück alle sofort zur Stelle waren, von Arztbesuchen und Beerdigungen bis zur Reifenpanne. Vielleicht war das der Vorteil einer großen Familie, aber auf Kathleen hatte das immer ein bisschen heuchlerisch gewirkt: als könne man die fürchterlichen Dinge, die man einem anderen über Jahrzehnte hinweg angetan hatte, dadurch wiedergutmachen, dass man seine Temperatur maß oder einen Auflauf vorbeibrachte.

Jetzt kam auch Alice ins Haus gestürmt. Auf dem Kopf trug sie etwas, das wie ein Imkerhut aussah, der Schleier verhüllte noch ihr Gesicht.

»Bist du wahnsinnig geworden?«, fuhr sie Ann Marie an. »Was fällt dir ein, meine Tomatenpflanzen zu zertrampeln!«

»Wovon redest du?«, sagte Ann Marie.

»Ich habe es genau gesehen! Ich wollte gerade in den Garten gehen und da sehe ich dich auf den Pflanzen herumtrampeln und hier ins Haus rennen. Warum, Ann Marie? Du weißt doch, was ich schon mit den Kaninchen für Sorgen habe.«

»Ich habe keine Ahnung, wovon zu redest«, sagte Ann Marie kleinlaut. »Vielleicht bin ich aus Versehen –«

»Wie stellst du dir das vor, eine Tomatenpflanze *versehentlich* zu zertrampeln?« Dann heftete sich Alices Blick auf Kathleen: »Musst du immer Unruhe stiften?«

»Ich? Was hab ich denn damit zu tun?«

Alice stöhnte: »Keine Ahnung, aber es ist so: Wenn du in der Nähe bist, ist Drama vorprogrammiert. Und Maggie fängt auch sofort an, einem auf die Nerven zu gehen.«

»Meine Güte«, sagte Kathleen.

»Ich mache jetzt einen Spaziergang, um mich wieder zu beruhigen«, sagte Alice. »Ich brauche eine Pause. Ihr benehmt euch heute alle wie ein Haufen Kanadier. Ich halte das nicht länger aus.«

»Kanadier?«, fragte Kathleen.

Maggie schüttelte den Kopf: »Frag nicht.«

Dann stampfte Alice davon, und Ann Marie sagte: »Naja, wie dem auch sei. Maggie, ich hatte ja keine Ahnung. Wie kann ich dir helfen?«

»Du könntest sie in Ruhe lassen«, sagte Kathleen. »Wenn sie gewollt hätte, dass du dich einmischst, hätte sie dir wohl davon erzählt.«

»Ist schon in Ordnung. Früher oder später hätten es sowieso alle erfahren«, sagte Maggie. Warum war ihre Tochter immer so verdammt zuvorkommend? Maggie war ihr keine Hilfe bei dem Versuch, Ann Marie loszuwerden. Sie war viel zu höflich. Also musste Kathleen es anders versuchen.

»Was war das überhaupt für eine Geschichte mit den Tomaten?«, fragte sie beiläufig.

Ann Marie errötete. »Wenn mich jemand braucht: Ich bin unten am Strand«, sagte sie und verschwand nach draußen.

Kathleen hatte erwartet, dass Maggie und sie wenigstens beim Abendessen unter vier Augen sein würden. In einer von Arlos Ernährungsfachzeitschriften hatte sie von einem Restaurant in einer alten Hafenlagerhalle in Portsmouth gelesen, dem Schwarzen Horn. Der Küchenchef benutzte ausschließlich Biozutaten von Bauernhöfen aus der Region.

Kathleen hatte sich vorgestellt, wie sie sich gemütlich zusammensetzten und endlich alles ausführlich besprachen. Sie hatte Maggie bisher noch nicht einmal erzählen können, wie sie sich das mit dem Kinderzimmer vorstellte (das jetzt noch ihr Arbeitszimmer war) und dass ein Freund von Arlo ein paar Höfe weiter selbstgemachte Babynahrung im Angebot hatte. Sie hatte Dankbarkeit erwartet, Anerkennung dafür, dass ein weiteres Kind großzuziehen zwar das Letzte war, worauf Kathleen Lust hatte, aber dass sie es für Maggie tun würde.

Das würde sich alles beim Abendessen ergeben, hatte sie gehofft. Aber als sie das Restaurant am späten Nachmittag erwähnte, eröffnete Maggie ihr, dass sie Alice versprochen hatte, Spaghetti zu kochen.

»Wenn ich gewusst hätte, dass du kommst, hätte ich ihr das nicht versprochen«, sagte sie entschuldigend. »Alice und Ann Marie haben so viel für mich gekocht, und da wollte ich im Gegenzug auch mal was für sie machen. Warum kommst du nicht mit rüber und hilfst mir?«

Irgendwie kam Kathleen sich wie ein kleines Kind vor, ein ausgeschlossenes kleines Kind. Im Gegensatz zu ihr war Maggie hier wunderbar integriert. Kathleen konnte einfach nicht begreifen, dass Maggie nach allem, was an diesem Tag vorgefallen war, wieder in die Höhle der Löwin nebenan wollte. *Vielen Dank, dass ihr mich wie Dreck behandelt. Darf ich euch nun das Abendessen servieren?* Aber so waren die Kellehers. Hier entschuldigte man sich nicht, wenn man ausfallend geworden war. Stattdessen kittete man die Risse mit selbstgemachter Spaghettisoße, abgedroschenen Witzen und hochprozentigen Cocktails.

»Du willst jetzt schon mit dem Kochen anfangen?«, fragte sie. »Es ist erst halb fünf. Da ist doch noch Zeit für einen Strandspaziergang zu zweit.«

»Alice isst gern früh«, sagte Maggie. »Kommst du jetzt mit?«

»Nein, ich bleib noch ein bisschen hier«, sagte Kathleen. »Ich hab noch was zu tun.«

»Okay«, sagte Maggie.

»Du«, sagte Kathleen. »Spinn ich oder meidest du mich wirklich?«

»Wie bitte? Mama, wir sitzen seit drei Stunden hier und reden.«

Maggie war nicht wiederzuerkennen. Aber andererseits war Kathleen ja auch nicht ganz sie selbst.

»Du hast ja recht. Entschuldige. Ich klammere wohl ein bisschen.«

Maggie küsste sie auf die Stirn. »Komm bald nach, ja?«

»Mach ich«, sagte Kathleen. »Also Nudeln mit Tomatensoße? Vielleicht wollte Ann Marie dir also mit der Soße helfen, als sie auf den Tomatenpflanzen herumgetrampelt ist.«

Maggie grinste: »Tja, vielleicht.«

Auf der Motorhaube ihres Wagens sitzend erledigte Kathleen alle beruflichen Telefonate, die ihr einfielen. Dann rief sie Arlo an, und er wollte gleich wissen, ob Maggie sich schon darauf freute, nach Kalifornien zu ziehen.

»Naja«, sagte sie. »Es könnte noch ein bisschen dauern, bis ich ihr klar gemacht habe, dass es das Beste für sie ist.«

»Sag ihr, dass hier in jedem Fall ein alter Knacker, zwei betagte Hunde und ein paar Millionen Würmer sehnsüchtig ihrer Ankunft harren«, sagte er. »Ich hab heut früh schon mal das Büro ausgeräumt.«

Kathleen wusste, dass sie dankbar sein sollte, aber beim Gedanken daran, dass ihr gemütlicher, chaotischer Arbeitsplatz jetzt leer war, tat ihr das Herz weh. »Und wo sind meine Sachen?«

»In Kisten im Schuppen«, sagte er. »Es ist ja nicht für immer,

Kath. Dieses Baby könnte noch unser größtes Abenteuer werden.«

»Du bist einfach wunderbar«, sagte sie.

»Und wer weiß? Vielleicht kriegen wir doch noch Lust auf ein eigenes.«

»Okay, jetzt bist du verrückt geworden.«

Er fragte nach Alice.

»Ich versuche, freundlich zu bleiben, aber du weißt ja, wie es ist«, sagte sie. »Und zu allem Überfluss ist Ann Marie auch noch da. Die beiden machen schon mittags die erste Flasche auf.«

»Du schaffst das«, sagte er.

Nach dem Telefonat blickte sie vorsichtig zum Haus ihrer Eltern, dann zündete sie sich eine Zigarette an. Sie sah sich um. An das Meer, den Strand und das alte Sommerhaus hatte sie sich noch gut erinnert. Aber die alles umgebende Natur hatte sie fast vergessen: die riesigen, üppigen Kiefern und Birken, die den Garten ihrer Mutter überschatteten; die knallrot und blau gefiederten Vögel; das vielstimmige Quaken, das vom Sumpf auf der anderen Straßenseite zu ihr drang; die Mücken, derentwegen sie ihre Kinder, als sie klein waren, fünfmal am Tag in Zedernöl gebadet hatte. (Ann Marie hatte Autan an die Haut ihrer Kinder gelassen. Verflixte Chemiekeulen.)

Kurze Zeit später kam der Pfarrer die Einfahrt runter.

Der schon wieder? Meine Güte, war der Pfaffe denn so schlecht bezahlt, dass er sich nebenbei als Handwerker verdingen musste?

»Ich hab das Ersatzteil für die Spüle«, sagte er und hielt eine braune Papiertüte hoch.

Kathleen nickte ihm zu. Dann drückte sie die Zigarette aus und ertappte sich bei dem absurden Gedanken, dass er es hoffentlich nicht ihrer Mutter erzählen würde.

»Ist hier alles in Ordnung?«, fragte er. Er klang nervös. »Beim Mittagessen waren ja alle ein bisschen angespannt.«

»Ach ja?«, meinte Kathleen.

»Wissen Sie, wo ich Alice und Ann Marie finde?«, fragte er. »Ich glaube, wir müssen mal reden.«

»Drüben im Neubau«, sagte sie. Da schien sich was zusammenzubrauen, also fügte sie hinzu: »Ich komme mit.«

In der Küche duftete es schon nach Tomatensoße. Maggie und Alice standen vor dem Herd und unterhielten sich über ein Buch, das Maggie ihrer Großmutter empfahl. Im Wohnzimmer nebenan saß Ann Marie auf dem Sofa und war aus für Kathleen vollkommen unersichtlichen Gründen damit beschäftigt, Stoffproben aneinanderzunähen. Vor ihr stand ein fast leeres Weinglas.

»Pfarrer Donnelly!«, rief Alice, als sie ihn sah. Kathleens Anwesenheit hingegen war offenbar keinen Kommentar wert. »Es war doch nicht nötig, dass Sie so schnell wiederkommen. Ach, Sie sind ein wahrer Engel.«

»Das ist doch kein Problem«, sagte er. »Zufällig hatte sie das passende Ersatzteil tatsächlich auf Lager. Außerdem hielt ich es für angebracht, dass wir uns alle mal hinsetzen und miteinander reden. Ist Ann Marie da?«

Alice zeigte in Ann Maries Richtung und sagte in einem für alle deutlich hörbaren Flüsterton: »Sie trinkt und trinkt. Überhaupt benimmt sie sich heute seltsam.«

»Ich höre jedes Wort!«, fauchte Ann Marie von nebenan, was für sie tatsächlich äußerst bemerkenswert war.

Der Pfarrer legte die Stirn in Falten: »Das ist alles meine Schuld.«

»Ihre Schuld?«, sagte Alice. »Wie kommen Sie denn auf die Idee?«

»Ich fürchte, dass ich Ann Marie gegenüber unsere Vereinbarung bezüglich des Anwesens erwähnt habe«, sagte er.

Alices Augen weiteten sich.

Was für eine Vereinbarung?, dachte Kathleen.

Der Pfarrer fuhr fort: »Ich hatte gehofft, dass wir darüber reden können und ich Ihnen helfen kann, die Sache zu klären.«

»Das ist wohl ein Witz«, piepste Ann Marie von nebenan,

sprang auf und stürmte zu ihnen in die Küche. Kathleen war vor Aufregung und Neugierde ganz kribbelig: Hier brodelte es, und sie hatte ausnahmsweise absolut gar nichts damit zu tun.

»Sie wollen das also klären, ja?«, fuhr Ann Marie den Pfarrer an. »Fangen Sie doch mal damit an, uns darzulegen, wie man einer alten Frau das Familiensommerhaus abschwatzt.«

»Was?«, rief Maggie.

Der Pfaffe sah Alice an: »Ich verstehe nicht.«

Alice baute sich vor Ann Marie auf. Sie als alte Frau zu bezeichnen, war ein Fehler gewesen.

»Erstens hat hier niemand irgendjemandem etwas abgeschwatzt. Ich muss mich vor meinem Gast schämen«, knurrte Alice. »Zweitens ist das nicht dein Familiensommerhaus. Es ist meins. Meins!«

Ann Marie sah aus wie geohrfeigt. Sie tat Kathleen beinahe leid. Früher hatte sie Ann Marie oft zu erklären versucht, dass es nicht der Mühe wert sei, sich mit Alice gutzustellen: Wenn man sie nur ein einziges Mal verärgerte, war alles andere vergessen.

»Und wann genau hattest du vor, uns deine Pläne zu eröffnen?«, wollte Ann Marie wissen. Mittlerweile schrie sie schon fast. »Wie konntest du das Haus nur hergeben, ohne uns davon etwas zu sagen? Ich begreife das einfach nicht.«

Da sie an der ganzen Sache nur indirekt beteiligt war, hielt Kathleen es für ihre Aufgabe, die hitzige Diskussion etwas abzukühlen, also sagte sie ruhig: »Vielleicht sollten wir alle erstmal tief durchatmen und locker bleiben.«

»Du hast leicht reden«, sagte Ann Marie. »Dir ist Maine doch total egal. Du bist nach all den Jahren nur wieder aufgetaucht, um deine Tochter zu einer Abtreibung zu zwingen.«

»Das geht dich einen Dreck an«, sagte Kathleen.

»Das geht uns alle etwas an«, konterte Ann Marie.

»Nein, tut es nicht.« Kathleen hatte ja nur helfen wollen, aber jetzt stieg ihr Wutpegel von null auf hundertzehn. »Nur weil du der Meinung bist, deine eigenen Kinder schon perfektioniert zu haben, musst du nicht noch versuchen, über meine Kinder Lorbeeren zu ernten.«

»Du wohnst am anderen Ende des Kontinents, Kathleen. Was weißt du schon von meinen Kindern?«, sagte Ann Marie.

»Fiona ist lesbisch, und Daniel Junior ist ein Vollidiot«, sagte Kathleen. »Aktuelle Nachrichten wieder um dreiundzwanzig Uhr.«

Ann Marie sah aus, als könne sie jeden Augenblick in Ohnmacht fallen. Sie hatte vermutlich nichts davon je in Betracht gezogen. *Bitteschön, das kannst du jetzt erstmal verdauen.*

Alices Augen verengten sich zu Schlitzen, und sie wandte sich Maggie zu: »Ist das wahr? Du bist schwanger?«

Dann drehten sich alle nach der armen Maggie um, auf deren Hals und Gesicht sich Ausschlag ausbreitete. Kathleen streichelte den Arm ihrer Tochter und sah zum Pfarrer rüber, der nur auf seine Schuhe starrte.

»Ja«, sagte Maggie.

»Jesus, Maria und Josef!«, sagte Alice. »Und wir sind wochenlang hier zu zweit und du erzählst mir nichts.«

»Ja.«

Alice erstarrte: »Und was hast du jetzt vor?«

»Ich werde das Kind behalten«, sagte Maggie.

»Und Gabe?«

»Der hat damit nichts mehr zu tun.«

Alice warf die Hände in die Luft: »Na gut, es gibt Schlimmeres.«

Alices Gelassenheit machte Kathleen rasend: Wenn es eines von Ann Maries Kindern wäre, das jetzt dastand und ihnen diese Neuigkeit überbrachte, hätte Alice einen Herzinfarkt gehabt. Aber von Maggie und Chris war ja sowieso nur das Schlimmste zu erwarten, schließlich gehörten sie zu Kathleen.

»Du bist nicht böse?«, fragte Maggie.

»Nein«, sagte Alice.

»Weil Maggie nicht zu deinen Goldenkeln gehört, stimmt's?«,

fuhr Kathleen ihre Mutter an. »Wie kannst du einfach dastehen und sagen: ›Das ist schon in Ordnung, Schätzchen. Weiter so, krieg dein Kind‹?«

»Was soll ich denn deiner Meinung nach sagen?«, fragte Alice. »Dass sie ein Flittchen ist, wie ihre Mutter? Dass sie nicht einen Funken Menschenverstand hat und soeben ihre Chancen auf eine Schriftstellerkarriere im Klo runtergespült hat?«

Jetzt griff sogar der Pfaffe ein: »Alice«, stieß er hervor, als hätten ihre Wort ihm körperliche Schmerzen verursacht.

Kathleen ballte die Hände zu Fäusten.

»Nichts davon ist wahr. Du entschuldigst dich sofort, oder wir gehen.«

»Ich denke gar nicht daran.«

»Dich kann man nur hassen. Mein Gott, ich bin erst seit ein paar Stunden hier und könnte dich schon erwürgen.«

Alice wurde lauter: »Weißt du eigentlich, was ich alles aufgegeben habe, um euch eine gute Mutter zu sein?«

»Ach ja, sonst wärst du ja eine große Malerin geworden«, schrie Kathleen. »Darf ich dir mal was verraten, Mama: Du warst kein großes Talent. Niemand hat dich von irgendetwas abgehalten. Das war doch nur ein dummer Traum, wie ihn jedes kleine Kind hat. Jammer, schluchz, ich bin nicht Astronautin geworden.«

»Bitte hör auf«, sagte Maggie leise. »Du bist grausam.«

Ja, vielleicht schon, aber sie hatte doch nur Maggie beschützen wollen.

Jetzt wandte Kathleen sich zu Ann Marie: »Vielen Dank auch für die Einmischung.«

»Falls es dir entfallen sein sollte: Ich gehöre seit fünfunddreißig Jahren zur Familie«, gab die zurück.

»Na, dann herzlichen Glückwunsch! Dafür verdienst du einen Orden«, konterte Kathleen.

»Ich erwarte wirklich nicht viel«, sagte Ann Marie. »Ich bin immer zur Stelle, um mich um sie zu kümmern, während du in Kalifornien den Traum deines komischen Partners auslebst. Und was ist der Dank? Du hast es seit unserer ersten Begegnung auf mich abgesehen, gib's doch zu. Du denkst doch bis heute, dass ich für deinen Bruder nicht gut genug bin. Und wie ich mit deiner Mutter umgehe, gefällt dir auch nicht. Also bitte: Da hast du sie zurück. Ich kümmere mich jetzt nicht mehr um sie.«

Und mit diesen Worten stürmte sie aus dem Haus. Alle Blicke folgten ihr. Sie stieg in den Mercedes und fuhr mit hoher Geschwindigkeit die Einfahrt hinauf. Kathleen erinnerte sich jetzt daran, dass man in Maine den Autoschlüssel stecken ließ, um zu betonen, wie unglaublich sicher es hier war. Aber war es wirklich so schwer, einen Schlüssel aus der Tasche zu ziehen, bevor man irgendwo hinfuhr?

»Sollte sie in diesem Zustand Auto fahren?«, fragte Maggie.

»Nein«, sagte Kathleen.

»Ich brauche einen Cocktail«, sagte Alice. Dann lächelte sie Maggie zu: »Ach *deshalb* hast du nicht mit uns getrunken. Na, ein Glück.«

Der Pfarrer trat von einem Bein aufs andere: »Es tut mir so leid, dass ich Ihnen Probleme bereitet habe. Sollten wir nicht später mal darüber sprechen, Alice?«

Alice tat, als hätte sie ihn nicht gehört: »Hoffentlich kommt sie nochmal zurück, um sich von mir beruhigen zu lassen.« Als wäre Alice für ihre beruhigende Art bekannt. »Kommen Sie, Pfarrer Donnelly, ich bringe Sie zum Auto. Sie haben für heute sicherlich genug von meiner verrückten Familie. Es tut mir leid, dass Sie das miterleben mussten.«

Die beiden gingen davon, und Kathleen sagte zu Maggie: »So viel familiäre Unterstützung und Wärme: Wird dir das nicht zu viel?«

Maggie nickte: »Eigentlich ist es besser gelaufen als erwartet.« Sie machte eine kurze Pause. »Wusstest du das mit dem Haus?«

»Ach, wann hab ich denn je gewusst, was Alice im Schilde führt?«, fragte Kathleen.

»Meinst du, dass sie es wirklich der Kirche geschenkt hat?«

Da merkte Kathleen, dass ihre Tochter Angst hatte, ihre einzige Tochter, die sie mehr liebte als alles andere. Sie hockte sich hin und sprach mit Maggies Bauch: »Da hast du dir aber eine seltsame Familie ausgesucht, mein Kleines. Und sag später nicht, ich hätte dich nicht gewarnt.«

Maggie lächelte, und Kathleen wünschte sich in diesem Augenblick, dass es so einfach wäre und dass sie das alles irgendwie akzeptieren könnte. Aber das konnte sie nicht. Sie wollte ihrer Tochter sagen, dass sie sich nicht vom Fleck rühren würde, bis Maggie zustimmte, zu ihnen nach Kalifornien zu ziehen und dort so lange wie nötig zu bleiben. Aber dann fand sie, dass sie das auch noch später besprechen konnten. Denn augenblicklich herrschte so etwas wie Frieden.

»Darf ich dich jetzt ins Restaurant einladen?«, fragte Kathleen.

»Okay«, sagte Maggie, schaute mitleidig in den Topf köchelnder Tomatensoße und machte den Herd aus. »Das können wir auch morgen noch essen.«

»Los, verschwinden wir, bevor Alice zurückkommt.«

»Du bist so gemein, Mama.«

»Ach, jetzt komm schon.«

Als sie spätabends zurückkamen, stand Ann Maries Wagen wieder in der Einfahrt. Entweder hatte sie sich mit Alice vertragen, oder sie würden am Morgen zwei Leichen im Neubau finden. Vom Schlafzimmerfenster des alten Sommerhauses aus konnte Kathleen in Alices Wohnzimmer schauen, sah aber nicht, ob eine der beiden da war.

»Wie schön, dass die ganze Familie versammelt ist und sich wie immer so blendend versteht«, sagte sie.

Maggie warf ihr einen Blick zu, der zu sagen schien, dass Kathleen an der Situation nicht ganz unbeteiligt sei. Ihre Tochter wünschte sich immer noch, zu den Kellehers zu gehören. Wieso nur?

Kathleen dachte an das große Festessen, das Arlo und sie jährlich am Dienstag vor Thanksgiving in Kalifornien gaben. Dazu luden sie alle Freunde von den Anonymen ein und servierten drei große Truthähne, Stampfkartoffeln, selbstgemachte Preiselbeersoße, Bohnenauflauf und Pasteten von der Kozlowski Farm. Außerdem brachte jeder Gast noch eine Kleinigkeit mit. Maggie war ein paarmal dabei gewesen. Es waren lange, fröhliche Abende, an denen viel erzählt und gelacht wurde. Kein böses Wort wurde gewechselt. Für Kathleen war es der schönste Tag des Jahres. Zwei Tage später saß sie dann mit ihren Verwandten in Ann Maries Wohnzimmer und kam sich fremd vor, grub die Finger in das Sofapolster und sehnte sich zurück in ihr warmes, freundliches Heim in Kalifornien, zurück zu ihrer Wahlverwandtschaft.

Am nächsten Morgen wachte Kathleen früh auf und ging barfuß aus dem Haus, wie sie es als Kind immer getan hatte. Sie musste zugeben, dass Alices Garten tatsächlich sehr gut aussah. Das würde sie Arlo beim nächsten Telefonat erzählen.

Sie streckte das Gesicht in den sanften Regen und ging langsam zum Strand hinunter.

Kathleen hatte ganz vergessen, wie anders man das Wetter hier erlebte. In Maine waren Regen und Wolken kein Störfaktor, sondern eine willkommene Abwechslung, die einem die Gelegenheit gab, es sich mit einem Buch am Fenster gemütlich zu machen, ein Käsebrot zu essen und bis zum Nachmittag im Pyjama herumzulaufen. Man spürte die Luftfeuchtigkeit und konnte sehen, wie sie sich auf jeder Oberfläche absetzte. Man ging zum Strand hinunter und beobachtete ehrfürchtig die schäumende See, deren mannshohe Wellen sich am Ufer brachen, ließ sich vom Regen auf die Schultern klopfen und sah den Nebel näherziehen. Der Regenschirm war plötzlich eine absurde Erfindung.

Arlo würde diesen Ort sofort ins Herz schließen, und Kathleen fragte sich, ob sie vielleicht nur aus Sturheit nie in Betracht gezogen hatte wieder herzukommen.

In vielerlei Hinsicht war das vergangene Jahrzehnt das glücklichste ihres Lebens gewesen, obwohl sie vor zehn Jahren ihren Vater verloren hatte und geglaubt hatte, alles sei zu Ende. Aber dann hatte sie Arlo kennengelernt. Die Verliebtheit konnte sie nicht vergessen machen, was geschehen war. Nichts auf der Welt hätte das vermocht. Aber Arlo beschützte sie und wurde zu ihrem Vertrauten, wie Daniel es vor ihm gewesen war. Manchmal, wenn sie Arlo in die Augen sah, hätte sie schwören können, in ihnen einen Teil ihres Vaters zu sehen. Diese Art von Liebe wünschte sie sich auch für Maggie.

Seit sie mit Arlo zusammen war, war Kathleen überzeugt, dass ihre Ehe und die anderen enttäuschenden Beziehungen ihr nur den Weg zu ihm bereitet hatten. Es waren als Unglück getarnte Glücksfälle gewesen. Denn was wäre passiert, wenn sie Paul Doyle nicht verlassen hätte? Dann säße sie jetzt keifend am südlichsten Rand Bostons mit einer Fettleber und neunzig Kilo auf der Waage.

Als ihr Mann damals die Affäre hatte, hatte Kathleen ihren Vater gefragt, ob Paul sich nicht irgendwie noch in einen guten Ehemann verwandeln könne.

»Also meiner Erfahrung nach«, hatte er geantwortet, »können Menschen sich ändern. Aber die meisten tun es nicht.«

Mit Paul hatte er recht gehabt. Aber Kathleen hatte sich verändert. Mit neununddreißig hatte sie sich neu erfunden. Sie hatte eine schlechte Ehe beendet, war trocken geworden und hatte sich eine sinnvolle Arbeit gesucht. Und mit neunundvierzig hatte sie den zweiten Neuanfang gemacht, als sie Arlo kennenlernte. Jetzt war sie achtundfünfzig. Was sie wohl als Nächstes tun würde? Das war eine Lektion, die sie Maggie gerne früher beigebracht hätte: Wenn du dich nicht leiden kannst, dann mach etwas Neues aus dir. Wenn man kleine Kinder hatte, war das allerdings nicht so einfach.

Kathleen wünschte sich, dass auch ihre Mutter das begreifen würde, aber Alice war zu alt und bitter, um noch etwas zu lernen. Sie zog es vor, in ihrem eigenen Saft zu schmoren. Sie hatte seit

Daniels Tod keinen Mann an sich herangelassen, was Kathleen andererseits auch erleichterte.

Es war seltsam, jetzt darüber nachzudenken, aber Kathleen war sich ziemlich sicher, dass ihre Eltern sich bis zum Ende geliebt hatten. Oben am Ende der Briarwood Road hatte ihr Vater die Initialen *A. H.* in eine alte Kiefer geritzt. (Im Rausch hatte Kathleen ihren Kindern einmal erzählt, dass es ihrer Mutter galt und für *Alte Hexe* stand.)

Alices Haus. Sie stellte sich ihre jungen, verliebten Eltern vor, sorglos in eine rosige Zukunft blickend.

Plötzlich hörte Kathleen Schritte hinter sich. Sie ballte die Fäuste. *Lass es einen gnadenlosen Serienmörder sein, aber bitte nicht Ann Marie.*

Sie drehte sich um.

»Hallo«, sagte sie kurz.

»Guten Morgen«, antwortete ihre Schwägerin. »Weißt du, wo Alice ist? Für die Kirche ist es noch etwas früh.«

»Keine Ahnung«, sagte Kathleen. »Du hast doch bei ihr geschlafen. Ach herrje, oder ist das der erste Schritt deines ausgeklügelten Plans? Du tust so, als könntest du sie nicht finden, und in einer Woche entdecken wir ihre Leiche in deinem Kofferraum.«

»Lass das. Ich mache mir Sorgen.«

Offensichtlich war der Wahn von gestern vorübergezogen, und Ann Marie hatte sich schon wieder in die brave Hausfrau zurückverwandelt.

»Die verrückte Ann Marie hat mir besser gefallen«, sagte Kathleen. »Gibt's davon mehr?«

Ann Marie schürzte die Lippen: »Lass uns sachlich bleiben, okay? Was ich gestern getan habe, tut mir leid. In ein paar Tagen kommt Pat, und ihr reist ab. Dann haben wir alle die Gelegenheit, uns zu sammeln.«

Plötzlich hatte Kathleen eine Idee, die Maggie wahrscheinlich für kindisch und boshaft halten würde: »Wie kommst du auf die Idee, dass wir abreisen?«

Ann Marie starrte sie an: »In vier Tagen ist der erste Juli.«

»Na und?«

»Juli ist unser Monat.«

»Und Juni ist meiner. Aber du bist ja auch hier, oder?«

Ann Marie wurde panisch: »Wir haben Freunde eingeladen. Das Haus wird voll sein, Kathleen. Ihr könnt auf keinen Fall bleiben.«

Kathleen grinste: »Das werden wir ja sehen.«

Alice

Alice suchte sich einen Tisch in der Sonne. Das würde Pfarrer Donnelly sicherlich vorziehen. Wenn sie die Wahl hatten, wollten doch alle immer draußen sitzen, selbst in einem Lokal wie diesem. Hier saß man an der Hauptverkehrsader von Portland: vorbeirasender Verkehr und Smog im Eierkuchen. Aber als der Kellner sie fragte: »Drinnen oder draußen?«, hatte sie ohne zu zögern geantwortet: »Draußen.«

Der einzige Vorteil war, dass sie beim Warten rauchen konnte. Eigentlich war das nicht gestattet, aber bisher hatte sie niemand daran zu hindern versucht.

Als Boston vor ein paar Jahren das Rauchverbot einführte, hatte sie sich die Reaktion ihres Vaters vorgestellt, wenn ihm jemand gesagt hätte, er müsse seine Zigarette ausmachen. Vermutlich hätte das in einer Prügelei geendet. Mit den Jahren wurde immer deutlicher, dass sie nicht wie andere Töchter nach ihrer Mutter, sondern nach ihrem Vater kam. Lieber ein jähzorniger Tyrann als eine passive Heulsuse, obwohl man als Heulsuse bessere Chancen auf Mitleid hatte. Bei Ann Marie funktionierte das jedenfalls ganz gut.

Am Abend zuvor hatte Pfarrer Donnelly angerufen und sie gebeten, ihn noch vor dem Gottesdienst zu einem Gespräch zum Frühstück zu treffen. Er habe Bedenken wegen des Hauses. Alice hatte das Gefühl, ins Büro der Schuldirektorin zitiert worden zu sein: *Alice Brennan, hast du oder hast du nicht die neuen Pastellkreiden gestohlen? Das würde ich niemals tun, Schwester Florence. Ich habe nicht die geringste Ahnung, wie sie in meine Jackentasche geraten sind.*

Normalerweise fuhren sie zum Essen nicht so weit, aber diesmal hatte Alice Portland vorgeschlagen. Es war in Maine der einzig annähernd anonyme Flecken und weit genug von der Briarwood Road entfernt, so dass Alice von den peinlichen Szenen am Tag zuvor Abstand gewinnen konnte. Sie hatte sich in den letzten Monaten an Pfarrer Donnellys Gesellschaft gewöhnt und war entsetzt, dass sie sich in seiner Gegenwart so hatte gehen lassen, dass sie sich alle hatten gehen lassen.

Ann Marie hatte so getan, als habe Alice sie ihres Familienbesitzes beraubt, und Alice hatte an Pfarrer Donnellys Gesichtsausdruck abgelesen, dass er Mitleid mit ihrer Schwiegertochter hatte. Hoffentlich würde sie ihm die Gründe für ihre Entscheidung vermitteln können.

Sie waren für acht Uhr verabredet, aber Alice war absichtlich etwas früher gekommen. Mit der Teetasse in der Hand suchte sie ihn in der Menschenmenge, die auf dem Gehweg an ihr vorbeizog, und hoffte, ihn zuerst zu sehen. Er war so ein herzensguter und verständnisvoller junger Mann. Was sich am Tag zuvor abgespielt hatte, musste ihn ziemlich schockiert haben. Was auch immer er ihr sagen wollte: Es war eine willkommene Ablenkung von ihren Familienproblemen.

Maggie war schwanger, und Kathleen hatte Alice Desinteresse vorgeworfen: Das Mädchen sei ihr ganz egal. Aber darum ging es gar nicht. Es ging ihr darum, dass Maggie sich in ihrem Haus breitgemacht, Alice freche Fragen gestellt und alte Geschichten aufgewirbelt und bei alledem ihre eigenen Umstände nicht einmal angedeutet hatte. Aber zugegeben: Es hätte sie mehr erstaunt, wenn die Neuigkeiten von Fiona oder Patty gekommen wären. Schließlich war Maggie Kathleens Sprössling und musste sich schon etwas mehr anstrengen, um Alice mit einer schlechten Entscheidung zu überraschen.

Alice hatte die Wochen mit ihrer Enkelin genossen. Sie ein Flittchen zu nennen, war vielleicht etwas übertrieben gewesen, und dann auch noch in Gegenwart Pfarrer Donnellys. Das war einer dieser Momente, in denen sie Daniels missbilligenden Blick vom Jenseits spürte.

Ann Marie schien wirklich zu glauben, dass Kathleen gekommen war, um Maggie von einer Abtreibung zu überzeugen. Wenn das stimmte, würde Alice sich vielleicht ein für alle Mal von ihrer Tochter abwenden. Es machte sie krank, dass Kathleen an so etwas überhaupt denken konnte. Der einzig vernünftige Weg, der Maggie jetzt noch offen stand, war doch, Gabe zu heiraten. Und letzten Endes war er doch gar nicht so schlimm. Er sah gut aus und kam aus einer reichen Familie. Und er brachte Maggie sogar manchmal zum Lachen.

Alice nahm einen Schluck Tee. Nach dem langen, anstrengenden Abend mit ihrer Schwiegertochter war sie ziemlich erschöpft und hatte es schwer bereut, Ann Marie in den Neubau eingeladen zu haben und sie nach dem Streit auch noch gebeten zu haben zurückzukommen.

Und danach hatte sie wach gelegen und darüber nachgedacht, was sie jetzt bei diesem Treffen Pfarrer Donnelly sagen würde.

Nachdem Ann Marie davongebraust war, hatte Alice Pfarrer Donnelly zum Auto begleitet und war dabei extra gelassen aufgetreten, um Ann Maries wahnsinnigem Verhalten etwas entgegenzusetzen. Sie hatte sich entschuldigt und gar kein Ende finden können, denn sie wollte doch vermeiden, dass die Begegnung einen bitteren Nachgeschmack bei ihm hinterließ. Als er die Einfahrt hinausgefahren war, hatte sie sich Maggie vornehmen wollen, aber das Haus war leer. Maggie und Kathleen waren verschwunden. Kurze Zeit später sah sie die beiden in den Mietwagen steigen und davonfahren. Eine Weile saß Alice nachdenklich und ein bisschen beleidigt da.

Ann Marie hatte die Verantwortung für Alice an Kathleen übergeben, als wäre Alice irgendeine sabbernde Alte. Das war absolut unverzeihlich, und es passte auch gar nicht zu ihrer Schwiegertochter. Mit Ann Marie gab es Ärger, so viel war klar. Aber wie lange konnte ihre weichliche Schwiegertochter ihr schon böse sein? Alice brauchte sie, besonders jetzt, da Kathleen hier ihr Unwesen trieb.

Irgendwann wählte sie Ann Maries Mobiltelefonnummer.

»Wo steckst du?«, fragte sie.

»In Portsmouth. Aber ich hab nur kurz angehalten. Ich fahre jetzt nach Hause zu Patrick.«

»Fahr nicht«, sagte Alice. »Komm wieder zurück, und wir trinken ein Gläschen zur Beruhigung. Können wir das nicht mit Humor nehmen?«

»Nein, können wir nicht«, erwiderte Ann Marie.

»Ach bitte, meine Liebe. Ich ertrage es nicht, wenn du mir böse bist. Ganz besonders nicht, wenn Kathleen auftaucht und furchtbare Neuigkeiten über Maggie zutage kommen. Ich drehe hier bald durch. Wenn du nicht zurückkommst, wird etwas Fürchterliches passieren, das fühle ich.«

Dann vergoss sie ein paar Krokodilstränen, die sie schon als Kind gegen ihre Mutter angewandt hatte, um sich vor lästigen Hausarbeiten zu drücken, und mit denen sie ihre Brüder manipuliert hatte, wenn einer von ihnen sie dabei erwischte, wie sie in seinen Sachen kramte.

Ann Marie antwortete lange nicht, aber schließlich sagte sie: »Okay. Brauchst du noch was von Rubys Laden? Ich halte auf dem Rückweg da an. Wir haben kein Küchenkrepp mehr.«

Wenig später war Ann Marie wieder da. Sie hatte eine Fahne und trug noch einen anderen Geruch ins Haus (Herrenparfum?). Ann Marie entschuldigte sich steif dafür, gemein gewesen zu sein, aber das Ganze habe sie sehr mitgenommen. Alice sagte nur, es sei schon in Ordnung.

»Ich begreife einfach nicht, dass du das Haus verkaufen konntest.«

»Spenden«, berichtigte Alice gelassen.

»Ich begreif's nicht.«

»Du wiederholst dich.«

»Und?«, sagte Ann Marie.

»Und was?«

»Hast du einen guten Grund dafür?«

Alice unterdrückte ihre wachsende Empörung. Für wen hielt

Ann Marie sich, dass sie sich erlaubte, solche Fragen zu stellen? Was ging sie das an? Sie hatte sogar einen verdammt guten Grund, aber wenn sie mit ihren Kindern darüber sprechen würde, würden sie es ihr nur ausreden wollen. Sie versuchte, freundschaftlich zu klingen, aber eigentlich hätte sie ihre Schwiegertochter am liebsten rausgeschmissen.

»Beruhige dich«, sagte sie. »Wenn du so weitermachst, verschluckst du dich noch an deiner Zunge. Hör mir mal zu: Bis ich den Löffel abgebe, bekommt die Kirche gar nichts, und du weißt ganz genau, dass fiese alte Hexen wie ich steinalt werden. Bis dahin hat dein schneidiger Sohn Millionen gemacht und euch ein dutzend Strandvillen gekauft, von denen jede einzelne besser ist als die zwei hier.«

Ann Marie lächelte nicht: »Ich bin ein guter Mensch, Alice. Ich habe das nicht verdient.«

Alice hielt kurz inne, dann sagte sie: »Aber natürlich bist du ein guter Mensch. Wo sind übrigens Maggie und Kathleen abgeblieben? Was hältst du davon, wenn wir Spaghetti kochen, damit sie der Tomatensoße Gesellschaft leisten können?«

»Meinetwegen«, murrte Ann Marie.

Dann sprachen sie nicht mehr von dem Testament. Stattdessen redeten sie über Maggies Situation, und Ann Marie sagte, dass sie ganz außer sich sei – diesmal aber deshalb. Sie schalteten den Fernseher ein und taten so, als seien sie ganz von einer ziemlich schlechten Produktion von *Stolz und Vorurteil* gefesselt, die beide erst vor einem Monat gesehen hatten.

Das Telefon klingelte stündlich, und Alice warf einen Blick aufs Display. Es war jedes Mal Patrick. Alice drückte ihn weg.

»Geh ruhig ran«, sagte Ann Marie.

Es war offensichtlich, dass Patrick nur tat, was seine Frau ihm aufgetragen hatte.

»Ach nein, ich hab keine Lust«, sagte Alice. »Wahrscheinlich ist es sowieso nur wieder irgendein Inder, der mir was übers Telefon verkaufen will.«

Der Kellner kam mit einem Brotkorb, und Alice bestellte eine Bloody Mary. Das Lokal füllte sich langsam. Es wäre unhöflich gewesen, den Tisch zu besetzen, ohne mehr als einen Tee zu trinken. Als der Kellner ihr den Rücken gedreht hatte, hob sie eine Ecke der Stoffserviette im Brotkorb und fischte drei winzige Marmeladengläschen heraus, die sie sofort in ihrer Handtasche verschwinden ließ. Dann winkte sie einen anderen Kellner herbei und sagte: »Könnte ich bitte Marmelade bekommen?«

»Kommt sofort.«

Ein Fahrer drückte auf die Hupe, und Alice zuckte zusammen. Auf den ersten antworteten andere Fahrer, und es entstand eine Symphonie aus Gehupe und Geschimpfe. Heutzutage fuhr sie nur noch selten so weit, aber als junge Frau war sie oft durch die Straßen von Portland geschlendert und mit Rita im Schlepptau von einem Laden in den nächsten gezogen. Aber heute war kein Verlass mehr auf ihre Augen. Auf der Strecke hierher hatte sie sie zusammengekniffen, um überhaupt die Straßenschilder zu erkennen, besonders am Anfang der Strecke, wo es neblig und grau gewesen war.

Alice spürte eine Berührung auf der Schulter.

»Hallo«, sagte Pfarrer Donnelly. »Danke, dass Sie kommen konnten.«

Er sah besser aus denn je. Die jungen Leute in Anzügen am nächsten Tisch starrten auf sein Kollar. Hatten die denn noch nie einen Priester gesehen? Alice bereute, dieses Lokal ausgesucht zu haben, und konnte nur hoffen, dass er die Tischnachbarn nicht bemerkte.

Sie richtete sich auf dem Stuhl auf: »Ich war mir nicht sicher, ob Sie draußen oder drinnen bevorzugen. Wir können gerne umziehen, wenn Sie wollen.«

»Nein, nein«, sagte er. »Es ist genau richtig.«

Er setzte sich auf den Stuhl ihr gegenüber: »Wie geht es Ihnen?«

»Naja, es könnte besser sein«, sagte sie.

Er nickte: »Gestern muss ein schwieriger Tag für Sie gewesen sein.«

»Das stimmt. Und ich muss Ihnen noch einmal sagen, wie leid es mir tut, dass Sie das miterleben mussten. Ich für meinen Teil schäme mich meines Verhaltens jedenfalls sehr.«

Er wehrte ab: »Wieso denn? Das passiert in jeder Familie.«

Dann erschien der Kellner mit der Marmelade und schenkte dem Priester Kaffee ein. Pfarrer Donnelly wartete, bis der Kellner gegangen war, dann fuhr er fort: »Ich war davon ausgegangen, dass Sie Ihre Familie in die Entscheidung einbezogen hatten, Alice. Ich bin unendlich dankbar, dass Sie die Spende überhaupt in Betracht gezogen haben, aber mittlerweile bin ich mir nicht mehr sicher, ob ich das Haus annehmen kann. Ich will auf keinen Fall, dass es meinetwegen Streit gibt.«

»Das ist doch Unsinn«, sagte sie.

»Aber Ihre Schwiegertochter war doch gestern ganz außer sich. Es tut mir leid, dass sie es auf diese Weise erfahren hat, aber –«

»Meine Schwiegertochter ist eine Hysterikerin«, unterbrach Alice. »Da kann man gar nichts machen.«

»Mir ist nicht ganz klar, weshalb Sie mit niemandem über Ihre Idee gesprochen haben.«

»Ach, die werden sich schon daran gewöhnen«, sagte sie.

»Genau darum geht es mir. Mir ist dabei nicht wohl.«

»Es war ein momentaner Schock für Ann Marie«, sagte sie, »aber glauben Sie mir: Von denen weiß keiner das Anwesen wirklich zu schätzen.«

»Trotzdem«, sagte er.

»Wenn Sie so alt sind wie ich, werden auch Sie auf Ihr Leben zurückblicken«, erklärte sie. »Dann werden Sie die Dinge sehen, die Sie gut gemacht haben und diejenigen, die Sie in den Sand gesetzt haben. Ich wollte ein guter Mensch sein, Herr Pfarrer, aber normalerweise habe ich es immer irgendwie vermasselt. Sie sehen es ja selbst.«

»Was soll ich sehen?«

»Meine Kinder, zum Beispiel.«

»Sie haben eine wundervolle Familie, Alice. Die Gesellschaft Ihrer Enkelin Maggie in den letzten Wochen war mir eine große Freude.«

»Maggie ist schwanger«, entgegnete sie. »Kathleen kann mich nicht ausstehen, genau wie Clare, meine andere Tochter. Und Ann Marie hat sich mit mir nur abgegeben, um an das Haus zu kommen.«

»Das ist nicht wahr«, sagte er. »Und was Maggie angeht –«

»Bitte«, unterbrach sie ihn. »Ich möchte darüber jetzt nicht sprechen.«

»Darf ich Ihnen eine Frage stellen, Alice?« Sie nickte. »Woher kam ursprünglich die Idee, das Anwesen der Kirche zu spenden? Es ist doch nicht etwa eine persönliche Abrechnung?«

»Natürlich nicht.« Es war ihr unangenehm, dass er so von ihr dachte.

»Was war es dann?«

»St. Michael bedeutet mir unglaublich viel«, erklärte sie. »Ich habe lange darüber nachgedacht, was Sie über gute Taten gesagt haben, als ich Sie vergangenen Winter wegen meiner Schwester anrief. Die Spende ist meine Art, in kleinem Rahmen Buße zu tun. Ich weiß, dass es in keiner Relation zu meiner Sünde steht, aber –«

»Sie müssen aufhören, sich Vorwürfe zu machen«, sagte er. »Sie haben nicht gesündigt. Es war ein Feuer. Und Sie hatten das Lokal verlassen, lange bevor es ausbrach.«

»Das ist es ja«, sagte sie leise. »Ich habe Ihnen nicht die ganze Wahrheit gesagt. Würden Sie es als Beichte anerkennen, wenn ich Ihnen hier und jetzt erzähle, was ich bisher verschwiegen habe?«

»Wenn Sie es so wünschen.«

Alice war klar, dass sie dazu nur ein einziges Mal den Mut haben würde. Deshalb hatte sie es ihren Brüdern erzählen wollen, aber die waren jetzt nicht mehr da. Dann hatte sie es Daniel sagen wollen, aber auch der war schon lange tot. Die Beichte vor dem Pfarrer war eigentlich eine Beichte ihnen allen gegenüber. Im Geiste sah sie ihre ewig vierundzwanzigjährige Schwester vor sich.

»Ich bin damals nicht gleich nach Hause gefahren«, sagte sie leise. »Auch, wenn das alle gedacht haben, sogar mein Mann. In Wirklichkeit war ich da. Mary war meinetwegen im Lokal, als das Feuer ausbrach.«

Der Pfarrer sah verwirrt aus, als sei er sich nicht sicher, ob sie die Wahrheit sagte.

»Alles hat mit diesen dämlichen Handschuhen angefangen, weil ich mich unbedingt weigern musste, wieder reinzugehen und sie zu holen, weil ich doch wegen Henrys Antrag so sauer war, was natürlich auch schon unrecht war, aber –« Sie hielt inne. »Das ist alles vollkommen unverständlich, oder?«

Er lächelte ihr ermutigend zu: »Nehmen Sie sich Zeit«.

Alice war schon jetzt ziemlich außer sich. Ihr Herz raste. Sie atmete tief durch und fing noch einmal ganz von vorne an. Diesmal ließ sie nichts aus. Dabei war sie selbst überrascht, wie genau sie sich an das letzte Gespräch mit ihrer Schwester erinnerte. Daran, was sie gefühlt hatte, als sie Mary noch einmal in das Lokal hatte gehen sehen, um sich ihre Lieblingshandschuhe zurückzuholen. Und an das Jaulen des Feueralarms.

Während sie erzählte, kehrte sie zurück zu jener eiskalten Nacht, stand abermals im Chaos auf dem Gehweg, sah abermals die Toten und Verletzten und konnte abermals nichts für Mary tun, die auf der anderen Seite der einfachen, unverputzten Backsteinwand starb.

Dann erinnerte sie sich, wie sie das Wohnzimmer der Eltern betreten hatte, an die große Erleichterung beim Anblick ihrer Brüder. Und dann, wie sie ihnen allen gleich darauf hatte erklären müssen, dass Mary noch im Lokal gewesen war. Mehr hatte sie nicht sagen können.

Sie erzählte, dass sie damals nichts für Daniel empfunden hatte und wie kühl sie zu ihm gewesen war. Aber sie erklärte auch, dass er nach dem Unfall ihre einzige Chance gewesen war, dem Albtraum bei ihren Eltern zu entkommen und ein tugendhafteres Leben zu führen.

Sie gab zu, weder Daniel noch sonst irgendjemandem erzählt zu haben, was sich in jener Nacht wirklich abgespielt hatte.

Pfarrer Donnelly war zu jung, um zu wissen, dass der Brand im Cocoanut Grove noch jahrelang im Gespräch geblieben und immer wieder in den Zeitungen thematisiert worden war. Sie erzählte, dass sie süchtig nach diesen Berichten gewesen war, obwohl sie davon trübsinnig wurde, und dass Daniel ihr abgeraten hatte, sich dem Thema weiterhin auszusetzen.

Wenn sie einmal von einem Opfer gehört hatte, vergaß sie es nie. Sie trug jedes einzelne Schicksal für immer bei sich. Eine Familie aus Wilmington hatte vier Söhne verloren, Soldaten auf Heimaturlaub. Sie lagen nebeneinander auf dem Wildwood Friedhof, und einige von Alices jungen Kolleginnen in der Kanzlei besuchten die Gräber jeden Samstagmorgen, obwohl sie die jungen Männer gar nicht gekannt hatten.

Clifford Johnson, ein zwanzigjähriger Rettungsschwimmer, erlitt bei der Rettung von zwei Menschen schwere Verbrennungen auf drei Vierteln seiner Haut. Er lag fast zwei Jahre lang im Boston City Hospital. Nach unzähligen Operationen heiratete er seine Krankenpflegerin und kehrte nach Missouri zurück. Er starb 1956 in einem Feuer.

Jedes Mal, wenn sie von einem Opfer hörte, erinnerte sie sich ihrer letzten Worte an ihre Schwester und den Ausdruck auf Marys Gesicht. *Du hättest eben nicht mit ihm ins Bett steigen sollen.* Mit diesen Worten hatte sie ihrer Schwester Angst gemacht, obwohl sie doch genau gewusst hatte, dass Henry ihr einen Antrag machen wollte. Mary hatte geglaubt, dass Henry sie wegen dieser Sache ablehnte, und Alice hatte das nicht richtiggestellt. Vielleicht war es der letzte Gedanke ihrer Schwester gewesen. Jetzt würde sie die Wahrheit nie erfahren.

Als sie fertig war, sah Alice Pfarrer Donnelly über den Tisch an, als wäre er ein Fremder. Sie fühlte sich entblößt. Über sechzig Jahre lang hatte sie immer und immer wieder über jene Nacht nachgedacht, aber ihre Gedanken und Erinnerungen nie ausgesprochen. Hatte es sich gelohnt, jetzt alles zu sagen? Im Augenblick fühlte sie sich jedenfalls überhaupt nicht besser.

Sie legte ihre zitternden Hände in den Schoß.

Bisher war es eine Sache zwischen ihr und Gott gewesen, und sie hatte sich auf Seinen unbändigen Zorn vorbereitet, weil sie den schließlich verdiente. Aber der Pfarrer sah aus, als würde er gleich weinen. Waren da nicht Tränen in seinen Augen?

Er schüttelte den Kopf: »Ach Alice, das tut mir ja so leid.«

»Es tut Ihnen leid?«

»Jahrzehntelang haben Sie das ganz grundlos mit sich herumgetragen. Sie haben nichts falsch gemacht.«

»Aber natürlich habe ich das.«

Er beugte sich vor und legte eine Hand auf ihre.

»Es macht mir Sorgen, dass Sie sich deswegen noch immer so quälen«, sagte er. »Haben Sie nie mit Ihren Kindern darüber gesprochen?«

Was sollte sie ihnen denn sagen? Dass ihre einzige Schwester wenige Stunden vor ihrer Verlobung umgekommen war? Dass es zwar ein tragischer Unfall war, es aber auch zur Einführung von neuen Feuerschutzbestimmungen im ganzen Land geführt hatte und zu bahnbrechenden Entwicklungen in der Behandlung von Brandverletzungen? Dass es seitdem in ganz Boston keine Tür mehr gab, die sich nach innen öffnete und keine Drehtüren, die nicht von zwei normalen flankiert waren? Dass ihr Blick sich nicht in einem Raum voller Menschen mit dem ihres Mannes getroffen und sie sich im selben Augenblick unsterblich in ihn verliebt hatte, sondern er für sie nichts als ein Fluchtweg gewesen war? Dass Alices Dickköpfigkeit und ihre Wut, zwei Dinge, die sie trotz allem bis heute nicht im Griff hatte, ihrer Schwester das Leben gekostet hatten?

»Nein«, antwortete sie.

»Das könnte Ihnen helfen«, sagte er. »Ich bin sicher, dass sie bestätigen würden, was ich Ihnen schon gesagt habe.«

Vielleicht hatte er sie nicht richtig verstanden. Er war ja so jung – er könnte ihr Enkel sein. Ja, vielleicht lag es daran. Er war zwar Priester, aber eben nicht von der alten Garde. Er glaubte nicht ans Fegefeuer. Wahrscheinlich glaubte er nicht einmal an die Hölle. Alice brauchte einen härteren Priester. Einen, der mit Stahlwolle auf ihre Sünden losging und schrubbte, bis sie blutete.

»Ich habe meine Schwester ermordet«, sagte sie.

»Nein, Alice!« Er atmete tief durch. »Da ist etwas, über das Sie mal nachdenken sollten. Bei unserem Treffen bei Ihnen in Canton im letzten Winter haben Sie mir erzählt, dass Sie vor dem Tod Ihrer Schwester nicht hatten heiraten wollen und keine Kinder haben wollten.«

Sie erinnerte sich an Kathleens Worte vom Vortag: *Du warst kein großes Talent ... ein dummer Kindertraum*. So etwas Ähnliches hatte Daniel bei ihrem ersten Treffen auch gesagt.

Der Pfarrer fuhr fort: »Der Tod Ihrer Schwester war ein schwerer Verlust. Aber bedenken Sie doch, wie viel Freude und wie viel Leben daraus entstanden ist. Und all das Ihretwegen.«

Dieses süße Geplauder gefiel ihr nicht. Wenn sie eine Bestätigung dafür hätte haben wollen, dass sie ein wertvoller, guter Mensch war, würde sie es wie Kathleen machen und professionelle Cheerleader anheuern. Dafür brauchte sie keinen Priester.

»Nach ihrem Tod habe ich Gott geschworen, mich zu bessern. Ich habe meine kindischen Träume aufgegeben und versucht, Mary zuliebe zu tun, was sie getan hätte. Aber ich habe versagt. Meine Kinder respektieren mich nicht. Sie glauben nicht einmal an Gott. Ich hätte damals sterben sollen, nicht Mary.«

»Sie sind zu streng mit sich«, meinte der Pfarrer.

»Ich suche keinen Trost«, sagte sie.

»Was suchen Sie dann?«

»Ich wünsche mir, vor meinem Tod irgendwie noch den Stand

der Gnade zu erreichen«, sagte sie, »um im Jenseits meinen Mann und meine Schwester wiederzusehen.«

Er schüttelte den Kopf: »Ich kann Ihnen auf der Stelle Ablass erteilen, wenn Ihnen das hilft. Aber dafür müssen Sie doch nicht den Familienbesitz weggeben.«

»Ablass gewinnt man, wenn man sich oder seine Besitztümer Bedürftigeren zur Verfügung stellt«, fuhr sie ihn an, als wäre er eines ihrer Kinder. »Sie können ihn mir nicht einfach so erteilen.«

»Alice. Wenn das Motiv Ihrer Spende Schuldgefühle sind, kann ich sie nicht in gutem Glauben annehmen. Das muss Ihnen doch klar sein.«

»Ich tue das nicht aus Schuldgefühl«, erwiderte sie. »Ihnen das Anwesen zu vererben, ist meine letzte Chance, etwas Sinnvolles zu tun. Für alles andere ist es zu spät.«

Sie dachte an St. Agnes, ihre gemütliche alte Kirche in Canton, die im Herbst der Abrissbirne zum Opfer fallen würde. Wie hatte sie das zulassen können? Seit den Monaten und Jahren, die auf Marys Tod folgten, hatte sie nicht mehr so viele schlaflose Nächte mit der Frage verbracht, wie ihr etwas so Heißgeliebtes zwischen den Fingern hatte zerrinnen können.

»Das Anwesen ist mein Eigentum«, sagte sie ernst. »Die hysterische Reaktion gewisser Personen, die Sie gestern miterlebt haben, ändert nichts an der Tatsache, dass niemand das Grundstück mehr liebt als ich. Aber lassen Sie mich eins klarstellen: Ich würde die Häuser ohne mit der Wimper zu zucken hier und jetzt in Grund und Asche legen, wenn ich St. Michael dadurch retten könnte. Ohne die Kirche hätte ich es nicht geschafft. Ich will mir eine Welt, in der es für die Menschen solche Institutionen nicht gibt, gar nicht vorstellen.«

Er nickte: »Verstehe. Ich will nur sichergehen, dass Ihre Spende aus den richtigen Motiven zustande kommt.«

»Es ist geschehen und wird nicht rückgängig gemacht werden«, sagte sie. »Ich habe alle Argumente abgewogen, bevor ich die Papiere unterzeichnet habe.«

»Tja, dann muss ich Ihnen nochmals danken«, sagte er. »Derartige Großzügigkeit ist eine Seltenheit, Alice. Sie sind der Schlüssel zur Lösung unserer Probleme. Sie sichern unser Überleben.«

Da erinnerte Alice sich an einen Nachmittag vor ein paar Wochen, als sie neben Pfarrer Donnelly an einem Krankenbett gestanden und beobachtet hatte, wie er die Sterbesakramente erteilte. Wie sehr das den Sterbenden getröstet hatte. Alice hoffte, dass ihre Kinder eines Tages verstehen würden, worum es ihr ging. Dann dachte sie, dass sie heute etwas grob mit Pfarrer Donnelly umgesprungen war.

»Nein, Sie selbst sind der Schlüssel«, sagte sie und war entschlossener denn je.

Maggie

Als Maggie am Morgen nach dem Streit aufstand, saßen ihre Mutter und Ann Marie teetrinkend auf der Veranda. Es musste geregnet haben, denn hier und da war das Holz feucht und noch nicht gänzlich von der heißen Morgensonne getrocknet. Kathleen beugte sich über eine Zeitung, und es sah aus, als würde Ann Marie winzige Knöpfe auf kleine blaue Stoffquadrate kleben. Einen Augenblick lang dachte Maggie schon, ein Wunder sei geschehen und die zwei hätten sich vertragen. Wenn das möglich wäre, war auch der Weltfrieden kein Problem mehr.

Doch als Maggie durch die Tür trat und ihnen einen guten Morgen wünschte, blickte Kathleen von der Zeitung auf und sagte: »Mensch Mags, heute ist ein ganz toller Artikel über Whitey Bulger im *Globe*. Den musst du lesen.«

Whitey Bulger war ein irischer Gangsterboss aus dem Süden Bostons, dessen Erfolg angeblich auf einer dubiosen Beziehung zum FBI gründete. Sein Bruder hatte den entgegengesetzten Weg eingeschlagen, hatte Jura studiert und war schließlich zum Präsidenten des Senats von Massachusetts aufgestiegen. Die Bulgers kamen aus der gleichen Nachbarschaft wie Ann Maries Familie, und ihr Bruder war mal eine kleine Nummer in Whitey Bulgers Gang gewesen. Kathleen nutzte jede Gelegenheit, in Gegenwart von Ann Marie etwas in der Richtung zu erwähnen, weil sie genau wusste, dass sich ihre Schwägerin dafür schämte.

Und Kathleen war noch nicht fertig: »Wusstest du, dass Whitey Bulger ein Kind hatte? Hier steht, dass der Kleine an einer seltenen Krankheit gestorben ist und Whitey und seine Jungs deshalb so böse geworden sind. Ziemlich interessant, oder?«

Gerade hatte Ann Marie Maggie noch angelächelt, jetzt senkte sie den Blick.

Maggie konnte es nicht ausstehen, wenn ihre Mutter andere schikanierte. Sie warf ihr einen wütenden Blick zu.

Was denn?, sagte Kathleens Mund lautlos, als könnte sie kein Wässerchen trüben.

Die Sache mit Whitey Bulger war wieder etwas, das Maggie an Gabe erinnerte. Dabei hatte es eigentlich gar nichts mit ihm zu tun. Als Kind war Maggie verrückt nach der Bulger-Gang gewesen und war später immer davon ausgegangen, dass sie jeder kannte. Aber dann erwähnte sie die Gang irgendwann Gabe gegenüber, und er brach in solch ein Gelächter aus, dass ihm das Bier zur Nase herauskam.

»Was ist daran so witzig?«, fragte sie.

»Whitey Bulger?«, hatte er ungläubig gesagt. »Das klingt wie der Kosename von einem Burschenschaftler für seinen Schwanz.«

Kathleen legte ihre nackten Füße auf eine Kühlbox, die vermutlich schon seit letztem August auf der Veranda herumstand.

»Lust auf Frühstück im Diner?«, fragte sie Maggie.

Maggie hatte einen Bärenhunger, aber sie war nicht gerade heiß darauf, mit ihrer Mutter alleine zu sein. Kathleen ging ihr auf die Neven, und sie nahm es sich übel, dass sie von ihrer Mutter genervt war. Sie hatte versucht, das Gefühl zu unterdrücken, aber wenn sie ehrlich war, war es vor Kathleens Ankunft schöner hier gewesen.

Ihre Mutter wollte, dass sie zu ihnen nach Kalifornien zog, und brachte das jedes Mal ins Gespräch, wenn sie alleine waren. Es war eine lächerliche Idee, aber Maggie fragte sich, ob der Gedanke sie vielleicht deshalb so aufregte, weil er eine tatsächliche Möglichkeit darstellte. Sie hatte große Angst vor finanzieller Not. In New York war es schon ein Kampf, nur sich selbst über Wasser zu halten. Und wenn sie sich dieses Kind einfach nicht leisten konnte und schließlich doch zu ihrer Mutter würde ziehen müssen? Sie sah sich schon als Alleinerziehende ihr Leben im Schatten von Kathleens Hippieschlaftablette von einem Freund und seiner Würmerfarm fristen, und natürlich auch im Schatten von

Kathleen selbst, die Maggie ständig daran erinnern würde, dass sie eigentlich wirklich kein kleines Kind im Haus haben wollte.

»Tante Ann Marie?«, fragte sie jetzt. »Frühstück im Diner?«

»Ach nein, ich nicht, Süße. Vielen Dank«, antwortete sie. »Ich will bis zum Independence Day noch ein bisschen abnehmen.«

»Warum das denn?«, fragte Kathleen. »Du willst wohl Patrick mit einer sexy Bikinifigur beeindrucken?«

Ann Marie konzentrierte sich wieder auf ihre Knöpfe.

»Was machst du da eigentlich?«, fragte Kathleen.

»Ich nähe einen Schonbezug.«

»Und wofür?«

»Für ein Sofa.«

»Sie ist im Finale von diesem super renommierten Wettbewerb für Raumgestaltung«, sagte Maggie.

»Genau«, sagte Ann Marie. »Pat und ich sind zur Endausscheidung nach London eingeladen.«

Kathleen streckte sich ausgiebig. »Raumgestaltung?«

»Kunst und Design an Gebäudemodellen.« Ann Marie wirkte nervös, und Maggie dachte, dass sie sich die Bezeichnung gerade ausgedacht haben musste.

»Puppenhäuser«, sagte Maggie, und fuhr, bevor ihre Mutter ihren Senf dazugeben konnte, fort: »Ziemlich cool. Das Brooklyn Museum hat dem Puppenhaus letztens eine Ausstellung gewidmet. Echt beeindruckend.«

Kathleen sah Maggie ungläubig an und sagte dann: »Jetzt aber los. Zieh dir was über, und wir gehen frühstücken, nur du und ich.«

»Ich würde gerne mitkommen, aber die Arbeit ruft«, sagte Maggie.

»Gehst du mir aus dem Weg?«, fragte Kathleen wie im Scherz, aber Maggie kannte sie gut genug, um zu wissen, dass sie es ernst meinte. Es war auch nicht das erste Mal seit ihrer Ankunft vor kaum vierundzwanzig Stunden, dass sie diese Vermutung aussprach.

Am Abend zuvor war sie mit Kathleen essen gegangen, und danach war sie ihr bis zum Schlafengehen im Sommerhaus ausgeliefert gewesen.

Ihre Mutter hatte jede Menge Zeit gehabt, Maggie ihren absurden Plan vorzustellen: Maggie sollte ins Weinbaugebiet ziehen und ihr Kind im gesunden Umfeld der Wurmfarm eines Abstinenzlerpärchens aufziehen. Na wunderbar! Maggie sagte nicht, dass sie Kathleens Lebensweise befremdlich fand oder dass sie schon nach einer Woche mit ihr genug hatte. Sie sagte auch nicht, dass Kathleens Haus so versifft war, dass sie darin nicht einmal einen Hamster großziehen würde, schon gar nicht ein Kind. Maggie wusste ja schließlich, wie man sich beherrschte.

Im Gegensatz dazu hatte Kathleen ihr ganzes Arsenal auf Maggie abgeschossen, Gabe niedergemacht und ihm alles Mögliche vorgeworfen. Sie hatte ja recht, aber es tat trotzdem weh. Niemand konnte Maggie so wehtun wie ihre eigene Mutter. Sie hätte das alles lieber nicht gehört, und nach Gabes E-Mail war es auch wirklich nicht mehr nötig.

»Wo ist Alice?«, fragte sie jetzt.

»Das haben wir uns auch schon gefragt«, sagte Kathleen.

»Was ist denn jetzt mit dem Haus?«, fragte Maggie ihre Tante.

Ann Marie schüttelte den Kopf: »Ich bin so geladen. Eigentlich kann ich noch gar nicht darüber sprechen.«

Dabei wirkte sie gar nicht wütend. Eigentlich war sie so munter wie immer.

Sie fuhr fort: »Alice hat testamentarisch verfügt, dass nach ihrem Tod alles hier an St. Michael geht.«

Maggie war fassungslos: »Wann ist das denn passiert?«

»Soweit ich weiß, hat sie die Papiere vor einem halben Jahr unterschrieben. Aber Pat erkundigt sich noch, ob wir das nicht anfechten können. Immerhin haben wir den Neubau gebaut.«

»Ach, tatsächlich? Das wussten wir gar nicht«, sagte Kathleen.

Ann Marie ignorierte den Kommentar: »Wir haben auch Rechte. Jetzt hat Pat mir jedenfalls erstmal geraten ruhig zu bleiben und abzuwarten, bis er das mit seinen Anwälten geklärt hat. Und genau das versuche ich jetzt.«

Ann Marie lächelte, und Maggie war überzeugt, dass diese Art extremer Liebenswürdigkeit nur durch die Einnahme gewisser kleiner Pillen zu erklären sei.

»Das Ganze ist doch typisch Alice«, sagte Kathleen. »Wenn mein Vater das nur sehen könnte.«

Die Erinnerung an die Beerdigung ihres Großvaters tat weh. Onkel Patrick hatte die Trauerrede gehalten, und Chris und Daniel Junior hatten am Altar unsicher die Fürbitte vorgelesen. Chris' Stimme hatte gezittert, als er sagte:

»Mögen wir einander in Zeiten der Trauer Kon*sol*ation spenden, denn auch Jesus brauchte nach dem Tode Lazarus Kon*sol*ation.«

»Wir bitten Dich, erhöre uns«, antwortete die Gemeinde mechanisch, und Maggie dachte, dass Chris das veraltete Wort *Konsolation* ausgesprochen hatte, als wäre es ein elektronisches Gerät und Jesus der dazugehörige Fünfzig-Zoll-Bildschirm, der im Regal Staub fängt.

In Zeiten der Trauer und des Verlustes suchten die Frauen der Familie bei den Männern Schutz. Vielleicht, weil die in ihren Anzügen so unerschütterlich aussahen. Die Männer ließen ihre Frauen und Töchter vor der Kirche aussteigen, um ihnen den Fußweg vom Parkplatz zu ersparen, und trugen den Sarg vom Leichenwagen die Treppe hinauf. Aber letztendlich waren es doch die Frauen, die die Welt wieder in die Angeln hoben.

Der Chor sang das Ave Maria, während die Gaben zum Altar gebracht wurden. Alle hatten geweint. Es war eines jener Lieder, das alte Erinnerungen hervorbrachte und einem das eigene Leben als einen Zusammenschnitt der Menschen vorführte, die einen am tiefsten berührt hatten und jetzt nicht mehr da waren. Ihre Mutter weinte wahrscheinlich, weil sie jetzt ja eine Art Waise war.

Maggie weinte um Daniel, aber auch aus Angst davor, einst Kathleen zu verlieren. Sie weinte auch, weil Kathleen und sie sich vermutlich nie ganz verstehen würden, obwohl ihre Liebe zueinander so stark war, dass sie Maggie oft zu ersticken drohte.

Später stand die Trauergemeinde um den mit einer amerikanischen Flagge bedeckten Sarg. Niemand rührte sich oder gab einen Laut von sich, während zwei uniformierte Soldaten auf einem Ghettoblaster das kurze Trompetensignal abspielten und dabei die Flagge mit exakten Bewegungen in immer kleinere Dreiecke zusammenlegten. Einer der beiden reichte sie Alice mit den Worten: »Im Namen einer dankbaren Nation überreiche ich Ihnen diese Flagge als Zeichen unserer Anerkennung der treuen und selbstlosen Dienste Ihres Mannes für unsere Nation.«

Da fiel Maggie auf, dass Daniel ihr gegenüber den Krieg nie erwähnt hatte.

Während der Priester der Gemeinde vorbetete, drehte sie sich nach dem Meer der Gesichter um und dachte darüber nach, dass die katholischen Bräuche, so veraltet sie auch waren, doch eine Funktion erfüllten: Hier ging niemand allein. Was blieb war die Frage, wer später noch kommen würde. Wer würde Daniels Grab besuchen, wenn es draußen bitterkalt war? Wer würde jährlich zu seinem Geburtstag herkommen? Auf einem Friedhof erkannte man sofort, welche Gräber regelmäßig besucht wurden und welche nicht: Auf manchen häuften sich immer frische Blumen. Maggie fragte sich, ob das wohl die Gräber der zu Lebzeiten am meisten oder der am wenigsten Geliebten waren.

Jetzt saß sie mit ihrer Mutter und Tante hier im Sommerhaus und dachte an das Kind unter ihrem Herzen. Das Mädchen würde ihr Leben leben – Kindheit, komplizierte Jugend, Ehe und eigene Familie, ganz normal – und irgendwann würde auch sie sterben, und ihre Enkel würden auf der Kirchenbank sitzen. An Maggie würden sie sich schon nicht mehr erinnern, außer vielleicht als die schwächliche alte Urgroßmutter. Von Kathleen hatten sie vielleicht einmal erzählen gehört.

Von draußen drang das Geräusch eines Autos zu ihr herein. Maggie reckte den Hals und sah das braune Dach eines Lieferwagens aufs Haus zukommen. Kurz darauf klopfte es, und neugierig geworden gingen alle drei zur Tür. Das konnte passieren, wenn man hier im Idyll am Meer war. Zuhause, wo ständig ein Fernseher lief, der Computer Aufmerksamkeit verlangte oder ein Telefon klingelte, würde sich keiner vom Sofa erheben, um herauszufinden, was der Lieferant heute brachte. Das konnte doch jemand anders machen.

Von dem Lieferanten sahen sie nur ein Paar Beine in kurzen braunen Hosen und hochgezogenen Socken. Der Rest verschwand hinter einem überdimensionalen Pappkarton, den er gerade so umfassen konnte.

»Lieferung für Ann Marie Kelleher«, hörten sie eine Stimme hinter dem Karton.

Ann Marie eilte auf ihn zu und öffnete das Fliegengitter.

»Oh, vielen Dank! Bitte stellen Sie es hierher. Aber vorsichtig!«

Kathleen verdrehte die Augen.

Dann setzte Ann Marie ihre Unterschrift auf einen Zettel, den der Lieferant ihr auf einem Klemmbrett hinhielt.

»Schönen Tag noch, die Damen«, sagte er und war schon weg.

Einen Augenblick lang standen sie nur da und starrten die riesige Kiste an.

»Kann man Ponys jetzt auch per Versand bestellen?«, fragte Kathleen.

»Das ist mein Puppenhaus«, sagte Ann Marie. Sie konnte ihre kindliche Freude nicht verbergen, und Maggie fand das irgendwie süß. Meine Güte, ihre Mutter stand doch auf Würmer. Sollte es ihr da tatsächlich unmöglich sein, die seltsamen Leidenschaften anderer nachzuvollziehen?

»Ich hol schnell ein Messer aus der Küche«, sagte Ann Marie und verschwand.

»Um Gottes willen«, sagte Kathleen. »Ein Messer? Sie muss sich doch nicht gleich etwas antun, nur weil sie eingesehen hat, wie peinlich es ist, als erwachsene Frau ein Puppenhaus zu haben.«

»Mama!«

»Was denn?«

Ann Marie kam zurück, führte das Messer durch das braune Klebeband und öffnete den Karton. Die drei steckten die Köpfe über dem Karton zusammen, in dem ein Miniaturbacksteinhaus in einem Meer grüner, erdnussgroßer Schaumbällchen stand. Maggie hielt den Karton fest, während ihre Tante das Haus herauszog und vorsichtig abstellte.

»Ist es nicht wundervoll?«, rief Ann Marie aus. »Es ist sogar noch schöner als auf der Abbildung.«

Das Haus war wirklich hübsch, und es brachte einen zum Träumen, bis man schließlich glaubte, dass man irgendwo zwischen den Hügeln Englands Schafe züchten und Gedichte lesen und sein E-Mail-Konto ein für alle Mal löschen sollte. Vielleicht wären Puppenhäuser auch was für sie, wenn das Kind erstmal da war. Sie könnte mit Ann Marie einen Laden in Brooklyn aufmachen. Schließlich träumte jeder New Yorker vom Eigenheim, aber nur die wenigsten schafften es. Ein Puppenhaus war da das Nächstbeste.

»Ich muss Patty ein Foto schicken«, sagte Ann Marie.

Während Ann Marie weg war, um ihre Kamera aus dem Auto zu holen, beugte Kathleen sich neugierig über das Puppenhaus, kippte ihre Teetasse und ließ einen dünnen Strahl gelben Tees auf das Dach tropfen.

»Hoppla«, trällerte sie.

»Verdammt, was soll das?«, fragte Maggie und wischte das Dach schnell mit einer Ecke ihres T-Shirts trocken.

»Beruhige dich. Es ist Kräutertee. Der hinterlässt keine Flecken.«

Maggie schüttelte nur den Kopf.

»Was hast du eigentlich gegen mich?«, fragte Kathleen. »Du, es tut mir leid, ich hab das gestern verkorkst. Tagelang hab ich mir Sorgen gemacht und dich nicht erreichen können. Sobald wir dann endlich alleine waren, ist alles nur so aus mir herausgesprudelt.«

Es war sinnlos, dass Kathleen sich entschuldigte. Sie würde es sowieso immer wieder tun. Aber ihre Beziehung hatte eine gewisse Elastizität: Sie wurde oft stark strapaziert, in alle Richtungen gezerrt, gedehnt und gezogen, aber das ging vorbei, und danach nahm sie wieder ihre ursprüngliche Form an. Sie brach nicht.

Ich bin hergekommen, um dich davon abzuhalten, den Fehler deines Lebens zu machen. So hatte sie es gesagt, und ihre Worte hatten Maggie ziemlich niedergeschmettert. Sie ärgerte sich darüber, dass es ihr noch immer so wichtig war, ihre Mutter zufriedenzustellen. Denn je älter sie wurde, je mehr sich ihre Werte von denen ihrer Mutter entfernten, desto schwieriger wurde das.

»Ist schon okay«, sagte Maggie.

»Komm, wir verschwinden aus dieser vergifteten Atmosphäre. Wir könnten nach Boston fahren, uns ein Zimmer nehmen und mal einen kleinen Mutter-Tochter-Trip machen«, schlug Kathleen vor.

»Lieber nicht. Ich muss arbeiten. Schließlich ist mein Urlaub offiziell vorbei, und ich muss wirklich was für *Bis dass dein Tod* machen.«

»Oh«, sagte Kathleen, und Maggie sah, dass sie verletzt war.

»Ganz abgesehen von dem Datingprofil, das ich mir noch aus den Fingern saugen muss. Es ist für eine nicht gerade attraktive Dame, deren Interessen sich auf ihre zwei Zwergpudel, Nagelpflege, Pilates und die Bee Gees beschränken. Und dann hat sie auch noch ein kleines Eifersuchtsproblem.«

Sie hatte Kathleen zum Lachen bringen wollen, aber ihre Mutter sagte sarkastisch: »Was für ein toller Auftrag.«

»Naja, ich muss ja jetzt ein bisschen mehr verdienen«, entgegnete Maggie.

»Tja, es sei denn, du nimmst meinen Vorschlag an und ziehst auf den Hof.«

Maggie beschloss, den Kommentar zu ignorieren: »Ich geh dann mal nach nebenan. In Omas Haus ist ja jetzt niemand.«

Darauf reagierte Kathleen nicht. Stattdessen sagte sie: »Du und ich – wir haben nie Geheimnisse voreinander gehabt.«

Damit hatte sie recht. Maggie wusste zwar, dass das vielleicht nicht das gesündeste Mutter-Tochter-Verhältnis war, aber so war ihre Beziehung eben immer gewesen, und sie war der festen Überzeugung, dass der Grund dafür etwas mit Liebe zu tun hatte.

»Ich weiß.«

»Warum hast du es mir dann nicht erzählt?«

»Hab ich doch. Du warst doch die Erste, die es wusste. Nach Gabe.«

Rhiannon zu erwähnen war jetzt nicht nötig.

»Aber wie lange hast du es gewusst, ohne etwas zu sagen?«

»Anderthalb Monate.«

»Ach, Maggie, wenn ich mir vorstelle, dass du das die ganze Zeit mit dir herumgetragen hast. Ich wünschte, du wärst einfach gleich nach Kalifornien gekommen, anstatt dich dem Familiendrama in Maine auszusetzen.«

Maggie fühlte eine Mischung aus Frustration und Mitleid, und noch bevor sie darüber nachdenken konnte, hörte sie sich schon sagen: »Bis gestern gab es eigentlich gar kein Drama.«

»Ach so. Dann ist es also meine Schuld.«

»So hab ich das nicht gemeint.«

»Maggie, du weißt, dass ich stolz auf dich bin und dich sehr lieb habe. Egal, was passiert«, sagte Kathleen. »Aber ich begreife einfach nicht, woher deine Loyalität dieser Familie gegenüber kommt. Denen sind wir doch scheißegal. Es macht mich so traurig zuzusehen, wie sie dich immer wieder enttäuschen. Genau so haben sie es auch schon mit mir gemacht. Wenn ich daran denke, was Alice gestern zu dir gesagt hat –«

Maggie hatte die Fähigkeit ihrer Mutter ganz vergessen, jedes Gespräch über die Familie schließlich wieder auf sich zu lenken und darauf zu sprechen zu kommen, wie schlecht sie von ihnen behandelt worden war. In den letzten Wochen war Maggie Alice und Ann Marie näher gekommen, und vielleicht war es wirklich naiv, aber sie freute sich darüber. Ihre Mutter meinte es gut, aber Kathleen würde ihr eine Beziehung zum Rest der Familie nie gönnen können.

»Mich enttäuscht niemand«, sagte Maggie. Sie richtete sich auf, nahm ihre Notebooktasche vom Tisch, hängte sich den Riemen vorsichtig über die Schulter und murmelte: »Verdammt, mein Busen tut vielleicht weh.«

Kathleen nickte: »Ja, das gehört dazu. Und gewachsen sind sie auch schon.«

»Echt?«

»Klar. Als ich dich gestern gesehen hab, dachte ich erst, du hättest sie vergrößern lassen.«

»Das könnte ich jedenfalls sagen, wenn jemand fragt«, sagte Maggie. »Okay, ich komm nachher wieder rüber.«

Mit diesen Worten verschwand sie mit ihrem Notebook nach nebenan.

Jedes Mal, wenn sie in den letzten vier Tagen ihre E-Mails geöffnet hatte, hatte sie sich fest vorgenommen, Gabes Nachricht nicht noch einmal zu lesen. Und jedes Mal hatte sie es doch getan.

Als sie die neue Nachricht mit seinem Namen im Absender zum ersten Mal sah, bekam sie Gänsehaut, als hätten sie sich gerade kennengelernt und sie warte darauf, nach der ersten Verabredung wieder von ihm zu hören.

Dabei wusste sie doch schon ganz genau, was passieren würde. Sie würde ihr Kind alleine großziehen. Es war ein beängstigender und betrüblicher Gedanke, aber sie würde es schaffen. Schließlich war sie ja nicht die Erste. Und irgendwie hatte sie immer geahnt, dass sie am Ende alleinerziehende Mutter sein würde. Vielleicht einfach deshalb, weil sie selbst von einer großgezogen worden war.

Sorry, Mags, dass ich jetzt erst schreibe. Seit deiner Nachricht denke ich an nichts anderes als dich und das Baby und frage mich, was ich jetzt machen soll. Vor Schreck hab ich letztens sogar nach Verlobungsringen geschaut. Ich hab denen richtig auf die Vitrinen geschwitzt. Aber ich will weder dir noch mir was vormachen: Ich kann das jetzt nicht. Es ist einfach nicht der richtige Zeitpunkt für mich. Wer weiß, was die Zukunft bringt: Vielleicht werd ich ja irgendwann erwachsen. Aber ich würd dich gern auf einen Kaffee treffen, wenn du wieder da bist. Es tut mir leid. Gabe

Maggie hatte es nicht anders erwartet. Das war typisch Gabe: Sorry, dass ich selbst noch zu sehr Kind bin, um für unser Kleines Verantwortung zu übernehmen. Aber hey, ich lad dich gern mal zu 'nem Latte macchiato ein.

Maggie verstand ihn ja. Und trotzdem trauerte sie um etwas, das sie eigentlich nie gehabt hatte. Damit es zwischen ihnen funktioniert hätte, hätten sie andere Menschen sein müssen: Sie hätte als Freundin mehr Vertrauen haben und er als Freund dieses Vertrauen verdienen müssen. Es war ihr schon klar, dass das einfach nicht der Realität entsprach. Und trotzdem vermisste sie ihn. Warum konnte sich die Ratio etwas so Schlichtes und Alltägliches wie die Liebe nicht unterwerfen?

Maggie setzte sich an den Tisch in Alices Küche, aber schaltete das Notebook noch nicht ein. Stattdessen rief sie ein Polizeirevier in Tulip, einem Städtchen in Texas, an, wo eine verbitterte ehemalige Ballkönigin ihren Mann wegen seiner Affären erschossen hatte. War es nicht vielsagend, dass sie diese Arbeit entspannender fand als ein Frühstück mit ihrer Mutter?

»Guten Tag. Kann ich bitte mit Ihrer Pressestelle sprechen?«, fragte sie und war sich ziemlich sicher, wie die Antwort lauten würde.

»Mit der *was*?«

»Mit Ihrer Pressestelle.«

»Augenblick, bitte.«

Dann war sie in einer Warteschleife und hörte eine Countrysängerin schmettern, wie schön es wäre, wenn irgendjemand (ihr

Kind?) tanzen gehen würde. Ziemlich kitschig, und trotzdem hatte Maggie einen Knoten im Hals. Sie seufzte, denn sie konnte es nicht ausstehen, wenn sie in Selbstmitleid versank.

In den letzten Wochen hatte sie viel über den Horror der Geburt nachgedacht, darüber, was dem Baby alles Schreckliches passieren könnte, wie sie die ärztliche Betreuung während Schwangerschaft und Geburt finanzieren sollte und ob Gabe nicht vielleicht doch in letzter Sekunde in strahlender Rüstung auftauchen würde, um sie zu retten. Aber jetzt hatte sie mit anderen Ängsten zu kämpfen, und die hatten damit zu tun, dass Alice, Kathleen und Ann Marie so einen Wirbel um sie und ihre Zukunft gemacht hatten. Noch war Maggie ein unbeschriebenes Blatt: Kinderlos und unverheiratet stand sie noch ganz am Anfang. Nach der Geburt wäre all das unwiederbringlich vorbei. Die Geburt war ein Schritt in den nächsten Lebensabschnitt, in dem sich keiner mehr um sie kümmern würde, jedenfalls nicht so wie früher. Dann würde sie sich nicht mehr im Bett verkriechen oder sich selbstzerstörerisch gehenlassen können.

Letzteres hatten ihre Mutter und Großmutter getan, aber sie konnte das nicht. Bei ihr sollte das aufhören. Sie würde es sich einfach nicht gestatten.

Vielleicht wäre es besser gewesen, mit zweiundzwanzig und nicht mit zweiunddreißig das erste Kind zu haben. Damals war sie noch jung und naiv genug gewesen, sich vier bis fünf Kinder zu wünschen. Vielleicht kamen Mütter wie Ann Marie auf genau diese Weise zustande: Sie stürzten sich kopfüber ins Familienleben, bevor sie überhaupt wussten, was das eigentlich bedeutete. Sie geizten nicht mit ihrer Zeit, weil sie die Erfahrung nie gemacht hatten, als Erwachsene mehrere Samstage im Bett zu verbringen und sich hintereinander alle Meg-Ryan-Filme reinzuziehen. Sie hatten niemals ein ganzes Wochenende in der Wohnung verbracht, weil ihnen einfach danach war.

Nach allem, was Maggie gelesen hatte, war es unter Müttern Mode, sich über ihre Kinder zu beschweren. Es gab ganze Websites zur Trauerarbeit um die unterschiedlichsten Gegenstände und Körperteile, die die Kinder verunstaltet hatten. Die Trinkenden Mamas United trafen sich wöchentlich in einer Bar in Brooklyn. Es gab Foren, auf denen Mütter jedes kleinste Problem teilten, jeden Tropfen verschütteten Apfelsaft, jede noch so geringe Verspätung des Babysitters und deren Konsequenzen, jeder scheußliche Wutanfall des Kindes, nach dem sie am liebsten weggerannt wären. Sie gaben vor, unglücklich zu sein, und schienen gleichzeitig zufrieden mit sich, das zugeben zu können. Aber warum hatten sie dann Kinder? Vielleicht war dieses exzessive Mitteilungsbedürfnis im Vergleich zu den vielen amerikanischen Hausfrauen, die ihre Bedürfnisse über Generationen hinweg unterdrückten, die immer nur schufteten und dabei lächelten, sogar gesund. Aber Maggie fragte sich doch, ob das Jammern es nicht letztendlich schwerer machte.

Immer noch die Warteschleife. Jetzt erklärte ihr die Sängerin, das Leben sei manchmal schwer, aber doch auch ein Abenteuer; die Liebe sei ein Fehler, aber den mache jeder.

Sie hängte ein und legte den Kopf auf die Tischplatte. Dann hörte sie plötzlich Schritte auf dem Kiesweg, der vom Sommerhaus herüberführte. Das musste Kathleen sein, also nahm sie den Hörer wieder in die Hand und tat so, als sei sie mitten im Gespräch.

Um Himmels willen, so weit war es schon gekommen?

Aber niemand betrat das Haus, und als Maggie den Kopf aus dem Fenster steckte, sah sie nur zwei mümmelnde Kaninchen im Gras.

»Vielen Dank. Auf Wiedersehen«, sagte sie zu ihrem fiktiven Gesprächspartner. Nur für den Fall, dass sie jemand beobachtete.

Maggie atmete den Duft der Kiefern und die salzige Meeresluft tief ein. Der Juni war fast vorbei. Bald musste sie hier weg.

Sie konnte sich nur schwer vorstellen, in ihre alte Wohnung in der Cranberry Street in Brooklyn zurückzukehren. Ihr Leben dort wäre vollkommen unverändert: Morgens würde sie am Fenster sitzen und die frühen Pendler Pappbecher mit dampfendem Kaffee vor sich hertragend zur U-Bahn eilen sehen. Sie würde die durchtrainierte, dynamische Frau in Elasthan bewundern, die, während sie auf den Bus wartete, ihre Rumpfhebe- und -beuge-übungen auf einer Bank auf der anderen Straßenseite machte. Diese Dinge würden sich nicht verändert haben. Aber alles andere würde nie wieder sein wie früher.

In Cape Neddick hatte ihr Leben schnell einen neuen Rhythmus angenommen. Hier waren Gabe, Rhiannon, Allegra und ihre Kollegen durch Alice, Ann Marie und Connor ersetzt worden. Es war noch kein Monat vergangen, aber sie hatte schon Großstadtmuskulatur abgebaut. In Maine gab es jede Menge Platz, aber in New York war man täglich von Fremden umgeben, lebte zwischen, unter und über ihnen. Der Geruch in der U-Bahn war eine Mischung aus den Parfums, dem Schweiß, dem Urin und dem Essen dieser Fremden. Sie lasen bei einem mit, und obwohl man sich darüber ärgerte, sagte man nichts, weil man bei Gelegenheit dasselbe machen würde – der Mensch ist eben ein neugieriges Wesen.

Die Stadt brach ihr täglich das Herz: Schon morgens begegneten ihr gleich vor der Haustür Obdachlosigkeit, Krankheit und Grausamkeit. Gewalt entstand wie aus dem Nichts. Einmal hatte sie am Grand Central Terminal auf die U-Bahn gewartet und beobachtet, wie ein junger Schwarzer einem älteren weißen Mann so ins Gesicht schlug, dass der hinfiel. Zuvor hatte der Alte ein widerliches Wort benutzt, das Maggie nie über die Lippen kommen würde. Trotzdem hatte sie den jungen Mann für feige gehalten.

Sie hatte junge Mütter beobachtet, die ihre Kinder am Arm rissen und schrien, sie sollen sich gefälligst beeilen oder nicht so krümeln. An anderen Tagen hatte sie dann dieselben Mütter dabei beobachtet, wie sie freudestrahlend eine Runde nach der anderen Hoppe, Hoppe Reiter spielten.

Als sie eines Nachts irgendwo im East Village weinend auf der Straße gesessen hatte, waren mehrere Leute stehengeblieben und hatten gefragt, ob alles in Ordnung sei. Sie hatten sich um sie gesorgt, als gehöre sie zur Familie. Aber als ihr an einem grauen Nachmittag im schicken Updown jemand die Handtasche weggerissen hatte und sie um Hilfe schrie, hatte sich niemand nach ihr umgedreht.

Im Gegensatz dazu war hier in Maine alles, Gutes wie Schlechtes, vorhersehbar. Wenn sie doch nur bleiben könnte. Sie malte sich verschiedene Szenarien aus: Vielleicht könnte sie als Putzfrau in St. Michael anfangen, eine Art Eleanor Rigby, die nach der Hochzeit den Reis aufsammelt. Oder sie könnte einen Bestseller schreiben und eine der Schriftstellerinnen werden, deren Kurzbiografie auf dem Schutzumschlag einen vor Neid erblassen lässt: *Die Autorin lebt in Maine und Südfrankreich*.

Wenn sie wenigstens bleiben könnte, bis das Baby da war.

Bald würde es das Haus nicht mehr für sie geben. Sie konnte es noch nicht ganz glauben. Hatte Alice wirklich den Flecken Erde hergegeben, der ihnen allen am meisten bedeutete? Maggie hatte sich vorgestellt, mit ihrem Kind hierher zu kommen, bis sie selbst eine alte Frau war.

Kathleen meinte, dass Ann Marie und Pat ganz offensichtlich Alices baldiges Ableben ersehnten, damit sie sich das Haus unter den Nagel reißen konnten. Hatte sie sich das mit dem Erbe vielleicht deshalb so zurechtgelegt, damit man ihr stattdessen ein ewiges Leben wünschte? Das schien Maggie die einzig logische Erklärung.

Ann Marie war der Meinung, Connor habe Alice irgendwie ausgetrickst, aber das war natürlich absurd. Er war ein guter Mensch und ein aufrichtiger Priester. (Wenn sich eine in jemanden verguckte, der sein Leben Jesus gewidmet hatte, dann Maggie.) Eine sitzengelassene Schwangere erkannte einen wirklich anständigen Mann aus hundert Kilometern Entfernung.

Kurze Zeit später unterbrach Maggie ihre Arbeit, um einen Spaziergang die Briarwood Road hinauf zu machen. Sie versuchte, die Stille in sich aufzunehmen, und konzentrierte sich auf die durch die Kiefern fallenden Sonnenstrahlen und den Vogelgesang über ihrem Kopf. Am Ende der Straße drehte sie sich nach den zwei Häusern um, hinter denen das Meer glitzerte.

Sie bog auf die Shore Road ein und ein Jeep mit einem Surfboard auf dem Beifahrersitz brauste an ihr vorbei. Schließlich erreichte sie Rubys Gemischtwarenladen und ging hinein, um eine Flasche Orangensaft zu kaufen.

Es roch nach scharfem Reinigungsmittel.

»Wie geht es Ihnen heute?«, fragte Ruby höflich.

»Danke, gut, und Ihnen?«

»Gut, gut.«

Im Gang zum Kühlschrank im hinteren Teil des Ladens kam ihr Mort gebeugt wie ein Limbo-Tänzer mit einer Kiste gläserner Milchflaschen auf der Schulter entgegen. Sie wollte ihm helfen, ihn aber auch nicht beleidigen, also blieb sie einfach stehen.

Dann trat eine Frau in den Laden und Maggie hörte Ruby sagen: »Evangeline! Was macht die Erkältung?«

Ruby und Mort plauderten ganz selbstverständlich mit den Ortsansässigen und mit Alice. Maggie hörte gerne zu und hatte sich oft gewünscht auch dazuzugehören, aber sie bekam nie mehr als ein höfliches *Hallo* und *Auf Wiedersehen*. Für Ruby und Mort war Maggie nur ein Sommergast von vielen.

»Heute früh hatten wir eine Touristengruppe aus Worcester hier«, erzählte Ruby der Kundin. »Erst haben sie sich vor dem Laden gegenseitig fotografiert, als wär das hier *Unsere kleine Farm*, und dann sind sie reingekommen und wollten sich mit uns knipsen lassen.«

»Ach herrje«, sagte die andere.

»Sie hatten vor, zum Strand in York zu fahren, und danach wollten sie Erdbeeren pflücken gehen. Zu meiner Zeit war das Erdbeerenpflücken ein Broterwerb. Einen Monat später waren es grüne Bohnen und dann Mais, bis man um Gnade flehte. Wenn ich mir vorstelle, dass die dafür bezahlen, sich in der Hitze den ganzen Tag über Sträucher beugen zu dürfen … also wirklich.«

»Ganz meine Meinung«, sagte die Kundin.

»Wenn du mich fragst, sind das alles Popolöcher«, sagte Mort, indem er die schwere Kiste abstellte.

Maggie musste lachen und drückte sich die Hand auf den Mund.

Ruby schüttelte nur den Kopf, aber sie lächelte dabei, und man konnte sehen, dass sie diesen Mann und das Leben, das sie sich aufgebaut hatten, liebte. Die beiden gingen so vertraut miteinander um, als kannten sie einander durch und durch. Maggie fragte sich, ob sie diese Art von Vertrautheit je erleben würde. Auf dem Spaziergang zurück zum Sommerhaus dachte sie noch immer über diese Frage nach.

Als sie ankam, ging sie zu ihrer Mutter, umarmte sie fest und lud sie zum Mittagessen ein, obwohl sie wusste, dass Kathleen ihr wieder den gleichen Vortrag halten würde. Vielleicht würde sie keinem Menschen je näher sein als ihrer Mutter.

Ann Marie

An den letzten Junitagen hatte es ununterbrochen geregnet, aber am ersten Juli brach die Sonne durch und ihnen strahlte der bisher schönste Tag des Sommers. Ann Marie trat durch die Tür in die warme Sommerluft unter einem blauen Himmel. Sie sah sich um: Unten am Ufer berührte das Meer sanft den feuchten Sand, im Garten blühten Alices Lilien, und über ihrem Kopf bewegte eine Brise die Blätter.

Das schlechte Wetter hatte ihr nichts ausgemacht, denn sie war sowieso viel drinnen gewesen, um das Haus auf Vordermann zu bringen. Kathleen war erst seit vier Tagen da, aber hier sah es vielleicht aus. Überall lagen Zeitungen herum, und auf dem Boden des Badezimmermülleimers hatte Kathleen anscheinend ihre Zigarettenkippen versteckt, die dort hässliche schwarze Flecken und einen Gestank hinterlassen hatten, der erst nach einer Dreiviertelstunde Schrubben mit Natron erträglich wurde. Außerdem war es Kathleen anscheinend vollkommen unmöglich, ein Glas nach Benutzung in die Spüle zu stellen. Auf der Kommode lag ein Stapel Visitenkarten von kalifornischen Schulen (Warum?) und gekritzelte Notizen, aus denen Ann Marie überhaupt nicht schlau wurde: *Was sie wissen müssen: mit Cocktail frühere Orchideenblüte / kräftigere Farben / längere Blütezeit ... flüssige Algen = gesteigertes Pilzwachstum ... neue Anlage heißt: Wir brauchen mehr Mitarbeiter UND MEHR MÜLL! ...*

Ann Marie hielt die Zettel mit einer Büroklammer zusammen, steckte sie ihrer Schwägerin ins Portemonnaie und wandte sich dem weiteren Schaden zu, den Kathleen angerichtet hatte.

Mittlerweile war die Bettwäsche gewechselt und in der Küche und auf dem Klavier stand jeweils eine Vase Sonnenschein mit gelben, roten und orangenen Rosen. Der Grill auf der Veranda glänzte, und im Kühlschrank lagen Champagnerflaschen, Brombeeren, Gebäck, Steak, Maiskolben und drei verschiedene Käsesorten bereit. Die mit Muscheln bemalte Lampe, die normalerweise auf dem Esstisch stand, hatte sie auf den Dachboden verbannt und stattdessen ihr Puppenhaus hingestellt. Jetzt hatte es einen Ehrenplatz mitten im Wohnzimmer.

Genau so hatte sie sich die Begrüßung für die Brewers vorgestellt, die im Laufe des Nachmittags ankommen sollten. Es war der perfekte Anfang für Ann Maries offiziellen Monat in Cape Neddick. Abgesehen natürlich davon, dass Kathleen und Maggie immer noch da waren.

Kathleen weigerte sich abzureisen, vermutlich aus reiner Bosheit. Sie behauptete, Maine so lange nicht verlassen zu können, bis sie Maggie, die sich nach wie vor weigerte (schlaues Kind), davon überzeugt hatte, zu ihr nach Kalifornien zu ziehen. Maggie hatte darauf bestanden, dass sie zumindest das Sommerhaus räumten und zu Alice hinüberzogen, und Kathleen hatte schließlich eingewilligt. Jetzt waren die beiden also bei Alice im Neubau einquartiert, und Ann Marie, Pat und die Brewers würden wie geplant zusammen im Sommerhaus wohnen.

So daneben wie in der letzten Woche hatte Kathleen sich noch nie benommen, und das sollte was heißen. Schon ihre Gegenwart machte Ann Marie nervös, und ihr wurde klar, dass Kathleen sie alle in Verlegenheit bringen würde, wenn sie vor den Brewers einen ihrer Anfälle haben würde. Maggies Schwangerschaft machte Kathleen schwer zu schaffen. Sie sagte zwar, sie sei hergekommen, um Maggie zu helfen, aber in Wirklichkeit hatte ihre Ankunft nur den Druck auf das Mädchen erhöht.

Ann Marie hatte die Geschichte ja auch ganz schön mitgenommen. Nachts lag sie lange wach, machte sich Sorgen um die arme Maggie und fragte sich, wie sie ihrer Nichte helfen könnte. Sie wollte ihr klarmachen, dass ihre Lage sicherlich nicht einfach war, aber dass Gott ihr zur Seite stehen würde. Wie viele Frauen konnten denn schon ehrlich von sich sagen, ihre Schwangerschaften wirklich geplant zu haben? Es war nicht die Bereitschaft der Eltern, die den richtigen Zeitpunkt ausmachte, sondern die Existenz des Kindes. *Gezeugt, nicht geschaffen*, hieß es doch im Bekenntnis von Nicäa. Ann Marie machte sich Sorgen, Kathleen könne ihre Tochter dazu bringen sich der Verantwortung zu entziehen, die Schwangerschaft abzubrechen oder das Kind nach der Geburt wegzugeben, als wäre dieses neue Leben nicht aus einem ganz bestimmten Grund zu ihr gekommen.

Vielleicht sollte Ann Marie Maggie mal von Deidre erzählen. Die älteste Tochter ihrer Schwester Susan hatte alles versucht, um schwanger zu werden. Sie hatte dreißigtausend Dollar für zwei künstliche Befruchtungen ausgegeben und dabei zwanzig Kilo zugenommen, und dann hatte es doch nicht geklappt. Sie hatte es ein drittes Mal versucht und schließlich nach vier verzweifelten Jahren Drillinge bekommen.

Ann Maries Mutter hatte getobt und Susan immer wieder gesagt, dass die katholische Kirche derlei Methoden nicht gutheiße, dass dabei Millionen von Embryonen umkämen und dass nur Gott entscheide, ob ein neues Leben entstehe. Das war leicht gesagt, wenn man wie Ann Maries Mutter mühelos vier Kinder geboren hatte. Ann Marie hielt sich für eine gute Katholikin, aber sie wusste genau: Wenn Petrischalen und Labore ihre einzige Hoffnung auf eigene Kinder gewesen wären, hätte sie keinen Augenblick gezögert.

Ihre Mutter gehörte zu der Generation verheirateter Katholikinnen, die in der Kirche noch darum gefleht hatten verhüten zu dürfen, um zu verhindern, dass ihre Familien über eine bewältigbare Größe hinauswuchsen. Als ihr Gesuch abgelehnt wurde, gehorchten sie, und so reproduzierten sie sich wie die Karnickel und hatten zehn, zwölf, vierzehn Kinder. Unzählige dieser Frauen starben jung, weil ihre Körper einfach ausgelaugt waren. Wenn sie jetzt darüber nachdachte, fragte Ann Marie sich, ob es nicht doch ein bisschen absurd war, dass zölibatär lebende Männer bestimmen durften, wer zu welchem Zeitpunkt Mutter wurde.

Ebenfalls wegen der Kirche war Alice der Meinung, dass Maggie ihren grässlichen Exfreund heiraten sollte. Und auch Ann Marie hatte darüber nachgedacht. Wenn Maggie ihre Tochter wäre, hätte sie eine Heirat vielleicht für unerlässlich gehalten, komme was wolle. Aber sie konnte sich einfach nicht vorstellen, dass ihre Nichte mit Gabe eine Familie gründete. Allein war Maggie doch besser dran, und das sah Kathleen offensichtlich genauso.

Ann Marie hatte Pat erzählt, dass seine Schwester noch nicht abreisen wollte. Er hatte gereizt reagiert, aber es Kathleen gegenüber nicht zur Sprache gebracht. Es gab momentan Wichtigeres, schließlich wollte Alice die Häuser weggeben. Pats Anwalt hatte gesagt, dass der Besitz den Papieren nach Alice gehöre, sie also frei darüber verfügen könne, obwohl Pat den Neubau gebaut und seit dem Tod seines Vaters die Grundsteuer und die Versicherung bezahlt hatte. Wenn sie das Haus nicht verlieren wollten, konnten sie nur noch hoffen, dass Alice es sich noch einmal anders überlegte. Das machte Ann Marie wütender denn je.

Alice hatte Pats Anrufe die ganze Woche über unbeantwortet gelassen und sich Ann Marie gegenüber verhalten, als wäre nichts gewesen. Pat und sie hatten sich darauf geeinigt, seine Mutter nach der Abreise der Brewers zur Rede zu stellen, denn sie wollten Steve und Linda nicht in ihre Familienangelegenheiten hineinziehen. Es würde ganz bestimmt ein unangenehmes Gespräch werden, und Ann Marie wollte wirklich nicht, dass die ganze Newtoner Nachbarschaft davon erfuhr.

Als sie von Alices Abmachung mit dem Priester erfuhr, hatte Ann Marie ein bisschen die Kontrolle verloren. Sie war tatsächlich auf Alices Tomatenpflanzen herumgetrampelt. Es war fast eine außerkörperliche Erfahrung gewesen: Eben hatte sie noch dagestanden und darüber nachgedacht, was Alice getan hatte, und im nächsten Augenblick riss sie die vielblättrigen Pflanzen an ihren knackigen Stängeln aus der Erde und brach sie über dem Knie. Die Tomaten landeten auf der Erde, und Ann Marie zerquetschte die größten unter den Hacken und bewegte die Füße wie beim Twist hin und her.

Nach dem kurzen Schlagabtausch, der darauf folgte, hatte sie das Weite gesucht. Es hatte gut getan, einfach wegzufahren und zu wissen, dass die anderen ihr vom Fenster aus erstaunt hinterhersahen. Aber Ann Marie hatte keine Ahnung gehabt, wohin sie fahren sollte. Sie war eine Zeitlang ziellos umhergefahren, bis sie die Portsmouth Brücke überquerte. Dort hatte sie den Wagen vor einem Irish Pub geparkt und war hineingegangen.

Die Kneipe war schummerig, und die dunklen Dielen und Wände ließen fast vergessen, dass draußen helllichter Tag war. Im hinteren Teil des Raumes spielte eine Band. Dort improvisierten alte und junge Männer auf ihren Geigen und Uilleann Pipes, dem irischen Dudelsack, und füllten den Raum mit fröhlicher Ausgelassenheit. Ann Marie dachte an ihre Töchter, die früher jedes Jahr zum Wettbewerb auf dem irischen Feis Festival in New England angetreten waren. Patty hatte jedes Mal Gold geholt, aber Fiona war meistens leer ausgegangen, was ihr jedoch nichts ausgemacht hatte. Die Familie verbrachte dann noch den ganzen Nachmittag damit, auf dem Festival von einem Zelt zum nächsten zu gehen, und sie tanzten mit ein paar hundert Fremden den Siege of Ennis, dass die Korkenzieherlocken ihrer Töchter nur so hüpften. An den Kleidern ihrer Töchter, die von Wäschestärke steif und durch die Reifröcke und die vielen Stickereien schwer waren, hatte Ann Marie sechs Monate gesessen.

Jetzt saß sie beschwipst an der Bar und bestellte ein Glas Weißwein. Sie war zum ersten Mal alleine in einer Kneipe und wusste nicht genau, wie sie sich verhalten sollte. Sie starrte zu den Flaschen hinter der Bar, las ein Etikett nach dem anderen und dachte, dass sie jeden Augenblick in Tränen ausbrechen würde.

Das Grundstück war praktisch verloren. Es würde niemals ihr gehören. Wie hatte Alice ihr das antun können? Sie verstand das einfach nicht.

Zwei Barhocker weiter saß ein weißhaariger Mann. Er sprach

sie an: »Na komm schon, Kleine. Lächle doch mal! Ein hübsches Mädchen wie du sollte nicht so traurig dreinblicken.«

Wie lange war es her, dass sie jemand als hübsch bezeichnet hatte? Oder als Mädchen? Sie lächelte ihm unwillkürlich matt zu.

»Schon besser«, sagte er. Er rückte einen Hocker weiter und legte seine Hand auf ihre. Die beiden waren die einzigen Gäste.

Er war mindestens zehn Jahre älter als sie, sah aber ausgesprochen gut aus. Sehr fit und gesund. Seine nackten Beine waren braungebrannt und von dünnem, blondem Haar übersät.

»Was ist denn passiert?«, fragte er. »Na los, einem alten Freund wie mir kannst du's doch sagen.«

»Die Familie meines Mannes treibt mich in den Wahnsinn.« So etwas hatte sie noch nie gesagt. Andere schimpften ständig auf ihre Schwiegereltern und deren Brut, aber Ann Marie doch nicht.

»Was trinkst du?«, fragte er.

»Pinot Grigio.«

»Ich glaube, du brauchst jetzt was Stärkeres, meinst du nicht?« Er rief die Barfrau und sagte: »Machst du uns zwei Jameson, Christine?«

»Ach nein, lieber nicht«, sagte Ann Marie. »Ich trinke nichts Hochprozentiges.«

Das Mädchen füllte zwei Whiskeygläser und schob sie ihnen rüber.

»Ich auch nicht«, sagte er. »Höchstens aus gesundheitlichen Gründen.«

Er reichte ihr eines der Gläser und nahm selbst das andere. Sie stießen an, dann kippte sie das Zeug hinunter und spürte es heiß im Hals. Sie nahm einen Schluck Wein, um den Geschmack loszuwerden.

»Besser?«, fragte der Mann.

»Ein bisschen«, sagte sie. »Danke.«

Sein Name war Adam. Er erzählte, dass er in der Werbebranche gearbeitet hatte, sich aber früh zur Ruhe gesetzt hatte und jetzt auf seinem Segelboot wohnte. Die meiste Zeit lag er irgendwo vor der Küste South Carolinas, aber im Sommer segelte er nach Norden und warf für ein paar Wochen vor Portsmouth den Anker.

»Das klingt alles traumhaft«, sagte sie.

»Und du?«, fragte er. »Was machst du so?«

Sie hasste diese Frage, aber sie war bei gesellschaftlichen Anlässen anscheinend unvermeidbar. Normalerweise antwortete sie: »Ich betreibe ein Zuhause«. Solange die Kinder noch bei ihnen gewohnt hatten, war das in Ordnung gewesen, aber jetzt kam sie sich dabei wirklich blöd vor.

Sie erzählte Adam, sie sei Innenarchitektin mit Sitz in Boston. Die Lüge ging ihr so leicht über die Lippen, dass sie sie beinahe selber glaubte. Und eigentlich stimmte es ja auch fast. Dann erwähnte sie ihren Mann und die drei Kinder.

Er sagte, dass er seit fünf Jahren geschieden sei. Sein achtunddreißigjähriger, unverheirateter Sohn lebe in Florida.

»Sind deine alle vergeben?«, fragte er.

»Eine ist verheiratet, der Sohn ist verlobt, und die Jüngste hat noch niemanden.« Soweit sie wusste jedenfalls.

»Wohnt sie in der Nähe?«, fragte er.

»Sie ist seit ein paar Jahren mit dem Friedenscorps in Afrika.«

»Wow.«

»Ja. Sie ist ein ganz besonderes Mädchen.«

In diesem Moment sehnte sie sich nach Fiona wie nach dem fast vergessenen Geschmack eines Lieblingsessens aus der Kindheit. Sie wollte ihre Tochter bei sich haben, nicht diesen Fremden. Fiona war geduldig und eine gute Seele, gleichzeitig aber vollkommen unsentimental. Deshalb konnte sie auch Schulkindern erklären, warum Kondome wichtig waren und was AIDS bedeutete, obwohl sie wusste, dass die Hälfte der Kinder ihre Eltern an die Krankheit verloren hatten. Und deshalb konnte sie die erkrankten Kinder in den Schlaf singen, aber, wenn nötig, auch disziplinieren, als wären sie kerngesund.

Fiona würde wissen, wie jetzt mit Alice umzugehen war. Sie war wie geschaffen für derartige Situationen. Plötzlich fiel Ann

Marie auf, dass es das erste Mal seit Monaten war, dass sie an ihre jüngste Tochter dachte, nicht nur an ihre homosexuelle jüngste Tochter. Sie spürte, dass das ein wichtiger Schritt war.

»Vielleicht sollten wir sie mit meinem Sohn verkuppeln«, sagte Adam im Scherz, und Ann Marie wurde ein bisschen traurig, aber nicht so sehr, wie sie erwartet hätte.

»Vielleicht«, erwiderte sie.

Im Hintergrund stimmten die Musiker ein Lied an, das sie gut kannte: »The Black Velvet Band«.

»Das ist eins meiner Lieblingslieder«, sagte sie. »In den Achtzigern hab ich es von den Dubliners live gehört.«

»Möchtest du tanzen?«, fragte er.

»Nein«, sagte sie grinsend.

Er stand auf und bot ihr seine Hand an. »Na komm schon, das ist doch dein Lieblingslied.«

Ann Marie stand auf. Sie fand das alles zugleich peinlich und schmeichelhaft. Ihre Töchter würden den Mann als schmierigen Typ bezeichnen, aber sie fand ihn eigentlich ganz süß. Sie ließ zu, dass er die flache Hand auf ihren unteren Rücken legte, und sie legte ihre auf seine Schulter, während sie sich langsam zur Musik bewegten. Es war eine Ewigkeit her, dass sie einem Fremden so nah gewesen war.

Die Musiker pfiffen und klatschten.

Dann begannen sie zu singen und Adam stimmte mit ein: *Her eyes they shone like diamonds, you'd think she was queen of the land, with her hair flung over her shoulder, tied up with a black velvet band –* Für mich war sie die Königin, ihre Augen strahlten wie Brillanten, ihr Haar lag auf ihrer Schulter, darin ein Band schwarz und samten.

Ann Marie hätte am liebsten auch losgesungen, aber sie traute sich nicht. Wenn Pat da gewesen wäre, hätte sie es getan. Sie schloss die Augen und erinnerte sich an ihre Flitterwochen, in denen sie mit einem Mietwagen singend den Ring of Kerry in Irland entlanggefahren und zwischendurch in Kleinstadtpubs angehalten hatten, wo sie jedes Gesicht an jemanden aus Boston erinnerte. Pat hatte ein paar Verwandte in Killarney ausfindig gemacht, und als sie die trafen, hatten sie Ann Marie fest umarmt, als gehöre sie zur Familie, und zu ihr gesagt: »Willkommen daheim.«

Ann Marie hatte sich damals so auf das gefreut, was sie als Nächstes erwartete: Kinder und ein hübsches Eigenheim. Aber was danach kommen würde, daran hatte sie nicht gedacht. Manche Frauen in ihrem Bekanntenkreis waren glücklich gewesen, als ihre Kinder endlich aus dem Haus waren. Ann Marie hatte sich nur nutzlos gefühlt. Vor ihr lagen vielleicht noch dreißig Lebensjahre, aber sie hatte keine Ahnung, was sie damit anfangen sollte.

Die Stimme der Barfrau drang zu Ann Marie durch: »Ihr Handy klingelt.«

Ann Marie öffnete die Augen und sah ihr Handy auf der Bar zittern.

»Entschuldige«, sagte sie zu Adam und löste sich von ihm. Sie kam sich plötzlich albern vor.

Ann Marie nahm das Handy in die Hand und sah Alices Nummer auf dem Display. Einmal tief eingeatmet, dann ging sie ran.

Alice entschuldigte sich nicht für ihr Benehmen. Stattdessen bat sie Ann Marie zurückzukommen, weil sie auf keinen Fall mit Kathleen allein sein wollte.

»Wenn du nicht zurückkommst, wird etwas Fürchterliches passieren«, hörte sie Alice sagen.

Das war nichts als Manipulation, so viel war klar, und Ann Marie hatte kein Interesse, Alice wiederzusehen. Und trotzdem versprach sie ihrer Schwiegermutter, bald heimzukommen.

Dann fiel ihr die leere Küchenkrepprolle in der Küche vom alten Sommerhaus ein und sie überlegte, auf dem Rückweg auch gleich bei Rubys Gemischtwaren vorbeizufahren. Sie fragte Alice, ob sie sonst noch etwas brauchte, und verfluchte sich im selben Augenblick dafür, dass sie trotz allem so verdammt zuvorkommend war.

Sie war immer noch sauer, aber was konnte sie schon tun?

Nach Hause zu Pat fahren und nie wieder ein Wort mit seiner Mutter wechseln? In jeder Familie gab es Leute, die so etwas tun konnten, und solche, die es nicht konnten.

Als sie Adam sagte, dass sie gehen musste, versuchte er noch, sie zu einer zweiten Runde zu überreden, aber der Zauber war gebrochen, und Ann Marie wollte nur noch zurück ans Meer. Dann fragte er sie nach ihrer Visitenkarte.

»Ich steh im Telefonbuch«, sagte sie. »Oder du suchst meine Website. Ann Marie Clancy Designs.«

Wie albern das klang. Sie errötete bei der Lüge, aber er schien es nicht bemerkt zu haben. Oder ließ sich einfach nichts anmerken. Stattdessen sagte er nur: »Es war eine Freude, mit Ihnen zu tanzen, Miss Clancy.«

Gegen drei Uhr am ersten Juli rief Pat sie von der New Hampshire Mautstelle an, um ihr zu sagen, dass er bald da sein würde und dass die Brewers zwei Wagen hinter ihm seien. Ann Marie machte einen letzten Kontrollgang durchs Haus, um sicherzugehen, dass auch alles tipptopp war. Dann öffnete sie einen Wein, um ihn atmen zu lassen. Sie schob die mit Speck umwickelten Muscheln in den Ofen, die sie am Morgen vorbereitet hatte. In geschmolzene Schokolade getauchte Erdbeeren standen auch bereit.

Dann blieb nur noch eines, das sie vor der Ankunft der Gäste erledigen wollte. Sie nahm einen Umschlag vom Tisch in der Eingangshalle. Eigentlich hatte sie die Karte, die sie aus dem Supermarkt mitgebracht hatte, ihrer Nichte schon am Vortag geben wollen, aber dann war die Zeit plötzlich so schnell vergangen. Außerdem war es gar nicht einfach, Maggie ohne Kathleen zu erwischen.

Ann Marie trat aus dem Haus und in die Sonne. Sie musste nicht lange suchen. Maggie saß unweit des Hauses am Fuß einer gewaltigen Kiefer, kritzelte irgendetwas in ein Notizbuch und blickte zwischendurch übers Meer. Was sie da wohl schrieb?

»Maggie!«, rief Ann Marie.

Ihre Nichte drehte sich um.

»Bleib ruhig sitzen«, sagte sie, aber Maggie war schon aufgestanden und kam ihr entgegen.

»Ist das nicht ein wundervoller Tag?«, sagte Maggie, als sie sich auf dem Rasen trafen. »Kaum ist Juli – peng – da ist der Sommer da. Ich hab seit Jahren keinen so schönen Sommertag hier erlebt.«

Ann Marie dachte an die Monatsaufteilung und hatte ein schlechtes Gewissen. Ursprünglich hatten Pat und sie geplant, dass sich die Kelleherkinder mit den Monaten abwechselten, aber dann war es irgendwie zu kompliziert geworden. Außerdem hatten sie den Juli für sich haben wollen. Und Clare war noch an die Schulferien gebunden gewesen, also war für sie August ohnehin der beste Monat. Da war für Kathleen, Maggie und Chris eben der Juni übriggeblieben.

»Es ist wirklich besonders schön heute«, sagte Ann Marie. »Vielleicht könnte man sogar baden gehen, ohne zu erfrieren.«

Maggie lächelte.

»Dein Onkel und unsere Freunde sind auf dem Weg«, sagte Ann Marie. »Sie können jeden Augenblick eintreffen.«

»Es tut mir wirklich leid, dass meine Mutter so dickköpfig darauf besteht, noch zu bleiben«, sagte Maggie. »Ich würde ja abreisen, aber man kann nie wissen, was sie hier alleine anstellt. Ich bin ziemlich sicher, dass es nur noch ein paar Tage dauert. Sie will sich einfach nur durchsetzen. Du kennst sie ja.«

»Ach, mach dir darüber keine Gedanken. Ich wollte dir noch was geben. Hier«, sagte sie und hielt Maggie den Umschlag ungeschickt entgegen.

Ihre Nichte öffnete das Kuvert und zog eine Karte heraus. Das Motiv war eine rosa und blaue Kinderrassel, darunter die Worte HERZLICHEN GLÜCKWUNSCH.

»Danke«, sagte Maggie und bekam sichtlich feuchte Augen, »du bist die Erste, die mir gratuliert.«

Dann lachte sie: »Mann, bin ich in letzter Zeit emotional! Ich heule wirklich bei jeder Gelegenheit.«

»Das war bei mir genauso«, sagte Ann Marie. »Und bei Patty auch. Ihr beiden solltet euch mal austauschen. Sie weiß genau, was man wie wann tun muss. Außerdem ist ihr Dachboden vollgestopft mit Babysachen. Und sie haben ja jetzt keine mehr. Das kannst du alles haben. Wenn du das nächste Mal in Boston bist, schauen wir uns das mal in Ruhe an.«

»Danke«, sagte Maggie.

»Patty kommt nächste Woche. Wenn du dann noch da bist –«

Sie betete, dass Maggie und Kathleen bis dahin weg waren.

»Keine Sorge«, sagte Maggie. »Ich arbeite schon daran, meine Mutter von hier wegzubewegen.«

Maggie öffnete die Karte und sah jetzt erst die zusammengefaltete Katalogseite: »Was ist denn das?«

»Ein kleines Geschenk für dich«, sagte Ann Marie.

Maggie faltete das Blatt auf und lächelte: »Ein Kinderwagen?«

»Ein Bugaboo Bee«, sagte Ann Marie und zeigte auf die Beschreibung. »Wie da steht, ist dieses Modell *ideal an die Anforderungen des modernen Lebens angepasst! Der Bungaboo Bee ist kompakt, aber komfortabel: Für Eltern, die sich nicht aufhalten lassen!* Ich dachte, das ist doch genau das Richtige für ein Stadtkind wie dich. Ich hab deine Adresse angegeben und er müsste eigentlich schon auf dich warten, wenn du nach Hause kommst.«

»Meine Güte«, sagte Maggie und starrte noch immer auf die Hochglanzanzeige in ihren Händen. »Das ist wirklich lieb von dir. Danke.«

Ann Marie hatte den Preis mit einem Filzstift übermalt, aber dadurch nur die Aufmerksamkeit auf die noch lesbare Ziffer gelenkt: Sechshundert Dollar. Tja, so viel kostete der Spaß heutzutage. Der Kinderwagen war nicht nur ein Geschenk, sondern auch ein bisschen Manipulation. Sollte Maggie, Gott bewahre, doch irgendwelche Zweifel daran haben, das Kind zu bekommen, würde der Anblick eines schönen Kinderwagens in ihrer Wohnung sie täglich daran erinnern, dass ihr Kind gesegnet war und sie durchhalten müsse.

»Ich muss jetzt gehen. Ich hab Muscheln im Ofen. Komm doch später vorbei, dann lernst du unsere Freunde kennen.«

»Das mach ich«, sagte Maggie und drückte Ann Marie fest an sich. Jetzt kamen auch Ann Marie schon fast die Tränen.

»Vielen, vielen Dank«, sagte Maggie.

»Gern geschehen.«

Wie war es möglich, dass Maggie ein so nettes Mädchen geworden war, so freundlich und höflich? Vielleicht hatte es damit zu tun, dass sie sich, wie Ann Marie, schon früh um sich selbst hatte kümmern müssen. Bevor sie darüber nachdenken konnte, hörte sie sich sagen: »Du kannst jederzeit zu mir und Pat ziehen. Jetzt oder wenn das Baby da ist. Ich kümmere mich schon um euch. Solltest du dir das wünschen.«

»Das ist sehr großzügig von dir«, sagte Maggie. »Schauen wir mal, was sich noch so ergibt.«

Sie nickte: »Das machen wir.«

Dann ging Ann Marie ins Haus zurück, um sich eines ihrer neuen Designerkleider anzuziehen. Es war grasgrün mit rosaroten Blüten. Sie hatte noch nicht einmal das Preisschild abgeschnitten. Das tat sie jetzt, schlüpfte dann in das Kleid und fand, dass sie darin wirklich ziemlich gut aussah. Sie legte ein wenig Lipgloss und Mascara auf, dann wartete sie.

Kurze Zeit später fuhren die beiden Autos vor dem Haus vor und die drei stiegen aus. Sie plauderten und lachten und veränderten von einem Moment auf den anderen die geruhsame Atmosphäre, die bis dahin geherrscht hatte. Ann Marie trat vor die Tür, um sie zu begrüßen.

»Hallo!«, rief sie fröhlich. »Willkommen!«

»Ann Marie«, sagte Linda und umarmte sie. »Das ist das reinste Paradies hier.«

»Ja? Gefällt es dir?«, sagte sie bescheiden, wie sie es in der Newtoner Nachbarschaft gelernt hatte.

Dann erschien Steve hinter seiner Frau mit zwei überdimensionalen Reisetaschen über der Schulter. Er umarmte Ann Marie ungeschickt, weil die Taschen dabei nach vorne rutschten, aber immerhin sagte er: »Du siehst toll aus. Das Meer steht dir ausgesprochen gut.«

Sie spürte wieder die Aufregung, die sie in seiner Nähe immer packte.

»Na dann kommt mal rein. Es warten auf euch Muscheln, Erdbeeren, eine Käseplatte und eine offene Flasche Wein«, sagte sie und stellte sich vor, wie sich seine Lippen wohl anfühlten.

»Was für eine Gastgeberin!«, sagte Linda.

Pat kam hinter Steve zu ihr auf die Veranda und drückte sie lange und fest an sich.

»Hab dich vermisst«, sagte er.

Sie tätschelte seine Wange, und ihr war sofort klar, dass er seit ihrer Abreise täglich heimlich Fast Food gegessen haben musste. Seine Wangen waren aufgedunsen und der Bauch um ein paar Pfund größer. Ann Marie würde sich Pat später vornehmen.

»Ich dich auch«, sagte sie jetzt nur.

Dann waren alle im Haus, ließen die Taschen im Eingang liegen und machten es sich im Wohnzimmer gemütlich, wo Ann Marie Wein einschenkte. Sie stellte das Silbertablett mit den Hors d'œuvres auf einen Hocker, wie sie es in der letzten Ausgabe von *House & Garden* gesehen hatte.

Steve setzte sich auf die Klavierbank, obwohl der Sessel frei war und auch auf dem Sofa neben Linda Platz gewesen wäre.

Er bewegte die Finger ungeschickt über die Tastatur.

»Spielst du?«, fragte Pat.

»Klar doch. Ich bin doch der neue Ray Charles«, sagte er. »Du müsstest nur mal meine Version von *Heart and Soul* hören.«

Dann fing Pat vom Verkehr an und Linda lobte den Greyerzer und wollte wissen, wo Ann Marie den aufgetrieben hatte. Ann Marie antwortete höflich, aber eigentlich war sie ein bisschen verärgert, dass noch keiner, nicht einmal Steve, das Puppenhaus erwähnt hatte, das vor ihrer Nase auf dem Tisch stand.

Irgendwann stellte sie sich dann daneben und sagte: »Ihr hät-

tet sehen sollen, was los war, als der Lieferant mit dem Puppenhaus kam.«

Das Gespräch stockte kurz, bis Pat sagte: »Ach ja? Erzähl!«

Verflixt! Eigentlich war ja gar nichts gewesen.

»Es hat nicht durch die Tür gepasst«, improvisierte sie, »also
musste er es auf die Veranda schleppen und es durch die andere
Tür reinbringen.«

»Was? Aber wie –«, begann Pat.

Zum Glück unterbrach Steve ihn: »Das ist also das Haus für
den großen Wettbewerb, von dem du erzählt hast?«

Sie nickte und freute sich, dass er es doch nicht vergessen hatte.

»Wirklich hübsch«, sagte er.

»Oh ja«, stimmte seine Frau zu.

»Danke. Ich wollte schon immer eines aus Backstein haben.
Die sind nämlich sehr selten.«

»Tatsächlich?«, sagte Linda. »Die kleine Hundehütte im Vorgarten finde ich ganz besonders entzückend.«

Ann Marie hatte sie erst am Abend zuvor grau gestrichen und
aus Ton einen weißen Knochen gemacht und so hineingelegt,
dass man ihn nur sehen konnte, wenn man in die Hütte hinein-
sah.

»Es gibt noch viel zu tun«, sagte sie. »Letzte Woche hatte ich
mir erstmal nur die Vorhänge und Läufer vorgenommen. Und
den Rasen.«

»Da hast du aber ganz schön geschuftet«, sagte Steve. »Dann
hast du dir jetzt den Urlaub verdient.«

Er hob sein Glas und sagte: »Auf zauberhafte Tage mit euch!«

Die anderen standen auf, und alle stießen über dem Puppenhaus an. Ann Marie war dankbar, unter Menschen zu sein, die ihr
Anerkennung gaben. In diesem Augenblick kam es ihr vor, als
wären die letzten Tage nie gewesen.

Am nächsten Morgen verschwanden Pat und Steve schon früh zum Golfspielen. Die beiden Frauen schliefen aus und gingen dann zum Strand hinunter. Ann Marie konnte sich nicht erinnern, Alice je zuvor bei so einer Gelegenheit nicht eingeladen zu haben. Zwar wäre Alice sowieso nicht mitgekommen, denn sie ging mittlerweile fast nie zum Strand hinunter. Außerdem mied sie Ann Marie anscheinend und hielt sich, wenn sie nicht gerade in der Kirche war, im Haus nebenan versteckt. Bisher war sie noch nicht einmal vorbeigekommen, um die Brewers zu begrüßen. Ann Marie war das nur recht, denn sobald sie ihre Schwiegermutter zu Gesicht bekam, wollte sie nur noch schreien. Trotzdem kam ihr die Entscheidung, Alice nicht einzubeziehen, irgendwie bedeutsam vor.

Sie stellten die Stühle auf den trockenen Sand bei den Dünen, damit sie nicht würden umziehen müssen, wenn die Flut kam. Zwischen ihnen lag ein Stoffbeutel mit Sonnencremes, Wasser, Zeitschriften und einer Flasche Weißwein, über deren Hals zwei Plastikbecher gestülpt waren.

»Wie herrlich, dass ihr das alles hier ganz für euch alleine habt«, sagte Linda, blickte das Ufer entlang und knotete ihren Sarong auf. Sie sah besser aus als letzten Sommer. Ihre Beine waren straffer und die Oberarme weniger schlapp. Ann Marie zog den Bauch ein und beschloss, die Hose anzubehalten. »Es muss toll sein, wenn man jederzeit kurz ins Haus gehen kann, um sich was zu essen zu holen oder sich umzuziehen.«

Ann Marie nickte: »Ja, besonders mit den Enkeln ist das praktisch. Während sie im Haus ihr Schläfchen halten, kannst du dich mit dem Babyfon an den Strand legen.«

»Das nenne ich Urlaub!«

»Nicht wahr?«

Dann floss die Sonnencreme in Strömen, und die beiden Frauen rieben sich die weiße Flüssigkeit über Arme und Beine, bis nur noch eine durchsichtige, glänzende Schicht zurückblieb.

»Wie ich meine irische Haut liebe«, sagte Linda lachend.

»Wem sagst du das«, antwortete Ann Marie. »Und, was hab ich in Newton verpasst?«

»Nicht viel«, sagte Linda und griff nach der Weinflasche. »Darf ich?«

»Sicher doch«, sagte Ann Marie. Es war zwar erst elf Uhr, aber egal. Schließlich hatten sie Urlaub.

Während sie einschenkte, sagte Linda: »Es wird gemunkelt, dass Josephines Mann sie verlassen wird.«

»Ted? Nicht im Ernst!«

»Doch, doch. Aber du wirst nicht glauben, für wen.«

»Oh Schreck.«

»Die Babysitterin. Studentin an der Tufts Uni.«

»Arme Josie!«

»Oh ja. Und ich hab gleich zu Steve gesagt: Solltest du mich je so erniedrigen, werden sie deine Leiche nie finden.«

Die beiden Frauen kicherten, obwohl Ann Marie die Frage durch den Kopf schoss, ob Linda ahnte, dass sich zwischen ihr und Steve etwas anbahnte. Wollte sie Ann Marie warnen? Der Gedanke gefiel ihr.

Dann plauderten sie über die Kinder, tratschten über die Nachbarn und bemerkten, wie schnell der Sommer doch verging.

Irgendwann griffen sie nach den Zeitschriften, redeten über Promis und lasen sich gegenseitig die witzigsten Geschichten vor. So verging eine angenehme Stunde. Aber dann brach Kathleen in die Ruhe ein, als hätte sie gewittert, dass Ann Marie gerade besonders entspannt war.

Ann Marie hatte sie nicht kommen hören, aber plötzlich sagte Linda unsicher: »Oh, hallo!«

Als Ann Marie aufblickte, stand Kathleen in kurzen Hosen und T-Shirt über ihnen. Unter ihrem Arm klemmte zusammengerollt eines der schäbigen braunen Handtücher aus dem Wäscheschrank im alten Sommerhaus. So eines würde Ann Marie nie benutzen. Sie kaufte jedes Jahr im Sommerschlussverkauf neue Handtücher für die nächste Saison in Maine.

Am liebsten hätte sie Kathleen verjagt, aber stattdessen sagte sie: »Linda, das ist meine Schwägerin Kathleen.«

»Oh!«, sagte Linda und legte die Hand aufs Herz. »Ich wusste nicht, dass Sie zur Familie gehören! Sie haben mich im ersten Augenblick ein bisschen erschreckt!«

Das Erschreckende ist ja gerade, dass sie zur Familie gehört, dachte Ann Marie.

»Was treibst du so?«, fragte sie Kathleen in gespielt fröhlichem Ton.

»Spazierengehen«, sagte Kathleen. »Du hast doch nichts dagegen, wenn ich am Strand spaziere, oder? Schließlich ist jetzt Juli.«

Okay, jetzt geht's los.

»Setzen Sie sich doch kurz zu uns!«, sagte Linda.

Kathleen hob eine Braue: »Okay.«

Sie breitete ihr Handtuch vor ihnen aus und setzte sich mit dem Rücken zum Meer vor sie hin.

»Wein?«, fragte Linda.

Ann Marie zuckte zusammen, aber Kathleen war anscheinend nicht in der Stimmung, ihnen eine Predigt zu halten.

»Für mich nicht, danke«, sagte sie höflich. *Wow! Was ist denn mit der los?*

»Und wo steckt Maggie?«, fragte Ann Marie und fügte zu Linda gewandt hinzu: »Meine Nichte.«

»Meine Tochter«, sagte Kathleen. »Im Neubau. Sie arbeitet. Aber ich musste da raus. Maggie hängt am Telefon und redet über Mord und Totschlag und Alice qualmt wie ein Schlot. Sagen wir einfach, es war mir ein bisschen eng. Und Sie, Linda? Woher kennen Sie meinen Bruder und Ann Marie?«

Ann Marie hatte ihr zwar schon erzählt, dass sie Nachbarn waren, aber sie sagte trotzdem noch einmal: »Wir wohnen im gleichen Block.«

»Aha, noch ein paar Newtonianer«, sagte Kathleen.

Vielleicht musste man Kathleen besser kennen, um zu wissen,

dass das eine abfällige Bemerkung war, aber Linda sagte nur fröhlich: »Ganz genau. Wir sind zusammen im Lesekreis und gehören dem Damenvorstand vom Country Club an. Und einmal im Monat organisieren wir einen Wein- und Käseabend für die Hausfrauen der Gegend.«

Kathleen nahm eine Handvoll Sand und ließ die Körner durch die Finger rieseln: »Sie und Ann Marie kommen wohl ganz gerne mal von den Männern weg.«

»Das braucht doch jeder mal«, sagte Linda lächelnd. »Oder nicht?«

»Keine Ahnung. Also ich verbringe gerne Zeit mit meinem Partner.«

Jetzt war aber mal genug! Kathleen erlaubte es sich doch tatsächlich, Ann Maries Gast gegenüber frech zu werden. Und warum hatte sie dieses Wort benutzen müssen, *Partner*? Es klang ja fast, als sei sie lesbisch.

»Kathleen ist nicht verheiratet, da sieht man manches anders«, sagte Ann Marie. »Ein ganz reizender Mann übrigens, ihr Freund.«

»Danke«, sagte Kathleen. Dann sprach sie direkt zu Linda: »Ich kann dieses Wort nicht ausstehen, *Freund*. Wir leben seit zehn Jahren zusammen, aber die Familie behandelt unsere Beziehung, als hätte er mich erst ein paarmal ins Kino ausgeführt.«

Jetzt war die arme Linda etwas überfordert. Schließlich sagte sie aber: »Ich habe Ann Marie gerade erzählt, wie neidisch ich bin, dass Sie den ganzen Strand für sich haben. Es ist einfach wunderschön hier.«

Kathleen zuckte mit den Schultern: »Ich hätte nichts dagegen zu verschwinden.«

Ann Marie war erleichtert, dass Kathleen nicht von Alices Testament angefangen hatte.

»Apropos: Wann reist du denn ab?«, fragte sie und hoffte, dass Linda die Spannung zwischen ihrer Schwägerin und ihr nicht bemerkte.

»Ich weiß noch nicht.« Dann warf Kathleen ihr einen Blick zu, der zu sagen schien: *Da kannst du warten, bis du schwarz wirst.*

Dann saßen sie schweigend da. Ann Marie blickte über das Wasser und fragte sich, wann Kathleen sie in Ruhe lassen würde.

Ein paar Minuten später stand ihre Schwägerin endlich auf.

»Es war wirklich nett, aber jetzt ist es Zeit für meinen Spaziergang«, sagte sie.

»Schön, Sie kennengelernt zu haben«, sagte Linda. »Wir sehen uns später sicherlich noch.«

Es sei denn, du wirst von einer Welle erfasst, dachte Ann Marie. Dann zwang sie sich zu einem Lächeln. Schließlich waren sie in Gesellschaft.

Als ihre Ehemänner am frühen Nachmittag zurückkamen, packten die beiden ihre Sachen zusammen und gingen zum Haus zurück. Ann Marie spülte sich in der Außendusche den Sand von Händen und Beinen. Endlich war es dafür warm genug. Sie seifte sich in der verwitterten hölzernen Kabine die Arme ein und blickte zum wolkenlosen Himmel. Dann zog sie sich den nassen Badeanzug aus und legte ihn zum Trocknen über die Seitenwand.

Sie beschlossen, eine Autofahrt an der Küste entlang zu machen und vielleicht irgendwo essen zu gehen. Linda wollte einen Leuchtturm fotografieren, also stiegen sie in York aus dem Wagen, und sie knipste Nubble Light. Das strahlendweiße Gebäude stand auf einer grasbewachsenen Klippe, daneben das weiße viktorianische Wärterhäuschen mit rotem Dach und einer hübschen Zierleiste an der Dachkante. Nach dem Wettbewerb könnte sie sich mal an einem Nachbau versuchen. Man könnte ein batteriebetriebenes Licht einbauen, das einmal in der Minute aufleuchtete. Aber wie wäre das Wasser darzustellen?

Ihr Blick traf Steves, und sie lächelten sich an. Sie hätte ihm gern von ihrer Idee erzählt. Er hatte den Wettbewerb nicht vergessen und sie erinnerte sich daran, wie er ihn als versteckten Hinweis auf ihren geheimen E-Mail-Austausch eingebracht hatte. Sie war dankbar. Der kleine Flirt hielt sie über Wasser.

»Wie alt ist der Leuchtturm eigentlich?«, fragte Linda. Sie hatte das Gebäude bisher nur durch den Sucher gesehen.

Ann Marie zuckte mit den Schultern, aber Patrick antwortete: »1879 in Betrieb genommen.«

Woher wusste er sowas nur? Was hatte sie doch für einen intelligenten und begabten Mann geheiratet. Sie nahm Pats Hand und sagte: »Und wohin führen wir die beiden jetzt aus, Schatz?«

Am Ende gingen sie zu einem neuen Fischrestaurant am Strand von Kittery, wo Alice und Maggie vor ein paar Wochen mit diesem intriganten Pfaffen gewesen waren. Beim Gedanken daran wurde Ann Marie schlecht, aber als das Essen kam, entspannte sie sich langsam.

Nach dem Essen ging Pat los, um ihnen zum Nachtisch Milchshakes zu bestellen, und Linda verschwand nach drinnen auf die Toilette. Zum ersten Mal war Ann Marie mit Steve allein.

»Vielen Dank nochmal für die Einladung«, sagte er. »Es gefällt uns jetzt schon ganz ausgezeichnet.«

Sie lächelte, aber innerlich wünschte sie, er würde endlich aufhören, im Plural zu sprechen.

»Wir freuen uns, dass ihr kommen konntet«, sagte sie.

»Pat hat erwähnt, dass seine Mutter und Schwester es dir nicht gerade leicht gemacht haben«, sagte er. »Dass jemand zu einer reizenden Person wie dir gemein sein kann, ist mir unbegreiflich.«

Er streckte den Arm aus und drückte ihre Hand.

Ann Marie spürte ein Kribbeln durch ihren Körper gehen, das sie schon seit wer weiß wie vielen Jahren nicht mehr empfunden hatte. In diesem Moment hätte sie alles für eine Stunde mit ihm allein getan. Aber da sah sie Linda auch schon aus dem Restaurant treten.

Die nächsten zwei Tage verliefen ruhig, aber Ann Marie war angespannt, und sie wusste, dass es Pat genauso ging. Die Anspannung begleitete sie, als sie mit den Brewers zum Frühstück ins Café an der Bucht gingen, als sie ihnen das Haus zeigten, das wie eine Hochzeitstorte aussah, und das Bush-Anwesen, das von allen Seiten von Geheimagenten bewacht wurde, und als sie Linda in ihr Lieblingsantiquitätengeschäft mitnahm und einen Kleiderschrank ergatterte, der haargenau zu dem Schreibtisch in Pattys altem Kinderzimmer passte. Es war eine Atmosphäre des Wartens. Darauf, dass die Brewers abreisten, darauf, wie Alice reagieren würde, wenn Pat sie wegen des Anwesens konfrontierte, und darauf, was Kathleen sich als Nächstes leisten würde.

Aber am vierten Juli nahm Ann Marie sich vor, das alles zu vergessen: Für sie war der Unabhängigkeitstag neben Weihnachten der schönste Tag des Jahres. Seit sie Pat kannte, hatten sie das Vierter-Juli-Feuerwerk jedes Jahr in Portsmouth gesehen. Als die Kinder noch klein waren, hatte Ann Marie sie rot, weiß und blau angezogen und ihnen eine amerikanische Flagge in die Hand gedrückt. Sie hatte einen großen Picknickkorb voll Köstlichkeiten gepackt, und dann waren sie immer extrafrüh losgefahren, um sich den besten Platz zu sichern, denn um sieben Uhr lagen die Picknickdecken auf dem Feld hinter der Schule so dicht, dass man das Ganze für eine gigantische Patchworkdecke halten konnte.

Ann Marie, Pat, Steve und Linda verbrachten den Vormittag damit, sich zu sonnen und zwischendurch kurz ins Meer zu springen. Um länger im Wasser zu bleiben, war es noch zu kalt. Gegen vier ließ Ann Marie die anderen am Strand zurück und ging zum Haus hoch, um alles vorzubereiten. Sie war von der Sonne wie betrunken und fühlte sich ruhig, schläfrig und ein bisschen benommen. In der Küche goss sie sich ein großes Glas Wasser ein und schaute beim Trinken aus dem Fenster.

Dann dekorierte sie eine Obsttorte so mit Erdbeeren, Blaubeeren und frisch geschlagener Sahne, dass es Stars and Stripes ergab. Vorher hatte sie schon vom Markt gebratene Hähnchenkeulen besorgt und Kartoffelsalat, Nudelsalat und Hummus gemacht. Das kam jetzt alles in den Picknickkorb, dazu Insektenspray, ein Fernglas, Geschirr und Besteck und eine große Tüte Kartoffelchips.

Dann wollte sie sich für Steve hübsch machen. Strandkleidung war offensichtlich nicht ihre Stärke, aber jetzt war ihre Chance zu glänzen. Sie zog sich ihr neues rotes Hemdblusenkleid an, dazu die blauen Sandalen. Dann legte sie ein diskretes Make-up auf. Nicht zu viel, damit ihr Mann keine Fragen stellte.

Kurze Zeit später kamen auch die anderen langsam herauf, um sich fertigzumachen.

»Was meinst du: zwei oder doch lieber drei Flaschen Champagner?«, fragte sie Pat kurz vor der Abfahrt.

»Vier«, sagte er. »Meine Mutter kommt mit.«

»Ach. Wie ist das denn passiert?«

»Ich bin rübergegangen und hab sie eingeladen.« Er hielt inne und sah sie unsicher an: »Sie ist doch jedes Jahr dabei.«

Sein Ton war entschuldigend, und Ann Marie kam sich vor wie eine Tyrannin. Alice war seine Mutter. Natürlich konnte er sie einladen.

»Ist doch in Ordnung«, sagte sie. »Ich war nur überrascht, dass sie angenommen hat. Bisher hat sie sich ja eher vor uns versteckt.«

»Vielleicht hat sie sich überlegt, dass wir sie schwerlich mitten in der Menschenmenge kaltmachen können.« So einen Kommentar hätte sie vielleicht von Pats Schwestern erwartet, nicht von ihm. Wie traurig, dass es so weit gekommen war.

»Machen wir das Beste draus«, sagte sie.

Nachdem er rausgegangen war, nahm sie eine offene Flasche Chardonnay aus dem Kühlschrank, füllte ein großes Glas und leerte es in einem Zug, bevor sie jemand dabei sehen konnte.

Sie fuhren zu fünft in einem Auto, weil sie aus Erfahrung wussten, dass es mit dem Parken schwer genug werden würde. Alice, Linda und Ann Marie saßen Schulter an Schulter auf dem Rücksitz von Pats Mercedes.

»Ich habe Maggie und Kathleen gesagt, sie sollen nach dem Abendessen dazukommen«, sagte Alice. »In Kalifornien gibt es bestimmt nirgends ein so schönes Feuerwerk.«

Ach, jetzt holte sie sich schon Kathleen als Verstärkung ran. Das war ja zum Lachen.

Aber Ann Marie antwortete nur: »Super.« Der Wein tat schon seine Wirkung. Nach dem Tag in der Sonne stieg er ihr sofort zu Kopf. Sie kurbelte das Fenster herunter, um sich frische Luft zu verschaffen, verlor sich im Lärm der vorbeibrausenden Autos und achtete nicht länger auf das Gespräch.

Dann waren sie da und bewegten sich mit der Menge langsam über den Markplatz, und Ann Marie versuchte, es einfach zu genießen. Immerhin war bisher noch nichts Schlimmes passiert, und es könnte ja sein, dass Alice sich noch einmal umstimmen ließe. Aber sie war trotzdem bedrückt, denn vielleicht war es das letzte Mal, dass sie herkamen. Alles war auf Zeit.

Als hätte sie gespürt, was Ann Marie durch den Kopf ging, flüsterte Alice ihr in dem Moment zu: »Reiß dich zusammen! Du verdirbst uns allen den Spaß.«

Alice hatte offensichtlich schlechte Laune, worauf Ann Marie normalerweise ängstlich reagierte und besonders freundlich und folgsam war. Aber diesmal war es ihr zum ersten Mal einfach egal.

»Eine schwermütige Gastgeberin ist niemandem lieb«, fuhr Alice fort. Sie war wohl auf Streit aus.

Ann Marie antwortete nicht, aber sobald sie das Feld erreichten, sagte sie so fröhlich sie konnte: »Das Fleckchen hier ist doch perfekt!« Sie breiteten die Decke aus, und Ann Marie fragte sich, ob Alice vielleicht recht hatte: Hatten die Brewers längst gemerkt, in was für einem Zustand ihre Familie war und dass sie nicht mehr weiterwusste? Vielleicht schon. Andererseits hatte Steve ihr Komplimente gemacht, und beide hatten vom ersten Moment an ihre Kochkünste bewundert.

Als sie es sich auf der Decke gemütlich gemacht hatten, öffnete Ann Marie eine Champagnerflasche.

»Wer will Schampus?«, fragte sie Linda und Steve.

Ann Marie konnte es mit dem Einschenken nicht schnell genug gehen: Sie brauchte dringend etwas zu trinken. Nachdem sie die anderen bedient hatte, goss sie sich selbst ein, leerte ihr Glas innerhalb einer Minute und schenkte sich sofort nach. In der Eile hatte sie ganz vergessen jedes Glas mit einer Himbeere und einer Brombeere zu dekorieren. *Mist.*

Als eine Stunde später die Sonne unterging und im Pavillon die Band zu spielen begann, waren drei der vier Flaschen leer. Ann Marie konnte nur hoffen, dass außer ihr keiner mitgezählt hatte, denn von den drei Flaschen gingen mindestens anderthalb auf ihr Konto. Sie schloss die Augen und fühlte sich, als könne sie jeden Augenblick das Bewusstsein verlieren. Es war fast ein schönes Gefühl. Sie öffnete die Tupperdose mit dem selbstgemachten Hummus und stippte ein dickes Stück Fladenbrot tief hinein. Als ein großer Klecks auf der Decke landete, war ihr das ziemlich egal.

Ihr Blick traf Steves.

»Hoppla«, sagte er und schenkte ihr ein warmes Lächeln. »Du hast uns da wirklich ein tolles Picknick gezaubert, Ann Marie.«

Pat tippte wie verrückt auf seinem Handy herum. Entweder erledigte er wirklich lebenswichtige geschäftliche Dinge oder er mied einfach seine Mutter. Alice erzählte Linda lang und breit von irgendeinem hiesigen Nachrichtensprecher, der was mit seiner verheirateten Chefin angefangen hatte. Da kam Linda so schnell nicht wieder raus, und sie hörte aufmerksam zu und nickte, als würde sie das interessieren. Vielleicht fand sie es ja wirklich interessant. Alice hatte bisher noch jeden in ihren Bann gezogen. Bis vor kurzem auch ihre Schwiegertochter.

Ann Marie dachte an ihr Leben vor den Kellehers. Da war sie ein ganz anderer Mensch gewesen. Was wohl aus ihr geworden wäre, hätte sie einen anderen geheiratet? Unter allen möglichen Wegen hatte sie diesen gewählt, und jetzt fragte sie sich, wie sie je so mutig oder blöd oder was auch immer gewesen sein konnte, diese Entscheidung zu treffen.

Die Feuerwache läutete zum Signal, dass das Feuerwerk in einer halben Stunde anfangen würde.

Da stand Steve auf: »Entschuldigt mich.« Er sah ihr direkt in die Augen und blinzelte ihr zu. Niemand hatte es bemerkt. »Haltet ihr mir den Platz frei?«

Er verschwand in der Menge, und plötzlich begriff sie. Dieses Blinzeln. Er wollte, dass sie ihm folgte.

»Ich geh auch schnell nochmal auf die Toilette, bevor es losgeht«, sagte sie in die Runde. Sie war aufgeregt wie ein Mädchen bei der allerersten Verabredung.

Ann Marie stand auf, aber ihre Beine gehorchten ihr nur widerwillig, und sie bemerkte erst jetzt, wie betrunken sie war. Dann suchte sie sich taumelnd einen Weg vorbei an Familien und Pärchen jeden Alters und stützte sich im Vorbeigehen auf fremden Schultern ab. Sie fand Steve schließlich auf dem Parkplatz in der langen Schlange vor den Dixi-Klos. Er stand hinter einer Gruppe Jugendlicher, die sich Leuchtstäbe in den Mund stopften und ihre Wangen kränklich grün leuchten ließen.

Als er Ann Marie sah, grinste er: »Gott sei's gedankt: Zivilisation.«

Ihr Herz pochte. Sie musste sich irgendwie beruhigen. Wenn sie bloß den Champagner mitgebracht hätte. Sie bemerkte die *Stars-and-Stripes*-Anstecknadel an seinem Revers und berührte sie.

»Wie hübsch«, sage sie, indem sie einen Schritt näher trat, damit sie seinen Atem auf der Wange würde spüren können, wenn er sprach.

»Danke. Die habe ich in D.C. gekauft, als wir mit den Kindern mal da waren. Man muss doch zeigen, dass man auf sein Land stolz ist. Aber wem sage ich das?« Er deutete auf ihre Garderobe: »Du bist ja heute eine wahre Miss Amerika.«

Das war ihr Stichwort. Ann Marie nahm sein Gesicht in die Hände, neigte sich vor, bis sie seine warmen Lippen auf ihren spürte, und schob ihre Zunge sanft dazwischen. Einen Augenblick lang erlebte sie, wovon sie so lange geträumt hatte. Aber dann riss er sich plötzlich los.

»Ann Marie, was machst du da?«

Er drehte den Kopf nach links und rechts, als suche er nach einem Fluchtweg.

»Aber ich dachte –«, sagte sie. Und plötzlich brach alles um sie zusammen. Das Haus war verloren, und ihre Kinder waren Enttäuschungen. Sie würde bis an ihr Lebensende mit ihrer Schwiegermutter und Kathleen geschlagen sein. Es hatte für sie nur noch eine einzige Person gegeben, deren Existenz ihr Freude bereitete, und jetzt hatte sie das auch noch kaputtgemacht. Wann würde sie endlich aus diesem Albtraum erwachen? Am liebsten hätte sie sich auf der Stelle in Luft aufgelöst.

»Bitte«, sagte sie sanft, obwohl sie nicht genau wusste, worum sie ihn bat.

»Du hast zu viel getrunken«, sagte er grob, indem er sich von ihr abwandte. »Ich gehe jetzt zu den anderen zurück. Du kommst sicherlich alleine klar.«

Sie nickte, und während sie ihn eilig davongehen sah, stieg langsam Panik in ihr auf. Und dann, als sie sicher war, dass es schlimmer nicht werden konnte, hob sie den Blick und sah Kathleen, die keine fünf Meter von ihr entfernt stand und sie anstarrte. Sie musste den Kuss gesehen haben, denn ihr Mund stand immer noch offen.

Jetzt wollte Ann Marie nur noch weglaufen. Hatte sie ihre Ehe in den paar Sekunden zerstört? Würde sie das Haus behalten können oder ihr Dasein ab jetzt in irgendeiner tristen Einzimmerwohnung fristen?

Sie ging auf Kathleen zu und redete atemlos auf sie ein: »Bitte, bitte erzähl es nicht Patrick, Kathleen. Ich bitte dich.«

Kathleen richtete sich auf, und plötzlich veränderte sich ihr Ausdruck. Ann Marie sah vielleicht zum ersten Mal, dass Kathleen echte Wärme ausstrahlte. Ihre Schwägerin sagte langsam, aber entschlossen: »Was soll ich nicht erzählen? Ich hab nichts gesehen. Ich warte hier nur darauf, dass Maggie endlich aus dieser widerlichen Toilette rauskommt. Sie steckt da schon eine Ewigkeit drin.«

Meinte sie das wirklich ernst?

»Bitte«, sagte Ann Marie abermals. »Ich kann das alles erklären.«

»Da kommt sie ja«, sagte Kathleen und winkte ihrer Tochter zu. »Und jetzt: Wo sitzt ihr und was habt ihr an Nachtisch dabei?«

Am nächsten Morgen erwachte Ann Marie mit starken Kopfschmerzen. Steve sah ihr dabei zu, wie sie sich mit dem Kaffee ein paar Aspirin einwarf und sagte entgegenkommend: »Wir haben gestern alle ein bisschen viel getrunken. Ich kann mich gar nicht an die Details erinnern.«

Seine Großmut machte es nur noch schlimmer. Die Brewers sollten verschwinden. Ann Marie schlug die Eier für eine Quiche in eine Schüssel.

Ihr war klar, dass es sinnlos war, aber sie ging den Abend doch immer wieder gedanklich durch: Warum hatte sie so viel Champagner in sich hineingeschüttet? Wie hatte sie die Zeichen so falsch interpretieren können? Aber vielleicht hatte sie sie gar nicht fehlinterpretiert. Vielleicht war es nur der falsche Augenblick gewesen. Jetzt hatte sie es jedenfalls endgültig verpatzt.

Kathleen hatte sich den ganzen Abend über seltsam benommen: Sie hatte wie eine normale Erwachsene nett mit Linda und Steve geplaudert, sich kaum mit Alice gezankt und am Ende sogar erklärt, das Feuerwerk von Portsmouth gehöre zu den schönsten, die sie je gesehen habe. Anscheinend wollte sie Ann Marie zeigen, dass ihr Geheimnis bei ihr sicher war. Aber Ann Marie kannte ihre Schwägerin zu gut. Kathleen hatte jetzt etwas gegen sie in der Hand, und wenn nicht jetzt, dann würde sie später davon Gebrauch machen. Kathleen konnte, wenn sie Lust hatte, alles kaputtmachen. Würde Ann Marie je wieder Ruhe finden?

Nach dem Frühstück beschloss Ann Marie, obwohl alle satt waren und sie einen fürchterlichen Kater hatte, noch einen Blaubeerkuchen zu backen. Zumindest würde ihr der Einkauf erlauben, von hier zu verschwinden. Auf dem Weg zum Auto stieß sie im Garten auf ihre Schwiegermutter.

»Kathleen und Maggie sind abgereist«, sagte Alice.

»Was? Wann denn das?«, fragte Ann Marie.

»Frühmorgens schon. Kathleen fährt Maggie nach New York zurück. Es sieht nicht so aus, als würde Gabe sich nochmal blicken lassen. Dieser Mistkerl.«

Ann Marie nickte ernst. Irgendwie war es tröstlich, an die Fehlentscheidungen anderer zu denken.

»Ich soll dir von Kathleen ausrichten, dass sie das Meer satthatte und endlich bereit war, das Feld zu räumen«, fügte Alice hinzu und verdrehte die Augen. »Was auch immer das heißen soll.«

Ann Marie hatte gehofft, dass Steve sich irgendeine Ausrede einfallen lassen und verschwinden würde, aber das tat er nicht. Er ging ihr auch nicht aus dem Weg, wie sie vielleicht erwartet hätte. Stattdessen benahm er sich an den letzten drei Tagen seines Besuchs, als sei überhaupt nichts vorgefallen. Aber jedes Mal, wenn er seiner Frau durchs Haar fuhr oder ihre Hand nahm, durchlebte Ann Marie die demütigende Szene vom vierten Juli ein weiteres Mal.

Mit jedem Tag näherte sich die Konfrontation mit Alice. Pat und Ann Marie besprachen sich abends flüsternd im Bett. Sie wollten es so schnell wie möglich hinter sich bringen und waren sich einig, dass ihre Wortwahl entscheidend sein würde. Sie durften Alice nicht in die Defensive treiben oder ihr das Gefühl geben, angegriffen zu werden. Stattdessen würden sie betonen, dass ihre geplante Spende von außergewöhnlicher Großzügigkeit sprach, und gleichzeitig sanft darauf hinweisen, dass es ihnen das Herz brechen würde, sollte sie das Testament unverändert lassen.

Am siebten Juli reisten die Brewers endlich ab. Sie waren vermutlich noch nicht einmal auf der Autobahn, als Pat und Ann Marie schon nach nebenan gingen, um mit Alice zu reden.

Sie saß rauchend am Küchentisch und war in einen Krimi versunken, den Ann Marie von ihrer Mutter bekommen und an sie weitergereicht hatte.

»Wir würden gerne mal mit dir sprechen, Mama«, sagte Pat. Er klang wie ein verängstigtes kleines Kind.

Alice hatte gute Laune: »Natürlich, ihr Süßen. Setzt euch doch! Ein Bier, Pat?«

»Nein, danke.«

Sie hielt das Buch hoch: »Wirklich gut.«

»Ja, das fand ich auch«, sagte Ann Marie.

»Also«, sagte Pat, »wir müssen mal mit dir über diese Sache mit dem Testament reden.«

Alice verdrehte die Augen: »Nicht das schon wieder.«

»Wir halten es für eine ganz besonders großzügige Geste, Mama«, sagte Ann Marie. »Und wir wissen auch, wie viel dir die Gemeinde hier bedeutet. Aber das Grundstück bedeutet uns doch auch so viel.«

»Ja, ich weiß«, sagte Alice. »Aber es geht ja nicht gleich morgen an die Kirche. Wenn ich nach den Frauen in unserer Familie komme, habe ich noch mindestens zehn Jahre vor mir.«

Wie ich mein Glück kenne, eher dreißig, dachte Ann Marie.

Alice fuhr fort: »Stellt euch das doch mal vor: Zehn Jahre! Bis dahin habt ihr das alles hier längst satt.«

Jetzt meldete sich Pat wieder zu Wort: »Aber das bringt uns in eine grässliche Lage: Von uns möchte niemand im Zusammenhang mit zwei Häusern darüber nachdenken, wie lange du noch zu leben hast. Wir wollen doch, dass du immer hier bist.«

Pat war anscheinend wirklich bewegt. *Mutter-Kind-Beziehungen sind mir ein Rätsel,* dachte Ann Marie. *Kinder lieben ihre Mütter anscheinend ganz ohne Sinn und Verstand.*

»Ich habe das schon vor einem halben Jahr entschieden«, sagte Alice, »und ich werde es nicht rückgängig machen, nur weil ihr ein paar nette Erinnerungen mit dem Haus verbindet. Ihr könnt mir glauben, dass mir die Entscheidung nicht leicht gefallen ist.«

»Warum hast du uns nichts davon gesagt?«, fragte Pat. »Was, wenn dieser Priester nicht –«

»Dieser Priester hat einen Namen«, sagte Alice.

»Was, wenn Pfarrer Donnelly sich nicht Ann Marie gegenüber verplappert hätte? Hättest du uns überhaupt jemals ins Vertrauen gezogen?«

»Aber natürlich«, sagte Alice.

»Und wann?«

»Zum richtigen Zeitpunkt.« Sie seufzte. »Es war keine Kurzschlusshandlung. Das wisst ihr hoffentlich. Ich habe viel darüber nachgedacht. Aber das Haus ist doch schon lange nicht mehr, was es einmal war. Deine Schwestern und du haltet es ja kaum ein paar Tage gemeinsam hier aus.«

»Das stimmt doch gar nicht«, sagte Patrick. »Dieser Ort bedeutet uns alles, Mama. Und unseren Kindern auch. Und den Enkeln. Du darfst es uns nicht nehmen.« Mittlerweile bettelte er schon, aber Alice blieb ungerührt.

»Ich lasse mich nicht unter Druck setzen«, sagte sie. »Außerdem kommt es überhaupt nicht in Frage, jetzt noch zu Pfarrer Donnelly zu gehen und die Spende zurückzuziehen. Die Kirche verlässt sich auf mich.«

»Und wenn wir ihnen ein Drittel des Landes überschreiben?«, fragte Pat.

»Komm Pat, lass es gut sein«, sagte Ann Marie. »Sie lässt sich ja doch nicht umstimmen.«

»Ganz genau«, sagte Alice triumphierend, als hätte sie sich in einer politischen Diskussion gegen die Opposition durchgesetzt. »Reden wir von etwas anderem. Wann kommen Patty und Josh morgen an?«

An jenem Abend fuhren Ann Marie und Pat zum großen öffentlichen Strand in Ogunquit, um Alices Dunstkreis zu entfliehen. Sie parkten auf dem großen Parkplatz neben den Umkleidekabinen und blieben einfach im Wagen sitzen. Ann Marie dachte darüber nach, wie verwöhnt sie doch gewesen waren. Wer hatte schon seinen eigenen Strand direkt vor der Haustür?

Sie dachte an die deprimierenden Mietshäuser in Cape Cod, in denen ihre Schwestern ihre Urlaube verbrachten. Da musste man von Ketchup und Senf bis zu den Servietten alles selber mitbringen und die Teebeutel und Knabbereien eines Fremden wegräumen, bevor der Urlaub anfangen konnte. Diese Häuser waren voll vom Nippes anderer Leute, rochen muffig und standen so dicht beieinander, dass man durch das offene Fenster an den Gesprächen der Nachbarn teilhatte.

Im Sommerhaus an der Briarwood Road hatte nie jemand übernachtet oder auch nur geduscht, der nicht zur Familie oder zum engen Freundeskreis gehörte. Ann Marie konnte sich nicht vorstellen, dass das Haus wirklich bald Fremden gehören sollte. Es fühlte sich an, als sei ein guter Freund gestorben.

Pat sagte, dass sie sich irgendwann ihr eigenes Haus würden leisten können. Aber Ann Marie wusste, dass etwas so Schönes wie das Stück Land am Ende der Briarwood Road für sie unbezahlbar wäre. Ein Wassergrundstück stand außer Frage. Pat hatte dieses hier auf 2,3 Millionen schätzen lassen. Außerdem ging es doch um etwas ganz anderes. Es ging um ihr Zuhause. Ann Marie und Pat hatten viel dafür getan, es in Schuss zu halten – mehr als jeder andere. Und jetzt das.

Ann Marie saß weinend auf dem Beifahrersitz. Pat streichelte ihren Arm.

»Es tut mir leid, dass sie so ist«, sagte er. »Ich wünschte, ich könnte etwas tun.«

»Du kannst nichts dafür.«

»Wenn nur mein Vater noch da wäre! Der würde sie schon zur Vernunft bringen. Er war der Einzige, der das konnte. Tja, abgesehen von dir.«

Sein Blick folgte einer Mutter und ihren zwei Söhnen mit weißen Sonnencremenasen. Sie hatten Eimer, Schippen, Handtücher und Badelatschen in der Hand und hüpften barfuß über den heißen Asphalt.

Ann Marie sah ihren Mann an: »Pat, ich weiß nicht mehr weiter.«

»Wir haben ein schwieriges Jahr hinter uns«, sagte er.

»Ja.«

Und im Versuch, optimistisch zu klingen, fuhr er dann lauter fort: »Ich freue mich jedenfalls riesig darauf, im September in London dabei zu sein, wenn du Gold absahnst.«

Sie lächelte matt: »Und dann?«

»Dann – wer weiß? Ich habe das Gefühl, dass es für uns Zeit wird, ein neues Kapitel aufzuschlagen.«

Sie nickte. Die Vorstellung machte sie müde, gab ihr aber irgendwie auch Hoffnung.

»Was hältst du davon, wenn wir von London aus nach Irland fahren? Sozusagen eine zweite Hochzeitsreise«, er hob vielsagend eine Braue, und sie lachte.

»Ich habe auch gerade an unsere Reise damals gedacht«, sagte sie. »Das wäre schön.«

»Ich habe dich sehr vermisst, als du hier bei meiner Mutter warst«, sagte er. »Das hat mich nachdenklich gemacht.«

Sie saßen eine Zeit lang schweigend da, jeder in seine Gedanken vertieft, von denen der andere einige sofort hätte erraten können und sich andere im Traum nicht ausgemalt hätte.

»Gehen wir was trinken?«, fragte er schließlich.

Sie wischte sich die Tränen von den Wangen und sagte: »Okay, los.«

Sie stiegen aus dem Wagen, er nahm ihre Hand und sie gingen Richtung Stadt davon.

Am nächsten Morgen kamen Patty und Josh an. Der Kombi war so vollgepackt, dass Josh nicht mehr durch die Heckscheibe sehen konnte.

»Wir sind da!«, rief Patty und kam mit dem Baby auf der Hüfte zur Veranda herüber, auf der Ann Marie und Pat warteten.

»Na, komm mal her«, sagte Ann Marie zu ihrem jüngsten Enkel und nahm das Kind in die Arme. Die Wärme des kleinen Körpers war wie Balsam für ihre Seele. Sie hatte ihre Enkel siebzehn

Tage lang nicht gesehen, dreizehn Tage mehr als je zuvor. Wenn sie daran dachte, dass der Grund dafür ihre Sorge um Alice gewesen war …

»War viel los auf den Straßen?«, fragte Pat.

»Es ging so«, antwortete Patty und zog ihr Handy aus der Hosentasche. Sie kam ganz nach ihrem Vater, und Ann Marie musste sich zusammenreißen, um ihrer Tochter das verdammte Ding nicht aus der Hand zu nehmen.

»Hier draußen gibt's also immer noch keinen Empfang«, sagte Patty.

»Was hat denn so lange gedauert?«, wollte Pat wissen. »Wolltet ihr nicht um sieben losfahren?«

»Sind wir auch, und dann haben wir einen neuen Rekord für Toilettenpausen aufgestellt«, sagte Patty. »Hört euch das mal an: Fünf Klostopps auf hundertzwanzig Kilometern. Ich muss mich mit den Leuten vom Guinnessbuch in Verbindung setzen. Das haben die bestimmt noch nie gehört.«

Dann kamen die beiden Springbohnen Maisy und Foster auf die Veranda gehüpft.

»Oma!«, riefen sie und Ann Marie umarmte sie mit dem freien Arm.

»Sie haben dich vermisst«, sagte Patty. Dann fügte sie leiser hinzu: »Und sich in der Zwischenzeit bei der anderen Großmutter ein ganz neues Vokabular erarbeitet.«

Anscheinend hatte Foster das gehört und meldete sich zu Wort: »Bei Oma Joan dürfen wir Brause trinken.«

»Was denn für Brause?«, fragte Ann Marie mit gerunzelter Stirn.

»Cola und Mezzo Mix«, kam die Antwort geschossen.

»Davon werden euch die Zähne abfaulen«, sagte Ann Marie und war wirklich ein bisschen verärgert, »und das wollt ihr doch nicht, oder?«

»Nein«, sagte Foster.

»Ich hab meinen Badeanzug schon an«, sagte Maisy. Letzten

Sommer hatte sie noch *Badeanfug* gesagt. »Guck: Unter den normalen Sachen.«

Sie zog das T-Shirt hoch und präsentierte den lila-gepunkteten Badeanzug, den Ann Marie ein paar Wochen zuvor im Ausverkauf bei *Filene's* für sie erstanden hatte.

»Ich hab sogar drin geschlafen!«, verkündete Maisy fröhlich.

»Das sollte doch unser Geheimnis sein«, sagte Patty.

Maisy plapperte weiter: »Foster hat gesagt, das Wasser ist zu kalt für mich, so wie letztes Jahr, und da hab ich gesagt: Gar nicht, weil das Wasser nämlich nicht so kalt ist, wenn man erstmal drin ist.«

Ann Marie lächelte. Sie wusste, woher Maisy das hatte, denn sie alle sagten es jeden Sommer viele Male. Wenn Ann Marie am Strand in Ruhe ihre Zeitschrift lesen wollte, riefen ihre Kinder, denen es nie reichte miteinander zu spielen, ihr vom Wasser aus zu: *Mama! Du musst auch kommen! Das Wasser ist gar nicht so kalt, wenn man erstmal drin ist.* Wen interessierte es da schon, dass die Wassertemperatur selbst im August fünfzehn Grad nie überstieg?

»Opa, gehst du mit uns runter zum Strand?«, fragte Foster, indem er an Pats kurzer Hose zog. »Können wir dich im Sand vergraben wie letztes Mal?«

»Einen Augenblick mal, ihr zwei«, sagte Patty. »Gebt Oma und Opa noch ein bisschen Schonfrist, damit sie sich an die Invasion gewöhnen können, bevor ihr eure Liste mit Forderungen präsentiert.«

Jetzt kam Josh beladen mit Taschen, Liegestühlen und einer Kühltruhe vom Auto in ihre Richtung.

»Foster, hilf Papa beim Ausladen«, sagte Patty.

Foster spazierte los, aber als Vater und Sohn kurz darauf zum Haus kamen, waren Fosters Hände leer.

»Er hat gesagt, er hat das perfekte Gleichgewicht. Wenn ich ihm was abnehme, hat er gesagt, dann fällt er um«, berichtete Foster.

»Na gut«, sagte Patty. »Aber es war nett, dass du deine Hilfe angeboten hast.«

»Wann können wir zu den Bären fahren und ihnen beim Abendessen an den Mülltonnen zugucken?«, fragte Foster jetzt.

Maisy legte die Hände auf die Augen, als stünden die Bären auf der Veranda. »Bitte, bitte, ich will sie nicht sehen!«, sagte sie, und alle lachten.

Kurz darauf trat Maisy unruhig von einem Fuß auf den anderen.

»Musst du schon wieder aufs Klo, kleine Nervensäge?«, fragte Josh.

Maisy schüttelte den Kopf. Dann nickte sie.

»Aber du musst mir aus dem Badeanzug helfen, Papa!«, sagte sie.

»Okay, komme schon. Ich muss nur noch den Kram loswerden.«

Ann Marie dachte darüber nach, dass diese Kinder in so einer Situation mit derselben Selbstverständlichkeit zu ihrem Vater wie zur Mutter gingen. Sie hätte nicht gewollt, dass Patrick den Kindern so nah war wie sie, und hatte vorgezogen, die Geheimnisse der Kindererziehung als ihr Gebiet auszuweisen. Vielleicht war das ein Fehler gewesen, aber ihr kam es noch immer komisch vor, dass ein Vater seine Tochter aufs Töpfchen brachte. Besonders, wenn die Mutter danebenstand.

»Daniel Junior und Regina kommen zum Abendessen vorbei«, sagte Patty.

»Ach ja?«

»Sie haben mich gerade im Auto angerufen, um Bescheid zu sagen. Unter eurer Nummer ist anscheinend nur die Mailbox rangegangen.«

»Wunderbar«, sagte Ann Marie. »Worauf habt ihr denn Appetit?«

Dann entstand eine lange Diskussion darüber, ob man die Küste entlang nach Kennebunkport fahren oder zuhause bleiben und Hotdogs und Hamburger grillen sollte.

Ann Marie war glücklich. Ihre Familie wirbelte um sie herum, wie sie es am liebsten hatte, und vor ihnen lag eine ganze Woche in ihrem geliebten Sommerhaus. Die Zeit würde wie im Flug vergehen, das wusste sie jetzt schon. Aber deshalb schickte sie erst recht ein stilles Gebet gen Himmel und bat um die Kraft, jede Minute, die ihnen hier blieb, in vollen Zügen zu genießen.

Kathleen

Am fünften Juli trat Kathleen ans Bett ihrer schlafenden Tochter und berührte sie sanft an der Schulter. Durch das offene Schlafzimmerfenster drangen Meeresrauschen und die Schreie der Möwen.

»Mags, aufwachen. Wir müssen los«, flüsterte sie.

»Wohin denn?«, fragte Maggie mit geschlossenen Augen.

»Nach Hause. Ich bring dich nach New York zurück.«

Maggie öffnete das linke Auge: »Und warum müssen wir mitten in der Nacht abreisen?«

»Es ist halb acht«, sagte Kathleen.

Jetzt öffnete Maggie auch das andere Auge: »Für dich ist halb acht Uhr morgens mitten in der Nacht. Also: was ist los?«

»Erzähl ich dir im Auto«, sagte Kathleen. »Aber jetzt ab in die Dusche. Ich will hier weg, bevor Ann Marie aufwacht.«

»Hast du was angestellt?«, fragte Maggie.

»Nein, diesmal nicht. Los, raus aus den Federn!«

Kathleen hatte die ganze Nacht wachgelegen und gegrübelt, wie sie mit der Situation umgehen sollte. Sollte sie Ann Marie in einem Brief versichern, dass ihr Geheimnis bei ihr gut aufgehoben war und dann noch ein paar Tage bleiben, damit keiner Fragen stellte? Sollte sie versuchen, dieses Arschloch Steve Brewer alleine zu erwischen, um ihm klarzumachen, dass er es mit ihr zu tun bekäme, wenn er nicht das Maul hielt? Oder sollte sie einfach abreisen und Ann Marie damit signalisieren, dass sich damit auch diese ganze dumme Geschichte in Luft aufgelöst hatte? An Ann Maries Stelle würde sie wollen, dass ihre Schwägerin verschwand.

Nie zuvor hatte sie das Bedürfnis gehabt, Ann Marie zu beschützen. Das war ein komisches Gefühl. Es war schön, sich selbst wachsen zu sehen, und es fühlte sich viel besser an als jede Retourkutsche und jede bissige Spitze. Wenn nur Arlo hier wäre, damit sie mit ihm darüber rede konnte.

Sie hatte ihn vor dem Schlafengehen angerufen, aber anstatt von Ann Marie zu berichten hatte sie gesagt: »Ich hab heute die Situation mal von außen betrachtet, und mir ist klar geworden, dass Maggie einfach nicht bei uns wohnen will.«

»Und wie fühlst du dich damit?«, fragte er.

Sie dachte kurz nach, dann sagte sie: »Traurig. Besorgt. Dankbar.«

»Sie schafft das schon«, sagte er.

»Ich weiß.«

»Und denk dran: Es gibt nicht nur die zwei Extreme: Entweder sie zieht zu uns oder macht das ganz alleine«, sagte er. »Du kannst ja eine Zeit lang pendeln. Und vielleicht kommt sie im Sommer mit dem Baby zu uns. Wir kriegen das schon hin.«

»Ja. Wir kriegen das hin.«

»Du hast deine Tochter zu einer klugen, starken Frau erzogen«, sagte er. »Genau wie du es bist.«

Kathleen dachte darüber nach, dass sie in Maggies Alter ganz anders gewesen war. Sie hatte so viel länger gebraucht, sich selbst kennenzulernen, weil sie zwanzig Jahre mit dem Versuch verbracht hatte, jemand anderes zu sein. Maggie war keine Umwege gegangen: Sie war direkt in den Beruf eingestiegen, den sie sich wünschte, lebte in der Stadt, die sie liebte. Und selbst die Männer, mit denen sie zusammen war, waren, das musste man ihnen lassen, genau, was sie gewollt hatte. Kathleen war stolz, obwohl sie ahnte, dass das weniger ihrer sensationellen Erziehung, als den sich verändernden Zeiten zu verdanken war. In Maggies Generation standen auch einem Mädchen alle Türen offen. Das war in Kathleens Generation weiß Gott anders gewesen, geschweige denn in Alices. Die Welt, die Kathleen ihrer Enkelin hinterlassen würde, würde so viel besser sein. Plötzlich empfand sie eine Vorfreude, die sie selbst überraschte.

Am Abend zuvor hatte sie Maggie nach dem Abendessen widerwillig zum Feuerwerk nach Portsmouth begleitet. Kaum waren sie angekommen, musste Maggie auf die Toilette, also suchten sie sich vor den Dixi-Klos die kürzeste Schlange. Sie sprachen kaum ein Wort. Im Restaurant hatte Kathleen abermals ihren Plan vorgestellt, und Maggie hatte wieder abgelehnt. Diesmal auf nicht besonders nette Weise, worin Kathleen zunächst Alices schlechten Einfluss gesehen hatte. Aber dann brachte sie sich in Erinnerung, dass gerade alle möglichen Hormone im Körper ihrer süßen kleinen Tochter herumschwirrten.

»Ihr wohnt in einem Saustall«, hatte Maggie gesagt, während Kathleen bezahlte. »Das muss der mit Abstand schlechteste Ort für ein krabbelndes Baby sein.«

»Also normalerweise krabbeln Babys nicht gleich nach der Geburt«, sagte Kathleen.

»Meinetwegen: Dann ist es der schlechteste Ort für ein Kind, ob es krabbelt oder nicht. Verdammt, Gabe hat sich fast nicht getraut, da auch nur zu übernachten.«

Dann entschuldigte Maggie sich, aber es war schon zu spät.

So schlimm konnte es doch bei ihnen nicht sein. Oder doch?

»Es tut mir wirklich leid, sollte mein Dreck den armen Gabe irritiert haben.«

Während der Autofahrt nach Portsmouth sagte keiner ein Wort. Erst in der Schlange vor den Toiletten brach Kathleen das Schweigen: »Mein Bruder und ein paar Kumpels wurden mal von der Uni suspendiert, weil sie so ein Ding umgekippt haben. Mit einem Freund drin.«

»Wie widerlich«, sagte Maggie.

»Kann man wohl sagen. Pat war ein ziemlich schlimmer Junge, bis Ann Marie daherkam und alles, was an ihm witzig war, aus ihm rausgekocht hat.«

»Also ich würde das nicht unbedingt witzig nennen«, sagte Maggie.

»Stimmt auch wieder.«

»Chris wäre auch ein Kandidat für so eine Aktion«, sagte Maggie.

»Oh Gott, das ist wahr. Bei dem Gedanken wird einem angst und bange, aber recht hast du.« Sie legte den Arm um Maggie.

Maggie nickte, und sie blieben so stehen, bis sie an der Reihe war.

»Wehe, du kippst meine Kabine um«, sagte sie über die Schulter und ging furchtlos auf die stinkende Plastikbox zu.

»Tja, du hättest eben nicht sagen sollen, dass ich in einem Saustall lebe«, sagte Kathleen und streckte ihrer Tochter die Zunge raus.

Dann stand sie eine gefühlte Ewigkeit da und guckte in die Menge. Hier küsste sich ein junges Paar, da ging eine schnatternde Mädchenschar. Dort jagten junge Eltern ihren Nachwuchs den Weg entlang, und da lagen ältere lesend auf einer Decke im Gras und aßen Pizza und alufolienverpackte Sandwiches, während ihre Kinder an ihren Handys herumfummelten. Sie sah eine Gruppe Jugendlicher, die darum wetteiferten, wer sich die meisten Leuchtstäbe in den Mund schieben konnte. Reizende Kinderlein.

Kathleen blickte zu dem Dixi-Klo rüber, in dem Maggie verschwunden war. Warum dauerte das so lange? Hoffentlich war alles in Ordnung. Vor ihrem geistigen Auge sah sie, wie hinter der dünnen Tür ein brutaler Killer seine behandschuhte Linke auf Maggies Mund drückte.

Sie verjagte die Vorstellung.

Als Chris und Maggie noch klein waren, hatte sie mindestens einmal pro Woche eine kleine Panikattacke gehabt, weil sie dachte, eines der Kinder sei entführt worden. Wenn sie im Supermarkt Chris nicht mehr sehen konnte, fing ihr Herz zu rasen an, und sie malte sich augenblicklich die scheußlichsten Szenarien aus. Einen Augenblick später stand er dann meist freudestrahlend mit einer Packung Kekse in der Hand vor ihr, die sie ihm dann bereitwillig überließ. Sozusagen als Belohnung dafür, dass er sich nicht hatte kidnappen lassen und so nicht nur sein, sondern auch ihr Leben gerettet hatte.

Kathleen warf einen Blick auf die Uhr. Als sie wieder aufsah, entdeckte sie zwei Schlangen weiter den Freund ihres Bruders, Steve Brewer, und hoffte, dass er sie nicht bemerken würde. Sie hatte überhaupt kein Interesse sich mit einem Mann zu unterhalten, der freiwillig Zeit mit ihrem Bruder und ihrer Schwägerin verbrachte.

Wenn man vom Teufel sprach: Da drängte Ann Marie sich ja schon durch die Menge. Sie wankte und sah betrunken aus. Nicht beschwipst oder als hätte sie ein bisschen zu tief ins Glas geguckt. Nein: sternhagelvoll. In der vergangenen Woche hatte sich Kathleens Herz ein wenig für ihre Schwägerin geöffnet. Das hatte angefangen, als Ann Marie Alices Tomatenpflanzen zertrampelt hatte und dann dem Priester gegenüber total ausgerastet war. Es macht einfach keinen Spaß, jemandem die Pest an den Hals zu wünschen, der kurz vor einem Zusammenbruch steht. Selbst wenn es sich dabei um die Erzfeindin handelt.

Ann Marie ging lächelnd auf Steve zu und sagte etwas zu ihm. Dann befummelte sie sein Revers. Ihr Gesicht war seinem gefährlich nah, und sie sahen aus wie Liebende kurz vor dem Kuss. In dem Moment, in dem Kathleen das dachte, neigte ihre Schwägerin sich vor und presste ihre Lippen auf seine.

»Oh Gott«, entfuhr es Kathleen, und sie legte die Hand auf den Mund. Sie war so aufgeregt, als würde sie gerade die letzte Folge ihrer Lieblingsseifenoper sehen. Ihre Schwägerin hatte was mit ihrem verheirateten Nachbarn. Das war zu schön, um wahr zu sein. Einen Augenblick lang stellte sie sich schon vor, wie sie später, wenn sich alle wieder auf der Picknickdecke drängten und das Feuerwerk bewunderten, sagen würde: *Und, Ann Marie und Steve, wann hat es zwischen euch gefunkt?*

Kathleen erinnerte sich noch gut an Ann Maries Worte, als sie damals herausfand, dass Paul sie betrog. Ihre Schwägerin hatte nur selbstgerecht gesagt: »Das musst du mit deinem Mann klären.«

Wie dumm Kathleen sich damals vorgekommen war. Wie hilflos. Aber jetzt sah alles anders aus. Wenn man nur lange genug wartet, gleicht sich vielleicht jede Ungerechtigkeit irgendwann aus.

Aber dann hatte Steve sich ganz plötzlich von Ann Marie losgerissen. Was er sagte, konnte Kathleen nicht verstehen, aber an seiner Mimik las sie ab, dass er überrascht war, und zwar nicht positiv. Die beiden sprachen kurz miteinander, dann ging er eilig davon und ließ Ann Marie mit Tränen in den Augen stehen. Was für ein Gentleman, der eine offensichtlich schwer alkoholisierte Frau einfach in der Menge zurücklässt.

Ann Marie tat Kathleen sofort leid. Es war ihr gequälter Gesichtsausdruck und der Ausdruck der Scham darin. Kathleen fühlte sich stark und begriff, dass das alles war, was sie gebraucht hatte. Sie wollte Ann Marie mit ihrem Wissen nicht bedrohen. Der Beweis, dass Ann Marie selbst wusste, dass sie nicht makellos war, reichte ihr vollkommen.

Genau in dem Augenblick sah Ann Marie sie. *Scheiße.* Kathleen hoffte, dass ihre Schwägerin einfach davongehen würde, aber stattdessen kam sie auf sie zu.

»Bitte, bitte erzähl es nicht Patrick, Kathleen. Ich bitte dich«, stieß Ann Marie verzweifelt hervor.

Kathleen rief sich in Erinnerung, wie betrunken Ann Marie war, und machte den Alkohol für einen Teil ihres Verhaltens verantwortlich. Sie wollte lieb zu ihr sein und diesmal nicht ihre Kelleherseite zeigen, sondern die andere, bessere Version ihrer selbst, von der sie dachte, sie hätte sie auf der Farm in Kalifornien zurückgelassen.

»Was soll ich nicht erzählen?«, sagte sie. »Ich hab nichts gesehen. Ich warte hier nur darauf, dass Maggie endlich aus dieser widerlichen Toilette rauskommt. Sie ist da schon ewig drin.«

Ann Marie sah sie ungläubig an.

»Bitte«, sagte sie abermals. »Ich kann das alles erklären.«

Dem Universum sei Dank: Endlich kam Maggie aus dem Klo.

»Da kommt sie ja«, sagte Kathleen und winkte Maggie zu. Sie wollte Ann Marie klarmachen, dass sie keine Bedrohung darstellte. Also wählte sie den freundlichen Ton, mit dem sie auch die Schulleiter in Kalifornien um den Finger wickelte: »Und jetzt: Wo sitzt ihr und was habt ihr an Nachtisch dabei?«

Der Rest des Abends verging wie im Flug, und Kathleen war fast ein bisschen schwindelig. Sie war jetzt ein besserer Mensch, und das war ein verdammt gutes Gefühl. Sie redete mit dem schleimigen Steve über Golf und Musik (es überraschte sie doch immer wieder, dass selbst in einem teuren Brooks-Brothers-Polo-hemd und einem Paar elegant abgewetzter kurzer Nantucket Reds ein alternder Grateful-Dead-Fan stecken konnte). Sie plauderte mit seiner Frau über ihre San-Francisco-Reisepläne und lobte den klebrigen, überzuckerten Nachtisch und ooohte und aaahte beim Feuerwerk, bis Maggie sie am Ärmel zog und sagte: »Du machst mir ja richtig Angst, Mama. Sag bloß, es gefällt dir hier wirklich mit uns.«

Während Maggie duschte, packte Kathleen ihre Sachen. Viel war es nicht. Sie hatte in den letzten drei Tagen täglich dasselbe verwaschene T-Shirt von Arlo getragen.

Irgendwann trat Maggie in ein Handtuch gewickelt und von einer Dampfwolke umgeben aus dem Bad.

»Hast du das Bett in deinem Zimmer gemacht?«, fragte ihre Tochter.

»Ja.«

»Und vorher die Bettwäsche gewechselt?«

»Nein. Was hast du denn immer mit mir und der Bettwäsche? Ich vollziehe im Schlaf keine Schlachtopferungen.«

Maggie stöhnte. »Ich komme gleich runter.«

Kathleen fand Alice in der Küche beim Abwasch. Sie steckte schon in einem dunkelblauen Hosenanzug, war makellos geschminkt und die Kurzhaarfrisur saß perfekt. Sie sah aus, als würde sie auf eine Beerdigung gehen.

»Wir hauen ab«, sagte Kathleen.

Alice runzelte die Stirn: »Wohin denn?«

»Ich fahre Maggie nach New York zurück.«

»Ach nein.«

Kathleen ging an den Kühlschrank und nahm eine Wasser-flasche heraus. Daneben stand ein Schälchen mit einem nassen Teebeutel.

»Du könntest dir ruhig mal was gönnen und aufhören am Tee zu sparen, Mama.«

»Spare in der Zeit, so hast du in der Not«, sagte Alice. »Und? Hat Maggie es sich wegen Gabe überlegt? Versucht sie's nochmal mit ihm?«

»Zum Glück nicht.«

»Wie kannst du das nur sagen?«, fragte Alice. »Für Kinder ist es immer besser, wenn die Eltern verheiratet sind. Weißt du eigent-lich, wie vaterlose Kinder gehänselt werden?«

»Die Fünfziger sind vorbei, Mama.«

»Danke, das hatte ich schon gehört.« Alice hielt inne. »Wenn nicht wegen Gabe, wieso geht sie dann überhaupt zurück?«

»Um sich vorzubereiten, vermute ich«, sagte Kathleen.

Alice fummelte an dem Strahlregler des Wasserhahns herum.

»Jetzt spielt nicht nur der Abfallzerkleinerer, sondern auch noch dieses Ding hier verrückt. Und dank Ann Marie traut sich Pfarrer Donnelly nicht mehr ins Haus, solange sie da ist.«

Den Grund dafür erwähnte keine der beiden. Kathleen war sich noch nicht ganz im Klaren, ob es ihr etwas ausmachte, dass ihre Mutter das Grundstück weggegeben hatte, aber sie wusste, wie schwer das ihre Geschwister traf. Was für eine verrückte Ge-schichte das wieder war. Alice wie sie leibt und lebt.

»Apropos Ann Marie: Kannst du ihr was ausrichten?«, bat Kathleen ihre Mutter.

»Das hängt ganz davon ab«, sagte Alice vorsichtig, als wäre Kathleen eine Staubsaugervertreterin, die ihr überteuerte Pro-dukte andrehen wollte.

»Wovon?«

»Davon, was ich ausrichten soll, natürlich! Ich kann doch nicht einwilligen, jemandem etwas mitzuteilen, wenn ich noch gar nicht weiß, worum es sich dabei handelt.«

Kathleen schüttelte den Kopf: »Meine Güte. Also gut. Sag ihr, dass es Zeit war, den Strand zu verlassen und das Feld zu räumen.«

»Ich verstehe kein Wort.«

»Richte es ihr einfach aus.«

»Wenn es sein muss.«

Im Auto konnte Kathleen sich nicht länger beherrschen und erzählte Maggie von dem Kuss. Sie war überrascht, dass sie es überhaupt so lange hatte für sich behalten können.

»Das darfst du aber nicht Arlo erzählen«, sagte Maggie.

»Warum nicht? Der kann dichthalten.«

»Ich weiß, aber wenn du es erstmal mir und ihm erzählt hast, hängst du – eins, zwei, drei – mit Tante Clare am Telefon, und dann weiß es bald die ganze Familie. Und das wäre gefährlich.«

»Bist du vielleicht ein Gutmensch«, sagte Kathleen. Dabei wusste sie genau, dass ihre Tochter recht hatte.

»Versprich es«, sagte Maggie.

»Okay, okay, ich verspreche es. Mann!«

»Aber ich versteh immer noch nicht, warum wir so plötzlich abreisen mussten«, sagte Maggie.

»Es war einfach Zeit«, sagte Kathleen. »Ab heute versuche ich nicht mehr, dich dazu zu bringen zu uns zu ziehen.«

»Ach wirklich?«

»Ja, wirklich. Du hast mir klargemacht, dass mein Zuhause ein Dreckloch ist, in dem niemand mit einem Hauch von Selbstachtung wohnen würde.«

»Entschuldige.«

Kathleen lächelte: »Schon in Ordnung. Du bist eine tolle junge Frau, Maggie, und wenn es dein Wunsch ist, in New York zu bleiben, dann unterstütze ich dich darin.«

Maggie schob die Unterlippe vor: »Danke.«

Dann hörten sie Radio, bis der Sender schwächer wurde.

»Sagst du eigentlich nochmal was dazu, wie anständig ich mich in der Sache mit Ann Marie verhalten habe?«, fragte Kathleen dann.

Maggie schwieg.

Kathleen drehte sich zu ihr um und sah, dass sie eingeschlafen war.

Sie strich ihr eine Haarsträhne aus dem Gesicht und fuhr weiter.

Als sie in Brooklyn ankamen, versperrte eine riesige Kiste den Eingang zu Maggies Wohnung. Zuerst dachte Kathleen, sie sei von Gabe und prüfte den Absender.

»Bugaboo steht hier. Was soll das denn sein?«

Maggie blickte so verlegen drein, dass Kathleen in der Kiste schon irgendein abgedrehtes Sexspielzeug vermutete.

Aber dann sagte Maggie: »Ein Geschenk von Tante Ann Marie.«

»Sie hat dir doch nicht etwa ein Puppenhaus gekauft.«

»Nein! Es ist ein Kinderwagen.«

»Ein Kinderwagen.«

»Ja, und zwar ein ziemlich schickes Teil, wie's scheint. Der hat sie sechshundert Dollar gekostet.«

»Aha. Das ist ja mal ein praktisches Geschenk. Und wie nett von ihr, dir auch gleich zu sagen, wie viel sie dafür bezahlt hat.«

»Sie hat es mir nicht gesagt. Ist hab's in der Annonce gelesen.«

Kathleen spürte ihr Wohlwollen gegenüber Ann Marie ein wenig schrumpften. Vielleicht würde sie doch noch Clare von dem Kuss erzählen. Aber sonst wirklich niemandem. Und Clare würde es auch höchstens Joe erzählen.

Plötzlich hörten sie hinter sich jemanden die Treppe hochkommen, und ein bildhübsches junges Ding mit kilometerlangen Beinen begrüßte sie.

»Maggie!«, rief sie. »Endlich bist du wieder da!«

Kathleen erinnerte sich daran, wie zufrieden und beruhigt sie gewesen war, als sie bei ihrem ersten Besuch bei Maggie nach ihrem Umzug ins College festgestellt hatte, dass Maggie sich schon einen neuen Freundeskreis aufgebaut hatte und sich mit Leuten umgab, die Kathleen gar nicht kannte. Jetzt hatte Maggie es in New York wieder geschafft. Ihre Tochter kam allein gut zurecht. Sie schien in der Unabhängigkeit sogar am besten zu gedeihen. Ganz wie Kathleen selbst.

»Hey Rhiannon! Das ist meine Mutter. Mama, das ist Rhiannon. Sie wohnt gleich nebenan. Rhiannon hat mich nach Maine gefahren.«

»Ach so«, sagte Kathleen. »Schön, Sie kennenzulernen.«

»Ebenso«, sagte das Mädchen. »Ich habe schon viel von Ihnen gehört.«

Kathleen wusste nicht, was sie davon halten sollte.

»Und? Was ist hier los gewesen?«, fragte Maggie.

»Hier ist alles beim Alten. Aber gestern war ich zum ersten Mal auf Governors Island.«

»Cool«, sagte Maggie. »Du, ich hätte dich längst anrufen sollen, aber du kannst dir ja denken, dass ich ziemlich viel im Kopf gehabt habe.«

Seltsam, wie leicht ihr diese Worte über die Lippen gingen, wenn sie im Treppenhaus mit einer Bekannten sprach. Kathleen hatte sie das noch nicht gesagt.

»Ich wollte mich für meine Reaktion entschuldigen, als du –«

Rhiannon unterbrach sie: »Nein, nein, ich muss mich entschuldigen. Ich hätte dir das nicht erzählen sollen. Ich war ein bisschen betrunken und hatte das nicht richtig durchdacht.«

»Aber du hast mich dadurch wahrscheinlich davor bewahrt ihn anzuflehen, zu mir zurückzukommen«, sagte Maggie.

Wovon redeten die?

Jetzt umarmten sich die beiden, und Rhiannon legte Maggie die Hand auf den Bauch.

»Hallo, kleiner Nachbar«, sagte sie.

Also hatte Maggie es ihr zuerst erzählt. Kathleen versuchte, sich davon nicht stören zu lassen.

Als sie in der Wohnung waren, fragte sie: »Worum ging's denn da?«

Maggie stöhnte: »Rhiannon arbeitet in einem Restaurant, und Gabe und ich haben sie da mal besucht. Und während ich auf der Toilette war, soll er sie begrapscht haben und versucht haben, sie zu küssen.«

Kathleen nickte. Jetzt wünschte sie sich, sie würde noch trinken. Dann würde sie jetzt nämlich eine halbe Flasche Gin kippen, zu diesem kleinen Arschloch rüberfahren und sein Auto in Altmetall verwandeln oder ihn ganz ruhig bitten, mit ihr auf die Straße herunterzukommen und ihn dann mit ihrer Handtasche grün und blau schlagen. *Ach, die guten alten Zeiten.*

»Er ist einfach ein Idiot«, sagte Maggie.

»Das kann man wohl sagen.«

Sie war erleichtert, dass Maggie klug genug war, nicht zu ihm zurück zu wollen. Aber ihre Tochter tat ihr auch leid. Durch das Kind würde sie für den Rest ihres Lebens mit Gabe verbunden sein. Es gab zwischen den beiden so viel zu klären, aber wahrscheinlich würden sie erst wissen, was die wichtigsten Probleme waren, wenn sie schon mitten drin saßen. Von den Lösungen ganz zu schweigen.

»Kann ich dich was fragen?« Kathleen wartete die Antwort nicht ab: »War es ein Unfall oder bist du absichtlich schwanger geworden?«

»Ein bisschen von beidem«, sagte Maggie. »Man könnte sagen, dass ich das Schicksal herausgefordert habe. Ich hatte irgendwie das Gefühl festzustecken und brauchte einen Anstoß. Egal, in welche Richtung. Das muss ziemlich verrückt klingen.«

»Du schaffst das schon«, sagte Kathleen vielleicht mehr zu sich selbst als zu ihrer Tochter.

Maggie nickte: »Mir bleibt auch nichts anderes übrig.«

Zum Mittag gab es Tomatensuppe und Salzgebäck mit Erdnussbutter. Das war das Einzige, das sich in Maggies Küchenschränken finden ließ und einer Mahlzeit halbwegs ähnelte. Maggie ging ihre Post durch und packte den Kinderwagen aus. Dann schalteten sie den Fernseher ein und guckten sich alte Serien an, aber Kathleen war nicht bei der Sache. Sie dachte über die Zukunft nach.

Um drei Uhr hatte Maggie eine Konferenzschaltung wegen der Arbeit, also machte Kathleen einen Spaziergang in der Nachbarschaft. Brooklyn Heights war wunderschön: eine Straße nach der anderen mit gepflegten Backsteinhäusern und Gebäuden im Federal Style. An der Promenade verschlug ihr der Blick auf die Brooklyn Bridge und die Manhattan Skyline wie immer den Atem. Sie war sogar ein bisschen neidisch, dass sie das nicht auch als junge Frau entdeckt hatte, und sie begriff jetzt, warum Maggie hier nicht weg wollte.

Um sechs hatten sie schon wieder Hunger und ließen sich was vom Thailänder kommen. Maggie ging runter, um die Lieferung zu bezahlen, und Kathleen sah sich die Wohnung ihrer Tochter einmal genauer an. Als Kathleen zum ersten Mal hier gewesen war, hatte sie die Wohnung ganz reizend gefunden. »Eine richtige kleine Schatztruhe«, hatte sie gesagt. Aber damals sollte es ja auch nicht mehr als ein kleines Refugium für Maggie sein, ihre eigenen vier Wände, in denen sie ihre ersten zwei bis drei großen Romane schreiben sollte, bevor sie mit dem passenden, elegant ergrauten Ehemann ein herrschaftliches Anwesen mit Stallungen bezog.

Jetzt sah Kathleen die Wohnung mit anderen Augen: Da war die winzige Küche, deren Fenster so undicht war, dass es sich nicht lohnte, es zu schließen. Ein langes, orangefarbenes Stromkabel führte vom Kühlschrank über eine Reihe von Nägeln zur Decke, auf die andere Seite und zur Steckdose. Vor einer halben Stunde hatte Kathleen bei dem Versuch, die verzogene Badezimmertür zu schließen, den Knauf in der Hand behalten. Die Staubmassen, die ununterbrochen von der Straße hereinkamen, waren unkontrollierbar, selbst für einen pingeligen Sauberkeitsfanatiker wie ihre Tochter. Und dann war da noch das Problem der fünf Stockwerke, die bis zur Wohnung zu erklimmen waren. Fünf!

Maggie hatte die Krippe und den Wickeltisch ins Wohnzimmer stellen wollen, aber dieser grässliche gelbe Kinderwagen von Ann Marie versperrte schon das halbe Zimmer. Das hatte sich also auch erledigt.

Als Maggie mit einer großen Papiertüte im Arm die Treppe hinaufkam, sagte Kathleen: »Ich glaube, wir müssen dir eine neue Wohnung suchen. Du brauchst mehr Platz.«

»Ich kann die hier schon kaum bezahlen«, sagte Maggie.

»Komm, setzt dich mal zu mir«, sagte Kathleen. »Ich hab dir was zu sagen.«

Ihre Tochter sah nervös aus, stellte die Tüte mit dem Essen aber auf den Wohnzimmertisch und setzte sich auf das Sofa.

»Willst du mich jetzt doch entführen?«

»Nein, du musst nicht mit nach Kalifornien kommen«, sagte Kathleen.

»Du willst doch nicht etwa herziehen?«

»Auch nicht. Aber gut zu wissen, dass du mich gerne in der Nähe hättest.«

»Entschuldige«, sagte Maggie.

»Wenn es dir recht ist, würde ich gerne wiederkommen, wenn das Baby da ist, und dir helfen, bis du alleine klarkommst.«

»Das wär super«, sagte Maggie.

»Dein Glück ist mir das Allerwichtigste«, sagte Kathleen. »Leider bin ich manchmal furchtbar egoistisch.«

Maggie lachte, und Kathleen fuhr fort: »Naja, das ist ja kein Geheimnis. Aber ich schweife ab. Was ich sagen wollte, und ich hätte das schon viel früher sagen sollen –«

»Was denn?«

»Es gibt da dieses Sparkonto für den Hof.«

»Deine Ersparnisse kann ich nicht annehmen«, sagte Maggie.

»Doch, das kannst du«, gab Kathleen zurück. »Es sind zwanzigtausend Dollar. Und es ist mir eine große Freude, sie dir zur Verfügung zu stellen.«

Noch während sie das sagte, empfand sie es als Verlust. Bei ihrem Vater hatte Selbstlosigkeit so einfach ausgesehen, aber Kathleen würde nie ein so guter Mensch wie er sein. Sie konnte ihre Ersparnisse nicht hergeben, ohne daran zu denken, wie lange sie emsig Monat für Monat etwas für die Kompostanlage beiseitegelegt hatte. Der Hof lief gut, aber jetzt würde es wahrscheinlich Jahre dauern, bis sie den nächsten Wachstumsschritt machen konnten.

Arlo tat ihr leid. Er hatte keine Ahnung, wie viel Geld sie ihnen abgeknapst hatte, aber jetzt würde sie es ihm sagen müssen. Ihr Vater hatte ihr oft aus der Klemme geholfen, und sie war ihm dankbar gewesen. Aber sie hatte nie gefragt, was er mit dem Geld eigentlich vorgehabt hatte. Und zum ersten Mal fragte sie sich, wie Alice sich dabei gefühlt haben mochte.

»Ich kann das nicht annehmen«, sagte Maggie. »Oder doch? Oh je. Aber ich zahle das zurück, Mama.«

Kathleen schüttelte den Kopf: »Nein, es ist ein Geschenk. Ich wünschte, es wäre mehr.«

War sie jetzt nicht doch einigermaßen selbstlos? Maggie brauchte sie, und sie war da. Ihr Vater wäre stolz gewesen.

»Mit dem Geld kannst du einen Profikiller für Gabe anheuern«, sagte Kathleen, »oder Windeln kaufen. Das überlasse ich dir.«

»Ganz schön viele Windeln«, sagte Maggie.

»Du wirst dich noch wundern.«

Kathleen blieb noch eine Woche, bis sie und Maggie eine neue Wohnung gefunden hatten: Sie hatte zwei Zimmer und lag weiter nach Brooklyn hinein gleich neben einem Park in einer Gegend, in der überall dominikanische Kinder herumrannten und regelmäßig ein Eiswagen seine kleine Melodie spielend durch die

Straßen zottelte. Die Miete war sogar niedriger als die der alten Wohnung. Sollte Alice je zu Besuch kommen, würde sie die Gegend als lebensgefährlich deklarieren. Aber sie würde nicht zu Besuch kommen. Wenn Maggie wollte, dass ihre Großmutter und ihr Kind sich kennenlernten, würde sie das Baby zu Alice bringen müssen. Und das würde Maggie zweifellos tun, denn sie hatte von Daniel den Glauben an die Bedeutung des Verhältnisses zwischen den Generationen geerbt, daran, dass man das Leben mit Hilfe der Erfahrungen derer, die vor einem kamen, besser verstehen und meistern könne.

Sie packten Maggies Sachen in Kisten und hörten dabei die Beatles. Zum Essen gab es was vom Imbiss nebenan, und Kathleen merkte schnell, dass ihre Hose enger wurde. Sie bestellten online Umstandskleidung, und Kathleen war freudig überrascht, dass die Sachen heutzutage tatsächlich normaler Kleidung ähnelten. Alberne Matrosenkleider und sackartige Schnitte wie noch zu ihrer Zeit gehörten der Vergangenheit an.

Beim Arzttermin musste sie rausgehen, um sich auf der Damentoilette auszuweinen. Maggie sollte in Begleitung eines lieben, gutaussehenden jungen Mannes hier sein, der an ihrer Seite stand und ihre Hand hielt. Das hatte sie verdient. Als sie durch den Warteraum hinausgingen, saß dort eine Schwangere neben der anderen, alle mit dicken Brillanten am Finger, und Maggie wurde ein bisschen blass. Aber dann zuckte sie nur mit den Schultern: So ist eben das Leben.

»Und was machst du, wenn ich nicht da bin?«, fragte Kathleen. »Kommst du dann alleine her?«

»Ich könnte Allegra bitten, mich zu begleiten«, sagte Maggie. »Vielleicht lade ich einfach meine Freunde zum Abendessen ein und sag es allen auf einen Streich.«

»Gute Idee«, sagte Kathleen. Der Gedanke, dass diese mutige junge Frau ihre Tochter war, erfüllte sie mit Stolz.

Abends lagen sie nebeneinander in Maggies Bett. Kathleen wollte nicht weg, aber sie vermisste Arlo. Und die Hunde. Sie vermisste die Arbeit auf dem Hof und das Kochen mit Zutaten, die sie selbst vor der Haustür angebaut hatte.

Außerdem fehlte ihr das Yoga. In Brooklyn stolperte man bei jedem Schritt über ein Yogastudio, aber Kathleens Yoga hatte nichts mit gertenschlanken Sechsundzwanzigjährigen in modischer Sportbekleidung zu tun. Für Kathleens Yoga saß man in einer Jogginghose neben Arlo hinterm Haus und blickte zu den Bergen in der Ferne, nicht durch ein dreckiges Fenster auf ein Meer von Taxis.

Als Kathleen sich zum Flughafen auf den Weg machte, weinten beide.

»Ich hab Angst«, sagte Maggie.

»Das gehört dazu. Und vergiss nicht: Du kannst es dir wegen Kalifornien jederzeit anders überlegen. Okay?«

»Danke«, sagte Maggie. »Ich hab dich lieb.«

»Ich dich auch, Kleine.«

Ein paar Stunden später saß Kathleen mit einer Tasse Ingwertee in der Hand barfuß neben Arlo am Küchentisch und erzählte nochmal genau, was seit ihrer Abreise vor zwei Wochen passiert war. Neben einem Strauß Tulpen stand ein Kürbiskuchen auf dem Küchentisch, auf dem sie die unförmigen, mit Zuckerguss geschriebenen Worte WILLKOMMEN ZUHAUSE entzifferte. Kathleen war mit sich und der Welt zufrieden.

Die Hunde hatten sich rechts und links von ihrem Stuhl positioniert, als wollten sie sagen: *Hier gehörst du her.*

Alice

Alice hatte ihn schon den ganzen Nachmittag über beobachtet. Sein rötliches Haar unterschied ihn von den anderen. Jetzt hielt er kurz inne und blickte zu ihr herüber, wohl um sicherzugehen, dass sie ihm weiterhin von der Veranda aus bei der Arbeit zusah.

Sie winkte ihm zu und nahm einen Schluck Wein. Er knabberte weiter am Gras.

Vor ein paar Tagen hatte sie beschlossen, Frieden mit der Kaninchenfamilie zu schließen, die seit Sommeranfang hier wohnte. Sie hatten jede Herausforderung, die Alice ihnen seit Mai gestellt hatte, bestanden. Es war schon bewundernswert, dass sie nicht davor zurückschreckten, sich durch einen Zaun zu beißen und kiloweise Cayennepfeffer in sich hineinfressen, nur um an ein knackiges Salatblatt zu kommen.

Alice hatte lange darüber nachgedacht und war zu dem Schluss gekommen, dass sie und die Kaninchen sich gar nicht so unähnlich waren: Sie schien auch allen um sie herum lästig zu sein, dabei wollte sie doch auch nur überleben.

Es war sogar dazu gekommen, dass sie den Kaninchen ein paar Karotten ins Gras neben dem Auto gelegt hatte, aber die hatten sie nicht angerührt. Wahrscheinlich wegen des Menschengeruchs, der daran haftete.

Der da war der Vater. Zumindest vermutete sie das, denn er war das stattlichste der Kaninchen. Sie machte sich wegen der Hitze Sorgen um die Kleinen. Wenn sie doch wenigstens ein bisschen Wasser von ihr nähmen. Pfarrer Donnelly hatte gesagt, dass es der heißeste August im südlichen Maine seit 1893 sei. Er hatte das Jahr mit einer Ehrfurcht genannt, als hätten in jener lang vergangenen Zeit noch die Dinosaurier das Land durchstreift. Dass es das Geburtsjahr ihrer Mutter war, erwähnte Alice nicht.

In den Garten durften die Kaninchen nach wie vor nicht, aber da war sowieso nicht mehr viel zu holen. Die Himbeeren und Bohnen hatte Alice schon geerntet, die Lilien waren verblüht und die Tomaten – tja, die konnte man nur vergessen.

Kathleen war endlich wieder in Kalifornien. Ihre Abreise mit Maggie am Morgen nach dem vierten Juli war so plötzlich gewesen, dass Alice nur vermuten konnte, dass sie ihre Tochter und Enkelin wieder einmal irgendwie beleidigt hatte. Die beiden waren aber auch verdammt empfindlich. Andererseits hatte Kathleen ihr versichert, dass es einfach Zeit gewesen sei abzureisen. In New York gäbe es so viel für Maggie zu tun, hatte sie gesagt.

Ja, klar. Die lästige Frage, zum Beispiel, wo man einen Vater für ihr Kind auftreiben sollte.

Seit ihrer Abreise vor einem Monat hatte Maggie Alice regelmäßig einen Brief pro Woche geschickt. Im letzten hatte sie berichtet, dass sie weiter nach Brooklyn hinein in eine familienfreundlichere Gegend gezogen sei. Die Wohnung sei billiger als ihre alte, aber doppelt so groß, habe ein großes Schlafzimmer und ein kleineres Zimmer, das die meisten vermutlich als Arbeitszimmer nutzen würden, das sie aber als Kinderzimmer herrichten wolle. Mittlerweile habe sie auch ihren Freunden von der Schwangerschaft erzählt, und ihr Boss habe sich einverstanden erklärt, dass sie, wenn das Baby da war, an drei Tagen in der Woche zuhause arbeitete. Sie habe Gabe noch nicht wiedergesehen, wolle ihn aber demnächst zum Kaffee treffen, um mit ihm ein paar praktische Fragen zu klären. Man stelle sich das vor: Man trifft sich mit dem Vater des eigenen Kindes auf einen Kaffee. Und war es für praktische Fragen nicht ein bisschen spät?

Maggie hatte geschrieben, dass sie schon in der fünfzehnten Woche sei, und die Übelkeit noch nicht nachgelassen habe. In ihren Schwangerschaftsbüchern habe sie gelesen, dass dem Kleinen jetzt Haare wuchsen, und war die Vorstellung nicht merkwürdig und herrlich, dass jemandem in ihrem Bauch ein brauner Lockenkopf wuchs? Derartige Details hätte Alice lieber nicht gewusst. Überhaupt waren werdende Mütter heutzutage viel zu ausführlich informiert. Am Ende des Briefes hatte Maggie noch geschrieben, dass sich in fünf Wochen herausstellen würde, ob es ein Junge oder ein Mädchen war. Wenn es ein Junge war, wollte sie ihn Brennan nennen. Das war Alices Mädchenname. *Stell dir vor: Ein kleiner Junge, der den Namen unserer furchtlosen Matriarchin trägt!*, hatte sie geschrieben, und dann hatte Alice doch gelächelt.

Ihre Antworten hatte sie auf einem kleinen Notizblock verfasst, um sich davon abzuhalten, zu viel zu sagen. In jeden Umschlag steckte sie außerdem ein kleines Andachtsbild. Alice machte sich Sorgen um das Mädchen: Sie schien zu glauben, dass die Aufgaben einer Mutter sich darauf beschränkten, ein Mobile aufzuhängen und bunte Söckchen zu kaufen. Aber dazu sagte Alice lieber nichts.

Ann Marie und Pats Tochter Patty war im Juli zwei Wochen mit ihrer Brut in Maine geblieben. Während sie Patty und Josh dabei zusah, wie sie wirbelten, um ihre drei kleinen Teufel zu versorgen, dachte Alice daran, was Maggie jetzt erwartete: schlaflose Nächte, nicht enden wollende Erkältungen und Machtkämpfe mit einem bockigen Kleinkind, die einen in den Wahnsinn trieben.

Pattys Älteste und Alices Großenkelin war vier Jahre alt und hieß Maisy. Wie kam man auf so einen Namen? So konnte man vielleicht einen kurzbeinigen Hund nennen, aber doch kein kleines Mädchen. Jedenfalls konnte Maisy diesen Sommer gar nicht genug von ihrer Urgroßmutter bekommen. Wenn Alice morgens mit ihrem Tee auf der Veranda saß, konnte sie darauf wetten, dass sie irgendwann das näselnde Stimmchen von der Tür sagen hörte: »Ich setz mich mal zu dir, Uroma.« Und wenn sie die Blumen goss, kam Maisy im Badeanzug mit einer Plastikschippe ausgerüstet angestapft, um ihr zu helfen.

»Sie ist ganz vernarrt in dich«, hatte Patty gesagt und gelacht, und Alice konnte sich natürlich nicht wehren, weil es ja wieder lieblos gewesen wäre, ihre Enkelin zu verjagen. Das konnte sie sich im Augenblick nicht leisten. Schließlich steckte sie schon mit Ann Marie in Schwierigkeiten. Aber, bei Gott, dieses Kind nervte. Wann würde Patty endlich begreifen, dass sie verdammt nochmal keine Lust hatte, den Babysitter zu spielen? Nachdem die Familie abgereist war, entdeckte Alice unter einem Stuhl auf der Veranda die Überbleibsel eines Haferflockenkekses, über den sich ein Heer Ameisen hermachte.

Alice war seit zehn Tagen vollkommen allein. Vierzehn, wenn man Ann Maries letzten, zweistündigen Besuch nicht zählte. Alice hatte sie zum Mittagessen einladen wollen, aber Ann Marie hatte angeblich viel zu tun und fuhr deshalb sofort wieder nach Hause. Mit anderen Worten: Sie war immer noch sauer.

Die Stille im Haus machte Alice überhaupt nichts aus. Die Ereignisse des Sommers hatten sie erschöpft, und als Clare anrief, um ihr mitzuteilen, dass Ryan in den ersten drei Augustwochen mit den Proben für ein Theaterstück beschäftigt sei, sie also frühestens am einundzwanzigsten nach Maine kommen würde, war Alice ein bisschen erleichtert. Ihre Welt war wieder auf ihre ursprüngliche Größe zusammengeschrumpft, bevor die Kelleher-Frauen mit allem, was dazugehörte – Drama, Sorgen, Zank – in Maine eingefallen waren.

Jetzt sah sie das Papa-Kaninchen hüpfend hinter dem Rhododendron verschwinden, zurück zu seiner Familie.

»Bis später!«, rief sie, und freute sich, diese Scharte ausgewetzt zu haben.

Dann sah sie die halbvolle Flasche Cabernet auf dem Beistelltisch.

Ha. Sie hatte das tatsächlich gedacht: *Halbvoll*. Dann war sie jetzt also Optimistin, oder? Alice lächelte. Daniel hätte Luftsprünge gemacht.

»Na, was sagst du jetzt?«, sagte sie.»Du hast doch immer gesagt, dass ich nur das Schlechte sehe, aber jetzt habe ich dir das Gegenteil bewiesen.«

Sie schenkte sich Wein nach.

Direkt nach seinem Tod hatte sie oft mit Daniel geredet und

ihm erzählt, was die Kinder so trieben und wie sie ihre Tage verbrachte. Irgendwann hatte sie damit aufgehört, aber in letzter Zeit machte sie es wieder gelegentlich. Sie hatte ihm sogar gesagt, dass es ihr auf die Nerven ging, dass Maisy ständig um sie herumwuselte, und hinzugefügt: »Aber ich sag dir das nur, weil du wegen meiner Lieblosigkeit nicht mehr mit mir schimpfen kannst.«

Jetzt sagte sie: »Ich habe seit drei Tagen nichts von Patrick und Ann Marie gehört. Die haben vielleicht Nerven. Da kriegen sie einmal nicht, was sie wollen, und schon müssen sie mich dafür bestrafen. Behandelt man so seine eigene Mutter?«

Alice weigerte sich, sich wegen der Häuser ein schlechtes Gewissen machen zu lassen. Sie hatte wirklich nicht erwartet, dass sich alle so aufregen würden. Patrick und Ann Marie hatte es anscheinend besonders schwer getroffen, aber selbst Clare hatte weinend angerufen, als sie es erfahren hatte. Alice sagte allen das Gleiche: Dass es nicht mehr zu ändern sei, weil St. Michael fest mit der Spende rechnete.

Ann Marie hatte gefragt, wie sie das hatte tun können, wie sie die beiden Häuser einfach hatte weggeben können. Als wäre die Kirche irgendjemand. Aber die Kirche war als Einzige immer an Alices Seite gewesen. Sie war das Einzige, auf das sie sich immer hatte verlassen können.

Alice nippte am Wein. In der Ferne erleuchtete ein Blitz den Himmel über dem Meer. Alice fand, dass ein bisschen Regen bei der Hitze gar nicht schaden könnte. Aber der Regen kam nicht.

Der nächste Tag war Sonntag, der fünfzehnte August, Mariä Himmelfahrt. Alice war früh aufgestanden, um zur Feier der Legion Mariens pünktlich zu sein. Sie wollte Zimtwecken mitbringen und war dafür extra zu einer Bäckerei in Wells gefahren.

Sie zog ihr nagelneues blasslila Hosenkleid an und gab sich mit der Frisur und dem Augen-Make-up besonders Mühe. Anders als bei den normalen Zusammenkünften trafen sie sich diesmal schon vor der Messe, um der Aufnahme der Jungfrau in den

Himmel zu gedenken und sich auf ihre jeweilige Rolle bei der Opfergabe vorzubereiten.

Als sie zum Wagen hinausging, blickte sie über das Meer und dachte daran, dass die katholischen Mütter ihrer Generation – ihre eigene, Daniels, Ritas und viele andere – noch geglaubt hatten, dass das Meer am fünfzehnten August jeder noch so verzweifelten jungen Frau zu einer erfolgreichen Schwangerschaft verhelfen könne. Zu Beginn ihrer Ehe, als auch Alice damit zu kämpfen hatte, war auch sie einmal ans Ufer von Nantasket Beach gefahren. Bevor sie sich ins Wasser begab, war sie zurückgeblieben, um zuzusehen, wie sich die vielen hübschen, jungen Kriegsbräute mit derselben Hoffnung auf ein Wunder ins kalte Meer Neuenglands stürzten, angetrieben von einem Glauben und einer Entschlossenheit, die nur mit der von Heiligen zu vergleichen war.

Das war im Jahr vor Kathleens Geburt gewesen, und Daniel hatte ihre erste Tochter am Morgen ihrer Geburt einen göttlichen Segen genannt.

Alice stieg in den Wagen und fuhr Richtung St. Michael los. Im Radio lief gerade die Irish Hitparade, Daniels Lieblingsradiosendung. Sie wechselte den Sender nicht, sondern drehte sogar auf. Fünf Minuten später parkte sie den Wagen und stieg die Treppen zur Kirche hinauf. Schon beim Aufschieben der unverschlossenen Tür roch sie den Weihrauch. Sie trat ein. Die Kirche war noch leer und eindrucksvoller als sonst. Bis zum Treffen blieb ihr noch eine halbe Stunde, eine Stunde bis zum Beginn der Messe.

Sie ging zu ihrem Stammplatz und kniete auf der rotsamtenen Bank nieder. Dann nahm sie ihren Rosenkranz aus der Handtasche und sah zu dem Buntglasfenster hinter dem Altar auf, das Jesus am Kreuze darstellte.

Die Glasperlen glitten durch Alices Finger, und sie betete für Maggie, Ann Marie und alle anderen Familienmitglieder, die lebenden wie die verstorbenen. Sie betete auch für ihre eigene Seele und bat um Vergebung für Dinge, die sie nicht würde wiedergutmachen können. Dabei wiederholte sie immer wieder die Worte, die sie vor so langer Zeit gelernt hatte und die ihr seitdem Trost gespendet hatten, wenn sie sich untröstlich geglaubt hatte.

Bei der letzten Perle angekommen, begann sie noch einmal von vorn. Alice betete, bis sich ihr von hinten den Gang entlang schwere Schritte näherten, und eine vertraute Stimme leise ihren Namen sprach: »Alice? Alice. Es ist Zeit.«

Danksagung

Meiner Lektorin Jenny Jackson und meiner Agentin Brettne Bloom danke ich für ihre unersetzliche Hilfe bei der Produktion dieses Buches.

Tausend Dank an Hilary Black, Lauren Semino und Eugene und Joyce Sullivan für unverzichtbare Kommentare zum Manuskript. Und an Laura Smith und Joshua Friedman dafür, alles andere gelesen und lektoriert zu haben.

Mein Dank geht auch an die Mitarbeiter bei Knopf, Vintage und Kneerim and Williams, darunter ganz besonders an Andrea Robinson, Jill Kneerim, Hope Denekamp, Leslie Kaufmann, Nicholas Latimer, Russell Perreault, Sara Eagle, Kate Runde und Abby Weintraub.

Aus den Archiven des *Boston Globe* erhielt ich unentbehrliche Informationen über den Brand im Cocoanut Grove. Ein Besuch bei der Familie Held-Semino inspirierte meine Darstellung des Sommerhauses, und Larry Ravelson stellte mir das Buch *Ogunquit By-the-Sea* von John Bardwell zur Verfügung, das mir große Dienste geleistet hat. Dorothy Joyce, M. Patricia Gallagher und Lawrence und Florence Sitterle waren eine einzigartige Wissensquelle für alles, was mit dem Zweiten Weltkrieg und den 1940er-Jahren zu tun hat. Beth Mahon, Noreen Kearney und Caitlain McCarthy haben freigebig ihre Erinnerungen an ihre irisch-katholische Jugend in Massachusetts mit mir geteilt.

Ich danke all denen, die mir großzügig inspirierende Arbeitsplätze zur Verfügung gestellt haben: Jane Callanan, Amanda Millner-Fairbanks, Sudhir Venkatesh, Karla Adam und Bennet Morris. Ihr habt mich in Euren Heimen willkommen geheißen und nichts gesagt, als ich an Euren Zimmerpflanzen fahrlässige Tötung beging.

Ich danke meiner großen Familie, die mir alles bedeutet. Danke Mama, Papa, Caroline, Trish, Dot, Jon, Jane, Mark, Mark Junior, Nancy, Michael, Pauline, Michael Junior, Richie, Tracie, Eugene. Dank den Troys, den Joyces, den Gallaghers, den Radfords und allen anderen.

Und schließlich danke ich Dir, Kevin Johannesen: Du hast so viel Liebe, Lachen, Halt und saubere Wäsche in mein Leben gebracht. Ich werde nie erfahren, womit ich dieses Glück verdient habe.